LE CINQVIESME TOME DES HISTOIRES TRAGIQVES, CONTENANT VN discours memorable de plusieurs Histoires, le succez & euenement desquelles est pour la plus part recueilly des choses aduenuës de nostre temps.

Par François de Belle-forest Comingeois.

A PARIS,

Chez Iean Hulpeau, à l'escu de Bourgongne, au mont Sainct Hilaire.

1572.

AVEC PRIVILEGE DV ROY.

AV MESME SEIGNEVR
sur le suiet de ce liure.

SONNET.

D'vn roch aspre & pointu si l'eau viue surgeonne,
Si d'vne herbe puante est le lis surnaissant,
Si la rosé espanit en vn rosier poignant,
Qui de ses esguillons l'enclost & l'enuironne:
Il ne fault s'esbahir si la guerre felonne,
Si Mars, & ses effects, est naissant, & croissant
Parmy celle douceur qui va loing s'espandant
Es liures, & escrits de Pallas & Bellonne.
Car l'effort du sçauoir n'embrasse seulement
Quelque gaye douceur, ou quelque allichement
Plus hault monte son vol, & autre est son enuie.
En l'histoire il no⁹ paint, & l'hõme & ses desseins,
Le monde, & les effects des plus sages mondains,
Paignant quelle doit estre, & quelle est nostre vie.

Nascer, pour padescer.

A NOBLE ET VERTVEVX SEIGNEVR GVILLAVME DES Lombards, seigneur dudit lieu, & hõme d'armes de la compagnie de Mõseigneur le Duc de Mompẽsier, Salut.

MONSIEVR, *il y a long temps que vous eussiez veu quelle est celle affection qui me fait aimer ceux qui vous ressemblent, & cherir les esprits, lesquels auec le soucy de Mars, sont soigneux de la gaye sagesse des Muses, si, non mon labeur, mais le moyen de le faire sortir en lumiere, m'eut esté autant à commandement, comme la volonté me porte à faire chose qui vous puisse tourner à contentement. Or comme souuent l'occasion nous ait conduits à parler de l'histoire (laquelle à bien parler est la vraye escole de celle noblesse, qui occupée en l'exercice des armes, n'a loisir de demeurer croupie en vn estude, pour y fueilleter ce qui luy seroit plus plaisant & pro-*

fitable que la cruauté des combats) tousiours aussi i'auoy desir de vous en donner quelque petit recueil pour y passer les heures que vous desrobez à la vacation d.. affaires, mais (comme i'ay dit) ie ne iouys ainsi des Libraires, que ie fais de ma diligence. A ceste cause, pour cõtenter mon esprit, & satisfaire à celle amitié que sçay que me portez, & de laquelle i'en voy ordinairement les tesmoignages, i'ay nouvellement refait tout à neuf vn liure de mes tragiques, tant pour y auoir adiousté quatre histoires dignes d'estre & leuës & notées, q̃ pour y remettre vn ordre tout nouueau, à cause que le premier me sembloit, & grossier, & assez mal digeré: & lequel ie veux que coure pour arres, & tesmoing de mon vouloir, & qui paré de vostre nom, pretens que face voir à chacun que c'est la vertu seule que ie caresse, que ce sont les nobles que ie sers, que c'est aux bons soldats à qui ie veux plaire, que c'est la courtoisie que i'embrasse: comme au contraire ie hais la vilenie, deteste le vice, abhorre la couardise, & ne peux me plaire en vn naturel reuesche, rebarbatif & farouche. D'vne diuersité d'histoires vous fais-ie present, à cause que ie cognoy la gentillesse de vostre esprit si desireuse de varieté, qu'vn seul goust la desgouste, & le sauourer de plusieurs, luy donne vn esguillon de plus sain apprentissage: ioint que le guerrier ne peult s'ameuser si longuement aux liures, que celuy qui n'a autre vacation que de lire, & qui n'a plaisir ny repos sinon que fueilletāt ses liures. Ceste diuersité donc est celle que ie vous offre, & que ie vous prie recueillir, non tant pour son merite, qui n'est pas de peu d'effect, que pour l'amour de celuy qui vous en fait le present, lequel l'a ageancee pour vous, l'a adoucie pour vous plaire, & augmentée pour vous faire cognoistre quel desir il a que vous sçachiez, qu'il est vn des plus affectionnez de ceux qui le plus aiment vostre gentillesse. Ie sçay que si vous aduisez de pres à l'histoire, vous n'y verrez rien de friuole, ny de douillet ou delicat: car les passions mignardes en sont hors, les delicatesses bannies au loing, & les folatries du tout dechassées. Aussi le temps & l'aage, & les matieres, ne requierent rien de tout cecy, & celuy qui manie les armes, qui entend aux affaires, & s'adextre aux grādeurs, n'a affaire de liures qui le chatouillent, ains de ceux qui luy facent voir la fin & effect des occurrences de ce monde, desquelles vous en verrez d'estranges traits en ce liure. Entant que, & vn bon guerrier y est effigié, & vn sage prince exprimé au vif, vn ruse paint de ses couleurs, & le traistre payé silon ses merites. Ie vous deduiroy plus au long les sommaires, & discourroy sur les suiets de mes histoires, mais ce seroit faire vn liure de mon Epistre, et oster son goust à la viande que ie vous ay apprestée. Receuez la donc, Monsieur, d'aussi bon cœur que sçauez que la vous presente le meilleur de vos amis, lequel si auoit quelque cas de plus precieux vous en feroit nō moins liberalle largesse qu'il fait des thresors de son esprit, qui sont les seules richesses qui le font paroistre, & desquelles il est plus content que ne sont les auares affamez de tout l'or qu'ils tiennent entassé en leurs coffres. Ie seray fort content & satisfait quand (selon mon desir) ie verray que vous caresserez ceste mienne estraine auantcoureuse de quelque cas de plus exquis pour l'aduenir. A tant ie feray fin, ayant salué vos bonnes graces de mes plus affectionnées recommandations, priant Dieu, Monsieur, vous donner en santé longue et heureuse vie, auec accomplissement de vos desirs. De Paris ce 17. de Ianuier. 1572.

Vostre entier amy, à vous seruir & obeir.

F. De Belleforest.

Contraste insuffisant
NF Z 43-120-14

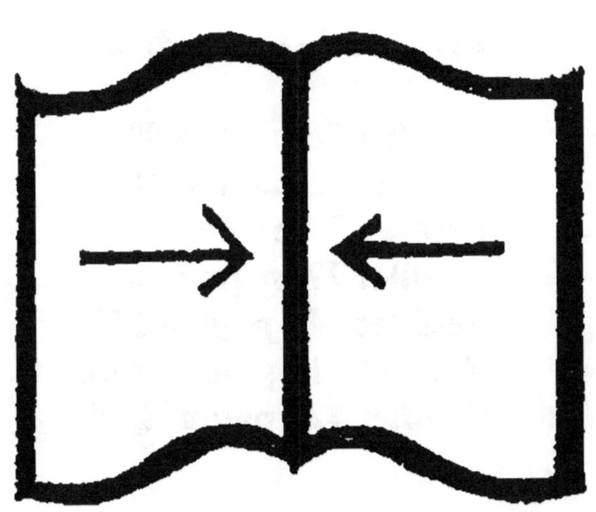

Reliure serrée
Absence de marges
intérieures

Erreurs de paginations :

Feuillet 58 paginé 59,
Feuillet 75 paginé 46,
Feuillet 77 paginé 73,
Feuillet 79 paginé 75,
Feuillet 140 paginé 119,
Feuillet 219 paginé 195,
Feuillet 424 paginé 244.

TABLE DES SOMMAIRES OV ARGVMENS DE CE *present œuure.*

TABLE DES POINTS ET CHOSES PLVS MEMORABLES, CONTENUES en ce present liure, le nombre marque le fueillet, & la lettre a la premiere page, b la seconde.

A

D.

Eusebe

N

O

V

FIN.

ARGVMENT.

LE mespris auquel est deuenue, pour le present, la dignité des ministres sacrez de l'Eglise, & les excez desquels plusieurs soullent & leurs mains, & leur reputation, en poursuiuant & la vie & les fortunes des Ecclesiastiques, me contraignent de finir cest œuure auec vn discours des effets semblables, & l'issue de ceux qui oublians ce que lon doit aux Ecclesiastiques, se sont ruez sur eux, tout ainsi que sur des prophanes, & ont eu pareil honneur les plus bas du peuple que ceux que la parolle de Dieu commande d'honorer & seruir, & ausquels ils veut qu'on obeisse. Car s'il est ainsi (comme la verité le porte aussi) que la religion est celle qui lie les volontez des hommes ensemble, il faut conclure que ceux qui sont chefs en icelle ne peuuent estre violez que par l'auilissement & mespris de la chose pour laquelle ils sont instituez. Or

Religion lie la volonté des hommes.

Deux glaiues ordonnez pour la puissance. 1. Pier. 2. de deux glaiues mis en main aux hommes pour le gouuernement de ce monde, & pour l'exercice des puissances ordonnées de Dieu, c'est sans doute que le magistrat temporel en ayt l'vn, celuy qui a l'autorité en l'Eglise a aussi le pouuoir sur l'autre. C'est pourquoy la saincte escriture, tout ainsi qu'elle commãde d'obeir aux Matt. 23. Roys, & ceux qu'ils enuoyent, à cause qu'ils ont le glaiue, & non en vain: aussi veut elle qu'on face ce que les pasteurs ordonnent, encore que l'vn & l'autre des ordres de ces puissances s'esgarent en leur vie: veu que c'est à Dieu seul à punir celuy qui est souuerain, & que luy estant iuste, souffre souuent que le meschant & hipochrite regne sur le peuple, pour punir les pechez de la multitude, & souffre les vices du tyran pour abaisser l'orgueil des subiets, qui se mescognoissent ayant vn Roy les maniant doucemẽt. C'est pourquoy les Empereurs, les Roys, Princes & Potentas Chrestiẽs ne se sont iamais de tant dédaignez q̃ de refuser obeissance à celuy qui tiẽt la place d'Aaron, & est choisi comme chef du peuple, assis au milieu de l'Eglise comme le superieur, & lequel tous les autres doiuent escouter auec reuerence: si bien que Constantin le grand refusa de iuger les differens des Euesques, Theodose qui aussi porta le surnom de grand, Prince

Constãtin ne veut iuger les Euesques,

tres-catholique, souffrit patiemment la correction & chastiment de l'Euesque saint Ambroise, quoy qu'il ne feut le souuerain de l'Eglise: & Charles le grand, Roy des Gauloys, & Empereur Romain approuua la liberté des Euesques, refusans que sa maiesté cogneut pour iuger de la cause du souuerain pasteur de la Chrestienté, lequel il feit, & ordonna iuge de sa cause propre, s'en rapportant à sa cõscience: comme aussi Suenon Roy de Dannemarch, successeur de Kanut le grand s'humilia souz la correction du sainct Euesque Guillaume, & receut penitence de luy, quoy qu'à grãd regret il quitast l'alliance de celle, pour qui le pasteur l'auoit separé de la communion de l'Eglise. Voire entre les Ethniques Alexandre Seuerene trouua mauuais qu'és choses de la Religion on appellast de luy & de sa sentẽce aux Pontifes & Augures, quoy que desia il en eust decidé, ayãt ceste opinion que és causes qui sont de l'office du magistrat spirituel, il faut que la maiesté Imperiale s'humilie, & obeisse à l'autorité de l'Euesque. Or tout ainsi que ceux lesquels vont fleschir souz vn tel ioug ont eu la fortune comme à souhait, & honorez de chacun durant leur vie, reçoiuent encore les louanges de la posterité, aussi ceux qui refusant telle suiection & obeïssance se sont emain-

voy Niceph.

Theodose souffrist la reprehension de S. Ambroise.

Charles le grãd ne voulut iuger Leon Pape.

Suenõ excõmunié par Guillaume Euesque. Voy Saxõ grãmariẽ liure 11.

Obeissãce de l'Empereur Alexandre Seuere Ethnique.

cipez, & ont reietté auec contumace l'autorité du magistrat Ecclesiastique, ont finy mal, & poursuyuis de l'infortune, accompagnez de desastres en leurs affaires, encor leur nom est infamé par l'histoire que les doctes nous ont escrite, pour empescher que l'insolence ne domine de tant en nos Princes, que voyant le Prelat armé seulement du glaiue de la parole, ils le mesprisent & accablent, asseurez de la vengeance de Dieu sur eux, ainsi qu'en aduint à Didier Roy Lombard, chastié par les Roys tres-chrestiés de France, pour s'estre arrogamment attaqué au souuerain pasteur du premier siege. Et Paul surnommé le Grec, lequel non content de s'estre reuolté cōtre Bambe Roy des Goths, & tenant les Espaignes, encore se rua il sur l'Euesque de Geronde, dequoy courroucé, le Roy Goth poursuiuit le tyran, & le prist à Nimes cité de Languedoc, & le mena à Tolete, ou il le couronna de poix bouillāte, & luy ayant fait creuer les yeux, le controignit de finir miserablement ses iours. Ie pourroy vous amener plusieurs autres exemples faisans à ce propos, mais me suffira pour ceste fois le discours memorable de l'histoire qui s'ensuit, lequel est vn vray miroir pour ceux qui, sans respect, s'attaquent & aux Eglises & aux ministris deputez pour la charge de nos ames.

Didier Roy Lōbard puny par les Roys de France.

Paul grec chastié par Bambe Roy Goth.

I'ay iusques icy suiuy l'histoire de Bandel és discours Tragiques, ou Tragicomiques, ayant toutesfois le langage & ornement d'iceluy tout de mon industrie : mais à present ie veux faire liberale largesse aux nostres François du mien propre, & de l'histoire veritable souz le tiltre de tragique, laquelle i'ay recueillie de gens dignes de foy, & qui sont tesmoins de mon dire, comme ayans veu l'effect de ce que ie pretens escrire, sans que ie me vueille esloigner de nostre temps que bien peu, le voyant assez remply de tels suiets, & lesquels sont dignes qu'on publie & laisse grauez pour la memoire à la posterité.

Ces histoires sont de l'œuure de l'autheur sãs autre.

QVELLE FVT LA FIN DES ENFANS DE L'EMPEREVR Federic deusiesme du nom, pour s'estre reuoltez de l'Eglise, & ayans persecutè le souuerain pasteur seant à Rome.

HIST. PREMIERE.

IE me suis plusieurs fois estõné comme les Annalistes, Chroniqueurs, & historiens Alemans s'osent de tant oublier, que de deffendre la cause (par tout le monde condemnée) d'aucuns de leurs Empereurs, se reuoltant cõtre le Pape : veu qu'il n'y a raison aucune qui puisse excuser le vassal de l'hommage qu'il doit à celuy qui est son seigneur de fief, s'il s'enhardit de luy denier obeïssance selon la loy establie pour vn tel asseruissement. Or ne me sçauroient ils prouuer que l'Empire soit heritage pour les Alemans, mais bien m'accorderont, que les Papes de leur nation, l'ayans transporté entre leurs mains, ils s'en sont aussi re-

Les Papes seigneurs des Empereurs Alemans.

serué la surintendance & confirmation; comme ainsi soit qu'auparauant le Pape estoit confirmé par l'Empereur, & obligé auant que estre sacré, à sçauoir si le Prince trouueroit bonne & canonique son election, sans que l'Empereur se souciast d'vser de pareil deuoir enuers le Pape. Or n'est il aucun qui ignore que Gregoire cinq. du nom, & Pape, fut celuy qui autorisa l'electiõ de l'Empire par les six Princes electeurs, choisis à la poste des Alemans, sans y apeler le reste des Roïs chrestiens, si que ce mespris à esté cause que les autres Princes se sont emancipez de celle obeïssance, que iadis toutes les nations de l'Europe rendoient à l'Empire.

Gregoire cinquesme Pape autorise l'election de l'Empereur.

Si les Papes feirent bien, ou mal en cecy, ie m'en raporte à ce qui en est, & s'ils ont puissance de faire largesse des Roïaumes, & Empires à qui bon leur semble, i'en laisse la dispute aux Canonistes, & Legistes, qui s'y sont amusez longuement, du temps mesme duquel nous pretendõs discourir, lors que regnoit Federic second, surnommé Barberousse fils de Henry second & petit fils de Federic premier sortis du sang illustre de Sueue. C'est ce Federic qui est le sujet de ceste histoire cõme vn des plus cruels ennemis que iamais eurent les Papes, iaçoit qu'en toutes choses il fust tenu au siege Romain. Car Celestin troisiéme du nõ, voyant le Royaume de Sicile sans hoir legitime, & masle, & que la seule Constance fille du Roy Guillaume le Normand, restoit du sang Royal, laquelle estoit Nonnain voilée & fort auancée en aage, la dispensa & feit tant que Henry l'espousa auec le Royaume de Naples & Sicile. De ceste cy sortist Federic le Fleau de l'Eglise Romaine, cõme par iuste iugement de Dieu, estant le punisseur de la faute de l'Euesque souuerain, & naissant à Panorme, L'Emperiere voulut l'enfanter en pleine sale, & deuant toutes les Dames, affin qu'on ne pensast que ce fust quelque enfant suposé, à cause que des ia elle estoit sexagenaire, & hors de puissance naturelle de conceuoir. Or quoy qu'il en soit, ou soit que Federic fust son fils, ou suposé finement pour tromper, & l'Empereur & les Princes, si succeda il à sa mere au Royaume Sicilien, & depuis vint à l'Empire, apres la mort de son oncle Philippe, lequel auoit esté esleu decedant Henry, à cause que Federic estoit bas d'aage, n'ayãt encore attaint que

Pape Celestin 3. dessoila Constance ia vieille & la maria auec Hẽry Emp.

Naissance de Federic 2. à Panorme en Sicile.

enuiron vnze ou douze ans. Ie n'ay pas deliberé de poursuyure la vie de ce Prince, quoy qu'elle face fort au suiet proposé en nostre argumēt, lequel ie veux deduire sur les enfans de cestui-cy, lesquels luy succederent aussi bien en mœurs, & mauuaise volonté vers le sainct siege, & le pays d'Italie, comme es terres & seigneuries qu'il possedoit. Car il eut Henry & Cōrad legitime, & qu'il s'associa en l'Empire, & Mainfroy Bastard qu'il feit Prince de Tarente, & lequel depuis vsurpa sur ses freres le Royaume des deux Siciles: vn des plus cruelz, & sanguinaires hommes qui regnerent iamais en Italie, insolent au possible, sans foy, ny l'oyauté, ennemy mortel de l'Eglise, & en somme auquel ne manquoit rien pour le rendre singulier en bastardise, d'autāt qu'on dit ordinairement si vn bastard fait bien, c'est d'auenture, mais s'il suit toute espece de vices, ce n'est rien que de son naturel, à cause qu'il sēble qu'il y ayt quelque maledictiō en ce genre d'hōmes pource qu'ils sont nez d'vn accouplement defendu, & illegitime: mais c'est mal posé, & auancer le vice des parens sur l'enfant qui est innocent. Mainfroy donc s'emparāt du

Enfans de Federic. 2

Mainfroy bastard hōme cruel Roy de Naples et Sicile.

Royaume, sans se soucier de la volõté, & confirmation du Pape en qui se dit auoir droit sur les terres Siciliennes & de Naples, commẽça à imiter les mœurs de son pere, non en vaillance (car Federic auoit esté vn des plus genereux & hardis guerries de son temps) mais en cautelles, vsurpations, & mespris du siege de Rome, qui fut cause que le Pape donna son droit à Charles de France frere du Roy saint Louys, & l'inuestist du Royaume des deux Siciles, auec protestation que luy ny ses successeurs n'aspireroyent iamais à la couronne Imperiale, d'autant que c'estoit par le moyen des Empereurs, auancez en Italie, que l'autorité Pontificalle auoit senty si grande diminution, & aussi que les ligues & partialitez d'entre les Guelphes & Gibelins tant preiudiciables, auoient pris pied pour la ruine de tout le païs Italiens. Mainfroy qui sçauoit l'inimitié que le Pape luy portoit, & soupçonnoit ses menées, comme homme qui ne se fioit guerre des siens, s'allia auec le Roy d'Aragon Pierre, homme cauteleux, & grand farseur de menées, & tel qui suyuãt l'affection de ses predecesseurs, qui auoiẽt soustenu le party des Albigeois en Lan-

Charles de Frãce inuesty du Royaume de Naples & Sicile.

Pierre d'Aragõ espouse la fille de Mainfroy

guedoc, ne faisoit guere grand compte du Pape, & ne se souciot de son autorité, & puissance, cõme depuis il mõstra en la cauteleuse cõqueste par luy faite du Royaume de Sicile. I'ay honte de l'impudente mẽterie d'vn Siciliẽ, appellé Lucio Marineo, lequel à fait les chroniques d'Aragõ: car pẽsant faire plus illustre la maison de Sicile, il accusa Charles de France de trahison, pour ce qu'il taschoit par tout moyen de gaigner le Royaume, que le Pape luy auit accordé, esmeu de la rebellion de celuy qui le tenoit par la donation du sainct siege, & feit conscience de dire que ce Prince François tascha par tous moyens, de faire occire Mainfroy, comme ne pouuãt se preualoir de luy à guerre ouuerte. Et toutesfois le peu accort historien, ne voit pas comme il se trompe, & de soy mesme declare sa bestise, lors qu'il confesse, que la plus part des seigneurs Napolitains, faschez de la tyrannie du bastard, conspirerent contre luy, & feirent entendre leur volunté au Prince de France, affin que plus hardiment il se mist en deuoir de conquerir ce qui luy estoit deu comme souhaité par tous les peuples d'Italie. Car si Charles eut pour-

Lutio marineo Sicilien impudent menteur.

suiuy Mainfroy ou par venin, ou par secrette coniuration, il luy eust esté fort facile d'en cheuir, & se preualoir de luy, sans hazarder vne grād armée, ainsi qu'il feit depuis, comme verrez poursuyuant de lyre ce qui s'ensuit. Les Seigneurs Italiens donc, tant du Royaume que Toscans, Romains, que L'ombardz, ayant intelligence auec les François contre le Bastard, sollicitoient le Pape & sa saincteté, ne cessoit d'aduertir Charles, lequel ayant dressé vne belle, & puissante armée en Prouence, s'apresta de passer en Italie. Le passage luy estit facile, ayant les Lombardz à sa deuotion, mal affectionnez à la maison de Federic, & hayans à mort la memoire de sarace, à cause qu'il auoit ruiné la ville de Milan : & les Florentins souhaittans tout malheur à Mainfroy, comme à celuy qui leur faisoit mille extorsions, & couroit leurs terres, & s'efforçoit, par tout moyen, de les despouiller de leurs seigneuries. Ainsi, & les Alpes, & l'Apennin, estoit ouuert aux François, & les terres du patrimoine estoiēt à sa deuotion, à cause que le Pape estoit de la partie, & le premier interessé par l'insolence du

Peuples d'Italie enemys du sang de Federic Empereur.

bastard, lequel il disoit inhabile à sa succession de Constance, comme n'estant de son sang, & que quand il le seroit, encor les reuoltes de son pere contre l'Eglise, & son vsurpation, le priuoyét de tout droit pretendu en la succession des deux Siciles. Mainfroy oyant le grand appareil du François, & sçachant que les Lombards ne luy failleroient de secours, s'arma de Siciliens, Allemans, Espaignols, & de ceux de Naples, lesquels, à dire verité, le suiuoient enuis, & ne cherchoient que les moyens de luy nuire, & luy iouër faulce compaignie. A ceux cy estoient conioints en pareille volonté les bannis de Florence, lesquels suiuoient la ligue de l'Euesque Romain, auquel s'estans adressez, luy offrirent toute ayde & faueur, pour & au nom du Prince Frãçois, pourueu que son plaisir fust de les remettre en leurs biens, & restituer en leur ancienne liberté: & afin, disent-ils, que vostre saincteté sçache, Souuerain Pasteur, quels sont noz moyens, nous ne somme pas en si petit nombre, que ne fournissions de sept à huit mille vaillans hommes, tant à pied qu'a cheual, segnallez en fait des guerres, & tous lesquels sont seruiteurs

Peuples suyuans le bastard.

Ambassadeurs des bannis de Florence au Pape.

tres-humbles de voſtre ſainteté, & ennemis mortels du tyran de Sicile. Ce ſommes nous, Pere ſainct, qui pouſſez du zele de la religion, & affectionnez à la purité de la doctrine, aymant l'obeïſſance deuë à l'Egliſe, auons mõſtré en France quels nous ſommes contre les heretiques Albigeois, leſquels ſous le ſigne puiſſant de la croix, & à la ſuitte du Roy tres chreſtien, nous auons chaſtiez & contraints de s'humilier ſouz la main de Dieu, & auctorité de l'Egliſe, & ſouz la dignité de celuy qui eſt leur Prince ſouuerain. Ah! Pere ſaint, ceſte querelle n'eſt pas moins contre vn rebelle aux loix diuines que le voyage d'Auignon, & de Prouence, veu que Mainfroy vſurpe les biens, & patrimoine de l'Egliſe, rançonne la nobleſſe, deſpouïlle les bons citoïens de leurs richeſſes, tyranniſe ſes voiſins, & en ſomme meſpriſant tout droit, tant diuin qu'humain, il n'a autre loy que ſa fantaſie, ny religiõ, ſinon celle qui flate ſon vouloir, & raſſaſie ſon ambition. Si les ſubiets de l'Empereur ſon pere furent n'a pas long temps diſpenſez de luy faire obeïſſance, & les Princes voiſins furent incitez à luy

Italiẽs en Frãce cõtre les Albigeois. Voy Leõ. Aretin en l'hiſt. de Florence.

Federic excommunié, ſes ſuiets furẽt diſpenſez de luy obeir.

faire la guerre, & le poursuiure comme maudit, & reprouué de l'Eglise, c'est à meilleure raison qu'ō doit s'acharner cōtre cestui-cy illegitime, sans courtoisie, vertu, ny honnesteté quelconque, & lequel chassant la noblesse illustre de ses terres, enrichist de leur substance ces Allemans mesmes, lesquels sont souuentes fois venus à Rome, auec Federic, pour la ruiner, & sont les pilleurs & ennemis mortels de l'Italie. Ayez pitié, (Pere souuerain) de la troupe de tāt de gens de biē, bānis de leurs terres, pries, en leur faueur, le gentil Prince François de les accepter, & prēdre en sa sauue-garde, asseuré qu'il receura si bō seruice de nous, qu'il aura occasion de se loüer, & contenter de la noblesse chassée de Naples, & de Toscane. Le Pape esbahy du haut cœur des Gentils-hommes exilez, & se plaisant en ceste occurence les mercia de ce bon vouloir, les priant d'y continuer: que de sa part, il leur donneroit toute faueur, aide & conseil; les asseurant que Charles feroit le semblable, pourueu qu'ils ne faillissent à ce qu'ils promettoient, & qu'ils ne le laissassent au milieu de la besoigne. N'oublia de leur propo-

Propos du Pape aux Florētins

ser, combien il est difficile de se preualoir d'vne multitude, ou chacũ est le maistre, & que ç'auoit esté le moyen auec lequel les estrangers s'estoient agrandis en Italie, & auoient despouillé les naturels du païs de leurs richesses, & les habitans chassez de leurs villes & Prouinces. Que s'ils pretendoient se ioindre auec le Roy Charles, il failloit aussi obeïr à ses ordõnãces, iusqu'a la fin de la guerre, afin que confusion engendrant mespris, ne fust cause de leur ruine, & de la perte de ce que des ia le Prince François se tenoit comme asseuré de le posseder. Leur meit en auant que quleque grand armée que eust le bastard, si est ce que la plus part luy estoit mal affectionnée, & les Allemans mesme ne l'aymoient guere, à cause qu'il vsurpoit ce qui appartenoit aux enfans legitimes de leur Federic: & si les Siciliens luy obeissent, c'est par contrainte, ne sçachant à qui se fier, quoy que volontiers ils changeassent de seigneur, tant pour estre pressez par les tyrãnies de Mainfroy, que pour estre naturellement enclins à nouueaux desirs, & à changement de Princes. Et afin qu'ils fussent vnis ensemble, les exhorta à eslire vn General

Siciliens aymant chãgemẽt de Roy.

pou-

pour leurs troupes, & leur donna vne enseigne portant vn aigle, laquelle deschiroit de ses ongles, & griffes vn dragon: laquelle enseigne seroit la guide de tous ceux qui estoient bannis par l'inclemence du bastard infidele. Ainsi admonnestez, ils promettent toute obeïssance, & esleurent soudain pour general de l'armée, vn capitaine, homme remarqué en conseil & vaillance, nommé Guy, surnommé Guerre, lequel s'estoit fait congnoistre en diuer endroits, tant d'Italie, que d'autres regions d'Europe, & d'Afrique, ou tousiours il auoit commandé, auec reputation d'homme vaillant, & sage conducteur. Ceste troupe gaillarde, entendant comme Charles estoit ia entré en Italie, & qu'il estoit campé au territoire de lanciēne cité de Mantouë, printdrent celle route, & arriuez que furent au camp François, Dieu sçait quelles caresses le bon Prince leur feit, oyant comme le pape les luy recommandoit; comme gens de sorte, de grād renom, & des plus illustres, & excellēs seigneurs de Naples, & de Toscane: tellement que Charles caressant les Chefs auec grande priuauté, (comme le Fraçois est courtois sur tout

Guy Guerre General des Italiens.

Courtoisie du Roy Charles vers les Italiens.

autre, mesmement à l'endroit des estrangers)& monstraut vn bon visage à toutes les troupes, il les mercia fort affectueusement de leur tant honneste deportemēt, de venir accompaigner son armée, par ces passages tant difficiles (car l'ennemy tenant les forts de Toscane, il fallut passer par la Romaigne, & pays d'Vrbin, pour prendre la route du Royaume) les asseurāt de son bon vouloir, & leur promettant aide & faueur, apres la victoire, de laquelle il se tenoit certain, eux le secourans, eu esgard à sa iustice, & à la tyrannie de son ennemy: qu'il ne se soucioit que du seul nom & tiltre de Roy; qu'il pretēdoit que le butin, richesses, & prouffits de la, fussent pour le salaire des Chevalliers & soldatz: qui estoient à sa suite, comme aymant autant leur auancement, qu'il les voyoit bien affectionnez à luy faire seruice. Le general des Italiens oyāt les propos courtoys de ce Roy vaillant & magnanime, ne faillit aussi à luy declarer la volonté de ses troupes & le desir qu'ils auoyent de le seruir vsant de ceste harengue.

Arraisonnement de Guy Guerre au Roy Charles, pour, & au nom des banniz de Florence.

IAçoit que ce fust à nous, Roy trespuissant, à vous mercier treshumblement, plustost que d'ouyr vostre maiesté vser de graces en nostre endroit, si est ce que nous auons dequoy nous esiouyr grandement en cecy, cognoissans celle grande courtoisie, & affabilitè de laquelle nous iouissons, estans receuz si humainement par vn des plus excellents Princes de la terre : ioyeux de voir ceste vertu conioincte auec la force & grandeur de vostre Roïal courage, & du reste des perfectiones, qui ont leur siege en la grauité modeste des actions de vostre vie. Et faut que nous confessions, ô Roy magnanime, qu'il est hors de nostre puissance, d'effectuer ce que nous desirons fiare pour vostre seruice, estans chassez de noz maisons par la tyrannie & cruauté de Mainfroy, qui sert d'obstacle à noz desirs, & d'empeschement à nostre deuotion plusque bien affectionnée. Neantmoins ces noz corps, forces & bras sont prests à s'employer gaillardement par tout ou il vous plaira nous commander, ce que l'effect monstrera mieux que la parolle ne sçauroit deduire, estant honteux de se vanter, iusques à ce que l'experience face cognoistre à vostre maiesté, & quels nous sommes, & cõme nous sçauons ioindre les œuures gaillardes à la brauade de nos parolles. Aussi ne saurions nous tant faire pour vostre seruice, que encore l'obligation ne nous lie à faire d'auantage: veu que estans chassez, & bannis, comme nous sommes, vostre venuë nous a esté toute telle qu'vne grande clarté aux pauures nauigans, courãs quelque perilleuse fortune, ayans esperance de voir encore vn coup ce temps, auquel par la liberalité, force, & puissance d'vn prince de France, nos reuererõs nos maisons, & pourrons iouyr de nos libertez, franchises, priuileges, & richesses. La gaillardise de voz parolles (Sire) la brauade de vos soldats, & ce que nostre cœur nous done de hardiesse nous promettent passage par dessus les corps taillez en pieces de nos ennemys; pour aller en nostre païs, chargez de gloire, & vostre Maiesté redoutable par tout en la souuenance de ses victoires, & trophées. Et tant s'en faut que nous ayons fait chose pour l'esgar de nostre deuoir enuers vous, ayans fait vn si plaisant, & peu fascheux chemin par l'espace de trois iours, suyuãs vostre armée, par l'aspreté de ces lieux fascheux, & fort difficiles, que encor n'aurons nous satisfait à la moindre partie de tous reuerence deuãt vostre Royalle magnificence, passans en combatant par le milieu de l'armée ennemye, tant nous pensons vous estre obligez. Or sçauonsnous qu'il y a deux occasions qui doiuent asseurer vn general de la volonté, & loyauté de ses soldats en quelque entreprise: asçauoir que tous soyent esgalement ennemys de ceux contre lesquels on a deliberé de combattre, si que iamais les Romains n'eussent batu Iugurthe, ny aneanty les forces Africanes, si de tous temps leur cœur n'eust esté mal affectioné à la desloyale cruauté des seigneurs, & guerriers d'Affrique: & l'autre est l'espérance du salaire, & l'asseurãce qu'ilz serout recompensez pour leurs hauts faiz, & gestes illustres, estant la gloire, le pris des vaincueurs & la liberté, le salaire de ceux qui combattent. Lesquelles deux choses (Sire) ne manquent point icy aux Toscans &

Deux points asseurãs vn chef de ses soldats.

Iugurthe vaincu par les Romains.

Florentins, lesquels n'eurent iamais occasion si iuste, n'y moins tant equitable de haïr homme qu'ils ont de se mal affectionner à Mainfroy, & de poursuiure sa ruine: entãt q̃ par ceste voye, nous vengerons les torts & iniures qu'il nous à faits, espandant nostre sang, & massacrant si grand nombre de noz parens, & amys, ains encor en nous ruant sur cestuicy, & le poursuiuãt à main armée, nous allons en intentiõ d'abolir la memoire detestable de la race d'ou il est sorty, poursuyuãt la totalle deffaire de sa famille entiere de son pere Aïeul, & Bisaïeul, lesquels nous ont griefuement affligez, & oppressé tyranniquement les nostres, suportans le party Gibelin cõtre la saincteté du primat vniuersel de l'Eglise. Ah! Roy debonnaire, c'est ceste famille de Sueue, la race des Federicz, celle, qui sortant de la mesme barbarie d'entre les Alemans, vint en Italie souz iuste pretexte, & auec le nõ fardé de liberté du pays, a troublé l'estat de Toscane, & ruiné plusieurs grandes & superbes citez; qui viuans en paix, sentirent le flambeau de discorde s'allumer en leurs entrailles: & y semerent les abominables tant de malheurs, que le sang es-

Gibelins armez de l'Empereur.

Federic. I ennemy de l'Italie causa les ligues d'icelle.

pandu de toutes pars peut tesmoigner de la grande calamité orageuse, qu'aporta ceste tempeste Alemande, de laquelle ont prins commencement tous les discords, ligues, partialitez, saccagemens, & massacres aduenus en toute l'Italie. Et quoy que les maux, par nous proposez, se puissent plus aisement suporter, à cause qu'ils sont communs à toute la nation, & tels que l'vn party n'y l'autre (s'il n'a du tout faute de sens) ne deuroit s'en souuenir sans pleurer & lamenter ce commun desastre : Si est-ce (Roy pitoyable) que le malheur nous est particulier, entant que iamais ces persecutions de gens de bien, & detestable famille des Federics, ne s'est dressee auec effort d'armes & rebellion contre le Pape, que par mesme moyen nous n'en ayons senty les maux & douleurs, comme deffenseurs de la saincteté du siege Apostolique. Ie pense que vous n'ignorez point les tyrannies desquelles vsa Federic Bisaïeul de ce galant, lors que vsurpãt (à faux tiltre) le nom d'Empereur, il passa en Italie auec l'armee des Sueues pour se faire courõner, & comme ce pays sentist en sa venuë non la douceur d'vn Prince Romain, mais plustost la cruauté

Federic armé en Italie.

Cest Emp. mourut en Asie, allant cõtre les Turcs, & se noya en se baignant.

Barbares qui ont ia dis couru l'Italie.

Federic ruina Milan, & pourquoy.

Voy Corie en l'histoire de Milan.

Henry 5. du nom Emp. qui espousa la Nonnain Constãce.

barbare d'vn Hannibal, accompagné des desloyaux d'Affrique, ou celle d'Attile, ou Totile, ou de l'abhominable Genseric Roy des Vvandales: Cestuy ayant ruiné la cité fameuse de Milan, laquelle estoit le plus grand lustre & ornement de tout l'Empire, & l'ayant tout ainsi accablé cõme le plus barbare & cruel ennemy du Romain, vint encor semer vne semence si pestifere & venimeuse par tout le pays de Toscane, qu'il ne laissa cité ou les bõs estans persecutez, ne fussent contrains de s'enfuir pour faire place aux larrons, voleurs, & traistres qui estoient soustenus & fauorisez par ce cruel tyran, plustost que prince. Auquel succeda Henry son fils, digne heritier d'vn tel pere, lequel embrassant les traces de son pere, se monstra tresingrat à ceux mesmes qui luy feirent present du Royaume de Naples, & persecuta ceux qui l'auoient secouru, & iniuria les plus loyaux qui auoient fait de bons & fideles seruices. Or quel a esté le secõd Federic, pere de ce monstre de cruauté Mainfroy, il seroit trop long d'en faire le discours, veu le grand & presque infiny nombre de ses meschancetez, tyrannies & violences, & combien de fois il a conſpiré cõtre les paſteurs, ſouuerains de l'Egliſe vniuerſelle. Vantez vous Alemans, vantez vous à voſtre aiſe que Federic ſoit ſorty de voſtre païs, glorifiez vous en ſes geſtes, & haucez iuſques au ciel ſes louãges & vertus: preſchez le par tout homme excellent, ſçauant és langues, & grand guerrier, ſi ne ſçauriez vous le loüer ſi biẽ auec vos flateuſes beniſsõs, que touſiours il ne demeure entaché d'vne marque vilaine de perturbateur du corps public, de peruers abuſeur de l'eſtat Royal, & infidelle ſuiet de l'Egliſe: regardez s'il eſtoit ſi bon, ſage, tãt bening & Catholique que vous le faites, puis qu'il a fallu que les Princes Chreſtiẽs ayent fait aſſembler le concile contre ſes inſolẽces, & le faire declarer ſchiſmatique; & pour ſes peruerſitez ſeparé de la communion Chreſtienne: vous ſçauez, Roy treſpuiſsãt, en quelles angoiſſes tõba le ſainct Eueſque chaſſé de Rome par la fureur & deſloyauté de ce tyran, n'ayant ou ſe retirer, ſi la glorieuſe maiſon de Frãce n'euſt eſté le ſupport & retraite couſtumiere des Papes aſſaillis par l'inſolence des ſemblables de Federic. Ah race beniƈte des Roys François! qui la ſeule eſtant voiſine de l'Ita-

Les Alemãs celẽt les meurtres & violences de ſes Empereurs.

Il mourut excõmunié.

Frãce retraite ordinaire des Papes en leurs affliƈtiõ.

lie, n'as iamais souïllé ton ame à la pourſuite de l'eſtat Eccleſiaſtique, & qui porte le nom de Treſchreſtienne: pour ſeruir d'appuy & deffence à ta ſaincte mere, laquelle ſe reſiouiſt en vne ſi bōne & ſaincte nourriture: c'eſt toy ſeule qui as la gloire de n'eſtre ingrate ny rebelle à celle qui t'a engendrée par l'Euangile, & qui vis souz l'obſeruation de la ſaincte doctrine de noſtre Seigneur Ieſus Chriſt preſchee par les bien heureux Apoſtres, chefs de l'Egliſe de Rome. Ha Roy debonnaire! dés le temps que ceſt enragé ſe rua ſur les terres du Pape, nous qui l'honorons comme le vicaire de Dieu, & ſucceſſeur des Apoſtres, auōs ſeruy de proye à ceſte beſte affamée, chaſſez & pourſuiuis par les villes, citez, bourgs & fortereſſes d'Italie, & ceux qu'on pouuoit attraper. Dieu ſçait auec quels tourmens ce felon les faiſoit mourir pour raſſaſier ſa cruauté ſur leur innocence. Encore en y a il pluſieurs en ceſte compagnie, les peres, freres & couſins deſquels ont paſſé souz la cruelle main du pere de ce baſtard abominable, leſquels ſont preſts & appareillez de ſe vēger (les armes en main) ſur le fils imitateur des laſchetez du pere. Et non sans cause : car estant mort Federic, nous auions repris cœur, & commécions iouyr d'vne assez plaisante clarté, eu esgard aux tourbillons & nuages souffers durant son Empire : mais (ô bon Dieu) Mainfroy se fortifiant, nous a de rechef plongez és abismes de misere plus tenebreux que la premiere tempeste : de sorte qu'il est impossible que iamais l'Italie iouïsse de paix ou repos aucun, tant que ceste race maudite sera en vigueur, ou qu'ō sentira son odeur pestifere en l'Empire Chrestien. Par ainsi, *Sire*, pensez que tout tant que sommes icy prests à vous obeir, n'auons autre desir ny souhait que la ruine de vostre ennemy, & du bourreau desloyal de nostre nation, tant par cest enuieillissement de haine de long temps enracinée en nos ames contre ceste race Alemande, comme estans guidez d'esperance de rentrer par vostre courtoisie en nos maisons, & iouïssance de nos terres & heritages. Nous ne poursuiuons rien qui puisse tourner à vostre preiudice, ains plustost ce guerdon de nostre loyauté seruant à vostre puissance, seront l'appuy de vos suiets ; en tant que par nostre enrichissement & recouurāce du noſtre, les François auront moyen de mieux à leur aiſe ſe preualoir de forces de leur aduerſaire: car nous ne requerons point que voſtre maieſté nous donne quelques Prouinces, citez, ny fortereſſes, ſeulement vous ſupplions de nous remettre en nos terres & patrimoines laiſſez par noz peres: Auſſi noſtre aduis eſt que nous ne pouuons viure aſſeurez en Toſcane, ſi le Roy Charles, frere du Monarque des Gaules, n'eſtablit ſa puiſſance au Royaume de Naples: & qu'auſſi nous ſeruions aux ſiens d'vne forte & redoutable muraille ſi quelque neceſſité leur ſuruient, & ſi par cas ils ſe voyent preſſez de leurs ennemis & les noſtres: aſſeurez vous, grand Roy, de moy, & de toute ma ſuite: tenez vous pour certain de leur loyauté, & croyez qu'ils mourront tous à vos pieds, pluſtoſt que reculer ny refuſer d'aſſaillir & combattre le Tiran, ou luy donner bataille, quelque part qu'ils le rẽcontrent: eſtans tous ennemis de voſtre ennemy, & ayans en eſgal treſtous vn grand profit preparé, ſi vous obtenez la victoire, laquelle nous attẽdons comme voſtre, & vous ſupplions humblemẽt, Roy treſpuiſſant, de nous eſtimer tels, apres la fin de la guerre, comme vostre maiesté iugera le meriter l'effait de noz œuures: car ie vous iure qu'il n'y a homme en nostre cõpagnie qui n'aye dedié son sang à vostre seruice, & consacré sa vie à l'exploit de vostre victoire. Conduisez nous ou il vous plaira, pourueu que ce soit pour accabler Mainfroy, & vous acquerir le nom de Roy de Sicile: car le fer aux mains, nous le poursuyurons iusqu'aux derniers limites d'Alemagne, & l'irons assaillir en Sicile, & fallust il passer par les flames bouillantes de Mongibel, ou se lancer dans les flotz tourbillonnez du Canal de Messine. Aussi luy viuãt ne pouuõs nous auoir repos, ny vous, Sire, iouyr de la couronne Royale, qui vous appartient, par la donation de celuy qui en est le vray seigneur, & duquel se sont reuoltez les enfans de Constance. Le Prince François, quoy que dés le commencemẽt il se tinst pour asseuré de la loyauté des Florẽtins, ayant receu les lettres du Pape, encor s'en asseura il dauantage, oyant ce discours, & prenant garde à la vehemence de l'affection de celuy qui haranguoit, lequel exprimoit auec grand ardeur de parole, & signes pleins de bon zele, que l'effait ne

Canal de Messine iadis Scylle & Caribde.

seroit rien desmentant ceste brauade de parole. Qui fut cause que encourageant les siens, accompaigné de François, Prouençeaux, Lombardz, & Toscans, il print la route de Naples, auec deliberation de donner bataille au bastard, quelque part qu'il le pourroit rencontrer. Mainfroy qui ne vouloit faillir à son deuoir, comme Prince de hault cœur qu'il estoit, & osté le vice de Cruauté, vn autant genereux que autre de son aage, ioint que ne se fiant du tout aux Napolitans, taschoit de finir la guerre le plustost qu'il seroit possible, craignant que si elle alloit en lōgueur, ses gens l'abandonnassent, ou qu'estant debilitées ses forces, ensemble celles des François, il ne fust accablé par Conrardin fils de Conrard son frere, lequel il auoit fait mourir par poison, & que l'enfant ne vengeast la mort de son pere sur l'oncle detestable, qui luy auoit auancé ses iours, tout ainsi qu'on dit qu'il feit finir la vie à l'Empereur Federic son pere, en l'estranglant à Fernuzole assez gentil chasteau de la Pouille. A ceste cause print son chemin auec son armée vers le païs d'Abruzze, qui iadis estoit la region des Samnites: ce que entendu par Char-

Charles quelles gēs auoit à sa suitte.

Mainfroy hōme genereux, mais Cruel.

Mainfroy empoisonna Cōrad son frere: & estrangla l'Empereur son pere.

Fernuzole chasteau en la Pouille.

les, s'achemina aussi droit au lieu, ou il entendoit que se retiroyt le camp de l'ennemy, & feirent telle diligence l'vn & l'autre Roy, qu'ils se veirent campez fort voisins en vne vallée, pres la ville ancienne de Beneuent chef de Duché, & iceluy le principal presque du Royaume de Naples, loing de laquelle grand cité, Beneuent peut estre quelques trente mille d'Italie: laquelle est située sur vne colline ayant vne planure fort plaisante, qui l'auoisine, le ville long de laquelle coulent plusieurs ruisseaux, & s'estend ce valon qu'aucuns apellent le destroit, iusqu'aux fontaines d'ou sort le fleuue Silaro, ou les terres sont fertiles, & abondantes, & donnans grand contentement à la veuë des passans. Là donc s'estans arrestez les deux Rois: Charles le premier commença à dresser ses escadrons & mettre sa caualerie en ordonnance, courant de ranc en ranc auec vn visage ioyeux, incitant les siens au combat, & les asseurant de la victoire, tant sur la iustice de sa cause, que gaillardise de leurs cœurs, force inuincible de leurs dextres, & tort de l'aduersaire, leur

Beneuent cité chef de Duché.

Aßiete de Beneuent.

Silaro fleuue.

Charles enhorte les François.

proposoit l'exemple de leurs ancestres, la gloire des Gaulois en toutes leurs entreprises, & cõme Dieu les auoit tousiours fauorisez par les païs estranges, y allans pour son seruice, & pour deliurer vn pauure peuple de misere, tel qu'estoit celuy d'Italie oppressé par les tyrannies du bastard d'vn excommunié: les prioit de se souuenir qui estoit celuy pour la querelle duquel ils deuoient combattre, comme estant le frere de leur Roy, prince naturel de France, né, & nourry entre eux, & qui apres Dieu, mettoit en eux sa plus grande esperance. Mais comme il fut sur les rancs des Toscans, & veit leur general mettant ses gens en ordre, prenant plaisir à leur asseurance, & à la gaillardise auec laquelle ils se preparoient de donner dessus l'ennemy, dissimulant ce qu'il en pensoit; il leur vsa de ce petit mot de harengue.

Propos du Roy Charles aux soldats Florentins de son armée.

C'Est à present (Seigneurs Toscans) que vous voyez la saison preste, en laquelle vous pourrez effectuer vos desseins,

ſeins,& contenter celle enuie que vous a-uez d'attaquer celuy qui a occis vos parens,& ſaccagé la plus part de vos richeſſes, & contenter celuy aux pieds duquel vous auez iuré de pluſtoſt mourir, que ſortir de la bataille ſans la ruine du tyran qui vous a tant donné de peine. Voicy l'heure que vous pouuez venger de Federic,& des ſiens,ſur ſon fils,& vous vengeant de luy,encore le punir du tort qu'il a fait à la nature,en tuãt celuy meſme qui l'auoit mis en lumiere. C'eſt à ce iour que Charles de Frãce s'attend de mourir glorieuſement au combat en voſtre compagnie,ou de gaigner(en vainquant)la courõne de Sicile:laquelle eſt vſurpée par vn parricide & baſtard, violateur de tout droit de ſocieté humaine. I'ay mes François preſts à combattre les Prouençaux, qui ne ſouhaittent que venir à la meſlée, & les Lombards, leſquels n'attendẽt que le choc,pour ſe faire cognoiſtre amis du ſang François contre l'inſolence de la race ſortie de Sueue : tous ont les yeux ſur vous à cauſe de l'opinion de voſtre vaillance, ils vous admirent pour vous voir bien appareillez d'armes & de cheuaux, & ſe font fors de ne ſouffrir qu'on les ſurmonté en choſe qui ſoit du deuoir & deportement d'vn bon gendarme. Ha gentils cheualiers Toſcans, & l'honneur iadis de l'Italie, ſi les Romains ont tremblé deuant vous, ſi vous auez affligé leur cité, & estonné leurs forces, ſera-il dit à preſent que les Alemãs aſſoupis & amollis par les delicateſſes Napolitaines ſoient pour s'eſgaller à vous, ny pour ſouffrir la peſanteur de vos dextres inuincibles? Vo⁹ ſera-il reproché qu'vn baſtard a ſurmonté les plus illuſtres & genereux champiõs de l'Europe, & qu'en ſon païs meſme nous ſoyons venus querir vn tombeau miſerable en lieu de victoire, & des trophés d'honneur & de gloire? Pourra lon iamais dire que le fils de France armé de telles & ſi puiſſantes forces aye eſté la proye d'vn Alemant, & de celuy qui forlignant du ſang illuſtre de ſes predeceſſeurs, a ſemé les grains de brutalité & tyrannie par les champs, ou iadis tant de bons Capitaines ont planté tant de tableaux pour memoire de leurs vertus & vaillance? Non non, Seigneurs Toſcans: ce ſera à ce iour que par voſtre moyen, & par la force de tant de braues nations qui me ſuyuent, ie ſeray fait Roy & ſouuerain

Les Toſcans firẽt la guerre aux Romains souz Porſene.

de la terre, de laquelle nous auons desia fait saisie : & ce sera le iour, qui deliurant les vostres de seruitude & oppressiõ, vous rendra libres possesseurs de vos terres, & les vẽgeurs de vos ancestres foulez, tuez, & mutilez par ce tyrã, & par ses maieurs, fleaux & persecuteurs de toute l'Italie. Souuienne vous que c'est pour la liberté de vostre païs que vous combattez, & que c'est le souuerain pasteur des Chrestiens, duquel vous soustenez la querelle, & que c'est vn Prince Frãçois amy de vostre nation, pour qui vous estes assemblez. Ce ne sont ny les Gentils, Huns, ny Vvandales, que ceux qui sont auec vous : ce sont les enfans de ceux qui vous ont souuentesfois deliurez de telle barbarie, & qui auec les armes en main ont vengé le tort fait à ceste Prouince tant florissante. Allons gentils Toscãs, allons, & ne souffrõs de viure sans la victoire, nous proposans celle vertu de noz maieurs, qui les a faits redoutables par tout le monde: allons asseurez de la victoire: ayans Dieu pour iuge, & pour pere de ceux qui l'honorent, & vengeur des cruautez de ce barbare, lequel, ou ie mourray, ou ie puniray à ceste fois de ses forfaits, cruautez & tyrannies.

Si Charles faisoit son deuoir d'auimer ses gens, Mainfroy n'oublioit rien qui seruist à son aduantage, ains allans de toutes parts, encourageoient ores les Siciliens, leur proposant la memoire de la Roine Constance, & l'obligation qu'ils auoient à defendre le sang sorty de ses bons Roys, qui sortis de l'estoc Normād, auoient faict cognoistre leur valeur par toutes les parties de la terre : tantost s'adressoit aux Napolitains, desquels, quoy qu'il ne se fiast plus que de raison, dissimulant toutesfois ce qu'il en pensoit, leur mettoit en auant la tyrannie du Pape, de priuer les vrays heritiers du Royaume pour en inuestir les François, homme insolent, & l'Empire duquel est insupportable à l'Italien : les priait de ce souuenir quels ils estoient, & auec quelle gaillardise ils auoiēt iadis esté prisez souz Tancrede, Bohemond, Robert, & Guillaume estonnans les plus hupez d'Italie, & s'estoient faict voye parmy les troupes armées des Empereurs de Constantinople. Que les Toscans ne faisoient à comparoir à eux, estans des gens fugitifs & ramassez, & non toutesfois à mespriser, à cause de leur desespoir : mais que souf-

Constāce fille de Guill. le Normād.

Princes qui ont tenu les deux Siciles.

frãt leur premier effort, il seroit chose aisée de leur faire perdre, & ceste gaillardise, & tout apetit de combattre. Mais quãd ce vint qu'il fut à lescadron des Alemãs, esquels il auoit le plus de fiance, il leur parla en ceste maniere.

Vous sçauez, Seigneurs, que le Pape enuieilly en sa peau, & desireux de la ruine & perditiõ des forces de Germanie, a fait venir les François par deça, & sollicité les bannis de Florẽce à s'armer pour leur querelle: & que les Romains vos ennemis ne cherchent que chasser la race de ces grans & inuincibles Empereurs, lesquels sortis de vostre païs, ont rompu les desseins de ces ambicieux Euesques, lesquels (ne sçay par quel droit) osent donner les Royaumes qui ne leur touchent ny appartiennent. Si vous n'estiez ceux qui auez tant de fois battus ces Italiens, sans cœur, & chastié les brauades de ces Guelphes, & l'arrogance des Milannois, qui nous viennent à l'encõtre, si les Romains n'auoient senty l'effort & pesanteur de vos bras, si ensemble toute l'Italie ne ployoit souz la frayeur de vos forces gaillardes, i'emploirois mon tẽps à vous exhorter, & m'amuserais à vous donner courage, ou (peut estre) ie chercherois les moyens d'accord auec mon aduersaire, n'ayant en qui me fier, que ceux qui sont les amis loyaux de nostre nom & famille. Mais puis que c'est vous, qui en despit du Pape, de ses forces, & du secours de tous ses alliez, auez cõquis ce Royaume, qui tenans teste à toute l'Italie auez subiugué plusieurs fois Milan, batus, & assuietis les Luquois, Sienois, & Florentins, & passé les monts en despit de toutes les armées de l'Italie. Ie n'ay affaire de vous dire rien plus, sinon que ie vous recommande le fils de celuy auec lequel auez obtenu tant de victoires: ie vous mets en main vn Roy qui est vostre, & qui apres Dieu n'a fiãce qu'en la braue nation des Alemans, estans ces Italiés pariures, sans foy ny amitié, & gens qui se plaisent au changement des Princes. Ne craignez, Messieurs de la Germanie, ne craignez point les François, quoy qu'on les estime si vaillans, car ce sont les enfans de ceux que voz predecesseurs ont batus à leur aise, & les sont allez visiter iusques aux portes de leur Royle cité: & au reste ils sont sortis de vous, & par ainsi moindres que vous, & s'ils ont quelque dex-

Othon 3. vint iusques à Paris, mais il fut estrillè furieusement.

terité ny vaillance, c'est de vous qu'ils la tienēt, imités quelque peu la gaillardise de leurs ancestres, lesquels vous surmōtez d'autant, comme lon vous cognoist les plus puissans & fors guerriers de la terre. Allons donc, Seigneurs, allons, & combatons ces troupes ramassées, & peu aguerries de Lombards & Florentins, abaissons le caquet aux François & Prouençaux, & leur apprenons que l'Alemāt ayant estonné les Grecs, vaincu les Romains, couru la plus part d'Asie, ne peut estre autre que le vainqueur de ceux qui viennent pour luy rauir son honneur, & desheriter vn pauure Prince, lequel se iettant entre voz bras, vous prie luy seruir de patrons, & de seule deffence. Ces harangues des deux Roys enflammerēt les cœurs des soldats des deux armées, de sorte que Charles assaillāt, le Bastard ne refusa aucunement le choc, ains entrans en l'estour les vns sur les autres, la bataille fut si grande, achainée & perilleuse, qu'ils furent la plus part du iour sans en rien cognoistre à qui en estoit deu l'auātage: car si les François faisoiēt leur plein deuoir de rompre les Siciliens & Calabrois, si les Italiens se penoiēt d'accabler

Alemans furent en Asie souz les deux Federics 1. & 2.

Bataille perilleuse entre les deux rois.

l'eſcadron des Alemans, & les Lombards attaquans les Napolitains, taſchoient de les mettre en route: ils auoient trouué qui leur faiſoit teſte, de ſorte que Charles ſe veit aſſez de fois en eſtat de deſeſperer de la victoire: veu que l'Alemant faiſoit vn eſtrange deuoir, ſouſtenãt l'effort du Toſcan, & les Siciliens & Calabroys, accompagnez d'vne bõne troupe des infidelles que Federic auoit retiré à Nocere pour ſe preualoir contre le Pape, ſe targeoient ſi bruſquement contre les François, que les plus gentils compagnons confeſſerẽt depuis n'auoir eſté mieux frotez qu'ils furẽt en ce iour, & n'euſt eſté que les Napolitans s'amollirẽt en leur premiere furie, les noſtres euſſẽt eu beaucoup plus à ſouffrir qu'ils n'endurerent: & fut le meſlange des eſcadrons ſi grand, que les Roys vindrent aux mains l'vn contre l'autre, ou la fortune de Charles fut ſi heureuſe, que les Alemans, quittant place, commẽcerent à reculer, & les Siciliẽs & Sarraſins preſque tous taillez en pieces, mirẽt Mainfroy en tel deſeſpoir, que ſe hazardant plus qu'il ne deuoit, il ſe veit enuelopé & occis autant furieuſement, cõme legeremẽt il s'eſtoit lancé en la bataille. La mort du Ba-

Federic 2. mit en garniſon à Nocere des Sarazins.

ſtard cauſa la ruine du camp Alemã, & y eut vne eſtrange deſconfiture, quoy que Charles taſchaſt de ſauuer ce qui reſtoit, mais les Toſcans eſtoient ſi acharnez ſur l'Alemant, ſe ſouuenãs des tors receus, & le Milannois pourſuyuoit ſi aſprement ſa vengeance ſur la meſme nation, que peu s'en ſauua ſans ſentir le fer ſanglãt de ces bãnis d'entre les Guelphes : mais des Napolitains, Calabrois & Siciliens, les ſeigneurs faits priſonniers, cauſerent vne grãde amitié pour le Roy Charles, qui les laiſſa aller ſans aucune rãçon, ſi que chacun cognoiſſant ſa courtoiſie ſe rẽdoit à luy, & fut receu en peu de tẽps pour Roy par le conſentement de tous les eſtats des deux Siciles. Telle fin eut celuy qui oubliant les biẽs que Dieu luy auoit fait, & ne ſe ſouuenant du deſaſtre de ſes predeceſſeurs, ny de l'obeiſſance qu'il deuoit à l'Egliſe, vſurpa le droit d'autruy, ſe reuolta de l'Eueſque ſouuerain, & feit tomber ſur ſa teſte la malediction deüe à vn ſchimatique & infidelle. Exemple notable pour les grans, qui ſe penſent eſtre diſpẽſez de la ſuietiõ, meſme de la loy diuine, pour n'eſtre ſuiets à Magiſtrat quelcõque qui aye le glaiue materiel, & meſpriſent

Grande tuerie des Alemans.

Courtoiſie du Roy Charles.

celuy qui a puissance de lier & d'absoudre en terre, estât ce qu'il fait ça bas approuué és Cieux, à cause qu'il n'vse que de la parole de Dieu : mais vous voyez q̃ Federic 1. estoit vn grand Empereur, craint & redouté en Europe & Asie, toutesfois se-stant reuolté à l'Eglise, & excommunié pour ses rebellions à icelle, mourut en se baignant, & fut sa mort tant incogneuë, q̃ iamais le corps ne peut estre trouué, pour luy dõner telle sepulture qu'apartenoit à vn si excellent Prince. Federic 2. né, Dieu sçait cõment, & nourry en l'opiniastreté de ses ayeul, & Pere, viuant tousiours reuolté contre l'Eglise, iusques à tant que force, il s'humilia deuant le Pape dans la grande cité de Venise: finalement retourné à son vomissement, fut puni de ses tyrannies & reuoltes par celuy mesme qu'il auoit auãcé, & lequel il auoit auoëé pour son fils, à sçauoir ce Mainfroy, lequel ainsi que dit est, le feit piteusemẽt mourir. C'est le payement des tyrans qu'vne mort malheureuse, & le chastimẽt des rebelles de l'Eglise, que la perte de leurs estats, & la fin de la vie est la punition de ceux qui trahissans la chrestienté, la mettẽt entre les mains des infideles, ainsi que

Federic 1. noyé, & le corps duquel ne peut onc estre trouué.

Federic 2. force s'humilier au Pape.

feit Federic, introduisãt les Mahometains au Royaume qu'il tenoit de l'heritage de sa mere. Aprenez par le peril de ceste race ainsi ruinée, vous qui faictes si peu de cõscience de mettre les ennemis de la Foy dans les terres des fideles, à ne mespriser de tant le grãd iugemẽt de Dieu, que d'imiter les Roys Hebrieux punis & aneantis pour s'estre aliez des Roys d'Assyrie & d'Egypte, Dieu estant si ialoux de son hõneur, & si soigneux des siens, que bien qu'il les souffre estre persecutez, si est-ce qu'à la fin il venge fort rigoureusement leur querelle. Regardez auec quelle violẽce ces Empereurs & Roys ont persecutez les Papes, & comme ils leur ont fait quitter leur siege, auec plus de cruauté q̃ onc ne feirent les Huns, Vvãdales, ny Herules: & mesurez l'iniure du pasteur, auec la punitiõ que Dieu a fait de ces rebelles, & cognoistrez qu'il ne faict pas bon se ioüer à son maistre, n'y abuser de ceux qui estans ses ministres sont les chefs de tout son peuple. I'eusse mis fin à ceste histoire, & conclud ce discours de vengeance diuine, sur les mespriseurs de sa puissance Ecclesiastique, par la mort de Mainfroy, & miserable ruine de son armée, n'estoit qu'vn succez plus tragic

Orãd crime de faire entrer les infideles en la Chrestiẽté.

encor que cestui-cy me semond de continuer ma voye, & paracheuer le cours des desastres de ceste maison de Sueue, heritiere de l'Empire, mais trop ingrate au S. siege duquel auoi telle receu vn tel auancement. Car apres que Charles fut couronné Roy des terres conquises, & ordonné, comme le vray deffenseur de l'Eglise, Senateur de Rome, & tel qu'il la gouuernoit comme son patrimoine: voicy Conradin, fils de celuy Conrard, que Mainfroy son frere auoit fait mourir par poison, qui s'en vint en Italie auec grandes forces, & deliberation de recouurer les terres de ses predecesseurs, & oster au prince François les Royaumes qui furent iadis de la race des seigneurs de Normandie. Or en cest endroit bien que ie deteste les Empereurs, & Roys qui s'aigrissoient insolemment contre le chef de l'Eglose, si ne veux ie estre si flateusement dissimulateur des vices & arrogances des Papes d'alors, que ie ne die que le Royaume de Naples parti, & transporté suyuant l'ambition, & diuerses humeurs de ces bonnes gens de Papes du temps passé, a esté cause de tous les troubles, presque aduenus en la

Charles fait Senateur de Rome par le Pape.

Conradin filz de Conrard vint en Italie contre Charles.

Papes cau se des troubles d'entre les Roys.

Chrestienté: voire ont esté ces saints Peres si chatouilleux, qu'ilz n'ont iamais peu longuement endurer, que les Roys Napolitãs leurs voisins, iouissent lõguement en paix de leur succession, ou conqueste. Qu'il soit ainsi, lises l'histoire de Naples, & verrez que iaçoit que Guillaume le Normãd, Roy de Sicile, se fut tousiours monstré le vray soutien des Euesques souuerains, & qu'il eut pris la defense d'Alexandre troisiesme, contre Federic Barberousse, premier du nom, si est ce que luy mort sans hoir legitime, ayãt vn bastard vaillant homme, & fort aimé pour ses vertus, nommé Tãcrede, Celestin troisiesme, oubliant & les offices du pere, & bon deportemẽt du fils, de recognoistre les plaisirs & seruices faits par ces Princes au saint siege, tacha par tous moyẽs d'occuper, & enuahir le Royaume Siciliẽ: Mais les seigneurs s'opposans à son ambitiõ, & creans Tancrede pour Roy, ce vaillant Pape apella Henry, fils de federic, lequel il feit Empereur, & luy promit le Royame de Naples, pourueu qu'il restituast à l'Eglise les terres qui estoyẽt de son patrimoine. Et à fin de faciliter son entreprise, il tira du monaste-

Guillaume le Normãd Roy deffenseur du Pape.

Tancrede Bastard de Guillaume fait Roy.

re Cõstance, fille du susdit Guillaume, la vieille, & la desuoilant, la dõna pour espouse à Henry, de laquelle, comme i'ay dit, sortit Federic second, qui recompensa les Papes de ceste belle menee : par ce moyen il paruint à la fin de ses desseins, & osta Naples aux heritiers de Guillaume, car Tãcrede estoit desia mort, ayant laissé vn filz nommé Rogier, que le Pape ne feit conscience aucune de desheriter, pour couronner vne Nonnain : & ayma mieux souffrir, voire conseiller vn inceste, que soustenir la cause du pupille, auquel, & luy & le siege Romain estoyent plus que redeuables. Par ainsi ne faut s'esbahir si le vouloir de Dieu permist que les Papes fuissẽt ceux qui sentirẽt les violences de la race de Federic, puis qu'ils auioẽs esté les autheurs de leur auãcement, & grandeur en Italie, & pour lesquels inthroniser, ils auoyent despouillé les vrais heritiers des terres, & heritages de leurs ancestres : lesquels les auoient conquises au prix de leur sang, chassant d'icelles les mahometans, qui s'en estoient faits seigneurs contre la force & puissance des Grecz, qui en estoient lors possesseurs. Ces guerres donc causees par les Papes, ſuſcitans de telz tumultes,& prenans cõmencement en la race de Robert, Roy de la Pouille, continuant en la famille des Federicz,pourſuiuirent leur cours & fortune en la maiſon,& ſucceſſion de Charles iuſqu'a à celle Ieanne,laquelle feit armer toute la chreſtienté,ſollicitee par les Papes, pour la querelle du Royaume de Naples, entre les Royalles maiſons de France & d'Aragon,leſquelles ceſte folle Dame auoit adoptees,autant indiſcrettemẽt,comme touſiours elle fut volage, & en ces mariages, & en ces entreprinſes. Reuenons donc à noſtre propos,comme les nouuelles furent à Rome de la venuë de Conradin, & que deſ-ia ſon armee eſtoit à Trente, preſte à prendre la route pour paſſer en Italie, il y eut de mauuais mouuemens en Italie,tant à Rome qu'en Sicile, ſelõ que les humeurs des hommes eſtoient alterees, à cauſe qu'il y auoit vn Seigneur Eſpagnol dans la cité, nommé Dom Henry, du ſang Royal d'Eſpaigne, mais banny de ſon païs, pour auoir coniuré contre ſon frere. Ceſt Eſpaignol ayant eu grand credit enuers la ſaincteté, & s'eſtant veu fauoriſé du Roy Charles, iuſqu'a eſtre gouuer-

Robert Roy de pouille, Normãd.

Ieanne 2. cauſe la diuiſion des maiſons de Frãce & d'Aragon

Henry Prince Eſpaignol deſloial à Charles.

neur de Rome, des qu'il se veit soupçõné de trahison, à cause de sa cõpignie les ligues cõtre le Pape, & ennemis de Charles, quoy qu'il s'en excusast, si est ce que pour cela ne laissoit de tramer ses menées en faueur de Conradin, capitulant souuent & traitãt auec les Pisans & Sienoys, & autres ennemis du Prince de France. Et affin qu'il peut plus aisément parfournir à sa trahison, il auoit vn sien frere en Afrique, fugitif aussi bien que luy, nommé Fadrique, vers lequel il enuoya, & l'aduertit que des qu'il pourroit ne faillist de passer en Sicile, ou il trouueroit Conrard Capicio Napolitan auec aucuns vaisseaux, & qu'il se gouuernast selon les opinions dudict Capicio, Ce qu'estant executé par Fadrique, & ayant trouué forces en Sicile, pour tenir main à ceux qu'il auoit auec luy, il se saisit presque de toutes les villes de l'Isle, exceptés Saragosse, Messine, & Palerme, ou les garnisõs frãçoises, & ceux de leur ligue feirẽt teste aux Espaignolz & aux rebelles: & cestuy fut l'acheminement des reuoltes qui causerẽt depuis les vespres Siciliennes tant chantées par les histories. Ces changemẽs si soudains, & l'esmotiõ des

Trahison de Hẽry.

Fadrique frere de Henry.

Conrard Capicio banny de Naples.

Sicile saisie par Fadrique & Capicio.

des Gibelins ſuportez par ce Prince Eſpaignol, eſtonnerent bien fort le Roy Charles, ioint que les Piſans tenoyent la mer ſouz leur puiſſance, & couroient la coſte de Naples & Sicile : toutesfois faiſant de neceſſité vertu, il fortifia d'hommes & de viures le païs de la Baſilicate, & Calabre, affin qu'ils ne ſe reuoltaſſent, & enuoya en Sicile grãdes forces de Napolitans, deſquels il ſe fioit, leſquels tinſſent le païs en paix, & confortaſſent les Siciliens en la ſuiection auec tout le bon traitement qu'on ſe ſçauroit aduiſer de leur faire. eſtimant qu'en vn accident tel ne faut que le Prince vſe de toute rigueur & ſeuerité, ains doit gaigner les cœurs, non encor confirmez ny acouſtumez à ſon obeïſſance, affin que tranſportez par l'humeur rebelle d'autruy, ils ne ſecoüẽt totalement le ioug de celle obeïſſance, laquelle ils eſtiment illegitime, comme eſtant nouuelle, & effaçant la memoire de ſa puiſſance, à laquelle ils obeïſſoient au parauant. Et diray auec les hiſtoriens, & conſiderant les choſes ſelon leur portée, que ſi Conradin (ſans ſe fier des forces Italiennes) ſe fuſt ietté auec ce qu'il auoit d'Alemans en Italie, il euſt facile-

Piſans courent la coſte de Sicile.

Biſilicate iadis Lucanie.

Sageſſe du Roy Charles à retirer les Siciliẽs de la ligue des Gibelins.

ment chassé les François, & recouuert les terres, encor branslantes, & qui n'auoiens pas oublié le traictement des Seigneurs sortis de la cité de Sueue. Mais aueuglé de ie ne sçay quelle faueur, que luy mõstroit fortune ou (peut estre) nesçachãt de quoy souldoyer ceux qui le suyuoiẽt, il licẽtia la plus part des Alemãs, qui estoient à sa suitte, & reseruãt trois mille cheuaux d'eslite, auec lesquels il pensoit faire trembler l'Italie, ainsi qu'à present on estonne les François, auec le seul bruit de quelques reistres, desquels on menace la France, souz l'aueu du pillage qu'ils peuuẽt faire, sans autre esgard du peril preparé, & pour l'estrãger, & pour celuy qui l'achemine à la boucherie, auec l'espoir d'vn grand prouffit. Car Conradin ayant passé les Alpes, & le long de l'Athese, estant venu iusqu'à Verone, cogneut biẽ la faute qu'il auoit fait se defaisant de ses troupes, à cause des forces de l'ennemy, espandues par la Thoscane, & mesme voyant que Bolōigne Rhege, & Modene estoiẽt à la deuotion du Pape, & du Prince François, & que aussi la plus part des Toscans auoient amitié auec Charles, & gardoient les passages de l'Apẽnin, pour empescher

Faute de Conradin entrãt en Italie.

Athese fleuue venant des Alpes & qui passe à verone.

Villes fideles à Charles.

la desente des Alemãs en Italie: par ainsi il print la route de Genes, & montant sur mer, cõmanda à ses gens de le suyure iusqu'a Pise, fort affectiounee à luy faire seruice. Arresté qu'il fut à Pise, ne tarda gueres qu'il se veit autãt bient accompaigné que ia mais Capitaine estranger, qui passast en Italie, ayant tous les Gibelins, & autres partiaux ennemis du Pape, & soustenans la querelle de l'Empire, auec lesquels il s'en vinst vers Lucques, ou estoyẽt les garnisons du Roy Charles, & grãd nõbre de Florẽtins, & autres qui s'estoiẽt assẽblez pour luy faire teste, & luy donner bataille, s'il se mettoit en deuoir de passer outre. Quoy qu'il en soit, cõme les nostres allassent pour les assaillir, ilz se mirent en desordre plus par arrogance, & meprisant l'ennemy, que de necessité qu'il y eust de s'esgarer, & estãs separez les vns des autres, & sans aucun moyen de se rassembler, ils furẽt tous deffaicts & mis en route, non auec telle ruine qu'ils n'eussent moyen de se reünir, pour encor vn coup liurer bataille à l'Alemant, qui s'estoit enorgueilly, & au Gibelin insolent pour telle victoire.

Conradin à pise.

Lucques tient pour les François.

Charles perd la bataille cõtre Cõradin.

Et ce qui plus feit pour le bonheur

Fidelitè des Toscans.

du Prince de Frãce, fut que de toutes les citez Toscanes, qui auoiét suiuy son party, ne s'en trouua vne qui luy fauçast foy, ains demeurent en la mesme fermeté & constãce, que de nostre temps a monstré Siene au seruice du Roy, cõtre les forces, tant de l'Empereur, que du Duc de Florence. Conrandin, qui estoit, enflé d'orgueil, pour un tel succez, se faisant fort de tout gaigner, print le chemin de Rome, & passant le territoire de Viterbe, ou estoit la sainteté, ne respiroit que feux & alarmes, & ne parloit que de vengeãces, massacres & saccagemens: deliberé de venger la mort de son oncle, & Alemans de sa suite. Le Pape sans s'estonner de la façõ de faire arrogãte de ce ieune Prince victorieux, luy enuoya vn Nonce, pour luy enioindre souz peine d'encourir toutes censures, dignes d'vn rebelle, & schismatique, qu'il eust à se retirer sans troubler en rien le repos du païs, ny empescher le Roy Charles en la iouissance du Royaume de Sicile, luy estãt accordé par la sentence du saint siege: luy proposant en outre l'ingratitude de ses maieurs, & les iniures qu'ile auoyẽt fait au siege Romain, d'ou s'en estoit ensuiuy vn interdict sur toute l[illegible]ce, & lequel on auoit

Conradin va vers Rome.

Le Pape à Viterbe.

Constãce asseuree du Pape.

renouuellé cõtre luy, cõme violateur des decrets du souuerain Euesque. Conradin feit si peu de compte de l'admonition du Pape, que comme ieune, folastre, & arrogãt qu'il estoit, il feit passer, à la veuë du Pape son armee, ou le sainct Euesque maudissant ceste troupe, asseura ceux qui estoiẽt auec luy, qu'en bref tout ce camp schismatic, & ennemy de Dieu & de l'Eglise seroit ruiné & descõfit. Grãd iugemẽt de Dieu sur les rebelles, & infinie misericorde du tout puissant, à l'endroit de ceux qui ont en luy fiance, & s'attendẽt à luy, sans se soucier des forces humaines, sinon entãt qu'elles sont apuyees en l'infinité de sa clemence. Car cõme plusieurs Romains quittans l'alliance Françoise se fussent ioints à l'Alemãt, pour mourir en son seruice, & que Henry Espagnol eut menè grands forces à Cõradin, auquel le peuple Romain s'estoit sommis, & l'auoit recueilli cõme seigneur & souuerain Prince, Charles estãt presque sans forces, à cause que les garnisons estoient departies par les Isles, & païs desquels il se doutoit, neãtmoins apuyé en la grace, faueur, & assistace de celuy, qui depart les victoires, il rassẽbla ce qu'il peut de forces, sans

Orgueil de Cõradin à l'endroit du Pape.

Les hommes amis de la fortune.

Asseurãce du Roy Charles.

desgarnir ses viles & forteresses, auec intentiõ de plustost mourir, que quitter le droit acquis, & par donation, qu'il estimoit vray legitime, & auec l'effusion de tant de sang de François, Alemãs, Italiẽs, grans seigneurs de Toscane, & autres nations qui cõbatirent en la bataille de Beneuẽt. Il voyoit que le batailler luy estoit trop perilleux, & dãgereux, & s'en abstenir encore plus dommageable, en l'vn gisoit sa ruine euidẽte, & en l'autre la reuolte de tout tant de païs qu'il tenoit en sa suiection: estre vaincu, ce luy estoit autãt de bannissement d'Italie, & le vaincre luy sembloit estre impossible, sans vne grace speciale de Dieu tout puissãt, auquel seul, il auoit mis tout son espoir & fiance. Et voyant q̃ ce seroit vne folie de fier sa fortune au hazard d'vne bataille, cõgnoissoit d'autre part que la necessité le bridoit tellemẽt, que ou il failloit cõbattre, ou quitter, & Italie & les desirs de plus porter le tiltre de Roy de Naples. A ceste cause il conclud d'accepter la condition, & de s'exposer sous le hazard d'vne victore par le sort du combat, ou il voyoit que le conseil, & ruses auoyent plus d'effort que force manifeste, & ou les embusches luy seruoyẽt mieux que le cœur inuincible de ses soldatz. A ceste cause se voyant en necessité de combattre, & voisin de l'ennemy, il meit au pied d'vne mõtaigne mille ou douze cens cheuaulx, le chois & eslite de son armée en embusche, pour se tenir prest quand ilz verroyent la meslée cõfuse, & les siens en bransle: leur commandant de se ruer la part ou seroit Conradin, pour le prendre, ou tuer, esperant que luy deffait, ce seroit chose aisée de venir à bout du reste de sa suite, l'Aleman ordonnant ses escadrõs, voulut que les Espagnols qui estoyent auec Dom Henry, & les Geneuoys, & Toscans, fussent au front de la bataille, & que les Alemans seroient au tour de son corps, ne faisant en tout qu'vne bataille, pour, auec ceste impetuosité, se ruer sur Charles, & le defaire & acabler auec ceste multitude. Charles au contraire auoit party ses ordres à l'accoustumé, en auangarde, bataille, & arrieregarde, & en la bataille alloit vn Gentil-hõme, armé du harnoys Royal, deuant lequel marchoit l'ẽseigne du Royaume, & les armes planieres de France: ce qui causa que en l'estour estant mis à bas ce Gentil homme, les ennemys crierent victoire, & publierent la prison

Ruses du Roy Charles.

Charles vaincu, & soudain ayant la victoire.

du Roy, qui causa vn tel desordre que chacun s'amusant apres les prisonniers & le bagage, voicy Charles auec le reste de ses forces, & les Cheualiers de l'ébusche, qui encor estoient tous frais, qui se rua vaillamment sur le corps de la bataille, criant à l'assault, & animant sagement ses Gentil-hommes, lesquels feirent vn tel chaplis d Alemans, Geneuoys, & Espagnols, que Conradin cognut pour lors combien est fol celuy qui se fiant en ses forces, & grand nombre de ses soldats, ne tient compte de ses aduersaires, lequel, luy manquant l'esgalité du pouuoir, se conuertit aux ruses, oppressé de desespoir tourne sa vaillance en fureur & rage. Les Grecz à la bataille de Marathō n'estoyēt rien au pris des miliers de la gendarmerie de Perse, toutesfois l'orgueil des Persans, qui mesprisoit le peu de gens des Grecs, fut cause que celuy qui pēsoit brider la mer mesme, & se faire seigneur de l'vniuers, se veit vaincu, par vn simple peuple de la Grece. Aussi Conradin, qui desia complotoit son voyage à Naples, pour y estre courōné, se prepara vne malplaisante couronne par son outrecuidance, & ruina les forces de ses amys, & l'estat

La multitude n'est celle qui faict gaigner la bataille.

Perses vaincuz par vn petit nōbre de Grecz à Marathō

des villes de ſon alliance. Lequel eſtonné au poſſible de ſe voir vaincu, luy qui n'agueres eſtoit vaincueur, ne ſçeut autre choſe faire que ſe mettre honteuſemēt en fuite. Charles content de luy auoir fait quitter la campaigne, & deſireux de ſe vēger des grands forfaicts & executions faictes par les Italiens, & Eſpaignolz qui l'auoyent ſuiuy, commanda qu'on tint debout l'Aigle imperial enſeigne du fuyard, afin de ſe ruer ſur tous ceux qui viendroyent pour ſe ſauuer, en tua pluſieurs, & les autres furent priſonniers de ſa maieſté. Conradin, qui peu de iours au parauant ſ'eſtoit veu le plus puiſſant Roy de la terre, chef d'vn camp effroyable, & qui faiſoit trembler, au ſeul recit de ſon nom, tout le pays d'Italie, qui quelques iours auāt la bataille ſ'eſtoit fait proclamer Roy à Rome, y auoit laiſſé Guidon Feretran pour ſon lieutenant, ſe retira en celle cité à garand, ou le peuple l'ayant receu, ſi toſt qu'il entēdit nouuelles de ſa defaite, craignant furie de Charles Prince François, & d'eſtre ſaccagé par ſon armée, ſe meit en armes, & commença à ſ'eſmouuoir contre ce prince miſerable, à quoy les incitoient les Capitaines meſmes Romains,

Conradin ſe meit en fuite.

Guidon Feretran lieutenant de Conradin a Rome.

qui auoient suiuy le party de Conradin, à sçauoir les Vrsins, & Sabelles. Prenez exemple, Princes, sur l'inconstance d'vn peuple, s'il ne vous est naturellement subiet, & quoy que tel, s'il vous voit aneãtiz, & mis du tout à bas par voz aduersaires: Plusieurs des Empereurs Romains ont iadis esté honorez en Rome, mais des aussi tost qu'ils auoyent perdu quelque bataille, ou que la fortune leur tournoit le doz, c'estoit lors que ce peuple inconstant les delaissoit, qu'il se mutinoit, & bien souuent qui les chassoit & tailloit en pieces. Noz peres ont veu les Anglois commander à la France, cheris, & obeïs du peuple tandis qu'ils batoyent les gens du Roy, & les talonnoient cõme à leur fantasie: mais des qu'Orleans fut deliuré du siege, que plusieurs villes furent par les François reprises que le Roy fut sacré, & qu'on veit que le malheur couroit sus à la felicité Angloise, c'est la que on les chasse, qu'on les veint massacrer, & qu'on reuere la maiesté du Roy naturel. Pourquoy cela? non de bon iugement qui fut en la teste de ce peuple, ou pour l'esgard de l'inimitié qu'il portast à son Prince, veu ce qu'il auoit fait par le passé, ains seulement d'autant

Vrsins, & Sabelles pour Conradin, le laissent.

Inconstãce d'vn peuple.

Anglois pourquoy chassez de France.

que fortune tournoit le dos à celuy, que elle auoit auparauant cheri & fauorisé. Aussi n'y à il rien plus amy du temps, ou qui plus suyue les inconstances, & mobilitez de ses occurrences, que fait le peuple, qui ne congnoist que le present, oublie l'aise passé, pour le moindre desplaisir qu'on luy sache faire, ou craignant le plus petit desastre qu'on sçauroit imaginer. Conradin sentant qu'il ne faisoit pas bon pour luy à Rome, & que ceux mesme qui l'auoyent accompaigné, taschoient de le liurer à son ennemy, sortist secretement, & en habist incogneu, de la cité, esperant se mettre en mer pour gaigner Pise, & de la se sauuer le long de la cité de Genes. Toutes fois le paunre Prince, affin que la malediction que le Pape luy auoit donnee sortist son plain effait, ne peut tant faire qu'il ne feust tost ampoigné, auant qu'entrer au port d'Hostie, & soudain conduit en la ville de Naples, deuant le Roy Charles, lequel ioyeux d'vn tel present, le garda pour l'accõpaigner à plusieurs grãs seigneurs d'Italie, que il estreina de pareille monnoye. Oyez vn

Le peuple du temps.

Conradin s'enfuit en habit desguisé de Rome.

Conradin pris & mené à Charles.

cas digne de memoire, à cause de la rarité d'vn tel exemple, entre les chrestiens, & que plusieurs de prime face acompteroiẽt à vne biẽ grande Barbarie: c'est que Charles, qui en son temps à esté vn des plus doux, & debonnaires Princes de l'Europe remarqué de grande rigueur, & seuerité, en Iustice, & tout tel que les ennemis mesmes de son nom ne sçauent trouuer que redire sur luy, ayant Conradin en sa puissance, le condemna d'auoir la teste trenchée, sans respecter, ny son sang, ny la grandeur de tãt d'Empereurs, desquels il estoit descendu, ny mesme le ranc qu'il tenoit entres les plus grands Princes d'Alemaigne. Qui est celuy qui oyant ceci, & lisant ce discours, ne s'esbahisse d'vn acte si seuere, & mesmement par vn frere d'vn Roy de France, la courtoisie duquel à esté bien souuent dommageable à la couronne, & peuple François? Et mesme sçachant les vertus de ce Prince Charles, la vie duquel estoit saincte, & religieuse, & les actions qui ne ressentoient rien que saincteté, modestie, & prudẽce. Et falloit bien dire que Conradin estoit estrangement vicieux, puis qu'il ne trouua aucun pardon à l'endroit de celuy, qui excusoit

Loüanges de Charles premier Roy de Naples

les fautes plus legeres d'vn peuple, si ce n'est que le sage Roy, voyant cestui-ci presque seul rester du sang des persecuteurs de l'Eglise, inspiré de Dieu, qui vouloit desraciner ceste semence de l'Alemaigne, pourueut & à sa posterité, & au siege Apostolique. Car Conradin fut decapité par la iustice dans la ville de Naples, & auec luy le Duc d'Ascure, & Gerard Pisan chef des Gibelins de Toscane: mais le Prince Espaignol estant parét de Charles, & que aussi le Roy auoit promis de ne le faire point mourir à ceux qui luy liurerent, fut absouz, auec promesse de ne plus s'armer cõtre luy, susciter troubles, ny empeschemés en ses seigneuries. Telle fin eurent les Princes, inquietateurs de l'Eglise, & tel fut le salaire de ceux qui s'attaquerent au chef des Chrestiens, en la bergerie visible du grand & souuerain Pasteur Iesus Christ. Et à fin que ie ne demeure en si beau chemin, ie diray que iamais homme ne s'y acharna dessus, qui à la fin ne se soit senty de l'offence par luy commise, ce que ie veux prouuer par plusieurs exéples: car sans courir aux siecles trop essoignez de nous, ie vous prie lisez les grandes Annales de France, & les

Cõradin decapité à Naples.

Nul s'attaque au pasteur sans la vẽgeance de Dieu.

vies des Papes, & y trouuerez vn Nogaret, Gentilhomme subiet au Comte de Foix, du temps du Roy Philippe le Bel, lequel se ruant sur le Pape Boniface, homme le plus corrompu qui iamais s'assit sur la chaire saint Pierre, & l'iniuriant iusqu'a l'emprisonner, & luy causer vne frenesie si grande, de laquelle il mourut, il ne fut iamais à son aise, ny les siens sont demeurez en grandeur ny ranc, ains en est presque du tout estainte la memoire au païs d'ou il estoit natif: & en la cité mesme d'Anagne, ou le Pape souffrit ceste indignité, à cause que les Citoyens auoyent consenty au forfait, n'a iamais depuis cessé d'aller en decadẽce: si que iadis estãt riche, & puissante, à present est presque toute deserte, & en solitude. Venõs à nostre temps, & voyez quel a esté le succez & honneur de ceux qui pillerent Rome du temps de Clement septiesme, & cognoistrez le Duc de Bourbon y estant mort en recognoissant la muraille, le Prince d'Orenge qui parfeit le pillage, ne luy suruesquit gueres longues annees, ains fut occis pres de Florence en vne escarmouche: & en somme, i'ay leu, & ouy dire à plusieurs gens de bien, que de tant

Negaret causa la mort du Pape troisiesme Boniface.5.

Rome pillé.1527.

Duc du Bourben occis à Rome. Prince d'Orẽge occis pres de Florence.

de soldats qui se trouuerent à se sac, & guerre contre le Pontife, iamais n'en y eut qui vesquissent trois ans apres ce rauage. Si cela est vray ie m'en raporte à la verité, estant asseuré toutesfois, que les chefs principaux en furent punis par la vengeance diuine, sans que pas vn d'eux laissast hoir qui peut (sortant de ses entrailles) succeder à ses richesses. Il ne me chault que plusieurs se chatouillans, se moquerõt de ce mien discours, mais puis que l'effect rend veritable ma parolle, ie n'ay garde d'en rougir, non plus que i'ay crainte de dire que ces malheurs sont aduenus au saint siege, à cause de la corruption de ceux qui le souillent, par la meschanceté de leur vie, & qui par mauuais exemple sont cause de tant de blasphemes, qu'on profere contre le sainct ordre, lequel ne perira iamais, quoy que les meschans l'assaillent, & encore qu'on se ruë sur ceux, qui sont seruans au sanctuaire. Voyla ce que ie vous voulois offrir du mien pour le present, en ceste petite opuscule, attendant quelque continuation tragique plus solide, & d'autre effect, que les amours, & folatries comprinses es histoires de Bandel: lesquelles ne sont à reietter, à cause que le miel y cõfit, auec vne saincte amertume, & les pechez, & actes vicieux condennez, souz le tiltre de quelque ioyeuse gaillardise. Priant le lecteur, de caresser ce mien fruict, auec autant bõ visage, comme mon cœur est bien affectionné à luy donner dequoy renouueler ses apetits, par la diuersité des œuures que ie bastis, pour le proufit de nostre Noblesse, & grand allegement de la posterité.

FIN DE L'HISTOIRE PREMIERE.

ARGVMENT.

I'Ay tousiours tenu comme chose tres certaine, & veritable, que peu souuent ou iamais il n'auint qu'vn homme de basse qualité, & de vile condition soit paruenu à quelque hault & excellent degré d'honneur & puissance, qu'auec ruse, & tromperie, entant que la seule force ne suffist pour l'establissement de l'estat & confirmations d'vne seigneurie, voire ny pour y paruenir: la ou les ruses & cauteleuses machinations ont assez de suffisance d'elles mesmes, pour tenir en pieds ce qui aura esté vsurpé contre tout deuoir & iustice. Pour preuue de cecy on peut lire la vie de Philippe Roy de Macedone: & auec quels artifices & subtiles inuentions il dompta les Grecs, & s'assuiettist les peuples de Thrace, quoy que auparauant il fut vn simple Roytelet, & son Royaume de peu de marque, & ayãt moins de nom parmy les princes de Grece:

La seule force ne suffist à conquerir vn estat.

Philippe Roy de Macedone, cauteleux & rusé.

Agatocle de potier deuint roy

le mesme peut estre cõsideré en ce Prince Siciliẽ Agatocle, lequel de potier deuinst le plus heureux, & puissant seigneur qui regnast de son temps es voisinages d'Italie. Et tel qu'il tenoit teste aux forces Carthaginoises, & domptoit le cœur superbe des insulaires, & hauitans de Sicile. Mais entre les anciens ie ne treuue aucun qui plus accortement descriue ceste necessité de tromper, à celuy qui veut regner, que faict Xenophon en son institution de Cyre Roy de Perse: car ce graue autheur formant la vie d'vn Prince, i'entens Prince non naturel, ains occupateur du biẽ d'autruy, & rauissant ce qui ne luy est point hereditaire, en peignãt le Persan comme s'inuestissant par fraude du Royaume d'Armenie, plustost qu'vsant de force ouuerte, il semble par telles actions & deportemens vouloir cõclurre qu'il est necessaire à celuy qui desseigne en son esprit des entreprises de grand consequence, de s'appuyer sur les ruses, & d'aprendre à subtilier les matieres, & amuser auec dol, ceux desquels il pretẽd rauir la seigneurie, & les deposseder de leurs estats. Et pour preuue de son dire, il mõstre cõme le dessusdict Cire cauteleusement deçoit Ciassare son oncle maternel, & auec ceste cautele & pipeux artifice, il le despouille gaillardemẽt du royaume & Empire des Medes, car autremẽt ne fust-il ia-

Xenophõ en sa Cyropedie.

Cyre deuient Roy & Monarque par ruses & trõperie.

Ciassare Roy des Medes.

mais paruenu à telle, & si grãde puissãce. Aussi c'est sans doubte que tout esprit ambitieux, & tyrãnique, lequel de soy est esloigné de pouuoir esgal à ses cõceptiõs, ne cesse d'ourdir, & tramer la toile, pour y empieter ceux à l'estat desquels il aspire, & sur la vie desquels il dresse des monopoles, & cõiures. Et de ces moyens vsa en Lombardie de la memoire de nos peres Iean Galeas, lors qu'il se mist en effort de chasser de Milan son oncle Barnabé ainsi qu'il effectua, & se rẽdit le plus redoubté d'Italie, & le premier Duc de Milan. La fille duquel nõmée Valẽtine fut espouse du Duc d'Orleans, & pour la succeßiõ de laquelle la maison d'Orleãs à iuste droit en la principauté Milannoise. Or entre toutes les ruses qui peuuẽt le mieux seruir à vn qui embrasse p desir les terres d'autruy, iamais n'ẽ fut de plus valable, que celle qui voilée d'vn fard de sainctete, couue sa trahison d'autãt pl⁹ detestable, cõme son œuure son mõstrera pitoyable, & digne d'estre admirée. Qu'elle ruse plus grãde demãdez vo⁹ gaigner vn peuple à sa deuotion, qu'ẽ luy fournissant ce qui est necessaire pour le soustenemẽt de sa vie? C'est par ceste vaye que Spurie Melie iadis couroit sa cariere pour se faire Roy des Romains, distribuãt au tẽps d'vne grãd famine de bled à bon cõpte au peuple affamé de sa cité: mais le Senat q tenoit

Iean Galeas faict prisonnier son oncle.

Le mariage de Valẽtine fut l'ã. 1387.

Combien peut l'opinion de bonté pour alterer les estats.

Acte cauteleux de Spurie Melie à Rome

pour suspecte ceste trop grande liberalité, & se desfioit de ceste fardee courtoisie, ayant bon nez, sentit soudain à quoy tendoit ceste prouision, & combien dangereux estoit ce deportement d'vne si grande humanité, tellement que auant que Melie peut eclorre l'engeance de ses mauuais desirs, se veit accablé par la seigneurie, laquelle ne fust si peu consideree qu'elle ne feit gouster au peuple, alliché par telle largesse, quelle trahison estoit couuerte sous ceste pitié & affection compassionnée du Tyran Spurie. C'est ainsi que se couurent ordinairement tous conspirateurs, & font parade d'vn profit public, affin que le peuple charmé auec vn si honeste tiltre de deuoir, ne voye la corruption de celuy qui ne desire autre cas que de tout engloutir, pour le rassasiemẽt de se grande & insatiable conuoitise. Les plus rusez encor se sont fortifiez du baston le plus fort, & puissant pour apuyer l'occasien de leur reuolte, ou enuahissement de l'heritage d'autruy, ou pour contenir vne multitude en son office, & la rendre plus obeissante: ainsi que pour attaindre a ce second point en vsoit à Rome le second Roy qui iamais y commanda, à sçauoir Nume Pompile, lequel adoucissant les mœurs & facons de vie de son peuple farouche & grossier, introduit vne infinité de ceremonies & superstitions,

Religion grād moyen pour gaigner le peuple.

Nume Pompile Roy superstitieux.

ſtonnant le peuple auec l'opinion de la maieſté des Dieux, & le liãt ſous les loix dreſſées pour la religion, & maintenemẽt d'icelle: d'autant qu'il n'y a lien qui plus vniſe les cœurs des hõme: enſemble que faict la veneratiõ des choſes ſacrées, ny qui attire mieux l'eſprit d'vn peuple groſſier, que l'opiniõ de quelque ſainteté nõ vulgaire, ou que ſont les reuelatiõs, ſoit qu'elles ſoient veritables, telles qu'ont eſté celles de nos ſaincts Prophetes, & Peres, & Apoſtres: ou ſoit qu'il y euſt de la fictiõ & hypocriſie, cõme en eſt aduenu à tout Heretique & impoſteur, & s'en ſont aidez ceux, qui ſous tel voile ſe ſõt rendus admirables, de la merueille ſortãt la reuerence & veneration, & d'icelle n'aiſſant la puiſſance auec laquelle ils ont vſurpé les Royaumes, & accablé les Roys & Monarques.

Deux ſortes de reuelation.

Or ayãt l'hõme graué naturellemẽt en ſon ame vne impreſſion de diuinité, à laquelle il face obeiſſance, il n'y euſt, ny aura iamais nation qui ne congnoiſſe, & aye cogneu qu'il y a quelque choſe par deſſus noſtre nature, de laquelle nous depẽdõs, & à laquelle nous deuõs tout hõneur, & obeiſſance. Et c'eſt pourquoy les hõmes, qui ne peuuẽt attaindre d'eux-meſmes à la cognoiſſance de choſe ſi excellẽte, ont en admiratiõ, honnorẽt, cheriſſent, & ſuyuẽt ceux qui leur en declarẽt les miſteres, & les abreuuẽt de telles per

Nul homme ſans auoir aprehẽſion de la diuinité.

Mahomet de petit cōpagnō deuint grād Prince.

suasions. Et ce fust le moyē par lequel l'Arabe imposteur de simple esclaue ou affranchy, et de conducteur de chameaux, & passablemēt riche marchāt, deuint grand Satrape: et en fin estōna les forces et puissance de l'Empire des Romains. Sur la reformatiō de sa secte, quoy que plusieurs y ayent besongné, & tous, non qu'ils eussent soing quelconque du salut des ames du peuple, cōme gens qui n'auoiēt autre Dieu que l'ambition, mais pour gaigner l'estat, et suyure les ruses de celuy qu'ils recognoissoient pour Prophete et Patron de leurs folle creance, & peruerse persuasion. Sur tous ceux la (dis-ie) le plus accort que ie treuue est celuy duquel ie pretens vous discourir desormais l'histoire, laquelle pour estre diuerse en suiets, ne sera que ne donne, & plaisir & contentement au lecteur, auec vne pleine & suffisante preuue & saine instruction, afin que l'homme sage puisse entēdre, & cognoistre combien est forte l'imposture vers ceux, q trop legers à croire, ou peu accors, et subtils à se dōner garde des oiseleurs, qui ne tēdēt qu'a piper auec vn apast de douce saueur, et quelle est l'efficace pour vn sedicieux, et hōme plein d'ābitiō qu'ils voilēt d'vne hipocritique saincteté, vnie et cōme liée auec vne foy de vraye religiō, quoy que le tout ne soit qu'abuz, & peruersité pleine de superstition.

Qui sont ceux qui se laissent gaigner aux imposteurs.

AVEC QVELLE RVSE VN SIMPLE PRESTRE MAhometan s'est rendu Roy, & Monarque de Fez, Tremissan, & Maroque, cõme il fut occis, & la vengeance prise par son fils sur ceux qui feirent le massacre.

HISTOIRE SECONDE.

D'AVTANT que nature a cecy pour sa perfectiõ, que les corps qui sont par elle produits, ne sçauroyẽt auoir duree sans sentir quelque sien renouuellement, & qu'iceluy se fait en les reduisant & raportãt à leurs principes: les Royaumes qui ont quelque simpathie à la composition de ce corps, semble aussi que soyẽt suiets à ce changemẽt pour regaigner ceste premiere beauté, si quelque fois ils en deschéẽt. Car tout ainsi que selõ le succez du temps, ce qui est de la bõté souffre quelque corruption ou alteration inuisible; laquelle est de telle force que si on ne la raporte à sõ but premier, il fault qu'elle gaste & occie du tout le corps: aussi les grandes principautez, & seigneu-

Le corps se parfait raporté a son principe.

ries si ne sont reduites à leur principe & cause originaire, il fault necessairement, que s'alterans, tombent en danger d'vne extreme ruine. Or le fondemẽt le mieux posé de tout estat & republique est celuy qui est guidé de vertu & pieté, ou qui a tout le moins en a, & porte quelque signe & verisimilitude, veu que les plus corrompus pour ne perdre leur grandeur taschent de se rendre vn peuple amy, auec l'appast de sainсteté & religion, & auec la douceur des loix & police, ayant l'image & couleur de quelque iustice, laquelle reduise ce corps a son principe & premiere perfection, la naissance duquel est venuë des actions vertueuses & honestes. Et c'est pourquoy durant la maladie du corps, & les parties estans offencées, & se plaignans de telles indispositions, souuent on a receu des medecins extraordinaires pour y remedier, ou le fer retranchant ce qui sembloit de superflu, & vne douce aplication de drogues y suruenant, on a apaisé ceste douleur plus vehemente, iaçoit que tousiours la maladie demeurast en son estre. Et ne sẽtist le corps public qu'vn chatouillement au lieu qui luy demangeoit, & vn changemẽt subtil

L'origine des royaumes vient de la vertu.

de son mal, en vne pire & plus alteree corruption: Ie parle ainsi pour l'esgard des afflictions des republiques, & royaumes, l'estat desquels a souffert changemẽt de chef pour l'esperance qu'ils auoyent de sentir renouuellement de police, & d'estre remis en celle force premiere, qui les auoit rendus si excellẽs & renommez, que le soleil ne voyoit rien de plus beau ny grand, & les hommes s'y appuyans, en estimoyent le cours perpetuel, & de longue duree. I'ay dit que tel changement n'aduient que les parties estans alterees & corrõpuës, d'autant que si vn peuple n'est vicieux, & mal viuant, & si le Prince le regissant, n'est atteint de pareille imperfection, auec laquelle il eust façonnè le suiect à telle desbauche, il est impossible que celuy qui tasche de troubler l'estat y puisse paruenir, si ce n'est auec l'hipocrisie & saincte supposee de ce renouuellemẽt, lequel a son fondement tout dressé en la reformation pretẽdue de l'estat, police & religion, qui est (cõme i'ay dit) le seul bien qui vnit les cœurs & volontez des hõmes tant soient ils bestiaux, & farouches. Et quand ie parle de religion, ie ne pretens qu'on l'interprete de celle qui est pure, &

Qui fait que le peuple souffre chãgemẽs de Roy.

La corruption du peuple procede du vice du chef

La pure religiõ ne cause iamais reuolte.

ſans fard, ou hipocriſie quelconque, veu q̃ iamais les ames abreuuées de telle ſainctete & innocẽce, ne taſcherẽt de peruertir les eſtats, ou alterer l'ordre des Royaumes, en deſchaſſant les Seigneurs naturels & legitimes: pluſtoſt ſont eſté des heretiques, ou des Athées, qui faiſant pauesade de la ſainctete, & ſe targãt du nom de purité & reformation d'eſtat, ſe ſont faict voye à l'vſurpatiõ des Seigneuries, ſur leſquelles ils n'auoyent aucun droit naturel, ny legitime. Et y ſont paruenus pour y auoir trouué la matiere deſordõnée par l'iniquité des temps, & les volontez des ſuiects mal diſpoſeées, pour les mauuais deportemens de leurs Princes & ſeigneurs ſouuerains. Et d'autãt que i'ay en main vn Roy, qui ſorti de bas eſtat eſt mõté au degré de la plus grand felicité qui puiſſe aduenir aux hommes, auãt que deduire ſon hiſtoire, ie verray encor ſes deuanciers, leſquels luy ont cõme mõſtré le chemin pour attenter vne ſi haute entreprinſe. Ie n'ay icy affaire de diſcourir les entrepriſes complots, & eſſays de Mahometh chef de la ſecte Alcorane, ny les moyens auec leſquels il paruinſt à vne telle, & ſi grande puiſſance que de ſe faire chef, & Prĩce de

Qui donne voye aux effets des reuoltes.

presque tout le Leuant, d'autant que plusieurs se sont arrestez sur ce subiet, & ont dressé l'histoire qui esclarcist son origine, & racõpte au lõg les ruses de cest hõme, excellẽt certes en ses desseins, si la doctrine n'eust gasté la subtile gẽtillesse de son esprit assez genereux, si à la cautelle il ne eust point liée l'impieté telle que la ruine de tãt de milliers d'ames. Laissãt dõc c'est imposteur le vray Antechrist, & enfãt aisné du Pere de mẽsonge, ie descẽdray aux tẽps que les Arabes infectez de sa poison, & abreuuez de ses resueries se desbanderẽt de leur païs, & sous le nom de Sarrasins coururẽt toute l'Affrique, & vne partie de l'Europe, & en fin chassans les reliques des Goths & Vandales de l'Affrique se feirent seigneurs de la Mauritanie, & païs des Numides, ou iadis les Romains auoyẽt fait de si belles cõquestes, & ou tãt de saincts persõnages, & excellẽs docteurs ont semé le grain de la pure religion des Chrestiẽs, à presẽt du tout desracinee du païs mõstrueux des Affricains. Maroc l'vn des principaux Royaumes, & des plus belles Prouinces & riches de toute l'Afrique, porte le nõ de la Cité chef de tout le païs, qui a esté bastie y a q̃lque 600 ans, par vn

Mahometh homme de grand esprit.

Arabes iadis nommez Sarrazins.

Gothz et vvandales chassez d'Afrique par les Arabes.

Maroc Royaume en Afrique.

Iusef Roy bastit la cité de Maroc.

Prince Affricain nommé Iusef fils de Ieffin, sorty des anciens Roys de Luntume. Ceste race Royalle auoit aussi le droit de sacrificature, ainsi que encor à present on le voit obserué presque par tout les Roytelets de Barbarie, lesquels quoy que Mahometains, si est ce qu'ils ont diuerses façons en religion à ceux qui suiuent en leuaut le Mahometisme : qui fut cause que du temps de ce Iusef il y eut vn prestre en la religion de Fez, qui est l'vn des quatre principaux Royaumes d'Affrique, nommé Chemein, fils d'vn nommé Mennal, lequel se tenant à Temesne, s'enhardit de persuader au peuple de se reuolter, car il estoit prescheur, & homme sentant de la foy, que le reste des Alcoranistes : & auãt que entrer plus hardiment en lice, il tasche de faire denier le tribut aux Roys & seigneurs, les disant iniustes & heretiques, que plustost luy estant prophete enuoyé de Dieu, & sçachant la volunté parfaictement de Mahometh legislateur deuoit estre obey, & qu'à luy seul appartenoit de iouyr tant du temporel que du spirituel, & de porter le tiltre entr'eux de souuerain. Ce galant qui estoit reputé du peuple pour vn sainct homme, & escouté

Fez, royaume en Affrique.

Temesne prouince.

Reuolte de Chemein prestre Mahometan.

comme vn Prophete, le sollicita & induit aisément à prēdre les armes, de sorte que le Roy de Fez fut contraint luy quitter la seigneurie & principauté de Temesne, de laquelle il iouïst par l'espace de trente ans, & en laissa paisible la possession à ses successeurs. Mais Iusef b..st. sieur de Maroc desplaisant qu'vn heretique fut si grād, courut sur les neueuz de Chemein, & ayant ruiné la prouince de Temesne, donna signifiance du peu de durée des seigneurs aquises à tiltre iniuste, & fut le païs du prestre desert, & sans aucun habitant, qui demeura en cest estat iusques à ce que le Roy Mansor y bastist quelques villes, & y mist des Arabes, lesquels encor'la possedent comme leur propre heritage. Voyez là desia vn heretique souz le pretexte de saincteté qui occupa seigneurie sur son Prince: & faignant vne grande simplicité couuroit des desirs de tyranie, & desseignoit la ruine de ceux à qui il deuoit tout respect, honneur & reuerence. Ce Iusef susdit pēsoit auoir estably le siege à Maroc à iamais pour ceux qui sortiroiēt de son sang & famille: mais le tiers heritier n'en peut onc iouïr, car Haly son fils estant decedé, & regnant

Mansor Roy de Maroc.

Haly roy de Maroc.

Abraham R.y de Maroc.

apres luy son fils nommé Abraham, s'eleua encor vn prescheur fin & cauteleux, & né aux montaignez, nommé Emaheli, homme gaillard, subtil, & guerrier, lequel, non content d'anoncer la parole de l'Affricain au peuple, conuertist ses desirs à la guerre, & ses persuasions à gaigner des hommes pour s'en seruir en ses affaires, ayant desseigné de se faire par force Roy de Maroc. Cestui-cy ayant dressé par la douceur de son langage vne belle armée, vint affronter le Roy son seigneur: tellement qu'estans venus à batailler ensemble, le Roy s'enfuit le long du mont Athlas, & le predicant imposteur allant assieger la royale cité de Maroc, enuoya vn sien disciple nommé Habdul Mumen à la poursuite du Roy qui se retira à Oran cité qu'il rempara, attendant les moyens de se preualoir contre les efforts de son aduersaire. Mais Habdul Mumen, qui se voyant recogneu pour seditieux, ne vouloit rien laisser derriere pour le salut du Roy, ny qui seruist de peril à ses soldats, vint encor assieger le Roy à Oran, lequel priué de secours, & esloigné de tout espoir de paix & amitié auec ses heretiques, sortant de la cité d'Emblee,

Emaheli prescheur fait reuolter les subjets contre le Roy.

Habdul Mumen. Oran cité de Maroc assiegee.

prent son chemin vers la mer, pres laquelle estant sur vne roche, & ayant sa femme en croppe desesperé & transporté pour se voir ainsi desherité, se precipite courageusement en l'Ocean, & tombant le long du rocher, fut despiccé & brisé en mille pieces, & estant trouué ainsi mutilé, les Mores ses suiets deplorans son infortune, l'enterrerent assez pauurement. Qui aura esgard à la magnificence & richesses de ce grand Prince, histoire veritablement digne d'estre marquée, & sceuë par les grands, afin qu'ils aduisent que si entre les barbares, où les esprits sont grossiers, l'ambition a tant gaigné sur vn petit compagnon, que de luy faire attenter l'vsurpation d'vn grand Empire, que pourra faire vn homme de grand esprit, & suiuy d'vne trouppe gaillarde & guerriere, s'acharnant sur vn Roy qu'il mesprise, & embrassant les desirs d'vne seigneurie affectionnéee à toute nouelleté, & amie des changemens. Vous voyez icy deux simples predicans de l'Alcoran, faire la guerre à vn grand Roy, & le contraindre de se deffaire, plustost que tõber entre leurs mains, & que le peuple estõné du desastre royal flechis-

Abrahan Roy se lãce en la mer auec sa femme ou il mourut.

ſoit les genoux, & inclinoit la teſte ſouz l'obeiſſance des vſurpateurs. Et qui ſera celuy qui ne fremiſſe & tremble ſouz les iugemens admirables du tout puiſſant, voyant vn appreſt de viande pareille, & cognoiſſant l'appetit ſemblable de ceux qui ſe dreſſent contre les puiſſences? Habdul Mumen ſ'eſtant ſaiſi de la cité d'Oran, & ſceu la mort & deſeſpoir du ſucceſſeur de Haly, priſt le chemin vers la cité de Maroc que Elmahely auoit conquiſe, & ſ'en eſtoit fait proclamer Roy, & bien toſt apres ceſte conqueſte il auoit ſuiuy Abraham allant rendre compte à ſon prophete Mahometh deuant le iuge des enfers du tort qu'il auoit fait à ſon prince naturel, en le chaſſant de ſes terres. Arriué qu'eſt Habdul Numen à Maroc, & entẽdu qu'ils euſt la mort de ſon maiſtre, tant ſ'en fault qu'il changeaſt d'auis, & ſe meit en deuoir de gaigner la grace du peuple, en faiſant nourrir le fils du Roy deffunt, ains empoignãt le petit enfant, fils vnique d'Abraham, le conſacra aux ombres du pere, & le tua de ſes mains propres, depeſchant encor le monde des ſeigneurs & ſoldats qui auoiẽt ſuiuy leur Roy legitime, & leſquels Elmahely auoit

Elmahely mourut apres la priſe de Maroc.

Cruautez de Habdul Mumen.

laiſſez

laissez en vie.. Ce prescheur detestable & sanguinaire Põtife se feit Roy, mais plustost tyran de Maroc, ou il dressa vne loy nouuelle, & non accoustumee maniere d'election, se faisant eslire & haucer en cest estat souuerain par quarante de ses disciples, & dix secretaires du deffunt Elmahely, contre toute coustume obseruee iadis entre les Mahometistes. Il donna si bon pied & commencement à sa tyrannie que ses successeurs y ont regné cent quarante quatre ans, auec autant d'heur & felicité que iamais prince ait tenu ny gouuerné Monarchie quelconque. Et les moyens de cest establissement si solide ne proceda que de la ruine de ceux qui estoient sortis du sang & famille de celuy à qui il auoit osté l'Empire: Car celuy qui fait iniure à autruy, est de bien peu de sens s'il pense que pour grace, faueur ny auancement qu'il face aux enfans outragez de celuy qu'il aura fait mourir, il les puisse gaigner, & les rendre fideles defenseurs de l'estat duquel ils s'estimẽt les successeurs legitimes. Qu'il soit vray, les enfans d'Ance Martie Roy Romain ne peurẽt onc gouster de bon appetit l'Empire dõné à vn autre qu'à eux, qui estoiẽt

Ceux qui vsurpent les royaumes tuent les heritiers d'iceux.

les fils de celuy qui estoit Roy de Rome: de sorte que Tarquin l'ancien, & Seruie Tullie en perdirent la vie pour les auoir laissez en vie, & se nourrit vn ostacle pour iamais à leur bonne fortune, & à la succession de leurs enfans. C'est pourquoy Habdul Mumen occist & le fils du Roy de Maroc, & ceux qui luy touchoiét, & de sang, d'alliance & d'amitié, estimát son plan peu solide, ayant chose qui peut l'esbranler, & luy donner pareille secousse & etorce que celle qu'il auoit donnée à son Prince. La famille de ce maistre Docteur & predicant Alcoraniste tinst toute la Barbarie en crainte, iusques à ce que la race des Marins en feit perdre la memoire: car lors la cité de Maroc fut destruite & ruinée, & le siege Royal tranporté à Fez cité opulente, & laquelle tenoit le ranc de la cité Metrapolitaine, & capitale de la Monarchie: mais les Marins estans chassez par Mansor Roy de Maroc (celuy qui conquist les Royaumes de Grenade, Leon, & Cordouë en Espaigne) derechef Maroc reprist sa force, qui luy dure encor à present, souz la main & seigneurie de celuy pour lequel i'ay entrepris le present discours: lequel i'ay rame-

Voy Tite Liue, & Denis Halycarnasse.

Marins Roys de Fez.

Mãsor le grãd Roy de Maroc.

ué de loing, tant pour le plaisir du lecteur, diuersifiant ainsi l'histoire, que pour mõstrer q̃ les Mahometans de tous tẽps n'õt gueres iamais senty de grãdes trauerses, q̃ par les esmotiõs de ceux qui souz ombre de saincteté alteroient les seigneuries, & changeans la forme de seruir Dieu, taschoiẽt aussi à toutes fins de s'inuestir des Royaumes & principautez: ioinct que ceste recherche du faict des anciens estoit fort necessaire pour la suite de mon traict d'histoire present, afin que les curieux cognoissent que les Princes Barbares que ce Roy Pontife, que i'espere mettre en auant, a chassez de leurs terres, estoient de l'ancienne race de ce grand Roy Mansor conquereur des Espaignes, & auquel cest excellent Philosophe Rasis a dedié ses œuures, comme à celuy qui aimant les bonnes lettres cherissoit aussi les Arabes, gens de bon esprit, ausquels il dõna pour habiter plusieurs Prouinces en Affrique.

Rasis dedie son liure au roy Mansor.

Tout ainsi que l'Affrique est mõstrueuse en ce qui concerne la generation des animaux, esquels on voit ordinairemẽt quelque nouuelle engeance: aussi produit elle les hommes desireux de toute nouuelleté, & qui ne peuuent durer longuement

Affrique abonde en monstres.

Affricains desireux de changement. en vn estat, & se plaisent és soudains châgemés de leurs Roys & souuerains Princes, comme auez desia peu cognoistre par les precedens qui ont pris pied au Serif, duquel ie suis apres vous en compter l'histoire. Serif, cõme le nom le porte, estoit vn simple prestre Mahometan, & homme viuant assez modestement, & en opinion de sainćteté enuers le peuple : toutesfois estoit il scismatique, cõme tenât de la doćtrine des Princes, qui iadis s'estoient soustraits de l'obeissance de ce grand Caliphe de Bagadeth, ainsi qu'on diroit de quelque protestant qui se seroit esloigné de la reuerence deuë au sainćt siege Apostolique de Rome, non pourtant estoit aimé & chery par les simples de son païs, qui le suiuoient & honoroient comme vn prophete. Il fut natif de la region de Hea, qui est au Royaume de Maroc vers Ponant & Septentrion, ou elle a ses limites à la grand mer Oceane: & vers le Midy luy gist Athlas mõtaigne la plus fameuse de toute l'Affrique: Estât ce païs aspre, raboteux & plein de hautes montaignes, chargé de boys touffus, profonds & obscurs, le peuple y est aussi rude & grossier, comme celuy qui ne veit que

Serif prestre, & de quel pais il fut.

Caliphe de Bagadeth.

Hea prouince au Royaume de Maroc.

Heâs peuple grossier & simple.

du labeur des chãps, & pasturage des asnes ou cheures qu'il nourrist en sa terre, & ainsi il fust aisé à Serif, homme accort & rusé, & qui auoit estudié en la loy Mahometane, & liures des Arabes en la grãde cité de Maroc, il luy fust (dis-ie) facile de gaigner ce peuple, & le tirer à son opinion & fantasie. Et à dire la verité, cest homme auoit des vertus qui le rendoient assez recommandable: car estant assez riche pour le païs, il secouroit les diserteux, hebergeoit les passans, & apaisoit les querelles qui sourdoient tant entre ses citoiens, que ceux qui estoiẽt voisins de sa prouince: qui causa que plusieurs le suiuans comme ses disciples, & l'honorans ainsi que le chef de toute la troupe, il commença se chatouiller soimesme, & conceuoir les desirs de grãdeur & souueraineté, là où au parauant il se contẽtoit de ce seul honneur, que d'estre recogneu pour excellent prescheur de sa loy, & vray interpreteur des ordonnances de Mahometh leur grand prophete. Ainsi flaté de fortune, il passa outre, & se mesla des tributs & gabelles que ceux de son païs deuoient aux Arabes montaignieux qui les auoisinent, ausquels il s'aioignist,

Vertus du Serif.

Arabes gaignez par le Serif.

&c en gaigna vne grande partie à sa deuotion, & les feit tellement siens, que par leur moyen, & auec le secours de ses disciples, il attenta depuis ce qu'vn bien grãd seigneur n'eust osé entreprendre, & moins l'effectuer, tant la chose estoit difficile. Appuyé que le Serif se voit d'vne grand troupe de disciples, & ayant pour escorte les Arabes, gens vaillans & hazardeux, feit si bien, que souz ombre de pieté il gaigna la cité & forteresse de Tefethne, laquelle est sur l'abouchemẽt d'vne grand riuiere qui entre là dãs l'Ocean, & en laquelle le peuple est doux & courtois, fort traitable, & aimant les gens vertueux, & de bon entendemẽt: & en la grace duquel s'estant insinué ce scismatique, il le garangua vn iour en ceste sorte.

Tefethne cité en la region de Hea.

Harangue du Serif à ceux de sa nation.

N'Est-ce pas grand creuecœur (Messieurs) que la prouince en laquelle nous habitons, & qui est la plus belle & forte de ce païs Affricain, soit suiecte par nostre auilissemẽt & peu de courage aux tyrans de Fez, lesquels ont traistreusemẽt faict mourir noz Princes naturels & legitimes les Roys de Maroc? Sera-il dict que nous obeissons au sang detestable de ceux, qui on truiné la race & famille de ce grand Roy Mansor (lequel iouist des delices & plaisirs que les bien heureux goustent en l'autre monde) & que sans tascher à recouurer nostre liberté, nous ployons le col soubs le ioug de leur seruitude? Oublierōs nous la gloire de noz ancestres, le grand honneur qu'ils ont aquis en suyuant leurs Roys és cōquestes, & de la Mauritanie & des Espaignes, & contre les mesmes forces des Isles & de l'Italie tant superbe & excellente? Vous direz qu'il faut prendre la pacience, suyuant les incommoditez du temps,& qu'il ne faut se hazarder où l'espoir est du tout deploré,& ou le salut n'a rien que la face confuse de ruine, & misere sans aucune fin. Mais ie voy que le malheur est nostre, & non de la fortune, ny du temps: veu qu'il est si accōmodé à nostre bonheur, si nostre cœur n'estoit tellement accouardy,que si la liberté se gettoit gratuitement entre noz bras, encore seroit nostre sottise si grande que nous le reiettissions comme dommageable. Mais, ie vous prie, quel inconuenient vous peut il aduenir, si secouãt le ioug vous afranchissez vostre païs, & deliurez voz citoyens & voisins de celle miserable captiuité, en laquelle les Roys de Fez les detinennent? En premier lieu vous voyez comme le Tiran est en peine pour les seditions esleuees en sa propre maison: & puis ayant vn Roy de Thunes en barbe, qui tasche de regaigner le Royaume de Telensin, qu'on luy a vsurpé, & querelle la Principauté de Tremissan, comme estant des dependances de Bugie & Constantine. Ce Roy l'assaillant d'vn costé, & nous de l'autre, l'Espaignol luy courãt sus vers le destroit de Gibraltar, sera il possible qu'il se puisse despestrer de tant de cordages, veu que le moindre de ces empeschemens est suffisant de luy abbatre son orgueil, & luy faire perdre en peu de tẽps ce qu'il a conquis durant vn long espace d'annees? Ce n'est encor assez, car les Arabes ausquels vous rendez tribut, & qui sont ennemis coniurez de la maison de Fez vous offrent leurs forces, & viendront à vostre secours souz ma conduicte, qui inspiré du tout puissant & ayant promesse de la victoire, suis prest à effe-

Cecy est aduenu de nostre tẽps

Telensin est la prouince anciennement nõmée Cesarée.

ctuer la volõté de Dieu pour la deliurance de mon peuple, tout ainsi que le sainct amy de Dieu Mahometh, deliura les siẽs de la suiection & tyrãnie des Empereurs de Constãtinople. Ne pensez que ie parle par cœur, & que ce soyent resueries, car c'est Dieu qui le commande, & veut que ce soit nostre main qui punisse les meschancetez du Roy vsurpateur iniuste, il nous enioinct d'estre les executeurs de sa iustice diuine, & les vengeurs de tant de noz freres & amis, chassez battus & occis par la cruauté de ce Prince sans nulle courtoisie. Et d'ou prendroy ie si grande hardiesse, que d'oser dresser les cornes contre vn si grand Monarque, si Dieu mesme ne me dõnoit le cœur, & ne m'auoit promis assistance en ceste entreprinse? Ie ne suis qu'vn simple homme, ie le confesse: aussi n'estoit nostre Prophete lors qu'il chastia les superbes d'Arabie, qui refusoyent de receuoir sa S. doctrine. Ie ne suis qu'vn prestre sans suite, que de quelque troupe sans armes de disciples, ie l'accorde: En tel & mesme equipage marcha iadis Elmahely, lors qu'il se feit Roy de Maroc, abatant la race de Iusef à bas, & seruãt sont Dieu comme ministre

Ruse du Serif soy disant enuoyé de Dieu.

Mahometh auec les armes plante sa doctrine.

Elmahely souz le voile de sainctete

de sa iuste vengeance. Aussi quand tout est dit, les tyrãs n'ont force que celle qu'il plaist au tout-puissant, ny duree, sinon ainsi qu'il l'ordonne : & ie vous puis asseurer de la volonté de Dieu, & par mesme moyẽ de la victoire, veu que ie n'attẽte rien pour desir de richesses qui soit en moy, qui ay coustume de me contenter de peu : ny sollicité d'aucũn appetit de regner, car i'ayme la solitude & repos : & vous sçauez combien miserable est la vie de ceux qui cõmandent, & cõbien grande la seruitude des Roys, qui tenans esclaues & suiects les autres, sont euxmesmes les serfs de fortune, & le ioüet d'icelle, leur tournant le doz. Et au reste les bons liures que i'ay leuz m'ont apris à ne rien desirer qui puisse priuer mon esprit de son aise & contentement. Mais puis qu'il paist au seigneur Dieu de m'appeller à ceste charge que de la deliurance des miens il me sufist de vous en aduertir, l'appellant à tesmoing de ma descharge enuers vous, & protestant d'y aller plustost tout seul, que d'outrepasser vn seul poinct de son ordõnance. Vous y penserez, & me ferez responce tout à loisir, à fin que Dieu soit seruy, vous de-

Hipocrisie de Sorif.

Misere des Roys.

liurez de ceste calamité de suiection & moy de macharge: laquelle mettant à effect i'espere remettre le Royaume de Maroc en sa premiere force & excellēce, & rendre ceste nostre Prouince la plus heureuse de toute l'Affrique. Biē que ceste ouuerture de liberté pleust grādemēt aux habitans de Tefethne, si est ce que craignās que l'issuë n'eust son effect pretendu, ils n'oserent pour celle fois suyure le conseil du predicāt: lequel non cōtent de cecy, cōtinuāt à les exhorter & encourager, feit tant qu'ils luy iurēt secours & luy promirent fidelité, où il feroit quelque chose qui peut seruir pour le salut & liberté du public. Car Seiif se proposa d'aller à Tremissā ou le Roy estoit pour lors, & là se gouuerner si sagemēt, qu'auant que sortir du ieu, il dōneroit eschec & mat au Roy, sur le trosne duquel il vouloit s'asseoir à son rāg, & commāder à son tour sur toute la Mauritanie. Ainsi le complot pris & iuré, le tout tenu fort secretement, il en vsa de mesme auec les Arabes, qui iurerent aussi, que en cas qu'il eust affaire d'eux en son entreprinse, ils ne faudroyent de luy fournir 4000. cheuaux, pourueu que luy venu à bout de ses affaires leur quitteroit la ga-

Roy de Fez contre le Roy de Thunes

Accord pactisé auec les Arabes.

belle & tribut qu'ils payoient au gouuerneur qui estoit à Maroc pour le Roy, & y faisoit iustice, & auoit le manimēt des finances. La promesse de cecy ne coustāt rien au predicāt, ne se hontoya de la faire aussi facilement, comme depuis il l'executa sans l'outre passer en sorte quelconque. Armé de telle esperance, il prend le chemin de Tremissan auec ses disciples, n'oubliant de prescher par tout où il passoit, tellemēt qu'il estoit autant suiuy de ces Mores rudes & grossiers, que seroit vn qui se diroit le Messie entre les Iuifs: tant que le Roy de Fez en estant aduerty, & ne soupçonant point cōbien estoit dangereuse ceste vermine, qui souz tel manteau brasse la deffaicte des Princes, ny pensant que ces assemblees, sont autāt de monopoles, & coniures, & lesquelles les Roys doiuent deffendre sur toutes choses comme pernicieuses pour le salut public, ce Roy Mahumetain (dis ie) informé qu'il est de la saincteté de ce Caphard, & auec quelle pureté il interpretoit la doctrine de leur Prophete, le voulust ouyr, & le feit venir en court, pour veoir & cognoistre si l'effait de son sçauoir, & vie correspōdoit à celle renom-

Les Iuifz attendent vainemēt leur Messie.

Tout monopole & assemblée suspecte en vn royaume.

mée qui voloit de luy par toute la Mauritanie. Serif enhardy, tant pour cognoistre l'acheminement de sa bonne fortune selon son dessein, que pour se voir accompaigné de plusienr milliers d'hommes affectionnez à son party, & d'autres qui estoient faits au badinage par les ruses, & menees de ses disciples ne faillist d'aller se presenter au Roy, deuant lequel il prescha & luy predist la victoire de ceux de Telensin, mais nõ la fin malheureuse qui borna les limites de sa vie, auec le fer trêchant de ce faux Prophete, lequel voyant vn si grand moyẽ d'executer ses desseins, manda vn de ses plus loyaux & accorts disciples qu'il euuoya vers les citoyens de Tefethne, affin de les socliciter de se mettre en armes, & le venir trouuer la part ou il estoit, auec leurs forces, les asseurãt, & ensemble les Arabes que si tost qu'il sçauroit leurs aproches vers le Royaume de Themissan, il ne faudroit de iouer sur le Roy, sa premeditee tyrannie. Tandis que le mal aduisé Roy de Fez se met en deuoir de cõquerir les terres d'autruy, Serif preschoit le couteau qui rompist l'aise Royal, & aguisoit le fer qui luy ouurist le pas pour se faire plus grãd que

Serif dresse ses forces contro son Roy.

pas vn des Roys d'Afrique: Car aucun n'estoit receu en sa compagnie sans faire le serment de fidelité, & de defendre le sainct ministre contre tout homme, tout ainsi qu'on dict qu'en faisoiét de nostre temps ceux qui couroict aux assemblees de nuit, pour ouir la parole du seigner en France. La court n'estant guere grande pour y auoir trefues entre le Roys ennemis, & la plus part des gardes Royales ne croyans plus qu'en la foy du Serif, le plus des forces duquel aprochoiét des ia de Tremissan, luy craignant que ses desseins ne fuissent descouuerts, auança la besoigne, & occist le Roy, & les amis d'iceluy vn iour ainsi qu'ils entroient au tóple, pour ouir sa presche hipocritique: & tout aussi tost se ieuerent ses disciples sur les soldats qui estoient en granison en la ville, faisans entrer en icelle & ceux de la region de Hea, & les Alarbes venuz à son secours. Ceste execution si soudaine estonna les habitãs de Fez, & plus encor, entendans que c'estoiét ceux de Maroc, qui s'estoient emancipez, & que le tyran vsurpateur, enrichi des meubles du Roy deffunct, auoit gaigné les soldats, & s'en venoit saisir de la terre, & Royaume de

Roy de Fez occis par le Serif.

Le Serif fait Roy de Fez, & Tremissan.

Fez:& par ainsi ne sçachant à qui s'adresser, ou quel conseil prendre, se rendirent sans coup ferir & de leur franche volôté, lequel en vn momét se veit Roy de trois Royaumes. Pour l'establissement, & conseruation desquels il ordonna des garnisons de Heans par les citez & forteresses du païs & Royaumes conquis, & pour la garde de son corps tenant tousiours de 4. à 5000. Alarbes à cheual, à fin qu'on ne luy rendist le change de ce qu'il auoit presté au Roy son predecesseur, trop curieux de voir, & ouyr vne doctrine nouuelle. C'est en quoy le Senat Romain esteit iadis estimé sage de souffrir bien les sectes par leur Empire, mais en leur cité, ny pres le Prince, il n'estoit permis qu'aucune nouuelle persuasion y fust introduite, ny aucun nouueau Dieu receu que par l'ordonnance, & commun decret du Senat. Veu que celuy n'est digne de regner, lequel legerement & sans sçauoir les raisons & causes iustes, change d'aduis sur ce qui est de sa croyance, & moins celuy qui se laisse gaigner à vn, duquel l'opinon n'est auctorisé que de nouuelletée. Ce Roy miserable estoit trop religieux, & la superstiõ ordinaire-

Sagesse du Serif à fortifier son estat.

Ordonãce ancienne des Romains.

La superstition & l'gere croyance, auec chãgemẽt d'opinion nuisibles aux Princes.

ment paye ceux la qui l'embrassent auec trop de curiosité, & ne fault que le Prince soit guidé d'vn mesme desir que les aprehensions indiscretes d'vne sote populace, laquelle si n'est tenuë en bride, se laissera aussi tost abreuuer de fauceté, que paistre de quelque saincte & veritable doctrine, ainsi que l'experience demonstre en ce peuple Africam, & la faict sentir, & de tout temps & a present à plusieurs nations les plus gaillardes de l'Europe. Ce bon prestre estant deuenu Roy ne s'est point oublié, ny changé en chose de sa douceur accoustumee, si que gaignant auec sa courtoisie le cœur de ses suiets, il attira encor les estrãgers à son obeïssance: Car le royaume de Suz, qui est vne belle Prouince de-la le mont Athlas vers le midy, & sur les limites & fins derniers de l'Affrique, auoisinant les arenes & sablons du desert, & qui porte le nom d'vne grande riuiere, laquelle vers le Ponant s'engoulphe dans l'Oceã à l'obiet & eleuation des isles Canaries: ce Royaume (dis-ie) estant sans Roy, & seulement regy par la noblesse du païs, tomba en fin es mains du Serif en ceste maniere. Ayãt ce Roy pacifié tout l'estat de son royaume,

Aßiette du royaume de Suz.

Suz, riuiere donnãt nõ à tout le pays.

me, & asseuré sa vie pres ses suiets, il priut ses gardes de Maroc, & licentia les Arabes de sa suitte les ayant salariez, & contentez à leurs mots, & leur faisant quelque pension annuelle. Mais comme ce peuple soit chatouilleux, voleur & pillard de son naturel, & sur tout en Affrique, ou la pauureté les contraint à suyure ceste façon de vie, il se rua sur les habitants de Aea, & principalement sur ceux qui se tiennent sur ceux qui se tiennent en la montaigne de fer, laquelle separe le Royaume de Maroc des Heans. Ce peuple estant simple se vinst plaindre au Roy, qui aymant ses suiets, & mesme ceux de sa nation, courut sur ces voleurs Alarbes, & en deffeit vne grande trouppe, & chassa le reste de toute la montaigne: Les habitans de Suz oyans parler de la gailladise de ce Roy, & cõme il se monstroit le support, & deffenseur de tous les affigez, & miserables, viennent vers luy, luy dressent leurs doleances, & le supplient de les secourir contre les courses des Arabes, lesquels non contens du tribut ordinaire qu'ils leur payoient tous les ans encor venoient les rançonner & piller iusques

Arabes voleurs en Afrique.

Montaigne de fer en la region de Hea.

Les Suzeans tributaires des Arabes.

dans leurs maisons & villages : & ce qui plus esmeut ceste gēt à chercher l'amitié du Serif, ce fut qu'on l'estimoit estre sorty de la race de Mahometh, & estre vn sainct Prophete. Luy qui ne cherchoit que pescher en eau trouble, sçachāt que le païs de Suz est abondant & fertile en grains, & apte pour le soustien de ses armees, & nourriture de cheuaulx, y entend de bon cœur, & receut ceux de Tarodāt, qui est vne grāde cité souz sa protection & sauue-garde, laquelle franchement & de bon cœur se soumist à sa seigneurie & obeïssance. Mais le reste du Royaume se maintenant encor en liberté, aduint que les Portugais se feirent seigneurs d'vne belle fortteresse nōmée Garguessem, pour la recouurance de laquelle le Serif fut requis & prié de secours, lequel se fortifiant des siés y entra à main armée, & vint mettre le siege deuant ce fort, assis sur l'ambouchure du fleuue Suz entrant en l'Ocean, mais se voyant laissé, à cause de la longueur du siege, par les estrangers venuz contre les Chrestiens, & ayant receu force deniers des habitās du pays, en lieu de chasser les Portugais, & vsant de sa foy accoustumée, il se saisit à force de

Suz terre fertille.

Tarodant cité.

Garguessem cité, prise par les Portugais.

Garguessem assiegée par le Serif.

Serif se faict Roy de Suz par force.

toute la Prouince, & occupa la seigneurie, il peut auoir quelques quarante cinq ou cinquante ans: car ce Prince à vescu vn bel aage, cõme entendrez par ce discours. Or iaçoit que ce Prince fust assez bon à son peuple, & que, contre la coustume de la plus part des seigneurs Affricains, il n'exerçast aucune tyrãnie sur l'estranger, qui estoit en sa terre, si est-ce que auec ceste vertu fardée, il estoit le plus desloyal homme de la terre, & qui en chose, ou le proufit luy semblast paroistre ne tenoit ne foy ny loyauté quelcõque, ayãt le seul desir de regner deuant les yeux, la deffiance de chascũ peinte en sa fantasie, ainsi qu'en aduient ordinairement à tout tyrã, & iniuste vsurpateur du biẽ d'autruy. D'autant que la cõsciẽce de ses mesfaictz, & desloyautez estant comme vn ver continu, qui luy ronge l'ame, & bourelle l'esprit, ne luy laisse vn seul moment de tẽps de repos, & au milieu de ses aises luy peinct mille effrois, & la memoire de ceux à qui il aura fait outrage, ainsi que les poëtes faignent vn Oreste poursuiuy des furies, apres qu'il eut occis Clitennestre sa mere, & ce pour le chastiment de son forfait tant abomi-

Tout Tirã se deffie de chacun.

Oreste poursuiuy de furies signifie le tourment de la conscience.

nable. Serif dõc dissimulé & rusé, comme l'Affricain de tout temps a porté le tiltre de cauteleux voyant que les chrestiens luy tenoyẽt teste du costé de Maroc, & que le Roy d'Algier couroit les terres de Thunes en Barbarie, supporté des forces du grãd seigneur de Turquie, craignant que à la longue il ne se fortifiast par trop, le sçachant hõme vaillant & sage conducteur des armees, se delibera de faire paix & alliãce auec le Chrestien. Et y alla si accortemẽt que la chose reussit à sa fantasie. Car il promist a l'Espaignol qui tenoit les villes suiettes au Roy Catholique le long de la coste de Barbarie, luy donner tout secours pour courir sur les Algeriens, pourueu qu'aussi reciproquemẽt on le secourust contre les rebelles de sa terre, qui par le moyen du Turc s'estoient retirez de son obeïssance. Voyes la ruse de ce meschant imposteur Mahometique: les forces chrestiennes luy font seruice en ses affaires, & l'aident si bien qu'il d'ompta ceux qui s'estoient de luy reuoltez, à la fin sommé de promesse, qu'il l'accorda, mais pria les chefz d'attendre que encor il attendist quelque secours de caualerie Arabesque,

Meschãceté du Serif.

qui luy venoit pour plus facilement venir a bout de leur entrepise, & sans exposer en peril leurs gens, pour lesquels ces Arabes seroient mis à la boucherie comme natiõ qui ne valoit que pour le malheur de chascun, & laquelle estoit au premier offrant & dernier encherisseur. Cecy faisoit il non de desir qu'il eust de rien faire, qui seruist au Chrestiẽ, ne souhaitant point son auancement tel en Affrique, que de le veoir possesseur d'Algier, ce qui leur fust succedé à lors fort facilemẽt, estant la ville presque vide de deffence, a cause & d'vne grande famine qui affligeoit les Turcs, & d'vne peste la plus effroiable que de lõg temps eussent experimẽté les Barbares: mais il tramoit la ruine de ceux qui l'auoyẽt secouru, lesquels il n'osa attaquer auec ses forces, & pource vouloit il se fortifier des Arabes, & mettre les chrestiens à la mercy de ceste nation peruerse & pillarde. Il y en a qui disent que ce Roy Affricain desseigna ceste trahison sur l'Espaignol, incité par quelques Frãçois qui à lors estoyent voltigeans sur la coste de Fez & Maroc, tout ainsi que il y en auoit au mesme temps en cõstantinople qui esmouuoyẽt

Grãd peste à Alegier en Barbarie

François voyagent vers le royaume de Fez l'an 1559. d'Algier.

le Turc à courir sur le Roy Catholique, a cause qu'il sembloit estre vn seul obstacle a leurs desseins, coniures, & entreprises. Si cela est vray ie n'en sçay rien, toutesfois cest vn cas tout asseuré que les Arabes ne furent si tost arriuez au cãp du Serif, que peu de iours apres on ne feit marcher l'armée prenãt la route d'Alger: mais estãs a deux iournées dudit Alger, Serif, faisant mine & contenãce de vouloir faire reueuë de son camp, ayant donné le mot aux Arabes qui estoiẽt douze mille cheuaux, feit enuirõner de toutes parts l'escadron des chrestiẽs, qui pouuoit mõter de cinq a six mille hommes, bõs soldatz, & choisiz de plusieurs nations qui estoient allez en Barbarie, pour le seruice de Dieu, & les guerres estant assoupies par deça, à cause de la paix faite entre les Roys de France & des Espaignes. Les chrestiens voyans vn tel apareil, se doupterent aussi tost de la fraude & desloyauté du Barbare, & cogneurent la faulte qu'ils auoient faite de se laisser ainsi amuser, & plus de souffrir qu'on les enuelopast ainsi auec la caualerie, & ne voyãs autre remede que la mort, se delibererent de combatre & mourir plustost le fer au poing, que se rendre à ces villains de montaigne, les plus cruelz en-

Trahison du Serif contre les Chrestiẽs.

nemis que les nostres puissét auoir. L'assaut est donné & soustenu viuement par les pouures champiõs de Iesus christ, lesquels feirent vne telle ionchée de corps d'Arabes taillez en pieces, que ce qui restoit transporté de furie, & se hontoyant que vne poignée d'hõmes, à demy mors de soif, leur teinssent teste, & les meissent à telle raison, courust de telle impetuosité sur la pauure troupe Chrestiéne, que a ceste recharge ilz furent tout taillez en pieces, sauf sept ou huit cens que le Serif, vaincu de quelque elãcemẽt de cõsciẽce, deliura de ceste tẽpeste pour les exposer a vne pire & plus vehemẽte. Car les Arabes victorieux s'adressent a luy apres le combat, & pour le pris de leur sang, & satisfactiõ de ceux qui auoyẽt perdu la vie, durant la bataille, luy demanderent ces prisonniers pour s'en seruir en leurs affaires. Le Serif, qui sçauoit bien que les Arabes n'ont aucun besoing d'esclaues, comme estans si pauures & mecaniques qu'ils n'ont pas le moyen d'entretenir vn seruiteur, & si auares que iaçoit que le moyen leur fut octroyé, encor feroient ils difficulté de le nourrir, scachant leur cruauté, il cogneut soudain qu'ilz vouloient mas-

Massacre des Chrestiens par les Arabes.

Le Serif tasche de sauuer ceux qu'il auoit trahiz.

sacrer ce peu qui restoit de soldats Chrestiens. Il luy faisoit mal de leur accorder, & n'osoit les escõduire, tellement qu'il se repētoit de sa trahison. En fin vaincu par leur requeste, leur en accorda vne partie, & leur en liurant quatre cens, se garda le reste pour s'en seruir là où il verroit la necessité. Les Arabes ne les eurent si tost en leur puissāce, qu'ils ne feissēt sentir à quoy ils les vouloient employer, veu que tout sur le champ leur ostant leurs armes ils en prindrent leur passe-temps, & les massacrans, les petilloient aux pieds de leurs cheuaux, nō sans vser de mille reproches & iniures, & se mocquās de l'auarice des nostres, qui souz tiltre de pieté veullent enuahir les terres qui en rien ne leur appartiennent. Apres ceste belle deffaicte, le tyran de Maroc se retira en son païs, où bien tost apres il porta la penitence de sa trahison par ceux mesmes qui estoient ennemis, & de luy & des Chrestiens qu'il auoit trahis souz le voile d'alliance & confederation, & entendez commēt. Les Turcs qui estoient en garnison à Algier ayant sceu les complots, tant du de Maroc, que des Chrestiens, ne voyans point moyen pour deceuoir l'Espagnol auec

Cruauté des Arabes.

rufe,& moins auec leur force, deliberent de se ruer sur le Roy Affricain, & luy faire payer la folle enchere de son entreprise: Pour à quoy paruenir se partēt sept à huit cens harquebuziers Turs naturels, & de vieux soldats qui auoient accompagné & seruy Barberousse tyran d'Algier en ses entreprises & conquestes, & s'en vōt vers Maroc, auec intention de s'aller presenter au Serif pour luy faire seruice, & se disoient bannis par le Capitaine d'Algier, afin qu'on ne soupçōnast point leur dessein & monopole. Arriuez qu'ils sont à Maroc, on s'enquiert de leur venuë, ils disent franchemēt l'occasion, qui fut cause que leur Capitaine estant conduit deuant le Roy, & interrogé sur leur venuë, luy respondit en ceste maniere. La tyrannie, souuerain Monarque, est la chose qui plus offence vn esprit gentil & genereux, & lequel s'efforce par tout deportement de s'astraindre la volōté de son seigneur, entāt qu'elle porte marque d'ingratitude, & se peint des couleurs d'vne trop lourde mescognoissance de soymesme. Ie dy cecy, Roy trespuissant, pour satisfaire à ce qu'il te plaist t'enquerir de nostre estat, & de l'occasion de nostre venuë en ta

Hardie entreprinse des soldatz.

La Tyrānie insupportable à vn gentil esprit.

court ; qui est pour te faire seruice, s'il te semble bon que nous soyons dignes d'estre employez en chose qui te soit aggreable : & le depart nostre est causé par la tyrannie de celuy qui nous commandoit, qui par sa cruauté nous a contraints à laisser Algier, & le seruice de Sultã Solyman pour experimenter celle courtoisie qui te rend louable sur les Princes qui à present regnẽt en Affrique. Nous sommes Turcs ie le confesse, mais telz, qui ayans les armes en main, sommes nourris en liberté soubs nostre Prince naturel, lequel nous ne pẽsons offenser en te presentant nostre seruice, puis que ses ministres se gouuernẽt autremẽt enuers nous, que ne requiert nostre rang, ny merite precedãt de nostre valeur, & preud'hommie. Et s'il est ainsi, que en ta court soyẽt bien venuz, & receuz les Arabes tes anciens ennemis, & ceux ausquels la loy auoit defendu de passer le Nil pour venir en Affrique, qui empeschera que nous, qui iamais ne t'offençasmes, & qui n'auõs en rien violé l'ordonnance des Caliphes, & Legislateurs de nostre Religion, ne puissions estre à tes gages, & te seruir en tes guerres & gaillardes entreprinses? Tu

Loy des Caliphes iadis cõtre les Arabes.

peux icy voir vne gaillarde troupe de sol dats, mais quels soldats? ceux auec la vaillance desquels Hairadin Bassa s'est fait Roy d'Alger, & a vincu tant de fois les Chrestiens sur la mer Mediterranée, leur ostant plusieurs terres & citez le long du sein & goulphe de la mer Adriatique. Ce sommes nous qui vainquans ton ennemy le Roy de Thunes, auons fait voye à la maiesté de ta seigneurie, & rompu les desseins de ce grand Empereur des Chrestiens se voulant faire Monarque de la Barbarie. I'ay honte de nous vanter ainsi deuãt si haut Prince que Serif, & de chãter noz louanges en la presence de ses courtisans: mais le sçachant homme sage & courtois, ie seray excusé, en tant qu'il verra que ie parle ainsi à nostre aduantage, pour luy faire cognoistre quel prouffit il peut tirer d'hõmes de telle marque, & que c'est à vn Prince illustre, & genereux de caresser la vaillance, plustost que tenir compte de ceux qui combatent de parolle, & à l'effect le cœur leur manquant, ne seruent que d'ombre à la suite d'vn grand seigneur. Nous ne souhaittons sinon, qu'il te plaise faire essay de ce que nous sçauons faire, &

Barberousse s'appelloit Hairadin.

Victoires d'Hairadin.

Le sage Price doit caresser les hõmes bõs guerriers & vaillans.

experimenter quelle deuotiō nous auons de te faire voir, & sentir la bonne affectiō qui nous cōduit à te faire vn iour tel seruice, qui sera digne de memoire de nostre prouesse. Que si ta maiesté, souuerain Monarque, n'a affaire de nostre deuoir, & refuse noz deportemēs, offerts auec si franche volōté, qu'à tout le moins on ne no⁹ liure point au tyrā, le seruice duquel no⁹ auōs quitté, pour nous retirer à toy à garant, & pour y sauuer noz vies. Si nostre presence te desplaist, dōne nous quelque coing de ton païs pour nous y sauuer, & y viure, attendant que quelque bonne occasion te face voir combien est à estimer la cōpagnie de telles gens, que ceux desquels ie te fais present, cōme au plus grād Roy d'Affrique, & au Prince, qui pour sa courtoisie & debonnaireté, merite d'estre suiuy des plus vaillans, & hardis hommes de la terre. Aye compassion, Roy pitoyable, de tant de bons hōmes, & ne souffre qu'vn gentil homme qui desire t'obeir, s'en aille esconduit de ta Royalle presence : veu que la clemence & douceur rend les Roys plus recommendables que toutes les conquestes qu'ils sçauroyent faire,

La courtoysie rend les Roys recommādables.

La vraye victoire en quoy consiste.

n'y victoires qu'ils pourroyent obtenir. Et que sçauroit on conquerir de plus precieux qu'vn homme vaillant & chargé de l'honneur de plusieurs victoires, ny vaincre rien si excellent que l'affection d'vn cœur magnanime, & qui franchement, & de son bon gré se soumet à nostre volõté, & fantasie? C'est auec vne telle courtoisie, que vostre grand Mansor iadis seigneuria tant de Prouinces, & estonna les forces d'Espaigne & d'Italie: C'est par ce moyen que Sultan Soliman a surmonté tant de nations, & s'est rendu le plus espouuétable Monarque de la terre: Et toy courant ceste voye mesme, & nous receuant souz ta garde, & nous acceptãt pour seruiteurs humbles & affectionnez, te rẽdras admirable en vertu, & redoubté, par l'accroist de tes forces, gaignant ainsi les autres, qui encor forcez, suiuent les enseignes du croissant de Turquie, souz la la conduite du tyran qui nous a chassez, & duquel nous prendrons vengeance, ou nous mourrons tous à la poursuite.

Le Turc rusé & cauteleux, vsa de tel fard en exprimant vne grande passion en ses parolles, & tristesse en son visage, que le Roy, affineur des plus rusez, se vit pris à la pipée: & vaincu de ces allichemens, & chatouilleuses louanges, se laissa gaigner à son grand preiudice. Mais quoy? qui est celuy qui puisse resister à ce qui est ordonné par la tant grande prouidence diuine, que les anciens ont faucement baprisée du nom de fortune? Serif fin & subtil, se defiant d'vn chacun, estant venu au feste de sa gloire, & s'oubliant en son deportement, non seulement receut ces Turcs conspirateurs en ses terres, ains, qui plus est, estant la garde ordinaire de son corps donnée aux Arabes, voulut que les Turcs harquebuziers fussent tousiours les plus pres de sa personne, & que les autres seruissent par quartiers, & se contentassent d'estre à la soulde & suite de sa maiesté.

Nul ne peut resister à l'ordonnance de Dieu.

Grãde folie du Serif, se fiãt aux turcs ses ennemis.

Auant que passer outre, il ne sera hors de propos de discourir vn peu sur cecy: veu que estant l'histoire le miroir de la vie de l'homme, il faut s'en seruir, & en prendre les enseignemens pour façonner sa vie, laquelle estant suiette à mille & mille trauerses, ne faut trouuer aussi estrange, si les sages proposent des

Effait de l'histoire quel.

exemples diuerses selon la varieté des succez, & fortune des hommes.

Le Prince est lors reputé sage & preuoyant, qui se fie de ceux qu'il doit, & vse du moins qu'il peut du deuoir de ceux desquels le naturel luy est incogneu : & sur-tout faut qu'il regarde combien est perilleux de se fier entre les mains de ceux, qui se reuoltans à vn autre Prince, se viennent getter entre ses brás, & le requierent de faueur & support.

En quoy gist la sagesse d'vn Prince.

De cecy nous face sages, ce qui est en l'histoire des anciens, lors que Alexandre le grand passa en Asie auec son armée, Alexandre Roy d'Epire son cousin, estant appellé à secours par ceux de la Basilicate en Italie, bannis de leurs terres, qui le feirent passer en leur païs, souz couleur de le faire seigneur de la Lucanie, païs posé entre terre de Labour, & la Calabre.

Voy Tite Liue.

Basilicate iadis Lucanie.

Le Roy Grec alliché de ceste promesse, & se fiant à la foy de ces bannis, passa la mer, mais ce fut à son dam : car les Citoyens de Lucanie pour chasser ce nuage de leurs terres, & païs, capitulerent secretement auec

Trahison de Lucaī: contre le Roy d'Epire.

les bannis, & leur accorderent ce restablissement de leurs biens, s'ils despeschoient le mõde de ce Roy qui les assailloit, dequoy s'ensuyuit l'effect presque aussi tost que la resolution en fut faite, & fut occis Alexandre autant traitreusemét, comme legerement il auoit embrassé ce voyage, souz la promesse d'vne nation à luy incognueuë. Mieux se cognoist cecy par le succez des passages que les nostres ont fait tant de fois en Italie, ou la foy des bannis à donné de grandes experiences sur la fiance qu'on doit prédre en telles ouuertures. Et bien que ces Turcs se retirans au Serif, ne fussent bannis, si est ce qu'ils faignoyent le bannissement, & souz couleur duquel, ils attenterent, l'effect des desseins de longue main proietez en leur ame. Et quoy qu'vn Roy ne soit trompé par la malice de ceux qui le requierent de secours, si est ce que la fin n'en reussist iamais heureuse, car où les fraiz y sont grands, & sans nul prouffit, où l'entreprise si difficile & perilleuse, que les entreprenans n'en rapporterent que leur ruyne. Et me semble, que ce Prince Mahometan, pour vn homme

Entreprises pour les bãnis sont tousiours sans effect

qui auoit gousté l'experience de plusieurs choses, selon le diuers maniment qu'il auoit eu des affaires de ce monde, s'oublia par trop en receuant vne telle, & si forte troupe, que la bande Turquesque à sa suyte, veu la facilité grande qu'on trouue de coniurer contre l'estat d'vn Prince: auquel à peine peut-on oster, n'y l'estat, ny la vie par guerre ouuerte, & telle voye est permise à peu, & iceux grans, & ayans puissance: là où les moindres peuuent conspirer contre luy, & bien souuent effectuent leurs complots, & machinations. Et en cecy faut que l'on aye esgard à la sentence de Cornille Tacite, disant, que les hommes doiuent honorer & respecter les choses passées, obeir aux presentes, & s'accommoder à icelles, souhaitans le commencement de leurs emprises bon, & les endurer en quelle sorte que ce soit, qu'ils leurs succedent. Or ceux qui font conspiration tendent à la ruine de quelque estat, ou bien particulierement poursuiuent la mort de quelque Prince, lequel pour tomber en cest accessoire, que d'estre hay de tout le monde, à cause de ses

Peu d'hōmes peuuent faire guerre aux Roys: mais chacun peut conspirer leur mort.

Cornille. Tacite.

Fin & dessein de ceux qui conspirēt.

mauuais deportemens, & ceste haine vniuerselle n'est sans en amener vne particuliere, laquelle sort des impressions plus viues, de ce qui offence ce qui est general & vniuersel: Mais ou l'iniure est priuée, encore y-a il du peril fort grand, veu que si ie voulois vous deduire qui causa la mort de Philippe de Macedonne, pere de Alexandre le grand, occis par Pausanie, on verroit qu'vne iniure particuliere esmeut cestuy-cy à s'exposer à peril, pour se venger de celuy qui l'auoit outragé: Ainsi qu'en aduint aussi à Iule Belanti cōspirant contre Pandolphe tyran de Sienne, pour ce que ledict Pandolphe luy auoit rauy vne sienne fille, & ne peut sapaiser le pere offencé, quoy que le tyran eust prins pour espouse la fille rauie.

Iule Belāti occist Pandolphe tyran de Sienne.

C'est pourquoy il fault que le grand qui outrage autruy, pense que iamais il ne despouillera tant homme, qu'il ne luy laisse vn couteau pour se venger, ny ne sçauroit tant luy faire de deshonneur & vitupere, ou l'abaisser si extrauagammēt, que tousiours il ne luy reste vne impression de vengeance en son esprit, laquelle il attend de monstrer iusques à ce que le temps luy en donne le moyen, & luy en prepare la voye : ainsi qu'auons dict de Pausanie, lequel occist le Roy Macedonien au milieu de sa garde, qui estoit de mille soldats armez & embastonnez ; & le Roy enuironné de son fils & de son gendre le Roy d'Epire.

Pausanie occist le Roy de Macedone.

De mesme hardiesse vsa vn simple soldat Espaignol contre le Roy Ferdinand d'Arragon, donnant vn grand coup d'espée sur le col du Roy, & bien que le coup ne fut mortel, si donna-il à cognoistre combien le desir de vengeance le transportoit, & si le cœur luy manquoit pour l'execution de son dessein, & entreprise. Ie seray contét de ce discours vous ayant encor mis en ieu vn Deruis ou prestre Mahometan ; lequel se sentant outragé par le grand seigneur Baiazeth, aïeul de Sultan Solyman, & pere de Zelim, eust bien & le loisir, & la hardiesse de desgainer vn simeterre pour occir son Prince, mais les gardes luy empescherent d'effectuer son desir.

Acte temeraire d'vn soldat Espaignol.

Grand cœur d'vn Deruis cótre Baiazeth Roy des Turcs.

Or faut-il necessairement que ceux qui conspirent contre la vie d'vn grand, soient ou de grande maison, ou gens qui luy sont familiers, &

Quels peuuét cóspirer contre les grands

ont facile accez es lieux ou le Prince entre & frequente : veu que ceux qui sont foibles & sans force, & esloignez de la personne du Prince ont deffault de tout ce qui est requis pour l'exploict de chose de telle consequence : Ce qui facilita le chemin aux Turcs de massacrer le Serif, les ayant receuz en sa court, & leur fiant son salut & vie, auec moins de sagesse que on ne deuoit esperer d'vn tel homme. Ces Turcs ainsi auancez ne practiquoient guere personne des courtisans, & s'il eschcoit qu'il fallust se trouuer auec les Arabes, ou Affricains, ils vsoient de tant de deuoits & honnestetez, que ceste fainte courtoisie donna à penser aux vns quelque cas sinistre de leur arriuée es terres du Prince Serif, la ou d'autres le prenoient en bonne part, comme non soupçonneux, & priuez du vice commun, qui tache l'ame de la plus part des courtisans, à sçauoir de l'enuie sur ceux qui prosperét, & sont auancez. Aussi toute coniuration est ordinairement descouuerte, ou par rapport ou par côiecture : par rapport ceste cy ne le pouuoit estre, veu le liê qui tenoit vnis ces Turcs en la deliberation de ne cômuniquer à hom-

En quelle sorte sont descouuerte les coniures.

me du mõde rien de leur dessein, estás fideles l'vn à l'autre, & sages en leurs paroles & actions: mais la cõiecture se recueilloit par trop descouuerte en ce qu'ils desdaignoiét la compaignie des autres, & estoient ordinairement ensemble consultans assez souuét en secret, chose nõ trop plaisante à celuy qui se craint, & qui augméte le soupçon à celuy qui a la consciẽce elancée par la memoire de ses anciennes meschancetez. Les amis du Serif, qui se doubtoient de la trahison des Turcs ne peurét plus la dissimuler ains s'addressans au Prince luy vserent de ce langaige. Sire, il n'est ia besoin que es choses qui requierent soudain conseil, & hastif remede, on vse de trop longues & fardées paroles: il y a ia assez lõg temps que nous voyez peue estre plus cleremét que vous, ce qui est le plus à cõsiderer pour vostre salut & prosperité, comme ceux qui ayãs esté nourris en vostre court, & asseurez p vostre courtoisie, fault aussi que prenõs garde de pres à ce qui peut vous nuire, ou profiter. Vous n'ignorez point quelles gens sont les Turcs, & s'ilz ont point coustume d'aller vers les estrangers pour y seruir, & receuoir soulde, & mesmement vne telle & si

Vne coniecture faict soupsõner les trahisons.

Remonstrãce des courtisans au Serif.

Les Turcs peu ou point võt à la soulde d'autre que de leur Roy.

braue troupe que celle qui est aupres de vous, laquelle n'est point vray-semblable q̃ le gouuerneur d'Algier ayt ainsi chassée qu'ils disent, estans suffisans, veu leur cõtenance, de rompre la teste à tout tant qu'il y a de soldats souz la puissance Turquesque. Nous ne sçaurions rien penser d'eux autre cas, sinon que, & leur Capitaine, & le gouuerneur d'Algier, & eux, ont conspiré vostre mort, & la ruine de ceux qui vous font treshumble seruice, veu que iamais ils ne se separent les vns des autres, & sont tousiours armez, attendans le temps & la commodité pour mettre fin à leur pretente. On ne voit qu'assemblées secrettes, paroles qui resentẽt ne sçay quel iargon de mutiniere, & la deffiance qui les accompaigne, ne voulans qu'aucun pretende leurs propos, & en somme vn visage si seuere & mal plaisant enuers chacun, que les moins clers-voyans iugeroient de l'alteration peruerse de leur ame.

Sire, il ne fault qu'vne heure malheureuse pour vous, que, où au temple, vous faisant vostre oraison, ou à la chasse lors que esgaré de nous, vous courez apres quelque beste, ou durant quelque banquet & festin d'allegresse, que ces galans se ruent sur vous, & apprestent à leur seigneur vne riche despouïlle de vos richesses & seigneuries. Pensez, nous vous supplions, à vos affaires, & soyez desormais plus soigneux de vostre salut que n'auez esté iusques icy: que si la charité de vous-mesme ne vous esmeut point, ayez à tout le moins pitié de Monsieur le Prince vostre filz, & luy laissez entrer ce peuple, qui vous admire, cherist & honore, & lequel se fascheroit, si auec le changement d'vn tel & si bon seigneur, il estoit encor le serf & esclaue du tyran de Turquie. Ces paroles sortans d'vne bonne & sincere affection, donnerent dequoy resuer au Serif, qui s'auisa lors de sa faute, & cogneut, quoy que tard, combien il s'estoit oublié, entrant en vn Labirinthe duquel l'issue ne luy en sembloit guere facile, ains plustost en tout & par tout luy paroissoit fort perilleuse. Neantmoins, comme il estoit homme de hault cœur, & dissimulé, il dit à celuy qui luy auoit fait ceste remonstrance: qu'on ne luy parlast plus de cest affarre, qu'il sçauoit bien ce qu'il faisoit, & estoit en sa puissance de se depestrer des Turcs quand bon luy sembleroit. Desquels il auoit meilleure opinion que de les soupçonner de telle felonnie : leur enioignant au reste de tenir tout cecy secret, iusques à ce qu'on y peut pourvoir sans aucun sien preiudice, afin que s'ils se prenoient garde d'aucun mescontentement, ils ne luy iouassent quelque tour de maistres se voyans hors de toute esperance. Les gentils hommes cogneurent bié que le Roy auoit pris pied à leur dire, & qu'il n'en disoit pas tout ce qu'il en pensoit, ayant en desir de mõstrer vn de ses tours de souplesse & cautelle à l'escadron des Algieriés : aussi dés le l'endemain ils ouyrent comme il donna commission à vn d'entr'eux de s'en aller à Suz, ou le Prince son fils faisoit la guerre à quelques rebelles, & ramener les forces qui estoient par delà, faignát de vouloir passer de Fez à Telensin ou Constantine, & aux autres il donnoit à entendre qu'il se deliberoit d'oster Azamor ville maritime au Royaume de Maroc, d'entre les mains des Portugais qui l'auoient dés long temps occupée. Delà en auant, bien qu'il ne desapointast point les Turcs pour ne se fier point aux Arabes, & voyant les forces

Le Serif auoit vn fils, lequel à present regne.

Amazor ville maritime tenue par les Portugais.

estrãgeres plus fortes pres de sa personne que celles des naturels de son païs, si ne pouuoit il regarder les Turcs de si bõ œil que de coustume, à cause qu'il voyoit au cler tout ce qu'on luy auoit rapporté, & cognoissoit que pour vray ceste troupe luy faisoit vn fort estrange seruice: car il n'y auoit pas vn d'eux qui à sa mine ne monstrast vn regard si fier, que le Serif eust esté bien beste si s'apperceuant de telle contenance il eust estimé que ces soldats luy portassent vn brin de bonne volonté. Les Turcs d'autre costé voyãs que le Roy ne les caressoit plus comme de coustume, & que les courtisans suyuans les façõs du Prince (ainsi comme ils sont les singes des grans) ne les accostoiẽt que comme par maniere d'aquit, se tenoient tousiours sur leurs gardes de peur d'estre surpris, auec intention de bien tost mettre fin à leur entreprise: à quoy les esguillonna la soudaine nouuelle de l'armée du Prince. Approchant donc le Prince auec l'armée, comme le Serif fut desia entre les villes d'Azafi & Azamor, qui sont maritimes en vn païs assez montaigneux, ne desseignãt autre cas que la ruine des soldats de Turquie, eux sentans cecy, & ad-

Ne se faut plus fier à l'estranger qu'aux siens mesmes.

Courtisans sont singes des Roys & Princes.

Azafi & Azamor citez de la region Ducale, pres la mer.

uertis, de quelque Arabe leur amy, de la conspiration du Roy, delibererent de le deuancer, & luy faire passer le pas le premier, en intention de s'y gouuerner si sagement, qu'auant que le Prince arriuast, ou que le reste de la suitte Royalle se print garde de leur fait, ils seroient bien auant és montaignes pour se sauuer. Or pour les encourager dauãtage, le Capitaine principal appella les autres chefs, ausquels il vsa de ce petit mot de harangue.

Harangue du Capitaine Turc à ses gens.

L'homme vaillant cogneu en grans affaires.

L'Homme fort (mes bons amis & vaillans compaignons) ne sçait mieux monstrer les effects de sa vertu, & grandeur de courage, qu'és lieux ou le peril luy offre vne necessité de desployer ce qu'il sçait, pour euiter, ou la mort, ou le deshonneur: & ne se peut dire aucun bon guerrier, si la fortune le caressant tousiours il n'experimenta iamais aucune destresse, estans les angoisses le vray feu qui espreuue l'or de nostre constance. Vous sçauez la cause & iuste occasion qui nous a faits sortir des terres de noz amis, & auec quelle intention nous sommes venus accoster ce Roy desloyal & barbare, lequel se doutant (comme ie peuz cõiecturer) de noz desseins, n'est que de son costé il trame les moyens de nostre ruine & accablement: car l'arriuee si soudaine de son fils auec armee, me fait penser qu'il nous veut traiter de mesme qu'il feit l'annee passee les miserables Chrestiens, qu'il massacra traistreusement apres auoir receu seruice de leurs troupes & bragardes compagnies. Ie cognoy la faute que nous auõs faite, en delayant si long temps l'effect de nostre complot, veu que naturellement tout tyran est soupçonneux, & l'enuie des courtisans qui luy soufflent à l'oreille augmente de iour à autre ce soupçon, qui a causé que d'icelle naissant la desfiãce, il tasche de se venger de ce dequoy il n'est encor asseuré que par fantasie. Mais puis que nostre bonne fortune nous guide encor, & que ce miserable Roy se fie iusques à present entre noz mains, que ce soit dés ce soir que sa vie prenne fin, & son soupçon aye repos en son ame, vengeans les Chrestiens noz ennemis trahis par cest infidele, & deliurans les terres de nostre Roy de la conuoitise insatiable de ce tyran, vsurpateur

Les delais d'vne grand entr prise sont souuent dangereux.

Le Turc loüe la vaillance des Chrestiens.

& meurtrier des Princes legitimes. Courage (vaillans soldats) courage: car ce n'est auec les soldats de d'Europe à qui nous auons affaire: ce ne sont ny les gaillards Italiens, ny farouches Alemans, ou Hongres hardis ny accorts Espagnols que nous allons assaillir: ce ne sont les Cheualiers de Maltre contre qui nous deuõs combatre, le seul nom desquels peut estõner vne gaillarde troupe des nostres: car ceux que nous voulons attaquer sont les mesmes que nous battõs tous les iours, gens mols, couares & auilis, & qui n'osent faire aucun fait d'armes, sinon auec grand auantage, & plus par ruses, finesses, & trahison que vaillamment, & à guerre ouuerte, comme aussi le peuple est desloyal, & leur Roy meschant, & sans aucune iustice ny equité. Allons (mes bons amis) allons accourcir les iours de cest Affriquain, qui ne faudra de nous oster la vie, si nous delayons encore vn peu de luy tollir la sienne: que si nous mourons assaillis par les siens, à tout le moins aurons nous cest heur, que d'auoir executé nostre entreprise en despit de tous les suiets du Roy de Maroc, desquels ie vous prie de faire vn tel carnage, que de lõg temps

Moeurs des Affricains.

ils ayent occasion de se souuenir des garnisons d'Algier, & des soldats nez en Turquie, & apris en l'escole du grãd Sultan, qui commande sur la mer & sur l'Asie. Effectuer nostre dessein est facile: la garde de nuict est à nous, les Arabes ne l'aiment guere: & quand ils luy seroient le mieux affectionnez du monde, ils ne sçauroient luy donner secours, veu qu'ils sont esloignez de ses tentes: la fuite nous est aisee, ayans les monts si voisins, & qui sont sur le chemin de Telensin & Constantine, ou nous pourrons nous retirer: & s'ils sont si outrecuidez que de nous suyure, on verra lors qui aura belle amie, & lesquels sçauent le mieux faire, ou ces Affricains sans cœur, ny experiẽce au fait de la guerre, ou les Turcs nez en icelle, & nourris auec le plus sage & hardy guerrier qui iamais sortist de l'Europe. Ceste remonstrãce accompaignée du peril euident enflamma de telle sorte les Turcs, que la nuit mesme estant le Serif retiré en son pauillon, il se veit assailly par vn grãd nombre des coniurateurs, & quelque resistance qu'il feit auec ceux de sa maison, quelque alarme qu'on criast par le camp, si fut il taillé en pieces, payant l'vsure de

Cõstantine royaume en Barbarie.

C'est Barberousse Roy d'Algier.

Serif occis par les Turcs.

Les tiras ordinairement finent par mort violente.

tant de massacres faits par luy sur vne infinité de seigneurs, pour vsurper leur terres & seigneuries. Aussi est-ce le payement de tout tyran & vsurpateur que de ne guere finir que par mort violente, ainsi que ie vous ay desia deduit de ceux qui souz pretexte de religion reformée se redirent iadis Roys de Mauritanie, tuans les Roys legitimes & naturels seigneurs: car la verité ne peut faillir, qui dit que de telle mesure qu'on vsera à l'endroit de son prochain, on en sentira l'vsage. Non que ie pretende donner cœur par cest exemple aux entrepreneurs & meurtriers sur vn seigneur, quoy que iniustement il regne, veu que iamais telles gens ne furent sans receuoir punition de leur forfait, & attētats temeraires, ainsi que nous lisons de ceux qui conspirent contre Iulien & Laurens de Medicis, & ceux qui coniurerent contre la vie d'Alphōce Duc de Ferrare, lesquels furent salariez selon leur peu de sagesse, & punis selon le merite de leur meschante temerité, & trahison par trop detestable: tout ainsi aduinst aussi à ces Turcs ayant fait ce massacre. Car les gentils hommes courtisans, & autres de la suitte du Roy ce gettans

Les meurtriers des grās tousiours punis.

Iulien & Laurens de Medicis.

Alphonce Duc de Ferrare.

sur les Turcs, en occirent quelques vns, mais non à l'esgal des leurs qui passerent souz le trenchant des Simeterres damasquinez de Turquie, auec lesquels ils feirent vn piteux carnage de ces nobles des montaignes de Fez & de Maroc, sans que les Arabes bougeassent de leur place, craignans d'estre assaillis, & que ceste fourbe fust dressee pour les ruiner. Les Turcs deliurez de l'assault, & emportans la victoire, se mettent en chemin pour se sauuer auec ceste honneste retraite: ce qui eust succedé selon leur dessein, s'ils ne se fussent point amusez au pillage d'vne ville où ils seiournerent pour se rafreschir cinq ou six iours, mais ce rafreschissement fut le ministre qui les salaria selon qu'ils meritoient. Durant que le Prince oyant la mort pitoyable de son seigneur, apres s'estre tourmenté pour vn tel desastre, & ayant pleuré auec telle angoisse que fait le fils qui aime & honore la memoire de son pere, tout transporté de courroux & rage, commença marcher à grandes iournees cõtre les fuyards, craignant qu'ils ne se sauuassent. Plus fut il irrité voyant son pere massacré, & sans aucune forme d'homme, tant cruelle-

Les Turcs rompent les Afficains.

Faute des Turcs s'amusans au pillage.

ment les Turcs s'estoient acharnez sur ce miserable vieillard, & oyant les cris du peuple demandant végeance, & du Roy occis, & de tant de leurs parens & amis qui estoient passez souz la foudroyante furie des Turcs desesperez. La nouuelle du pillage de la ville où ils s'estoient retirez entenduë, & comme encor ils s'y rafreschissoient, feit haster le Prince auec quatorze ou quinze mille cheuaux, & diligéta si bien qu'il surprint les meurtriers, ainsi qu'ils vouloient (ayant laissé la ville pour n'estre assez forte) se sauuer sur vne montaigne non accessible que d'vn costé, & sur laquelle desia ils auoient fait porter leurs hardes, & tout le butin & despouilles gaignées au pillage. Qui a leu la grand vaillance des Spartains iadis en la bataille sur le destroit des Thermopiles, & comme auec vn petit nombre & poignée d'hommes ils deffeirent vne incroyable multitude des soldats & gendaremerie des Persans, qu'il s'amuse à cósiderer les faicts d'armes hors de toute opinion de ces Turcs mis au desespoir, lesquels n'estans que six à sept cens, tindrét teste auec vn tel courage & hardiesse à ceste caualerie Maure & Arabesque, qu'ayant

Lacedemoniēs petit nōbre deffeirent plusieurs milliers de Persans.

qu'ayant ionché la campagne des corps morts de leurs ennemis, ils leurs laisserẽt la victoire plus digne d'estre ploree, que donnant occasion de se resiouïr de leur deffaite. Et bien que les Turcs fussent deffaits, & que de toute leur troupe il n'en restast guere plus de deux cens, si se sauuerent ils tous blessez & harassez qu'ils estoient, en despit du Prince & de ses forces, n'y ayant si hardy Arabe ny Maure qui osast attaquer l'escarmouche, ny les suyure pour leur oster le pas du mont, & moins qui voulust se hazarder de les aller assaillir en leur fort, ou ils pretendoiẽt mourir en combatant, plustost qu'estre exposez au prince trãsporté: lequel voyãt la poltrõnerie des siens, & le peu de hardiesse des Arabes, ne peut se tenir, qu'il ne leur parlast despitemẽt en ceste maniere.

Grande vaillance des Turcs pour se sauuer.

Le Prince Serif à ses soldats, n'osans assaillir les Turcs.

AVec quelle hardiesse oserez vous desormais publier vos loüanges, pour auoir vaincu tant de belliqueuses nations souz l'enseigne & conduite du Roy nostre seigneur & pere, puis que vous n'osez le venger d'vne poignee de fugitifs, qui en vostre presence, & deuāt vous, en despit de vos dés (hommes vils & effeminez) ont massacré celuy qui se fioit en vous, & vous traitoit plus doucement qu'il ne vous appartenoit, veu vostre villenie & lascheté, qui ne pouuez le venger, ny cōtenter son fils, cy present, pour iuger de vos vaillances, & du bon vouloir vostre vers le deffunct, & son heritier, qui s'attendoit d'estre satisfait par le deuoir de vos dextres inuincibles? Ah effeminez! qui ne sçauez que brauer de paroles, & vous acharner sur ceux qui ne vous font resistance: Est-ce la recompense que le Serif deuoit attendre de vous, que de le souffrir massacrer en vostre compagnie, & estant trahy, ne le pouuoir venger au pris de vostre sang, & de vostre vie? Non, non, ie ne vous diray plus les successeurs des Affricains, qui souz Habdul Mumen, & souz l'inuincible Mansor, ont faict de si hauts faicts d'armes, ou qui souz Mansor & Iacob ont fait trembler & l'Italie & les Espaignes, puis que deux cens Turcs vous font crainte, & qu'vne montaigne sert d'obstacle à vostre vaillance, ou la gresle de quelque

Mansor cōquist le Royaume de Grenade.

Iacob conrut la Sicile et Sardaigne.

ſcopeterie vous effraye, & deſtourne d'aſſaillir les cruels aſſaſineurs & meurtriers de voſtre feu Roy tant debonnaire. Ou eſt la hardieſſe des Arabes, auec laquelle iadis ils ſe faiſoient craindre en Affrique, & ſeruoient deſpouuentement aux Roys de l'Aſie, & de frayeur au Soldan, qui gouuernoit l'Egypte, & meſme donnoient eſtonnement au grand & riche Empereur d'Ethiopie? Ah! vous ſceuſtes bien l'annee paſſee accabler les Chreſtiens les plus vaillans qui entrerent iamais en Affrique, & maintenant vous craignez vn petit eſcadron de Turcs ſans force, & demy morts, qui n'ont autre effort que le pas de ceſte montaigne. Et ſera il dit qu'vn camp de ſoixante mille hommes n'oſe attaquer deux cens ſoldats, rompus par les rencontres paſſez? & que ceux qui ont vaincu les plus puiſſans de la terre, ne puiſſent ſurmonter l'aſpreté des rochers, & applanir les mons, pour ſe venger d'vne iniure telle que celle que ces Turcs ont faict à toute la Mauritanie? Pluſtoſt ſoit renuerſé ce mont c'en deſſus deſſouz, que ie ne voye ces voleurs en pieces: & meure pluſtoſt toute la

Arabes vaillãs de toute memoire.

noblesse & soldats de mes terres & seigneuries, que ie ne sois vengé: voire ie sacrifieray ma vie aux ombres de mon pere sur ses ossemens, ains que ie souffre qu'aucun parte d'icy, que premierement ie ne voye ces desloyaux & traistres punis selon le merite de la temeraire entreprise faite au grand preiudice de toute l'Affrique. Quoy que ces propos si picquans, & qui ressentoient la grāde tristesse du prince courroucé, esguillonnassent les Arabes & Maures à s'auancer au combat, si est-ce que les Turcs desesperez en feirent telle boucherie, que les plus hardis de là en auant estoient plus que refroidis, & ne se presentoient plus à l'assault: le Prince neantmoins s'opiniastrant, & iurant de iamais ne sortir de là qu'il n'eust forcé les meurtriers. Les Chrestiens, desquels i'ay parlé cy deuant, que Serif auoit deliurez des mains des Arabes, voyans que de lōg temps l'entreprise n'auroit fin, & souhaitans aussi, ou de mourir, ou de gaigner glorieusement auec ceste victoire leur liberté, & le retour en Europe, se presenterent au Prince, luy promettans de luy dōner la fin des Turcs, ou d'y mourir trestous en la peine, pourueu qu'il leur promist en foy & parole de Roy de les deliurer de telle seruitude, & de les faire passer en seureté quelle part qu'il luy plairoit de l'Europe. Le Prince ioyeux de chose non esperee, & loüant la gaillardise & gentil cœur des Chrestiens, leur promist volõtiers, & iura accomplir tout ce qu'ils luy requeroient, sans se pouuoir contenir, qu'il ne leur dist & alleguast ce mot en passant. Ce n'est sans occasion si entre toutes les nations de l'vniuers le nom Chrestien est craint & redouté, veu le bõ cœur & generosité d'esprit qui vous accompaigne, & pense que la noblesse loge seulement en vostre païs, veu que hardiment vous combatez auec nombre esgal, & sans aduãtager vos ennemis. Allez hardis champions, & guerriers inuincibles, allez, & vous souuienne que vous assaillez, non seulement l'ennemy du Serif, mais celuy qui ne souhaite que la ruine du Chrestien, lequel s'il auoit accablé, il luy seroit aisé de se rendre suiet tout le reste du mõde. Ie vous iure le grãd Dieu, que si auec la victoire vous retournez vers moy, ie vous recognoistray tellemẽt vostre seruice & labeurs, que vous aurez occasion de vous contenter & loüer plus

Le Prince Serif aux chrestiens.

du fils, que iamais vous n'eustes raison de vous plaindre du pere, lequel ie pense auoir esté puny à present pour le tort que on vous feit, sans que vous eussiez merité vne telle recompence. Les Chrestiés contens de ceste amende du Prince, qui parloit sans aucune fiction, s'armeut de morions & harquebuzes, & trainans des pauois de cuir, tels qu'on les porte en la region de Fez, commencerent à grimper coyement le rocher, non sans sentir vne pluye espaisse de cailloux, lances, dards, saiettes, & la gresle de la scopeterie, mais tout cela ne peut empescher que ceux cy qui combatoient pour leur liberté n'enfonçassent le Turc rompu, & demy mort, & de faim & de blessures : & montans sur le coupeau du mont, la bataille ne fut de longue duree, se presentans les Turcs volontairement à la mort, laquelle ils estimoient fort heureuse, puis que c'estoit la main victorieuse des Chrestiés qui le leur donnoit : là où le Capitaine ne voulant que l'ennemy se vantast de l'auoir en vie, ainsi qu'il cognoissoit qu'on le vouloit reseruer, se donna courageusement de la dague dans le cœur, & mourant incontinent, sans pitié de soy-mesme, donna

Ruse & vaillance des Chrestiés captifs.

Deffaite des Turcs.

Le Capitaine Turc s'occist de sa main propre.

exemple à plusieurs de le suyure par trace. Telle fut la fin des conspirateurs qui iurerent,& mirẽt à effect la ruine & desfaite de Serif Roy de la Mauritanie, seruant d'exemple à ceux, qui sans aduiser la fin, ny le peril des choses qu'ils entreprennent, se lancent indiscretement, & de leur bon gré, dans les abismes d'où l'issue puis apres leur est interdite. Et quand la raison des Turcs eust esté la meilleure du monde, si est-ce que le bon traictement du Roy Affricain leur deuoit adoucir le cœur, & appaiser la colere assez legierement conceuë, veu que l'iniure qu'il leur bastissoit, voulant se saisir d'Algier, redondoit plus sur leur Prince, que sur rien de particulier: estant l'ordinaire des Roys de s'agrandir par l'abaissemẽt de ceux qui sont de mesme calibre, sans qu'ils se soucient de se prendre au peuple, sinon tant que cela peust seruir à ce qu'ils ont desseigné en leur fantasie. Aussi pour leur tant grande ingratitude, Dieu permist qu'ils en fussent payez, cõme ceux qui ayans receu bien, faueur, & auancement d'vn Prince en lieu de le mercier, de luy vouloir bien & luy faire seruice, ils l'occirent traistreusemẽt, estimant par ce moyen donner voye au seigneur d'Algier de s'emparer de l'Affrique. C'est ainsi que sont recompensez les ingrats & les traistres, comme de la memoire de noz peres aduinst à vn nommé Cappole, lequel deuinst en si grand credit aupres & enuers Ferdinand Roy d'Aragon, qu'il ne luy manquoit rien plus que la couronne, tãt il estoit obey de chacun, & si grande auctorité le Roy luy auoit donnnee en sa maison : mais ne se contẽtant de telle fortune & auancemẽt, il aspira au feste de gloire, & tascha de s'emparer encor du royaume, & priuer d'estat & de vie celuy qui luy auoit tant donné de preéminence, ce qui luy causa & son abaissement & ruine, y perdant l'effect de ses desirs, & la teste pour recompense. Voyez là l'histoire autãt rare qu'on puisse lire, & où les accidens y estans diuers, l'homme sage a dequoy y apprendre plusieurs bons traits, pour prendre esgard au maniement des affaires de ce monde, & pour y voir le peu de fiance que les grans doiuent auoir en la seule fortune, veu le malheur qui suit la vie & felicité des Monarques, & hommes les plus signalez de la terre. I'ay appris cecy par la relation &

Les ingrats portẽt la penitence de leur ingratitude.

Cappole agrandy par le roy d'Aragon conspire cõtre luy.

Fruict de ceste histoire.

memoire d'vn gẽtil-homme, qui fut present à tout cecy, & estoit du nombre des soldats Chrestiens deliurez des Arabes, & lesquels depuis vainquirent les Turcs meurtriers du Pontife, qui de petit prestre se rẽdit grand Monarque, & a si bien basty le fondement de son Empire, que son fils, à present succedant à ses biens, est le plus grand & redouté Prince qui soit guere en toute l'Affrique.

Verité de ceste histoire.

Le fils du Serif à present Roy de Maroc.

FIN DE L'HISTOIRE SECONDE.

ARGVMENT.

QVi considerera diligemment en quelle sorte est ce que procedent les choses & succez humains, il verra aduenir souuent des accidens si estranges que rien plus, & ausquels le ciel n'a voulu en sorte quelconque s'opposer, ny y donner pouruoyance, afin que les hommes n'en fussent point inquietez, ny leur ame affligee que bien apoint, & sans aucune extrauagance. Car iaçoit que nature (mais l'autheur de nature) plustost aye semé les racines viues de raison en l'homme, & que la partie intellectuelle soit assise au plus hault, & en la plus noble maison qui soit au corps de l'homme, si est-ce qu'vn aueuglement, desreglé de passions, assault plusieurs fois de telle sorte l'esprit de l'homme, que ceux qui semblēt suyure la raison plus sagement que les autres, & qui font la guerre à ce que nous auons de brutal en nous, s'esgarent si lourdemēt, & que

La raison naturelle en l'hōme.

la raison est du tout voilée en leur esprit, & l'intelligence semble sentir ie ne sçay quelle alteration qui la separe & esloigne du plus saint & solide de ses actions, & du iugement le plus iuste de ce qu'elle doit estire. Ie sçay que la colere est vne passion de l'ame, laquelle saisissant l'homme le conduit quelquefois à tel oubly & transport de soy-mesme, que bestialisant son naturel, il ne porte plus en luy que la simple figure humaine, le reste s'escoulant comme fumée: mais apres vn bien peu de temps ce feu estant amorty, & ceste flamme euaporée, ces humeurs flamboyantes cessant, la raison reprend sa force, & cause vn repentir au cœur de celuy qui aura permis à son cœur de s'abaisser au choix de chose indigne de l'aprehension de la partie intellectuelle. Mais il y a vne autre imperfection naturelle en nous, & laquelle imprime si viuement sa force en nostre ame, que la raison, le sens, l'intelligence, & tout ce que l'esprit peut auoir de vigueur, ne suffisent qu'auec grand difficulté de retenir ceste vehemence, & n'y a sagesse qui n'y perde ses exhortations, ny peril qui puisse empescher le cours de chose de telle importance. Ce tyran si puissant est en nous, & sort de nous, & toutesfois ne pouuons le maistriser, & contrains, nous souffrons qu'il tyrannise nostre liberté,

Force des passiõs en l'ame.

Colere grãd trouble d'esprit en l'homme.

La difficulté de vaincre amour

procede de nostre volonté mesme.

& guide les cõseils & desseins de nostre ame: & ce qui est plus à considerer et admirer, c'est que iaçoit que sa premiere origine procede d'aise et trop grã de oisiueté, si est-ce qu'on le voit nourrir, croistre & venir en sa plus grãde & plus solide perfectiõ, lors que plus on l'accable, reprenãt effort (ainsi qu'on dict de la Palme) lors que plus on le presse, & viuant plus fort, lors qu'on tasche le plus de le ruiner. Celuy duquel ie parle, c'est ce bourreau Amour, lequel nous ayãs vne fois surpris, ne desloge si soudain de la place saisie, que font le reste des passions, comme se voulãt dire le plus naturel de ce qui s'engendre en nous, voire monstrant qu'il a quelque cas, qui surpasse la puissance de nature, la forçant à choses qui sont diuerses à son dessein: si que celuy qui aura l'ame pleine d'angoisse, se feindra toutesfois des aises tout tels, comme si des-ia il iouissoit de quelque volupté desirée. Et voila pourquoy le Poete dit:

Amour a sa source d'oisiueté.

Amour force nature.

Tibulle li. 3.

Las! difficile il est de faindre vn faux plaisir,
Et tresfort angoisseux de rire outre desir.
Car l'esprit contristé à peine reçoit ioye,
Et à l'ame desplaist ceste contraincte voye.

OR ay-ie dit que ce tyran s'allume là où le plus il deuroit assoupir, et esteindre ses flãmes, à scauoir durant la continue des trauaux, & au milieu des perils les plus euidẽs, & es lieux les plus esloignez de tout aise, & passetemps. Ce que les anciens ont assez exprimé, feignãs les Herots poursuiure les Nymphes par l'aspreté des montaignes en l'obscure profondeur des boys & forests, & en la farouche solitude des deserts, voire sur la mer ou tousiours la mort est presente, & offre à l'œil humain cent mille orages, autant de sortes de naufrages, qui accompagnent la fortune des nauigans. Car la furie de la mer, ny les vents tempestueux ne peurent onc amortir la flamme de Cupidon, allumée au cœur du grand Capitaine des Gregeois, allant contre les murs de Troye, ains lors que la tempeste rompoit masts, antennes, & cordages, & tempestant les vaisseaux, les enuoyoit furieusemẽt heurter contre quelque roc, ou escueil dangereux si ne laissoit ce prince amoureux les desirs de la fille du grãd Calchas, & Prestre d'Apollon, & n'oublioit les embrassemens de sa bien aymée. Or i'attribueroy tout cecy à mensonge, & fable (quoy que Homere y employe sa diuine eloquẽce) si les effaits ordinaires de ceste passion ne me faisoient voir des choses pareilles, & si de nostre temps la mer n'auoit tesmoigné la conionctiõ des cœurs par le lieu de ce tyran inexecrable, & plus que puissant toutesfois si foible qu'il n'est assez fort pour deliurer de peril ceux qu'il y lãce

Force d'amour sur la mesme constance.

Diuers Amours qui ont aussi diuers effets

auec les desirs par luy imprimez en la fantasie, & aprehensions de l'ame. Car tout ainsi qu'il est diuers en nous, aussi sont ses actions diuerses, & la fin d'iceux aporte de variables & contraires euenemens, au complot de l'vn & de l'autre genre d'amour, selon que les humeurs des hommes ont de diuersité, ainsi que pourrez voir en l'histoire suyuãte, d'vne Damoiselle, qui aymant Chastemẽt, fut toutesfois punie auec plus de rigueur, que celles qui follement lient le seul plaisir du corps aux passions que ceste affection d'aymer conçoit en l'ame, guidée des instincts de nature, & regie par les apetits nez auec nous, & gouuernez auec attrempance.

COEVR GENEREVX D'VNE DAMOISELLE FRANçoise, exposée auec son mary en vne isle deserte de l'Ocean, & comme elle en fut deliurée.

HISTOIRE TROISIEME.

COMBIEN que les anciens ayent eu vn merueilleux desir d'auoir la cognoissance des causes les plus secrettes de la nature, & que pour y paruenir ils n'ayent rien oublié de ce qui estoit en leur puissance, recerchans l'origine plus secrette de tout ce qui se trouue en cest vniuers: si est-ce que l'antiquité n'eut iamais l'heur esgal à nostre siecle, lequel se peut vanter qu'il n'y a rien si caché en tout le monde, que la diligence des hommes de nostre temps n'y ait donné attainte de l'œil, & n'en ait aprins industrieusement l'vsage. Le grand Alexandre iadis alla visiter la plus part

Diligence des anciēs surmontée des nostres

Iusque où en Inde fut Alexãdre auec son armée.

Guzerathiadis Gedrosie regiõ pres le fleuue Inde.

Desertz de Camul entre l'Inde & le Cathay.

Apollonie Thianée.

Brachmanes et gimnosophistes en la regiõ Bactriane.

de l'Orient, & subiugua les regions les plus lointaines, & iadis incogneuës de tous ses predecesseurs: mais lisez toutes ses entreprises & voyages, fueilletez les liures de ceux qui estoient de son temps, & qui ayans charge d'vn si grand Roy, s'adonnoient à la recherche des choses les plus estranges, & admirables qui fussent es païs par eux visitez: si est-ce que vous ne trouuerez que iamais pas vn d'eux ayt passé es Indes plus auãt que le païs de Guzerath, qui estoit iadis le siege du Roy Pore, vaincu par Alexãdre, apres l'assuietissement de la Perse & Parthie, & quelque coing de la region d'Hircanie, lequel païs de Guzerath finist au lieu, ou le fleuue Inde, (du nõ duquel la plus grand partie de l'Orient porte le tiltre) s'engoulphe dãs la mer, & s'appelloit iadis Gedrosie: & Alexandre ne fut onc iusqu'au Gange, & moins passa il les desertz de Camul, pour courir les terres du Cathay en l'Orient le plus esloigné, voire ny autre depuis luy, sauf ceux de nostre temps, a voltigé si auant, quoy que Apollonie Thianée ait visité les Gymnosophistes & Brachmanes, lesquels pour lors se tenoyent en la region Bactriane,

qui

qui est voisine des Parthes, & s'aprochãt des Scythes orientaux ; qu'à present on nomme Tartares. On lit encor les nauigations de Hanon cappitaine Carthaginois, lesquelles sont dignes d'admiratiõ, eu esgard à son siecle, & au peu d'industrie qu'on auoit pour lors au nauigage: mais tout cela n'aproche en rien aux voyages de ceux de nostre aage: car calculez moy tout a vostre aise ce que Hanon escrit, si ne sçauriez vous bastir auec aucune cõiecture, que iamais il allast que iusque à la Zone torride, & souz l'equateur, la ou les Pilotes de nostre tẽps ont visité, & la ligne equinoctiale, & les deux Tropiques, voire ont osé hazarder à courir fortune sur mer de l'vn a l'autre pole, faisans le cerne de tout ce rond compris en la masse de ça bas Hemisphere. Et ce qui est le plus à admirer, est que les degrez mal tracéz, on par les anciens, ou corrompuz par les modernes, ont esté radressez si saigement, & auec telle industrie & excellence de sçauoir par ces Pilotes, que si Ptolomée viuoit, il ne seroit si ingrat que de ne point rendre graces à ceux cy, de l'eclercissemẽt qu'ils ont mis a ses œuures, & de l'honneur qu'ils luy

Hanon Carthagin, voyage iusque souz l'equateur.

Grands voyages de ceux de nostre tẽps.

Diligence de noz Pilotes en la dimension des degrez.

ont fait, ostant les fautes que les ignorans le plan des lieux, & les dimensions du Ciel auoyēt semées en ses liures. I'admire l'art & subtile inuention de l'eguille, la disposition du Cadran, & Boussole, ou il semble que la nature n'eust sceu subtilier si gētimēt l'esprit humain sans la diuinité, pour s'aduiser de faire, que l'aymant attirāt le fer, tournast touiours sa pointe vers le Nort, & pole Artique. On peut, & doit louer hautement les inuenteurs des arts & sciences : mais ie ne sçay lequel merite plus de louāge que celuy qui a excogité vne chose si galāte & necessaire, & laquelle facilite à present le nauigage, par le moyē d'vne pierre, & vn peu dacier, si que l'hōme ne sçauroit s'esgarer sur mer, estant deça l'equateur, ny de la que bien peu, veu que les estoilles du Creusier luy sont tousiours opposites au iugemēt de son Cadran. Le desir de sçauoir, & cognoistre, & la conuoitise de s'enrichir, a cōduiz plusieurs à la recherche des miracles de nature, tels qu'ōt esté vn Christophle Colōb Geneuoys, Armeric vespuce, l'Infant de Portugal, Vasque de Gāme, Pierre Aluarez, & Louys Barthome, & des nostres, Iaques Cartier Breton, hōme excellēt, & pour ce faict choisi

Admirable inuention de l'eguille à nauiguer.

Estoilles du Crusier en l'Antartique oposées à l'estoille du North.

Voïageurs de nostre siecle excellens.

par le grãd Roy François, pour descouurir les regiõs septétrionáles de Canada, Baccaleoz & la Floride, & du tẽps de Hẽry, le seigneur de Villegagnõ, pour veoir ce qui est outre l'equateur & le long de celle grande region ou se leue & cueille le Bresil, & autreschoses necessaires pour la vie & santé des hommes. Ceste curiosité en attirant plusieurs, a causé que les vns y ont prouffité en vne sorte, autres en vne autre, & la plus part n'y ont gaigné que l'aller pour le venir, si ce nest le contentement qu'vn gentil esprit peut auoir en la souuenance de cest auãtage, qu'il a sur les autres, pour sçauoir & cognoistre asseuremẽt, & par experiẽce, ce que les autres faut qu'empruntẽt de luy, & luy en demeurẽt redeuables, si ce n'est qu'arrogãment ils se voulussẽt attribuer l'hõneur de chose non meritée, & rauissent le labeur d'autruy pour estre cõpaignõs de peu, en lieu de se cõtenter de la mediocrité de sa fortune. Entre tous ceux qui du temps de Iaques Cartier, auec les Bretõs & Normãds ont fait le voyage, y eut vn gentil-hõme François, duquel ie n'ignore le nõ, & si le tais tout à escient, pour bõ respect, lequel ayãt vnefois tẽté

Iaques Cartier Breton, qu'els pays a descouuerts.

le gué, & se plaisant en tel exercice, delibera de continuer, & passer plus outre en la cognoissance des regions ia decouuertes. Et pour cest effait il arma quelque nauire, se fournissant de Pilotes adroicts & bien experimentez à la marine : affin que se fiāt à son seul esprit, il ne tōbast au peril qui suit ordinairement les entreprises de tout homme audacieux & temerere, lequel mesprisant autruy, & presumāt par trop de ses forses, donne plus souuent le passetemps de sa ruine aux hommes, tout ainsi que les poëtes feignēt des attentatz du filz de Dedale, & de la gloire de celuy qui entreprist de gouuerner le chariot flambé d'Apollon. Armé qu'il eust & equippé, il prēd hommes & femmes d'vn costé & d'autre, auec intention de peupler quelque isle qu'il verroit propre, & digne pour sa douceur, bon air & fertilité, en laquelle le nom Frāçois fust planté, & y laissast les germes de sa generosité & courtoisie naturelle. Or auoit il vne sœur, si le a sez belle & de bō esprit & d'aage meur & capable des flammes d'Amour, & de nature, non trop farouche, mais doulce, aduenante, gaillarde & ioyeuse, non sote ny desdaigneuse, mais

Folie à l'homme de trop presumer de ses forces.

Fables de Phaeton, & Icare filz de Dedale.

qui en toutes ses actions portoit peincte celle courtoisie naturelle qui rend louables les Damoiselles Françoises, sur toutes les femmes de l'Europe. Ceste ieune gentil-femme, imitant le naturel de celles de son sexe, qui est d'estre curieuses, souhaitoit fort de veoir les raritez qu'on racomptoit des païs estranges, & plus hardie, que ne porte la delicatesse de celles de son ranc, desiroit de faire le voyage auec son frere, & l'en ayant requis, le trouua assez ploïable à luy accorder, quoy qu'il en feit quelque difficulté, craignant qu'elle fust trop foible pour souffrir les incommoditez de la marine: mais se souuenant que luy s'en allant en terres estranges & lointaines, il laissoit sa sœur seule, & sans suport, exposée au danger plus perilleux que toutes les tourmentes, & perils de la mer, & plus à craindre que les escueils, sablons & goufres tourbillõnez de l'Ocean, a sçauoir a la voltõé d'vne folle ieunesse, & aux assaultz ordinaires que les ieunes hommes donnent aux filles, qui ont quelque beauté, pour esbrãler & corrompre leur chasteté, & vie pudique: se resolut de la mener, aymant mieux qu'elle courust mesme fortune

Courtoisie naturelle des damoiselles Frãçoises.

Femmes sont curieuses ordinairemẽt.

Le sang & vertu des ancestres oblige les filles a chasteté.

que luy, q̃ non pas ouyr dire qu'elle se fut oubliée, tant peu soit, du deuoir à quoy sont obligées celles que le sang, & la vertu de leurs ancestres oblige à ne denigrer en riẽ leurs noblesse & reputation. C'estoit biẽ cõsideré a luy, si p mesme moyẽ il eust peu brider les affectiõs de sa sœur, ou sagemẽt luy eust tenu l'oeil dessus, auant qu'elle se pourueut de ce qui luy espargnoit plus longuemẽt qu'elle ne souhaitoit, & si la nourrissãt aupres de soy, il ne luy eust mis des obietz qui suffisoient pour amorcer vn poissõ aussi gẽtil, & sortable, que la proye qu'il conduisoit, pour en dõner curée aux apetiz de quelque galãt amoureux instigué de son desir, vaincu par l'atrait exterieur d'vne exquise beauté, & solicité par les caresses mignardes & subtiles de celle, qui desiroit dapatrier aussi biẽ le corps que la pensée. Dautant qu'ẽ sa cõpagnie il receut vn Gentilhõme, ieune, gaillard, dispos, beau, & gratieux, & qui peut estre n'ẽtreprist le voyage pour autre occasiõ, q̃ desirãt s'insinuer en la grace de celle, qui ne le receut q̃ trop tost pour son prouffit, ainsi q̃ orrez suiuãt le discours assez tragic de ceste histoire: le recit de laq̃lle est paruenu iusques à no⁹,

Fault oster les occasions de mal a celuy qu'on veut tenir en bride.

par le tesmoignage mesme de la Damoiselle deliurée du peril ou son chaste desir,& amour plein de vertu la conduit, par la cruauté de son frere.

Ce Gentil-homme quoy qu'il ne fust des plus riches, estoit neantmoins orné, & doüé de plusieurs graces,& dons requis en vn homme de sa qualité, veu que outre les armes qui luy sembloyent estre nées au poing, il sçauoit quelque peu aux lettres, & s'adonnoit à faire quelques vers,plus guidé du naturel,que de la doctrine, comme on en voit vn nombre infiny en France, lesquels sans auoir iamais gousté la mesure des vers latins,poëtisent en leur lãgue,auec assez d'heur, & suyuans la grauité de ceux qui s'en font dire maistres, de sorte que ce Gentil-homme accompagnant les rithmes auec la Musique, gaignoit la grace de chacun, & se rendoit amye celle qu'il souhaitoit pour sa maistresse,toutesfois l'humeur farouche du Capitaine le destournoit de poursuiure sa poincte, & luy glaçoit ses desseins, tout aussi tost qu'il leur donnoit quelque ouuerture,& n'osoit œillader celle qui le regardoit de bon cœur, estimant qu'elle

La poësie cõme chose naturelle aux Frãçois.

vsast de tels apasts, pour se moquer, ou bien pour voir s'il seroit si mal apris, que de s'enhardir de descouurir son affectiō, pour puis apres en faire ses cōptes, ou s'en plaindre au general son frere: dequoy vn iour estant assis sur la proüe du nauire, le iour estant fort calme, & eux hors de la peine de voguer, se mit à chanter ces vers sur vn luth, qu'il auoit porté pour accongner son harquebuze, & pour s'en dōner plaisir, apres le son effroyable des canons, qui estoient dans le nauire pour leur deffence.

Chanson de l'Amant.

Helas ô filles Athlantides,
Riches & belles Hesperides.
Qui autour de voz bleües eaux
Entendez flotter noz vaisseaux,
Qui oyez les vagues venteuses
Murmurer toutes escumeuses,
Souz le bruit de noz auirons:
Et vous ô bien-courans Tritons
Qui sillonnez par vostre course
La mer, lors qu'elle se courrouce,
Appaisez le mal & douleur
Lesquels tentent mon chetif cœur,

Et dechassez le fier orage,
Lequel de desespoir & rage
Me repaist, & ne veut souffrir,
Or que bien tost i'aille mourir,
Ou que viuant, voir ie me puisse
Vne fiere douce & propice:
Viens Thethis aux pieds escumeux,
Et toy Neptun' demi hideux
Couuert de vagues & descailles,
Viens rompre ces dures batailles
Qui assaillent, sans nul repos,
Et mes entrailles & mes os,
Et nouënt ma langue iasarde
Sans que plus elle se hazarde
D'exprimer le mal que ie sens,
Tant est dangereux ce mien temps,
Et tant ie crains que la Deesse
Qui me guide, & sert de maistresse
Aux desseins rudes de mon cœur,
Me monstre de sa grand rigueur
Les effaiz, & cause sur l'heure
Ma deffaite, & ruine seure,
Et en persant faire son bien
Soit la cause, & le seul moyen,
Que pendant & sens & parolle,
Desconfit & roide m'enuole,
Dans les Abismes sourds & creux
De l'Occean tout escumeux

Parmy les flots plus furibondes
De ces monts, & valons des Ondes:
Auant que plein de desespoir
Englouty on me puisse voir
Par quelque Beluë maligne,
Ou par vne Phocque marine,
Ou auant que dans vn rocher
On voye mon corps s'approcher
Vuide de sens, priué de vie,
Ainsi que desia me conuie
Ce peu d'espoir, qui m'entretient,
Et lequel en vie me tient:
Car ie parle sans vn mot dire,
Et m'esiouis, sans oser rire,
Et chante tout plein de douleur,
Et de tristesse, & de langueur,
Affin que vous ô Athlantides,
Riches & belles Hesperides,
Neptun', Thetis, & les Tritons
Prenant plaisirs en ces miens sons,
Appaisez l'onde qui me presse,
Et dechassez celle destresse
Qui auilist la vie en moy,
Et rend sans nul effort ma foy:
Car sans amitié reciproque
Ie ne veux, & faut qu'on me choque
Auec le bruit des tourbillons,
Des rames, & des auirons,

Lesquels escarbouillent ma teste,
Ou bien qu'vne hideuse tempeste:
Les orages chauts & venteux,
Les esclairs & ensoufrez feux
Qui volent par l'air & bataillent
Contre voz vaisseaux qu'ils assaillent,
Abatent par vn mesme tour
Et mes desirs & mon amour,
Consument, meuz d'esgalle enuie,
Et mes loyautez & ma vie:
Pourueu qu'auant ce mien deffaut
(Car de mourir il ne me chaut)
Ma Deesse soit aduertie
De ceste triste departie,
Et cognoisse que sa rigueur
Ou bien que sa feinte douceur,
Ont causé ma fin, & deffaite,
Autre heur aussi ie ne souhaite
Que finir, & tout consumé,
Aymant d'estre le bien aymé,
Car gisans dans le creux du ventre
(Comme dans vne grotte, ou antre)
De quelque poisson dangereux;
I'orray sur le bord sablonneux
Ou de la cruelle Guinée,
Ou bien de la Libique Orée
Les plainctes qu'icelle fera
Laquelle les causes sçaura

De la mort cruelle, & soudaine,
Laquelle faut que tost emmeine
Et mes soucis, & mes douleurs,
Et mes angoisses, & mes pleurs.
Que si laissant la coste humide
De l'attrempée, & grand' Floride
Les glaces de Baccaleoz
Iouyssent de mes tristes oz.
Ie ne sçay quelz demons habitent
En ce pays, & le visitent,
Et ne puis ailleurs m'adresser,
Ny mes pleins humides verser
Que deuant Thetis pied legere,
Deuant la troupe (coustumiere
D'aller par tout) des nuds Tritons,
Ausquels ie consacre mes sons,
Et aux Phoques, & à Neptune,
Et à l'vne, & l'autre fortune:
Aux abismes, & fonds, & creux,
Aux flots ondez & escumeux,
Et à vous filles Athlantides,
Riches & belles Hesperides.

La Damoiselle qui, comme i'ay desia dit, auoit l'esprit gentil, oyant la chanson de ce ieune amant, & se prenant garde aux gestes & contenances d'iceluy, lors qu'il chantoit, comme elle estoit accorte & fine, & que aussi elle soupçonnoit, &

ſe faiſoit croire que le tout ſe faiſoit pour l'amour d'elle, ne iugeant point qu'il y euſt femme en toute la cõpagnie digne que le gentilhomme amourachaſt ſi gentiment, priſt le tout á ſon aduantage, & quoy qu'elle diſſimulaſt pour ceſte fois le plaiſir par elle receu de telle deſcouuer il, ſi ſe delibera neantmoins qu'á la premiere occaſion qui ſe viendroit offrir, elle ſ'en eſclarciroit le doubte: & diſoit ainſi en ſoy-meſme. Et d'ou vient cecy que ce gentilhomme, iadis ſi tardif aux gaillardiſes d'amour, & qui ne ſe ſoucioit que de careſſer vn corſelet, ou acoller vne harquebuze, ſ'amuſe à preſent à flater ſon cœur, & l'apaſter des delicateſſes, & mignotiſes d'amour? Eſt-ce la mer qui luy donne ces apprehenſions, ou ſi le changement d'air luy a auſſi changé ſes deſirs, & manieres de viure, ou ſi les flots & ondes de l'Oçean pourroient point produire les feux & flammes d'amour, pour en bruſler noz cœurs paſſionez, & ſentans meſme alteration, ſans que la lãgue, ny l'exterieur en oſent dõner quelque ſignifiance (Ah! i'ay ouy pluſieursfois dire que l'Oceã eſt le pere des Dieux, & celuy qui cauſe la force de la genera-

L'Ocean pere des dieux.

L'humide cauſe de la generatiõ.

tion, ce que ie pẽſe indubitablement, veu que les poëtes tiennẽt que Venus eſt ſortie de l'eſcume de la mer, & q̃ Thetis produit plus d'engeance en ſoy, & auec plus de diuerſité que ne fait la terre que nous habitõs. Ah! ſ'il eſtoit ainſi, & que ie fuſſe celle qui cauſaſt ceſt alteratiõs en ce ieune ſeigneur, ie me dirois la plus heureuſe Damoiſelle qui viue: qui prẽdra eſgard à ce que ie ſouffre, & aux occaſiõs qui ſ'offrent deuant moy, pour choiſir vne tant diuerſe maniere de vie, de beaucoup autre ſorte, que celle que i'ay paſſé iuſqu'à preſent: car la mer a d'autres droicts & priuileges que la police gardée ſur la terre, & voy la liberté des choſes, ſans punitiõ en icelle, que tant ſ'en faut que ie ſçache que c'eſtoit, lors que ie viuois ignorante des affaires de la mer, que meſme ie n'y euſſe oſé donner attaincte de la ſeule penſée. Ie voy le mary, & la femme ſ'embraſſer en face de chacũ, & preſque ne ſe ſouciẽt qu'on les voye venir aux priſes, & iouyr de la liberté de leurs embraſſemẽs: i'entẽs les doux propos d'amitié des amis, auec celles qu'ils courtiſent, & ne ſe cachẽt õ de moy, de declarer ce qui eſt le plus ſecret & delectable en amour, peut

Grãde liberté de vie ſur mer.

estre pour m'y attirer, & me charmãt d'vn aise deshonneste, me faire oublier le rãc que ie tiens, & denigrer la vertu qui m'a faicte iusque icy paroistre entre les plus remarquées de nostre voisinage. Mais ia ne plaise à Dieu que mon cœur s'auilisse iusque à choisir riẽ qui souille ma reputation, ou puisse ruiner l'honneur que la Damoiselle doit cherir plus que sa propre vie: que s'il fault aymer, cõme ie me voy contraincte & necessitée, ce sera auec iuste tiltre, & seulement en mariage, & auec homme qui soit de mõ estat & calibre, d'autant que i'aymerois mieux mourir cent mille fois que m'aparier auec riẽ moindre que moy, & ioindre le sang noble auec la vilité de quelque race sans tiltre. He Dieu que ie suis folle! & q̃ sçay-ie si ce Gẽtil-hõme dresse ses vœux ailleurs, & s'il y-a quelque fẽme de ceste troupe, qui, abusant de son peu de beauté, prẽne plaisir à le faire lãguir apres elle, & se moque de ses passiõs, & l'apaste de quelque vaine esperance: veu qu'il se plaint de ses rusées douceurs, & faintes amorces, & le accuse de dissimulation, chose qui n'auroit aucun lieu en mon endroit, ne me ayant iamais tenu propos d'amour, ny

La femme noble doit cherir l'hõneur.

de chose qui en fait tant soit peu d'aproche. Toutes-fois ne me peux-ie persuader qu'vn homme si accomply s'abaissast iusqu'à la, que d'aymer & faire si grãd compte de femme de bas estat, & mesme s'addresser à quelle que ce soit de celles, qui sont dans ce nauire, femmes de peu, sans nom, grace & honesteté, ny courtoisie, & qui n'ont rien qui puisse attirer l'hõme à les cherir, s'il n'est conduit tout ainsi qu'vne beste sans raison, par les furieux apetits & chatouillements d'vne chair effrenée. C'est bien dict à moy, cõme si les hommes auoient quelque raison au choix de leur volupté, ou discretion à iuger le merite des femmes, soit par leur beauté, valeur, esprit, gaillardise, bonne grace, ou gentillesse, & comme si on n'en voyoit qui se coiffent quelquefois tellement de l'Amour d'vne image & idole de femme, sans entendemẽt, laissans ce pendant quelque perfection de nature: ainsi sont descheuz leur sens, & ilz sont aueuglez, par la concupiscence vilaine, qui les guide & conduit comme animaux, sans honte ou apprehension de vertu quelconque: Neantmoins ne puis-ie penser que cestui-cy soit de ces bestialisez,

Aueuglement des hõmes en aimant.

lisez,& abrutiz,& n'estime qu'vn souillon le peust de tãt faire oublier,que pour son amour il feit le passionné à la Castillane,souspirast comme ceux qui sont la ronde,au tour de quelque riche,& belle courtisane à Venise, ou partist quelque chanson sur le luth,comme si c'estoit la fille du plus renommé Senateur de Rome. Mais posons le cas que ce soit pour moy qu'il souspire,que ce soit la sœur du general qu'il ayme,sans luy oser descourir sa maladie que par signes,que ie sois le subiect de sa chanson si pleine de desespoir,que puis ie faire puis qu'il ne me parle point:& comment allegeray-ie sa peine, puis que la seule coniecture m'en dõne la cognoissãce? Si ie luy descouure mon desir, il m'estimera peu honneste, & ie n'entends point l'aymer que pour mariage,à quoy s'il condescend,luy ayãt faict cognoistre l'esgalité de mon desir à sa volonté,encore reste le plus fort,qui est l'accord & consentement de mon frere, lequel ie sçay estre si rogue, & haut à la main, si desdaigneux & mal plaisant, que iamais il ne permettra que ie l'espouse, iaçoit qu'il soit asseuré de sa preudhommie,& de la race noble, &

vertus loüables des anceſtres de ce Gentil-homme. L'eſpouſer outre le gré de mon frere, n'y faict pas bon, veu ſa colere, qui pourroit la deſcharger ſur nous deux, ſe ſentant brauer à ſon nez, & voyant que ſans luy nous faiſons nopces en ſa preſence. Mais aduienne ce qui pourra, que ſi ce ieune hõme eſt de mon aduis, nous ſerons mariez enſemble, & trõpans le Capitaine ſouz le voile des familiaritez honeſtes, & permiſes entre les nobles, nous ferons noſtre cas enſemble, & le plus ſecrettement qu'il ſera poſſible, attendans que la fortune nous face deſcendre en quelque iſle, & la i'eſpere luy faire trouuer bon noſtre mariage, & par meſme moyen nous ſeparerõs de ſa malplaiſante compaignie. Car i'ayme mieux ne viure que de racines, & iouyr en liberté de celuy que i'ayme, que ſi touſiours i'allois vogãt, vagant & courãt ſur l'eau, pleine de ſoucis, & aſſuiettie à la fantaſie farouche d'vn homme, lequel ie penſe m'a permis ce voyage pour me donner pour paſture aux poiſſons, ou pour m'expoſer aux beſtes cruelles en quelque deſert eſpouuentable, infertil & ſolitaire. Il ſembloit qu'elle pronoſtiquaſt le mallieur qui depuis l'accabla, & deuinast la ruine de ce miserable amant, q̃lle se rendist le suiet, plus de sa volõté, que du respect qu'il deuoit à son Capitaine, ou au droit d'hospitalité : voulant rauir celle qu'il eust deu garantir, si vn autre eust attenté vne entreprise tant outrecuidée, & presumptueuse. Des-ia la nef de ces voyageurs auoit rasé la Bretaigne, & Normandie, & couru l'isle Angloise, visitant l'ancien siege des Goths en Espaigne, & les Gallegos ou Gallogoths, qui habitent l'Ocean Occidental, faisans aproche de ce destroit, tant renommé par les anciẽs, souz le nom de Colonnes de Hercule, lequel separe l'Europe d'auec l'Afrique, & estoient sur la deliberation des routes, qu'ils deuoient tenir pour la fin de leur voyage, sur lequel deliberans prudemment entr'eux, les vns estoient d'aduis de passer en l'estenduë de mer, qui va visiter la partie glacée de Septentriõ vers Canada, ou la Floride, sans qu'ils se souciassent des courantes dangereuses qui auoisinẽt le païs de Mexique, maintenant appellé la nouuelle Espaigne, & les autres au contraire trouuoient bon que on

Gallegoths peuples en Espaigne nommez des Iocu- lois & des Goths.

Destroict de Gibaltar est le lieu des colonnes de Hercule.

Canada & la Floride sont Septẽtrionales.

courust fortune le long de la coste d'Afrique, & du royaume des Noirs idolatres de la Guinée, pour s'enrichir au pays de Beny, & Manicongre regions d'Afrique, & en la mer Athlantique & la plus part vouloiẽt s'aller attaquer aux Antropophages des Canibales & Charibes, ou passans l'Equateur, aller sçauoir par experience si les hommes habitans le long de la riuiere de Plate, sont de si enorme & grande stature, que l'on dict, & si le destroit de Magellan estoit aussi dãgereux que portoit la renommée, ayans en pensée de voyager par iceluy la mer pacifique, & cognoistre le tour de l'Ocean, accomplissant le roud de la terre, & visitãt les orées, & de l'Orient & de l'Occident. Ils bastissoient le chemin des Moluques Orientales, & Occidentales : & fantastiquoient les Idées du Cathay, & la veuë du Quinsay, la plus riche cité que le Soleil Leuant contemple, & laquelle obeit à ce grand & superbe Cam, & Empereur de Tartarie, sans s'estonner de peril quelconque, comme ceux qui auant que mõter sur les vaisseaux s'estoient resolus de tout souffrir, pourueu qu'ils peussent dõner quelque contentement à leur extre-

Guinée, Beny & Manicõgre regiõs d'Ethiopie.

Canibales sont en la Prouince descouuerte par Amerie vespucée.

Destroict de Magillan fort dãgereux.

Moluques isles en nõbre infiny.

Cathay & Quinsay deux plus riches citez de l'orient.

me curiosité. Durant que le chef & Pilotes estoient en conseil, le Gentil-homme amoureux faisoit tout ainsi que Homere dict d'Achille, courroucé contre les Gregeois pour la perte de sa Dame, qu'Agãmennon luy detenoit, ou comme Paris se tenant en chambre, mignotant & caressant sa femme, tandis que les autres estoient combatans à la campagne: car il iouoit mignonnemẽt du Luth deuant sa chere maistresse, estant plus en soucy de la gaigner, que les autres en peine sur le complot & deliberation de leur voyage: & sonnant il adioustoit la voix chantãt en ceste sorte.

Achille irrité, apaisoit sa colere sur la Lyre.

Paris effeminé lors que Hector estoit au combat

OV t'enfuys Amour,
Ou prens tu le tour
De ta course si legere?
Ou vole ton corps
Ce seme discords,
Et ta sagette meurtriere?

Tu as beau courir,
Et beau t'enfuyr
Car ie veux suyure ta course,
Ie suiuray tes pas
Mais de tes combats
Puis à l'oge, puis à l'ourse.

Le North c'est l'estoile guide de ceux qui nauiguent.

Ie suiuray les yeulx
Cruels gracieux
De la clarté qui m'esclaire,
El'sera mon North
Ma vie & suport,
Mon plaisir, & mon repaire.

Soit que l'Orient
Ou que l'Occident
Nous esiouisse la face,
Soit qu'vn Pole froid
En maint dur destroit
Nos corps effroyez nous glace.

Equateur est la ligne partissant imaginairemẽt le ciel

Les chaults tous fumeux,
Et les brillans feux
Du midy ne m'espouuentent:
Et de l'Equateur,
La flamme & ardeur
Assez mon esprit contentent.

Pourueu que ie sois
A toutes les fois
Pres de l'estoile luisante,
Qu'aprocher ne puis,
Quoy que pres ie suis
De sa clarté tresplaisante.
Ah! sainte clarté

Qui ma liberté
As si doucement rauie,
Donne moy vigueur,
Et rendz à mon cœur,
Sa force, cours, & sa vie.

Plus ne me detiens
Et ne m'entretiens
D'œillades (faintes caresses)
L'œil ne me desplaist,
Ains est le souhait
Qui soulage mes destresses.

Mais plus que les yeux
Ie demande mieux,
Vn plus doux desir me touche:
Ie cerche cest heur,
Remply de douceur,
Qui d'istille de ta bouche.

Et pour m'apaiser
D'vn sucré baiser
Ie poursuis la mignotise,
Vn plus grand souhait
M'elance & refait,
Et confit en mignardise.

Ie cerche les yeux.

Que les puissans dieux
Ont suiuy pour leur grand aise:
Et le cœur me fault
Si de ce grand chault
L'ardeur, ta liqueur n'apaise.

Ie suis le fouyer,
Et toy le brasier,
Qui me brusle & me consomme:
Ie suis ce que veux,
Et estre ne peux
(S'il ne te vient à gré) homme.

Car brutalisé,
Et tout méprisé
Ie pers & sens & parolle,
Lors que tu te fains,
Et fuis de mes plains,
Desquelz l'effait loin s'enuole.

Aye donc pitié
O sainte amitié,
De ces desirs de mon ame,
Et me caressant,
Et tien me faisant
Estains doucement m'a flamme.

La Damoiselle voyant la commodité,

& le temps propre pour arraisonner le mignon, souriant de fort bõne grace luy va dire ces parolles: Depuis quand en ça est ce, mõ cousin, que vous estes deuenu amoureux, veu que lors que nous estiõs en France il me semble que l'Amour c'estoit le moindre de voz soucis, & ne parliez iamais ny de luy ny de ses flammes, & moins vous oyoit on faire aucune plainte, ny chãter de ces lays tant piteux, qu'il semble que Tristan le Lyõnois soit renouuellé en vo^9, ou que les desirs d'vn Amadis soient plantez en vostre ceruelle, tant vous sçauez bien faindre le passionné, & contrefaire le desesperé en la poursuite imaginée de vostre maistresse. Ie vous prie me faire tant de faueur que ie sois la secretaire de voz pensées en cest endroit: car si ie puis sçauoir qui est celle qui vous donne de telles angoisses & trauerses, ie tascheray de l'adoucir, afin de iouyr aussi bien de voz rithmes ioyeuses, cõme vous nous paissez de voz tristesses, & nous faites gemir souz le fardeau de la douleur qui semble accabler vostre ame, laquelle si n'est si dolẽte que vous la faites, à tout le moins est elle assez biẽ aprise à exprimer les passions de ceux qui sont

Lays, sont anciẽs vers qui seruoient à exprimer les passiõs d'Amour.

assaillis d'amour. Madamoiselle respõdit (Pamãt) il me semble que ne deuez trouuer estrange si estant en France i'estois exépt de celle inquietude, laquelle a present me rauist à moymesme, pour me du tout transformer en l'idée, de ce qui est graué aux plus sains desirs de mon ame: veu que lors l'obiect represẽté aux yeux, cõme à la volée s'eslançoit tout aussi tost que la trace d'vne pierre gettée dãs l'eau, & la pensée ne s'amusant qu'a la superficie de ce qui estoit offert à l'exterieur, ne receuoit aussi aucune impression viue de Amour, se contentant de la diuersité, cõme elle estoit vague, & se plaisant ores d'vne beauté, & tantost d'vne autre, comme celle qui n'auoit l'arrest pour faire iugement de ce qui estoit le plus rare & precieux, & qui sur tout autre meritoit que lon eu feit compte: Mais maintenant que l'ame a cogneu sõ erreur, & que l'œil plus iuste iuge que iamais, s'est simplemẽt amusé à l'obiect d'vne grãde beauté, & le sens aux perfections interieures, lesquelles se font cognoistre par les actions exterieures, ne fault s'esbahir si regaignãt la constance digne de l'excellence de l'ame, ie poursuis ce qui est necessaire pour

Les impressiõs de l'ame conceues par vn long obiet de l'exterieur

mon accomplissement, & sers en mon cœur celle, que la necessité de mon destin me fait aymer, & sans laquelle (dit il en souspirãt) il est impossible que ie viue guere plus longuemẽt: veu que l'ame me defaillant, & le cœur estant esloigné de moy, pour se loger en son cõtraire, il faut necessairement que ie fine, ou que retirãt ce que i'ay donné (ce qui ne se peut faire) recouure par mesme moyẽ celle gaillarde & folatre liberté, qui me faisoit si gay en France, & me rẽdoit heureux sans aucune felicité, entant que ie ne puis acompter à bonheur quelcõque la vie de l'hõme, qui sans aucũ soucy passe l'aage tout ainsi que les bestes, suyuant les seulz & lourdautz apetiz de sa volonté: lo ou ceste affection qui me conduit me fait sentir la raison, & admirer la vertu, auec laquelle ie tasche de complaire à ma maistresse. Or puis qu'il vous plaist vous enquerir de la cause de ma lãgueur, ie vous y ay assez dõné d'eclaircissemẽt: quãt au desir qu'auez de sçauoir qui est celle laquelle a peu chãger ceste miẽne folatrerie du passé en cõtẽplatiõs, & resueries, & à apris mõ luth à partir les chãsons d'Amour, & exprimãts la cõstãce d'vn bõ &

Il entend l'Amour plein de bonne affection.

loyal amant, il fault que (oyant ceste requeste) ie plaigne mon grand desastre, puis que vous ayant mon cœur, & tenant esclaue ma volonté; ne pouuez, ou faignez ne pouuoir, cognoistre ce que les yeux vous declairét auec les continus regards arrestez sur vous, & lesquels obeissans au cœur, & suppleans au defaut de la langue, vous doiuét assez tesmoigner qui est celle qu'honore, & à laquelle i'ay adressé mes deuotions, que ie choisis pour mienne, s'il luy plaist de tant me fauoriser, que de m'accepter pour loyal amy & fidelle espoux: car ce n'est impudiquemét que ie poursuis son amitié, ny lasciuemét que ie desire son accointance, & de cecy ie vous en donneray telle foy & asseurance qu'il vous plaira, ne pensant vous faire tort auec si honneste poursuite, ny deshõneur à vostre race, vous sçachãt bien que ie suis, & si les miens sont en rien moindres à leurs voisins, ny en sang, ny en richesses. La Damoiselle oyant le langage que le plus elle desiroit, le mercie de sa bonne volonté, mais s'excusa faignant vn petit & honneste refus, qu'elle reiettoit sur le peu de douceur de son frere: mais apres long discours & causes debatues,

Les yeux messagers du cœur.

tant d'vn costé que d'autre, apres auoir complotté plusieurs desseins seruans à leur aise, ils conclurent mariage par paroles de present, & se donnerent la foy reciproque, attendans l'opportunité de parachever ce qui leur sembloit le mieux cõmencé qu'ils eussent sceu souhaiter. L'amant ayant gaigné ce point, ne vouloit arrester là sa carriere, ains tendoit à l'accomplissement du mariage, qui cõsistoit en la iouïssance qu'elle desiroit autant ou plus que luy, & aussi pour ceste occasion auoit elle consenty si legierement à ceste alliance, mais l'honnesteté honteuse, & naturelle à toute fille aimant sa reputation, luy voiloit ce desir, & luy denioit ce que le nœud de leur lien clandestin luy sembloit permettre: par ainsi son mary la pressant de la consommation du mariage, elle luy refusa honnestemét, le priant d'attẽdre vn peu, & que le temps leur ouuriroit les moyens asseurez pour le contentement de l'vn & de l'autre, sans qu'ils se meissent en hazard de leur vie, se gouuernans moins sagement que la chose ne le requeroit: Toutesfois, luy permettant le baiser, & attouchemens mignards, & assez lascifs, tels que la ieunesse poursuit

Hõte naturelle voile des fols appetits des dames.

Trop de priuauté cause la ruine de chasteté.

en ce qu'elle aime, il estoit impossible que le feu ne se mist aux estouppes, & qu'eux deux bruslans de desir, & esguillonnez de mesme appetit, ne donnassent fin au souhait, par l'accomplissement de leur aise pretendu. A quoy l'amant, voyãt la fille retifue, adiousta encor l'amorce, en faignant vn petit desdaing, & s'esloignant, comme despitemẽt d'elle, laquelle il ne caressoit plus, & ne luy tenoit que propos communs, & qui ne ressentoient amitié que fort refroidie, dequoy elle en estoit au mourir, & s'en plaignoit à son mary, comme de quelque grand iniure, le priant de prendre pacience, & que bien tost il seroit obey. Luy, qui ne pouuoit paciemment souffrir ces delais, luy remonstroit, que si leur conionction estoit peché, qu'il seroit bien marry de la solliciter, aimant plus en elle la vertu que toutes les choses de ce mõde: & que d'attendre l'occasion, pour descouurir leur affaire au Capitaine, ce seroit peine perdue, attendu que iamais il n'y consentiroit, tant il auoit grande opinion de soy, & se pensoit surpasser chacun en vertu & noblesse. Puis (en riant) luy remonstroit, qu'aimer sans iouyr, c'estoit l'imperfection de la mesme nature, laquelle estoit celle qui donnoit les inclinations au desir pour la iouissance, afin de parfaire la liaison des cœurs, auec le lien de la plaisante conionction de deux corps, s'esgalans à la volonté interieure. Et comment (disoit il) seroit il possible que la femme du tout se passast de l'accointance de l'homme, l'ayant tousiours pres de soy, & le desirant & caressant, puis que le Poëte dit ne se pouuoir faire, qu'elle se contente des seuls embrassemens de son mary? Mais c'est faucement qu'il dit:

Dis moy quelle fut onc qui le lict nuptial *Properce li. 2.*
Paillarde ne viola, & ne feit onc nul mal?
Quelle Déesse fut qui seule fut contente
D'vn seul Dieu la baisant, sans auoir autre attente?

Car la chaste Damoiselle, quoy qu'elle aime le plaisir, si le sçait elle mesurer auec la raison, tout ainsi que ceux qui boiuent du vin, non pour s'en enyurer, mais pour se nourrir, & conseruer la chaleur en eux naturelle: entant que souhaitant rien dauantage, c'est s'esgarer de nature, & embrasser non la vie brutalle, qui en l'accomplissement est plus sobre que l'homme, mais la mesme corruption

& villenie. Adiouſtoit qu'elle ne luy deuoit donner occaſion de ſe pourchaſſer ailleurs, & luy faucer la foy, qu'il ne falloit tant ſe fonder ſur les conſtãces peintes en l'air, & tãt preſchées par les amoureux, où que celuy qui pourſuit aime auſſi bien, ou pluſtoſt mieux, le plaiſir du corps, que les perfectiõs de l'ame: & ſceut ſi bien haranguer, que quoy qu'elle craignist d'engroſſer, ſi eſt-ce qu'ils conſommerent leur mariage ſans parrin, preſtre, ny muſiciens, autres que leus vents qui empliſſoient tout ainſi les voiles, & les faiſoiẽt enfler, comme ce gentil-homme enfla le vẽtre de ceſte pauure fille, laquelle ſe penſant ioüer, au bout de quelque temps ſe ſentiſt du mal que les femmes ſouffrent en conceuant, ayant des euanoüiſſemens, & perdant l'appetit, voire la couleur luy changeant, & deuenant paſle & decoulourée: Dequoy s'aperceut quelque femme du nauire, qui luy demanda l'occaſion de ſes foibleſſes: la fille hõteuſe, & ne ſçachant que reſpondre, l'autre luy donna courage, & l'aſſeura qu'elle eſtoit groſſe, toutesfois luy iura de n'en dire mot, mais qu'il faudroit, auant que le ventre luy enflaſt trop fort, trouuer

moyen

moyẽ de se desrober, & se getter en quelque lieu en terre, afin d'euiter la fureur du Capitaine: ce qu'elles feirent entendre au mary, qui cherchoit l'occasion, le temps, & le lieu pour executer son entreprise. Mais sur le point qu'ils estoient pour effectuer leur dessein, voicy la mer qui s'enfle, les vents qui s'esleuent, & l'orage qui les assault de tous costez, les poussant si auant dans l'Ocean, qu'ils furent trois mois sans descouurir vn pouce de terre, ou s'ils en voyoient, à tout le moins n'en pouuoient ils faire approche. Le Capitaine, qui gettoit l'œil sur la priuauté de sa sœur auec ce gentil-homme, & qui les voyoit la pluspart du tẽps parler ensemble en secret, eut quelque soupçon de telle familiarité: qui causa que les esclairant de plus pres, il s'asseura du fait, & veit presque plus qu'il ne vouloit, ou à tout le moins se douta de l'effait de sa pensée: dequoy il cuida enrager, & eust sur l'heure fait vn coup de sa main, n'eust esté le respect du gentilhõmme, & qu'aussi il vouloit estre mieux informé du fait auant que punir ceux par qui il se pensoit outragé. L'occasion ne se presenta que trop grande, car augmẽtant tousiours le soupçon, il s'apperceut de l'enfleure du ventre de sa sœur, qui procedoit d'ailleurs que d'idropisie, elle ayant bonne couleur, & estant aussi saine & gaillarde qu'elle eust esté de sa vie. C'est icy que le courroux le transporte, & que l'ardeur d'vne grande colere l'esguillonne, toutesfois dissimulāt son courroux, & faignāt plus de douceur qu'il n'en couuoit en son ame, il appella vn iour sa sœur en la chambre de poupe, où estans tous deux tous seuls, il luy parla en ceste sorte.

Qui eust iamais pensé, ma sœur, qu'vne Damoiselle de si bon lieu que vous, eust voulu faire ce tort aux siēs, que de se prostituer, comme vne publique, dans vn nauire à la veuë de chacū, & seruir de cloaque à chacun vilain qui la viendroit requerir? Auez vous requis à vostre frere le voyage sur mer, pour en sa presence luy brauer & rassasier l'effrenée lubricité. Qui vous a faite si eshontée que de comparoistre deuant luy, auec le ventre plein, du fait de quelque vil matelot ou artisan, duquel on ignore, & les vertus & la famille? Et que ne demeuriez vous plustost en France, pour là viure à vostre fantasie loing de moy, & auec gens plus sortables,que ceux à qui vous vous ioüiez dans le nauire ? Ie ne ſçay comme ie puis vous ſouffrir deuant moy, ny quelle pacience me conduit à ſupporter ceſte voſtre lubricité : & comme il eſt en ma puiſſance que ie ne vous enuoye pour paſture aux poiſſons, & beſtes marines : ce que i'executerois, n'eſtoit que ie veux ſçauoir à qui reſſemblera le fruict que vous portez, afin que, & le pere, la mere, & l'enfant, ſuffiſent auec leur ruine, pour contenter mon creue-cœur : & que ainſi ie ſois vengé du tort que vous faites à toute noſtre race & famille. Elle oyant ainſi parler ſon frere, & cognoiſſant le reſpit qu'il luy donnoit, iuſques à ce qu'elle fut deliurée de ſa portée, luy reſpondit hardiment, & en ceſte maniere. Monſieur, ie ne ſuis ny vilaine publique, ny abandonnée, & ne penſe faire aucun deſhonneur à vous, ny à nuls de mon ſang, ny ne pretendis onc faire choſe qui peut denigrer en rien la reputation de la maiſon, de laquelle ie ſuis deſcendue, & me faictes tort ; & à vous meſme ſemblablement, en m'accuſant de paillardiſe, ſans mieux eſplucher les choſes, auant que tranſporté d'vne colere enragée, vomir des iniures si piquantes sur moy, qui suis vostre sœur, & que vous deuriez respecter autrement que vos paroles ne mesurent ma vertu, laquelle à ce que ie voy vous ignorez, ou bien estant courroucé d'ailleurs, faictes semblãt de ne point cognoistre, qui ay vescu iusques icy sans tache, pour venir icy dãs vn nauire, pour seruir de place d'immondicité aux mariniers qui vous suiuent. Ie suis grosse, ie ne le puis nier, & ioyeuse de l'estre, veu que c'est de celuy qui a droit de ce faire, & sans offence de Dieu, comme m'estant espoux legitime, lequel n'est vil ny roturier, ny indigne de nostre alliance, mais plustost gentilhomme vertueux, honneste, sage, & vaillant, & tel que ne deuez trouuer estrange, si craignant vostre refus ie l'ay choisi pour tel, & pour vostre humble frere, & qui à iamais vous fera seruice. Le Capitaine continuant en ses dissimulations, adoucist son langage, disant qu'il estoit marry qu'on eust rien fait sans luy, & qu'elle luy faisoit tort de l'estimer si farouche, que de ne trouuer point bon le mariage qu'elle auroit pour plus agreable : toutesfois que la chose estant faicte le conseil en estoit pris, &

pource vouloit-il sçauoir qui estoit celuy, qui luy touchoit de si pres que d'estre son frere, afin qu'il le caressast, & l'apointast de quelque honneste charge durāt ce voyage. Elle qui pensoit auoir gaigné & estimāt la paix estre faicte, & son frere apaisé pour iamais, luy declara ce qui s'estoit passé, leurs accords, pactes, aliance, fiançailles, & en fin la consommation secrette, & peu heureuse de leur mariage. Luy qui estoit encore plus enflammé que iamais, oyant que celuy duquel il s'estoit tant fié, luy auoit ioué vn tour de si mauuaise compagnie, se pourpensā d'en faire la vengeance telle, & que son cœur en seroit content, & les autres intimidez de s'attaquer à ce, qui doit estre respecté, sinon pour soy, à tout le moins de crainte du suplice merité par vne faute tant remarquée. Or pour euiter que son beau frere à la haste, ne mutinast les Pilotes & soldats contre luy, desquels il estoit aymé & suiuy, & qu'il n'exploitast sur luy, ce qu'il auoit deliberé de faire sur les amans mal conseillez : il le caressoit sur tout autre, & plus que iamais, l'ayant familierement repris de sa faulte, & prié de tenir le tout secret, auec esperance de couurir la grosſeſſe,& enfantement de ſa ſœur,iuſque à ce que,ſans nul ſcãdale, ils peuſſent celebrer les nopces, leſquelles il aprouuoit, par ſemblant ſur tout aduantage,qui luy euſt ſceu aduenir. Ce pauure niaiz, & plus ſimple qu'vn pigeon à poil follet,ſe fioit du tout aux paroles du General,& n'euſt iamais penſé, que ſon frere luy euſt fait, ny dreſſé trahiſon quelconque, veu la douçeur auec laquelle il le careſſoit: & luy tenoit le bec en l'eau, pour puis apres ſe preualoir de luy, & ſe venger du tort faict à ſa reputation & excellence. Le General ce pendant gaigna les hommes, & deſcouurit le faict aux principaux Pilotes; leſquels le trouuerẽt fort eſtrange, & digne de grande,& cruelle punitiõ, s'offrans au reſte de luy faire tout ſeruice, qu'il leur feroit poſſible, & d'attirer les ſoldats à ſa deuotion, affin que ſans crainte, il ſe vengeaſt d'vn ſi vilain outrage. Le cas tenu ſecret, chacun careſſant ſon compagnon, nul ne ſe defiant de l'autre, le mary de la ſœur du General, ne ſe ſoucioit plus que de ſon Luth, & des embraſſemens de ſa femme, quoy que non à deſcouuert: ſeruant le Capitaine & honoré de luy, iuſqu'à ce que le malheur l'accabla, lors que le moins il y pensoit, & qu'il cuidoit estre hors de tout soupçõ, ainsi qu'orrez maintenant. Ayants longuement erré par la mer, quoy qu'ils eussét desseigné le voyage vers l'Equateur, & tirant au Capricorne, si est-ce qu'ils se veirent poussez vers l'Artique, & au Tropique, souz lequel gist nostre Europe, & cogneurét apres la tempeste qu'ils tendoient vers les courantes du Mexique, & aprochoient la grãd estenduë de la terre de Canada, & de la Floride, dequoy les acertenerent les isles Antilles, l'Espaignolle, Essores, & Madere, qu'ils laisserent au Leuant, pour courir vers les isles de Cube, Iucatan, & des Tortuës. Ils descouurirent l'isle du feu, ainsi nõmée, comme aucũs cuident, à cause qu'il y a des montaignes qui vomissent les flammes, tout ainsi que le Vesuue, & Mongibel en Italie, & Sicile, à cause des mines, & veines du soufre, qui sont es concauitez des mõtaignes d'icelle isle: mais ceux qui ont veu la chose de plus pres, sçauent que les habitãs du païs, pour estre droit sous le Tropique de Cãcer, pressez de l'ardeur du soleil, n'osent aller de iour, ains attendans la frescheur

Mexique royaume.

Madere isle.

Cube Iucatan isles

Isle du feu pourquoy nommée.

de la nuit, marchent en icelle, allumant force flambeaux, & grans feux, afin qu'au cler ils puissét faire leurs voyages, & souuent fiffres, tabourins, & Naccaires pour esueiller leurs voisins, & les inciter à venir auec eux, affin de pouruoir à leurs affaires: tout ainsi qu'en vsent ceux de Melegette, lors que le soleil tire vers le Septentrion. Non que pour cela ie vueille nier que les feux, euaporez des veines sulphurées, ne causent que les passans, voire ceux qui visitent le lieu de pres, ne pensent que ces flammes ne sont point bouches, ny châbres infernales, n'y rien semblable à ce qu'on appelle le trou sainct Patrice, mais chose naturelle, ainsi que i'ay ia allegué des montagnes de Sicile: & cõme encore l'on aperçoit sur le mont Serre Lyonne en la Guinée, à quelques dix ou douze degrez de la ligne equinoctiale. Ces François encor se veirent proches de l'isle surnommée des Rats, & descendirét quelques vns de la compaignie en celle, que les Espaignols ont baptisée du nom d'isle des Esprits. Passé qu'ils ont tout ce païs, le General (qui auoit donné le mot du guet aux Pilotes, à qui il auoit descouuert son entreprise) voyant vne

Melegette, royaume.

Serre Lyonne mont en la Guinée.

Isle des rats.

Isle des Esprits.

grande isle fort chargée de boys, & (à son aduis) deserte, d'autant qu'on voyoit les bestes sauuages venir sur la coste, sans s'effrayer de la veuë des hommes, dict qu'il failloit là prẽdre de l'eau fresche, s'il s'en trouuoit, & que les vaisseaux estoient assez tourmentez, & auoient besoing d'vn peu de repos, aussi bien que les hommes, qui si longuemẽt auoient couru & pourchassé leur fortune. Il n'y eut homme en la compaignie qui ne s'esiouist grandemẽt de telle nouuelle, & sur tous la pauure Damoiselle, qui dessaignoit d'y faire sa couche: ce qu'elle feit, mais bien tout autremẽt que n'estoit son dessein & pensée, veu que son frere descendant en terre, & ayant faict aiguade, ne tramoit que la ruine des nouueaux mariez, lesquels il feit Roys & seigneurs touts seuls, de ceste Isle esgarée & deserte. Aussi estãs descenduz, & apres s'y estre rafreschis quelque iour, ils ne veirẽt iamais aucune apparence qu'il y eust homme viuant en toute l'isle, & ce quil leur en donnoit encor plus d'euidence, estoit que les bestes ne s'effarouchoient aucunemẽt pour la suruenuë des hommes, qui fut cause que le Capitaine, menant son beau frere, & sa sœur bien auant, ayant chacun son harquebuse; cependãt les Pilotes, qui auoiẽt le mot, mirent quelques viures à terre & vne paillasse, & quelque habillement & linge pour l'vsage des confinéz, si que le soir biẽ tard, ainsi que le General fut entré dãs l'esquif, pour aller vers le nauire, on leua la planche, & donna des rames au vaisseau auant que le Gentil-hõme & sa femme eussent moyẽ d'y sauter dedãs: ausquels le frere parla en ceste maniere. Puis que sans moy, & outre mõ gré vous auez trouué le moyen de vous marier, ce sera aussi sans moy, mais selõ mon vouloir & ordonnance, que vous iouyrez de vos nopces clandestines, & payerez l'vsure des plaisirs receus, durãt que le reste de l'armée se penoit, pour vour tenir à vos aises, & que ma trop grande courtoisie seruoit de couuerture à vos lubricitez. Encor ne suis-ie si cruel comme vous estes ingrats, qui vous ay laissé suffisamment des viures, iusqu'a tant que cognoissant la portée de la terre, de laquelle ie vous donne la seigneurie, vous puissiez vous pouruoir de vostre industrie, vous laissant munition de poudre & de boulets, & d'arquebuses, affin que les be-

Ruse du General contre sa sœur.

stes ne vous offencent, & vn fusil pour tirer du feu, y ayant assez de boys en vostre prouince. Quant à toy (dict-il au Gentil-homme) pource que i'entends que tu rimailles assez passablement, tu trouueras de l'ancre & du papier pour escrire & composer des virelays & Ballades, afin de gaigner la grace de ta gentille Deesse, puis que c'est auec des chansons que tu l'as charmée. Viuez ioyeusement, & faictes grand chere, iusque à tant que ie repasse icy, pour vous visiter, & veoir comme vous prouffiterez en vostre nouueau mesnage: & auec quelle diligence vous nourrirez & instruirez ce petit nepueu, que vous auez basty, sans m'aduertir des desseins de vostre galant edifice. Ce que ayant dict, il commanda de singler, & s'esloigner de terre, afin que les cris piteux, & larmes de sa sœur n'emeussent les matelots à quelque pitié, & compassion de ce couple miserable de loyaux amants. Lesquels se trouuerent si fort estonnez de ceste fourbe, & escornez pour se voir ainsi abusez, deceuz, & cruellemēt trahis, que tant s'en fault que pas vn d'eux dist vn seul mot, que tout le soir ils demeurerent sans nullement bouger du lieu, & tenans les yeulx fichez sur la marine, aussi imobiles que la grand statue du ieusneur, qui est plantée à Paris deuant le Paruis nostre Dame.

A la fin, comme sortans d'vn grand & profond sommeil, s'esleuerẽt en sursault, tout ainsi qu'vn homme, qui est saisy de frayeur, & soudain reprenans cœur, s'acollerent, & baiserẽt autant ioyeusement comme si la fortune leur eust esté aussi fauorable que iamais elle fut à creature viuante, loüant Dieu qu'a si bon compte ils estoient eschapez de la trahison du capitaine, & que sans mourir soudain, Dieu permettoit qu'ils vesquissent en ce desert, pour y purger leurs ames, auec vne austere & longue penitence : remerciant en outre la trõpeuse courtoisie de leur frere, de les auoir ainsi pourueuz de choses necessaires, pour s'aiser au desert : & les ayant aduertis de ce qu'ils deuoient esperer de luy, les abandonnant en telle solitude. Bien est vray que le gentil homme, quelque bõne mine qu'il feit, ne souffroit guere patiamment ceste penitence, & ne prenoit pour argent content vn tel dot, pour le mariage de sa femme, detestãt en soymesme sa fortune, à cause qu'il n'osoit en faire semblant deuant la Damoiselle, pour la veoir preste à gesir, & craignoit qu'elle n'en mourut de malaise, quoy qu'il luy semblast que la seule mort seroit celle qui les osteroit de ceste misere & vie solitaire : elle qui esperoit que Dieu les regardant en pitié, apres vn long trauail enuoyroit là, par fortune de mer, quelques vaisseaux, pour les oster de la compagnie des bestes, se resiouïssoit selõ le plaisir & amenité du lieu tout boscageux, & assez delectable, s'ilz eussent trouué a qui parler, & si la profondeur des forests obscures, & l'urlement des animaux farouches ne les eust effraïez à toute heure. Toutesfois faisans de necessité vertu, & s'aymant contre fortune, ils se dresserent & charpenterent vne maisonnette, auec vn tel artifice que pouuez penser deuoir sortir de la main de ceux, qui iamais ne s'estoient adonnez à autre art, & estude, que l'vn à manier les armes & quelque liure, & l'autre la quenoille & l'eguille : & si nouueaux, que ie pense bien que les maisons & tabernacles, premierement dressez par les hommes du premier aage, auoyent quelque similitude auec l'estoffe & grande magnificence du Palais feuillu de ces hermites. Ils s'accoustumerẽt à mesnager ainsi: l'vn alloit à la chasse, tandis que l'autre cuisoit & aprestoit le disner, & tous deux prenoient soing & garde de n'estre assaillis des bestes, repairantes en ce desert espouuentable: auquel plus leur nuisoit l'aprehẽsion des espris & fantosmes que tout le reste, ayant ouy parler de l'isle des Esprits, & estimans que ce fut ceste-cy, & que pour l'occasion des demõs aucun n'y auoit iamais osé faire residence. Mais s'assurans à la longue, de cest effroy, dormoyẽt vn peu mieux à leur aise, que au commencement, s'accoustumants à supporter le tẽps ainsi qu'il venoit, & attendans tousiours l'heure de la gesine de la Damoiselle, laquelle quelque moys ou six sepmaines apres leur arriuée, geut & accoucha d'vn masle, qu'ils baptiserent, selon qu'il est de coustume entre les Chrestiẽs, en estans eux mesmes & les parrins, & le prestre. Si cest enfant eust vescu iuste aage, & perdant ses parens, on eust peu faire le mesme essay qu'Herodote racõpte auoir esté fait par Psammethique, Roy Egiptien, voulant sçauoir quel langage fut iamais le premier receu entre les

L'isle des demons en l'Oceã occidental.

Herodote liure 2.

Psammethique Roy d'Egipte.

Beccos en phrigien signifioit Pain.

hõmes:mais s'il eust dit Beccos, ainsi que les enfants, nourris au desert par ledit Roy, le prononcerent, on eust estimé de nostre temps, que la langue Italienne seroit la premiere, pource que Beccos est mot Italien, & assez propre pour l'imposer à ceux, à qui les femmes font porter quelque beau cimier de cornes. Mais les pauures exilez, n'ayãs que mãger que les racines des herbes, & la sauuagine qu'ilz auoient, le lait tarist à la mere, & la nourriture luy manquãt, il fallust que l'enfant allast aprendre le Phrygien (estimé par Herodote le premier lãgage des hõmes) en l'autre monde, auec ceux qui y sont de celle nation. Ie laisse icy la curiosité des hõmes, sur les choses les plus difficiles à iuger: car qui est celuy qui peut dire à la verité, laquelle langue parloiẽt les anciẽs peres auant le deluge & apres, ains que la confusion des langages causast le nom au superbe edifice commencé par le geant Neinroth? veu qu'il n'est resté aucune memoire de cecy par escrit, aumoins qui à la verité soit par les successeurs d'Adã, desquelles parle Iosephe, & esquelles ils auoiẽt graué la memoire des sciences, affin que le deluge ruinant le *Iosephe.1. des antiq. chap.2.*

monde, ainsi qu'il le presageoient, ceste chose tant necessaire ne fut deniée aux hommes qui viendroient apres eux. Neantmoins ce bon Iuif est si sage, qu'il n'a garde de dire en quelle langue estoient escrits les artz grauez en ces colomnes, quoy qu'il die que de son tẽps il en auoit encor vne en Syrie: car de dire que ce soit l'Hebrieu, la seule reuerence, que nous portons à l'antiquité des liures du vieil testament, nous en fait penser quelque chose, iaçoit que qui ne le croit n'en sera damné pourtãt: veu que le nom Hebrieu a son inuention de long tẽps apres le deluge, & le premier qui en a eu tiltre, est Abrahã, chief de la nation Iudaïque: mais de cecy ie m'ẽ raporte aux doctes Rabins, soyent ils Thalmudistes, ou Cabalistes, lesquels sont allez si auant au conseil de Dieu, que pour l'auancement de leur langue, & afin d'en dresser leur cabale, ils nous voudroient faire à croire que Dieu ne parle autre langue que celle des Hebrieux: tout ainsi que ceux qui veulẽt cabaliser le Latin, & les saints escrits, ne souffrent qu'on en lise vn rien en langue entenduë, cõme si la sainteté & merueilles du tout puissant estoiẽt liées à la douceur,

Abrahã 1. qui porta le nom d'Hebrieu.

Thalmudistes, & Cabalistes hebrieux.

ceur, ou proprieté d'vne seule langue, & si les Apostres, espandans le son de leur voix par l'vniuers, n'auoient interpreté la volonté de Dieu, en la mesme lãgue des païs ou ils annoncoyent le Royaume de Dieu. Mais c'est trop sortir des Limites par nous dressez, & s'esgarer de l'Isle deserte, ou l'enfant estant mort, les parens se penoient d'y multiplier leur semence, quoy que le moyen leur en fust peu durable. Le gentil hõme deuenãt tout maladif, & mal propre pour apaiser les apetis de sa femme assez gaillarde, & qui brusquement portoit les incommoditez du desert, sur quoy le pauure mary se confortãt, encor prenoit courage, voyant la grand constance & hault cœur de la Damoiselle : & durant ce peu de ioye, il luy vinst en fantasie de faire ces vers, & les chanter sur le Luth, comme pronostiqueurs de sa mort prochaine.

QVel plaisir eut apres le grand deluge
Le couple saint, qui alla pour refüge
Vers ... saincts lieux ou Themis reposoit,
Et à chacun son destin predisoit?
Quelle volupté, puis que de leur semence

Ils ne pouuoyent donner vn peu d'auance,
Ains leur fault, esmeuz d'vn saint courroux,
Faire sortir les hommes des cailloux,
Selon les ditz de la saincte Deesse?
Mais quel plasir, repos ny alegresse
Auoyent ils lors, que le seul souuenir,
D'vn bien soudain, & desiré mourir,
Estant la mort le seul repos, & l'aise,
Qui des humains les angoisses appaise?
Ah! ah! le temps s'escoule lentement
Mais mon mal-heur est tant plus vehement,
Comme ie voy que ma mort est tardiue,
Et que le iour dernier bien tard arriue
Pour assoupir le dueil qui vit en moy,
Et pour finir mon pleur, & mon esmoy.
Ie sens faillir peu à peu ma puissance,
Et mes efforz s'en vont en decadence,
Le sang n'a plus ny force ny vigueur,
Ny ce mien corps substance, ny chaleur:
Le cœur se deut, le sens est en martire,
L'ame defaut, & de moy se retire:
L'esprit esmeu par telle passion,
Et tout rauy en contemplation,
Veut s'esloigner de ce corps miserable
Pour voir ailleurs vn repos delectable,
Puis que le sang affoibly ne scauroit,
Puis que le corps sans ce sang ne pourroit
Produire rien qui par sa compagnie,

Peust resiouir la solitaire vie
De deux vnis par vn mesme vouloir,
Mais separez par vn grand desespoir,
De voir la vie en noz corps renaissante,
Par le moyen de quelque chose issante
De noz effaitz: car l'vn est amorty
L'autre puissant, l'vn est aneanty
L'autre iouist des forces de nature,
Laquelle tend à ma mort plus que seure.
Que n'ay-ie l'heur de voir pour mon suport
Cy formiller vn escadron tresfort
De Mirmidons sortis à tas de terre,
Bons mesnagers, & hardis à la guerre?
Ou que ne puis en tuant par les boys,
(Comme il aduient souuent & plusieurs fois)
Quelque farouche & rauissante beste,
Et deschirant sa furieuse teste
Prendre ses dentz, & les ayant semez
En voir sortir des cheualiers armez,
Lesquels entr'eux ne se battent ou tuent,
Et leurs efforts aussi soudain ne ruent
Morts, & sans vie, aussi tost que sur terre
Ont commencè, & acheué leur guerre:
Comme iadis les os en semencez
Que toy puissant Iason as amassez
En conquestant la toison renommée?
Las! ma fortune est trop enuenimée
Pour escouter les complaintes, & pleurs

Que cause en moy ce Lerne de malheurs:
Et plus le ciel d'vne race pi rreuse
Ne rend la terre, & feconde, & heureuse:
Ie ne suis point digne d'vn Mirmidon,
Et n'ay l'effort du vieil Deucalion,
Aussi ce bois, ce desert si sauuage
Ne suffiroit pour vn si grand lignage,
Veu qu'il ne peut nourrir tant seulement
Deux corps vnis, par vn mesme tourment.
Ah! ciel ialoux du plaisir de tous hommes,
Que mal-heureux & desastréz nous sommes,
Puis que l'enuie le couroux, la rancueur
Peuuent soudain alterer ta douceur:
Puis que tu changes en vn moment ta face,
Et fais ainsi à qui tu veux la grace
De luy donner la vie à son plaisir,
Heurant ses iours à son vueil & desir:
Et puis qu'à moy tu denies cest aise,
Et rien du tien mon angoisse n'appaise,
Ains de fortune on me voit le iouët:
Pourquoy ne fais que le rude & fort fouet
D'vne mort fiere, & seiche & languissante,
N'accable à coup ceste vie nuisante
A mon esprit? que ne donnes repos
A l'ame, & puis vn sommeil à mes oz,
Qui dureront en ce bois solitaire
Tant que la mort ne les sçauroit deffaire,
Ayant miné la chair, qui s'escoulant

Va de mes sens les forces assaillant,
Et me rauit non de mourir l'enuie,
Mais les desirs d'vne plus longue vie?
Car en ma mort gist l'heur de mon desir,
Et ce que plus ie quiers pour mon plaisir,
Viuent ces bois feuilluz & ombrageux,
Tesmoins du soing de deux cœurs amoureux:
Viuent les eaux de ces claires fontaines,
Qui ont souuent de leurs bouillantes veines
Esteint l'ardeur d'vn chaut qui nous pressoit:
Viue le cœur de celle qui me voit
Ia languissant & prest à rendre l'ame,
Et qui sur moy ay emprainte la flamme
Qui embrasa noz cœurs de cest amour,
Lequel ingrat à ioué vn faux tour
Aux plus loyaux que iamais peut cognoistre
Le cler soleil, alors qu'il fait paroistre
Ses doux rayons sur les flotz escumeux,
De l'Ocean: ah! ô Pere amoureux
Pere Ocean, puis qu'il faut que ie meure,
Et qu'assez proche en est le terme, & l'heure,
Souuienne toy de ma sainte moitiè,
Et s'il y a en toy quelque amitié,
Si dans ton onde est encores grauée
D'vne Venus belle & chaste l'Idée,
Fais que moy mort, tu guides quelque nef
Pour deliurer de malheur & meschef,
Et de la mort ceste dame assez belle,

Ceste prudente & chaste Damoiselle:
Afin qu'on oye encores de sa voix
Compter ma mort au Royaume François,
Et qu'on cognoisse au vray quel est le frere
Meurtrier du sang illustre de son pere.
O Dieu qui vis eternel tout puissant,
Voy en pitié cest homme languissant,
Et ne permetz qu'vn desespoir l'accable
Pour à iamais le rendre miserable:
Reçoy, Seigneur, de mõ cœur le pur don,
En me donnant de mes fautes pardon:
Fais que les maux, & longue penitence
De nous icy, me serue d'allegeance,
Et que le sang de ton fils bien aymé
Soit mon garant: ah! ie suis consumé
Et vais entrer la voye vniuerselle
De toute chair, ie n'estriue ou querelle
Rien contre toy, il me plaist de mourir
Si tu le veux, & si c'est ton plaisir:
Car tu m'as fait, & si peux me deffaire,
Et puis soudain d'vn seul rien me refaire,
Entre tes mains, ie vais rendre, seigneur
Mon pauure esprit, c'est à toy, ô sauueur
A qui mon sens tous ses desirs adresse,
Et qui ne veut autre ioye ou liesse,
Que de iouyr d'vn repos long & doux
Auec ce Dieu de mon ame l'espoux.

La foiblesse de ce gentil-homme fut si grãde, & la tristesse qui l'accompaignoit ordinairemẽt, epoinçonna tellement son cœur, que de iour à autre, se voyant faillir, au bout de l'an qu'il entra au desert de sa penitẽce il mourut, non sans vn grand effroy & tristesse de sa femme, laquelle se voyant seule en vne si grand estendue de pays, fut pour demeurer trãsie de peur & estonnemẽt, luy estant aduis à tous propos de voir son mary, qu'elle auoit enterré au pied d'vn arbre, attendant l'heure que la mort la vint saisir pour l'accõpaigner, quoy qu'elle fut desia en soucy de son corps, & se contristast qu'il fauldroit que, priuée de sepulture, elle seruist de pasture aux bestes, le ventre desquelles seroit en fin son sepulchre, & tombeau. De là en auant tout le plaisir qu'elle pouuoit auoir, ayant plouré quelque heure sur la fosse de son espoux, c'estoit de s'en aller à la chasse, & puis vers la mer, sur les bords de laquelle gisant, elle aduisoit de tous costez, si elle pourroit descouurir quelques vaisseaux, à fin de moyenner qu'on la deliurast de ceste peine, ayant dequoy se fournir, veu qu'il ne leur auoit fallu rien employer de leur argent en ceste terre, ou personne ne leur demandoit chose quelconque, pour les viures desquels elle s'aidoit. Ie ne veux m'amuser à discourir les regrets & cõplainctes qu'elle faisoit, n'y auec quelles maledictions elle consacroit la teste de son frere, veu que chacun peut penser que peut dire celuy qui est tourmenté iusques au desespoir, & sur tout vne femme, laquelle souffrant plus que ne doit, parle, & vomist le foudre de ses iniures, plus viues & vehemẽtes, que ne requiert la raison, & qui ne sont gueres seantes à personne segnalée. En somme ceste femme demeura encor vn an apres le trespas de son mary, en ceste Isle, descheant tellement de sa premiere beautè, que outre qu'elle estoit haue, & bazanée par l'ardeur du soleil, & pour estre salement & pauurement nourrie, ioinct que la tristesse la descharnoit encor dauantage, elle estoit si hideuse au regard, qu'on l'eust iugée estre quelque escorce d'arbre, ou bien quelq'vne des Sybilles, sortant des cauernes & grotesques, ou elles dressoyent leur estude. Aussi estoyent ses abillemẽs presque tous deschirez, sa chenelure mal dressée, pour n'auoir plus ny velours, ny linge pour enueloper ses cheueux, & aussi qu'elle ne s'estoit souciée de rien cõtregarder, s'attẽdant aussi bien d'estre heritiere de ce bois, cõme son mary, iusqu'au grand iour du iugemẽt. Mais Dieu qui a soing de ce qu'il a creé, exauçant les prieres de ceste pauure femme, & voulant faire paroistre sa grand' misericorde, l'ayant preseruée en vn lieu si dãgereux, & mal sain (estãt vray-semblable, que l'isle n'estoit deserte, que pour l'incommodité du lieu) adressa quelques nauires marchãs celle part, lesquels voyans de loing ceste femme, qui leur faisoit signe de la main, ne pouuãt la parole s'estẽdre si loing, apres plusieurs difficultez (car ils se craignoient de quelque surprise, estãt les peuples de ces cartiers, & barbares, & malicieux) ils descendirent l'esquif, & tirent legerement vers ceste femme, qui leur donna d'arriuée quelque effroy, estimãs que ce fust quelque mõstre, ou fantosme, Mais voyãs à l'aproche son honnesteté, & auec quelle grace elle leur faisoit la reuerence, s'asseurerẽt d'auantage, estõnez au possible, oyãs qu'elle parloit leur langue (car ils estoient François) si que s'enquerans ou est ce qu'elle auoit apris à parler en ceste sorte, elle leur feit le recit de sa desconuenuë. Eux ayãs ouy parler de son bannissement & ruine, & qui cognoissoient son frere, desia mort, Dieu ayãt puny sa cruauté plus que barbare, la receurent fort courtoisement, ayant plustost pris les armes, Luth, & habit de feu son mary, sur la fosse duquel elle feit dresser vne croix pour memoire, puis qu'elle ne pouuoit emporter le corps, estant le voyage trop long à faire, & les marchãs qui n'eussent iamais permis entrer vne telle, & si mal plaisante denrée dans leurs nauires. Telle fin eurent les amours legerement cõmencées, mais sainctement poursuiuies de ces amans: & elle de retour, qui fut en France, ne peut iamais reprendre son taint ny la ioye, ny la douçeur passée; ressentãt tousiours quelque cas de farouche & propre au lieu, ou elle oubliant ce qui est de peu hardy en vne femme, s'estoit adextrée aux exercices plus grans & laborieux des hommes gaillards & magnanimes. Féme certainement digne de loüange, autant ou plus qu'autre de nostre tẽps, & la constãce & hardiesse de laquelle n'ẽ sçauroit à peine trouuer de pareille, cõme celle qui ne se soucioit de l'aspreté desdesetts, ny de l'effroy espouuétable, qui donne vne obscurité profonde des boys, ou ne repaire que des animaux, plus farouches & sauuages, pourueu qu'elle iouïst de la presence de son espoux, lequel elle ayma tant encor apres sa mort, que de visiter tous les iours son tombeau, & s'accõpaignãt de la seule memoire, de celle chaste amitié qui les auoit conioints ensemble, & furent les bestes plus douces & ciuiles, que celuy qui les confina en ce desert, n'attentant rien contre leur vie, & ne fouillant le lieu ou reposoient les ossemens du loyal amant, digne certes duquel on dresse la memoire à iamais. Et suis marry que n'ay aussi biẽ eu la cognoissance de son nom, comme du frere de la Damoiselle, affin qu'en le declarant à chacun, ceux qui ayment, se souuinssent de son desastre, & les gentils esprits, en lieu de chãter les paillardises des anciẽs, s'amussasent au discours de ses honnestes poursuites, lesq̃lles il ne voulut onc coulourer q̃ de la saicte peinture, & diuin craïõ d'vn saincte & legitime mariage. Heureux couple d'amãs, si à vostre vertu eut succedé vne fortune digne d'vne la saincte liaison, & heureux nostre tẽps de se pouuoir vanter de telles perfectiõs, lesquelles il ne faut paindre en l'air, cõme les loyautez d'vn Amadis, & Oriane, veu que la verité descouuerte le fait, & que nostre memoire est encor toute fresche de l'accident, n'ayant guere plus de vingt ans du succez de l'histoire presente, à laquelle ie mettray fin, pour cercher nouueau apast, pour l'apetit de ceux à qui ie desire complaire.

FIN DE L'HISTOIRE TROISIEME.

ARGVMENT.

N'Est aucũ qui ignore, qu'il n'y a sorte aucune de vice, ou imperfection en l'ame, qui ne porte quelque similitude de vertu, & qui ne semble auoir en soy la figure de ce que l'homme doit choisir pour le suyure & embrasser, cõme chose digne de ceste vie que chacun souhaite pour la plus honorable & heureuse: d'ou aduient que les anciẽs sages ont posé vn ne sçay quoy d'extremité entre la vertu & le vice, qui ayãt en soy la forme de l'vn, porte toutesfois les vrais effects de son contraire. Car on voit que ceux qui ont le iugemẽt moins parfait, se trompent aisément à discerner ces choses, & prendront aussi tost ce qui est de peruerty au sens, que la mesme integrité se trompans eux mesmes au choix, comme feroit vn aueugle à iuger des couleurs, & n'y procedant que par opinion & fantasie. Or entre toutes les vertus, celle qui semble la plus humaine (estant l'homme vn animal sortable, & ne à toute courtoisie) est la douceur, & debõnaireté: mais celle qui le rẽd le plus celeste (cõme aussi par ce poĩct il a la raisõ, et l'intelligẽce) est la iustice, p laquelle il choisit le bõ d'auec le mauuais, & rechassãt l'vn il se fait l'heritier, et possesseur de l'autre, neãtmoins ceste fauce figure, et masque presũptif de vertu biẽ souuẽt voile si biẽ la pfectiõ, et de l'vne et de l'autre q̃ souuẽt ceste courtoisie, est vne pure alteratiõ du meilleur de l'hõme, et se cõuertist en vne cõniuẽce, & sotte indulgẽce telle q̃ biẽ souuẽt il vaudroit mieux q̃ l'autre extremité fut mise en cãpaigne, & q̃ la rigueur fut du tout pratiquée, que de sentir que d'vne telle corrõpue courtoisie on veit naistre vne licẽce de tout faire. Ces fautes ont esté accortement paintes par le Latin Comique en vne de ses Comedies, ou il introduit deux freres fort differents en humeurs, et cõplexiõs, entãt que la facilité de l'vn souffroit toute chose, & la seuerité de l'autre le faisoit si desgousté, que chose quelcõque ne luy pouuoit venir en apetit, et n'y auoit riẽ qui peut cõtenter sa fantasie, Mais lors qu'il forsa ce farouche naturel, et qu'il vestist le personnage d'vn courtois, soudain aussi il s'esgara des loix de ceste modestie, tõbãt en vne telle, et si sotte souffrãce, que plus supportable estoit sa rigueur, et seuerité precedente, que n'estoit a receuoir ceste fainte courtoisie. Non que la rigueur de soy, ſoit louable, d'autãt qu'elle ſemble eſtre l'ennemye de la ſocieté humaine: mais pource que l'honeſte ſeuerité eſt celle qui exerce, & pratique les vrais effects de celle vertu qui rẽd à chaſcũ ce qui luy apartiẽt, & qui rechaſſe iuſtemẽt les iniures, & puniſt les meſſaits, pour ce ſeul reſpect, qu'ils nuiſent à la ſocieté humaine. & qu'ils alterent la police de ce corps parfait du monde, ou l'ordre eſt requis, cõme celuy qui parfait la vraye & treſexcellente harmonie qui eſt en l'accord de ſes mẽbres. Mais (comme i'ay deſia dit) n'y ayãt vertu qui n'ayt vn vice à la quëue, qui cõme vn ſinge, taſche auec ſa corruptiõ de ſe couurir de ſon mãteau, auſsi voit on que l'Auare ſe veſt, et tarque du tiltre de celuy qui eſpargne pour bõ reſpect: et l'audacieux, et temeraire veut eſtre honoré du nõ de hardy & vaillãt, cõme vn prodigue ſe glorifie de ſõ vice, cõme ſi c'eſtoit quelque liberalité, et royalle magnificẽce. Toutesfois ceux qui ont bõ nez pour diſcerner ce qui flaire ſoueuemẽt, d'auec les choſes mal odorãtes, voyẽt et ſçauẽt auſsi q̃ la vertu ne cõſiſte poït en l'apparẽce ſeule, et q̃ le vray effect, et nõ le fard, eſt celuy qui rẽd l'hõme digne de porter le nõ de vertueux. Et ꝗ eſt celuy ꝗ me fera eſtimer vn Tibere ſucceſſeur d'Auguſte pour Prince iuſte et entier, quoy ql feit mourir ceux ꝗ pourſuiuoyent ꝑ forme de iugemẽt, et ſuyuãt les loix romaines, puis q̃ ie ſçay que

Le vice ce couure du voile de vertu.

ses faux soupçons, son auarice, rapacité, & cruauté naturelle l'incitoyent à ce faire? Pourquoy loueray-ie l'espargne, & les thesors de de Vespasien, puis que ie sçay que cela luy prouenoit d'vne vile, & indigne auarice qui bourreloit sõ ame, & qui iamais ne le souffroit estre content, si glout il estoit d'argent, & tãt insatiable estoit sa cõuoitise? Il ne fault point farder les noms, ny embellir la saleté d'autre couleur que de sa vilenie: & ne doibt on estimer que la vengeãce, qui excede la raison, soit digne d'estre enrollée parmy les effaits de la iustice, laquelle ne venge que les forfaits euidents, & ne punit que les choses apparentes, sans se laisser aller apres les simples coniectures. Car autre cas est l'Ire & autre la fureur: l'vne peut estre iuste, mais l'autre n'est iamais que vne estrange imperfectiõ de l'ame, & vn trãsport brutal de l'esprit: l'vne est pratiquee modestemẽt en la punitiõ des fautes, & à venger les iniures publiques (car des particulieres n'est au chrestien à prendre vengeance) mais l'autre ayãt source d'vn esprit alteré, ne peut aussi ouurer que follement, ny donner ou engẽdrer que des effects de mauuaise consequence, & ie vous prie, qui est l'homme, qui n'accuseroit vn iuge d'outrecuidance & iniustice, qui en sa cause propre (où les plus sages vont à tastons, & ne sçauent

Differẽce de l'ire à la fureur.

sçauent

sçauent y faire que resuer) voudroit dõner sẽtence & en iuger diffinitiuemẽt? Car on sçait bien que l'hõme est si amoureux de soymesme, & à si peu de bon, lors qu'il embrasse les matieres à pied leué, & en ses premiers mouuements, qu'à peine peut il faire chose, qui soit grandement louable. Et s'il est ainsi que les loix ostent le couteau aux fols, & deffendent a chascun de iuger en sa propre cause, & que la raison nous cõmande de pẽser vn fait lõguemẽt, auãt que l'executer, à bon droit aussi condemnerons nous ceux, qui transportez de fureur, aueuglez d'vn desir de vengeance, & poussez d'vn esprit inexorable, prẽnẽt la iustice en main, & font l'estat de souuerain iuge. Car quelque equité qui reluise en leur fait, quelque droit qui paroisse en leur cause, si est ce que le transport les guide de telle sorte, & le souuenir de se sentir outragéz bourrelle tellemẽt leurs esprits, qu'il n'y a raison qui les destourne de leur premiere cõception, & pretẽte, ny iustice tãt seuere, qui puisse cõtẽter leur felõnie. Et quãd ce vient que ceste fureur est assouuie, que ces premiers mouuemẽs sont ia refroidis, et que le desir de ce qu'ils ont ruiné leur vient en l'ame, c'est lors qu'ils en sont, & au repentir, & presque du tout au desespoir. Herode surnõmé le grand, (celuy qui feit mourir

Nul doibt estre iuge en sa propre cause.

Herode occist sa femme Mariané, voy Iosephe ez antiquit.

les innocẽs, pensant ruiner le salut du monde) cõ me il eut a la chaulde, & furieusemẽt occise sa chere & bien aymée Marianné, pour vn faux ouy dire, & soupçon cõceu à la volée, ceste fureur estant passée, ce transport cessant, & luy reuenãt en memoire, & beauté, & l'honesteté, graces, & generosité de ceste dame : cõme cruellemẽt il s'estoit au parauãt acharné sur elle, follemẽt il la comença à desirer, reclamer, & luy parler, comme si elle eut esté presente, & en fin fut sur le point de s'occir soymesme. Qu'est cecy, sinon que le sage doibt tousiours s'equerir d'vn fait, auant que de crier le ventre, que se tourmenter, ny publier sa paßion, afin que l'innocent ne porte la penitẽce d'vn crime par autre pourpencé, & q̃ luy mesme ne se face ce tort, & souz couleur de faire iustice, il ne soit declairé tyran, & sanguinaire. Mais de quel tiltre honnorera lon ceux, qui sans occasion, ou à tout le moins, sans raison manifeste, ny preuue apparẽte de forfait, font cruellemẽt mourir leurs propres enfants, & s'attaquent tyranniquemẽt à leur sang mesme? Qui dira que l'Emperiere Irenée se soit iadis portée iustement à l'endroit de Cõstantin sixiesme son fils, le faisant mourir miserablemẽt en prison, apres luy auoir creué les yeux, pour ce seul respect, que luy estãt d'aage pour gouuerner, l'auoit desapoītée de la regēte de l'Empire? Ce n'estoit pas estre mere, ains plustost quelque diablesse, veu que les bestes ne sont point si farouches enuers leur engeāce, qu'elles defendēt à dēts & ongles, cōtre ceux qui leur veulēt rauir, ou pretēdent leur mal faire. Federic secōd du nō, grād ennemy du S. siege, cōme aussi le fut toute sa race, fut si desnaturé, que de faire mourir Hēry son fils: mais pourquoy? fut ce pour ce qu'il l'auoit voulu occir ou empoisonner, ainsi qu'on accuse les enfants du tyran Herode? ou à cause qu'il taschoit de le deposseder & chasser de l'Empire? rien moins que cela: ains seulement pour auoir soupçonné que ce pauure Prince son fils, fasché de la rebellion de son pere, contre le Sainct siege, & marry que sa maison fut separée de la communion des fidelles, auoit intelligence auec le Pape, & taschoit de le gaigner, contre lequel l'Empereur Federic auoit guerre mortelle. Or si tous les precedents se sont aigris à peu d'occasion sur leur sang, & ont, sans iustice, fait mourir leurs enfants propres, & de tant plus aussi ilz en sont vituperables, que direz vous de ce pere, qui voit son filz saisy de poison pour sa ruine, qui le surprend

Irenée creua les yeux à Constātin son fils, & le feit mourir en prison. voy Zonare.

Federic. 2 feit mourir Hēry son fils. voy Fulgose.

au fait, qui le sçait venir de la maison du plus grand ennemy qu'il aye en ce mõde? S'il le fait mourir, l'estimerez vous plus iniuste que l'anciẽ Torquat, qui a moindre occasiõ feit decoler son enfant, ou plus seuere que celuy qui a fait mourir son fils vnique cõspirant cõtre sa vie? Ie pense bien que vous luy donnerez quelque excuse en ceste premiere aprehẽsion, & à l'instinct naturel que chascun a de deffendre sa vie des aguets de quicõque soit celuy, qui s'essaye de nous la rauir : mais ie m'asseure que d'autrepart vous ne sçauriez faire autre cas que le blasmer, considerant les circõstances du fait, l'aage de l'accusé, le peu d'experience en telles choses, & le long temps qu'il fut sans descouurir ce qu'õ luy auoit apris a faire, & que iamais il ne mit en execution. Et a fin que ie ne vous detienne plus longuement en suspens, ie m'en vay aussi vous deduire vne histoire autant veritable, comme elle est tragique, & pitoyable, eu esgard & au fait, & aux persõnes pour lesquelles elle est dressée: ou vous verrez vn roy malicieux, vn enfãt simple en toute extremité, & vn pere pl⁹ seuere que de raison, & qui à la fin, pensant sauuer la vie a son fils fut le ministre cruel de sa desfaite : ce que pourrez gouster tout a loisir, lysant ce qui s'ẽsuit auec patience.

Torquat Romain feit mourir sõ fils. Voy Tite Liue.

MORT PITOYABLE DU PRINCE DE FOIX, EMPRISONné par le Comte son pere, & qui en fin l'occist sans y penser.

HISTOIRE QUATRIESME.

Quelle a esté iadis la maison de Foix.

ENTRE toutes les illustres maisons qui iadis ont esté recogneües en Guienne, on sçait que celle de Foix en a emporté le pris, soit que la noblesse y soit considerée, ou l'antiquité de race, ou les richesses, la valeur, les forces, grãdeur, & les alliances, comme celle qui tenoit souz sa puissance les païs de Bearn, Cominge, & Foix, & qui presque tousiours a esté aliée de Nauarre, & auec laquelle les plus grands se sont estimez heureux s'ils auoient amitié & acointance : laquelle aussi a esté si puissante que d'auoir tenu teste aux plus grands Roys, sans qu'ils l'ayẽt ny assuietrie, ny endommagée, ains à duré autant en son lustre, que le nom a peu estre en vigueur, & iusques à ce que Foix, Armaignac, Nauarre,

& Albreth, n'ont fait qu'vne souche, vne maison, & vn sang, mesme pour vnir du tout celles qui ont esté lōg temps en vne alliance. Au Comté de Foix donc commandoit Gaston, du temps que regnoient en France Charles cinquiesme & Charles sixiesme, & en Angleterre Edoüard quatriesme, & Richard : lequel Comte a esté des plus accomplis seigneurs & hardis Princes de son aage, & tel qu'il n'y auoit pour lors Roy qui ne s'estimast heureux de l'auoir pour amy, & ne craignit d'auoir vn si puissant aduersaire: car outre ce qu'il estoit fort riche & pecunieux, encor estoit il des mieux suyuis princes qu'on sçache, & en la maison duquel florissoit la courtoisie, estoit la cheualerie en pris, & l'honnesteté autant recommādée que en cour de prince de son tēps : aussi estoit il vaillant, sage, liberal, courtois, & homme qui prenoit vn plaisir singulier en tout ce que l'homme genereux doit aimer, & aimoit tout ce que le prince doit cherir, & qu'vn grand doit & embrasser & poursuyure. Si iamais la Gascongne a veu vn prince bon iusticier, cestuy aimoit l'equité, & ne denioit iustice à hōme du monde, charitable, doux à ses suiets, & si

Quel estoit Gaston Cōte de Foix.

amy de la liberté du peuple,qu'il osa s'op poser au duc de Berry,au gouuernement de Languedoc,pour le soulas du peuple, que les officiers du Prince de France rançonnoyēt par trop,& les plaintes dequoy venāt aux oreilles du Comte,il tascha d'y pourueoir,& le duc prenāt la cause de ses officiers,si ne gaigna il rien au cōbat cōtre le Cōte: lequel à la fin fut si modeste, que de quitter le gouuernement au duc, pour viure plus a son aise chez soy,& administrer à ses subietz bonne iustice. En somme ce Prince sēbloit estre vne chose feée,& son palais vn paradis de son tēps, veu que n'y ayant Roy, ny Prince pour l'ors qui ne fut brouillé de guerres presque en toute l'Europe, ce Prince seul se tenoit en sa maison iouissant d'vn tel aise,que de son logis sortoyent les braues cheualiers pour le seruice des Roys desquels il estoit amy, tels qu'estoyent le François, & l'Espaignol, car bon Anglois ne fut ce Comte en sa vie, & en sa moison sçauoit on tous les faictz d'armes,qui se passoyēt par tous les royaumes de la chrestiēté. Ce Prince estant si heureux en toutes autres choses, fut en

Conte de Foix espeusa la sœur de Charles de Nauarre.

cecy infortuné, que d'auoir aliance au plus fin & malicieux Prince de son siecle, à celuy Charles, c'est à sçauoir, fils du conte d'Eureux, & de Ianne fille du Roy de France: lequel Charles estant Roy de Nauarre, fut aussi celuy, qui iamais n'eut plaisir qu'a troubler le repos d'autruy, ny contentement qu'à mescontéter tout le monde: & lequel estoit lors à son aise, quand il voioit le sang espãdu par tout, & ouioit la nouuelle du saccagemẽt des villes & prouinces de ses voisins. Ie metz ce Roy en Campaigne, à cause qu'il est l'vn des principaux personnages de nostre histoire, & celuy, qui n'aymant rien que soymesme, ny carressant que ses desseins, & affections, fut aussi la cause de la tragedie sanglãte que nous esperõs vous reciter, cõme aussi il en auoit desia causé de grandes, & infinies par toute la Frãce.

Quel estoit ce Charles de Nauarre.

Vous qui estes versez en la varieté de l'Histoire de nostre France, n'ignorez point quelle contention il y à eu vn fort long temps entre les maisons d'Armaignac, & de Foix, & quelles guerres en sont sorties, lesquelles ont esté fort dommageables aux Roys de France, entant que tout le païs de Gascongne estoit empesché aux querelles de ces deux, si

Guerre entre les Contes de Foix, & d'Armignac.

grands seigneurs. Le Roy aussi n'en pouuoit tirer guere grãd secours en ses affaires, & moins estoit en sa puissance de faire cesser ces guerres entre ces deux, quoy q̃ ces subietz, craignant les offencer, & se doubtant de l'Anglois voisin & de l'vn & de l'autre. Or durant ces guerres, & en l'an de nostre Seigneur 1362. au moys de Decembre, les susdits Princes eurent vn rencontre pres la ville du Mont de Marsam au païs des Landes en Gascoigne, ou les Armignagois perdirent la bataille, & y furent pris le Conte d'Armignac, & le sire d'Albret son neueu: lequel estant mis a rançon de 50000 Francs, demãdoit de sortir sur sa foy, à quoy le seigneur de Foix ne voulut entẽdre, & demãde pleige suffisant qui luy respondit de la rançõ, & debte. L'Albressien estoit amy du Roy de Nauarre, & parainsi il luy fut fort aisé d'attirer ce roy à luy faire ceste faueur q̃ de respondre de la somme, cõme soudain aussi il en escriuit au Cõte son frere. Cestuy qui ne se fioit point ny aux parolles, ny aux promesses du Roy, le sçachant le plus fin & cauteleux hõme de la terre, & la foy duquel estoit si glissante, qu'elle suiuoit & les affections, & le prouffit de celuy qui se voyant à son auantage, ne

Conte de Armignac vaincu & pris par Gaston de Foix.

voulut aussi accepter ce pleige, comme le soupçonnāt aposté pour luy faire perdre sa debte. La Comtesse marrie que son mary eut le Roy son frere en si mauuaise reputation, n'en estoit vn brin contente, luy semblant aduis que 50000 francs ne meritoiēt pas que le Comte s'estrangeast de l'amitié du Roy de Nauarre, qui luy estoit si proche parēt, & qui auoit moyen & de luy proffiter, & de l'endommager. Et ayāt dissimulé quelque temps ce qu'elle en pensoit, à la fin, comme elle estoit femme, & soudaine, & de haut cœur, & qui ne pouuoit plus couuer son courroux sans l'esclorre, ny taire le grand mescontentement que ceste deffiance luy donnoit: vn iour que le Comte estoit sur le propos du sire d'Albreth, & de la respōce faite par le susdit seigneur Roy de Nauarre, elle s'enhardit de luy parler en ceste sorte. Ie ne sçache (Monsieur) quelle peut estre la raison qui vous meut à detester ainsi le Roy Monsieur mon frere, si ce n'est que vous ayez à desdain l'alliance que vous auez auec la maison de Nauarre: mais si vous regardez de pres, qui sommes nous, & de quels parēs, vous verrez aussi que le sang Royal de France

Seigneur d'Albreth prisonnier du Comte de Foix.

nous a donné source de tous costez, & que le Palatin de Brie & Champaigne est l'origine de nostre maison telle, qu'il n'y a si grand Roy au monde qui la surpasse en noblesse. Mais ie ne pense point que ce soit là que gist vostre desdaing: ains part de la haine que portez à nostre cousin d'Albret, qui est pour vous rendre sur sa parole, & sans autre cautiõ que sa foy, vne somme plus grande que ceste-cy: me semblant aduis que le Prince, seigneur, ou gentil-homme, ne sçauroit auoir thesor plus recommãdable ny precieux que sa promesse: & ainsi mon cousin d'Albreth estant si gentil & loyal, comme il est, vous estant prisonnier de guerre, & vous l'ayant mis à rançon, ne pouuez moins faire que le deliurer sur sa parole: laquelle, si vous est suspecte, encor en auez vous bõne & ferme asseurance, puis que le Roy Monsieur mon frere vous en respond. Mais quoy, Monsieur, auriez vous point opinion que le Roy voulut vous tromper, ou qu'il vsast de cantelle en vostre endroit, en chose de si peu de consequence? Et quand tout seroit ainsi que vous le sçauriez penser ny soupçonner, si est-ce qu'encor vous n'y sçauriez

Roys de Nauarre de la souche de Frãce & de Champaigne.

rien perdre du vostre. Veu que vous sçauez à quoy vous estes obligé, & comme pour la recognoissance de mon mariage vous me deuez assigner 50000 frãcs que vous estes tenu de mettre entre les mains du Roy de Nauarre. Que ceste somme vous responde de la debte de mon cousin, & de la foy qu'il promet, & vous dõne asseurance que le Roy n'vsera d'aucune desloyauté, puis que si peu d'honneur vous luy faites, que de le soupçõner pour homme qui face si peu de compte de sa parole. Quoy que ce Comte ait esté le seigneur le plus hault à la main de son temps, & qui mal-aisement souffroit parole tãt peu fut elle chatoüilleuse de personne de quelque estat ou calibre que ce fut, si est-ce que pour lors, quoy que les paroles de la Cõtesse ne luy fussent guere agreables, il dissimula (contre sa coustume) ce qu'il en pensoit, & luy respondit fort amiablement en ceste sorte. Madame, ie ne pensoy pas que vous eussiez tãt à cœur la prison du sire d'Albreth, que pour son esgard vous en deussiez prendre si auant la parole: & ne cuiday onc mespriser ny le Roy de Nauarre, ny les siens, vsant du droit de la guerre, encor que ie refuse de l'accepter pour pleige de mon prisonnier, mais ay esgard à mon profit, qui ne pretens courir apres mon estœuf, ny pour ceste somme estre en querelle auec le Roy vostre frere, que ie cognoy assez subtil & chatoüilleux, & qui ne se souciera de prendre son passetemps sur ma colere, ny de se moquer de moy si ie luy fie ceste debte. Au reste, quand ie penseroy que ceste rãçon deut estre refondue au payement de vostre assignation de doüaire, soyez seure que iamais le sire d'Albreth ne partiroit de mes mains sans me satisfaire iusques au dernier denier, comme aussi ie croy que s'il me tenoit, il ne seroit point plus gracieux enuers moy. En somme, puis que vous luy portez tant de faueur que de souhaiter sa liberté, & que me requerez d'accepter le Roy vostre frere pour pleige, ie vous l'accorde: mais priez Dieu que bien en puisse aduenir, car le cœur ne m'en promet point bonne issue : & ce que i'en fais par vostre requeste, est plus pour l'amour que ie porte à mon fils, que pour chose que ie vous respecte, sçachant bien le regret qu'il auroit, vous voyãt faschée pour si peu de cas. Par ainsi faictes que paye l'obligation du Roy de Nauarre, car dés aussi tost ne faill eray de donner la clef des champs à mon oyseau encaigé. La Contesse trescontente d'auoir si bien exploité, n'osa repliquer dauantage, sçachãt les humeurs de son seigneur, ains feit diligemment enuoyer à Pampelune, ou Charles se tenoit, lequel s'obligea gaillardement, & trop plus que volontiers, comme franchement ceux là escriuent, & font des cedules, lesquels n'ont guere grand appetit de satisfaire, & se moquoit de la facilité d'vn si fin homme que le Comte, qui se laissoit ainsi prendre à la pipée par celuy mesme duquel il se defioit sur tous les hommes du mõde. Ainsi l'obligation enuoyée au Comte, le sire d'Albreth fut mis en liberté, lequel prenãt congé de son hoste, luy dit: Monsieur mon cousin, si de vostre pure courtoisie, & sur ma foy vous m'eussiez deliuré dés que ie vous en feis instance, vous seriez à present satisfait, & si auriez rendu vostre redeuable celuy qui n'a dequoy vous mercier que du seul bon traitement, que pour receuoir vn prisonnier en la maison de son aduersaire. C'est donc à Madame à qui ie suis obligé, & à monsieur le prince vostre fils, à qui vous auez accordé ma deliurance, car l'effect d'icelle depend de l'amour que luy portez : & au Roy de Nauarre suis-ie redeuable de la liberalité & magnificence qu'il a vsé respondant pour moy, qui ne luy feis onc seruice qui meritast vne si grande faueur. Vous eussiez mieux faict ce me semble de gaigner ce que dés à present ie vouë pour luy, & que ie vous eusse dedié, s'il vous eut pleu me faire la moindre douceur & gracieuseté du monde. Le Comte, lequel (comme dit est) estant hault à la main en toutes choses, luy respondit fort arrogamment: Mon cousin, si i'auoy la foy aussi legere & muable, & que vous, & ceux qui vous ressemblent, ie vous chastieroy aussi de l'orgueil qui vous fait cōpagnie en toutes vos actions & paroles. Ie n'ay affaire que vous me remerciez, & suis marry d'auoir promis vostre deliurance, afin qu'encor vous ayez plus d'occasion de mescontentement: seulement vous admoneste, que pour vostre honneur vous ne fauciez non plus vostre foy, que vous voyez que ie romps ma promesse. A quoy l'autre repliqua, qu'il aimeroit mieux mourir de cent mille morts que faillir tāt peu soit en chose en quoy sa parole l'obligeroit : qu'il estoit tel, & si homme de bien, que toutes les obligations du monde n'estoient point plus asseurées, que ce que simplement il promettoit. Et ainsi il s'en alla trescontent d'vn costé, mais despité de l'autre : content de sortir d'vn lieu ou il se desplaisoit: & marry que le Comte de Foix l'eut si peu respecté, que de vouloir plustost croire le Roy Nauarrois, de la desloyauté duquel il s'asseuroit, que de prendre sa foy pour gage, laquelle il n'eut voulu faucer pour chose du monde. Ce bon seigneur d'Albreth s'en vint en France au seruice du Roy, ou il espousa Madame Isabeau de Bourbon, fille du Duc Pierre 1. du nom, & duquel sortit Charles d'Albreth, qui depuis fut Connestable de France : de là auant il depescha vers le Roy de Nauarre, & luy enuoya sa rançon de 50000 liures, qui depuis causa tant de malheur & desplaisir au Comte, & entendez commét. Le Comte de Foix aduerty du deuoir du seigneur d'Albreth, & comme il auoit payé sa rançon au Roy de Nauarre, ne faillit de faire entendre au Roy, comme il estoit obligé sur sa foy de payer ladite somme, & laquelle

Le seigñr d'Albreth espouse Isabeau de Bourbon.

quelle il ne luy auoit voulu demander, iusques à tant qu'il fut asseuré du payement fait par le seigneur d'Albreth. Le Nauarrois, qui tãt que vesquist ne respecta iamais homme, sinon qu'il en eut affaire, ou qu'il le redoutast, ne feit aucun estat des messages enuoyez par le Comte, lesquels, cõme il en estoit coustumier, il abreuuoit de bayes & dissimulations sans leur respondre chose quelconque, qui fut cause que ceux là se retirans pour s'aperceuoir des ruses de ce prince le plus fraudeur qui fut onc, & qui pour ses estrãges façons de faire portoit le nom de cruel, vindrent aduertir le Comte du deuoir de son beau frere, & que s'il n'auoit autre argẽt que ceste rançon, il estoit mal taillé de faire de grandes besongnes. Ce Cõte Phebus (car ainsi s'appelloit ce Gaston 3. du nom, à cause de sa grãde beauté, & pour auoir les cheueux blonds & crespelus) s'esmeut fort estrangement, oyant cecy, tãt pour la somme qu'il plaignoit, car quelque liberal qu'il fut, si estoit il vn des plus conuoiteux & espargnans hommes de son tẽps, qu'aussi creuant de despit de se voir ainsi mesprisé: & ne sçachant à qui donner le tort de ceste faulte qu'à soymesme, qui tant legeremẽt s'estoit laissé gaigner, si est-ce qu'à la fin il vomit sa colere sur sa femme, l'accusant qu'elle l'auoit circõuenu, & qu'il ne pouuoit oster de sa fantasie que ce ne fut vne collusion entre le Roy son frere, & elle: puis que le sire d'Albreth auoit fait deuoir de gẽtil-homme, & homme de bien, ce que le Roy de Nauarre ne sçauoit faire, estant accoustumé à tromper tout le monde. Au reste, que iamais il n'auroit le cœur content que le Roy ne luy eut faict raison: & que puis qu'elle estoit la seule occasion de cecy, il falloit aussi qu'elle y mit le remede. Elle qui se voyoit surprise, & ne sçauoit comme se purger, pour voir que son frere s'estoit oublié, & l'auoit deceuë, & qui iamais n'eut cuidé que ce Roy Nauarrois eut voulu tromper les siens, ny causer le mal-traitement de sa propre sœur, supplia le Comte son mary, qu'il fut son plaisir de luy accorder d'aller en Nauarre, sommer son frere d'aquitter sa foy, & ensemble la deliurer de fascherie. Le Comte, qui ne la regardoit plus de bon œil, & auoit pris mauuaise opinion sur elle dés ce temps qu'il veit les dissimulations de son frere, luy donna plus volontiers congé qu'elle ne le sceut demander, & luy sembla s'estre deschargé d'vn grand faix, perdant celle que iamais plus depuis il n'a voulu voir, comme si elle seule eut esté cause des malheurs qui depuis suruindrent pour ceste poursuite d'argent. Et que fera vn pauure homme ayant faute de toute chose, puis que pour l'argēt les Roys violent la foy, & que les grāds oubliant tout deuoir de consanguinité, & mesprisent, & leur vie, & leur reputation? L'or du Prince Troïen (s'il fault adiouster foy aux fables) fut cause que le Roy Thracien s'ensanglanta les mains du sang innocent, & feit mourir l'enfant de celuy qui pensoit sauuer ses reliques parmy les barbares, & souz la foy de celuy qui n'auoit Dieu que sa cōnoitise. Ces deux princes sont touchez diuersement de mesme desir, mais poussez d'vne mauuaise affection, l'vn nie ce qu'il doit, & l'autre hait ce qu'il deut aimer, pour voir son beau frere vser vers luy de surprise. Ainsi la bonne dame laissant son mary s'en alla à Pampelune, ou trouuant le Roy, ne fut long temps auec luy, sans luy faire sçauoir les causes de sa venuë, & la colere du Comte, se ressentant des façons de faire de la maiesté, y adioustãt ces mots: Helas, Mõsieur, si auez desir q̃ iamais ie reuoye mon mary, ie vous prie que la somme que vous auez receu du sire d'Albreth luy soit rendue, car autremẽt il est impossible que ie m'ose presenter à luy, tant il est irrité, & luy semble que ce soit de moy que l'occasiõ en procede, qui l'ay instammẽt prié pour nostre cousin, & sollicité de se fier en vostre parole. Et quoy, Mõsieur, est il possible que les Roys (le nom desquels est sacré, ayent l'ame si mal fondée, que la loyauté n'y puisse demeurer, & que la foy en soit du tout exterminée? Est-ce ainsi que vous respectez vostre sœur, que de souffrir que pour chose qui ne vous importe de rien, & pour le fait d'autruy, elle soit à iamais bannie de la presence de son mary, pour donner occasion aux langues des mesdisans de parler tant diuersement que la verité du fait ne le porte? Ah Roy de Nauarre, & le frere de la Comtesse de Foix, pensez qui est celle qui vous prie, & celuy à qui elle a affaire, si vous l'esconduisez de ce qu'elle vous fait si instante requeste. Ie suis vostre sœur, & l'espouse de celuy, qui pour despit de vous me fera mille algarades, & me tourmentant sans cesse, i'auray iuste cause de dire que c'est par mon frere que mon mary est le tyran de ma vie. Et quoy, Monsieur, sera il dit que vn peu d'argēt soit vostre maistre, & que pour son respect vous souffriez, & ma ruine, & peult-estre, celle de Gaston vostre nepueu? Ia n'aduienne: plustost vous souuiendra il que vous estes Roy, & par ainsi le support des miserables, telle que ie suis, qui n'ay auiourd'huy aucun que i'ose regarder q̃ vous, qui me pouuez (s'il vous plaist) oster de ceste peine. Le Roy qui ne se soucioit pas beaucoup des pleurs de sa sœur, comme celuy qui onc n'eut compassion de personne, luy respondit, se souriant, en ceste sorte. Ie m'estonne de vous (ma sœur) qui ne voyez, ny sçauez penser, que ie ne fais rien en c'est endroit que pour vostre aduantage, & pour l'asseurance de vostre bien. Vous sçauez que ce Comte est vn estrange hōme, si la terre en porte autre qui soit capricieux, & lequel aime mieux la moindre de ses fantasies que vous, ny aucun qui vous attache: ce que vous mesme n'auez sceu taire, disant qu'en despit de moy il vous sera rude: Ie suis d'auis que vous le laissez crier, & se tourmenter à son aise, car tant plus ie le sçauray estre en soucy, & plus aussi i'auray de contẽtement: & ne m'en chault si vous demeurez ou vous retirez, car l'argent estãt vostre, & à moy en estant donnée la charge, ie vous iure que puis qu'il est en Nauarre que iamais le seigneur de Foix n'en fera ses hõneurs, ny en emplira ses coffres. Quant à vostre fils, le Comte n'a garde de le mal mener, veu l'amitié qu'il luy porte n'ayant que ce hoir legitime, que s'il le tourmente, nous ferons si bien, que le retirans par deça, il sera nourry en nostre maison iusques à ce que le Cõte meure, & que l'enfant soit pour gouuerner ses terres. Par ainsi vous me ferez plaisir, à ne me iamais parler de ceste chose, car autãt y gaignez vous, comme si vous en teniez propos à vostre ombre mesme. La bonne dame qui cognoissoit combien son frere estoit entier en ses deliberations, ne luy en parla point dauantage, comme aussi elle n'osa plus retourner vers le Comte, craignant sa fureur, le sçachant le plus colere homme de son temps, & qui estant en sa furie n'auoit esgard à personne du monde: lequel voyant que sa femme ne reuenoit, point, la commença prendre en telle & si mortelle haine, qu'il n'y auoit aucun qui luy en osast tenir propos quelcõque: car bien que la pauure princesse fut innocente, & qu'elle eut fait tous ses efforts pour gaigner son frere, si est-ce que le Comte estimoit qu'il y eut faute de son costé, & que des le commencement c'estoit elle qui auoit dressé ceste partie. Ceste chose demeurant ainsi, & la dame se tenãt auec son frere, le Comte taschoit de passer son temps le plus ioyeusemẽt qu'il estoit possible, ores d'vne façon, tantost d'vne autre, & ce pendant Gaston son fils alloit en croissant, & estoit vn des beaux princes de la France: & lequel il allia à la maison d'Armignac, assoupissãt les querelles anciennes de ces deux grandes maisons: entãt que Gaston fiança Beatrix fille du Comte d'Armignac, pensant en faire bien tost les nopces, si le desastre ne l'eut suiuy, sur le temps mesme qu'on s'apprestoit à dresser les appareils de telle ioye: aussi n'y a il aise si grand, ne si bien estably, que peu d'occurrence ne mette à bas, & que la fortune n'accable lors qu'elle semble l'acheminer à sa perfection & accomplissement. Du temps que ce desa-

Gaston fils du Comte de Foix, eut à femme la fille du Comte d'Armignac.

ſtre aduint, ceſt enfant pouuoit auoir de quinze à ſeize ans de ſon aage, eſtant gentil, & beau en perfection, comme celuy qui eſtoit la vraye image du Comte ſon pere, ſi noble, liberal, courtois & affable, que ſi le Comte l'aimoit, les ſuiets luy portoient encor plus grande affection, ſattendans d'auoir vn iour vn ſeigneur digne d'vn tel pere, & qui meriteroit de ſucceder à celuy des vertus duquel il auroit eſté imitateur. Ce ieune prince (& qui eſt celuy qui ſçait ce qui luy doit aduenir, ou qui peut reſiſter au malheur que le ciel luy prepare?) voyant que ſa mere eſtoit ſi longuement abſente de Bearn, ou le Comte ſe tenoit plus volontiers qu'ailleurs, à cauſe du plaiſir de la chaſſe, il luy prit fantaſie de la viſiter, & enſemble de voir le Roy de Nauarre ſon oncle: mais ce fut à ſon grand preiudice, & mieux luy eut valu ne voir iamais ny mere, ny oncle, que d'en acheter la veuë ſi cherement que depuis il feit.

Le Comte de Foix ſe tenoit en Bearn.

A ceſte cauſe ſ'adreſſant au Comte, qui enuis luy refuſoit choſe quelconque dequoy il le priaſt, apres vne grande reuerence luy propoſa ſon deſir, le fondant ſur celle affection naturelle & ſeruice que les enfans doiuent à ceux qui les ont engendrez: le priant luy donner congé, & ne trouuer mauuais si luy, estant le fils commun de luy, & de madame, ne vouloit toutesfois participer au diuorce qui estoit entr'eux: & s'il estoit marry de ce que, tout ainsi que son cœur estoit esgalement lié à tous les deux, il ne pouuoit les seruir auec vn mesme effect & esgal deportement. Se rapportoit neantmoins du tout en cecy au bon vouloir de monsieur le Comte, aimant mieux viure encore toute sa vie absent de sa mere, quoy que le regret luy en fut presque insupportable, que de faire la moindre chose de ce monde, sans son expres congé & consentement. Car puis que le Comte estoit seigneur & de la mere, & du fils, & que le fils n'estoit qu'vne partie du pere & de la mere, c'estoit bien raison qu'il ne pensast autre cas que ce que le chef & superieur voudroit, quoy que le cœur le portast à aimer celle qui l'auoit nourry si tendrement. Le Comte oyant si sagemẽt parler son fils, quoy qu'il n'eut guere grand desir que l'enfant feit ce malheureux voyage, si est-ce qu'à la fin il s'y accorda, mais nons sans luy dire ces paro-

Propos du prince de Foix à son pere.

les. Ie ne trouue point mauuais, mon amy, que vous soyez ainsi affectionné à la Comtesse, car c'est vostre mere, & à laquelle vous deuez l'honneur & reuerence, & ne suis pas marry que vous la visitez, quoy qu'elle ne face pas ce que l'honneur luy commãde en mon endroit: bien seroy-ie plus ioyeux s'il vous failloit aller autre part la voir qu'en Nauarre, veu le tort que le Roy me fait, & à vous aussi, mais puis que c'est là qu'elle se tient, il fault que vous la voyez, elle n'ayãt voulu se faciliter les moyens de vous venir voir és lieux, ou elle souloit commander, mieux qu'elle ne fera iamais chez son frere. Allez mon fils, & s'il aduient qu'il vous faille voir le Roy vostre oncle, vous me ferez plaisir de ne vous arrester chez luy que le moins qu'il vous sera possible, à cause que sa compagnie ne vous sçauroit estre que preiudiciable: car puis qu'il n'aime point le Comte de Foix, il ne se peult faire qu'il n'aye mauuais cœur contre vous, qui estes le fils de celuy duquel il est ennemy, & qui aussi ne l'aime en sorte quelconque. L'aage auquel vous estes, mon fils, est comme vne image de cire, sur laquelle on fait de telles impressions que semble bon à celuy qui la facõne: selon les personnes que vous frequenterez, vous serez aussi pour en humer les humeurs, si ainsi est que vous prestiez l'oreille à chacun, & mettiez en oubly les beaux enseignemens que iusques auiourd'huy vous auez apris en ma compagnie. Allez mon fils, & reuenez, le fils du Cõte de Foix, à sçauoir celuy qui doit succeder, & aux estats, & aux vertus de son pere: & faites si bien que vostre mere recognoissant sa faute, tasche aussi de l'amender à celuy cõtre lequel elle l'a commise. L'ayant ainsi admonesté, il luy donna honneste train, ainsi qu'il appartenoit à l'enfant vnique entre les legitimes d'vn si grãd & puissant seigneur qu'estoit ce Cõte Gaston ; du nom: & estoit gouuerneur du prince l'Euesque de l'Escar, qui depuis fallut que quitast le païs pour le fait que verrez cy apres. Il n'y a pas grand chemin à faire de Bearn iusques en Nauarre, biẽ que le chemin soit fascheux, à cause qu'il fault passer les monts Pyrenées, mais n'y ayãt point guerre ny soupçõ de discord entre les Princes, l'enfant passa en Nauarre, & vint en vn chasteau ou se tenoit sa mere, assez loing de Pampelune.

Ie laiſſe à part les carreſſes que la bonne dame feit à ſon cher enfant, dautant qu'il n'y a aucun qui ne puiſſe bien imaginer que de tant plus ceſte dame auoit l'eſprit gētil & genereux, plus auſſi ſētit elle d'eſmotion voyant le ſeul fruit ſorty du mariage du Cōte & d'elle, ſi que l'embraſsāt pluſieurs fois, ne peut ſe garder de luy dire en pleurant. Ah ! mon fils, ſi Monſieur le Comte, ſe miroit bien en vous, & cōſideroit quelle ie ſuis en ſon endroit, ie ne ſerois ainſi eſlōgnée de luy, qui ne merite vn tel, & ſi dur traitement pour choſe ou ie n'ay fait, ny ſeulement imaginé faulte quelcōque. Ie cognoiſſoy bien le Comte de Foix pour vn hōme de hault cœur, & fort vindicatif, mais pour iniuſte, ie ne le veis, ny cogneux onc, qu'en mon endroit, qui ne le penſe de ma vie auoir offencé, ſi l'obeiſſance n'eſt celle, qui me rende enuers luy ainſi coupable. Neantmoins ie prie Dieu mon amy, qu'il luy plaiſe, en luy adouciſſant ſon cœur, le garder de tout mal, & infortune, et luy donner plus d'aiſe que ie n'en ay, eſtant eſloignée de luy, & ne prenāt guere grād contentement, en la compaignie du Roy Monſieur mon frere. Elle voulut continuer ses propos, mais les dames, qui l'accompaignoyent l'osterent de ceste contemplatiõ, & discours de plaintes, la priãt de se resiouir, & de faire meilleure chere a Monsieur le Prince son filz, qu'en luy renouuellant les playes anciennes de sa tristesse. Ainsi se passerent quelques iours en esbatz, & diuers passetens, iusqu'a ce que le gouuerneur du Prince l'amoneste du retour, afin de ne donner occasion au Comte de se mescontenter, ny de luy, ny de pas vn de sa suyte: à quoy l'enfant presta voulontiers l'oreille, comme il estoit d'vn esprit fort docile, & qui ne ressentoit rien de malignite, par ainsi s'adressant a la Contesse luy parla en ceste sorte. Madame, bien que ce ne soit à moy, veu mon peu d'experience à vous donner conseil, si est ce que mon deuoir me le comandant & vous m'en ayant donné l'ouuerture, ie m'en hardiray a vous dire, qu'il me semble que (sauf meilleur iugemét) vous feriez mieux de vo⁹ en reuenir deuers Mõsieur, & que i'eusse cest hõneur que d'estre votre guide, & celuy, qui s'asseure de faire la paix d'entre vous deux, puis q̃ la querelle n'est si mortelle, qu'on ne la puisse biẽ apaiser, i'ay parlé à Monſieur le Comte, qui s'eſt plaint de vous, & parlant de voſtre arreſt par deça, ne vous en charge pas tant, que le plus de la faute ne ſoit imputée aux ruſes du Roy mon oncle. Pource ie vous ſupplie ma treſ-honorée dame, qu'oubliant le tort que penſez auoir receu, & ne ſoupçonnant rien de ſiniſtre ny furieux de Monſieur le Comte, il vous plaiſe faire tant d'honneur à voſtre fils, qui eſt celuy qui vous requiert, que par luy il vous rēde & au Cōte, & au païs de Bearn, & de Foix, & à moy qui ne viſqu'en lāguiſſant, voiāt mon pere marié ſans qu'il ait ceſt heur que de voir ſa loyale eſpouſe. Donnez cecy Madame, aux prieres de voſtre fils, & aux requeſtes de la nobleſſe Biarnoiſe qui ſouſpire, & gemit voſtre abſence: cōme auſſi ie m'aſſeure que fait Monſieur le Comte, quelque ſemblant qu'il face, & quoy qu'on l'eſtime eſtre ſi courroucé que vous le faictes. Ces parolles de l'enfant outrerēt tellement le cœur de la bōne dame, qu'à peine qu'elle ne ſe paſma entre les bras de ſon fils, & ſi ſur l'heure elle luy eut reſpondu, & qu'il eut encor dōné vne autre charge, il eut eſté pour la gaigner. Mais elle reprenant ses esprits & pensant aux humeurs de son mary, & cōbien il estoit felon en ses coleres, se resolut de ne croire son fils pour ceste fois, ains differa iusqu'à tant qu'il seroit en Bearn, & que la ayāt gousté les desseins du Comte, il l'asseureroit au vray de sa paix faicte: mais le malheur ne voulut que cecy vint à bonne fin, ne que le Cōte veit sa femme en sa maison, puis qu'il bastissoit la ruine de celuy qui deuoit estre le moyenneur de ceste paix, & accord tāt desiré. L'enfant quoy qu'eut desir de voir le Roy son oncle, si s'en fut il retourné en Bearn sans accomplir son dessein, si la Comtesse ne luy eut dit, que le Roy seroit marry, s'il s'en alloit sans le visiter, & que nonobstant la querelle d'étre luy & le Comte, si ne failloit il laisser pourtant de faire ce à quoy le deuoir l'obligeoit, asseuré que le Comte ne trouueroit que bonne ceste visitation & reuerēce. A cecy le mal-heureux enfant obeit, qui fut comme la seconde corde tramée pour l'estrāgler, ou la plus ferme trempe pour le couteau qui luy accourcit le fil de sa triste vie; car s'il s'en fut retourné de ce pas en Bearn, sans veoir ce Roy songe trahisõs & malices, & il eut fait la paix pour sa mere, qui iamais ne rentra en grace, & eust garenty sa propre vie, que depuis, & bien tost apres il perdit, pour s'estre fié en l'enemy mortel de son pere. Sur ceste asseurance s'en alla Gaston à Pampelune vers le Roy de Nauarre, qui le recueillit amiablement, comme celuy qui le sçauoit bien faire, & qui sur tous les hommes du monde entendoit les moyens de pigeonner les hommes, & d'atraper ceux qui estoyent à poil foller, tel qu'estoit le fils du Comte. Aussi apres qu'il l'eut traicté & caressé, & amadoué auec toutes les benissons desquelles vne ame cauteleuse se peut aduiser, comme il luy gardast le baiser de Iudas pour le dernier mets, il ne luy mõstre que des tours d'vn bõ oncle, festoyãt ceux de sa suite, & tenãt si peu souuẽt propos du Comte en ce qui touchoit leur querelle, que les moins rusez eussent estimé que ce bon Roy fut tout changé en quelque cas de sainct, & qu'il eut oublié ses anciennes façõs de faire. Mais le pis fut pour le ieune Prince, qu'il n'y eut auec luy aucun de ceux qui cognoissent entre deux vertes

vne

vne meure, & qui sçauẽt q̃ ceux qui sont coustumiers de mal faire ont beau q̃ dissimuler, si est ce qu'à la fin ils font paroistre ce qui couue en leur ame, & q̃ la simplicité est le vray masque pour attraper minõ, sansmouffle: & pour deceuoir ceux qui sans auoir experiẽce se pensent estre quelque grãd chose. Car qui est le sot qui ayãt toute sa vie frequẽté auec vn traistre, & voyant que par menée ouuerte il n'est peu venir a bout de son entreprise, qui ne se doubte de luy, s'il l'ẽtẽd, & voit vser de sumissiõ, & de faire le bõ valet, lors presque qu'il a le plus beau de la partie. Ce Roy ayant tenu le bec en l'eau à son neueu, & fait mille & mille gracieusetez aux gentils hõmes de sa troupe, bastist en fin le fondemẽt de ce q̃ iamais il n'auoit osé attenter cõtre le Cõte de Foix, & dequoy il s'estoit aidé contre Charles quint du nom, roy de France, à sçauoir du poison, car s'estoient les armes les plus coustumieres desquelles ce vaillant Prince souloit s'escrimer, ainsi qu'on peut lire és annalles de France. De ceste gracieuseté donc voulant vser à l'endroit du fils du Comte, pour en faire payer l'vsure au pere, il se couurit de la mesme pieté & affe-

La simplicité est le masque d'vn traistre.

ction que l'enfant porte, & doibt porter à ses parens : entant que sçachant combien ce pauure ieune Prince estoit marry de ce que Madame la Comtesse sa mere estoit absente de son mary : & n'ignorant quel plaisir il prendroit si on luy faisoit ouuerture des moyens d'en faire la paix, & reconciliation, se delibera de faire que le fils (sans y penser) seroit le bourreau, & meurtrier abominable de son pere.

Par ainsi, l'ayant entretenu de plusieurs propos, & auec sortes diuerses de passetemps, par l'espace de neuf ou dix iours, voyant que ses gouuerneurs sollicitoyẽt ce Prince de s'en retourner, ayant tenu de beaux, & sages propos à son neueu en leur presence, comme le Prince le plus eloquent de son aage, & qui auoit la plus sage malice d'autre qui vesquit pour lors, il tira son neueu à part l'exhortant à tout ce que l'homme de bien peut inciter celuy qu'il desire que luy soit semblable : puis feit de beaux, & rares presens, tant à Gaston, à son gouuerneur, qu'aux Gentils hommes de sa suite : mais il se reseruoit le ioyau le plus delicat pour le presenter à son neueu en secret, & lequel auant q̃ luy donner, il tire à part, & l'arraisonne en ceste maniere.

Mon neueu ie suis fort marry que les choses ne soyent mieux disposées, pour auoir ce bien que de vous voir & plus souuent, & plus longuement, & que vous peussiez estre nourry auec mon fils Charles, mais vous voyez le Comte de Foix vostre pere si difficile à manier, qu'homme ne le sçait gouuerner, & si entier en ses opinions, que depuis qu'il à vne chose en teste il est impossible la luy arracher. Il a mauuaise opinion de moy, & pour mon esgard il hait Madame la Cõtesse vostre mere, & ma propre sœur, qui merite vn meilleur traictement que ceste haine, veu & le bon lieu d'où elle sort, & l'obeissance que tousiours elle luy à monstré, & le beau gage qu'il a d'elle, tel que vous estes, mon amy, qui faut que soyez le moyenneur de la reconciliation d'entre ceux qui vous sont les plus proches. Et d'autant que ie sçay, & cognoy combien le Comte se laisse gouuerner difficilemẽt, & que les voyes cõmunes ne suffisẽt pour le gaigner, & qu'il n'y a chose q̃ tãt ie desire, q̃ de voir ma sœur en repos, & vous hors du dãger q̃ les bastardz de vostre pere ne vous mettent le pied sur la gorge, voiãt cõme le Cõte leur est bien affectionné : ie suis aussi d'aduis d'vser de remedes extraordinaires pour subuenir à ceste alteratiõ de l'esprit du Cõte vostre pere, lequel ie pense que soit enchanté, & ensorcellé par quelque malheureuse, qui le tenant en ses reths, le garde aussi de vouloir bien, ny souhaiter la presence de ceste bõne dame vostre mere, & ma seur. Car il fault que vous sçachiez (mon neueu) que ces folles femmes ont mille moiens de peruertir le sens des hõmes, & les attirãt à leur amour, leur faire hair ce que le plus ils doiuent aymer, & en y a qui donnent des breuuages charmez par lesquels elles leur font hair ceux que bõ leur semble, & aymer ceux à qui elles portent affection. Ie voy bien que vostre grande ieunesse, la bonté & simplicité genereuse de vostre esprit, vo9 ont empeché iusqu'a present d'y voir de si pres que de cognoistre l'occasion de la haine que le Comte porte à vostre mere, cõme ainsi soit, qu'il n'y à homme au monde qui la puisse accuser de maluersatiõ aucune ny desobeissance que iamais elle aye fait à l'endroit de son espoux, ains pour luy obeir est elle en la peine que chascun sçait,& vit cōme vne femme sans aueu, & telle comme si elle s'estoit forfaite en mariage, puis que le Comte ne veut entendre à la voir, ny receuoir en sa compaignie. Ce qui me fait croire que quelque malheureuse vous rauit l'aise de voir celle qui vous à engendré, & qui à la fin se mettra en deuoir de vous rēdre odieux au Cōte pour dōner place aux bastardz de vous gourmāder,ou peut estre de faire quelque cas de pis que ie n'ose dire,dautāt que le seul pensement donne peine extreme à mon ame. Or tout ainsi qu'il y à des cōtrepoisons pour l'allegēce de ceux qui ont humé,& auallé quelque boucon de mortelle digestion,aussi y a il des viandes,breuuaiges,& poudres,qui ont merueilleux effort & singuliere efficace pour oster ces alterations d'esprit, & pour aneantir ces ensorcelemenz, & charmes de ces folles, & impudiques amoureuses. Et dautāt que ie vous ayme,comme aussi ie suis tenu de ce faire, ie desire aussi le contentement de vostre ame, & veux moyēner le repos de vostre esprit, & l'aise de ma sœur vostre dame & mere treshonnorée. I'ay fait beaucoup d'experiēces en mon temps, &

ay frequenté des hommes les plus subtils, sages, sçauanz & pratiquez en toute chose, qui soyent au monde, desquels i'ay aussi apris de merueilleux secretz de nature: & sur tout vn qui est propre à nostre suiet: car i'ay d'vne pouldre si subtile, & de si viue operation que si le Comte vostre pere en auoit tant soit peu gousté, soudain il prendroit la contesse en telle amour & affection que iamais il ne voudroit voir autre femme qu'elle, & seroit leur amitié si mutuelle, qu'il seroit impossible de iamais y mettre diuorce. De ceste pouldre, vous veux-ie donner, afin que quand ce viendra à vostre poinct, vous en mectiez sur la viande que le Comte mange plus volontiers, afin qu'elle face plustost son operation: mais sur tout gardez vous que personne ne s'en puisse aperceuoir, car autremẽt vous gasteriez tout, & feriez que la drogue perdroit sa force & vertu naturelle: cõme aussi elle feroit si vous descouuriez, & ce fait, & les propos que ie tiens à homme du monde: seulemẽt vous souuienne que c'est vn Roy vostre oncle qui vous cõseille pour vostre biẽ, & qui souhaite le repos de sa sœur, & du fruit qui est sorty d'elle.

Et vous diray, que si le Comte n'estoit si chatouilleux, & soupçonneux qu'il est, qu'aussi ie ne me soucierois point qu'il entendit nostre affaire: mais le voyant estre tel, aussi vault il mieux faire cecy secretement, & lors que Madame ma sœur sera bien auant en sa grace, nous pourrons le gausser, & luy descouurir ceste gẽtille tromperie. Ainsi mon neueu, mon amy, prenez ce present comme le plus cher ioyau que ie sçauray vous donner, & comme celuy qui vous asseure en voz estats, & pensez que pour tels affaires il ne fault espargner chose du monde, ny se monstrer conscientieux d'vser de toute espece de remedes, puis que Dieu à donné force aux herbes, aux bestes, & aux mineraux, & pour la santé, & pour les autres necessitez des hommes: & sur tout vous admonneste-ie encor de ne fier ce secret à ame qui viue, afin de n'empescher ce bien qui vous en peut aduenir, & l'effait de la chose que le plus ie desire en ce monde.

LE pauure enfant, qui pensoit

que son oncle le conseillast en amy, & qu'il ne se defioit de la meschãceté couuée en l'ame de ce Roy cruel, ny de la lascheté & trahison qu'il brassoit contre son propre sang: ne se souuenant encor des admonitions, & enseignemens que le Cõte son pere luy auoit fait au partir, luy remonstrant les ruses de son oncle, accepte le present, luy promet d'executer ce qu'il luy en conseilloit, & que pour mourir il ne le diroit à homme du monde: & garny d'vn si rare present, il reprit son chemin d'Ortais ville de Bearn, ou pour lors le Comte se tenoit, n'estant encor basty ce superbe Chasteau de Pau qui à present est le lieu de plaisance des Princes de Nauarre.

Voicy l'acheminement de la ruine de ce pauure Prince, lequel estant arriué en Bearn, est caressé du Comte, comme le pere peut, & doibt festoyer son enfant, & sur tãt qui luy est vnique, lequel s'enquerant des nouuelles de Nauarre, l'enfant ne faut à luy discourir ce qui s'estoit passé entre luy & sa mere, & les admonitions que luy auoit fait son oncle, les presents par iceluy donnez, sauf ce qui touchoit la poudre malheureuse de la reconciliatio : & mal pour luy, car s'il n'eut esté secret en cest endroit, il se fut deschargé du soupçon qu'on cõceut depuis sur luy en ce qu'il celoit vne chose, laquelle estant telle que le Roy Nauarrois la disoit estre, aussi la deuoit il descouurir, & pẽse que ceste cy a esté la cause pour laquelle l'Annatiste François dit franchemẽt que ce Prince voulut á son esciẽt empoisõner son pere pour venir à l'heritage, & que son pere luy feit trẽcher la teste: mais quand à nous, ayãt leu & les annales de Foix, & Froissard, & Fulgose, qui discourent l'histoire ainsi que vous l'auons iusqu'icy deduite, laisserons en cest endroit nostre annaliste, qui peut estre s'est laissé informer tout au contraire de ce qui passe en Bearn sur cest affaire. Or est il que iamais vn forfait ne peut se tenir si secret, qu'en fin la fumée ne s'euapore par quelque moien que ce soit: & que si les hommes les cachẽt, les insensibles mesmes en font l'ouuerture: il aduint que comme Gaston espiast le temps, & le moien d'executer le conseil de son oncle & ne peut y aduenir, à cause que touiours y auoit plus de tesmoins qu'il ne luy faloit lors qu'on seruoit le Comte,

L'Annatiste de Frãce accuse gastõ de ce forfait.

deuant lequel luy mesme seruoit encor, & par ainsi empoisonnāt son pere, il eut esté presque impossible qu'il n'eut receu la drogue de sa fin: le fait fut descouuert, auāt qu'il eut le loisir d'y mettre la main, & entendez en quelle maniere. Ce Cōte auoit deux Bastards qu'il aimoyt fort, & les cherissoit presq̃ autāt q̃ son fils & heritier legitime, l'aisné desquels s'appelloit Iuain, d'autres disent Iobbain: mais nous auōs leu éz liures anciēs de Bearn escrits à la main, q̃ son non estoit Iosserā, & l'autre s'appelloit Gratian, cest aisné estoit presque de mesme aage, grādeur, & proportion que Gaston l'enfant legitime: qui estoit cause que le pere les faisoit vestir de mesme, & vouloit qu'ils fussent touiours ensemble, voire mangeassent, & couchassent en mesme lict, sauf, que le gouuerneur auoit charge d'instruire le Bastard à recognoistre le legitime cōme son Seigneur, & duquel il faudroit qu'vn iour il eut soustien, & auancement, entāt que nous ne sommes point en païs ou la bastardise se soit respectée, ains nous suffit de contempler les illegitimes comme fruits outre-saisonnez, desquels on se sert par faute de meilleurs, & que

Bastards du Comte de Foix.

lon ne doibt reiecter, puis que nature les a produits, quoy que la production en soit maudicte, estants engendrez hors la licence de la loy, & auec le violement de la couche sans macule, hors laquelle tout accouplemēt est defendu.

Bastards pourquoy respectables.

Ces deux enfans donc couchants ensemble, aduint qu'vn matin, soit que ce fut en ce iouant, ou que malicieusement le Bastard y allast en besongne, (car il estoit fin & subtil, comme aussi il eut esté grand personnage, si le desastre ne l'eut suiuy en la fortune commune de la maison de Foix,) il print le pourpoint du Prince Gaston, auquel estoit attacheé vne petite Bourse, qui estoit le digne reposoir de la pouldre & reconciliation. Le Bastard veut prendre ceste Bourse pour voir ce qui estoit dedans: dequoy se prenāt garde Gaston, se colera cōtre luy, & plus encor, oyant que Iosseram luy demanda à quoy seruoit ceste bourse ou il n'y auoit point d'argēt, & que nonobstāt il portoit touiours cōme vn reliquaire, pēdu à son col: & ainsi se tourmentāt Gastō, l'autre luy rēdit sō pourpoint, nō sās que de la en auant il ne pensast souuēt à cecy, cōme aussi le Prince deuint de la en auant plus melancolique, & ne carressoit plus son frere bastard de si bon cœur que de coustume: & prenoit sa resolution de iouer son persõnage le plustost qu'il luy seroit possible, voyant que desormais, il ne sçauroit plus se couurir, puis que le bastard auoit veu la bourse, entant que ce ne seroit point sans en faire des cõptes. Que si Dieu n'eut preserué le Comte, & puny ce malheureux enfant du consentement qu'il donnoit à vn crime non par luy entendu, ç'eut esté fait de sa vie dans le troisiesme iour d'apres, mais les moiés qui sont comme impossibles aux hõmes, Dieu les facilite quand il luy plaist d'vser de sa iustice, & de sa misericorde, car le second iour apres ce debat d'entre les freres, il y en sourdit vn plus grãd, & tel que Iasseran iouant à la Paulme auec son seigneur le Prince, ils eurent quelque petite castille ensemble, si bien que Gaston, qui tenoit des coleres de son pere & ayant le cœur hault, se faschoit que ce bastard luy osast tenir teste, & fut si presũptueux que de iouer à pair & compaignon auec luy, luy donna sur la ioue, non sans quelques parolles, qui le faschetẽt encore plus que la premiere iniure. Le Bastard despit, &

irrité du tort receu cõme il le mesuroit, voyant que la reuenche n'auoit lieu, & que ce n'estoit pas à son seigneur contre qui il falloit s'attaquer, n'eut autres recours qu'aux larmes, & aux menaces de le faire entendre à Monsieur.

L'Autre qui ne se souuenoit plus de sa bourse, & n'eut onc cuidé que le Bastard eut mal pensé de ce que si curieusement il la gardoit, ne feit autre cas ny de ses pleurs, ny de ses menaces, couuant quelque cas de mauuais pour Iosseran, si Dieu ne luy eut osté les moiens de ce faire. Comme donc le Comte sortoit de la messe prest à s'aller mettre a table, voicy le Bastard, qui se presente à luy tout esploré, gemissant, & esmeu de grãde colere: auquel le Comte demanda l'occasiõ de ce pleur, & qui estoit celuy qui l'auoit offencé: car le bon Seigneur se doubta tout aussi tost que c'estoit Gaston, veu qu'il n'y eut eu hõme si hardy en sa maison qui eut osé fascher le moindre de ses enfans. A quoy Iosseran dit, que c'estoit monsieur le Prince qui l'auoit battu, mais qu'il sçauoit telle chose de luy laquelle meritoit bien plustost chastiement que ce pourquoy son frere l'auoit outragé.

Le Comte, qui estoit le plus soupçõneux homme du mõnde, & le soupçon duquel auoit pris plus d'accroissement en ces parolles du Bastard, & en la souuenance du voyage de son fils en Nauarre, voulut sçauoir soudain la cause du merite de son enfant. Le Bastard alors luy dit comme Gaston portoit à son col vne bourse qui tenoit fort chere, & cecy depuis seulemét qu'il estoit de retour de Nauarre : ie sçay bien (dit il) qu'elle est pleine de pouldre, mais i'ignore qu'est-ce qu'il en veut faire, sauf que quelquefois il s'est vanté que bientost Madame la Contesse sera pardeça mieux venue que iamais, & que vous la caresserez auec plus d'affection que ne feistes de vostre vie. Est il vray! (dit le Comte) nous verrons donc par quel moiẽ sera fait ce beau changement : au reste, ie vous defends de ne parler à personne de cest affaire, & si Gaston s'enquiert de vostre plainte, qu'a tout le moins ne luy soit rien descouuert touchant la bourse. Iosseran n'auoit garde d'en dire mot, car il redoubtoit fort son Seigneur, & croy bien que s'il eut pensé que la chose deut tourner à telle consequence qu'on veit depuis, qu'il l'eut admõnesté de ietter sa bourse, afin que le Comte ne l'en trouuast saisy, & qu'ainsi tout s'en allast en soupçõ seul sans aucun effect. Ce pendãt le Comte, qui ne sçauoit que pẽser sur cecy, s'en alla pourmener seul resuãt, & fantasiant mille discours, & formãt autãt de caprices en sa teste qu'il y a d'atomes, & parties indiuisibles en la composition du monde d'Epicure, tant ceste occurence le tourmentoit, & tant il se faschoit que il fallut s'enquerir sur son fils de chose de laquelle il cõmençoit desia à se doubter. Tellement qu'il maudissoit en son cœur, le Roy de Nauarre, cõme celuy, qu'il soupçonnoit auteur de quelque meschanceté cõtre sa vie, veu qu'il sçauoit comme c'estoit luy qui auoit voulu faire empoisõner le Roy de France Charles le quint, & qui ne faisoit non plus d'estat des meurtres, que d'autres font de la cõseruatiõ de leur semblable: detestoit, & maudissoit l'heure que iamais il s'estoit allié de ceste maison, nõ pour le respect de la race, qui estoit des plus anciennes, & illustres de l'Europe, mais à cause de la lascheté de celuy qui en estant le chef, faisoit tout à la posterité par la memoire de ses vices & forfaits. Et ayant ainsi long temps entretenu ses pẽsées sans que persõne eut hardiesse de s'enquerir sur le fait de sa resuerie, il vint en sale, ou estant couuert pour le disner, se mit a table comme de coustume, non mangeant de tel apetit, ne si ioyeusement, car il disna assez sobrement, & presque du tout poinct? entant que estant son fils celuy qui faisoit l'essay deuant luy, le Comte ne l'eut pas si tost aduisé, que iectant les yeux sur le pourpoint de l'enfant, il veit les pendants de la bourse de laquelle le bastard luy auoit parlé. C'est icy qu'il se asseure de quelque grande trahison, de sorte que fremissant tout de rage & colere il commenda a son fils de s'auancer, & venir parler a luy en secret, comme de chose de consequence. Gaston, qui ne se defioit pas de son pere, s'auança pres de luy: & dés qu'il luy fut tout ioignant, le Comte, non sans l'esbahissement de toute l'assistance, ouurit le pourpoint de son fils, & à tout vn conteau coupa les pendants de la bourse du secret de la reconciliation bastie par le Roy de Nauarre. Le Prince, aussi confuz & esperdu que si desia il eut ouy la condemnation de sa mort, deuint aussi pasle, blesme, & tremblant,

blant, que le pauure criminel oyant le iuge qui luy termoye la vie par le terme de quelque bref espace: entant que le ver de sa conscience luy commença à ronger le cœur, & ce fut lors seulement qu'il gousta l'aprehension de la malice de son oncle, sans que toutesfois il eut le pouuoir ny la hardiesse d'en dire vn seul mot à son pere. Lequel ouurant la bourse detestable desploya vn papier plein de poison: mais sçauez vous quelle poison? la plus soudaine qu'homme sçauroit imaginer, ainsi que l'experience le monstra tout sur l'heure. Car le Comte en mettãt vn peu sur vn morceau de viande en dõna curée à vn pauure chien, lequel tout soudain resuant, & tournant les yeux en la teste, grincant des dents, & se debattãt tout à l'instant, mõstra quelle estoit l'efficace de ceste drogue si gentille, & quelle paix on pouuoit esperer par vn presẽt si peu agreable, & vtile. Ie vous laisse penser si le Comte, qui de son naturel estoit colere, soudain, terrible, & des plus seueres de son tẽps, fut saisy, & de frayeur & de fureur, voyant vn si piteux apprest, & vne viãde si mal sortable pour son estomac portée par son propre enfant, &

Poison descouuerte & experimentee.

iceluy l'vnique heritier de tous ses estats, & richesses: tant y-a que les assistans demeurerent aussi confus, muetz, & imobiles que feit iadis celuy qui accusa les larcins de Mercure, ne sçachants à quoy cela tendoit, & s'esbahissans que le Prince, fut chargé de telle denreés: puis tous effroyez s'attendoyẽt de voir quelque acte pitoiable & sanglant de ceste mauldicte tragedie. Et eut on veu vne troupe diuersement affectionnée en ceste sale: d'autãt que le fils du Cõte se tenoit sans remuer non plus qu'vn tronc ou rocher, ne disant mot, ny pour s'excuser, ny pour se iustifier, & croy qu'il ne luy souuenoit (tant il estoit estonné & saisy,) s'il estoit ou mort, ou vif, & d'ou est-ce que luy procedoit ceste extase: d'autre costé estoit le pere qui premierement deuint aussi pasle que si le sang l'eust du tout abandonné tant il fut surpris de voir le Chien mourir si soudain; & sentant les aprehensions de la mort, que sans cela il se faisoit à croire luy estre aprestée: & tout sur l'heure il deuint aussi estincelant, & rouge de colere qu'vn charbon, les yeux luy sautans presque de la teste, le cœur luy fremissant, tout le corps luy tremblant, & les mains estans prestes à se venger de ceste offence: & passionné de ceste rage, en fin il fait sortir le tonnerre couué en son ame, par sa bouche, auec vne parolle mal asseurée, tremblante, & qui resentoit plus son transport, & furie que la douceur d'vn pere enuers son Fils bien aymé, & parla à son Fils en ceste sorte. Ha: Gaston, Gaston, le plus traistre paillard que la terre porte: est-ce le guerdon que tu rends à ton pere pour l'amitié que t'ay portée, & pour l'obligation que tu doibs à ce miserable pere, & en fils, & en femme, & en beau-frere? Ah enfant ingrat, & le plus detestable de la terre, est-ce par poison que tu veux me soulager des trauaux que pour toy i'ay endurez, qui pour t'agrandir n'ay craint d'attaquer les plus grands Roys, & puissans Princes de l'Europe? ia n'aduienne qu'vn si malheureux germe viue d'auantage, & qu'vn fils si desnaturé serue d'obiet aux autres pour se mirer en sa desloyauté, & felonnie. Non non, ie te iure le grand Dieu, que tu en mourras, & sera le Comte de Foix deliuré tout à vn coup d'vn si detestable aduersaire que son propre fils, puis que c'est luy, qui le poursuit & qui met embusches à sa vie. Ce disant il pousse la table de grand fureur, & auec vn coute au au poing, s'alloit ruer sur le pauure enfāt, lequel ne bougeoit de la attendant la mort, laquelle il souhaitoit pour se voir si malheureux que d'auoir porté la desolation de sa maison en lieu d'y mettre la paix cōme il souhaitoit. La noblesse qui estoit la presente s'oppose aux efforts du Comtes, les vns se mettēt à genoux criāt misericorde pour le Prince, les autres retindrent la main de leur Seigneur, afin qu'il n'acheuast ce qu'il alloit mettre en executiō, & l'arrestans, quoy que par force, & luy se courrouçant contre leur hardiesse de luy oser empescher ses desseins. Mais son frere Bastard nomme Messire Pietre de Bearn, gentil Cheualier, & fort sage luy parla en ceste maniere. Et quoy Monsieur, vous qui vsez de si grande & bonne iustice pour le moindre de voz subietz, que pour chose du monde ne voudriez souffrir, qu'vn criminel fut puny sans preuue euidente, & sans estre ouy, & admis à se iustifier, serez vous bien si iniuste que de vous a-

Pierre de Bearn Frere bastard de Gastō de Foix 3 du nom.

charuez sur vostre fils vnique, & celuy qui apres vous doibt commander à toute ceste noblesse ? Quelle loy y a il qui commande qu'vn homme soit puny à mort sans cognoissance de son crime? Et que sçauez vous si l'enfant est coulpable ou innocent, puis que n'auez rien ouy par sa bouche sur le fait de ceste pouldre? Les foz & coustumes de Bearn, Monsieur, lient le Seigneur à l'obseruation d'icelles, aussi bien que le moindre du païs, d'autant que nous auons esluz les Princes, non comme tyrans, ains pour faire obseruer les Loix, & donner bon exemple à leurs suietz par leur iustice, & debonnaireté. Considerez (s'il vous plaist) & l'aage, & les conditions de vostre Fils, il n'a que seize ans, il est simple, & sans malice quelconque, iamais homme ne luy auoit rien ouy dire contre vous, ny se plaindre de chose du monde. S'il estoit plus aagé, plus fin, rusé, & malicieux, s'il ne vous craignoit, & respectoit, s'il ne vous aimoyt & reueroit, & si on sçauoit que iamais il eut comploté rien, ou se fust plaint de vostre Seigneurie, vous auriés quelque occasion de le soupçonner, mais non iuste cause de l'occir de puissance absolue, & furieusemẽt, sans voir si son forfait merite vn chastiment si rude. Et biẽ, Gaston à esté trouué saisy de quelque drogue mortelle, est-ce à dire que ce fust pour le Comte de Foix son pere, & Seigneur ? La concsusion n'en est point necessaire, & ne s'ensuit que pour cela vous luy courez sus pour l'occir, ains est vostre deuoir (pardonnez moy Monsieur si ie parle si franchemẽt) d'apaiser ceste colere indigne de vostre grandeur, & de celle reputation de Prince droiturier, que vous auez aquise iusques a present : & de faire informer plus auant du fait, & vous enquerir d'ou sort cecy de qui vostre fils à eu ce poison, ou il le vouloit employer, & pour quelle raison il s'aide de ceste façon de faire : & si lors il est trouué coupable, il y faudra pouruoir, comme de raison. Car quand à moy, i'oseray iurer, que l'enfant ne sçait que vaut telle vilennie, & qu'innocemmẽt il s'est chargé de telle denrée, ce qu'estãt veritable, & vous ayãt auerée l'innocence de ce vostre fils, deliurerez vostre esprit d'vn grand tourment, & voz suietz de la peine qu'ils souffrent pour vostre desplaisir, & pour le danger de l'enfant de leur Seigneur & Prince. Ceste remõstrãce du Seigneur Pierre de Bearn, retint le Comte de massacrer son fils sur l'heure, mais ne luy adoucit point son maltalent, car il estoit resolu de le faire mourir, & pource commanda qu'il fut mis en prison en la tour d'Ortais, & en grande destresse, iusqu'a tant qu'il en eut consulté & deliberé plus a loisir pour en faire iustice. Ce pendant il vous commença faire empoigner tous ceux qui auoyent accompaigné le Prince en son voyage de Nauarre, ie dis tous ceux qu'on peut prẽdre, car plusieurs gaignerẽt au pied, d'autant qu'ils s'asseuroyẽt bien du traitemẽt qu'auroyent ceux qui estoyent prisonniers, & entre autres s'enfuit l'Euesque de Lescar, qui du viuãt du Comte n'osa onc reuenir en Bearn, lequel aussi on soupçonnoit fort, comme grand amy du Roy de Nauarre, & principal conseiller de ce forfait, mais peut estre à tort, d'autant que aux absents on impute souuent de tels crimes, qu'on n'aferoit y auoir pensé s'ils estoyent en presence. Ceux qui furent saisis estoyent quinze en nombre & tous beaux Gentils-hommes, & fort ieunes, lesquels le Comte feit mourir fort cruellement, sans onc vouloir ouyr chose qu'on luy sceut alleguer pour leur iustification, & innocence, disant, qu'il estoit impossible, qu'ils ne sceussent le secret de son fils, & ne fussent consentans, & (peut estre) cōseillers de sa mort, se faschans d'auoir vn Seigneur trop sage pour eux, & en desirans auoir vn duquel ils iouissent à leur fantasie. Voyez combien peut la fureur, & le soupçon au cœur des Princes, que cestui-cy, qu'on louoit d'equité, modestie & debonnaireté sur tous ses voysins, soit en vn instant si changé en vn autre naturel, que la raison luy est odieuse, & la mesme iustice, luy semble estre du tout inique. Aussi depuis que l'apprehension d'embusche s'enracine en l'esprit d'vn homme qui à puissance, tant plus il est genereux, & plus elle y ioüe ses folies, & luy oste la mesme ioye qui luy est presente, & le fait defier de sa propre main, & de ceux esquels tousiours aura eu fiance, tesmoin les Roys, l'vn desquels se laissa miner de faim, tant il auoit peur d'estre empoisonné, & l'autre s'emprisonna luy mesme, si estrangemēt il apprehendoit la mort, & se doubtoit des plus loyaux qu'il eut en son seruice, soit que cela procedast de default de cerueau, & toutesfois ça esté des plus sages mondains de son aage : soit que la conscience de ses seueritéz, car ie feray difficulté de les apeller tyrannies, le sollicitast, & tourmētast, estant celuy qui auoit fait mourir les premiers, & plus illustres de son royaume. Si ce Comte eut eu à faire a autant d'hōmes qu'vn Roy, ie pense qu'il eut aussi ioué d'estranges tragedies, puis que le seul soupçon le feit si inhumain que sans forme de proces il faisoit mourir les pauures Gentils-hommes de la suite de son fils. Ceux cy estans despechez, & luy voulant s'eclercir de ce qu'il auoit a faire de son fils, il assembla les estats de Foix, & Bearn, pour s'en resouldre, à Ortais, ou la noblesse, l'Eglise, & le tiers estat se trouuant, luy qui estoit homme qui prenoit plaisir à lyre, & qui sçauoit beaucoup d'histoires, parla à ses suietz en ceste sorte. Messieurs, i'ay hôte, qu'il faut que ce soit le Comte de Foix

Harāgue du Comte de Foix aux estats de Bearn.

vostre Seigneur, qui contre son propre sang auiourdhuy propose deuant vous, qu'il à choisis pour iuges d'vne cause de grande consequence, & de laquelle il à surseu, & le iugement, & l'executiõ, afin que vous par vostre equité, & suyuant ce que me deuez de respect, & d'obeissance, me conseillez, & poursuiuiez auec moy, celuy qui s'estant forfait enuers moy, est impossible que soit iamais autre que tyran enuers ses vassaulx, & suiets. Ie suis marry, que vo⁹ soyez abreuuez des folies de mõ fils, & que ses felonnies ayent passé le sueil de mon palais, & voudrois que le tout fut si secret que iamais homme n'en eut rien entendu, afin que ma maison fut afranchie de telle tache, & que ie fusse en la peine de trauailler ceux, que ie deuroy employer en choses plus iustes, & necessaires que la trahison du fils, ne que la végeance du pere. Ie voudroy que au pris de ma vie, la conspiration de Gaston mon fils, mais que dis-ie mon fils, mais du plus cruel ennemy que i'aye en ce mõde, fut couuerte, & que moy accablé, il fut sans tache, & nostre posterité sans blasme de felõnie, car le peché ayãt esté secret, il est vray que celuy qui a induit mon Fils à me trahir, se fut vengé de moy, mais vous eussiez esté sans auoir aucun trouble en voz ames. Ne pensez (mes amys) qu'aucune affection particu-re m'esmeuue cõtre mõ fils, car ie ne suis si desnaturé que de hair ma propre substãce, ains voyant le peché public, ie suis contraint, à mon grand regret, poursuiure sur moy-mesme la vengeance, entant que ie sçauroy accuser mon fils, ny vous le condamner que ce ne soit moy qui en porte la penitence. Et neantmoins veux-ie qu'il meure, non pource simplement qu'il s'attaquoit à moy qui suis son pere, ains encor pource qu'il vouloit faire mourir le Comte de Foix vostre Seigneur, & le sien, & qui me faisant mourir, commettoit crime de maiesté tant humaine, que diuine. S'il n'auoit que commis le crime de l'enfant du Roy des Locriens, ie seroy prest à porter la moitié de la peine, & souffriroy la perte d'vn œil, afin que mon fils ne fust aueugle. Si ie l'auoy tourmẽté, & mal mené, il auroit quelque occasiõ, si ie luy auoy fait vn pareil refus q̃ feit le Roy Persan à sõ enfãt Darie, & qu'il cõiurast ma mort, ainsi q̃ l'autre feit auec cĩquãte

Ce Prince ce fut Zaleuque.

Artaxerse feit mourir 50 enfãs qui auoyent conspiré cõtre luy.

de ses freres, celle de son pere Artaxerse, asseurez vous que ie ne le voudroy poursuyure iusques à la mort. Mais vous sçauez tous quel pere ie luy ay esté, combié ie l'ay chery, quels trauaux i'ay soufferts & en guerre & ailleurs pour luy maintenir & augmenter son heritage: c'est vous qui estes tesmoings que iamais pere ne fut si doux & debonnaire enuers enfant que i'ay esté à cest ingrat: lequel pour toute recompéce (& en qui se pourra lon fier desormais) s'est adressé à mon ennemy mortel, moy (ô indiscret Cõte) le luy consentant & accordant, duquel il a apris plus de meschanceté en vne heure, que de sa vie toute la Gascongne ne luy en eut sceu apprendre ny monstrer. A il faict moins de faute en mon endroit que feit iadis Chranne fils du Roy de Frãce Clothaire? Mais bien pis s'est cestuy gouuerné, car l'autre prit les armes publiquement contre son pere, & se reuolta à la veuë de tout le monde, se monstrant néantmoins si discret, que dés que son pere le poursuyuoit auec armée, il euitoit la presence de celuy qu'il reueroit. Là où le mien, sans respect de l'honneur qu'il me doit, a fait ses complots en secret, s'est

Clothaire I. Roy de Franc, voy Gregoire de Tours.

monstré mon aduersaire mangeant comme vn Iudas à ma table, & n'attendant que l'heure que de mettre fin à sa maudite entreprise, si Dieu par sa saincte grace ne m'eut garenty, & faict surprendre le cruel meurtrier de la vie de son pere. Et puis que Clothaire, sans esgard aucun de sang, ny substãce propre feit brusler son fils mutin & seditieux, pourquoy est-ce que ie ne feray mourir vn traistre, vn empoisonneur, & vne ruine cõmune de toute la republique? C'est donc mon aduis, car autrement ne le peux-ie vouloir, que Gaston meure, car puis qu'il ne m'a point respecté, ny comme pere, ny comme seigneur, ie ne pretens aussi auoir autre esgard sur luy que comme sur vn voleur, assasin, & meurtrier & empoisonneur: vous priant trestous d'alléger ma peine, & de m'oster vn si grand tourment de deuant les yeux, car luy viuant iamais ie n'auray ioye, & luy mort, encor ne feray-ie sans me sentir, & de sa perte, & de la faute qu'il a commise. Et quand vous aimerez mieux son bien que luy mesme ne s'est aimé, vous ne le souffrirez point viure, car ayant perdu l'honneur, & que luy sçauroit profiter sa vie, laquelle est pire que la mort à ceux qui sont infames, & la memoire desquels n'est ramenteuë qu'à leur grand desauantage? Si ie pensoy que viuant il ne perdit rien de sa reputation, & que ie peusse oublier ce qu'il a forfait, ie serois cõtent encor que mon sang vesquit, & que ce malheureux comparut en ma presence. Mais cognoissant l'impossibilité de l'vn & de l'autre de ses poincts, il fault, ou que ie quitte le païs, ou vse de tyrannie, faisant à ma fantasie en despit de tout le monde, ou que par la sentence commune des estats celuy là soit cõdemné à la mort, qui la voulue donner à son pere, duquel il tient tout ce qu'il a en ce mõde. Ceste cruelle resolution du Comte quoy qu'estonnast la plus part de ceux qui estoient aux estats, si est-ce qu'en fin ils dirent que leur intẽtion n'estoit point de souffrir que l'heritier & successeur des estats & seigneuries du Comte mourut ignominieusement, & en somme ne consentiroient en quelque sorte que ce fut sa ruine, veu qu'il n'y auoit point de preuue du crime qu'on le chargeoit, & que son innocence pourroit iestre auerée en faisant enqueste diligente du fait, & l'oyant de sa propre bouche. Le Comte, quelque courroux qu'il eut contre son fils, si est ce qu'il se contenta grandement du soucy que ses suiets auoient en general du salut du fils vnique, & seul heritier sien, & qui deuoit le suyure en generosité, vaillances, & belles conquestes: ce neantmoins persistoit-il en son opinion de le ruiner, quand vn ancien gentil-homme de Bearn luy dit, que s'il estoit si desireux de la mort de son fils, il falloit nommer des iuges pour luy faire son proces, d'autant que le pais estoit resolu de ne luy permettre de faire l'estat & office d'accusateur, de iuge, & de partie en sa propre cause: & qu'au reste le prince, comme heritier de Foix, estoit insticiable du Roy de France, deuant lequel ils iroient pour auoir raison, si le Comte leur denioit son deuoir, & ne leur ouuroit la voye ordinaire de iustice. Que c'estoit vn fait de mauuais exemple que de ne vouloir ouïr vn prisonnier, ny en sa confession, ny en ses iustifications, & que plusieurs murmuroient que cecy fut dressé pour faire bonne la cause des bastards, & les auancer, pource que l'vn auoit accusé le prince, non pas si tost qu'il s'estoit apperceu de la bourse, mais lors que le ieune sei-

Comté de Foix de la souueraineté de France.

gneur l'offença luy donnant sur la ioue. Que si iustement on auoit fait mourir tãt de ieunes gentils-hommes pour n'auoir descouuert ce qu'on presumoit sans asseurãce qu'ils le sceussent : qu'à plus forte raison le bastard meritoit punition, ayãt teu si longuemẽt ce forfait, que si le prince eut eu volonté de meffaire, il eut peu executer à son aise, & sans empeschemẽt, sa fantasie. Oyant ces paroles le Comte, quoy qu'il se sentit piquer, & presque brauer en sa presence, & veit la poursuite dressée contre le bastard, qu'il aimoit sur toute chose, si est-ce qu'il aualla ce morceau sans mot dire, craignant que la noblesse s'esmeut, & que les Biernois ne luy feissent sentir quelque trait de leur gaillardise, & de feu qui leur bouillonne souuent en la ceruelle: & pour les appaiser, il leur dit que sans faillir Gaston seroit garenty de mort, mais qu'ils ne trouuassent point estrange s'il le detenoit quelque temps en prison pour luy faire recognoistre sa faute, & de combien il s'estoit oublié: leur promettant que cela fait il le deliureroit par tel si, que l'enfant s'en iroit passer son temps deux ou trois ans, ou à la cour de France, ou ailleurs, iusques à ce

qui

que son maltalent fut passé, & que son fils deuint plus sage auec le temps, & auroit la cognoissance des affaires de ce monde pour sçauoir se gouuerner, & dõner garde desormais de ne plus offencer son pere. Auec ceste promesse se retirerẽt ceux de Bearn fort contens du Comte, mais les deputez pour le païs de Foix ne voulurent se contenter pour si peu, ains fallut que le Comte leur iurast de ne faire point mourir l'enfant, car ils voyoient que quelque mine qu'il feit, si auoit il de mauuaises cõceptions en sa fantasie: non pourtãt fallut il que l'enfant tint prisons, car il fut du tout impossible d'obtenir sa deliurance. Aussi le mallieur de l'enfant ne le souffroit aucunement, car il estoit besoing qu'il mourut pour la punition des fautes du Comte mesme, qui pour penitence de son orgueil il se causa luy mesme vne douleur qui le naura iusques au cœur, & laquelle luy tint cõpagnie tout le temps de sa vie. L'enfant donc estant en vne chãbre en la tour de la ville d'Ortais, se voyant ainsi enfermé sans compagnie, soit qu'il apprehẽdast la mort, qu'il s'asseuroit de souffrir, & que la frayeur luy ostast tout goust & autre pensement:

Nulle mort si fascheuse que l'infamie à vn cœur genereux.

ou que se doutant d'vne infamie si angoisseuse que celle qu'endure vn cœur genereux se voyãt en voye de mourir iguominieusement, il se delibera de ne plus manger, mais plustost se laisser miner à la faim, que non pas qu'vn bourreau se vantast d'auoir osté la vie à vn des plus gentils princes de la terre. Quelque bien qu'on le seruit, & quelques bonnes viandes qu'on luy apportast, si est-ce qu'il y toucha, ou peu, ou point, ains estant la chambre fort sombre, il mettoit tout en vn coing secrettement, trompant ainsi ceux qui luy portoiẽt son viure qui pensoient qu'il ne se donnast point de soucy de sa prison. La renommée de laquelle s'espandant par tout, n'y auoit aucun qui ne s'estonnast d'vne telle & si estrange occurrence: les vns accusans l'enfant de felonnie, les autres le pere de grande cruauté, de ce qu'il se monstroit inexorable à ceux qui le prioient pour son enfant: mais tous detestoient execrablemẽt le Roy de Nauarre, car desia disoit on par tout que c'estoit luy qui auoit induit ce prince à ce forfait, à cause que par son moyen il causoit la mort du fils, l'exil de la mere, & l'angoisse perpetuelle du pere sur tous autres miserable. Cela fut cause que le Pape Gregoire vnziesme, qui encor se tenoit en Auignon, depescha le Cardinal d'Amiens vers le Comte pour l'exhorter à la deliurance du prince: mais ce Legat estant à Besiers, on luy porta nouuelles fort pitoyables, & qui le dispencerent de passer plus outre pour passer en Bearn, à sçauoir la mort du fils du Comte de Foix, lequel finit ses iours ainsi que ie vay vous dire. L'enfant n'ayant homme qui luy parlast, ou qui le conseillast en prison, y auoit desia demeuré dix ou douze iours sans prẽdre que bien peu de substance, il se commença à se melancolier plus que iamais, & desperant sa vie, maudissoit l'heure de sa naissance, accusoit, & pere, & mere, & oncle: l'vn pour le rudoyer ainsi sans son merite, l'autre pour l'auoir conseillé d'aller voir le Roy, & sur cestuy vomissoit il toutes les maledictions du monde, pour estre cause de son desastre, & pour luy auoir dressé le piege qu'il ne pensoit pas si nuisible: detestant les grandeurs & les aises de ce monde, puis que pour en iouyr quelque peu de temps, on est tousiours en crainte de les perdre.

Le Pape enuoye au Comte de Foix pour son fils.

Or fault il entendre que celuy qui ordinairement luy portoit à manger, ouyt tout ce discours, & ne peut se tenir de larmoyer, cognoissant au vray l'innocence de ce pauure prince: nonobstant ce, il faignit de n'auoir rien entédu, ains luy presentant son viure, luy dit: Monsieur le Comte vous mande que vous mangez cecy, car il l'a fait apprester expres pour vous. Auquel Gaston respondit, laissez le là, & dittes à monsieur que ce repas ne me sera non plus ioyeux que les autres, priant Dieu qu'il ait plus de contentement en ma mort, que ie n'ay de liesse en ma vie, puis que si miserablemēt il me la fait passer. Or ce geolier print garde, & aux contenances de l'enfant du Comte, & à tout ce qui estoit en la chambre, ou par cas il veit tout ce que les iours precedans il y auoit porté pour le nourrir: dequoy s'estonnant, & voyant qu'il n'estoit pour viure guere dauantage, afin que le Comte ne s'en print à luy, si par cas il mouroit, comme il estoit impossible qu'il en eschapast, s'adressa à luy, & auquel il parla en ceste sorte. Monseigneur, quelque chose que vous vouliez faire de mōsieur vostre fils, si est-ce que (sauf meilleur iugement) il y faudroit aduiser d'vne autre sorte, entant que qui n'y pouruoira il est mort sans faillir, eu esgard à l'estat auquel ie l'ay laissé n'aguere. Le Comte s'enquerant de cecy, l'autre luy compte comme de toute la viande qu'on luy auoit portée il n'en auoit auallé presque rien, ains estoit si deffait & deffiguré, que les Anatomies les mieux descharnées sont presque aussi refaites qu'estoit ce pauure prince. Le pere qui aymāt son fils, & ne sçachant tenir mediocrité entre le chastiment & les caresses, s'en alla tout enmaltalenté à la prison, tenant (de malheur) vn petit couteau, duquel il se rongnoit les ongles en sa main : de sorte que entrant dedans, & voyant la viande d'vn costé, & son fils haue, & tout terny de l'autre, deuint si esperdu, que ne sçachant lequel faire, ou le tencer, ou le flater, tant les passions de l'ame estoient diuersemēt esmeües en son esprit : l'amour paternel chassant ce cœur felon qui le faisoit seuere à l'endroit de tout autre, & la grauité de son ranc luy commandant de se contenir, & le rudoyer pour l'induire à manger plustost auec cest effroy, qu'auec vne douce parole, que est le vray baston propre pour dompter les cœurs genereux: En fin la fureur continuant en luy, il parla à son fils en ceste sorte. Ha paillard, & meschant traistre que tu es : & quelle est la cause qui t'empesche de manger ? Va malheureux, & te nourris, sans estre si souuent meurtrier, & de toy, & de celuy qui t'a plus aimé que tu ne merites. Disant cecy, il empoigna ne sçay comment son fils, mais de telle façon, que ce petit couteau qu'il auoit bleça Gastõ à la gorge si doucement, que ce fut le seul coup de la mort qui le chassa de ce mõde, sans que le miserable pere se prit garde à ce qu'il faisoit, ou s'il le sentit, il ne pensoit auoir donné vne si lourde saignée: & le fils se monstrant si obeissant, que comme vn aigneau il n'ouuroit seulemẽt la bouche, quoy qu'il se sentit ainsi outrepercer.

Ce pere sans pitié, laissant son fils en pire estat, sans qu'il le sceut, qu'il ne l'auoit trouué, s'en alla resuant sur les desseins de son fils, & craignant de le perdre, cõme il feit, ne sçachãt s'il deuoit enuoyer le faire deliurer, ou l'y laisser encore, mais le faire visiter par ses amis pour le consoler. Mais à peine fut il en sa chãbre qu'on luy vint annõcer la mort de son fils, ainsi qu'il luy auoit auancée, car l'enfant trespassa tout aussi tost q̃ son pere fut sorty, soit que l'apprehension & effroy de la fureur du Cõte luy eut estoupé les conduits, & saisi le cœur, que l'ame s'en volant hors, ou se retirant en l'interieur, & le corps affoibly du long ieusne, ne pouuant souffrir ceste retraicte, elle n'eust puis apres moyen de reprendre place au sang du tout espuisé des veines du pauure Prince.

Mort pitoiable du filz du Cõte de Foix occis par son pere.

C'est icy que le Comte, qui auparauant ne vouloit ouyr parler de pardonner à son fils, sentit l'effort de nature, & cogneut que vault le nom de fils enuers celuy qui est vrayemẽt pere: car ne pouuant comprendre en qu'elle sorte Gaston seroit mort si soudainement, enuoya vn Gentil-homme à la prison pour luy en raporter la verité, lequel reuint tordant les bras, criant, & se tourmẽtant, auquel signe, sans autre parolle, le pere desconforté cogneut trop plus qu'intelligiblement ce qu'il cerchoit sans desir de le trouuer. C'est lors qu'on crie, qu'on pleure & se tempeste, que il n'estoit plus temps d'y remedier, c'est lors qu'on apelle Gaston son filz, & baston de vieillesse quand il n'auoit plus de moyen de se monstrer tel qu'on le nommoit : & en somme le Comte desiroit celuy en vie estant mort, lequel estant vif, il auoit enuoyé en l'autre monde. Aprenez peres, & maistres trop chauldz en vostre colere, à moderer vos passions, & auant que vous aigrir, ny que chastier ceux qui vous sont suiez voyez les maus qui peuuēt s'ensuiuir, & ramāteuez ceste histoire en vostre pensée. Et vous qui auez le cœur si felon que iamais le feu de fureur ne s'estaint en iceluy, esloignez vous de ces obietz qui peuuent esmouuoir ces flammes ardantes de furie, & ne tācez onc que de loing, afin de ne rien faire, qui puis aprés vous puisse causer vn repentir pour iamais.

C'est ainsi que fut estreiné ce Comte, qui vsant plus indiscretement que de raison de sa puissance, & ne s'enquerant du fait de son fils, le mit au poinct qu'auez leu, & qui à la fin follement se rendit le bourreau de celuy qu'il pretendoit sauuer. Il auoit beau qu'accuser les actes cruels, & traistres du Roy son beau frere, ny detester le voyage de Nauarre, car biē que ce fussent des accessoires de ceste tragedie, si est ce q̄ de luy, & par luy estoit sorty le principal; qui sans raison, ny cõsideration emprisonna vn innocent, & poursuiuit celuy, le sang duquel criant vengeance deuant Dieu, fut à la fin exaucé, par la fin qu'on veit auoir & au pere, & à l'oncle, la mort desquels ie deduiray en deux mots pour mettre fin à ceste histoire.

Fort sagement certes à parlé celuy, qui dit, que les dieux ont les bras longs, & les pieds de laine, à cause qu'ils sont tardifs à punir les offences, & qu'ils attaignent de loing celuy sur qui leur plaist d'estẽdre leur main & courroux: Ie dis cecy à cause du Comte de Foix, lequel biẽ que fut long temps sans sentir la main de Dieu vengeresse de celle iniustice par luy commise contre l'innocence de son fils, si est il qu'à la fin il en paya l'vsure & cogneut, combien celuy est iuste qui souffre le pecheur iusques à la fin, attendant qu'il se corrige, puis à vn coup l'accable, & le surprend lors que le moins il y pense. Ce seigneur estant fort vieil, aimoit ce neantmoins tellement la venerie, que sur toute chose il s'arrestoit à courir le Cerf, le sanglier, ou autre beste, comme aussi il se tenoit au païs Biernois, ou la proye y eſt en abondance à cauſe des foreſts, landes, & bruyeres qui ſeruent de bonne & longue nourriture aux beſtes, & de ſure retraicte. Or comme vn iour il fut à la chaſſe en la foreſt de Sauueterre auec belle troupe de gentils-hommes. comme il eſtoit des mieux ſuiuys ſeigneurs de ſon tempz, & conduiſant infinies meutes de chiens, il ſe mit apres vn Ours, qu'il pourſuiuit toute la matinée, quoy que le temps fut fort chault, eſtant durant les ardeurs de la canicule, & ſe tint aux champs iuſqu'à haulte heure, & fur les veſpres que la laſſitude, & les cheuaux faillants ſouz les veneurs les contraignirent ſe retirer, apres toutesfois auoir fait priſe de la beſte qu'ils chaſſoyent. Or les lieues de ce païs la ne ſont pas ſi petites qu'en France, ne que les milles d'Italie, & ainſi l'alteration preſſant ceſte trouppe chaſſereſſe, on alla dreſſer le diſner pour le Comte en vn village à deux grandes lieues d'Ortais nommé l'hoſpital Douiion: ou le Comte s'en vint le petit pas, pour eſtre las de la courſe, & voulant ſe rafreſchir allant ainſi lentement, deuiſant auec ſes

Gentils hommes sur la vaillance de ses chiens qui le mieux auoyent abordé ceste beste furieuse. Comme ils sont au village, & dedans le logis preparé pour le Comte, ils y trouuerent sous l'apareil d'vne belle verdure vn triste dueil couuert, car quelque espoisseur de branchages quil y eut, quelques herbes odoriferantes, & ions aquatiques qu'on mit en la chambre pour seruir de tapisserie, si est ce que la mort ne craignit de s'y loger auec sa face hideuse, & espouuentable, & se cachant souz la frescheur de de cest ombrage, conduisit le Prince aux obscurs riuages d'Acheron, d'ou aucun ne peut repasser, ayant vne fois trauersé la nacelle du vieux Charon. Et entendez comment, le Comte sentant ce plaisir, & rafreschissement, en lieu de se pourmener, s'arresta à prendre & humer ce frais dangereux, qui luy estoupoit les pores tous ouuerts de la chaleur, & du trauail, & la froideur assaillant le sang espandu, & eschauffé par les veines, que depuis il fut impossible de le remettre en son entier, estant desia la chaleur naturelle du Comte refroidie assez pour sa grāde vieillesse, car il estoit peu s'en fault Nonagenaire. Luy se trouuant bien, cōme il disoit en cest aise, comme ordinairement les choses nuisibles nous sont les plus aggreables, les Gentils-hommes aussi conniuoyent à ce contētement de leur seigneur, sans qu'il s'en trouuast vn seul ayant tant de consideration que de cognoistre combien ceste frescheur estoit dommageable au corps ia refroidy de ce bon vieillard. Tandis qu'on couure pour le disner, & qu'on deuise, non du royaume de Dieu, ny du moyen d'y paruenir, n'y ayant aucun qui pensast que la mort se fourrast parmy ces delices, & qu'elle osast assaillir vn Comte si excellent, voicy qu'il fallust s'asseoir, & porta lon le bassin à lauer le Prince. L'essay fut fait, & soudain le Comte laue, qui sentant l'eau froide, comme elles le sont en ce païs la extremement pour estre toutes de source viue surgeonnant des grands rochers, se deduisant, & prenant vn singulier contentement à sentir l'eau aussi froide luy tomber sur les mains belles, blanches, & longues qu'il auoit, soudain voicy vn enroidissemēt de membres qui vous le saisit, vne sueur froide luy venant au front, la couleur fresche & vermeille se tournant en vne mortelle palleur, le cœur luy faillant, & vn tremblemét hideux estonnant de telle sorte tous ses mébres, qu'il fallut que le pauure seigneur cheut a la renuerse perdant toute force, sans, & parolle, ayant seulement dit ce petit, Ah! ie suis mort, Mon Dieu aye pitie de moy. Car tombant auec la force luy manquãt la parolle, il perdit aussi, & memoire, & sentiment, & sans remuer ny pied, ny pate il mourut vn quart d'heure apres, entre les bras de ses gétils hommes: qui le portantz sur vn lict, pensoyent que ce ne fut qu'vne petite defaillance de cœur à cause de sa lassitude, & pour ce le couurants, & tenant bien chauldement, estimoyent le faire reuenir, mais il estoit allé en lieu d'on le retour n'est facile, quelque frictiõ ou reschauffement qu'on donne aux membres, ce qu'ils deussent auoir faict auant que le Comte se mit en la salle de sa mort, & auant qu'il prit la frescheur de la verdure. Mais quoy? il falloit qu'il allast payer la rançon de son forfait, qui luy estoit sur la teste, dés la mort violéte commise en la personne de son fils innocent: & que cõme il l'auoit cõtraint de mourir

Mort du Comte de Foix, Gaston. 3. du nom.

sans auoir loisir de penser au salut de son ame, aussi bien le priua de la lumiere de ceste vie, pour, au milieu de ses aises, luy rauir, & plaisirs, & vie, sans qu'il eust moyen de faire la recongnoissance deuë au chrestien à telle heure, si pressée & effroyable: bien qu'il criast mercy à celuy, la main duquel il sentoit le punir, & chastier ce corps afin (comme ie pense) que l'ame n'allast en perdition eternelle.

Telle fut donc la fin de ce grand Gaston de Foix, qui heureux en ses affaires fut infortuné en lignée, & qui ayant tout à souhait hors de sa maison, eust neantmoins sa femme contraire, son beau frere ennemy, & luy mesme se monstra le cruel executeur de son sang: ie ne veux pas dire que ceste punition luy escheut, à cause qu'il s'aidoit du conseil d'vn malin esprit familier, qui luy racomptoit tout ce qui se faisoit, car s'il est veritable qu'il s'adonnast à telle folie, il est impossible que ce meschant secretaire ne l'aye conduit à sa ruine, & n'ait esté cause de ses folies, comme ainsi soit que iamais homme n'eust familiarité à tels fantosmes, qui ne sentist en fin

Comte de Foix auoit vn esprit familier.

pour qu'elle occasion est-ce que Satan se monstre amy de l'homme, & qu'il ne le caresse sinon pour le tromper, & ne se communique à luy que pour l'attirer à sa perdition.

Voyez la le payement qu'eust le Comte pour auoir plus respecté sa colere que la iustice, & ses apprehensions, que non pas l'innocence de ceux que cruellement il feit mourir: mais voyons qu'elle fut la fin de ce second Neron de son aage, à sçauoir du Roy de Nauarre Charles premier, lequel n'a rien qui le rende recommandé que le seul tiltre royal, & le sang illustre duquel il estoit sorty, & qu'il obscurcissoit par ses laschetez & felonnies. Cestui-cy ayant vescu aussi iusqu'à vne grande vieillesse, plus par le iugement de Dieu, q̃ souffre pour le peché des hõmes que les tyrans viuent long tẽps, que pour defaut qu'il eut d'ennemis qui ne desiroyẽt que sa ruine, n'y ayant homme qui portast amitié à ce Prince, comme aussi il n'aymoit aucun, que pour s'en seruir en l'execution de ses desseins. Luy donc paruenu à vne fort grande vieillesse n'oublia rien de sa vie passée, car la paillardise fut celle qui causa & sa maladie, & sa

Maladie du Roy de Nauarre charles, d'ou causée

mort, entant que ayant vne telle contraction de nerfs, & si grande douleur aux iointures, qu'a peine pouuoit il ployer ny mains, ny doids, tãt ses nerfz estoyẽt enroidis, il eut conseil des medecins de se baigner, ou estre tout arrousé d'eau ardante pour luy refaire reschaufer, & dissouldre les membres ainsi contrainctz, & retirez. Mais oyez quel estoit l'amendement de cest homme & cassé de vieillesse, & assailly de maladie iusqu'a mourir. Quelque temps au parauant qu'il fut mis en l'enfer de sa mort, & aux estuues qui le ruinerent, luy ayant desir de retirer quelque somme de deniers de ses subiets, qu'il auoit espuisez, & pillez par ses exactions, & rançonnemẽts, & eux ne pouuant plus contribuer à ceste gloute, & pillarde conuoitise, il fait mettre en prison les plus riches & honorables bourgeois de Pampelune sans esperance de les y laisser, & les tourmenter iusques à tant qu'ils luy auroient fourny la somme qu'il demandoit, quoy qu'elle leur fut impossible. Or tout ainsi qu'Herode auant mourir feit aussi emprisonner la noblesse de Iudée, laquelle par sa mort fut mise en liberté, la ruine pareillement de ce Roy

Estrange cruauté du Roy de Nauarre Charles. I.

cruel

cruel, fut la vie & deliurance de ces pauures Nauarrois, qui ne s'attendoyent point d'auoir meilleur traictement que d'estre ou priuez de vie, ou despouillez de tous leurs biens & substãce, pour rassasier la tyrãnique volonté de leur prince. Or quoy que l'ordonnãce de ses medecins luy fut bõne, & fort salutaire pour luy reschauffer ses mẽbres ainsi pereluz, si est-ce que la iustice de Dieu conuertit ceste chose bonne en l'instrument propre à punir les feux de la concupiscence de ce Prince. D'autant qu'estant ce corps debilité cousu en vn linge trẽpé en l'eau de vie, comme le valet de chambre qui le cousoit, n'eust point de couteau pour couper le fil, il s'aida d'vne bougie, qu'il tenoit en main: le feu prend, c'est eau le reçoit, il court par tout le linge si biẽ que l'eau vsant de sa force, & la main de Dieu y besongnant, le corps du Roy fut tellement espuisé d'humeur, que nul y pouuãt remedier, il mourut en ceste misere, paiãt par ce suplice l'vsure de tãt de massacres, bruslemẽs & empoisonnemẽs qu'il auoit causez en ceste vie. Encor n'est ce tout, car pour satisfaire les ombres du fils du Cõte occis à tort, ce mesme bastard de Foix

Mort merueilleuse du Roy Charles de Nauarre.

qui l'auoit accusé mourut depuis malheureusement, & par feu, en celle mascarade fait au logis de la royne du tẽps de Charles sixiesme, afin qu'aucun ne pense que soit loisible de pecher, & que Dieu ne venge point les iniquitez des hommes en temps & lieu, & lors qu'on se pense estre quitte de la peine. Tout aussi tost q̃ Saul eut failly, il est vray que le prophete le tẽça, reprit, & menaça, mais le suplice estãt differé, & luy s'estimãt en auoir eschapé la penitence, tout à vn coup il se voit assailly de tous costez, & tellement angoissé, qu'aioustãt crime sur forfait, il se veit au desespoir tel, que n'ayãt qui le voulut occir, il fut le propre bourreau de soymesme. Ainsi fut poursuiuie la sanglante tragedie en la maison de Foix, que ie vous ay deduite, quoy qu'ailleurs vous la puissiez trouuer assez au lõg escrite: mais non auec tels enrichissemens, ny accompaignée de tant de succez, ny de la vengeãce que Dieu print de ceux qui auoiẽt causé la mort de l'innocent, & poursuiuy la ruine de toute vne maison, par celle de l'heritier principal d'icelle.

Fin de l'histoire quatriesme.

ARGVMENT.

CE n'est d'auiour-d'huy, ny d'vn seul iour que l'enuie regnant a tellement aueuglé les hommes, que sans respect de sang ny d'obligation, ils se sont oubliez iusque à la, que de souiller leur vertu premiere, en espandant le sang, duquel à plus iuste tiltre, ils deussent estre deffenseurs. Car quelle autre impression auoit saisy le cœur de Romule, lors que souz couleur d'vne telle quelle loy, il ensanglanta ses mains du sang de son propre frere, sinon ceste abhominable conuoitise? Laquelle si sagement, & en toutes ses occurrences, bon-heurs, & circonstances estoit considerée, ie ne sache homme qui n'aymast mieux viure à son aise, & en son priué, sans charge, qu'estant craint & honoré de tous, auoir aussi les charges de tous sur les espaules, seruir aux fantasies d'vn peuple, craindre

Le desir de regner conduit les hommes à deuenir meurtriers & trahistres.

Condition miserabe de ceux qui regnét

à tout propos, & de mesme se voir exposé à mille occasions de crainte, & le plus souuent assailly, lors qu'il se pense tenir fortune, comme l'esclaue de ses fantasies. Et toutesfois les hommes achetent vne telle misere & vie calamiteuse pour la gloire caduque de ce monde, au prix de leurs ames, & font prodigue largesse de leur cõsciẽce, laquelle ne s'esment pour meurtre, trahison, fraude ou meschanceté qu'ils commettent, pourueu que la voye leur soit ouuerte, laquelle les face paruenir à ceste miserable felicité, que de commander sur tout vn peuple, ainsi que des-ia i'ay dict de Romule, lequel auec vn forfaict abhominable, se prepara la voye au ciel, & non auec la Vertu, ainsi que chante l'ambicieux Orateur, & sedicieux harangueur de Rome, qui trouuoit les degrez du Ciel, & le chemin de la vertu es trahisons, rauissements, & massacres, faicts par celuy qui le premier posa les fondements de leur ville. Et sans nous esloigner des Romains, qui incita les enfans d'Ance Martie à massacrer Tarquin l'acien, sinon ce desir de regner mesme, lequel auoit esguillonné ledict l'ancien d'en frustrer les vrays & legitimes heritiers? Qui conduit Tarquin le superbe à souiller traitreusement ses mains du sang de son beau pere Ser-

Romule à peu de raison occist son frere.

Cicero au Paradoxe

Tarquin l'aciẽ occis à Rome.

Seruie Tulie occis par son gẽdre.

uie Tullie, que ce desir sans bride, ny iustice d'occuper la principauté de Rome? Ceste façon de faire ne se discontinua onc en la cité chef de l'Empire: veu que, & durant qu'elle estoit gouvernée par les plus grands & plus sages, souz l'election & suffrages du peuple, on y a veu infinité de seditions, troubles, pillages, rançonnemens, confiscations, & massacres, procedans de ce seul fondement, & principe, lequel saisist les hommes allichez de l'esperance de se faire chefs de toute vne republique. Et apres que le peuple fut priué de sa liberté, & que l'Empire se veit soumis à la volonté & fantasie d'vn seul qui commandoit sur tous, ie vous prie fueilletez moy les liures, lisez diligemment les historiens, & regardez les moyens tenuz par la pluspart pour paruenir à telle puissance, & verrez les poisons, assasinats, & meurtres secrets faciliter la voye à ceux, qui n'osoient l'attenter publiquement, & ne pouuoient y paruenir à guerre ouuerte. Et d'autant que l'histoire que ie pretens vous reciter, est apuyée sur la trahison de frere contre frere, ie ne veux m'esloigner aussi du suiet: voulant neantmoins vous faire veoir, qu'encore cela à eu place de long temps, qu'on s'ataquast à son sang le plus proche pour se faire grands: &

Rome suiette à sedition, & porquoy.

Plusieurs paruenuz à l'Empire par meurtre.

d'autres, qui ne pouuans attendre le temps iuste des succés, ont aduancé la mort à leurs parens, ainsi que vouloit faire Absalon au sainct Roy Dauid, son pere. Et comme on lit de Domitian, qui empoisonna son frere Tite, le plus courtois, & liberal Prince qui iamais tinst l'Empire de Rome. Et Dieu sçait si de nostre temps les exemples de telle meschanceté nous manquent, & si les fils ne conspirent contre le salut de leur pere, veu que Sultan Zelin Roy des Turcs, fut si homme de bien que de ne pouuoir attendre que Baiazeth son pere mourust de sa belle mort naturelle, si encor il n'y eust aidé pour s'emparer du Royaume. Sultan Soliman successeur de Zelin, quoy qu'il n'ayt rien attenté contre celuy qui l'auoit engendré, si est-ce que sollicité d'vne frayeur d'estre chassé de son siege, & portant enuie à la vertu de Mustapha son fils, esguillonné à se faire par Rustain Bassa, gaigné par les presens des Iuifs, ennemis de ce ieune Prince, il le feit estrangler auec vne corde d'arc, sans vouloir ouyr les iustifications de celuy qui onc ne luy auoit faict offense. Laissons les Turcs comme Barbares, & le throsne desquels est ordinairement estably par l'effusion du sang de ceux, qui les atouchent de plus pres de consan-

Absalon cōspira cōtre Dauid son pere.

Zelin feit mourir son pere Baiazeth.

Solyman fait estrāgler son filz Mustapha.

Rustain Bassa corrompu par les Iuifs.

guinité, & alliance : pour considerer quelles tragedies ont esté iouées pour ce mesme cas de la memoire de nos peres en Escosse & Angleterre, & auec quelle charité se sont carressez les plus proches parens ensemble : si vous n'auez les histoires en main, si la memoire n'en estoit comme toute fresche, si vn Roy n'estoit mort hors de saison, & si les plus tyrans, & qui n'ont aucun droit es terres & seigneuries de leurs souuerains, si les enfans ne conspiroient la mort de leurs peres, les femmes celles de leurs espoux, si tout cela n'estoit presque cogneu à chacun, i'en ferois vn long discours : mais les choses estant si claires, la verité tant descouuerte, le peuple presque abreuué de telles trahisons, ie passeray oultre pour suiure mon proiet, & monstrer que si l'iniquité d'vn frere à faict perdre la vie à celuy qui luy estoit si proche, aussi la vengeance ne s'en est esloignée : mais quelle vengeance ? la plus gaillarde, sagement conduite, & brauement executée, qu'homme sçauroit imaginer, affin que les trahistres cognoissent que iaçoit que la punitiō de leurs forfaits soit retardée, si se peuuēt ilz asseurer de iamais ne passer sans sentir la main puissante & vēgeresse de Dieu, lequel estant tardif à courroux, ne laisse à la fin de donner les signes

Grand malheur de nostre tēps

Dieu tar- dif à [illegible] mais ven- geur, tou- tesfois. vo[y] Plutarqu[e] opuscule d[e] la tardi[ue] vengeanc[e] de Dieu.

ARGVMENT.

effroiables de son ire, sur ceux qui s'oubliants en leur deuoir, espandent le sang innocent, & trahissent les chefz, ausquelz ils doiuent tout seruice, honneur, & reuerence.

AVEC QVELLE RVSE AMLETH, QVI DEPVIS FVT Roy de Dannemarch, vengea la mort de son pere Horvvendille, occis par Fengon son frere, & autre occurrence de son histoire.

HIST. CINQVIESME.

QVOY que i'eusse deliberé des le commencement de ce mien œuure de ne m'esloigner, tāt peu soit, des histoires de nostre temps, y ayant assez de suiets pleins de succez tragiques, si est ce que partie pour ne pouuoir en discourir sans chatouiller plusieurs, ausquels ie ne voudroye desplaire, partie aussi que l'argument que i'ay en main m'a semblé digne d'estre offert à la noblesse Françoise, pour les grandes, & gaillardes occurrences qui y sont deduites, i'ay vn peu esgaré mō cours de ce siecle, & sortant de Frāce & païs voisins, suis allé visiter l'histoire Danoise, afin qu'elle puisse seruir & d'exēple de vertu, & de cōtentement aux nostres, ausquels ie tasche de

Gens de lettre mesprisez, & sans recompence en ce temps.

cõplaire, & pour le rassasiement desquels ie ne laisse fleur qui ne soit goutée, pour leur en tirer le miel le plus parfait & delicat, afin de les obliger à ma diligẽce: ne me souciãt de l'ingratitude du tẽps present, qui laisse ainsi en arriere & sans recompence ceux qui seruent au public, & honorẽt, par leur trauail & diligẽce leur païs, & illustrent la Frãce. Car ie m'estime pour plus que satisfait en ce cõtentement & grãde liberté d'esprit, de laquelle ie iouys, estant aymé de la noblesse, pour laquelle ie trauaille auec si peu de relache, caressé des gens de sçauoir pour les admirer, & leur faire reuerence, telle que leur excellence merite, & honoré du peuple, duquel iaçoit que ie ne cerche le iugemẽt, pour ne l'estimer assez suffisant de faire viure le nom de quelque hõme illustre; si me pense ie assez heureux d'auoir attaint à ceste felicité, qu'il se trouue peu d'hõmes qui desdaignẽt de lire mes œuures, qui est le plaisir plus grãd q̃ i'aye & la richesse la plus habõdãte de mes coffres, de laquelle toutesfois ie suis plus cõtent, q̃ si sans nõ ie iouyssois des thresors les plus grãds qui soyent en l'Asie. Reuenant dõc à nostre propos, & recueillans

Contentement de l'autheur de ceste œuure.

vn peu de loing le suiet de nostre dire, faut sçauoir q̃ long tẽps auparauant que le royaume de Dãnemarch receut la foy de Iesus, & embrassast la doctrine & salut lauement des chrestiens, cõme le peuple fut assez barbare & mal ciuilisé, aussi leurs Princes estoient cruelz, sans foy ny loyauté, & qui ne iouoyent qu'au boutehors, taschãs à se ietter de leurs sieges, ou de s'offencer, fust en la robe ou en l'hõneur, & le plus souuẽt en la vie, n'ayans guere de coustume de mettre à rançon leurs prisonniers, ains les sacrifioient à la cruelle vẽgeance, imprimée naturellemẽt en leur ame. Que s'il y auoit quelque bõ Roy ou Prince, qui poussé des instincts les plus parfaitz de nature, voulut s'adõner à la vertu, & vsast de courtoisie, bien que le peuple l'eut en admiration (cõme la vertu se rend admirable aux vicieux mesme) si est-ce q̃ l'enuie de ses voisins estoit si grãde, qu'on ne cessoit iamais iusqu'à tant q̃ le mõde fut depesché de cest hõme ainsi debõnaire. Regnant donc en Dãnemarch Rorique, apres qu'il eut appaisé les troubles du pais, & chassé les Suecõs & Sclaues de ses terres, il departit les Prouinces de son royaume, y mettãs des Gouuerneurs, qui depuis (ainsi qu'il

Danois iadis fort rudes & barbares.

Cruauté du Danois.

Rorique Roy de Dannemarch.

en est aduenu en France) ont porté tiltre de Ducz, Marquis & Contes: il donna le gouuernemēt de Iutie (qui s'appelle vulgairement à present Diethmarsen, & est assise sur le Chersonnese des Cimbres, en celle estressissure de terre, qui auoisine la mer comme vne pointe, laquelle vers le North regarde le Royaume de Nouerge) a deux seigneurs vaillans hommes nommez Horvvendille & Fengon, enfans de Gervvendille, lequel auoit esté aussi Gouuerneur de celle Prouince. Or le plus grand honneur que pouuoiēt acquerir les hommes de sorte en ce temps la estoit en exerçant l'art d'escumeur & Pirate sur mer, assaillans leurs voisins, & rauageans les terres voisines, & tant plus accroissoit leur gloire & reputation, cōme ils alloient voltiger par les Prouinces, & Isles lointaines: en quoy Horvvendille se faisoit dire le premier de son temps, & le plus renommé de tous ceux qui escumoient pour lors la mer, & haures de Septentriō. La grand renōmée de cestuicy esmeut le cœur du Roy de Noruege, nommé Collere, lequel se faschoit que Horvvendile le surmontast en fait d'armes, & obcurcist la gloire qu'il auoit

Iulien à present est Diethmarsen.

Horvvēdille Roy, & Pyrate.

Collere Roy de Noruage.

des-ia au fait de la Marine: car c'estoit l'honneur, plus que les richesses qui esguillonnoit ces Princes Barbares à s'accabler l'vn l'autre, sans qu'ils se souciassent de mourir de la main de quelque vaillant homme. Ce Roy magnanime ayant defié au combat, corps à corps, Horvvendille, y fut receu auec pactes, que celuy qui seroit vaincu perdroit toutes les richesses qui seroient en leurs vaisseaux, & le vainqueur feroit enterrer honestement celuy qui seroit occis au combat, car la mort estoit le pris & salaire de celuy, qui perdoit la bataille. Que sert de tant discourir: le Roy (quoy que vaillant, courageux, & adextre fust-il) en fin fut vaincu & occis par le Danois, lequel luy feit dresser tout soudain vn tombeau, & luy feit des obseques dignes d'vn Roy, suyuant les façons de faire & superstitions de leur siecle, & selõ l'accord du combat, despouillant la suite du Roy de leurs richesses, ayãt fait mourir vne sœur du Roy defunct, fort gaillarde, & vaillãte guerriere, & ayãt couru toute la coste de Noruege, & iusques aux Isles septentrionales, il se reuinst chargé d'honneur & de richesses, enuoyãt à son souuerain

Horvvẽdille occist le Roy Collere.

le Roy Rorique la plus part du butin & despouilles, afin de le gaigner,& q̃ estāt si braue,il peust tenir le lieu des plus fauoris de sa maiesté. Le Roy alliché de ces presens,& s'estimant heureux,d'auoir vn si homme de bien pour subiet, tascha auec vne honesteté de se rendre à iamais obligé,car il luy donna pour femme Geruthe sa fille , de laquelle il sçauoit ce Seigneur estre fort amoureux,& voulut luy mesme la conduire, pour plus l'honorer, iusques en Iutie,ou les nopces furent celebrées,selon la façon ancienne: & pour trousser brieuemēt matiere,de ce mariage sortist Amleth, duquel ie pretēs parler , & pour lequel i'ay desseigné le discours de l'histoire presente.

Geruthe fille de Rorique femme de Horvvādille.

Amleth fils de ce Roy Horvvēdille.

Fengon frere de ce gēdre Royal,poussé d'vn esprit d'enuie,creuant de despit en son cœur,tant pour la grand reputation aquise par Horvvendille au maniement des armes,que solicité d'vne sotte ialousie , le voyant honoré de l'alliance & amitié royale, craignant d'estre depossedé de sa part du gouuernement, ou,plustost desirant d'estre seul en la principauté,& obscurcir,par ce moyē, la memoire des victoires & conquestes de son frere,

Conspiration de Fengon contre son frere Horvvendille.

delibera, comme que ce fust, de le faire mourir. ce qui luy succeda assez aisémẽt, nul se doubtant de luy, & chacun pẽsant que d'vn tel nœud d'alliance & consanguinité, ne pourroit iamais sortir autre chose, que les effetz pleins de vertu & courtoisie: mais cõme i'ay dit, le desir de regner, ne respecte sang, ny amitié, & n'a soucy aucun de vertu, voire il est sans respect, ny reuerence des loix, ny de la maiesté diuine, s'il est possible, que celuy qui sans aucun droit enuahist le bien de autruy, aye quelque opiniõ de la diuinité. Ainsi Fengon ayant gaigné secretremẽt des hõmes, se sentãt assez fort pour executer son entreprinse, se rua vn iour en vn banquet, sur son frere, lequel il occist autant traitreusement, comme cauteleusement il se purgea deuant ses suietz, d'vn si detestable massacre: veu qu'auant que mettre la main sanguinolente, & parricide sur son frere, il auoit incestueusement soüillé la couche fraternelle, abusant de la femme de celuy, duquel il deuoit autant pourchasser l'honneur, comme il en poursuiuoit, & effectua la ruine: aussi il est bien vray, que l'homme qui se laisse aller apres vn

Vn qui enuahit le bien d'autruy, est sans opinion de la diuinité.

Fengõ occist son frere Horvvendille.

vice, & forfait detestable, estant la liason des pechez fort grande, il ne se soucie en rien de s'abandoñer à vn pire, & plus abhominable. Or couurit il auec si grand ruse, & cautelle, & souz vn voile si fardé de simplicité, son audace, & mechanceté, que fauory de l'honneste amitié qu'il portoit à sa belle sœur, pour l'amour de laquelle il se disoit auoir ainsi puny son frere, que son peché trouua excuse à l'endroit du peuple, & fut reputé comme iustice enuers la noblesse: D'autãt qu'estãt Geruthe autant douce & courtoise, que Dame qui fut en tous les Royaumes du Septentrion, & tellement qui iamais n'auoit tant peu soit offencé homme de ses suietz, soit du peuple ou des courtisans, ce paillard, & infame meurtrier, calomnia le deffunct, d'auoir voulu occir ceste Dame, & que s'estãt trouué sur le poinct qu'il taschoit de la massacrer, il auoit defendu la Dame, & occis son frere, parant aux coups ruez sur la Princesse innocente, & sans fiel, ny malice quelconque.

Ruse du meurtrier Fengon.

Il n'eust ia faute de tesmoins aprouuans son faict, & qui deposerent selon le dire du calomniateur, mais c'estoyent ceux-mesmes qui l'auoyent accompagné, comme participans de la coniure, & qu'au reste en lieu de le poursuiure, comme parricide & incestueux, chacun des courtisans luy applaudissoit, & le flatoit en sa fortune prospere, & faisoyent les Gentils-hommes plus de compte des faux rapporteurs, & honoroyent les calomniateurs, plus que ceux qui mettãs en ieu les vertus du deffunct, eussent voulu pugnir les brigans, & assassineurs de sa vie. Qui fut cause que Fengon enhardy pour telle impunité, osa encor s'accoupler par mariage, à celle qu'il entretenoit execrablement, durant la vie du bon Horvvẽdille, soüillant son nom de double vice, & chargeant sa conscience de double impieté, d'adultere incestueux, & de felonnie, & parricide. Et celle mal-heureuse qui auoit receu l'hõneur d'estre l'espouse d'vn des plus vaillans & sages Princes de Septentrion, souffrit de s'abaisser iusques à telle villenie, que de luy faucer la foy: & qui pis est, espouser encor celuy, lequel estoit le meurtrier tyran de son espoux legitime: ce qui donna à penser à plusieurs, qu'elle pouuoit auoir causé ce meurtre, pour iouir librement de son a-

Calomniateurs plus honorez en court que la verité.

Mariage incestueux de Fengon auec sa belle sœur.

dultere. Que sçauroit on voir de plus effronté, qu'vne grande, depuis qu'elle s'esgare en ses honnestetez? Ceste Princesse, qui au commencemét estoit honorée de chacun, pour ses rares vertus, & courtoisie, & cherie de son espoux, dés aussi tost qu'elle preste l'oreille au tyran Fengon, elle oublia, & le ranc qu'elle tenoit entre les plus grãds, & le deuoir d'vne espouse honneste, pour le salut de sa partie. Ie ne veux m'amuser contre ce sexe, à cause qu'il en y a assez qui s'estudient à le blasonner, courãt sus à toute espece de femmes, pour la faute de quelques vnes: Bien diray-ie que, ou il faudroit que nature eust osté l'opinion aux hommes de s'acointer à icelles, ou leur donner l'esprit assez rassis, pour suporter les trauerses qu'ils en reçoiuét, sans se plaindre si souuent, & tant estrangement, puis que c'est leur bestise qui les accable. Car s'il est ainsi que la femme soit vn animal si imparfait, qu'ils le chantent, & qu'ils cognoissent ceste beste si indomptable, comme ils la crient, pourquoy sont ils si sots, que de la poursuiure, & tant hebetez, & abrutiz, que de se fier en ses caresses? Geruthe s'estant ainsi ou-

Si l'hõme est trompé par la fẽme, c'est sa propre bestise.

bliée, le Prince Amleth se voyant en dãger de sa vie, abandonné de sa mere propre, delaissé de chacun, & que Fengon ne le souffriroit guere longuement sans luy faire tenir le chemin de Horvvendille, pour tromper les ruses du tyran, qui le soupçonnoit pour tel, que s'il venoit à perfection d'aage, il n'auroit garde se passer de poursuiure la vengeance de la mort de son pere, il contrefeist le fol, auec telle ruse, & subtilité, que feignant d'auoir tout perdu le sens, & souz vn tel voile il couurist ses desseins & defendist son salut, & vie, des trahisons & embusches du tyran. Car tous les iours estant au palais de la Royne, qui auoit plus de soing de plaire à son paillard, que de soucy de venger son mary, ou de remettre son fils en son heritage, il se souilloit tout de villenie, se veautrant és balieüres & immõdices de la maison, & se frottant le visage de la fange des rues, par lesquelles il couroit comme vn maniacle, ne disant rien, qui ne ressentit son transport de sens, & pure frenaisie, & toutes ses actions, & gestes, n'estoient que les contenances

Grande ruse du ieune Prince Amleth.

d'vn hõme qui est priué de toute raison & entendement, de sorte qu'il ne seruoit plus que de passetemps aux pages & courtisans esuentez, qui estoyent à la suite de son oncle, & beau pere. Mais le galant les marquoit auec intention de s'en venger vn iour auec tel effort, qu'il en seroit à iamais memoire. Voila vn grand traict de sagesse, & bon esprit en vn ieune Prince, que de pouruoir auec vn si grand defaut à son auancemẽt, & par son abaissement, & mespris, de faciliter la voye, à estre vn des plus heureux Roys de son aage: Aussi iamais hõme ne fut reputé auec aucune siene action plus sage & prudent, que Brute, faignant vn grand desuoyement de son esprit: veu que l'occasiõ de telle ruine, fainte de son meilleur, ne proceda iamais d'ailleurs, que d'vn bon conseil, & sage deliberation, tant à fin de conseruer ses biens, & euiter la rage du tyran le Roy Superbe, que aussi pour se faire vne large voye de chasser Tarquin, & affranchir le peuple oppressé soubz le ioug d'vne grande & miserable seruitude. Aussi tant Brute, que cestuy-cy, ausquels vous pouuez adiouster le Roy Dauid, qui

Brute reputé sage pour cõtre faire le fol Voy Tite Liue, & Halicarnasse.

Dauid fait le fol deuant le Roy Achis. 1. des Roys 21.

faignist le forcenué entre les Roytelerz de Palestine, pour conseruer sa vie, monstrét la leçon à ceux qui malcontents de quelque grand, n'ont les forces suffisantes pour s'en preualoir, ny se venger de l'iniure receuë. Or quand ie parle de se ressentir d'vn grand, duquel on aura esté outragé, il faut entendre de celuy qui ne nous est point souuerain, contre lequel ne faut regimber, ny luy tramer aucune trahison, ou conspirer aucunement contre sa vie. Celuy qui veut suiure tel chemin, faut qu'il parle, face tout au plaisir de l'homme qu'il veut tromper, loüe ses actions, l'estime sur tout autre, & contraire en toute chose à ce qu'il a en son esprit: car c'est veritablement faire le sot, & contrefaire le fol, quand il faut dissimuler, & baiser la main de celuy, que l'on voudroit sçauoir cent pieds souz terre, pour n'en sentir point les aproches. Amleth donc se façonnant à l'exercice d'vne grand' folie faisoit des actes pleins de grande signifiance, & respondoit si à propos, qu'vn sage homme eust iugé bien tost de quel esprit est-ce que sortoit vne inuention si gentille: car estant aupres du feu, & aigui-

Qu'est ce que faire le fol en court.

ſant des buchettes , en forme de poignars, & eſtocs, quelqu'vn luy demanda en riant à quoy ſeruoyent ces petits baſtons, & qu'il faiſoit de ces buchettes: I'appreſte, dit-il, des dards acerez & ſagettes poignantes, pour venger la mort de mon pere. Les fols, comme iay dit, accomptoient cecy à peu de ſens, mis les hommes accorts, & qui auoient le nez long, commencent à ſoupçonner ce qui eſtoit, & eſtimerent que ſouz ceſte folie giſoit, & eſtoit cachée vne grande fineſſe, & telle qui pourroit vn iour eſtre preiudiciable à leur Prince : diſans que ſouz telle rudeſſe & ſimplicité il voiloit vne grande & cauteleuſe ſageſſe, & qu'il celoit vn grand luſtre de bon eſprit, ſouz l'obſcurité de ceſte fardée ſubtilité. A ceſte cauſe donnerent conſeil au Roy de tenter par tout moyen s'il ſe pourroit faire, que ce fard fuſt deſcouuert, & qu'on s'apperceuſt de la tromperie de l'adoleſcent. Or ne voyent ils ruſe plus propre pour l'attraper, que s'ils luy mettoient quelque belle femme en lieu ſecret, laquelle taſchaſt de le gaigner auec ſes careſſes les plus mignardes & attrayantes, deſquelles elle ſe pourroit aduiſer.

Reſponſe ſubtile du Prince Amleth.

D'autant que le naturel de tout ieune homme, mesmement estant nourry à son aise, est si transporté aux plaisirs de la chair, & se lance auec telle impetuosité à la iouïssance, qui luy est octroyée, de ce qui est excellemment beau, qu'il est presque impossible de couurir telle affection, ny d'en dissimuler les apprehensions par art, ny industrie quelcõque, ny de le fuir, quelque ruse qu'il vsast pour pallier sa malice: veu que s'offrant l'occasion, & icelle secrette de la volupté la plus chatouïlleuse, il faudroit que forcé des appetits, il succombast aux efforts & puissance de la partie sensuelle: Ainsi furent deputez quelques courtisans pour mener le prince en quelque lieu escarté dans le bois, & lesquels luy presentassent ceste femme, l'incitans à se souïller en ses baisers & embrassemens, artifice assez frequent de nostre temps, non pour essayer si les grands sont hors de leurs sens, mais pour les priuer de force, vertu & sagesse, par le moyen de ses Sansuës & infernales Lamies, produïtes par leurs seruiteurs, ministres de corruption. Le pauure prince eust esté en dãger de succomber à cest assault, si vn gentil-homme, qui du viuãt

Naturel corrompu en l'hõme.

Ruse pour descouurir les finesses d'Amleth.

Corrupteurs de la ieunesse és cours des grãs.

de Horvvendille auoit esté nourry auec luy, ne se fust plus monstré amy de la nourriture prinse auec Amleth, qu'affectioné à la puissance du tyrã; lequel pourchassoit les moyens d'enueloper le fils és pieges, esquels le pere auoit finy ses iours, & lequel s'accõpagna des courtisans deputez pour ceste trahison, plus auec deliberation d'instruire le prince de ce qu'il auoit à faire, que pour luy dresser des embusches & le trahir, estimãt que le moindre indice qu'il donneroit de son bon sens, qu'il suffiroit pour luy faire perdre la vie. Cestui-cy auec certains signes feit entendre à Amleth en quel peril est-ce qu il se mettroit, si en sorte aucune il obeissoit aux mignardes caresses & mignotises de la Damoiselle enuoyée par son oncle: ce qui estonnant le prince, esmeu de la beauté de la fille, fut par elle asseuré encor de la trahison: car elle l'aimoit dés son enfance, & eust esté bien marrie de son desastre & fortune, & plus de sortir de ses mains, sans iouyr de celuy qu'elle aimoit plus que soy-mesme. Ayãt le ieune seigneur trompé les courtisans, & la fille soustenant qu'il ne s'estoit auancé en sorte aucune à la violer, quoy qu'il dit du cõtraire, chacun s'asseura que veritablement il estoit insensé, & que son cerueau n'auoit force quelconque capable d'apprehension raisonnable. Entre tous les amis de Fēgon, en y auoit vn qui sur tout autre se doutoit des ruses & subtilitez de ce fol dissimulé, & lequel pour ceste raison dit, qu'il estoit impossible qu'vn galant si rusé, que ce plaisant, qui contrefaisoit le fol, fust descouuert auec des subtilitez si communes, & lesquelles on pouuoit aisément descouurir : & que par ainsi il falloit inuēter quelque moyē plus accort & subtil, & ou l'astuce fust attrayante, & l'attrait si fort, que le galant n'y sceust vser de ses accoustumées dissimulations. De cecy il se disoit sçauoir vne voye propre pour executer leur dessein, & de surprendre Amleth en ses ruses, & luy faire de luy-mesme se prendre au filet, & declarer quelles sont les conceptions de son ame. Il fault (dit-il) que le Roy Fengon faigne s'en aller en quelque voyage pour quelque affaire de grand importance, & que ce pendant on enferme Amleth seul auec sa mere dans vne chambre, dans laquelle soit caché quelqu'vn au desceu de l'vn & de l'autre,

Autre ruse pour tromper Amleth.

pour ouyr & sentir leurs propos, & les complots qu'ils prendront pour les desseins bastis par ce fol sage & rusé compagnon. Asseurant le Roy que s'il y auoit rien de sage ny arresté en l'esprit ny cerueau du ieune homme, que facilement il se descouuriroit à sa mere sans craindre rien, & qu'il feroit son conseil & deliberation à la foy & loyauté de celle qui l'auoit porté en ses flancs, & nourry auec si grande diligence. Cestuy mesme s'offrist pour estre l'espion & tesmoing des propos du fils auec la mere, afin qu'on ne l'estimast tel qui donnoit vn conseil, duquel il refusast estre l'executeur, pour seruir son prince. Le Roy print grand plaisir à ceste inuention, comme le seul souuerain remede pour guerir le prince de sa folie: & ainsi en faignant vn long voyage, sort du palais, & s'en va pourmener à la chasse, là où ce pẽdant le conseiller entra secrettemẽt en la chambre de la Roine, se cacha souz quelque loudier: vn peu au parauant que le fils y fust enclos auec sa mere. Lequel cõme il estoit fin & cauteleux, si tost qui fut dedans la chambre, se doutant de quelque trahison & surprise, & que s'il parloit à sa mere de quelque

Cautelle d'Amleth.

cas serieux, il ne fut entendu, continuant en ses façons de faire, folles & niaises, se prist à châter tout ainsi qu'vn coq, & battant tout ainsi des bras, comme cest oiseau fait des aisles, sauta sur ce lodier, ou sentant qu'il y auoit dessouz quelque cas caché, ne faillit aussi tost d'y donner dedans à tout son glaiue, puis tirant le galant à demy mort, l'acheua d'occir, & le mit en pieces, puis le feit bouïllir, & cuit qu'il est le ietta par vn grand conduit de cloaque par ou sortoient les immondicitez, afin qu'il seruist de pasture aux pourceaux. Ayant ainsi descouuert l'embusche, & puny l'inuenteur d'icelle, il s'en reuint trouuer la Roine, laquelle se tourmentoit & pleuroit voyant toute son esperance perduë: car quelque faute qu'elle eust commise, si estoit elle angoissée grandement, voyant que ce seul fils qui luy restoit, ne luy seruoit que de moquerie, chacun luy reprochant sa folie, vn trait de laquelle elle en auoit veu deuant ses yeux: ce qui luy dōna vn grand élancement de conscience, estimant que les Dieux luy enuoyassent ceste punition pour s'estre incestueusement accouplée auec le tyran meurtrier de son espoux, &

Fait cruel d'Amleth sur celuy qui le vouloit trahir.

Repentāce de la Roine Gerute.

lequel ne laissoit moyẽ aucũ qu'il ne cerchast pour mettre fin à la vie de son neueu. Accusant l'indiscretion naturelle, qui est la guide ordinaire de celles qui aiment tant les plaisirs du corps, que voilans la voye à toute raison, n'aduisent ce qui peut s'ensuyuir de leur legereté & grande inconstance, & comme vn plaisir de peu de durée suffisoit pour luy causer vn repentir à iamais, & luy faire maudire l'heure que onc ces apprehẽsions si volages luy auoient saisi l'esprit, ny bandé les yeux pour reietter l'honnesteté requise à dame de son calibre, & à mespriser la saincte institution des dames qui l'auoient precedée, & en sang, & en vertu. Se souuenoit du bon renom & grandes loüanges données par tous les Danois, à Rinde fille du Roy Rothere, la plus chaste de son temps, & si pudique, que iamais elle ne voulut entendre à mariage d'aucun prince ny Cheualier, surpassant tout ainsi en vertu les dames de son païs, comme elles les surmontoit en beauté, doux maintien, & bonne grace. Mais ainsi que la Roine se tourmentoit, voicy entrer Amleth, lequel ayant visité encor tous les coings de la chambre, comme se defiant

Rinde princesse d'vne admirable chasteté.

aussi bien de sa mere que des autres, se voyant seul auec elle luy parla fort sagement en ceste maniere.

Harangue d'Amleth à la Roine Geruthe sa mere.

QVelle trahison est ceste-cy, ô la plus infame de toutes celles qui onc se sont prostituées à la volonté de quelque paillard abhominable, que souz le fard d'vn pleur dissimulé vous couuriez l'acte le plus meschant, & le crime le plus detestable, que homme sçauroit imaginer n'y commettre? Quelle fiance peux-ie auoir en vous, qui comme vne lascme paillarde, desreiglée sur toute impudicité, allez courant les bras tendus apres celuy felon, & traistre tyran qui est le meurtrier de mon pere, & caressez incestueusement le voleur du lict legitime de vostre loyal espoux, mignardez impudiquement celuy qui estoit le pere cher de ce fils miserable, & priué de tout cõfort, si les Dieux ne luy font la grace d'eschapper bien tost d'vne captiuité tant indigne du ranc qu'il tient, & de la noble race & illustre famille de ses ancestres & maieurs? Est-ce à vne Roine, & fille de Roy, de suyure les appetis des bestes, & que tout ainsi que les iumens s'accoupplent à ceux qui ont vaincu leurs premiers maris, vous suyuiez la volonté du Roy abhominable, qui a tué vn plus vaillant & homme de bien que luy, & a esteint, en massacrant Horvvédille, la gloire & hõneur des Danois, lesquels sont aneantis, sans forfait, cœur ny vaillance, depuis que le lustre de cheualerie a eu pris fin par le plus poltron & cruel vilain de la terre? Ie ne veux l'estimer mon parent, & ne puis le regarder comme oncle, ny vous cõme mere treschere, l'vn n'ayant respecté le sang qui nous deuoit vnir plus estroittement que auec l'alliãce de l'autre, qui aussi ne pouuoit auec son honneur, ny sans soupçon d'auoir cõsenty à la mort de son espoux, s'accorder iamais aux nopces de son cruel ennemy. Ah Roine Geruthe! c'est à faire aux chiennes à se mesler auec plusieurs, & souhaiter le mariage & accouplement de diuers masles: c'est la lubricité seule qui vous a effacé en l'ame la memoire des vaillances & vertus du bon Roy, vostre espoux, & mon pere: c'est vn desir effrené qui a conduit la fille de Ro:

rique à embrasser le tyran Fengon, sans respecter les ombres d'Horvvédille, indigné de si estrange traictement, & que son frere l'occist traistreusement, & que sa femme le trahist laschement, laquelle il a tant bien traittée, & pour l'amour de laquelle il a iadis despouillé Noruege de richesses, & despeuplé d'hommes vaillás pour accroistre les thresors de Rorique, & rendre Geruthe l'espouse du plus hardy prince de l'Europe. Ce n'est pas estre femme, & moins princesse, en laquelle doit reluire toute douceur, courtoisie, compassion & amitié, que laisser ainsi sa chere geniture à l'abandon de fortune, & entre les mains sanglantes & meurtrieres d'vn felon & voleur, les bestes plus farouches n'en font pas ainsi: car les Lyons, Tygres, Onces & Leopards combatent pour la deffence de leurs faons, & les oiseaux de bec, griffes & aisles resistent à ceux qui veulent voler leurs petits, là où vous m'exposez & liurez à mort en lieu de me defendre. N'est-ce pas me trahir, quand cognoissant la peruersité d'vn tyran, & ses desseins pleins de conseil de mort sur la race, & image de son frere, vous n'ayez sceu ou daigné trouuer les moyens de sauuer vostre enfant, ou en Suece, ou Noruege, ou plustost l'exposer aux Anglois que le laisser la proye de vostre infame adultere? Ne vous offencez ie vous prie, Madame, si transporté de douleur ie vous parle si rigoureusement, & si ie vous respecte moins que de mon deuoir: car vous m'ayant oublié, & mis à neant la memoire du deffunct Roy mon pere, ne fault s'esbahir si ie sors des limites de toute recognoissance. Voyez en quelles destresses ie suis tombé, & à quel malheur m'a acheminé ma fortune, & vostre trop grande legereté, & peu de sagesse, que ie sois contraint de faire le fol, & imite les façons de faire d'vn insensé pour sauuer ma vie, en lieu de m'adextrer aux armes, suyure les aduentures, & tascher par tout moyen de me faire cognoistre pour le vray enfant du vaillant & vertueux Roy Horvvendille. Ce n'est sans cause & iuste occasion que mes gestes, contenances & paroles resentent le fol, & que ie veux que chacun me tienne pour priué de sens & cognoissance, veu que ie sçay bien que celuy qui n'a point fait conscience de tuer son propre frere, accoustumé aux meurtres, & alliché au gou-

gouuernement sans auoir compagnon, qui luy contrerolle ses meschancetez & trahisons, ne se souciera guere de s'acharner auec pareille cruauté sur le sang & reliques qui sont sorties de son frere par luy massacré: ainsi il me vaut mieux faindre l'vn, que suyure ce que nature me dõne: les clers & saints rayons de laquelle i'absconce souz cest ombragement, tout ainsi que le soleil ses flammes souz quelque grand nuage, durãt les ardeurs de l'esté. Le visage d'vn insensé me duit, pour y couurir mes gaillardises, & les gestes d'vn fol me sont propres, afin que sagement me conduisant ie conserue ma vie au païs Danois, & la memoire du feu Roy mon pere. Car les desirs de le venger sont tellement grauez en mon cœur, que si bien tost ie ne meurs, i'espere d'en faire vne telle & si haute vengeance qu'il en sera à iamais parlé en ces terres, toutesfois fault il attẽdre le temps, & les moyẽs & occasions, afin que si ie precipitois par trop les matieres, ie ne causasse ma ruine trop soudaine, & ne finisse plustost que donner commencement aux effets de ce que mon cœur dessigne. Aussi fault il que contre vn meschant desloyal, cruel,

Es grandes entreprises ne fault rien precipiter.

Cõtre vn desloyal, il fault vser de cautelle.

& descourtois homme, on vse des plus gentilles inuẽtions & fourbes, desquelles se peult aduiser vn bon esprit, pour ne descouurir point son entreprise, veu que la force n'estãt point de mon costé, c'est raison que les ruses dissimulations & secrettes menées y donnẽt ordre. Au reste, Madame, ne pleurez point pour l'esgard de ma folie, plustost gemissez la faute que vous auez commise, & vous tourmentez pour celle infamie qui a souïllée celle ancienne renommée, & gloire qui rendoit illustre la Roine Geruthe: car ce n'est les vices d'autruy qui doiuent élancer noz cõsciẽces, ains fault se douloir de noz meffaits & trop grandes folies. Vous aduisant au reste sur tout aussi cher que vous auez la vie, que le Roy, ny autre ne soit en rien informé de cecy, & me laissez faire au reste, car i'espere de venir à bout de mon entreprise. Quoy que la Roine se sentist piquer de bien pres, & qu'Amleth la touchant viuement ou plus elle se sentoit interressée, si est-ce qu'elle oublia tout le desdain qu'elle eust peu receuoir se voyant ainsi aigrement tancée & reprise, pour la grand ioye qui la saisit, cognoissant la gẽtillesse d'esprit de son fils,

Fault pleurer pour ses fautes, & pour le vice d'autruy.

& ce qu'elle pouuoit esperer d'vne telle & si grande sagesse : d'vn costé elle n'osoit leuer les yeux pour le regarder, se souuenant de sa faute ; & de l'autre elle eust volontiers embrassé son fils pour les sages admonitions qu'il luy auoit fait, & lesquelles eurent telle efficace, que sur l'heure elle estaignist les flammes de cõuoitise qui l'auoient rẽdue amie de Fengon, pour planter encor en son cœur le souuenir des vertus de son espoux legitime, lequel elle regrettoit en son cœur, voyant la viue image de sa vertu & sagesse en cest enfant, representant le hault cœur de son pere. Ainsi vaincu de ceste honeste passion, & fondant toute en larmes, apres auoir longuement tenu les yeux fichez sur Amleth, comme rauie en quelque grande contemplation, & saisie de quelque estonnement, en fin l'acollãt, auec la mesme amitié qu'vne mere vertueuse peult baiser, & caresser sa portée, elle luy vsa de ce langage.

Geruthe à son fils Amleth.

Ie sçay bien (mon fils) que ie t'ay faict tort en souffrant le mariage de Fengon, pour estre le cruel tyran & assasineur de ton pere, & de mon loyal espoux, mais quand tu considereras le peu de moyens de resistance, & la trahison de ceux du palais, le peu de fiance que nous pouuons auoir aux courtisans, tous faicts à sa poste, & la force qu'il preparoit, là où i'eusse fait refus de son alliance, tu m'excuseras plustost que accuser de lubricité ny d'inconstance, & moins me feras ce tort que de soupçonner que iamais Geruthe ait consenty à la mort de son espoux, te iurant par la haute maiesté des Dieux, que s'il eust esté en ma puissance de resister au tyran, & qu'auec l'effusion de mõ sang, & perte de ma vie, i'eusse peu sauuer la vie de mon seigneur & espoux, ie l'eusse fait d'aussi bon cœur, comme depuis i'ay plusieurs fois donné empeschement à l'accourcissement de la tienne, laquelle t'estant rauie, ie ne veux plus demeurer en ce monde, puis que l'esprit estant sain, ie voy les moyens plus aisez de la vengeance de ton pere. Toutesfois, mon fils, & doux amy, si tu as pitié de toy, & soing de la memoire de ton pere, & si tu veux rien faire pour celle qui ne merite point le nom de mere en ton endroit, ie te prie de conduire sagement tes affaires, n'estre hasté, ny trop bouillant en tes entreprises, ny t'auancer plus que de raison à l'effect de ton dessein. Tu vois qu'il n'y a homme presque en qui tu te puisses fier, ny moy femme à qui i'osasse auoir dit vn seul secret, lequel ne soit soudain rapporté à ton aduersaire, lequel combien que feigne de m'aimer, pour iouïr de mes embrassemens, si est-ce qu'il se defie, & craint de moy, à ta cause : & n'est si sot qu'il se puisse bien persuader que tu sois fol ou incensé : or si tu fais quelque acte qui ressente rien de serieux & prudent, tant secrettement le sçaches tu executer, si est-ce que soudain il en aura les nouuelles, & ne crains encor que les Demõs ne luy signifient ce qui s'est passé à present entre nous, tant fortune nous est cõtraire, & poursuit noz aises, ou que ce meurtre que tu as commis ne soit cause de nostre ruine, duquel ie feindray ne sçauoir rien, comme aussi ie tiendray secrette, & ta sagesse, & ta gaillarde entreprise. Priant les Dieux (mon fils) que guidans ton cœur, dressans tes conseils, & bien-heurans ton entreprise, ie te voye iouïssant des biens qui te sont deuz, & de la couronne de Dannemarch, que le tyran t'a rauie, afin que i'aye le moyen de me resiouïr en ta prosperité, & me contenter, voyãt auec quelle hardiesse tu auras pris vengeance du meurtrier de ton pere, & de ceux, qui luy ont dõné faueur, & main forte pour l'executer. Madame, respondit Amleth ; i'adiousteray foy à vostre dire, & ne veux m'enquerir plus outre de vos affaires, vous priant que selõ l'amitié que vous deuez à vostre sang, vous ne faciez plus de compte de ce paillard mon ennemy, lequel ie feray mourir, quoy que tous les Demons le tinssent en leur garde, & ne sera en la puissance de ses courtisans que ie n'en depesche le monde, & qu'eux mesmes ne l'accompagnent aussi bien à sa mort, comme ils ont esté les peruers conseillers de la mort de mon pere, & les compagnons de sa trahison, assasinat, & cruelle entreprise. Aussi est il raison que tout ainsi que traistreusement ils ont faict mourir leur prince, qu'auec pareille, mais plus iuste finesse, ils payent les interests de leur felõnie. Vous sçauez, Madame, comme Hothere vostre ayeul, & pere du bon Roy Rorique, ayãt vaincu Guimon, le feit brusler tout vif, à cause que au parauant ce cruel paillard auoit vsé de tel traitement à l'endroit de Geuare son seigneur, qu'il print de nuict,

Hothere pere du Roy Rorique.

Guimon brula son seigneur Geuare.

& par trahison. Et qui est celuy qui ne sçache que les traistres & pariures ne meritent point qu'on leur garde foy, ny loyauté quelcôque, & q̃ les pactes faits auec vn assasineur se doiuẽt estimer côme toilles d'araignes, & tenir en mesme rãg, comme chose non promise? Mais quand bien i'auray dressé la main contre Fégon, ce ne sera trahison ny felonnie, luy n'estãt point mon Roy ny seigneur: ains iustement le puniray, comme mon vassal, qui s'est forfait desloyaument contre son seigneur & souuerain prince. Et puis que la gloire est le salaire des vertueux, l'honneur & le prix de ceux qui font seruice à leur prince naturel, pourquoy le blasme n'accompagnera il les traistres, & la mort ignominieuse, ceux qui osent mettre la main violente sur les Rois sacrez, & qui sont les amis & compagnons des Dieux, & ceux qui representent leur maiesté & image? En somme la gloire estant la couronne de vertu, & le prix de la constance, puis qu'elle ne s'accompagne point auec l'infelicité, & qu'elle fuit la coüardise, & s'esloigne des esprits auilis & abatus, il fault ou qu'vne fin glorieuse mette fin à mes iours, ou que les armes au poing,

Ne fault vser de loyauté au traistre & pariure.

Gloire est le salaire des vertueux.

Rois sont l'image des dieux.

L'hõneur s'esloigne des couards & fainéans.

chargé de triomphe & victoire, ie rauisse la vie à ceux qui rendent la mienne malheureuse, & obscurcissent les rayons de celle vertu que ie tiens du sang & memoire illustre de mes predecesseurs. Et dequoy sert viure où la honte & l'infamie sont les bourreaux qui tourmentent nostre conscience, & la poltronnerie est celle qui retarde le cœur des gaillardes entreprises, & destourne l'esprit des honnestes desirs de gloire & loüange, qui sera à iamais durable? Ie sçay que c'est sottement fait que de cueillir vn fruict auant saison, & de tascher de iouïr d'vn bien, duquel on ne sçait si la iouïssance nous en est deuë: Mais ie m'attens de faire si bien, & espere tant en la fortune, qui a guidé iusques icy les actions de ma vie, que ie ne mourray ia sans me venger de mon ennemy, & que luy-mesme sera l'instrument de sa ruine, & me guidera à executer ce que de moy-mesme ie n'eusse osé entreprendre. Apres cecy Fengon, cõme s'il fust venu de quelque loingtain voyage arriue en cour, & s'enquerant de celuy qui auoit entreprise la charge d'espion, pour surprendre Amleth en sa sagesse dissimulée, fut bien estonné n'en

Vie miserable qui est accõpagnée d'infamie.

pouuant oyr ny vent ny nouuelle: & pour ceste cause, demanda au fol s'il sçauoit point qu'estoit deuenu celuy qu'il luy nomma. Le prince qui n'estoit méteur, & qui en quelque responce que iamais il feit durant sa feinte folie, ne s'estoit onc esgaré de la verité, comme aussi tout esprit genereux est mortel ennemy de la mensonge, luy respondit, que le courtisan qu'il cherchoit s'en estoit allé par les priuez, là ou suffoqué par les immondices du lieu, les pourceaux s'y rencontrans en auoient remply leur ventre. On eust plustost creu toute autre chose que ce massacre fait par Amleth: toutesfois Fengon ne se pouuoit asseurer, & luy sembloit tousiours que ce fol luy iouëroit quelque mauuais tour, il l'eust volontiers occis, mais il craignoit le Roy Rorique son ayeul, & qu'aussi il n'osoit offécer la Roine mere du fol, qu'elle aimoit & caressoit, quoy qu'elle monstrast vn grād creuecœur de le voir ainsi transporté de son sens: ainsi voulāt s'en depescher, il tascha de s'aider du ministere d'vn estranger, & feit le Roy des Anglois le ministre du massacre de l'innocence simulée, aymant mieux que son amy souïllast son renom

L'esprit genereux ne sçait mentir.

auec vne telle meschãceté, que de tomber en infamie par l'exploit d'vne si grande cruauté. Amleth entendant qu'on l'enuoyoit en la grand Bretaigne vers l'Anglois, se douta tout aussi tost de l'occasiõ de ce voyage, pour ce ayãt parlé à la Roine, la pria de ne faire aucun signe d'estre fachée de ce depart, plustost feignist d'en estre ioyeuse, comme deschargée de la presence de celuy lequel, iaçoit qu'elle aymast, si mouroit elle de dueil le voyant en si piteux estat, & priué de tout vsage de raison: encor supplia il la Roine qu'à son depart elle tapissast la sale, & affichast auec des clouds les tapisseries contre le mur, & luy gardast ces tisons qu'il auoit aiguisez par le bout, lors qu'il dist qu'il faisoit des sagettes pour venger la mort de son pere: en fin l'admonesta que l'an accomply elle celebrast ses obseques & funerailles, l'asseurant qu'en ceste mesme saison, elle le verroit de retour, & tel qu'elle seroit contẽte & plus que satisfaite de son voyage. Auquel auec luy furent enuoyez deux des fideles ministres de Fengon, portans des lettres grauées dans du bois, qui portoient la mort d'Amleth, ainsi qu'il la cõmandoit à l'Anglois: mais le rusé Prince Danoys, tandis que ses cõpagnons dormoyent, ayant visité le pacquet, & cogneu la grãde trahison de son oncle, & la meschanceté des courtisans qui le conduisoyent à la boucherie, rasa les lettres mentionnãs sa mort, & au lieu y graua & cisa vn cõmandement à l'Anglois de faire pendre & estrangler ses cõpagnons: & non content de tourner sur eux la mort ordonnée pour sa teste, il y adiousta que Fengõ commãdoit au Roy Insulaire de dõner au nepueu du Roy sa fille en mariage. Arriuez qu'ils sont en la grand Bretaigne, les messagers se presentent au Roy, & luy donnent les lettres de leur seigneur, lequel voyant le contenu d'icelles, dissimula le tout, attendant son opportunité, de mettre en effect la volõté de Fengon. Cependãt il traita les Danoys fort gracieusement, & leur feit cest honneur, que de les receuoir à sa table, d'autant que les Roys d'alors n'estoient pas si superstitieux que maintenãt, & ne renoient leur presence si chere, ny n'estoiẽt si chiches de leur familiarité, qu'on les voit en ce temps, ou les Roitelets & Seigneurs de peu de consequence, sont aussi difficiles à estre accostez, que

Ruse & cautelle d'Amleth pour sauuer sa vie.

Rois familiers le tẽps passé.

Rois de Perse ne se laissoiẽt voir.

ſtoient iadis les Monarques des Perſes, ou que l'on dict que le monſtre encor le grand Roy de l'Ethiopie, qui ne permet qu'on voye à deſcouuert ſa face, laquelle il couure ordinairemēt d'vn voile. Comme ſes meſſagers ſont à table, & s'eſiouiſſoient parmy les Anglois, le cauteleux Amleth, tant s'en fault qu'il s'eſiouiſt auec la troupe, qu'il ne voulut toucher viande, ny breuuage quelconque, qu'on ſeruiſt à la table royale, non ſans l'ebahiſſement des aſſiſtans, leſquels eſtoient eſtonnez de voir vn adoleſcēt eſtranger ne tenir compte des viandes exquiſes, ny des breuuages delicieux preſentez au bāquet, & les auoit tout ainſi reiettez comme choſe ſale, de mauuais gouſt & encor plus mal apreſtée. Le Roy qui ſut l'heure diſſimula ce qu'il en penſoit, feit conduire ſes hoſtes en leur chambre, enioignāt à vn ſien loyal de ſe cacher dedans, pour luy rapporter les propos tenuz par les eſtrangers en ſe couchant. Or ne furent ils ſi toſt dans la chambre, que eſtās ſortis ceux qui auoient la charge de les traiter, les compaignons d'Amleth ne luy demandaſſent pour quelle occaſion, il auoit deſdaigné, & les viandes & la

Maieſté du Roy des Ethiopiens.

boisson qu'on luy auoit presenté à table, & n'auoit honoré la table d'vn si grand Roy qui les auoit recueilliz, auec telle honnesteté & courtoisie: disoient en outre qu'il auoit tort, & faisoit deshonneur à celuy qui l'enuoyoit, comme s'il mãdoit en Bretaigne des hommes, qui se craignoiẽt d'estre empoisonnez par vn Roy tant honorable. Le Prince qui n'auoit rien fait sans raison, leur respondit tout soudain: & quoy pensez vous que ie vueille manger le pain trẽpé auec le sang humain: & souiller mon gosier de rouillure de fer, & vser de la chair qui sent la puanteur, & corruption des corps humains, ia tous pourris & corrompuz, & qui raporte au goust d'vne charongne de longtemps iettée à la voirie? Et commẽt voulez vous que ie respecte le Roy qui à vn regard d'esclaue, & vne Royne, laquelle en lieu d'vne grande Maiesté à faict trois choses dignes d'vne femme de vil estat, & qui sont plus propres à quelque chambriere, qu'a vne Dame de son calibre: & ayant dict cecy, il auãça plusieurs propos iniurieux & piquans, tant contre le Roy, & Royne, que les autres qui auoient assisté à ce banquet & festin,

Subtile responce d'Amleth.

pour la receptiõ des Ambassades de Danemarch. Amleth ne dit rien qui ne fust veritable, ainsi que pourrez entendre cy apres, veu qu'en ce temps la tous ces pays Septẽtrionaux, estãs soux l'obeïssance de Sathã, il y auoit vne infinité d'échãteurs, & n'estoit fils de bõne mere, qui n'en sça uoit assés pour sa prouisiõ, si cõme encor en la Gothie & Biarmie, il se trouue infinité q̃ sçauẽt plus de choses q̃ la sainteté de la religiõ Chrestiẽne ne permet, comme lisant les histoires de Noruege & Gothie, vous verrez assez facilemẽt: & ainsi Amleth, viuant son pere, auoit esté endoctriné en celle sciẽce, auec laquelle le malin esprit abuse les hommes, & aduertissoit ce Prince (comme il peut) des choses ia passées. Ie n'ay affaire icy de discourir des parties de diuination en l'homme, & si ce Prince, pour la vehemence de la melãcholie, auoit reçeu ces impressiõs, deuinant ce qu'autre ne luy auoit iamais declairé, ainsi que les Philosophes qui traitent de la iudiciaire, donnent la force de telle prediction à ceux, qui influez de Saturne, chantent souuent des choses, lesquelles cessãt vne telle fureur, ils ne peuuent eux-mesmes entẽdre qui en sont les

Pays Septentrionaux pleĩs d'enchanteurs.

Gothie & Biarmie Royaumes Septẽtrionaux.

Voy l'istoire de Iean & Olaus le grand

pronõçeurs. Et c'est pourquoy Platõ dit, plusieurs vaticinateurs & Poëtes, deuins, apres que l'effort, & impetuosité de leur fureur se refroidit, à peine entẽdent-ils ce qu'ils escriuent, iaçoit qu'en traitant ces choses durãt leur transport, ils discourẽt si bien de ce qu'ils demeslent, que les auteurs & versez es ars, par ceux la mis en auãt en louẽt le discours, & subtile dispute. Aussi ne me soucie de mettre en ieu, ce que croyẽt plusieurs, qu'vne ame toute conuertie en raison, deuiẽt la maison & domicile des demõs moyẽs, par le moyẽ desquels il aprend la science & secret des choses naturelles & humaines: & moins tiens-ie compte des gouuerneurs supposez du monde, par les Magiciens, par le moyẽ desquels ils se vãtẽt d'effectuer des choses merueilleuses: iaçoit que ce soit chose miraculeuse, que Amleth peut deuiner, ce que puis apres on veit estre plus que veritable, si (comme ie vous ay dit) le diable n'auoit la cognoissãce parfaite des choses passées: car de vous accorder que l'aduenir luy soit notoire, iamais ie ne commettray vne faute si lourde, ny ne tomberay en si grand erreur, si vous ne voulez mesurer les predictions faites par

Platon en son Ion.

Effect de l'ame conuertie en raison.

Demons gouuerneurs du monde.

Les Diables sçauẽt biẽ le passé mais le futur ils l'ignorent.

coniecture, aussi asseurées que celles qui sont gardées par l'esprit de Dieu, & annoncées par les saints Prophetes, lesquels ont gousté la science merueilleuse, & à eux seuls declarée des merueilles, & secrets du tout puissant. Et ne faut que ces imposteurs, qui veulent tant donner de diuinité à l'ennemy de Dieu, & pere de mensonge, que de luy attribuer la verité de ce qui doit succeder aux hommes, me mettent en auant le fait de Saul, auec la deuineresse: veu qu'vn exemple en l'escriture, & mesme ameiné pour la cõdénation d'vn meschant, n'est puissant pour donner loy de vigueur vniuerselle: car eux mesmes confessent qu'ils peuuét predire non suiuant la cause vniuerselle des choses, mais par les signes emprains es causes semblables, qui sont tousiours mesmes, & peuuent par ses coniectures donner iugemét des effets à venir. Mais estát tout cecy apuyé d'vn si foible baston, que la coniecture, & ayant vn si maigre fondement, que quelque sotte & tardiue experience, & les fictions en estant volontaires, ce seroit vne grand folie à l'hõme de bon esprit, & mesmement à celuy qui embrasse la pureté de la doctrine, & ne

Saul faict euoquer l'ame de Samuel 1. des Rois. 28.

Cõme les Magiciés peuuét deuiner.

cher.

cherche que le pur effect de la verité, de s'arrester à pas vne reigle de ces verisimilitudes, ou escrits pleins de fallace. Quant aux operatiõs magiques, ie leur en accorderay vne partie, voyãt les histoires pleines de telles illusiõs, & que la saincte Bible en fait foy, & en defend l'vsage, voire les loix des gentils, & ordonnances des Empereurs y ont pourueu par leurs ordonnances, tellemẽt que Mahometh imposteur, & amy des diables, auec l'astuce desquels il abusa presque tout l'Orient, à estably grosses peines à ceux qui s'adonnoient à ces arts illicites, & dãnables, desquels esloignans le propos, reuiendrons à Amleth institué en ces follies, suiuant la coustume de son païs: les compagnõs duquel oyans sa respõce, luy reprochoiẽt sa folie, & disoient qu'il n'en pouuoit donner plus grand indice, qu'en mesprisant ce qui estoit loüable, & reiettant ce que tous receuoiẽt comme necessaire, & qu'au reste il s'estoit bien lourdemẽt oublié, accusant ainsi vn tel, & si excellent homme que le Roy, & vituperer la Royne des plus illustres, & sages princesses, qui fust es isles voisines, le menaçans au reste de le faire chastier, selõ le merite de

Les enchanteurs font des choses merueilleuses.

Mahometh defant en sa loy l'art de Magie.

son outrecuidance. Mais luy continuant en sa folie dissimulée, se mocquoit d'eux, & disoit qu'il n'auoit rien fait, ny proposé qui ne fust bon, & plus que veritable. D'autre part le Roy aduerty, qu'il est de tout cecy, par celuy qui les auoit escoutez, iugea soudain que Amleth parlant ainsi ambiguëment, ou estoit fol iusqu'à la haute game, ou des plus sages de son temps respondant si soudain, & si à propos à ce que les compagnons s'estoient enquis sur ses façons de faire : & pour en sçauoir mieux la verité, commãda qu'on feist venir le boulanger qui auoit fait le pain de sa bouche, auquel comme il s'enquist en quel lieu est-ce qu'õ auoit cueilly le grain, duquel on faisoit le pain pour son ordinaire, & si en ce champ y auoit point aucũ signe ny indice de bataille ny combat, pour y auoir du sang humain espars. A quoy fut respondu que non loing de là estoit vn champ tout chargé des ossements d'hommes occis iadis en quelque cruelle rencontre, veu le taz amõcellez qu'õ y pouuoit encore apperceuoir, & que pour estre la terre plus grasse & fertile à cause de l'humeur & gresse des mortz, on y semoit tous les ans le plus beau bled qu'õ pouuoit choisir pour son seruice. Le Roy voyant la verité corres-pōdre aux parolles du Ieune Prince, s'enquist encor ou est ce qu'on auoit nourry les pourceaux, la chair desquels auoit esté seruie sur table, & cogneut que estans eschapés de leur tect & estable, ils s'estoient rassasiés de la charōgne & corps d'vn larron iusticié pour ses forfaits & demerites. C'est icy que le Prince Anglois s'estonne & voulut sçauoir de quelle eau estoit ce que la Biere seruie à table auoit esté composée: tellemẽt que faisant creuser bien auant le ruisseau, duquel on s'estoit aidé à faire leur boisson, on trouua des espées & armes roüillées, qui donnoient ce mauuais goust au breuuage. Il sembleroit aduis que ie vous feisse icy des comptes de Merlin, que lon feinct auoir parlé auāt qu'il eust vn an accōply: mais si vous aduisez de pres, tout ce qui est desia dit, n'est guere difficile à deuiner, quoy que le ministere de Sathā y eust peu seruir, donnāt les responces soudaines à cest adolescent: veu qu'il ny à rien icy que choses naturelles, & telles qui estoient des-ia en la cognoissance de ce qui est, & ne failloit songer sur ce qui deuoit aduenir. Tout cecy espluché, le Roy fut

Merlin prophete des Anglois.

esmeu encor d'vne curiosité, de sçauoir pourquoy le seigneur Danois auoit dit que le Roy auoit regard d'vn esclaue, car il soupçonnoit que l'autre luy reprochast la villeté de son sang, & qu'il voulust dire que iamais Prince n'auoit esté l'auteur de son engeance. & affin d'eclercir ce doubte il s'adressa à sa Mere, & l'ayant conduicte secretemét en vne chambre, laquelle il ferma sur eux, la pria de luy dire sur son honneur à qui il deuoit rendre graces d'estre né en ce monde. La bonne dame asseurée que iamais aucun n'auoit rein seu de ses amours, ny forfaiture, luy iura que le Roy seul se pouuoit vanter sans autre d'auoir iouy de ses embrassemens. Luy qui de-ia estoit abreuué de l'opinion des responces veritables du Danois, menace sa mere, de luy faire dire par force, ce que de bon gré ne luy vouloit confesser, entendist qu'elle d'autres fois se soumettant à vn esclaue, l'auoit rendu le pere du Roy de la grand Bretaigne: dequoy si le Roy fut estonné, & camuz, ie le laisse à penser à ceux qui s'estiment plus gens de bien que tout autre, & cuidans qu'il n'y ayt rien que reprendre en leur maison, s'enquierent plus

La Mere de l'Anglois cõfesse son filz estre Bastard.

qu'il ne fault pour entendre aussi ce que point ne desirent: toutesfois dissimulant son maltalent, & rongeãt son freiu, pour ne vouloir point se scandaliser en publiãt la lubricité de sa mere, ayma mieux laisser vn grãd peché impuny, que se rendre contemptible à ses suiectz, qui peut estre l'eussent reietté, cõme ne voulant vn bastard qui commandast à vne si belle prouince. Comme donc il estoit marry d'ouyr sa confusion, il print grand plaisir à la subtilité, & gentilesse d'esprit du ieune Prince, le vinst trouuer, & s'enquist de luy pourquoy est-ce qu'il auoit repris en la Royne trois choses plus requises à vne esclaue, & resentans leur seruitude, que rien de Roy, & qui eust vne maiesté propre pour vne grande Princesse. Ce Roy non content d'auoir receu vn grand desplaisir, pour se sçauoir estre bastard, & d'auoir ouy auec quelles iniures il attaquoit celle que le plus il aimoyt en ce monde, voulut aussi entendre ce qui luy desplaut autant que son malheur propre, à sçauoir que la Royne sa femme estoit fille d'vne chãbriere, & luy specifia quelques sottes contenãces d'icelle, qui declaroient assez non seulement de quel sang,

Curiosité trop grande preiudiciable à l'homme.

& condition elle estoit sortie, ains encor que ses humeurs correspődoient à la vilennie, & villeté de ses parens, la mere de laquelle il luy asseura estre encor detenuë en seruitude. Le Roy admirant ce Ieune homme, & contemplant en luy quelque cas de plus grand que le cõmun des hõmes, luy dõna sa fille en mariage, suyuãt les tablettes falsifiées par le cauteleux Amleth, & des le l'ẽdemain il feit prẽdre les deux seruiteurs du Roy Fengõ, comme satisfaisant à la volonté de son grand amy : mais Amleth, quoy que le ieu luy pleust, & que l'Anglois ne luy peut faire chose plus agreable, feignit d'ẽ estre fort marry, & menaça le Roy de se ressentir de l'iniure: pour lequel apaiser, l'Anglois luy donna vne grand' somme d'or que le Prince feit fondre, & mettre dans des bastõs qu'il auoit fait creuser pour cest effect, & pour s'en seruir ainsi qu'orrez cy apres: car de toutes les Royales richesses, il n'emporta rien en Dannemarch, que ces bastons, prenant son chemin à son païs, si tost que l'an fut accomply, ayant plustost obtenu congé du Roy son beau pere, auec promesse de reuenir le plustost pour accomplr le mariage d'entre luy, & la Princesse An-

Trahisõn tombe sur la teste de celuy qui la veut faire.

Astuce d'Amleth.

gloise. Arriué qu'il fut en la maisõ & palais de son oncle, dãs lequel on celebroit ses propres funerailles & entrãt en la sale, ou le dueil estoit demené, ce ne fut sãs donner vn grand estonnement à chacun, n'y ayant personne qui ne le pensast estre mort, & d'entre lesquels la plus part n'en fussent ioyeux, pour le plaisir qu'ils sçauoient que Fengon receuoit d'vne si plaisante perte, & peu qui se cõtristoiẽt, se souuenãt de la gloire du deffunct Horvvendille, les victoires duquel ils ne pouuoyent oublier, & moins effacer de leur memoire riẽ qui sortist du sien, lesquels s'esiouirẽt grandement, voyans que le renom auoit failly a ceste foys, & que le tyran n'auroit encor le passetemps du vray heritier de Iutie, mais que plustost les Dieux luy rendroyent son bon sens, pour le bien de sa Prouince. L'esbahissement conuerty que fust en risée, chacun de ceux qui assistoient au banquet funebre de celuy qu'on tenoit pour mort, se moquoit de son compaignon pour auoir este si simplement deceuz, & gaussans le Prince, de ce que auec le voyage, il n'auoit rien recouuert de son bon sens, luy demanderent

Diuerses humeurs des courtisans.

qu'estoyent deuenuz ceux qui auoyent voyagé auec luy en la grand Bretaigne: ausquels il respondit, en monstrant les deux bastons creusez, ou il auoit mis l'or fondu, que l'Anglois luy donna pour l'apaiser sur le meurtre de ses compaignōs, voicy & l'vn & l'autre de ceux qui m'ont accompaigné. Plusieurs qui cognoissent desia les humeurs du pelerin, s'asseurent soudain qu'il leur auoit ioué quelque tour de maistre, & se deliurant de peril, les auoit lancez dans la fosse pour luy preparée, si que craignant de suyure leur voyes, & courir quelque mauuaise fortune, s'absenterent du Palais, & bien pour eux; veu les esplanades de ce Prince le iour de ses funerailles, qui fut le dernier pour ceux, qui s'esiouissoiet pour sa ruine. Car comme chacun fut ententif à faire grand chere, & semblast que l'arriuée d'Amleth leur donnast plus d'occasion de haucer le gobelet, le Prince faisoit aussi l'estat, & office d'eschanson & gentil-homme seruant, ne laissant iamais les hanaps vuides, & abreuua la noblesse de telle sorte, que tous estans chargez de vin, & offusquez de viandes, fallut qu'ilz se couchassent au lieu mesme

ou ils auoient pris leur repas, tant les a-
noit abestis & priuez de sens, & de force
de trop boire, vice assez familier, & à l'A-
lemant & à toutes ces nations & peuples
septentrionaux. Amleth, voyant l'opor-
tunité si grande pour faire son coup, &
se venger de ses aduersaires, & ensemble
laisser, & les actions, & le geste, & l'abil-
lement d'vn insensé, ayant l'occasion à
propos, & qui luy offroit sa cheuelure, ne
faillit de l'empoigner, ains voyant ces
corps assoupis de vin, gisans par terre cōme pourceaux, les vns dormans, les autres vomissās le trop de vin que par trop
goulüement ils auoyent aualle, feit tomber la tapisserie tēduë par la sale sur eux,
laquelle il cloüa par le paué de la sale,
qui estoit tout d'aiz, & aux coingz il
meist les tisons qu'il auoit aiguisez, &
desquels a esté parle cy dessus, qui ser-
uoyent d'attaches, les liant auec telle façon, que quelque effort qu'ils feissent, il
leur fut impossible de se despestrer, &
soudain il mit le feu par les quatre coings
de la maison Royale : de sorte que de
ceux qui estoyēt en la sale, il n'en eschapa pas vn seul, qui ne purgeast ses fautes
par le feu, & ne desseichast le trop de li-

Yurognerie vice cōmun aux peuples du septentriō.

Estrange vengeāce prise par Amleth.

queur, qu'il auoit auallée, mourans tretous enuelopez dans l'ardeur ineuitable des flammes. Ce que voyant l'Adolescẽt, deuenu sage, & sachant que son oncle se estoit retiré auant la fin du banquet, en son corps de logis, separé du lieu exposé aux flammes, s'en y alla, si que entrãt en sa chambre, se saisist de l'espée du meurtrier de son pere, & y laissa la sienne au lieu, qu'on luy auoit clouée, auec le fourreau, durant le banquet: puis s'adressant à Fengon, luy dit: Ie m'estonne, Roy desloyal, comme tu dors ainsi à ton aise, tãdis que ton Palais est tout en feu, & que l'embrasement d'iceluy, à bruslé tous les courtisans, & ministres de tes cruautez, & detestables tyrannies: & ne sçay comme tu es si asseuré de ta fortune, que de reposer, voyant Amleth si pres de toy, & armé des pieux qu'il aiguisa, il y-a long temps, & qui à present est tout prest de se venger du tort, & iniure traitresse par toy faite à son seigneur & pere. Fengon cognoissant à la verité la descouuerte des ruses de son nepueu, & l'oyant parler de sens rassis, & qui plus est luy voyant le glaiue nud en main, que des-ia il hauçoit pour le priuer de

Moquerie poignante d'Amleth à son oncle.

vie, saulta legerement du lict, gettant la main à l'espée clouée, de son nepueu, laquelle comme il s'efforçoit de desgaigner, Amleth luy donna vn grand coup sur le chinon du col, de sorte qu'il luy feit voler la teste par terre, disant: c'est le salaire deu à ceux qui te ressemblent, que de mourir ainsi violemment: & pource va, & estant aux enfers, ne faux de compter à ton frere, que tu occis meschamment, que c'est son fils qui te fait faire ce message, à fin que soulagé par ceste memoire, son ombre s'appaise parmy les esprits bien heureux, & me quitte de celle obligation qui m'estraignoit à poursuiure ceste vengeance sur mõ sang mesme, puis que c'estoit par luy, que i'auois perdu ce qui me lioit à telle consanguinité & alliance. Homme pour vray hardy & courageux, & digne d'eternelle louange, qui s'armant d'vne folie cauteleuse, & dissimulant accortement vn grand desuoyement de sens, trompa souz telle simplicité les plus sages, fins, & rusez: conseruant non seulement sa vie des efforts & embusches du tyran, ains qui plus est vengeant auec vn

Fengon occis par Amleth son neueu.

Louange d'Amlet occiant le tyran.

nouueau genre de punition, & non excogité supplice la mort de son pere, plusieurs années apres l'execution : de sorte que conduisant ses affaires auec telle prudence, & effectuant ses desseins auec vne si grande hardiesse, & constance, il laisse vn iugement indecis entre les hommes de bon esprit, lequel est le plus recommendable en luy, ou sa constance & magnanimité, ou la sagesse, en desseignant, & accortise, en mettãt ses desseins au parfait accomplissement de son œuure de long temps premedité. Si iamais la vengeance sembla auoir quelque iustice, il est hors de doubte, que la pieté & affection qui nous lie à la souuenance de noz peres, poursuiuis iniustement, est telle qui nous dispense à cercher les moyens de ne laisser impunie vne trahison ; & effort outrageux & proditoire: veu que iaçoit que Dauid fut vn sainct & iuste Roy, homme simple, courtois, & debonnaire, si est-ce que mourant, il encharges à son fils Salomon, luy succedãt à la couronne, de ne laisser descendre au tombeau quelque certain, qui l'auoit outragé, non que le Roy, & prochain de la mort ; & prest à rendre compte deuant

Vengeãce iuste, ou est ce que doit estre consideree.

Dauid mourant veut que Salomõ le venge de ceux qui l'auoyent outragé. 3 des Roys.

Intention de Dauid cõmãdant ceste vengeance.

Dieu, fust soigneux, ny desireux d'aucune vengeance, mais à fin de donner ceste leçon à ceux qui viendroient apres eux, que ou le public est interessé, le desir de vengeance, ne peut porter, tant s'en faut tiltre de condemnation, que plustost il est loüable, & digne de recommendation & recompense. De cecy font foy les loix Atheniennes, erigeās des statues, en l'hōneur de ceux qui vengeans le tort & iniure faits à la republique, massacroyent hardiment les tyrans, & ceux qui troubloyent l'aise des citoyens. Le prince Danois s'estant vengé si hautement, n'osa de prime face declarer son dessein au peuple, ains delibera d'vser de ruses, pour luy faire entendre ce qu'il auoit executé & la raison qui l'auoit esmeu à ce faire : si que accompagné de ceux qui restoient encor des amis de feu son pere, il attendoit ce que le peuple feroit sur ceste si soudaine, & effroïable occurrence. Les villes voisines desirans cognoistre d'ou procedoyēt les flammes qu'on auoit veu la nuict, viennent le matin, & voyans la maison du Roy toute en cendre, & les corps demy bruslez, parmy les ruynes de l'edifice, il n'y eut citoyen qui ne se

Loix d'Athenes à l'auantage de ceux qui tuoyēt les tyrans.

trouuast grandement esbahy, aperceuant que de tout le bastiment, ny paroissoit rien plus, que les flammes n'eussent deuoré iusques aux fondemens. Plus les estonna voyans le corps du Roy tout ensanglãté, & le trõc d'iceluy d'vn costé, & la teste de l'autre: c'est icy que les vns s'aigrissent, sans sçauoir cõtre qui, les autres larmoyent, voyãs vn spectacle si piteux; d'autres s'esioüissoyent, sans en oser faire semblant: les vns detestoient la cruauté, & d'autres plaignoyent le desastre de leur Prince, mais la pluspart se souuenant du meurtre commis en Horvvendille, recognoissoyent vn iuste iugement d'enhaut, qui auoit accablé la teste superbe de ce tyran: ainsi estans diuerses les opinions de ceste multitude, chacun ignorant qu'elle seroit l'issue de ceste tragedie, nul ne bougea, ou attenta de faire esmotion quelconque, chascun craignant sa peau, & se defiant de son voisin, l'estimant estre consentant à la coniuration, & massacre. Amleth voyant ce peuple ainsi coy, & les plus grans sans s'esmouuoir, & tous ne cerchans que de sçauoir simplement de la cause de ceste ruyne & deffaite, ne voulut lais-

Diuerses affections d'vn peuple.

Deffiance empesche souuẽt les combats.

ser couler le temps, ains s'aidant de la commodité d'iceluy s'auança auec sa suite: & estant en l'assemblée des citoyens, leur parla en ceste sorte.

HARENGVE d'Amleth aux Danoys.

S'Il y-a quelqu'vn dentre vous, Messieurs de Dannemarch, qui aye encore fresche memoire du tort fait au puissant Roy Horvvendille, qu'il ne s'esmeuue en rien voyant la face confuse & hideusement espouuétable de la presente calamité: S'il y-a aucun qui aye la fidelité pour recommandée, & cherisse l'affection qu'on doit à ses parens, & trouue bonne la souuenance des outrages faits à ceux, qui nous ont produits au monde, que celuy ne s'esbahisse, contemplant vn tel massacre, & moins s'offence en aduisant vne si effroïable ruine, & d'hommes & des plus superbes edifices, de tout le pays: car la main qui a executé ceste iustice, ne pouuoit en cheuir à meilleur marché, & ne luy estoit loisible d'autrement se preualoir, qu'en ruynant, & l'insensible, & le sensible, pour garder la memoire d'vne si equitable vengeance. Ie voy bien, messieurs (& suis ioyeux de cognoistre vne telle vostre si affectiõnée deuotion) que vous estes marris, ayans deuant voz yeux Fengon ainsi mutilé, & celuy sans teste que d'autresfois vous auez recogneu pour chef, mais ie vous prie penser que ce corps n'est le corps d'vn Roy, ains d'vn tyran execrable, & d'vn parricide plus que detestable. Ah! Danoys, le spectacle estoit biẽ plus hideux, lors que vostre Roy Horvvendille fut massacré par vn sien frere: quoy frere? mais bien plustost par le bourreau le plus abominable que le soleil cõtemple. C'est vous qui auez veu les mẽbres d'Horvvendille mutilez, & qui auec larmes & souspirs, auez accompagné au cercueil son corps deffiguré, & blecé en mille lieux, & bourrelé en cent mille sortes. Et qui doubte (puis que l'experiẽce vous l'a faict cognoistre) que le tyran en accablant vostre Roy legitime, ne tẽdoit qu'a ruiner, & abatre la liberté ancienne de ses cõcitoyens? Aussi fut ce vne seule main, laquelle s'acharnant sur Horvvendille, le despouilla

de

de vie cruellement, & par mesme moyē, iniustement vous osta la liberté, & anciennes franchises. Qui est celuy si despourueu de sens, qui ayme mieux choisir vne miserable seruitude, & se plaist plus d'en estre accablé, que d'embrasser la face ioyeuse de quelque liberté proposée, & liurée, sans qu'il luy faille rien aduenturer pour auoir la iouissance? Et qui est l'insensé qui se delecte plus en la tyrannie de Fengon, qu'en la douceur, & courtoisie renouuellée d'Horvvendille? S'il est ainsi que par clemence & affabilité les cœurs plus rogues & farouches sont adoucis, & renduz traitables, & que le mauuais traitemēt rend vn peuple insuportable & seditieux: que ne voyez vous la debonnairé du premier, pour la parangonner aux cruautez & insolences de ce second, autant cruel & barbare, que son frere a esté doux plaisant & acostable? Souuienne vous, Danois, souuienne vous, quelle estoit l'amitié d'Horvvendille enuers vous, auec quelle equité il à gouuerné les affaires du royaume, & auec quelle humanité, & courtoisie, il vous a deffenduz & cheris: & lors ie m'asseure que le plus grossier d'entre vous, se sou-

La douceur des Roys dōpte les cœurs des peuples farouches

uiendra & cognoistra qu'on luy a osté vn Roy trespaisible,& pere tresiuste, & equitable,pour mettre en sa place vn tyrã,& asseoir sur son throsne le meurtrier de son frere,lequel a peruerty tout droit, aboly les loix de nos maieurs,souillé la memoire de nos ancestres, & pollu par sa meschanceté l'integrité de ceste prouince, sur le col de laquelle il a mis le ioug fascheux d'vne lourde seruitude,abolissant celle liberté, en laquelle Horvvendille vous maintenoit,& vous souffroit viure à vostre aise. Et serez vous marris de voir la fin de vos malheurs, & que ce miserable, accablé du fardeau de ses forfaits,paye à present l'vsure du parricide commis en la personne de son frere,& soit luy-mesme le vengeur de l'outrage,faict au fils d'Horvvendille, qu'il vouloit priuer de son heritage,ostant au pays de Dãnemarch vn successeur legitime,pour en saisir quelque voleur estrãger,& captiuer ceux que mon pere a iettez hors de misere & seruitude? Et qui est l'homme,iouissent le moins du monde de quelque prudence, qui acompte vn bien fait à iniure,& mesure les plaisirs à l'esgal de quelque tort,& euident outra-

Nul sage pense estre iniurié receuant plaisir.

ge? Ce seroit bien grand folie & temerité aux Princes, & vaillans chefs de guerre, de s'exposer à peril & hazard de leur vie, pour le soulagement d'vn peuple, si pour toute recompense & action de graces, ils n'en raportoient que la haine, & indignation de la multitude; qui n'eust serny à Hercule d'accabler le tyran Baldere, si pour & au lieu de recognoissance, les Suecons & Danois l'eussent chassé, pour caresser les successeurs de celuy qui ne pourchassoit que leur ruine? Qui sera celuy, ayant si peu de sentimét, de raison & iustice, qui soit marry de voir que la trahison paye son autheur, & qu'vn forfaict face sentir la penitence de sa felonnie, à celuy mesme qui en aura esté l'occasion? Qui fut onc dolent de voir exterminé le cruel meurtrier des innocens; ou qui pleure sur le iuste massacre, faict en vn tyran vsurpateur, meschant, & sanguinaire? Ie vous voy tous attentifs & estonnez, pour ignorer l'autheur de vostre deliurance: & marris, que ne sçauez à qui vous deuez rendre graces d'vn tel, & si grand benefice, que l'accablement d'vn tyran, & la ruyne du lieu, qui estoit le magazin de ses meschan-

Hothere Roy de Dannemarch. Roy de Baldere.

cetez, & le vray asile & retraite de tous les voleurs,& trahistres de ce Royaume: mais voicy deuant vous celuy, qui a effe-ctué vn bien tant necessaire. C'est moy (messieurs) c'est moy qui confesse auoir pris vengeance, pour l'outrage faict à monseigneur,& Pere,& pour l'assuietissement & seruitude, en laquelle ie voyois reduite la Prouince, de laquelle ie suis le iuste successeur,& heritier legitime. C'est moy qui a mis à effect tout seul l'œuure, auquel vous me deuiez tenir la main, & m'y donner faueur & aide, & seul ay accomply, ce que vous tous pouuiez iustement paracheuer, auec raison, & sans tiltre aucun de felonnie. Il est vray que ie me fie tant de vostre bonne volonté, enuers le deffunct Horvvendille, & que la memoire de ses vertus, est encor si viuement imprimée en vostre ame, que si ie vous eusse requis de secours, vous n'eussiez ia refusé vostre assistance, & moyens à vostre naturel Prince. Mais il m'a pleu de le faire tout seul, me semblant tres bon de punir les meschans, sans hazarder la vie de mes amys, & loyaulx citoyens, ne voulant sommettre les espaules d'autruy, à suporter ce faix puis que ie m'en faisois fort d'é venir à bout, sans exposer personne en peril, & gaster, en le publiant, le dessein que i'ay mis à fin auec si grande felicité. I'ay redigé en cendre les courtisans, compaignons des forfaits & trahisons du tyran ; mais i'ay laissé Fengon, affin que ce soit vous qui punissez le tronc ; & charoigne morte, puis que viuant il n'est peu tomber en vos mains, pour en faire entiere la punition & vengeance, & rassasier vostre colere, sur les oz de celuy qui s'est repeu de vos richesses, & a espandu le sang de vos freres, & amys. Courage donc, mes bons amys, courage, dressez le bucher pour ce Roy vsurpateur, bruslez son corps abhominable, cuisez ses membres lascifs, & espandez en l'air les cendres de celuy qui a esté nuisible à tout le monde, chassez loing de vous ses estincelles impitoyables, afin que ny la cruche d'argent, ou christal, ny vn sacré tombeau soient le repos des reliques, & ossements d'vn homme si detestable. Faites qu'on ne voye vne seule trace de parricide, & que vostre pays ne soit pollu, de la seule presence du moindre membre qui soit de ce tyran sans pieté ; que les voisins n'en sentent point la contagion, & nostre terre l'infection polluë d'vn corps condempné pour ses demerites: i'ay fait mõ debuoir en le vous rendant tel, c'est à vous à mettre fin à l'œuure, & adiouster la derniere main au debuoir à quoy vostre office vous appelle: car c'est ainsi qu'il fault honorer les Princes abhominables. Et telles doiuent estre les funerailles d'vn tyrã, parricide, & vsurpateur, & du lict & du patrimoine qui ne luy apartenoit en rien: lequel ayant desnué son pays de liberté, c'est raison que sa terre luy refuse giste, pour l'eternel repos de ses ossemens. Ah mes bons amis, puis que vous sçauez le tort que on m'a faict, quelles sont mes angoisses, en quelle misere i'ay vescu depuis la mort du Roy mon seigneur, puis que mieux que moy toutes ces choses vous auez cogneues & goustées, lors que encore ie ne pouuoye gouster parfaictement l'outrage que ie soufroy: que me seruira il de le vous reciter? De quel profit en sera le discours, deuant ceux qui le sçachans, crenoient de despit de voir si grand mon desastre & malheur, & despitoient la fortune qui accabloit ainsi vn enfant,

Royal, que le priuer de sa maiesté: iaçoit que pas vn de vous n'osoit faire semblant de tristesse ? Vous sçauez comme mon beau pere a conspiré ma mort, & a tasché en plusieurs sortes de m'accabler, cõme i'ay esté abandõné laschemẽt par la Royne ma mere, & moqué de mes amis, mesprisé de mes propres subiets, i'ay iusque icy vescu chargé de dueil, & tout confit en larmes, ayant le temps de ma vie tousiours accompaigné de craintes & soupçons, & n'attendãt à tout propos que l'heure que le glaiue trenchant mist fin, & a vie & à mes angoisses & soucis, en tout miserables. Combien de fois, faignãt l'insensé, vous ay-ie ouy plaindre mon desastre, & vous lamenter en secret de me voir desherité, & sans aucun qui vengeast la mort de mon pere, ou punist le forfait de mon incestueux oncle, & beau-pere plein de meurtres, & massacres? Ceste charité me dõnoit cœur, & ces vos affectiõnées cõplaintes, me faisoiẽt voir euidemment vostre bon vouloir, qui auiez presente la calamité de vostre Prince, & engraué en vostre cœur le desir de vengeance de la mort de celuy, qui meritoit de viure plus longuement,

Et quel sera le cœur si dur & peu maniable, ny l'esprit tant seuere, cruel, & rigoureux qui ne s'amollisse par la souuenance de mes passions, & angoisses, & n'aye pitié d'vn enfant orphelin, & ainsi abandonné de tout le monde? Quels seront les yeux si taris & sans humeur, qui encor ne distillent quelques larmes, voyans vn pauure Prince assailly des siens, trahy par sa mere, poursuiuy par son oncle, & si fort accablé, que le peuple qui l'ayme n'ayt osé luy monstrer les effects de sa charité, & deuotion bien affectionnée? Ah! messieurs, ayez cõpassiõ de celuy que vous auez nourry, & que vostre cœur sẽte quelque elancement pour la memoire de mes infortunes: ie parle à vous qui estes innocents de toute trahison, & ne souillastes onc ny voz mains, ny vostre esprit, ou desir du sang du grand & vertueux Roy Horvvendille. Ayez pitié de la Royne iadis vostre Dame, & ma treshonorée mere, forcée par le tyrã, & soyez ioyeux de veoir finy, & esteint l'obiet de son deshonneur, & lequel la cõtraignoit à estre peu pitoyable à l'endroit de son mesme sang, voire d'embrasser le meurtrier de son cher espoux, portant sur elle vn double fardeau d'infamie, & d'inceste, & de soufrance, pour l'auilissement de sa moitié, & ruine de sa race. C'a esté l'occasion, Messieurs, pour laquelle i'ay feinte ceste sottise, & ay voilé mes desseins souz le fard d'vne grande folie, laquelle à couué ma sagesse & prudence pour esclorre le fruit de ceste vengeance: laquelle si elle est d'assez d'efficace, & si est paruenuë a son parfait accomplissement, vous en serez les iuges: car de cecy, & de tout autre chose concernant mon prouffit, & le maniement des affaires, c'est à vostre sage aduis & conseil que ie m'en raporte, & soubz lequel ie pretens m'assuiettir. Aussi estes vous ceux qui foulez aux piedz les estincelles meurtrieres de mon pere, & mesprisez les cendres de celuy qui a pollu, & violé la femme, & espouse de son frere, par luy massacré, qui à commis felonnie contre son seigneur, qui à traistreusement assailly la maiesté de son Roy, & esclaué iniustement souz vne grand' seruitude son païs, & vous ses loyaux citoyens, à qui rauissant la liberté, n'a craint d'aiouster inceste au parricide detesté par tout le mōde. C'est aussi à vous que le deuoir & raison cōmādét de garētir,& defendre Amleth,qui est le ministre & executeur de si iuste vēgeāce, & qui ialoux de son hōneur,& vostre reputatiō,s'est ainsi hazardé esperant que vo⁹ luy seruirez de peres & deffenseurs,serez ses tuteurs,& le regardans en pitié luy rēdrez son bien & legitime heritage. C'est moy qui ay osté le diffame de mon païs, & estaint le feu qui embrasoit vos fortunes,i'ay leué les taches,qui denigroiēt la reputatiō de la Royne,accablant & le tiran,& la tyrannie,& trōpant les ruses du plus cauteleux affineur de l'vniuers ,ay par mesme moyē dōné fin à ses meschācetez,& impostures. I'estoys marry de l'iniure faite,& à mō pere,& à ma chere patrie,& ay occis celuy qui vsoit de cōmandemēt plus rigoureux sur vous qu'il n'est iuste ny seant qu'on en vse sur les hōmes qui ont cōmādé aux plus braues natiōs de la terre. Estant donc tel enuers vous , c'est raison que vous recognoissiez le plaisir,& me sçachez gré du bien que i'ay fait à la posterité,& que reuerāt mō esprit& sagesse,vous m'estisez pour Roy, s'il vo⁹ semble q̄ i'ē sois digne. Vous me voyez auteur de vostre salut, heritier de l'Empire de mō pere,ne forlignāt & deuoyant aucunemẽt de ses vertueux actes, non meurtrier, violateur, ny parricide, ny homme qui iamais n'offensay aucun que les vicieux, legitime successeur du Royaume, & iuste vẽgeur d'vn crime sur tout autre le plus grief & punissable. C'est à moy à qui vous deuez le benefice de vostre liberté recouureé, & de l'auilissement de celle tyrãnie qui tant vous affligeoit, qui ay foulé aux pieds le ioug du tyrã, & ruiné son trosne, & osté le sceptre des mains à celuy, qui abusoit d'vne sainte puissance. Mais c'est à vous à recõpẽser ceux qui ont biẽ merité: vous sçauez quel est le salaire & retributiõ d'vn tel merite, & estãt en voz mains à le distribuer, c'est aussi de vous que ie redemãde le pris deu de ma vertu & la recõpẽce de ma victoire. Ceste harãgue du ieune Prince esmeut de telle sorte le cœur des Danois, & gaigna si biẽ les affections de la noblesse que les vns plouroient de pitié, les autres de grande ioye, voyans la sagesse & gaillardise d'esprit d'Amleth: & ayans mis fin à leur tristesse, tous d'vn consentement le declairerent Roy d'Iutie, & Chersonese, qui est à present le propre païs qu'on nomme Dannemarch. Ayant celebré les festes de son couronnement, &

Amleth fait Roy d'vne partie de Dannemarch.

receu les hommages & fidelitez de ses sujects, il passa en la grande Bretaigne pour aller querir son espouse, & se resiouïr auec son beau pere sur sa presente bonne fortune : mais il s'en fallut bien peu que l'Anglois ne parfait ce à quoy iamais Fégon n'auoit sceu attaindre auec toutes ses ruses. Car dés qu'Amleth fut en Bretaigne, il racompta les moyés qu'il auoit tenus à regaigner sa perte, si que l'Anglois entendant la mort de Fengon, demeura estonné, & confus en son ame, se sentant assailly de deux puissantes passions : veu que iadis luy & Fengon ayans esté compagnons d'armes s'estoient iuré reciproquement la foy, que s'il aduenoit que l'vn d'eux fut occis par quiconque se fust, que l'autre (espousant la querelle) ne cesseroit tant qu'il en eut pris la vengeance, ou ce fust mis en deuoir de ce faire. Or l'amitié iurée, & le serment incitoient ce Roy Barbare à massacrer Amleth, puis l'alliance se presentant deuant ses yeux, & contemplant l'vn mort, quoy que son amy, l'autre en vie, & l'espoux de sa fille, il effaçoit ce desir de vengeance: mais à la fin le deuoir & conscience d'vn serment, & foy promise gaignerent le dessus, &

Fégon & l'Anglois quel serment auoiēt fait ensemble.

Consciēce de l'Anglois ne voulant faucer sa foy.

conclud ce Roy en son esprit la mort de son gendre, laquelle entreprise fut cause de sa mort, & du saccagement de toute l'isle Angloise, par la cruauté & despit esmeu du Roy des Danois. I'ay laissé le discours de ceste bataille tout à escient, pour ne seruir de guere à nostre propos, & que aussi ie ne veux vous detenir si longuement, me contentant de vous faire voir quelle fut la fin de ce vaillant & sage Roy, qui se vengeant de tant d'ennemis, & descouurant toutes les trahisons brassées contre son salut & vie, en fin seruit de iouet à fortune, & d'exemple aux grãs, qui se fient trop és felicitez de ce monde, lesquelles ont biẽ peu de stabilité, & sont de peu de durée. Or l'Anglois voyant que peu facilement il pourroit se preualoir du Roy son gendre, & qu'aussi il ne vouloit violer les droits & loix d'hospitalité, il delibera de faire qu'vn estranger seroit le vẽgeur de son iniure, & accompliroit le sermẽt iuré à Fengon, sans qu'il souillast ses mains du sang du mary de sa fille, ny pollust sa maison, en massacrant traistreusement son hoste. A lire ceste histoire, il sembleroit voir en Amleth vn Hercule enuoyé çà & là par Euristée

Mort du Roy Anglois & sac de son isle.

Euristée exerçant Hercules.

(sollicité par Iunon) de tous costez du monde, là où il sçauroit estre quelque peril euident pour l'y precipiter, & luy faire perdre la vie: ou bien que ce fust vn Bellerophon mandé à Iobatez pour l'exposer à la mort, ou (laissant les fables) vn Vrie destiné par Dauid pour seruir de but à faire passer la colere des Barbares. Car l'Anglois (estant freschement morte sa femme) quoy qu'il ne se souciast point de se lier à femme quelconque, pria son gendre de faire vn voyage pour luy en Escosse, & l'amadoüa auec ce mot, que sa singuliere prudēce l'auoit induit à le preferer à tout autre en telle legation, l'asseurant qu'il estoit impossible qu'Amleth, le plus subtil & accort homme du monde, sceust rien entreprendre sans le conduire à son effect. Or la Roine d'Escosse fille vierge, & d'vn hautain courage, mesprisoit les nopces de chacun, & n'estimoit hōme digne de son accointance, de sorte qu'auec ceste si arrogāte opinion, il n'y venoit amoureux aucun pour la solliciter, à qui elle ne feit perdre la vie: Mais la fortune du prince Danois fut si bonne, que Hermetrude (car tel estoit le nom de la Roine Escossoise) oyant par-

Bellerophon enuoye portant les lettres de sa mort.

Vrie exposé par Dauid.

2. Rois 11.

Arrogāte chasteté d'Hermetrude roïne d'Escosse.

ler d'Amleth, & comme il venoit pour l'Anglois la demander à mariage, oublia tout son orgueil, & despouïlla son naturel farouche, auec intétion de rendre sien le prince le plus accomply, duquel elle eust iamais ouy parler, & priuer la princesse Angloise d'vn mariage, que seule elle se pensoit meriter. Ainsi ceste Amazone sans amitié, parant l'estomach à Cupidon, & se soumettant de son gré aux assaux de sa concupiscence, arriué le Danois, voulut voir les lettres du vieillard d'Angleterre, & se moquant des fols appetits de celuy duquel le sang estoit à demy glacé, tenoit l'œil fiché sur ce ieune & plaisant Adonis de Septentrion, s'estimant bien-heureuse qu'vne telle proye luy fut tombée en main, & de laquelle elle se faisoit forte d'en auoir les despouïlles. Et elle qui iamais n'auoit peu estre vaincue par la grace, gentillesse, vaillance, ny richesses d'aucun prince, ny Cheualier, grand seigneur, est à present mise à bas, par le seul renom des ruses du Danois: lequel sçachant auoir fiancé la fille de l'Anglois, elle arraisonna, luy parlant ainsi, Ie n'eusse iamais attendu vn si grãd heur, ny des Dieux, ny de la fortune, que

Hermetrude deuient amoureuse d'Amleth.

de voir en mes terres le prince plus accomply, qui soit en toutes les marches Septentrionales, & lequel s'est rẽdu loüable & estimé parmy toutes les nations, tant voisines qu'estrangeres, pour le seul respect de sa vertu, sagesse, & bon-heur, luy seruans beaucoup en la poursuitte & effect des choses par luy desseignées, & me sens grandement redeuable au Roy Anglois, quoy que sa malice ne cherche ny mon aduancemẽt, ny le bien de vous, Monsieur, de m'auoir tant honorée, que de m'enuoyer vn si excellent hõme pour capituler auec moy du mariage d'entre luy, qui est ia vieux & cassé, & ennemy mortel des miens, auec moy qui suis telle que chacun voit, & qui ne desire m'accointer d'homme de si basse qualité que celuy que vous auez dit estre fils d'vn esclaue. Mais, d'autre costé, ie m'esbahis que le fils de Horvvendille, & petit fils du grand Roy Rorique, celuy qui par sa folle sagesse & feinte sottise a surmonté les forces & ruses de Fengon, & s'est emparé du Royaume de son aduersaire, se soit auili iusques à là, qu'ayant esté bien sage & aduisé en toutes ses actions, au choix de la compagnie de son lict, il se

soit.

soit forlignée: & luy qui par son excellence & lustre surpasse l'humaine capacité, se soit abaissée iusques à prendre pour femme, celle qui sortant d'vne race seruile, a beau auoir vn Roy pour pere, veu que tousiours la vilité de son sang luy fera monstrer quelles sont les vertus & noblesse ancienne de sa race. Est-ce à vous, Monsieur, à ignorer que la liaison maritale ne doit estre mesurée par quelque folle opinion d'vne beauté exterieure, mais plustost par le lustre de la vertu, & antiquité de race, honorée pour sa prudence, & qui iamais ne degenera de l'integrité de ses ancestres? Aussi la beauté exterieure n'est rien, ou la perfection de l'esprit ne donne accomplissement, & orne ce qui au corps se flestrit, & perd par vn accident & occurrence de peu d'effect: ioinct que telles mignotises en ont deceu plusieurs, & les attrayans, comme gluantes amorces, les ont precipitez és abismes de leur ruine, deshonneur, & accablement. C'estoit à moy à qui cest aduantage estoit deu, qui suis Roine, & telle qui me puis esgaller en noblesse, auec les plus grands de l'Europe, qui ne suis en rien moindre, soit en antiquité de sang,

Les mariages se doiuent mesurer à la vertu & race, & non à la beauté.

La beauté a ruiné plusieurs.

ou valeur des parens, & abondances de richesses. Et ne suis seulemēt Roine, mais telle que receuant qui bon me semblera pour compagnon de ma couche, ie peux luy faire porter tiltre de Roy, & luy donner, auec mes embrassemens, la iouïssance d'vn beau Royaume & grande prouince. Aduisez, Monsieur, combien i'estime vostre aliance, qui ayant de coustume de poursuiure, auec le glaiue, ceux qui s'osoient enhardir de pourchasser mon accointance, c'est à vous seul à qui ie fais present, & de mes baisers & accollades, & de mon sceptre & couronne. Qui est l'homme, s'il n'est de marbre, qui refusast vn gage si precieux, que Hermetrude auec le Royaume d'Escosse? Acceptez, gentil Roy, acceptez ceste Roine, qui auec vne si grande amitié vous pourchasse tāt de bien, & peut vous donner plus d'aise en vn iour, que iamais l'Angloise ne sçauroit vous apprester de contentement & plaisir toute sa vie: & quoy qu'elle me surpasse en beauté, si est-ce que le sang en estant vil & roturier, il est plus seant à vn tel Roy, que vous de choisir Hermetrude moins belle, mais noble & illustre, que l'Angloise de grand beauté, mais rortie d'vne race incogneuë, & sans nom quelconque. Or pensez si le Danois oyāt des raisons si vallables, & se sentant attaindre au poinct que luy mesme auoit descouuert, puis esmeu de courroux, pour la trahison de son beau pere, qui l'auoit là enuoyé pour le faire mourir, & en fin caressé, baisé & mignardé par ceste Roine, & ieune, & passablement belle, s'il ne fust assez facile à estre conuerty, & à oublier l'affection de sa premiere espouse, pour auec ceste cy empieter l'Escosse, & se faire la voye à estre seigneur de toute la grand Bretaigne. Tant y a qu'il l'espousa, & l'emena auec luy à la cour de l'Anglois, ce qui esmeut dauantage l'autre à chercher les moyens de le faire mourir, & l'eust mis à effect, si sa fille, & l'espouse d'Amleth plus soigneuse de celuy qui l'auoit mesprisée, que du salut de son pere ne luy eut descouuert l'entreprise, en luy disant. Ie sçay bien, Monsieur, que les allechemens d'vne femme effrontée, & les attraits d'vne femme sans vergongne quelconque, estans plus lascifs que les chastes embrassemens d'vne femme legitime & pudique, sont plus chatouilleux, & de tant plus charment les sens des

La fille d'Agleterre à son espoux, l'ayant laissée pour vne autre.

ieunes hommes : mais ie ne puis prendre pour argent content ce vostre mespris, qui me laissa sans aucune raison, ny faute precedente cogneuë en vostre loyalle espouse, auez trouuée bonne l'alliance de celle qui vn iour sera cause de vostre ruine. Or quoy qu'vne iuste ialousie & courroux raisonnable me dispense à ne tenir non plus de compte de vous, que vous faites de moy, qui ne suis digne que on mesprise de telle sorte, si est-ce que la charité maritale aura bien plus de force en mon endroit, que non pas le desdain conceu, pour voir qu'vne cõcubine tienne ma place, & qu'vne femme estrangere iouïsse en ma presence des embrassemens de mon loyal espoux. Ceste iniure, Monsieur, quoy que grande, & pour laquelle venger plusieurs dames de grand renom, ont iadis causé la mort & ruine de leurs maris, ne me gardent de vous aduertir de ce que lon trame contre vous, & vous prier de vous tenir sur vos gardes, veu qu'on ne machine rien moins que vostre mort, laquelle aduenant, je ne sçaurois gueres plus vous suiure. Plusieurs raisons m'induisent à vous cherir, & icelles de grande cõsequẽce, mais sur tout me soi-

Les grãdes se despitẽt pour se voir mesprisées.

gne-ie de vous, me sentant vn gage de vostre fait, remuer dans mes entrailles, pour le respect duquel (sans tãt vous oublier) vous deuez plus faire de compte de moy, que non de vostre concubine: laquelle i'aimeray, puis que vous luy portez amitié, me suffisant que vostre fils l'ait en haine & detestation pour le tort qu'elle fait à sa mere: car il est impossible que passion ny trouble aucun de l'ame puisse amortir ces premieres flammes d'amour, qui m'ont faite vostre, ny que i'oublie vos anciens desirs à poursuyure tant instamment la fille du Roy d'Angleterre: & n'est en la puissance de l'enuie de ma larronnesse de vostre cœur, ny de la cholere de mõ pere, de m'empescher de vous contregarder, aussi bien de vostre serourge, comme par cy deuant vous auez, en faignant, obuié aux desseins & machinations traistresses de vostre oncle Fengon, estant le complot arresté sur la ruine de vous, & des vostres. Sans cest aduertissement, c'estoit fait de la vie du Danois, & des troupes Escossoises qui l'auoient accompagné: car le Roy Anglois conuiant son gendre, auec les caresses les plus grãdes qu'vn amy sçauroit faire, à celuy qu'il

Grand constance de l'espouse d'Amleth.

Trahison du Roy Anglois sur Amleth.

cherist autant que soy-mesme, auoit dressé le piege pour l'attraper, & luy faire dãcer vn piteux bal, pour l'accomplissement des nopces de luy & de sa nouuelle dame. Mais Amleth y alla couuert d'armes, & ses gens aussi armez souz leurs habits, qui causa que le Danois eschappa, auec vne playe bien legere de cest estour, lequel fut la voye toute desfrichée de la bataille mentionnée cy deuant, & en laquelle le Roy Anglois perdant la vie, son païs fut pillé & saccagé pour la troisiesme fois, par les Barbares des isles, & du païs de Dãnemarch. Amleth victorieux, & chargé de despouïlles, accompagné de ses deux femmes, reprenant la route de son païs, entendit comme Vviglere son oncle, & fils de Rorique, ayant osté les thresors royaux à Geruthe sa sœur, & mere d'Amleth, s'estoit aussi saisi du Royaume, disant que Horvvendille ny les siens ne le tenoient que par vsufruict, & que c'estoit à luy (en estant le proprietaire) d'en donner la charge à qui bon luy sembleroit. Amleth qui ne vouloit auoir que celle, auec le fils de celuy, duquel les predecesseurs auoient pris leur grandeur & auancement, feit de si beaux

Vviglere tyrã occupe Dannemarch.

&riches presens à Vviglere, que se contentãt, il se retira du pays, & terres du fils de Geruthe. Mais au bout de quelque temps, Vviglere, desireux de tenir tout le païs en sa subiection, affriandé par la conqueste de Scanie, & Sialãdie, & que aussi Hermetrude (que Amleth aymoit plus que soy mesme) auoit intelligẽce auec luy, & luy auoit promis mariage, pourueu qu'il l'ostast des mains de celuy qui la detenoit, enuoya défier Amleth, & luy denoncer la guerre à toute outrance. Ce bon & sage Prince aymant son peuple, eust voulu chercher les moyens d'euiter ceste guerre, mais la refusãt il voyoit vne grande tache pour son honneur, & l'acceptãt sa fin luy paroisoit certaine: le desir de conseruer sa vie l'esguillõnoit d'vne part, & l'hõneur le poussoit de l'autre, mais à la fin se souuenẽt que iamais peril quelcõque ne l'auoit esbraulé de sa vertu & constance, ayma mieux choisir la necessité de sa ruine, que perdre le loz immortel que aquierent les hommes vaillans es entreprises de la guerre. Aussi il y a autant de diference entre vne vie sans honneur, & vne mort honorable, comme la gloire a d'excellence par dessus

Scanie & Sialandie Prouinces de Septentrion.

Trahison d'Hermetrude contre son mary.

Vne mort honorable pl⁹ à choisir qu'vne vie contẽptible.

le mespris & contemnement. Mais le pis qui gastoit ce vertueux Prince, estoit le trop de fiance qu'il auoit en sa femme Hermethrude, & l'amitié trop vehemẽte qui luy portoit, ne se repẽtãt du tort faict à son espouse legitime, & pour lequel (peut estre) ceste infortune luy estoit suruenuë, & n'eust iamais estimé, que celle qu'il cherissoit sur toute chose chere, l'eust trahy si laschement, & ne luy souuenoit des propos de l'Angloise, qui luy predit que les embrassemẽts de ceste autre, seroient aussi bien cause de sa ruine, comme ils luy auoient rauy le meilleur de son sens, & assoupy en luy celle grãd' prudence, qui le rendoit admirable, par les pays voisins de l'Ocean Septẽtrional, & en toutes les Allemaignes. Or le plus grand regret qu'eust ce Roy affolé de sa femme, estoit la separation de celle, qu'il idolatroit, & s'asseurant de son desastre, eust voulu, ou qu'elle luy eust tenu compaignie à la mort, ou luy trouuer mary qui l'aymast, luy trespassé, à l'esgal de l'extreme amour qu'il luy portoit: mais la desloyale auoit desia pourueu à ses nopces sans que son mary fallut qui se meit en peine pour luy en pratiquer: le

Dissimulation de la Royne Hermetrude.

quel elle voyant triste pour l'amour d'elle, & se deuāt absenter de sa compaignie, elle, pour le coifer d'auātage, & l'encourager d'aller à sa deffaicte, luy promist de le suyure par tout, & de iouyr de mesme fortune que luy, fust elle mauuaise, ou telle qu'il la souhaitoit, qu'il luy feroit cognoistre de combiē elle surpassoit l'Angloise en affectiō en son endroit, & que la femme estoit malheureuse, laquelle craignoit de suiure & accōpaigner son mary à la mort: si qu'a l'ouyr parler, on eust dit que c'estoit l'espouse d'vn Mithridate, ou Zenobie Royne des Palmireniens, tant elle s'affectiōnoit à la matiere, & faisoit parade de sa cōstance, & ferme amitié. Mais à l'effect on veit cōbien vaine fut la promesse de ceste volage Princesse, & cōbien mal s'esgaloit la suitte de ceste Escossoise, à celle rigueur de chasteté, qu'elle gardoit auant que auoir sauouré les embrassemēts d'vn mary: car Amleth ne fut pas si tost au camp, qu'elle trouua les moyens de veoir Vviglere, & la bataille estant donnée, & le miserable Danois mis à mort, Hermethrude se rendit auec les despouilles de son mary mort, entre les mains du Tyran, lequel plusque

La femme de Mithridat suyuoit son mary à la guerre.

Zenobie vaillante Royne Asiatique.

Desloyauté de Hermethrude.

content de ses metamorphoses tant desirées, dõna ordre que soudain fust solemnisé le mariage acheté auec le sang, & richeses du fils de Horvvẽdille. Ainsi n'est deliberation de femme, que vne bien petite incommodité de fortune ne desmolisse, & face alterer & changer, & que le changement du temps ne peruertisse, tellement que les cas fortuits, suiets à la sagesse d'vn homme constant, esbranlent & ruent bas la loyauté naturellemẽt glissante de ce sexe variable, & sans nulle asseurance ne fermeté. Veu que tout ainsi que la femme est facile à promettre, aussi est elle pesante & paresseuse à tenir, & effectuer ce qu'elle aura promis, comme celle qui est sans fin, ny limite en ses desirs, se chatouillant en la diuersité de ses aises, & prenãt plaisir en choses nouuelles, desquelles tout aussi tost elle perd la souuenãce, & en somme telle qu'ẽ toutes ses actions elle est precipitée, connoiteuse, & ingrate, quelque bien ou seruice qu'on luy sçache faire. Je m'esgare, à ce que ie voy, en mes discours, vomissant choses indignes de ce sexe: mais les vices d'Hermethrude, m'ont faict plus dire que ie ne pẽsois, ioint que l'autheur d'ou

Incõstãce des fẽmes.

Cas fortuits subiets à nostre constance.

Imperfections & vices de la femme.

i'ay pris ceste histoire, me forçoit presque à suyure sa trace, tant il y à de douçeur & naïueté à poursuyure ce propos: & tant il me sembloit estre veritable, veu le succez miserable du pauure Roy Amleth. Telle fut la fin d'Amleth, fils d'Horvvendille, Prince d'Iutie, auquel si la fortune eust esgallé ce qu'il auoit de bon en soy naturellement, ie ne sçay lequel des Grecs & Romains, eussent eu l'honneur de l'aduantager en vertu, & excellence: mais son desastre le suyuant en toutes ses actions, & luy vainquant la malice du sort auec l'effort de sa constance, il nous laisse vn exemple notable de grandeur de courage digne d'vn grand Prince, se fortifiant d'espoir es choses mesmes qui estoient sans couleur d'aucune esperance, & qui en tout s'est rendu admirable, si vne seule tache n'eust obscurcy vne bonne partie de ses louanges. D'autant que la plus grande victoire, que l'homme peut acquerir, est celle qui le faict seigneur, & dompteur de ses affections, & laquelle chastie les efforts desreiglez du sens afolé en ses conuoitises: car l'homme à beau estre fort &

Saxō grāmairien à escrit ce discours.

Quelle est la plus grande victoire en l'homme.

sage, que si les chatouillemens de la chair le surmontent, il s'auillira, & arrestera apres ses beautez, & deuiẽdra fol, & insensé à la poursuitte des femmes. De telle faute à esté chargé le grand Hercule des Hebrieux Sanson, & le plus sage d'entre les hommes, suyuant ce train, y a faict diminution de son sens, & la plus part des grans, sages, vaillants, & discrets par apparence, de nostre temps, dançans vne pareille note, donnent de beaux indices de leur gaillardise, prudence, & saincteté. Mais vous qui lisez cecy, ie vous prie ne ressembler l'araigne qui se repaist de la corruptiõ, qui est es fleurs & fruicts dans vn verger, la ou l'abeille recueille son miel des fleurs les plus soefues, & mieux flairantes qu'elle sçait choisir: car l'hõme bien né, faut qui lise la vie du paillard, yurongne, cruel, voleur, & sanguinaire, non pour l'ensuyuir, ny souiller son ame de telles immondices, ains pour euiter la paillardise, fuir le desbord & superfluité es banquets, & suyure la modestie, continence, & courtoisie, qui recõmande Amleth en ce discours, lequel parmy les banquets des autres, demeuroit sobre, & ou chascũ se penoit d'accumuler thresor, ce-

L'apetit charnel à gasté les plus excellens hommes de la terre.

Pourquoy on lit les histoires.

ſtui cy ſimplemẽt, n'eſgallant les richeſſes à l'honneur, il cõſentoit de faire vn amas de vertus, qui l'eſgallaſſent à ceux qu'il eſtimoit Dieux, n'ayãt encor receu la lumiere de l'Euãgile: affin qu'on voie, & parmy les Barbares & entre ceux qui eſtoiẽt eſloignez de la cognoiſſance d'vn ſeul Dieu, que nature eſtoit eſguillonnée à ſuiure ce qui eſt bon, & pouſſée à embraſſer la vertu ny ayant iamais eu natiõ, tant farouche fut elle, qui n'ayt pris plaiſir à faire quelque choſe reſſentãt le bien, pour en aquerir louange, laquelle nous auons dit eſtre le ſalaire de la vertu & bonne vie. Ie prens plaiſir à toucher ces hiſtoires eſtrãgeres, & de peuple non baptiſé, à fin que la vertu de ces groſſiers dõne plus de luſtre à la noſtre, qui les voiant ſi accõplis, ſages, prudents, & aduiſez à la ſuitte de leurs affaires, taſcherõs non de les imiter, eſtãt l'imitatiõ peu de choſe, mais à les ſurmõter, tout ainſi que noſtre Religion ſurpaſſe leur ſuperſtition, & noſtre ſiecle eſt plus purgé, ſubtil & gaillard, que la ſaiſon qui les conduiſoit.

Ny eut onc barbare qui ne feit quelque bien pour eſtre loué.

Fin de l'hiſtoire cinquieſme.

ARGVMENT.

DEpuis que l'homme, tant soit excellent, se laisse trãsporter ou par ses apetits desordonnez, ou par sa colere, & que la raison perd place en son esprit, soudain aussi il despouille ce qui est de l'homme, & perdant celles affections propres à l'homme, & qui consistent en equité, modestie, & courtoisie, il est le naturel, humeurs, & complexions des bestes les plus farouches. Et ne pensez pas vous qui nuement lisez les escrits det poëtes, que ces saincts interpreteurs de toute espece de philosophie ayent esté si lourdautz, parlant des transformations d'vn corps, & figuré en autre, qu'ilz ayent entendu cela si grossierement que de possibiliter ainsi les choses qui ne tombent soubz ceste alteration, qu'ilz ayent estimé que les hommes fussent changez en beste de quelque espece que ce fut. Plustost faignans cecy, entendoyent ils ce per-

Les poëtes vrais interpreteurs de toute sorte de philosophie.

tissement de la perfection de nature, lequel brutalise ceux qui s'esgarans d'icelle, ne meritent non plus le tiltre d'homme, qu'ilz se monstrent les vrais imitateurs de ce qui est digne de ceste creature la plus accomplie de tous les animaux. Car faindre qu'vn homme ait esté transformé en Lyon, qu'est-ce autre cas que dire, & exprimer vne furieuse & tyrãnique enuie de dominer, & vne façon cruelle de commander sur ceux, sur lesquelz on a seigneurie? Dire que Lycaon fut conuerty en la beste de laquelle il portoit le nom, qu'est-ce autre chose sinon que cestuy estoit vn Loup deuorant en ses façons de faire, tyran, oppresseur des innocens, & le vray, & abhominable meurtrier de ceux à qui il deuoit iustice? C'est pourquoy l'escriture mesme compare les meschans à ces bestes farouches, & aux oiseaux rauissans & pilleurs, comme si desia ils auoyẽt aussi bien vestu leur forme, comme ils ont receu les impressions de leur malignité, & naturel farouche.

Or est-il qu'entre tous les vices, la cruauté est celle qui rend les hommes odieux, & qui les fait abominer par ceux mesmes qui les reuerent, car s'ils les honnorent, ce n'est l'amitié, qui les y cõduit & attire, ains la frayeur, & crainte les pousse, & cõtraint de faire tout autrement que ne porte leur pensée. Lisez moy les histoires, & voyez en quel rang on tient vn Basire, Phalaris, Denys le tyran, & autres telles bestes monstrueuses, & cognoistrez que les Tigres, Lyons, Leopards & semblables sont plus loués en leur espece pour ne point extrauager de leur naturel, que ne sont ces hommes, qui sans esgard aucu͂ s'acharnoye͂t sur ceux qui estoyent de mesme espece. Mais quand le vice est si bien masqué de la vertu, que presque les plus cler-voyantz l'estimeroyent porter la robe pure de ceste chaste & entiere pucelle, lors le peruertissement sembleroit aussi excusable: si la raison ne nous co͂ma͂doit de regarder les matieres de pres & de faire rien a la volee. Et qu'au reste il ne fault guere grande couleur de iustice à celuy qui prenant plaisir en l'accusation faicte sur autruy, ayme mieux ouyr la calomnie que la verité, entant que l'vne chatouille ses desirs, & l'autre co͂trarie à ses desseins, et a la peruersité desia imprimée en son ame. Il n'eut falu guere accuser Seneque deua͂t Nero͂, puis que le tyran auoit ia emprainte en son cœur ne sçay quelle felonnie contre ce bon personnage, ny Athanase deuant les Empereurs Arriens, dautant que le iuge estant luy mesme partie, ploioyt facilement aux apetitz de l'accusateur, & lequel defail-

Seneque occis par Nero͂ son disciple.

Athanase chassé par le filz du grand co͂stantin.

defaillant luy mesme eut fait l'office de delateur, pour oster du monde la personne qui plus luy sembloit estre contraire. Tout cecy gist en euidente tyrannie, mais l'histoire que ie pretends vous reciter, & que tous ceux qui viuent à present sçauent, pour auoir par tout esté publiée, à ne sçay quoy de iuste, en la manifeste cruauté qui y est descouuerte, & sembleroit qu'vn Barbare & infidelle fust plus iuste que le Comte de Foix n'auroit esté à l'endroit de son enfant, si l'vn n'eust assemblé son conseil, pour se gouuerner suyuant l'aduis d'iceluy, & puis auroit ignoramment failly contre sa propre conscience : là ou ce second, sans preuue que calomnieuse, sans iugement, que precipité & sans raison qu'on peut deffendre, feit mourir son propre filz, & l'heritier attendu de sa couronne.

L'histoire duquel quoy qu'ayt esté deduicte, & representée sur les theatres, aussi bien que sanglamment elle fust iouée en l'Asie, si ne laisseray-ie de la vous escrire, afin que les simples qui n'entendent la diuinité des vers, ny les admirables couleurs que nos poetes François (i'entendz des vrais poetes qui sont doctes, & non des lipeurs, & larrons des œuures d'autruy) puissent comprendre par no-

ARGVMENT.

ſtre groſſerie qui eſt celuy qui cauſe ceſte hi-ſtoire, & ſur qui eſt ce que la Tragedie à eſté ſanglamment iouee: par ainſi donnez nous audience, & nous taſcherons de contenter voſtre deſir.

DE L'ABOMINABLE, ET TYRANNIQVE MEVRTRE DE Sultan Soliman Roy des Turcs, perpetré sur son filz Mustapha.

HISTOIRE SIXIEME.

DE QVOY nous seruiroit il de ramenteuoir icy la race des Othomans, ny la source des Turcs, & leur arriuée en, & sur les Chestiés, puis qu'ailleurs nous en auons parlé, & discouru, & ce sang illustre, & le progrez des grand victoires que les Othomans ont eu des le tẽps que, laissants les monts Capantociens apres la deffaite du premier Solyman, ils se ietterent en la petite Asie, qu'apresant on nomme & Natolie, & Turquie ? Aussi y a il tant de bons auteurs, qui ont descrit cecy, que nous n'auõs que faire maintenãt de faire cognoistre quels sont les Turcs, & cõbien grãde la puissance de leur empire, ains seulemãt faire voir, que ce peuple estãt Barbare, né

& nourry dès toute memoire fort brutalemẽt, acoustumé aux massacres, & pillages, & n'ayãt autre equité q̃ sa fantasie, il n'a aussi respect quelcõque que de ce qui luy plaist, & ne recognoist aultre loy que de bienseance ny affinité, que tant que le pousse sa conuoitise. Or quiconque lira l'histoire Turquesque, verra par mesme moyen, que iamais Roy de ceste nation n'a estabii son siege que par le sang de ses plus proches parentz, fut ce que le filz conspirast contre son pere, ou que le pere abregast le cours des ans de son enfant: soit que les freres se soyent acharnez brutalement sur leurs Germains, les oncles sur les neueux, ou en somme quiconque pretendoit a la courõne n'a rien trouué si sacré, qu'il n'ayt profané: agité de ceste maudite ambitiõ, & conuoitise. Regardez moy cõme des le cõmencemẽt qu'ils establissoyẽt leur puissance, ce seul desir de regner fut cause q̃ la race Othomanne meurtrit, & arracha du tout de ce monde les Asambays, Candelores, & Caramans (desquels encore à present la Caramanie, qui iadis estoit la Cilicie, porte le nom) lesquels estoyent apellez auec les Othomans en la societé du royaumé. Et

Quatre races royales iadis entre les Turcs.

les Othomans estantz seuls en l'Empire, aduisez côme ils se sont entrepoursuiuis sans nul respect de parenté, de telle sorte qu'il en y a peu qui ne soyent morts violentement, & par conspiration des siens mesme: Ie laisseray les trois ou quatre premiers roys, qui pressés de grâdes guerres hors leurs maisons, n'eurét grand loisir de s'achainer sur leurs domestiques & parens: mais Moise frere de Calapin ne fut si conscientieux, que voyant qu'Orcané son neueu venoit legitimement a la courône, il ne le feit mourir pour vsurper la dignité, & la tiranie. Amurath premier du nom, ne pouuant attendre la fin de la vie de son oncle Mustapha, le feit occir, le poursuiuant fort opiniatrement par guerre. Cestuy estât cruel, laissa le royaume au plus sanguinaire & meschât Prince qui onc sortit de la secte Mahometane, & lequel estant vn vray image de la vie du faux prophete annonciateur de l'Alcoran en portoit aussi le nom: car il s'apelloit Mahommeth. Des saletez, vilennies, & inhumanitez duquel, & comme il s'acharna sur son sang mesme, n'est ores temps d'en discourir, veu qu'és tomes de nos histoires Tragiques, tirées du

Bandel, vous en trouuerez les trais si cruels & sanglants, que serez esbahy comme il est possible qu'vn roy soublie tant en son deuoir, & mesprise la douceur, qui est le vray ornement de sa couronne. Apres luy regna Baiazeth second, aussi doux, & debonnaire que son predecesseur, comme celuy qui feit mourir Mastapha son frere, & en eut autant fait à Zihin, s'il ne se fut sauué entre les Chrestiens, & qui à la fin fut empoisonné à Rome lors qu'on le mit entre les mains du Roy de France Charles huitiesme, qui pensoit s'en seruir pour le prouffit de la Chrestienté, mais on luy donna vn boucõ par la sollicitatiõ (ainsi qu'on dit) & denier de son frere Roy des Turcs. Aduisez comme ce Baiazeth fut en fin bien traité, car Zelin son propre fils le plus ingrat, & conuoiteux tyran du monde, se fachant que son pere vesquit si longuement, & qu'il ne peut paruenir à l'empire, le feit gaillardement empoisonner. De cestuy sortit celuy Sultan Soliman, duquel nous pretendons parler, lequel bien que n'aye fait mourir son pere lequel fina malheureuse-

La courtoisie est lornement de la couronne d'vn Roy.

ment ses iours d'vn flux de ventre, au lieu mesme, ou il auoit fait mourir Baiazeth, & qu'il n'ait poursuiuy ses freres, à cause que seul il demeura en l'Empire, si est-ce qu'ayant esté assés courtois pour vn Barbare, & loyal, & iuste pour vn Mahometiste, sur ses ans desia vieux, il feit mourir le plus braue, & hardy de ses enfants, & celuy que chascun esperoit luy deuoir succeder a la principauté, &c. pour lequel meurtre, & forme d'iceluy i'ay dressé l'histoire qui s'ensuit, pour vous donner dequoy diuersifier l'apetit de voz pensées. Sultan Solyman donc, qui de nostre temps a tenu si longuement l'Empire de Grece & d'Asie, ayant choisir en son Serrail vne Esclaue Circassienne l'acosta si bien, que il la rendit Sultane, c'est adire plus honorée que toutes lesautres qui luy seruoit de plaisir, pour auoir vn filz d'icelle, qui estoit lors & l'aisné & le seul enfant de ce grand Monarque : veu que les Turcs n'ont point d'autres successeurs que des enfants de leurs concubines. Cestuy fut en sa circoncision nommé Mustapha (nom malencontreux en ceste nation veu les

Amasi est celle Prouince que iadis on nommoit Galatie.

malheurs aduenuz à ceux qui l'ont porté) auquel pour son entretien, estant desia grandelet, Solyman donna le gouuernement d'Anasie en la Conie, ou il se retira auec sa mere, à cause que peu souuent aduiet il que les enfans du Prince soyent nourris en court, & parmy la troupe des courtisans, ou a la suite de leur pere. En celle Prouince croissoit Mustapha souz la cōduite de sa mere auec l'aage en toute vertu, & gentillesse, de telle sorte que chascun pensoit que le ciel fauorable à ceste nation, luy eut donné ce Prince comme vn soulagement d'icelle, & vn grand pilier de la secte Mahometane, quoy que plusieurs estimassent, que sa mere estant de condition Chrestienne il en eut aussi humé les opinions, mais cecy n'est aucunemēt vraisemblable, eu esgard que iamais il ne s'est monstré autre que Mahometan, & s'il à fauorisé les Chrestiens, ça esté pour le seul respect des seruices qu'il en tiroit se tenant en Asie, & depuis en Egypte. Ce ieune Prince estant party de Constātinople, accompagné de sa mere, aduint peu de temps apres que le grand seigneur, ayant des femmes tout ainsi en relais que vn bon veneur a des meutes de chiens, prit en grace vne de ses Esclaues, belle en perfection, & encor de meilleur grace; & est celle que nos Chrestiens apellent la Rousse. De ceste cy eut Solymã quatre enfantz masles & vne femelle, assés grãd subiet pour ruiner l'Empire Turquesque, si pour la punition des Chrestiens Dieu n'eut priué le monde de ceste discorde profitable à nous, & nuisible à la Turquie. L'aisné des Enfants de la Rousse (ainsi la nommerai-ie, puis que les nostres nous l'ont faite cognoistre sous ce nom) s'apelloit Mahometh, auquel fut assignée la Prouince de Caramanie: le second eut nom Baiazeth, & eut la Mechoresie, le troisiesme Zelim (lequel regne apresent) qui apres la mort de son frere Mahometh, eut pour son lot, & assignation la Caramanie: & le quatriesme se nommoit Exangir, & fut surnommé le bossu, à cause de deux bosses, & prominences de chair qu'il auoit autant deuãt que derriere, mais qui, nonobstant ceste deformité, estoit fort sage, & de gentil entendement, & par ainsi grandement aymé, & chery de son pere.

Princes Turcs ont des femmes en relais.

Enfantz de Solymã & de la Rousse.

Quand a la fille, dautant que les femelles sont comptees comme pour rien,

Rustan Espousa la fille du Turc.

Filles du Turc sont de vile cōdition.

& qui n'ont rien que quereller en l'Empire elle fut neantmoins donnée pour femme à Rustan Bascha. Ie dis que les filles du Turc sont de vile cōdition, afin qu'on ne pense que si on parloit du mariage de quelques vnes d'icelles auec quelque Prince, fut Chrestien ou aultres, que pour cela il en peut estre auantagé, cōme ainsi soit qu'ētre lesdames, qui sont honorees du lict, & couche du seigneur de Turquie il n'en y a pas vne, qui soit aultrement respectée que comme l'Esclaue du seigneur, sauf que la Rousse (ausi que nous verrons) à esté celle qui s'est emancipée de ceste seruitude. Or iaçoit que Rustan Bascha n'eut guere grandz auancèments en court, estant sorty d'entre les Ianissaires, & ayant suiuy les degrez par lesquels on paruient à honneur, si est il, que nonobstant la coustume ancienne, il fut haucé en honneur par le moyen de sa femme veu que le seigneur le feit Visir, qui est comme le chef du conseil, & le premier d'entre les Baschaz qui oyent les causes, & manient tous les affaires de l'Empire: & y paruint apres que Abraim Bachà fut desapointé, & mis à mort, estant tombé en la male grace de son maistre, lequel au parauãt il auoit gouuerné mieux que tout homme.

Fait dangereux se iouer aux roys, pource qu'ils s'offancent de peu de chose.

Mais si les Roys, & grands monarques sont difficiles à manier, & dangereux à seruir pour estre chatouilleux, & aduisants bien souuent les choses de trop prez, ce n'est rien au pris de ces Barbares, qui ne respectent rien, & ne tiennent compte du seruice de leurs subiets, qu'ils ont en mesme ranc que leurs esclaues. Et ce fut pourquoy Solyman poussé de Rustan & autres, feit mourir Hibraim, non pource qu'on le disoit fauoriser le fait des Chrestiens, ains à cause, qu'il estoit extremement riche, & que ses coffres estants pleins, ceux qui ne faisoyent qu'entrer en faueur, moiennerent a le desapointer, & en fin de le faire mourir, pour en auoir les despouilles.

Ruses du Bascha Rustan.

Rustan à esté de son temps vn des plus fins valets, & qui le mieux se sçauoit accommoder aux humeurs de son maistre, qu'autre qui ayt eu credit à la porte : car cognoissant Solyman conuoiteux, & homme qui prenoit grand plaisir d'accumuler thresors, ce galant sans se soucier d'ecourir la haine de tout le monde (vice propre de tout nouueau surhaucé en honneur) pourueu qu'il fut plaisant à son maistre, feit premierement diminuer les gages des Ianissaires, & l'apointement & pensions qu'on donnoit ordinairement aux Saugachs, & nonobstant que les soldats fussent mal payez, si est-ce que les gabelles & imposts estoiet haucez, & presque redoublez par les prouinces: voire se mōstra si bon mesnager, que de faire retrancher les despences superflues de la maison du seigneur, & ainsi amassant, il s'acquit le tiltre & renom d'homme tresdiligent & fort sage, & emporta la reputation du plus fidelle des esclaues (car c'est le plus honorable tiltre qu'ayent les plus grands de la maison de ce Barbare) & gaigna tellement le cœur de Solyman, que seul il le possedoit, à luy seul estoit permis d'entrer en la chābre du seigneur, & de sçauoir tous ses secrets, & de manier tout, cōmander comme si ç'eut esté la personne du prince. Or les choses estans ainsi disposées, & ce Rustan ayant espousé la fille de la Sultane, soit qu'il en fut cause, ou autrement, la Rousse souz

Grād credit de Rustan auprés du Turc.

le voile de religion couua vne vẽgeance que depuis elle sceut si bien eclorre, qu'elle en tira le fruict qu'elle desiroit. Car voyant Mustapha l'aisné des enfans du seigneur, en la grace du pere, & le bien aimé des Ianissaires, & desiré de tout peuple, se craignant de ce qui pouuoit aduenir, à sçauoir que l'Empire ne luy tõbast entre les mains, s'aduisa d'vne grande ruse, & de laquelle à peine les plus fins eussent sceu imaginer la pretente. Mais à quoy ne penseront vn pere & vne mere, qui veulent auancer vn enfant? Ceste cy cognoissoit bien que Mustapha venant à la couronne, c'estoit fait de tous les autres enfans royaux, suiuant la charité du sang qu'auoient les princes de la maison Othomanique: par ainsi se resolut de plustost causer la ruine de cestui-cy, que non pas qu'il fut le bourreau de ceux qui estoient sortis de ses entrailles. A ceste cause elle couurit son fait du voile (comme i'ay dit) de la religion: & faisant venir à elle le Mophty, qui est le souuerain & chef d'entre les prestres & ministres de la religion, ou plustost abusion Mahometane. A cestui dit ceste fine femelle, qu'elle auoit en fantasie de faire bastir vne

La race Othomãne ne peut souffrir aucun du sang pour luy tenir teste.

Mophty est le souuerain prelat des Mahometans.

belle & magnifique Mosquée à l'hõneur du grãd Dieu & de leur Prophete, & apres d'icelle vn Hospital pour l'aise & soulagement des pauures pelerins (ainsi qu'il en y a plusieurs en Turquie. Et que d'auãtage, auant que d'y mettre la main, elle vouloit sçauoir de luy, si telles œuures seroient aggreables à Dieu, & pourroiẽt seruir uy proffiter au salut de son ame. Oyez la sutile philosophie du ministre Mahometã: il luy fit entẽdre, qu'estãt ceste œuure charitable q̃ de bastir lieux d'oraison, & pour la retraitte des pauures à Dieu tresagreable, qui l'a cõmandé par son prophete, si est-ce qu'elle ne pourroit redõder au salut de son ame, à cause qu'elle estoit esclaue, mais que tout seruiroit pour la conseruation du seigneur, & pour le sauuemẽt de son ame, d'autãt que les richesses qu'elle auoit, voire & sa vie propre appartenoient au Monarque des Turcs. Ceste rusée sçauoit bien que le Caphard luy feroit ceste responce, d'autant q̃ si onc il y eut de sacrificateurs prophanes scrupuleux, & fraudeurs en leur superstition, ceux de la secte Mahometane en sont bons maistres, cõme ayant les ruses en main, les inuentions à poste. Et les

Ministres Mahometans, Caphars, & superstitieux.

diables desquels ils sont inuocateurs, à cõmandement, & lesquels en somme ont gaigné le cœur du peuple, auec leurs deceptions, & batelerie. Ceste responce dõc fut de mauuaise digestiõ à la Dame, ou à tout le moins elle feit semblant d'en estre tresmal cõtente, & se tourmẽtoit de telle sorte, qu'il estoit impossible de la cõsoler. Or faisoit-elle cecy, estant asseurée de la ferme amitié q̃ luy portoit le seigneur, lequel aduerty par ses Eunuques du mescõtentement & ennuy de celle qu'il cherissoit plus q̃ femme que iamais il eut acointée, ne faillit aussi tost de la visiter, & oyãt ce dequoy elle se douloit, & q̃ pour le seul respect de la religiõ elle souhaitoit d'estre affranchie : quoy qu'il fut vn des plus sages & accorts Princes de son tẽps, si est ce que cõme hõme coifé d'amour il n'y veit goute pour celle fois, & ne sceut considerer de qu'elle cõsequence ce luy estoit que de dõner à ceste siẽne esclaue tant fauorisée. A ceste cause il la pria de se resiouyr, & auoir bon cœur, & se reposer sur luy, & sur la bonne, & ferme amitié qu'il luy portoit, l'asseurant qu'en brief il feroit si bien, & remueroit tant de pierres, qu'en fin il luy

Solyman coiffé de l'amour de son Esclaue.

feroit auoir ce que plus elle souhaitoit. A la fin le Roy Turc affolé autant de ceste siéne esclaue, que iadis le Roy de Perse de la concubine qui luy ostoit la couronne de dessus la teste, luy feit faire des lettres d'affranchissement, & la dispence de seruitude, & de celle loy qui la faisoit esclaue de ce grand Monarque. La rusée Rousse ayant remercié le seigneur, sort du serrail, & se retire auec grande quantité de deniers, & commença à faire bastir la Mosquée, mais plustost à dresser le piege, ou depuis elle attrapa son seigneur pour paruenir aux fins qu'elle pretendoit, & pour lesquels elle auoit donné commencement à cest œuure. Solyman donc, qui aimoit ceste dame à l'esgal de sa propre vie, tandis qu'elle estoit ententiue à faire dresser l'attrapoire pour ses desseins, luy prenant enuie de la voir, l'enuoya querir, & luy faire entẽdre qu'il vouloit estre auec elle, comme auec sa mieux aimée, & cecy afin qu'elle se preparast pour le receuoir, suyuant la coustume de celles que pour ses plaisirs les seigneurs tiennent au Serrail. Ce qu'elle refusa de faire, non auec vn orgueil semblable à celuy de la superbe Roine, qui pour n'auoir voulu assister au banquet d'Assuere son espoux & seigneur, fut aussi priuée de sa couche, & de la participation de la couche, Esther estant mise en sa place, ains se couurant d'vn voile fort raisonnable, respõdit en ceste sorte. Mon amy vous direz à la maiesté du Roy mõ souuerain seigneur, que ie suis à son cõmandement, comme celle, la vie de laquelle & la mort est entre ses mains: toutesfois que ie luy supplie de regarder, que luy estant Roy, qui doit garder les loix, pour donner exemple aux autres de faire le semblable, cõme la loy luy defẽd d'auoir plus affaire auec moy, qui suis affranchie par la grace & faueur de sa royale mercy, sans que ie sois plus suiette aux conditions ny asseruissemens d'vne esclaue. Ie ne desdaigne point sa compagnie, ne me pouuant aduenir plus grand bien ny honneur, que d'estre auec le plus grãd Monarque du monde, duquel ie suis la treshumble seruante: mais il est impossible, que sans tresgrand peché & offence de Dieu, il est impossible que nous soyõs ensemble, ainsi que le Mophty le pourra faire entendre à sa maiesté. La rusée sçauoit bien que ce Roy Barbare estoit fort

Vasthi Roine chassée pour son orgueil. Ester 1.

Solyman fort religieux obseruateur de l'Alcoran.

cōſcientieux, & ſeuere obſeruateur de la loy charnelle de Mahometh. Et d'autre part, elle le tenant en ſes rets: comme elle faiſoit, & ayant le Mophty à ſa poſte, qui faiſoit d'vn peché vn crime non aucunement diſpenſable, s'enhardit bien de luy faire ceſte reſponce. Laquelle fut treſdeſplaiſante à Solyman, comme celuy qui n'auoit accouſtumé telles defaueurs, & à qui la voulonté ſeule ſuffiſoit de loy, ſans qu'on luy oſaſt propoſer autre choſe, mais pour ceſte fois ſon cœur fleſchiſſoit ſouz le ioug de celle folie & neceſſité peruertie des ſens humains, à laqlle pluſieurs eſtiment eſtre impoſſible de reſiſter, & qu'ils apellēt amour, il rēdit auſſi les mains, & ne voulut paſſer outre pour iouyr des priuileges de tout tyran, auquel la loy ne luy eſt autre que celle qu'il ſe fantaſie en ſon cerueau. Ce refuz luy accroiſſant le deſir, comme naturellemēt les hommes ſont deſireux extremement des choſes deffendues, il feit venir à luy le grand Pontife, & maiſtre de la loy Alcoranique, auquel il commāda de luy dire franchement, & ſans rien craindre, ſi ſans le preiudice de ſa conſcience, ny trāſgreſſiō de la loy, il pouuoit deſormais ſe ioindre ny acointer auec celle Rousse de laquelle il estoit espris si ardemment, & s'il luy estoit loisible d'auoir affaire auec vne sienne esclaue qu'il auoit affrāchie. Le Mophty cognoissant la facilité du Seigneur és affaires de la Loy, & s'apuiāt sur la licence que ses semblables ont pres les Princes, & enuers tous ceux qui obeïssent à l'Alfurcan, luy respondit libremēt, qu'il ne pouuoit, & ne deuoit acointer ceste dame sans grandement offencer, & que la Loy deffendoit expres de la toucher, s'il ne la prenoit pour son espouse legitime. Quoy que ceste cōdition semblast fascheuse à Solyman, comme non encor pratiqué en la famille des Otthomans, lesquels tout ainsi que ne pouuoyent souffrir aucun pres d'eux qui portast autre tiltre que de leurs esclaues, aussi ne vouloyent ils auoir des espouses qui eussent societé auec eux en l'Empire, & portassent le nom de Roynes: neantmoins se sentoit il esguillonné de plus en mieux d'vn ardent desir de iouyr de celle que tant de fois il auoit eu à son commandement: & tourmenté de ce mortellement, & rage d'amour,

Loy d'entre les seigneurs Othomans, sur le mariage.

apres auoir faict mille discours que ie laisse, & comme non necessaires. Et pour euiter prolixité, il se resolut à la fin, ne pouuant plus surpporter le feu qui le consumoit, de l'espouser, & cecy non sans grand estonnement de chascun. Et contre toute coustume & vsance, (comme dit est) de la maison des Othomans, qui iamais ne prenoient aucune Dame pour legitime espouse, craignãs d'auoir compagnie en la seigneurie, ains au lieu, choisissoient des plus belles de leurs esclaues tenues aux Serrails, & la conduites de toutes les parties du monde pour assouuissement de leur effrenée paillardise: & lesquelles il font nourrir, & esleuer royalement, & delicatement, iouyssans pres de l'vne, tantost de l'autre, selõ qui leur vient le plus a gré, & qu'elles ont la grace plus gentile. Que s'il aduient que quelqu'vne d'elles deuienne enceinte, & face des enfans masles au seigneur, aussi est elle la plus honnoree. Et pour plus l'agrandir on luy donne le tiltre de Sultane: non pourtant est elle l'espouse du Prince, ains bien souuent telles qui sont meres ayent rassasié long tẽps les apetits du Seigneur, sont en recompẽce dõnees

Les Othomans n'espousent point de femme.

Comme les dames du Serrail sõt gouuernees.

en mariage aux Baschaz, Sãgeatz, & autres que le Turc veult auancer & fauoriser. Ceste esclaue dont estant non seulement affrãchie, mais, qui plus est, la plus grande, & puissante Royne du monde, comme celle qui commãdoit à ce Solyman, qui a esté le plus redouté Prince, & Monarque de l'vniuers, & l'Empire duquel s'estendoit par toute les parties du monde, iadis cogneues par les Geographes, ne voioit rien plus que pour l'assouuissement de ses desirs, & perfection de sa fortune elle peut souhaiter, que de mettre afin l'entreprise que son ambitiõ luy auoit faict si heureusement commẽcer, qui estoit de conduire si dextrement ses affaires, qu'apres la mort du grand Seigneur, elle peut faire qu'vn de ses enfants paruint à l'Empire des Turcs. Or y voyoit elle vn grãd & bien difficile empeschement, & pour lequel oster se presentoiẽt de grãds hazards & difficultez, à sçauoir les valeurs & generosité de ce Mustapha aisné d'entre les Princes enfants de Solyman, auquel la loy & nature sembloiẽt promettre la succession des estats & seigneuries de son pere : & lequel estant genereux, hardy, vaillant, &

Grãde entreprise de la Sultane.

royal en toutes ses actiõs, estoit aussi aymé de son pere fort extremement, honoré de tous les subiets, & souhaité par les Iannissaires, qui estans vaillants soldats, & ne voyants leur auancement que par la guerre, ne desirent aussi autre pour Prince qu'vn bon guerrier, vn homme illustre, courageux, & liberal, tel qu'ils cognoissoient estre ce Mustapha gouuerneur d'Amasie. Ioint que les Iannissaires (comme dit est) se faschoient des deportements de Rustan Bascha, qui leur tailloit de si pres leurs pensions, qu'à peine pouuoient ils s'entretenir, & par-ainsi caressoiét ils ce ieune Prince, qui ne se sentoit rien de ce salé esguillon de conuoitise, & auarice, qui souille le renom des Roys, & des grands, qui se laissent gaigner à telle infection. La Sultane donc cognoissant combien grand empeschement luy donnoit Mustupha, & comme tant plus il alloit en auant, & plus chascun l'admiroit, & reueroit, & plus aussi le Seigneur l'aimoit, & se plaisoit à l'auancer, se resolut de luy dresser vne telle partie, que non seulemẽt luy osteroit elle le moyen de voler si hault, ains encor se faisoit for-

L'auarice est fort indigne de vn Prince.

te de le priuer de la couronne pour en inuestir vn de ceux qui estoient sortis de ses entrailles. Seule ne pouuoit elle conduire cest affaire. Et ne sçauoit à qui s'en fier, estant chose dangereuse que de dresser de tels cõplots, ayant affaire à vn Roy si chatouilleux que Solyman, & contre personne si chere que son propre fils, si les ministres les negotiants n'estoient hommes accorts, & de reputation. Or n'en cognoissoit elle de si suffisant que son gendre le Baschard Rustan auquel elle parloit familieremẽt, pour estre hors de soupçon à cause qu'il auoit espousé sa fille, s'asseurant qu'aisément il entendroit à ce qu'elle brassoit, comme celuy qui aymeroit mieux voir vn sien beau frere Roy des Turcs, que tout autre, & principalement plustost que Mustapha, duquel il se sçauoit estre hay à mort, à cause que il s'estoit mis en deuoir de luy retrancher ses pensions, & les reuenus de son gouuernement, ainsi qu'il en auoit faict aux autres Prouinces, quoy que l'essay n'eut esté conduit à sa perfection. Le Seigneur voulant que son fils fut auantagé, & dispencé de ceste restriction,

Rustan Bascha hay à mort par Mustapha, et pourquoy.

& trop chiche espargne : & par ainsi Rustã se tenoit pour tout asseuré que si Mustapha venoit à la couronne, non seulement le priueroit il de ses estats & grans tiltres, ains encor de la vie. De tout cecy s'aidoit la Rousse en ses desseins, & auec ces considerations elle gaigna Rustan assez enclin de soymesme à bastir les menées de la ruine de Mustapha, tandis que la Sultane tenoit le Turc enlacé en ses embrassemens & mignardises.

Regardez Princes, que pareilles delices ne vous afolent, & que les mignotises des femmes ne vous facent degenerer de la vertu de vos maieurs, ny oublier vos generositez & gentillesses: Solyman, quoy que Barbare & infidelle, estoit vn des plus accomplis princes du monde, sage en cõseil, prudent aux affaires, aduisé en parole, non precipité en ses faits, assez modeste en son gouuernemẽt, & equitable en ses iugemẽs, & toutesfois vous voyez qu'vne simple esclaue l'ayant charmé, luy fait oublier toutes ces perfections, & le rend plus brutal & desnaturé, que ne sont les bestes plus farouches, ainsi que verrons poursuyuant le fil de nostre histoire. Ceste femme donc se pour-

Louange de Solyman Roy des Turcs.

pensa d'imprimer en la fantasie de Solyman vn soupçon, & defiance de son fils, & luy persuader qu'il machinoit & conspiroit de luy tollir & la couronne, & la vie tout ensemble: prenant son argument sur la grandeur de Mustapha, & sur l'amitié & faueur des suiets qu'il attiroit à soy par sa grande courtoisie. On ne fait pas si tost ouuerture de cecy au seigneur craignans de l'offencer, & de gaster leur complot auant qu'il eut pris pied, ains elle pour fortifier cest aduis, faisoit que Rustan, qui auoit le maniement des plus grands affaires, dōnoit charge à ceux qui alloient reuisiter les prouinces, & sur celle d'Ionie, auoisinant l'Amasie, ou se tenoit Mustapha, qu'ils rendissent compte par les menus des actions & deportemēs dudit prince, les asseurant que tant plus ils en escriroient, & plus ils feroient de plaisir & seruice aggreable au seigneur. Aduisez quelle est la face de la trahison & calomnie, que souz le masque d'vne grande loüange elle couure les trames de la ruine de celuy qui est recommandé, & que le recit de sa propre vertu soit celuy qui luy cause sa deffaite. Mustapha est trahy par ceux qui ne pensoient en rien à

Trahison de Rustā cōtre Mustapha.

Calomnie & trahison veilées de vertu pour mieux faire leur coup.

luy faire tort, & lesquels trompez par les ruses du faux Rustan, ne laissoient escouler vne seule actiõ du ieune prince, qui ne fut escrite en cour: & ou on ne mettoit en oubly, combien que ce prince promettoit de sa future preud'hommie, estant si courtois, affable & debõnaire, & attirant de telle sorte le cœur de chacun par son doux accueil & bon traitement, qu'il n'y auoit homme qu'il ne l'aimast, seruit & honorast, & lequel ne souhaitast d'auoir vn tel Roy & souuerain apres la mort du grand seigneur son pere. Quelque credit que Rustã Bascha eut enuers le seigneur, si ne fut il si fol d'estre le premier qui sema ceste peste d'accusation & defiance contre le prince, craignant que le malheur n'en redõdast sur sa teste si la fourbe venoit à estre descouuerte : ains dõnant les lettres à la Sultane, la laissoit vser de ses ruses, comme elle le sçauoit bien faire, & s'accommoder aux passiõs & fantasies du prince : auquel elle se mit à discourir sur la grandeur de Mustapha, & sur ce qu'il pouuoit attenter cõtre sa maiesté. Et icy les larmes & souspirs n'estoient pas espargnez, d'autant qu'elle se disoit auoir compassion de la vie de son seigneur, lequel elle perdant, c'estoit aussi sa ruine, & peult estre de tout l'Empire Turc, à cause que Mustapha n'aimoit rien moins que ceux de la secte Mahometane. Mettoit deuant les yeux du seigneur les occurrences passées, & comme Zelin par moyēs & ruses semblables auoit empieté l'Empire sur son pere, qu'il auoit fait mourir, suppliant sa maiesté de prēdre esgard aux desseins de son fils, qui ne pouuoient estre que preiudiciables, & à sa vie, que manifestemēt il voyoit en hazard si de bonne heure il ne s'ostoit cest empeschement de deuant sa face. Si autre que la Rousse eut fait ce discours à Solyman, c'est sans faillir que ce n'eut esté sans en sentir l'effect de la iuste colere d'vn pere qui ne peult rien mal penser de son enfant : mais luy estimant que ce ne fut pas vne malice pourpensée, & trahison brassée que ceste remonstrance, ains que la seule affection & vehemence d'amour faisoit tenir ce langage à son espouse, ne le prit que bien, sauf qu'il reietta son dire, & ne voulut ouyr rien plus outre parler de cecy, comme estimant vn grand forfait que de soupçonner celuy qui n'a iamais donné aucun indice de sa

Selin pere de Solyman empoisonna Bueri-zeth son pere.

Mal fait de souppçonner celuy qui onc ne fait faute.

meschãceté. La Rousse cognoissant qu'il n'y faisoit pas bon, & que Solyman aimoit vniquement ce fils aisné, il seroit presque impossible de luy en faire conceuoir quelque sinistre opinion, quãd bien la chose seroit veritable: se delibera d'y pouruoir par autre moyen, & resolut de faire mourir Mustapha à quelque prisque ce fut, & ainsi prit complot de l'empoisonner: & ne luy manqua le moyen de ce faire, si la fortune n'eut fait sage Mustapha en cest endroit. Car elle luy ayant enuoyez quelques presens au nom du seigneur son pere, si est-ce que le prince (se doutant de trahison, comme desia asseuré de la haine qu'on luy portoit, & sçachãt combien il estoit aimé par ceux qui estoiẽt pres Solyman) ne voulut rien toucher du present, qu'il n'en feit faire l'essay par vn autre: tellemẽt que par sa prudence il feit que le venin fut descouuert, & luy pour celle fois deliuré des aguets de ceste fauce femelle. Laquelle non contente de cecy, & resoluë du tout d'executer ou de mourir, ce qu'elle auoit en fantasie, inuenta aussi de nouueaux traits & ruses pour mettre Mustapha ou elle le vouloit conduire. Et par ainsi supplia le

La Rousse tasche d'ẽpoisonner Mustapha.

ſeigneur qu'il luy pleut faire tant de faueur, que ores l'vn ou l'autre de ſes enfans ſe peut tenir en cour, & que par ſucceſſions reciproques ils ſ'en retourneroient à leurs Songeachats & gouuernemens, ſelon ſon ordonnance, & quand il luy plairoit leur commander. Or faiſoit elle cecy afin que la preſence de ſes enfans diminuaſſent le credit de Muſtapha, & que l'amour du pere croiſſant ſur ceux cy, elle eut moyen plus grand d'accabler celuy qu'elle imaginoit eſtre l'obſtacle de l'auancement des ſiens, & ſans la mort & ruine duquel elle voyoit combien il luy eſtoit impoſſible de conduire les ſiés au lieu q̃ le plus elle deſiroit: ioinct qu'elle ſe faiſoit forte de trouuer moyen que Solyman appelleroit Muſtapha en cour, & que ſ'il refuſoit d'y venir (pour n'eſtre couſtume entre les Turcs, que les enfans viennent en cour iuſques à ce que le pere y eſtant ils y viennent auec armée pour entrer en la ſeigneurie) elle le feroit declarer pour rebelle. Or fault il entendre que ceſte façon de faire que les enfans vinſſent à la cour du viuãt du pere, eſtoit du tout extraordinaire entre les Turcs, & ne l'auoit on veuë pratiquer par preſque-

Choſe extraordinaire que les enfans du Turc ſoient en cour.

pas vn des Empereurs. Et toutesfois ceste dame l'obtint de son seigneur & mary, si bien que de là en auant on voyoit tousiours quelqu'vn des enfans, & souuent deux ensemble tenir compagnie au seigneur, & par les citez, & és armées, & par les prouinces: & sur tous se plaisoit Solyman de se voir accompagné de Zeangir son fils, surnommé (comme dit est) le bossu. Or sembloit il que iusques icy la fortune eut poursuiuy en cest endroit les desseins de la Sultane sans luy souffrir qu'elle les effectuast, non que pourtant elle eut effacé ses desirs sur l'accablement de Mustapha, qui alloient de tant plus en croissant, comme elle voyoit son ennemy auancé en honneur, & ses enfans desia grands, & l'Empereur enuieilly, ce qui luy causoit vn bien grand sursault au cœur, d'autant qu'elle voyoit bien que les choses estoient tellement disposées, que si le seigneur venoit à mourir, c'estoit fait, & d'elle & de toute sa race. Mais sur le point que presque elle desperoit de son contentement, voicy la fortune qui veille tousiours sur les hommes, & laquelle desmonte les plus heureusement montez au plus haut de sa rouë, qui ioüa son roollet, & monstra vn des traits de son accoustumée legereté & inconstance sur le pauure prince Mustapha, sans que ses ennemis fussent ceux qui les premiers causerent son malheur & decadence. Vous auez ouy comme les enfans des seigneurs de la race Othomanne ne se tenoient point en cour, ains auoit chacun vne prouince, ou il se retiroit, & du reuenu de laquelle il viuoit & entretenoit son train. Il est vray que les prouinces leur sont tellement commises, que ce pendant il y a vn Bascha qui gouuerne, & l'enfant Royal & la prouince comme Lieutenant general de l'Empereur Turquesque, & lequel a la charge de la iustice d'ouïr les requestes du peuple, & d'administrer à chacun ce qui luy est necessaire, & de cōseiller le fils du Roy és affaires concernans la guerre : outre ce y a vn Docteur Mahometan, qui a la charge de l'instruire en la loy, & és bonnes sciences & disciplines. En celle saison donc aduint que fut enuoyée vne lettre de la part du Bascha, qui estoit au gouuernement d'Amasie, & deputé pour la conduite de Mustapha, lequel donnoit aduertissement à la porte (ainsi appelle lon la cour du prince).

Ordre obserué à nourrir les enfans du Turc és prouinces.

Pratique de Mustapha auec le Persan descouuerte.

comme vn mariage se pratiquoit entre le prince Mustapha, & la fille du Roy de Perse, & que luy en ayant senty le vent, & cogneu le preiudice que cecy porteroit aux affaires du seigneur, & de la nation des Turcs, n'auoit voulu failly de les en aduertir, tant pour ne porter le tiltre de traistre, que pour afin qu'on pourueut à cecy, auant que les choses allassent plus outre. Rustan Bascha qui estoit visir, ainsi que i'ay dit, & chef du conseil, ayant ces lettres en main, fut le plus ioyeux que iamais il eut encor esté, se sentant tenir le vray remede pour asseurer, & ses estats & sa vie, & le chemin tout ouuert pour ruiner Mustapha auec iuste occasion. A ceste cause il s'en alla communiquer le tout à la Sultane, & elle plus contente que d'autre nouuelle qu'on luy eut sceu porter, luy conseille de le faire entendre au Roy, que l'affaire estoit de trop grande importance pour le tenir secret, & que le seigneur en ayant aduertissement d'ailleurs, le pourroit accuser d'indeuoir & mauuais office. En somme, eux deux s'en vindrent vers Solyman, deuant lequel ils vserent de tout les traits, argumens, & fard de langage qu'ils sceurent inuenter

pour

pour emplir de soupçon l'esprit de ce vieillard, que desia la vieillesse nourrissoit dix mille defiances se voyant enuironné d'enfans, s'asseurant qu'il estoit impossible que le desir de regner ne leur chatouillast les cœurs, & reduisant en memoire ce que la Rousse luy auoit d'autres fois dit, & encor se souuenant de ce que son pere Selin auoit fait contre Baiazeth son ayeul. Le voyans ainsi disposé, & comme humant desia le venin d'enuie contre son fils, Rustan poussant plus outre, luy mit en auant comme Mustapha conduit d'vne ambition plus qu'enragée, & n'ayant aucun repos en son ame, tant il aspiroit à se faire Monarque, auoit pratiqué secrettement les menées de ce mariage, pour auec, & par le moyen des forces de l'ennemy mortel & ancien de la famille des Othomans, & fortifié des soldats de sa prouince, ou il auoit reuolté tous ses suiets par ses allichemens & flateries, & ayant corrompu par sa prodigue liberalité plusieurs des Ianissaires, faire son estat fort, & diminuant celuy de son pere, le chasser de l'Empire, & en fin luy oster la vie autant meschamment, comme desloyaumēt il auoit dressé ceste par-

Remenstrance de Rustan à Solyman cōtre Mustapha.

tie. Qu'il n'estoit desormais temps de dissimuler, puis que les trahisons se monstroient si à descouuert, & que les plus loyaux amis & seruiteurs de Mustapha estans vaincus par l'effort de leur conscience, condemnoient ses desseins comme detestables & nuisibles à sa maiesté, & à tout l'Empire Turquesque. Disoit en outre, que dés long temps il auoit eu sentiment des mauuais vouloir & affection dudit Mustapha, & de ce qu'il brasse contre sa maiesté, mais que craignant qu'on ne receut autrement ses paroles qu'il les dit, qui est pour le seruice & conseruation d'icelle, il s'en estoit deporté, ioint qu'il n'y auoit sur quoy asseoir fondement que sur vne simple coniecture: là ou à present la chose est si claire, qu'il n'y reste plus sinon que Mustapha voye son bon pour entrer en Constantinople auec ses intelligences qu'il y a, & là faire mourir, & son pere, & ses plus loyaux & fideles seruiteurs. Que luy estant vn des plus sages princes de son siecle, pouuoit imaginer que Mustapha ne pratiquoit point secrettement, & sans son cōgé l'alliance de Persan, pour se monstrer tel que le fils doit enuers le pere, mais plustost pour l'accabler : & cognoissoit que la nature perd son effort, ou ceux qui sont obligez, en lieu de recognoissance viennent vser de toute extremité d'ingratitude. Conclud en fin qu'il valloit mieux que Mustapha fut ruiné, que non pas vn si excellent Monarque que Solymã, & que Mustapha perit, que voir les Perses courir & rauager les terres suiettes aux Othomãs, & cognoistre les Caselbas triomphãs sur ceux qui tiennent la vraye doctrine du Prophete : que c'estoit vn vray signe de rebellion en Mustapha, que de quicter sa religion, & s'allier d'vn heretique, & cercher l'alliance de celuy qui poursuit à mort le pere de celuy qui la luy demande. Auec tels & si poignans esguillons Rustan esbranla le cœur du grand Roy des Turcs, à quoy aiderent grandement les larmes faintes de la Sultane, & fut si esmeu Solyman, que craignant desia le bras acharné de son fils, ou la reuolte des Ianissaires, & se mettant deuant les yeux la mort & la ruine de ses enfans, & autres plus chers de sa maison, conceut vne haine si mortelle contre son fils, que iamais il ne cessa tant qu'il en veit la fin, luy semblant aduis que son asseurance ne gisoit

Les Turcs estiment les Persans estre heretiques, pour auoir quelque different sur l'Alcorã.

Complot dressé cōtre Mustapha.

que sur ceste deffaite. Voyez icy vn trait de grande iniustice, que pour vn seul soupçon, & au simple rapport d'vne lettre, le pere soit si cruel que de condemner à tort l'innocence de son enfant le plus gentil & vaillant qu'il eut ; & lequel si eut esté tel qu'on le paignoit, se fut bien gardé de tomber ès lacs ou il fut pris, veu que plustost que estre surpris il auoit moyē & de faire ce dequoy on l'accusoit, & ensemble se venger de ceux qui luy pourchassoient sa ruine, & laquelle fut poursuiuie en ceste maniere. En l'an de nostre Seigneur 1552. le grand Roy des Turcs Solyman feit publier, & courir bruit de toutes parts, comme les Perses passans leurs bornes & limites de leur Empire s'estoient iettez sur l'Assyrie, prenans plusieurs citez d'assault, bruslans les villes, pillant le plat païs, & emmenans tous les habitans en seruage (car c'est ainsi que ces Barbares se gouuernēt en guerre) & en somme ne laissans rien de ce qu'ils rencontroient, ou ils ne monstrassent de quelle furie ils estoient conduits en ceste guerre : & que pour ceste occasion il estoit force d'enuoyer Rustā Bascha pour obuier à leurs entreprises, & les chastier s'ils auoient la hardiesse de l'attendre en campagne. C'estoit vne belle couuerture pour l'execution de leurs desseins, entant que Rustan auoit commission expresse de mettre les mains sur Mustapha, mais secrettement auec diligence, & sans se mettre en hazard de tumulte, eu esgard à l'amitié que chacun portoit à ce prince : & s'il n'auoit le moyen de le conduire iusques à la presence du seigneur, qu'il ne feit conscience aucune de le faire mourir en quelque sorte que ce peut estre. S'acheminant donc Rustan en Assyrie, la nouuelle en vint aux oreilles de Mustapha, non que Rustan vint contre luy, car c'estoient lettres closes entre luy & le grand seigneur, ains seulement qu'il alloit contre les Perses: & pour ceste cause il se mit en chemin pour aller au secours de l'armée de son pere, menant sept mille vaillans soldats, & des plus asseurez qui fussent en tout le païs de Turquie. De cecy aduerty Rustan, il en fut plus marry que ioyeux, veu qu'il se voyoit reculé de ce qu'il pensoit desia tenir en main, & sembloit, ou que Mustapha se doutast de ses desseins, ou que la fortune luy fauorisast, & voulut accabler

Rustan n'ose executer sa cõmißion.

ceux qui poursuyuoient sa deffaite. Qui fut cause que ne luy pouuant faire le bien qu'il pretendoit, & cognoissant l'impossibilité d'effectuer sa commission, il s'en retourna sans rien faire en Constantinople, faisant courir le bruit comme il auoit trouué tout le païs en paix, & que les aduis estoient faux, n'ayant le Persan fait seulement semblant de sortir de sa terre: aussi bien qu'il n'auoit osé non pas simplemẽt parler auec Mustapha, tant il redoutoit de l'accoster, cognoissant quels estoient ceux à qui il auoit affaire. Cest acte de Mustapha monstra bien s'il y auoit de la trahison en son fait, en ce que si franchement, oyant que l'armée de son pere marchoit, il se mit en campagne à si peu de forces, & que voyant le retour si soudain du Bascha, qui n'auoit daigné luy faire l'honneur de luy parler, encor ne s'estoit il point pris garde à la menée. Car s'il eut eu l'ame embrouïllée de quelque sinistre impression, & qu'il eut deliberé de iouër quelque faux tours, c'estoit icy qu'on l'eut cogneu, entant que ou il n'eut bougé de sa prouince, ains s'y fut fortifié, ou s'il se fut mis en campagne, ce n'eut esté qu'à bien bonnes enseignes, ou armé à l'esgal de son ennemy, pour le combattre, ou luy dressant de telles embusches, qu'il eut eu assez affaire à s'en desenuelopper: ou si le voyant si tost descápé, il se fut douté que la partie eut esté pour luy dressée, il y eut pourueu pour l'aduenir, & ne l'eut on surpris ainsi dessaisi qu'on feit, ainsi que verrez continuãt vostre lecture. Rustan marry d'auoir failly à son dessein, & ioyeux de la gaillardise des soldats de Mustapha, loüez de toute l'armée, & estimez tels, qu'ils estoient suffisans de deffaire la plus forte armée que le seigneur eut onc leuée, s'aida de l'occasion, & estant deuant le seigneur, luy feit sentir la difficulté de la chose, & le peu qu'il pouuoit esperer d'asseurance tandis que Mustapha seroit en vie. Car il luy remonstra, que bien que les forces du susdit enfant ne fussent rien au pris de celles de sa maiesté, ny suffisantes de leur tenir teste, si est-ce que ceux mesme qui estoient à sa suitte, auoient l'affection si constammẽt tournée vers Mustapha, que ceste seule occasion estoit celle qui l'auoit destournée de parfaire son entreprise, n'ayant presque homme auquel il se voulut fier, à cause du peril qui s'offroit

Vn tyran n'est iamais asseuré.

pour les affaires de sa maiesté, & vers laquelle il s'en estoit retourné, afin de s'en remettre du tout à sa prudence. Ce rapport redoubla l'espouuentement au cœur du bon vieillard, comme iamais l'ame d'vn tyran n'est asseurée, & se delibera, pour s'oster ceste fantasie de la teste, de ruiner Mustapha, & d'en depescher, à quelque pris que ce fut, le monde. Or n'y auoit il autre moyen, qui n'eut voulu aller à bride auallée, & iouer la farce sans rideau, & à ieu descouuert, pour exploiter cecy, que le bruit de quelque mouuement des orientaux contre l'Empire Turquesque: & pour ce les Persans furent de rechef mis en campagne, si bien que le Turc feit publier la leuée d'vne effroyable armée pour l'an ensuyuant, qui fut de nostre salut 1553. & en laquelle il vouloit luymesme en personne assister & commander, comme il se mit aussi en campagne, & sans en faire rien entendre à son fils, il passa iusques en Syrie, afin que Mustapha ne brouillast les cartes auec ceux desquels on le chargeoit, & auec lesquels on disoit qu'il auoit intelligence, mais ayant gaignez tous les passages, ce fut lors qu'il enuoya vers son fils, luy commander qu'il le vint trouuer en Alep ville fort marchande en Syrie. L'enfant s'esbahit que le seigneur eut entrepris vn si grand & beau voyage sans luy faire entendre, veu les braues troupes qu'il s'estimoit auoir en sa compagnie, & ne sçauoit qu'en penser, ny surquoy se fonder ou arrester, voyant vn si soudain mandement. Neantmoins ne se defioit il encore de rien, ne sentant son ame chargée, ains se resolut d'aller vers le seigneur: lequel auoit conceu vne haine si mortelle contre son fils, que tant s'en fault qu'il l'a peut couuer en son ame, quelque fin & dissimulé qu'il fut, qu'encore les gestes exterieurs, & sa parole, oyant parler de son fils, ou luymesme en faisant mention, monstroit plus qu'euidemment qu'il auoit conceu quelque sinistre opinion du pauure prince, & que ce voyage ne se faisoit point contre les Persans: tellement que, & les Baschas, & les plus accorts d'entre les courtisans, commencerent à soupçonner que c'estoit pour Mustapha que la partie estoit dressée. Ce qui fut cause qu'Acmet Bascha feit entendre secretement, & auec grande subtilité à Mustapha, qu'ayant esgard aux choses com-

Acmet Bascha donne aduis à Mustapha de son desastre.

me elles se manioient, & aux menées que on pratiquoit en court à son grand desauantage, il feroit bien de penser à ses affaires auant que venir au mandement du seigneur, veu qu'on ne l'appelloit point sans desir d'eniamber sur luy, ou de luy iouër fauce compagnie. Mustapha, bien qu'il adioustast foy au Bascha, qu'il sçauoit estre son amy, & feit cas des aduertissemens des autres seigneurs courtisans: quoy aussi qu'il s'estonnast de voir son pere auec vne si grosse armée en ces cartiers, sans aucune occasion suffisante, & sans que personne y eut remué mesnage, si est-ce que se fiant en son innocence, quelque crainte & soupçon qui esmeussent & tourmentassent son ame, & que presque il s'asseurast de sa mort, si se delibera il de se gouuerner selon la volonté de son pere. Estimant ce fils debonnaire, qu'il luy estoit plus honorable de mourir innocent, & faisant obeissance à son pere, que de viure & regner en se reuoltant, & à son seigneur, & à celuy qui l'auoit mis en lumiere. Aussi là dessus vous veux-ie racompter le discours qui se passa entre luy & le Docteur Alcoraniste, que le seigneur luy auoit dóné pour l'in-

Grande constance de Mustapha.

ſtruire: car comme il ſe tint pour tout aſſeuré de la mort, voyant les indices de defiance, & les aduertiſſemens de tous ſes amis, & qu'auſſi les ſonges (ainſi que verrons cy apres) luy preſageoient ſa ruine, il arraiſonna ſon gouuerneur & pedagogue Alfurcaniſte, auquel il demãda (apres auoir longuement reſué ſur ſon affaire) lequel valloit mieux, & eſtoit plus honorable & ſalutaire, ou l'Empire de tout le monde, ou la vie bien-heureuſe en l'autre monde. Voulant monſtrer par là que ſ'il choiſiſſoit la vie en ce monde, & faiſoit teſte au Roy ſon pere, c'eſt ſans faillir que l'Empire ne luy pouuoit mãquer, mais que ſouffrant paciemment la mort qu'il ſe voyoit appreſtée, il ſe tenoit pour tout aſſeuré d'auoir la gloire celeſte, tant elle eſt aiſée aux Alcoraniſtes de la gaigner. Voyez la bonté de ce ieune prince, qui aſſailly de deux vehementes paſſions, & leſquelles font eſgarer du droit chemin les plus conſtans & aſſeurez, & ſages hommes du monde, la mort, c'eſt à ſçauoir, & les grandeurs: ſi eſt-ce qu'il choiſit la plus effroyable, comme celle qui le conduiſoit au ſentier de tout repos & conſolation, & laiſſa là plus chatouil-

Demãde fort ſage de Muſtapha au Docteur Alcoraniſte.

leuse & mignarde, cōme la cognoissant celle, qui flatant l'homme l'achemine a la fin à sa ruine, ainsi que le docteur luy remonstra. Lequel, se tenant presque aussi asseuré de mourir que le Prince, ne voulut manquer en ce qui est du deuoir d'vn hōmme de sa qualité, & en quoy il surpassoit plusieurs de nos ministres, qui oyants parler de la mort oublient le respect qu'ils doiuent a l'eglise, & à la sainteté du ministere auquel ils sont apellez: entant que s'il eut exhorté ce ieune seigneur a prendre les armes, & à s'aider des moiens, qui luy estoyent presentez, c'est sans doubte que Mustapha eut inquieté l'Estat de Solyman, & peut estre luy eut osté le moien de le faire mourir si vilainement. Or ce docteur luy respondit, que l'Empire, & gloire de ce monde, si on la cōtemple telle que la raison veut qu'elle soit considerée, n'est qu'vn souffle de vent qui passe tout aussi tost, & en laquelle n'y a felicité, ny honneur, qui soit durable, ains tout ce qui y est de beau, ce ne gist qu'ē vaines apparēces, & en plaisirs plustost imaginaires, qu'ayans quelque effect veritable: entant que que celuy qui vit ainsi à tousiours les mi-

Belle admonition d'vn docteur Alcoraniste à Mustapha.

ſeres pendues à l'oeil, & eſt enuironné de toutes parts de trauaux continus, ayant le cœur aſſailly de ſoupçons ennuyeux: eſtant cõme contraint de commettre meurtres infinis, & des iniuſtices ſans nombre, veu que la guerre eſtant le luſtre qui le plus l'agrandit, auſſi il faut que pour ſa gloire on voye la demolition, bruſlement, & ſaccagement des villes, en iceluy les rapts, violemens, vols, & infinis ſacrileges, & autre forfaits eſtants compris, qui cauſent que l'hõme ne paruient point a la vie heureuſe. Que s'il cõſideroit la fragilité de ceſte vie humaine, la miſerable condition des hommes, & combien toſt paſſent ces aiſes (ſi ainſi il faut nommer vne continuelle triſteſſe) s'il penſoit que vaut deuant Dieu la gloire de ce monde, & le peu que ſeruent les grandeurs pour paruenir a la felicité celeſte: il quicteroit auſſi ces folies mondaines, & s'eſloigneroit de telles corruptions, & vilennies eu eſgard qu'aux meſchants eſt preparé vn lieu plain de ſuplices infinis, & à iamais durables, cõme au cõtraire la vie bien heureuſe ſuit ceux, qui ont quicté l'aiſe humain, pour auec trauail s'acquerir vne telle felicité per-

La mort plus ſouhaitable que la vie.

durable. Ceste admonition renforça le cœur du ieune Prince quelque trauaillé & tourmenté qu'il fut, comme celuy, qui se tenoit pour tout asseuré de sa mort, pour en auoir eu comme vne vision qui luy en donnoit signifiance, & laquelle bien tost apres ie vous pretens deduire. A ceste cause, ayant ce cõtentement d'esprit, & sans plus employer le tẽps en arraisonnements & discours, il se mit en voye auec ses troupes, pour s'aller presenter à son seigneur, & pere courroucé, sans que le pouure innocent sceut imaginer la cause de sa furie: quoy qu'il y en eust qui dient que Mustapha s'en estoit fuy vers le Persan, & qu'il auoit sollicitez les Syriens, & Egiptiens à se reuolter, en quoy ils descriuẽt, non ce qu'il auoit fait, ains seulement ce dequoy on le soupsonnoit. Entant que le Bascha d'Amasie qui l'auoit ainsi diffamé du mariage & aliãce auec le Persan, auoit fainte ceste menée sollicité par la Rousse, & Rustan, ainsi que depuis on en esclercit la trahison: & ainsi Mustapha tout perplex s'en alla au supplice, pour seulement faire voir à tous cõbien il se fioit en son innocence.

Le Bascha d'Amasie trahit Mustapha par ses lettres.

Solyman, qui n'attendoit que sa venue, s'estoit campé en plaine campaigne à quelques trois iournées d'Alep, se faisant fort que si son filz pretendoit luy faire teste, il en auroit mieux la raison aux champs que s'il le faisoit venir en quelque ville: car le pere transporté ne pensoit point que son filz vint à luy auec telle submission qu'il faisoit: tant son cœur estoit saisy de rage, & abreuué de passion, soupçons, & ialousie de son Empire. D'autant qu'il n'y a pire discorde que celle qui vient pour les estats, & seigneuries: & que si iustement, vn mary s'acharne sur celuy qui souille sa couche, & luy suborne celle qu'il estime sa propre moitié, il semble qu'a plus forte raison les Roys poursuyuent, & obstinément, & cruellement auec raison, ceux qui taschent de les priuer de la chose de ce monde la plus souhaitée de chascun, qui est le moyen de comander sur chascũ en toute souuerainеté. Et c'est pourquoy est il dit, que la grandeur & maiesté des Roys ne demande point d'esgal, ny compaignon, non plus que la nature des choses souffre qu'vn soleil, car s'il en y auoit deux, la splendeur de l'vn

N'y a pire discorde que celle qui vient pour la seigneurie.

Les Roys ne demandent compagnon de leurs maiestez.

seroit cause de l'obscurcissement, & offuscation de l'autre. Or à propos Mustaphà (estant vn faire le faut que daler vers son pere) se diligenta si bien, que le pere n'y pensant point, on luy en anonça l'arriueé : laquelle estant si soubdaine, & non attendue donna vn tel sursaut au cœur de ce pere transporté, que si au parauant il auoit soupçonné Mustaphà de reuolte, à present il se tient pour tout asseuré du forfait. A quoy adiousta Rustan plus de matiere de doubte, & effroy qui auec signes auoit comandé aux principaux chefs de l'armeé d'aller au deuant de l'enfant royal, & aux Janissaires donné le mot d'aller en diligence honorer le filz de leur souuerain : Non que ce trahistre moustaché se souciast qu'on feit recueil ny reuerence à Mustaphà, tant qu'il trouuoit les moiens d'irriter tellement le seigneur qu'il ne voulut en sorte quelconque ouyr parler son enfant. Car si Mustaphà eut esté ouy en ses raisons, & qu'on l'eut receu à se iustifier, c'est sans doute que sa cause eut trouué faueur, & deuant le Turc, & deuant toute l'armée. La discipline de laquelle est si bien obseruée que tousiours elle est preste à sou-

Grande discipline militaire entre les Turcs.

dain faire tant ce qui plairra aux chefs luy commander, les comandements desquels sont entendusd'vn seul clin d'oeil, ou signe fait de la main, tant chascun est prompt à prester obeissance. Des aussi tost que le Visir Rustan eut ainsi commandé aux troupes des Ianissaires d'aller recueillir le Prince, il s'en alla, faisant mine d'homme tout effrayé, vers Solymã, & entrãt en son pauillon, luy dit que les Ianissaires, & les Capitaines principaux de son armée s'en estoyent allez au deuant de Mustapha sans son commandement, & en monstrant grands signes d'allegresse par cris, & aplausiõs de mains à cause de sa venue: & qu'il ne se craignoit que de quelque grand malheur, puis q̃ cestuy auoit ainsi gaigné le cœur de la gendarmerie la plus forte de l'armée. Ce raport feit tressaillir le cœur du Roy Turc, tellement qu'il deuint pasle de frayeur, & pour se faire certain de cecy, il sort de sa tente, & voit la verité de la chose telle que Rustan luy auoit dit, ce qui luy augmenta, & la peur, & la colere, resolu de le faire mourir à quelque pris que ce fust pour n'estre plus en ce soucy. Or vous ay-ie promis de discou-

Grande trahison du Visir Rustan.

rir & reciter vne certaine vision & songe de Mustapha, qui luy fut comme certain presage de sa mort, comme souuent il aduient que l'ame preuoit par cõiecture ce qui est aduenir, tandis que le corps reposant elle a loisir de reuenir toute en elle, & iouyr des offices de sa perfection, lesquels sont empeschez par les sens corrõpus de ceste masse terrestre qui sert de prison a nos ames: & fut telle ceste vision.

Vision de Mustapha

Trois iours auãt sa mort & qu'il arriuast au camp de son pere, il luy fut aduis en dormant qu'il voioit vn Prophete ou autre homme, & personnage de telle condition & excellẽce, vestu d'vn habit tresreluisant & diafane, la splendeur duquel surpassoit celle des rayons du soleil, c'est homme si venerable l'empoignant par la main, le conduit en vn lieu beau, plaisant amene, plein de soueueté & toutes delices, au milieu duquel il veit vn tressuperbe & magnifique palais, embelly de tout ce qui est requis à tels edifices faits pour plaisirs, & auquel estoit ioint vn iardin des plus delectables qu'homme sçauroit pẽser ou imaginer. Estãt la arriué ce Prophete se tournant vers Mustapha luy dit. Voicy le lieu qui sert d'habitation & denieure eternelle à tous ceux qui passent vertueusement leur vie en ce monde, & qui s'opposans aux corruptions & iniustices vicieuses des mortels, se gardent purs & sans souillure, pour estre les dignes citoyés d'vne si riche & somptueuse maison. Puis se tournant de l'autre costé luy mõstra deux grandes riuieres, l'vne desquelles auoit l'eau espaisse, trouble & noire comme poix, & sembloit quelles boulussent, & fussent toutes en fumée, au dedans desquelles il veit vne multitude infinie de peuple, les vns s'y plongeãs & les autres venans sur les ondes, mais tous esplourez & hideux, & qui hautement se plaignãs requeroiẽt misericorde. C'est icy (dit la guide de Mustapha) que sont plõgez & punis ceux qui ont mal & meschamment vescu estans en ceste vie, & lesquels ont faict tort & iniustice à leurs suiets: car toute ceste trouppe est seulement de grands Roys, Princes, & Empereurs, qui ont commandé sur les autres en ce monde. Et cecy dit, l'homme s'esuanouit, & la vision prit fin par mesme moyen. Ie laisse à disputer d'où estoit causé ce songe, & si la force de l'imagination ne mettoit ces

D'ou se causent les songes.

Prestres Mahometās enchāteurs.

figures es impressiōs de l'ame de ce Prince, tout effrayé encor des propos que luy auoit tenuz son docteur, ainsi qu'auez veux cy dessus: ou si son ministre (estans tous ces prestres Mahometans presque enchanteurs, & instruits es sciences obscures) luy auoit suscité ce fantosme, cōme d'autresfois à vn Prince de la mesme race Othomane, il en aduint sur le iugement des religieux de la secte plus parfaicte d'entre les Alcoranistes. Car & l'vne raison & l'autre peuuent estre receües, veu que Mustapha ayant desia aprehendé la mort, & instruit de la description de paradis, selon qu'il est painct en l'Alcoran comme aussi les paines denfer y sont effigiées, il est vraysemblable que le long pensement de cecy en veillant, ne luy causast ceste vision en son sommeil. Mais de quelque lieu qu'elle eut source fut de l'aprehension: ou par charme, ou Dieu luy voulant donner aduertissement de sa mort, si est ce que le presage eut effait, comme verrez maintenant.

Mustapha estōné de ce songe, ne sceut à qui mieux se conseiller sur cecy qu'à son predicant Alfurcaniste, auquel il racompta de poinct à autre sa vision. Le Sancto oyant cecy fut saisi d'angoisse, & douleur, & ayant pensé assez longuement sur le recit du Prince, luy dit que cela ne signifioit rien de bon, & qu'il se craignoit que quelque desastre ne luy aduint, pource le pria de prendre esgard à sa vie, contre laquelle sans faillir il en y auoit qui dressoyent des embusches. Or tous les Turcs & sur les autres principalement ceux qui sont gens de marque & de reputation, lesquels ne boiuët point vin, & font profession d'estre Mussulmans, & vrays obseruateurs de la loy Mahometiste, sont estrangement superstitieux, & adioustent foy aux songes & visions qui aduiennent en dormant, sans qu'ils considerët les causes naturelles qui donnent source à ses fantasies. Mustapha bien que presque il s'asseurast de la verité des aduertissemens de son ministre, si est-ce que resolu en sa premiere deliberation d'aller voir son pere, il dit: Ia ne plaise à Dieu qu'vne vile & poltrone frayeur aneantisse le cœur du fils de Solyman Empereur du monde: car puis que c'est par le commandement de mon seigneur & pere que ie suis mandé, ie ne failliray aussi de l'aller trouuer, aussi cognoissant & sentant en ma conscience que i'ay toute ma vie (suyuant que le deuoir me le comandoit) porté telle & si grande reuerence à sa maiesté, que quelque part qu'ayt esté son siege ie n'en destournay onc la face, ny feis chose qui peut causer tât peu soit d'offence en son endroit. Et Dieu scait (dit il en soupirant) que iamais ie n'aspiray à l'Empire, ny conuoitay la seigneurie, & estats de mon pere, sinon entant qu'vn filz en peut attêdre apres le trespas de son pere, voire ny encore pour lors l'ay-ie souhaité, si ie ne suis trouué digne d'estre le successeur d'vn si grand Monarque que Solyman, & le conducteur des armées Turquesques, sans l'effusion du sang de mes freres, ains auec eux plustot ay tousiours pretendu gouuerner l'Empire en paix, & iustice pour nostre repos, & soulagement de ceux qui nous obeissent.

Et vous iure, que si c'est la voulonté du Roy mon seigneur & pere, que i meure, que i'ayme mieux de mourir ainsi innocent, & martyr en luy obeissant que viure auec l'Empire plusieurs ans, & porter le tiltre de rebelle, irreuerend, & desobeïssant à celuy qui m'a engendré. Et qu'ay-ie aussi qui ne soit de luy, & que luy me rauissant, ie luy puisse redemander comme chose mienne? Et au reste si ie refuse d'aller vers luy, & tasche de m'escuser, ce sera donner argument aux enuieux de dire, & publier, que ouuertement ie suis rebelle, & me suis declaré ennemy de mon seigneur. Non non, allons à la boucherie, puis que Solyman le veut, & meure Mustapha, s'il est ainsi que son pere le commande: à tout le moins finiray-ie auec ceste gloire, que obeissant ie laisseray vn trance pour iamais au cœur de mon pere, qui se souuenant de sa sentence trop soudaine, se repentira de son faict, & punira les delateurs qui l'auront blecé si cruellement, que de luy oster celuy qui l'aime plus que toutes les choses de ce monde, & lequel ils font haïr, sans que iamais il leur en ayt donné l'occasion. Allons allõs experimenter la seuerité, ou la courtoisie du grãd Roy des Mussulmans, car auant que faire reuolte ny ſedition, i'ayme mieux que la terre ſ'ouure, & m'engloutiſſe tout vif, & ſuis en l'opinion que plus vault mourir, & ſe ſacrifier pour le ſeruice de mon pere, & pour l'oſter de ſoucy, que viure, & le tenir en peine & ennuy, plus faſcheux que la mort meſme. Ainſi reſolu, il ſe mit à marcher, & vint en fin ſe ioindre en la campaigne, ou eſtoit parquée l'armée de Solyman. Or iuſques icy n'auons veu que les menées, & cōſeils du maſſacre de ceſte tragedie, mais d'icy en auant ſe preſenterōt les effets cruels, les ſanglans ſpectacles, & les fureurs ſi eſpouuentables que la ſeule memoire ſuffit pour nous faire tarir la parole en la bouche, & tomber la plume de la main, voyans les malheurs qui ſ'enſuiuirent d'vn commencement ſi pernicieux. Et n'eſtoit que ce ſont des ennemis communs de noſtre ſaincte religion, & la ruine deſquels nous doit eſtre treſagreable, comme auſſi ils ſe plaiſent à nous accabler, ie plaindroy le deſaſtre de ceſte maiſon, ainſi eſbranlée, par la ſolicitation de ceux qui plus la deuoient maintenir & deffendre, & leſquels euſſent mieux faict de rabaiſſer la colere du pere, ſ'il ſe fuſt irrité con re ſon ſang, que d'estre eux-mesme la cause de sa fureur & trāsport. Mais que sçauroit on tirer d'vn Barbare que faits cruels, ny d'vn tyran, sinon que violences & iniustices? A propos dōc, Mustapha arriué au Camp, & ayant faict dresser toutes ses tentes, se prepara pour aller faire la reuerēce à son pere, & sçauoir qu'est ce qui luy plaisoit luy commander, prest à obeïr en toute chose, & ainsi il se vestit tout à blāc pour plus modestement se presenter à celuy qui l'atendoit en vne deliberation toute diuerse. Estant sur le point de sortir de sa tente, il s'aperçeut d'vn poignard qu'il auoit à sa ceinture, & soudain tournant en arriere le iecta à part, afin (dit-il) que si on veut me faire quelque villenie au logis de mon pere, i'aye osté de dessus moy tout moyen de me preualoir des armes contre sa maiesté. Et en cest equipage il s'achemina vers le pauillon de Solyman, à la premiere entree duquel il fut amiablemēt receu des Ennuques, qui seruent ordinairement le Seigneur: ou il ne veit toutefois aucun autre apareil qu'vn siege seul, sur lequel on le feit asseoir. Ceste ceremonie luy commēça fort à desplaire, comme luy prognostiquant quelque

D'vn tyran ne scit que tyrānie & iniustice.

Valets de chābre du Turc sont Ennuques

succez malheureux, & croy que s'il eut esté encor en Amasie, qu'à grand peine fut il venu qu'à bonnes enseignes, veu qu'il voyoit bien que ceste solitude de l'entrée du logis Royal ne signifioit rien de bon, & que si le seigneur fut bien affectionné en son endroit, il y eut eu quelque Bascha, ou Beglerbey qui le fut venu bienuienner, & recueillir. Plus se trouua estõné, & surpris le miserable Mustapha, lors que s'enquerant comme se portoit la maiesté du Seigneur, & s'il sortiroit encor: à quoy luy fut respondu, qu'il attẽdit en patiẽce, & que bien tost il en auroit la veuë, quãd il veit sortir d'vn coing du Pauillon, & du second costé d'iceluy, les sept muets qui assistẽt tousiours pres la personne du grand Turc, & lesquels entendẽt les signes, & ce qu'il veut qu'ils facent, & executẽt, soudain ses commissions, & secrettes sentences. Dés que Mustapha aperceut ces tristes & effroyables semonneurs de nopces sepulchrales, le cœur luy faillit, & deuint tout esperdu à cause qu'il sçauoit que ces messagers sans parole, ne portoiẽt onc autre nouuelle q̃ de piteux effait. A ceste cause se tournant vers eux il dit : Ah Dieu, voicy ma mort:

Le Roy Turc seruy de sept Muets en ses secretes executions de mort.

&ce disant voulut se mettre en fuite, mais il n'y auoit plus moyen d'eschaper, car estant poursuiuy, il fut arresté hors du Pauillō par les Eunuques, & par la garde du seigneur, & trainé par force dedās la tēte, ou tout soudain les Muets luy mirēt vne corde d'arc au col pour l'estrangler : luy qui estoit fort & puissant se deffendit tāt qu'il luy estoit possible, repoussant ceux qui vouloient faire l'office de sa deffaite, & les prioit fort amyablemēt, & auec parole tant pitoyable que tout autre fors la Barbarie d'vn Turc, sans compassion, eut amoly son cœur pour respecter la priere de ce ieune Prince: & sa requeste ne consistoit point en ce qu'il voulut que la vie luy fut sauuée, ains seulement qu'auant mourir il luy fut loisible de dire deux paroles à son seigneur & Pere: Mais le tres-cruel & inhumain Solymā, qui estoit attēdāt de l'autre costé du pauillō la fin de ceste piteuse tragedie, iouée en sa propre presēce, mettāt la teste hors le rideau, leur dit. Cōmēt? n'auez vous point encor occis ce trahistre, lequel par l'espace de dix ans ne m'a laissé reposer de bon sommeil, & à mon aise? Voyez cōbien de tēps ce Roy Barbare auoit couué ce desdain contre son fils, & s'estoit tellement acharné que il fut si cõstant, & ferme en son meschãt propos que de pouuoir souffrir que son propre enfant, son aisné, & le vray & legitime successeur de sa courõne fut estráglé en sa presence: soudain apres ce hideux tõnerre de la voix du souuerain des Turcs. Les Muets secouruz des Eunuques vous iectent Mustapha par terre, & tirãs ce boyau & corde d'arc, les vns d'vn costé & les autres de l'autre, ils rompirent le col de Mustapha, & estranglerent ce Prince miserable, hõme, au recit de ceux qui l'ont cogneu, autant accomply, gẽtil, & vertueux, que iamais le sang Othomã en ait eu en sa famille, & le plus loyal & equitable d'entre tous les Mahometistes: Contemplez s'il est possible de trouuer barbarie au monde plus grande que ceste cy. Que le pere soit si impitoyable, ie ne diray pas de condemner son fils, mais bien de veoir luy mesme, sans estre esmeu d'aucune affection, la ruine de celuy, qu'il deuoit absouldre, l'ayant honestement repris, quand bien il eut commis quelque faulte. Ah desir de regner, & gloire mondaine, combien en as tu conduit à fin miserable? Vne Semyramis oc-

Mort cruelle, & pitoyable de Mustapha.

cist son mary, pour tenir le royaume Assyrien. Les enfans d'Artaxerse ne feirent conscience de conspirer contre leur pere, ny luy aussi de les faire tous mourir à cause de ceste conspiration. Ceste seule ialousie de dignité & seigneurie, feit que Gondebauld Bourguignon occist son propre frere, & causa depuis la ruine & aneantissement de la race, & sang royal de Bourgõgne qui escheut par Clotilde en la maison de France. Ie n'auray iamais faict, si ie vouloys reciter tous les exemples seruans à ce propos, & toutesfois ne trouuez vous gueres en toutes les histoires vn fait plus pitoyable que cestuy-cy, ny vn acte plus cruel que celuy de Solyman. Ceste mort ne porta point la fin de la tragedie commencée, ny fut le dernier acte d'icelle. Car il s'ensuiuit bien d'autres massacres, & tous de personnes seignalées; & les vnes innocentes, & les autres ayant quelque coulpe en cecy: tãt executé, tant pour apaiser les ombres de Mustapha mort, que pour rassasier le cœur non encor saoul de l'effusion du sang humain, de ce grand tyran de Turquie, qui ne vouloit rien laisser de reste à l'accomplissement de sa cruaulté.

Voy les Annales de France & de Bourgongne.

Vous auez veu cy deuant comme le Bascha d'Amasie auoit dóné l'aduertissemét de l'intelligéce que Mustapha auoit auec le Roy de Perse, quoy que les plus gens de bien teinssent cest aduis pour faux, supposé, & plein de calomnie: aussi fut sur ce Bascha, que la premiere vengeance du Prince mort fut executée: car estát saisy on le chargea, non de l'accusation faicte faulsement, ains de ce qu'il n'auoit si bien tenu l'œil sur Mustapha, que personne ne luy parlast, qu'on ne sceut bien quelle en estoit la pratique, le proces n'en fut guere long, nó plus que d'vn gentil homme Venitien pris, (estant petit enfant) en vne Galere, & duquel le Seigneur auoit fait present à son fils, lequel estoit si fauory de Mustapha, qu'il portoit la cornette royale en guerre: entant que & l'vn & l'autre eurent les testes trenchées publiquement par l'ordonnáce de Solymá. Le Venitien estoit de grosse maison, & noble, & croy qu'il estoit aussi innocét que Mustapha, mais le Bascha estát peruers, & ayant trahy doublement son seigneur, meritoit bié qu'on le traitast encor plus rudement, s'il est possible qu'il y ait pire traitemét q̃ la mort.

Bascha d'Amasie decapité.

Attendons encor, car ce ne sont pas tous les massacres, ny le sang espandu en la maison Othomane, & de la mesme race Royale: car il falloit que la Rousse se ressentir aussi bien de ce malheur que la Dame Circassienne, mere du deffunct Mustapha, & entendez comment. Nous auons dit cy dessus que Solyman auoit quatre fils de la Rousse, lesquels successiuemēt, & l'vn apres l'autre se tenoient en cour, à la suite de l'Empereur Turquesque: & que sur tous y frequētoit Zeangir le Bascha, à cause q̄ le seigneur l'aymoit sur tout autre pour sa gētilesse, & prudēce. Cestui-cy estant lors en cour, Solyman le feit venir à soy, & luy dit cōme son frere Mustapha estoit venu, & qu'il estoit desia dedans le pauillon, & pource luy conseilloit de l'aller veoir, & puis qu'il s'en reuint: car il luy vouloit parler de chose d'importance. Or est il à noter que ce pauure bossu ne sçauoit rien des menées & cōplots du Roy, ny des desseins & trahisons de sa mere, ny du Bascha Rustan, & aussi quand on luy eut communiqué, il estoit de naturel si bon & genereux, que pour mourir il n'eust souffert qu'on calōniast ainsi vn Prince, qui seruoit d'ornement, & lustre à leur race, & eut destourné le seigneur de ceste entreprinse, ou son frere de se presenter, que les choses ne fussent autrement disposées. Mais ignorant tout cecy, & oyant parler de la venue de son frere y alla soudain & fort ioyeusement, pensant receuoir quelque grande ioye, en ambrassant celuy que parfaictement il aimoit: mais son plaisir fut fort court, & son contentemẽt print plustost fin, que presque il n'auoit eu naissance. Car tout aussi tost qu'il entra au Pauillon de l'execution des Muets il apperceut bien son frere, mais en autre equipage qu'il ne le pensoit, ny le cerchoit, le voyant tout roide mort par terre: ce qui luy donna vn tel sursault au cœur, qu'il cuida tomber de son hault, saisi d'vn si piteux spectacle: mais supporté de sa constance se meit à lamẽter, & dire ce peu de parolles. Et qu'est cecy Mustapha, le plus beau, gentil & vaillant de la race Othomane? d'où viẽt qu'on m'enuoye te visiter, puis qu'on sçait que ie ne te trouueroy pas en vie? Seroit il possible que le pere fut si inhumain, que d'auoir causé la mort d'vn sien fils

fils tãt honorable? S'il est ainsi ia ne plaise à Dieu que ie viue apres cestuy tãt parfait & obeissant: car il ne faudroit qu'vne mouche qui passast deuant les yeux d'vn calomniateur pour me faire souffrir vne pareille faueur que celle que ie voy auoir donné fin à la vie de l'excellent Mustapha. Ah! enuieux, enuieux! mais à qui est-ce que ie m'attaque? ah! Roy Solyman, Roy sage, & cler voyant, est-il possible que tu ayes rien trouué en ce tien fils si obeissant, qui fust digne qu'on le traitast en telle sorte? & quelle faulte secrette auois tu commise (ô cher frere!) puis que les ministres des executiõs secrettes sont ceux (cõme ie peux voir) qui ont mis fin à ta vie? Ainsi qu'il vouloit continuer sa complaincte voicy entrer au pauillon (à cause que le seigneur l'auoit ouy plaindre) vn des Eunuques qui luy dit de la part de Solyman, qu'il ne se contristast point, & que Mustapha estoit payé selon ses merites, au reste que le seigneur qui sçauoit ses vertuz & loyautez, luy faisoit present & du gouuernement, & des despouilles de Mustapha, asseuré qu'il en vseroit plus loyaumẽt que celuy, qui estédu mort, auoit malversé au seruice de son pere. Zeangir oyant ce langage, entendit ſoudain que c'eſtoit Solymã meſme qui auoit faict faire ce beau meſnage, & qui luy faiſoit don de la ſucceſſiõ de ſon frere, peut eſtre plus pour monſtrer que la mere de ceſtuy cy eſtoit cauſe de ce deſaſtre, que pour affection qu'il eut à ſes enfans, non que ceſtuy (comme i'ay dit) en ſceut rien, mais le Turc ayant ces opiniõs imprimées en la fantaſie. A ceſte cauſe il diſt à celuy qui luy portoit la nouuelle, tout ainſi que ſi le ſeigneur y eut eſté preſent, & lequel pouuoit auſſi bien l'ouyr qu'il auoit veu la mort de ſon autre fils. Ah chien deteſtable, & traiſtre Roy, & non plus pere, eſt ce ainſi que tu traictes tes enfans, les plus loyaux de ceux qui te font ſeruice? Et veux tu que ie ſois le ſucceſſeur des biens de Muſtapha pour me faire l'heritier de ſa ruine, à la moindre fantaſie & ſoupçon qui te prendroit, & te feroit enfurier contre ma vie? Va malheureux, cruel, & inhumain que tu es: & garde pour toy, ou pour les cruels executeurs de tes tyrannies, les theſors, pauillõs & deſpouilles de mõ frere Muſtapha, car à moy as tu failly: & donne à qui tu voudras la prouince d'Amaſie, veu q̃ ie n'ay affaire de tes presens, & ne me soucie de tes largesses, puis qu'elles sont si dommageables, ny de tes faueurs en estant la fin si pernicieuse que la mort, & que l'infamie calomnieusement imposée. Aussi n'y a il aucun qui doubte que s'il est peu tōber en ceste fantasie, & en ceste enragée peruersité de ton opinion, comme ie voy que malheureusemēt tu t'es oublié de ce faire, que de commander la mort ignominieuse d'vn tien fils si vertueux, & duquel on auoit telle esperance, & de telle generosité, qu'à peine en verra lon iamais vn semblable en nostre race : ia Dieu ne me soit onc en ayde, si ie fais ny souffre que iamais tu vses de telle cruauté sur ce miserable bossu, & que ie serue de passetemps à tes yeux, ny de suiet à la cruelle tyrānie & executiō de tes Muets abominables. Tout aussi tost qu'il eust dit cecy, à fin que personne n'eust le loisir d'en porter la nouuelle au seigneur, auāt qu'il eust mis afin son dessein, & qu'on ne luy en empeschast l'effect, il prit le poignard qu'il auoit à son costé, & sans aucun effroy, & hastiuement il s'en donna en l'estomach entre les deux bosses, qu'il auoit sur le deuant, & assena si bien son coup,

Zeangir le bossu fils de Solymā s'occist soy mesme.

que tirant la main affoiblie de la place, ou il s'estoit frappé, la vie aussi s'en vola auec le sang, & son ame s'ē alla visiter les lieux souterrains, auec le reste de ceux de sa race. L'effroy se leua fort grād par tout le cartier ou estoiēt les testes du seigneur, à cause des lamentations que chacun feit, voyās celuy mort que le seigneur aimoit tant, & la vertu & sagesse duquel estoit de chacun respectée. La nouuelle en estant espandue iusqu'au seigneur, il commença quoy que biē tard d'accuser son indiscretion, & de plaindre le malheur du pauure bossu son fils, sur lequel il parla en ceste sorte. Et quel est cestuy malheur, qui à present poursuit la maison de Solyman, si heureux iusqu'à present es guerres estrāgeres? Seroit il bien possible que Mustapha se vengeast desia sur moy de ma grāde seuerité & inuiolable iustice? Ou si si c'est mon ayeul Baiazeth qui prist vēgeance sur les enfans du fils de Zelim, qui le feist mourir par poison? Ah Zeangir mon cher fils, ce n'estoit à toy que ton pere s'adressoit, ce n'estoit sur ta vie qu'il pretendoit s'acharner, quoy qu'il aye fait mourir vn rebelle, & celuy qui poursuiuoit les enfans du second lict, & de la couche legitime. Ah enfant debonnaire que follement tu aymois, puis que plaignãt la mort de ton frere, l'ennemy mortel de toy, & des tiens, tu as esté si mal aduisé, & si peu cognoissant de mon desir que de t'occir toy mesme, & priuer ton pere de son plaisir, & les tiens de la personne du monde qu'ils deuoient aymer le mieux sur toute creature Ah trahistre Mustapha, comme tu m'auois corrompu par tes menées les plus gens de bien, puis que cestuy si bon, & si gentil, se sentoit de tes humeurs, & n'a voulu suruiure apres toy, non qu'il fut meschãt, mais estimant que tu fusses aussi droit en besoigne que luy, & que tes dissimulations fussent les vrays & loyaux seruices que tu deuois à tõ seigneur. Mais qu'estce q̃ ie dis? c'est le desastre qui me poursuit, & qui me veult priuer de mes aises, entant que la trahison m'a faict perdre vn fils le plus accomply Prince du monde, s'il ne se fut pris felonnemẽt à son pere, & m'a priué d'vn mien enfant des plus sages de la terre, si le trop d'affection, ou le peu d'esgard ne l'auoiẽt fait folier, à se occir, & ré plir ma maison de sang, mon cœur d'angoisse, & les oreilles de tout le mõde d'estonnemẽt, quand on entendra de si estranges occurrẽces que ces massacres. Au fort ie marcheray auec la conscience sans aucun elancement, pour chose qui soit aduenue, n'ayant rien entrepris sans iuste occasion, ny dequoy ie doiue me repentir : trop bien suis ie marry oultre mesure, que la trahison de mon fils aisné soit cause que ie l'ay perdu, moy le voulant, & le condẽnant, & que Zeangir se soit deffait, à mon grand regret, & mescõtentemẽt. Or telle ayant esté au vray la mort du Bossu fils de Solyman, si est-ce que les Turcs la comptent d'autre maniere, voulant couurir l'infameté de la race Othomane, & respectans celuy qui commande sur eux. Et dient que Zeangir mourut d'vne Squinance qui le saisit, & le suffoqua tout soudain : mais ils deussent auoir attribué ce gẽre de mort à Mustapha estranglé, plustost qu'à cestuicy, d'autant que son mal luy auoit pris, & saisi la gorge, là ou le Boussu fut touché en l'estomach, & és parties les plus nobles, & sensibles. Et quoy? non plus que la ruine de Mustapha ne pouuoit estre celée, aussi la mort de cest autre fallut quẽ fut descouuerte, & quoy qu'on

Zeangir est dit par les Turcs mort d'Esquinance.

la pallie, si appert il que d'vn fol desplaisir touché, Zeangïr se sacrifia sur son frere, & tomba roide mort sur le corps d'iceluy, comme si en s'occiant il se fut vengé de ceux qui auoient causé vn si piteux massacre. Ces malheurs ne furent encore la fin de ceste infortune, si le seigneur mesme ne se fut veu en danger d'accompaigner ses enfans, au tombeau, & escoutez la cause de telle occurrence. Auant que personne fut encor aduerty parmi le camp de ce qui s'estoit passé au pauillon Royal, Solyman commanda à quelques vns des siens qu'on portast en ses tentes tous les meubles & thresors, qui estoient aux tentes de son fils Mustapha: pour à quoy obeïr, allerent au Cartier dudit seigneur deffunct ceux qui en auoient la charge, auec lesquels se ioignirent plusieurs autres, qui pensoient qu'on allast piller tout le reste. Ceux qui estoient venuz auec Mustapha, voyãt venir si grand troupe sur eux, craignans qu'on ne leur donnast quelque charge, comme ceux qui sçauoient partie des soupçons qu'on auoit sur leur maistre, se mirent sur leurs gardes, & s'armerent, & dresserent leurs raues piests à combatte:

Grãde esmeute au au camp du Turc & pourquoy.

& voyans que les autres passoient oultre, & taschoient de les forcer, mirent la main aux armes, & se deffendirent fort vaillamment, si bien que tant d'vn costé q̃ d'autre il en y eut plusieurs morts, & vn nombre infiny de blecez. Le camp du Roy voyant que l'alarme alloit en accroissant, veu le grand bruit des escarmouchans, & les Mustaphiens, craignãs que les leurs n'eussent à souffrir, s'assemblerent de toutes parts, & donnerent vne alarme si chaude & hazardeuse, qu'il y mourut plus de deux mille personnes, cõme les victimes ordonnées pour apaiser les ombres des enfans royaux : sans q̃ pas vn des costez & cartiers du camp sceut pourquoy est-ce que si cruellement il se attaquoit à son compaignon. Et n'eust pris fin la bataille pour si peu, tant tous estoiẽt bestialemẽt transportez, si Acmet

Acmet Bascha sage Capitaine.

Bascha hõme de grande reputation, graue, auctorisé & respecté pour sa vertu & discipline militaire, & ayans des soldats à cause de sa vaillãce, & bonheur au fait de la guerre, ne se fut mis en auant, & n'eut fait arrester, & les Ianissaires du camp de Solyman, & les soldats qui estoient venuz auec Mustapha, lesquels tous voyans cest excellent Capitaine, se arresterét pour l'ouyr parler, & ausquels il feit ce petit mot de harangue fort gracieusement prononcée. Voulez vous dõc (mes freres & enfans treschers,) qu'on vous estime si meschans, & difficiles à manier, que vous soyez si temeraires, & follement presomptueux que de vous opposer aux commandemens du seigneur, vostre souuerain Prince, lequel veut que le pauillon & thresor de son fils soient transportez auec les siens? Et ou est-ce que Mustapha pourroit estre plus honorablemẽt qu'en la compaignie, & à la suitte du Roy son pere? Ia n'aduienne que moy, qui vous ay cogneuz de si long temps tresvaillans, & tresbons Mussulmans, cõme vrayement vous l'estes, vous experimẽte à present insolés, & infidelles à vostre seigneur, & au miẽ, & ne peux pẽser q̃ si peu d'occasion soit maintenãt suffisante de vous faire alterer ny chãger ceste vostre anciẽne vertu, laq̃lle vous dõne ce loz, q̃ vous auez si longuemẽt guerroyé és armées des Othomãs auec tiltre de grande loyauté, cõme ceux qui estes esloignez de toute corruptiõ & sinistre pensée au seruice de nostre Prince com-

Harãgue d'Acmet Bascha aux soldas des deux armées.

Ce mot Mussulmans emporte fidelité.

mun, pour la gloire duquel, & auãcemẽt de son Empire, vous auez faict trembler presque tout le mõde, & faict cognoistre à chacun que vous suiuant Solyman, & luy ayant de tels soldats, estes pour vaincre & accabler le reste de tous les Roys de la terre. Et puis q̃ c'est vn mesme seigneur que nous seruons, & q̃ de luy nous prenons & vie, soustien, soulde, & auancement, & n'y ayant rien de diuisé en l'Empire Turquesque, mettez bas (ie vous prie) les armes, & oubliez ceste discorde ciuile: renguaignez ces trãchans Simeterres, qui ont esté trop longuement employez nuds, à la ruine des fidelles suiets de nostre Prince, & ne vueillez que si peu d'occasion que ceste-cy, soit cause que nostre accablemẽt vienne de nous mesme, & que ce que les Persans, n'y les Chrestiens n'ont peu faire, ce soyons nous, qui pour leur seruir de passetemps, le mettõs en execution, & nous venons à deffaire de nous mesme. Regardez, mes enfans, qui est celuy qui vous prie, & au nom duquel il vous requiert, & vous souuienne de la foy iurée au Sultan Solyman, pour le seruice duquel vous deuez vous armer contre tout le monde, & considerez que ceſt ſous Acmet, que vous auez fait & le ſerment de fidelité,& l'apprétiſſage de ce que ſçauez faire en guerre. Ie vous redemãde,& le deuoir qui vous oblige au ſeigneur,& le reſpect que me deuez porter, meſme ne vous requerãt que de choſe iuſte,legitime,& equitable, afin que le ſeigneur cõtét,vous ſoyez en repos,& moy glorieux en mõ ame,& honoré de tout le mõde,ayãt cõmãdemẽt ſur les plus fidelles,loyaux,& modeſtes ſoldats de la terre. En y a il pas vn qui refuſe de m'ouïr? y a il perſonne qui eſtime iniuſte ma requeſte? qu'il ſ'auãce hardiment,& me die la cauſe de ſon oppoſitiõ, & ſ'il y a q̃lque cas à dire, qu'on le propoſe ſans q̃ les armes iugent de ce q̃ la loy & la couſtume peuuent decider,veu que le ſeigneur eſt ſi iuſte,& vous aime tant, qu'il n'a garde de faillir, & à vous eſcouter , & à vous faire iuſtice : ſeulement auec ceſte conſideration , qu'il vous plaiſe de mettre bas les armes, & vous retirer chacun en ſon cartier,ſans plus vous entrenuire. La remonſtrance d'Acmet Baſcha eut tel effort , & ſa grauité telle efficace à l'endroit de tous les ſoldats,qui l'admiroient comme vn grand chef de guerre,que non ſeulement laisserent ils la poursuite du combat, & oublierent leur querelle si soudaine, & si cruellement poursuiuie, ains encor souffrirent qu'on emportast & pauillon & hardes, du deffunt Mustapha prince d'Amasie. Mais ceste paix & repos ne fut de guere grande durée, & ne iouïst Acmet longuement de l'aise qu'il pensoit auoir basty pour son seigneur, soit qu'il ne sceut la mort de son Mustapha, ou que le sçachant, & n'y pouuant remedier, il eut dissimulé ce qu'il en pẽsoit. Car tout aussi tost qu'on entendit au camp, tant d'vn costé que d'autre, la mort de ce ieune prince, & tout ce qui s'en estoit ensuiuy, nõ sans faillir d'y adiouster quelque cas, ainsi qu'on a de coustume en toute nouuelle de chose non attendue, on veit aussi soudain tout esmeu, & en grande confusion, tant pour la perte du prince occis, que pour se voir soupçonnez de la trahison qu'on luy mettoit sus, & qu'on leur imposoit le nom de desloyaux, entãt qu'il estoit impossible qu'ils fussent exempts de coulpe, ou Mustapha seroit redeuable à punition, & meriteroit la mort pour sa forfaiture. En ceste nouuelle esmotion il prennent de rechef plus furieusement

Le camp du Turc mutiné de rechef cõtre luy.

les armes que iamais, faisans vn bruit si effroyable, que les plus asseurez du cartier du seigneur ne sçauoient à quel sainct se vouër, & n'oyoit on que gemissemens, plaintes, larmes, & cris, & en fin menaces, & sur le murmure desquelles ils coururent tous transportez iusques au pauillon du grand seigneur, prests à faire quelque beau mesnage. Ie vous laisse à penser si Solyman fut alors estonné, se sentant poursuiuy pour la mort, non de Zeangir, duquel le soldat ne se soucioit guere, mais de ce guerrier Mustapha aimé de la gendarmerie, & à cause qu'il auoit opinion que les Ianissaires eussent conspiré sa mort, pour faire Empereur le prince deffunct. Or falloit il qu'il feit icy de necessité vertu, & que quelque frayeur qui luy eut saisi son ame il monstrast vne cõtenãce asseurée, quoy qu'à le regarder de pres il n'estoit si ferme en sa maiesté, que iadis le Macedonien voyant ses soldats mutinez contre luy: car l'autre eut bien la hardiesse de chastier les siens, & d'empoigner les plus huppez, & chatouilleux pour les faire mourir: là où Solyman fut si esperdu, qu'il estoit sur le point de s'enfuir si les siës mesmes ne l'eussent arresté,

Hardiesse d'Alexandre Grand, voyãt ses soldats mutinez.

& contraint de demeurer, ſçachans bien qu'ailleurs il ne pouuoit mieux asseurer ſa vie, & que luy abſent, auſſi ne pouuoient ils eſchapper qu'on ne les taillaſt en pieces. Arreſté dõc qu'il fut, il ſ'en fallut bien peu que ſes ſoldats enfuriez, & transportez & d'ire & de douleur ne l'occiſſent, tant cruelle & deſraiſonnable eſt vne multitude qui ſecoue la bride de recognoiſſance & ſubiection, tellement que ceſte peur fut cauſe qu'il reprit cœur, & ſe delibera de ſe monſtrer aux ſoldats pour voir ſ'ils ſeroient ſi endiablez que de le maſſacrer: car ceſte ſeule eſperãce luy reſtoit il, n'ayant le moyen de gaigner au pied. Eſtant donc hors de ſon pauillon, regardant ces gens, qui ne le reſpectoient en ſorte quelconque, fut plus effrayé que iamais, & neantmoins d'vne parole aſſez mal aſſeurée, & ayant la face toute ternie & palliſſante, il leur parla en ceſte maniere. Dittes moy (ſoldats) quel bruit eſt ceſtui-cy, & d'ou eſt-ce que vous auez appriſes ces façons de faire? D'où viennent ces inſolences, & la brauade qu'à ce iour vous m'auez faite, auec ſi peu de reſpect & conſideration du ranc que ie tiens? A quoy tendent ces armes que vous portez

Solyman pẽſa eſtre occis par ſes ſoldats.

contre moy, & que signifie ceste fureur peinte si acharnément en vos visages? Auez vous point perdu du tout la cognoissance de mon estre & cődition? Ne sçauez vous pas que ie suis vostre seigneur, & celuy qui vous doit gouuerner, & auquel vous auez iuré la foy & obeissance? Les soldats respondirét à cecy fort furieusement, & auec vne parole qui ressentoit son mal-contentement, que pour vray ils le recognoissoient à seigneur, cőme ayant esté esleu par eux, & auquel par vn si long temps ils auoient fait honneur & reuerence, luy obeissans en toutes choses, & amplifians son Empire & domaine plus que iamais il n'auoit esté accreu sous pas vn de la race Othomane: toutesfois disoiét ils, que leur principalle intentiő, en l'eslisant pour leur prince, fut, qu'il les gouuerneroit par iustice & equitablement & non cőme vn tyran, lequel sans occasion vint espandre le sang des innocens, & qu'auec cruauté il feit iniustemét mourir les gens de bien, & ceux qui fidelement luy auroyent fait seruice. Quant aux armes, qu'ils les auoient prises non à la volée, ny inconsiderément, ains poussez d'vn iuste desir de se venger des torts &

iniures qu'on leur faisoit, & pour prendre vengeance de la mort cruelle & iniuste du vaillant prince Mustapha, & se purger de la calomnie qu'on leur auoit mise sus, les blasmant de trahison, non iamais par eux pourpensée : & lesquelles ils auoient deliberé de ne iamais mettre à bas que l'accusateur ne comparust en iugement, & monstrast euidemment leur meschanceté & felonnie, protestans que s'il se pouuoit prouuer que iamais ils se fussent forfaits tant soit peu en ce deuoir, & obligation qui les auoit liez à l'obeissance de l'Empire des Othomans, que de leur bon gré ils se soumettroient à toute peine & cruel supplice, comme indignes de grace, & ne meritans que le seigneur leur donnast la vie : En somme ils importunoient fort Solyman, & le pressoient de declarer tout hault, & deuãt tous, qui estoit celuy qui leur auoit brassé vn si mal plaisant breuuage : dautant que necessairement il falloit, ou que ce calomniateur portast la penitence de son iniuste & faux rapport, ou que si son dire estoit veritable, ils fussent punis de leur malefice, qui estoit si grand, que sans mentir ils le iugeoient digne de toute

mort :

mort la plus cruelle & ignominieuse que on sçauroit imaginer. Faisans ceste remonstrance, il n'y auoit aucun d'eux qui par ses gemissemens ne feit paroistre l'estrange creue-cœur qui l'affligeoit, & la douleur extreme qui bourreloit leurs ames, ayans vescu si long temps en reputation de bons & loyaux suiets, & ores que plus que iamais ils cõtinuent en leur deuoir, ils se voyoient soupçonnez d'vn crime non iamais imaginé, mais que dis-ie soupçonnez, mais bien condamnez, puis qu'à raison de ce doubte ils entendoient que Mustapha auoit esté estranglé, & que le Bascha d'Amasie, & que le porte-enseigne du prince auoient esté decapitez ignominieusement, & que la mort de ceux cy estoit la condemnation & blasme de toute l'armée. Ceste iuste & pitoyable complainte des Ianissaires & autres soldats, ces larmes tant honorables & pleines d'affection & dueil honneste, esmeurent le cœur de Solyman, lequel estoit presque hors de soy, & ne sçauoit que faire tant la frayeur l'auoit saisi, & il s'estoit estonné voyant vn fait si estrange & horrible que tout vn camp se mutinast contre son souuerain: à ceste cause il s'offrit auec les plus douces & amiables paroles desquelles il se sceut aduiser de satisfaire à tout ce qu'ils requeroient, & de leur faire si bonne iustice, qu'ils auroient occasion de se contenter. Or quoy que ceste promesse appaisast quelque peu ceste esmotion, & la violence plus grande du tumulte, si est-ce que toute l'armée esprise de fureur, & ne se fiant és simples paroles du seigneur, luy mit des gardes de si pres, qu'il n'eut sceu faire vn pas sans leur congé, à cause qu'ils cognoissoient que son desir estoit de les apaster, & puis apres de s'enfuir, pour leur dresser quelque nouuelle partie. Voyez en quel hazard se met vn prince de se fier à vne multitude armée, & laquelle a opinion qu'il luy soit redeuable, & quels sont aussi les scandales qui s'en ensuiuent: & quelle est la seigneurie qui depend de l'autorité & vouloir d'vn cap, veu que les Empereurs Romains iadis ont senty ceste façon de regner preiudiciable, estans à tous propos leurs vies au hazard d'estre accablées par la sedition de ces troupes mutines, & par lesquelles plusieurs d'iceux, & des plus honorables ont finy cruellement leurs iours. Solyman se

Solyman tenu cõme prisonnier de ses soldats.

Fait mauuais depẽdre de la volõté du soldat.

voyant si pressé, commença effectuer ses promesses en partie, car il feit commander à Rustan Bascha qu'il eut à quitter les seaux, & les mettre entre les mains d'Acmeth Bascha, auquel il vouloit qu'il resignast aussi l'office de Visir: laquelle nouuelle si elle estonna Rustan, ie le laisse à penser à ceux qui ayans vescu en credit & reputation, tenans les premiers rancs entre les princes, se voyent en vn instant desapointez, & en danger de la perte de leurs vies: quoy qu'il en soit, il se retira soudain vers Acmet son compagnon, & ancien amy, lequel il supplia fort instamment, qu'il luy pleut luy donner conseil sur ce qu'il auoit à faire se voyant exposé à tel hazard & peril. Auquel Acmet qui le sçauoit estre le motif de tous ces malheurs, respondit, que ce n'estoit à luy, à qui il deuoit s'adresser pour prendre conseil de cecy, veu que la resolution dependoit de la seule volonté du seigneur, auquel il deuoit s'adresser, & se gouuerner selon son ordonnance, sans attendre que autre y trauaillast que sa seule maiesté. Ceste responce estonna fort Rustan, & se ressentit de ce trait, lequel depuis (estant

En quel peril se veit Rustan apres ce trouble.

rẽtré en grace) il feit payer à double vſure au pauure viellard Acmet: neantmoins monſtra il ſemblant de trouuer treſbon ceſt aduis, & ſoudain depeſcha vers le ſeigneur vn meſſager ſuffiſant pour entendre comme ſa maieſté vouloit qu'il ſe gouuernaſt en ceſt affaire. Ce meſſager rapporta que Solyman luy commandoit que ſans tarder il eut à vuider de ſa preſence, & ne fut ſi hardy que de ſe preſenter deuant ſes yeux: mais comme il remãdaſt au ſeigneur, qu'il luy eſtoit impoſſible de ſe retirer (voyez l'auarice du Barbare Ruſtan) ſans emmener ſes tẽtes, pauillons, threſors, & bagage pour ſes affaires: Solyman luy reſpondit, que ce temps ne requeroit de ſe ſouuenir plus de ces choſes. Ceſte reſpõce chauſſa de ſi pres les eſperons à Ruſtan, que voyant qu'il n'y auoit plus de moyen de ſauuer ſes biens, s'il ne vouloit perdre la vie, monta à cheual, & ſe ſauua de telle viteſſe, auec huit de ſes plus loyaux & fideles amis, qu'il feit plus de chemin en trois iours, que les poſtes ordinaires n'en ſçauroient depeſcher en huit, & s'en vint ſans honneur ny reputation quelconque en Conſtantinople: ſeruãt d'vn beau ioüet de fortune, qui

Ruſtã deſapointé, & chaſſé par Solyman.

Fuite de Ruſtan Baſcha.

en luy monstra vn grãd signe de ses mobilitez, veu qu'en vn instant elle l'auoit demis, & tellement abaissé, qu'il ne sçauoit plus sur quel pied dancer, tant il se voyoit aneanty, luy qui n'aguere cõmandoit sur tant de peuples & prouinces, & au seul desir duquel se formoit le plus grand Monarque du monde. Apprenez vous, qui gouuernez les Roys, à ne vous oublier en vos façons, & ne pourchasser vostre honte mesme par vos iniustes deportemens: dautant que le vice & la trahison sont de telle nature, que le premier qu'ils recompencent de malheur, est celuy qui les met en besongne. Cestuy s'en estant ainsi fuy, le seigneur des Turcs se trauailloit tousiours d'appaiser ses soldats courroucez, & la colere desquels alloit d'heure à autre en accroissant, & mettant plus solennelle garde autour de sa personne, dequoy estonné, & s'effrayant de telle & si dure obstination, se resolut de cercher tout moyen possible de se sauuer de leurs mains, & se retirer en quelque ville: mais il luy fut impossible, quoy que trois fois il se fut mis en ce deuoir. C'est lors qu'instãmẽt les soldats requirẽt que le Roy sortit en public, & que de

La trahison paye tousiours son maistre.

sa bouche il pronõçast sentẽce sur l'affaire dõt il estoit question, sans delayer ainsi de faire iustice: disans qu'ils voyoient & cognoissent bien que tout son estude estoit de se sauuer és villes, & se retirer à garand en quelque forteresse: mais qu'ils se deliberoient de luy empescher ses desseins, & de ne souffrir que sans punition le sang innocent eut esté espandu, & qu'à tort on les blasmast & encoulpast de trahison, lequel forfait, tãt s'en fault que iamais ils eussent commis, que seulemẽt vn seul desir ny apprehẽsion d'iceluy ne leur estoit onc venu en pensée: En somme ils iurerent & protesterent de ne souffrir pour chose qu'on sceut faire, dire ny promettre, qu'on se partist de là où ils estoiẽt campez, que premierement on ne vẽgeast l'iniure faite à Mustapha & aux siẽs, que contre raison on auoit fait mourir, & que iustice ne leur fut administrée pour l'esgal de ce qu'on les auoit blasmez, & rendus soupçõnez deuant la maiesté de leur Roy & souuerain Empereur. Solyman ne laissa aucun moyen pour appaiser ceste furieuse obstination de ses soldats, & en secret & en public, ores par flaterie, tã tost par promesses, & quelquefois y meslant des reproches, que s'ils n'auoyent onc commis lascheté, que c'estoit maintenant qu'ils y donnoient cõmencement, vsants de telle force & violẽce à lendroit de celuy qu'ils ne pouuoyent desauouer pour seigneur, luy ayants fait serment de fidelité & obeissance : & qu'a l'aduenir ceux qui ourroyẽt parler de leur reuolte ne penseroyẽt rien moins, sinon que sans mentir ils auoyent conspiré auec Mustapha, puis que si furieusement ils en poursuiuoyent la vengeance. Mais tout cecy ne prouffitant en rien, ains les Ianissaires s'en offençãt plus que iamais, on n'oyoit que voix de menaces, & complots d'attenter quelque nouuelleté, & n'eut fallu pour lors grand chose pour priuer Solymã de l'Empire d'Asie, & des estats d'Afrique, & de l'Europe, tant peu il sentoit de respect, & obeissance en ses soldatz.

Cest enflammé & bouillant desir de vengeance, enraciné au cœur de ces soldats, faschoit & estonnoit extremement le grand seigneur, qui se voioit sans aucũ pouuoir, ny authorité parmy ses subiets, & en fin cognoissant que tant plus il s'arresteroit auec eux, plus aussi il causeroit d'accroist en leur furie, se resolut de se preualoir de la prudence ia enuieillie du sage viellard Acmet asseuré que si hôme des siens auoit la dexterité de loster de ce peril, que ce seroit ce grãd Capitaine qui l'en deliureroit: & ne fut point deceu de son esperance. Car le prudẽt vieillard ayant gaigné 4000. soldats des plus vaillants de la porte, en leur prometãt mille Aspres pour hôme touts les iours, iusqu'a tant qu'ilz auroyẽt rẽdu leur Roy en Alep sain & sauf, car à trois iournées en estoit il, obtint d'eux sa requeste, pourueu que le seigneur leur prometroit, & iureroit inuiolablement, que celuy qui calomnieusement les auoit accusez seroit puny, & qu'il vengeroit le sang espandu innocemmment du vaillant Mustapha leur Prince, & Capitaine, auec ces conditions Solyman rachepta sa liberté, & fut conduit secretement en Alep par sa garde, eschapãt ainsi de la main de ses soldats: toutesfois auãt que partir, ordõna il que les corps de ses deux enfantz Mustapha & Zeãgir fussent embaumez, & portéz honorablement en l'ancienne cité de Bursie (iadis Prussie siege anciẽ de Mithridate, & des Roys de Bithinie, & de toute l'Asie nõmée mineur) pour y estre enterrez au sepulchre, & tombeau com-

Aspres sont la mõnoye cõmune de Turquie.

mun des Roys, & Princes, de la famille Othomane. Ceux qui auoyent la charge de faire l'office des funerailles, ainsi que ils eurent despouillé le corps de Mustapha, trouuerent en son sein les lettres que le pouure prince y auoit mises pour se iustifier lors qu'il entra au pauillon de son pere, pensant luy faire la reuerence. Ces lettres estants presentées à Solyman, bien que pour l'heure il ne les leut, si est-ce que le tumulte estant vn peu apaisé il les ouurit, & y trouua de quoy se douloir, & tourmenter, veu que la dedans estoyent comprises toutes les trahisons, & meneés faites, & brassées par la Rousse, & par l'infidelle Rustan: & qui esmeut tellement le cœur du malheureux & triste pere, que peu s'en fallut qu'il n'allast tenir compaignie aux siens, la mort desquels il auoit causée pour croire trop de leger, & pour estre precipité en sa sentence: ils estoit si confus & esperdu, que par plusieurs iours il se tint sans parler à personne, plaingnāt ses enfants, & sur tout le vaillant & courtois Mustapha, & detestant sa sottise, & malheurté que d'auoir condemné son propre filz, sans l'ouyr à tout le moins vne fois en ses iustifications. Et

Trahison de Rustā descouuerte au Turc & cōmēt.

n'eut esté, qu'il ne vouloit accroistre la furie assés alumée des Ianissaires, c'est sans faillir, qu'il eut fait mourir Rustan de la plus cruelle mort qu'hõme eut sceu imaginer: neantmoins le temps (qui tout fait couler, & oublier) adoucissant ses douleurs, luy feit aussi perdre ce mauuais vouloir qu'il auoit contre Rustan, lequel le gouuerna depuis plus que iamais, & luy feit conceuoir plus grande opinion que iamais, que sans faillir Mustapha auoit conspiré contre son estat, & par consequent contre sa vie. En somme voyant que le plourer, & la douleur ne sauroit resusciter ceux qui sont morts, apaisant celle angoisse, qui l'afligeoit, il se mit à caresser Mahometh filz de Mustapha, & d'vne dame de la Bossine, ayant intentiõ de l'agrandir, lequel estoit aagé de 14. ans ou enuirõ, & lequel la mere de Mustapha s'en fuyant auoit emmené, craignãt que la fureur de Solymã ne s'espandit encor sur ceste innocente creature, comme aussi il auoit ordonné qu'on le massacrast, mais il feit rapeller celuy qui en auoit la charge, & ayãt fait recercher, & trouuer l'enfant, luy donna pour son entretien le Sangiachat & seigneurie de Bursie, pour, par ce moien, effacer le tort fait à Mustapha, & en faire l'amẽde au filz sorty diceluy. Comme ces choses se passoyẽt, afin que l'histoire ne prit fin sans meurtre, & effusion de sang, puis que sur massacres elle estoit bastie, aduint qu'vn Chians, c'est a dire messager & courrier, fut despeché en Caramanie (qui fut iadis la Cilicie) vers Selin filz de Solyman, & de la Rousse, & lequel regne apresent sur les Turcs, lequel Chians pensant porter quelque nouuelle desirée au Prince, & en auoir quelque riche presẽt, luy racomptant la mort de Mustapha, se veit payé d'vne autre monnoye & plus estrange qu'il ne pensoit. Car des aussi tost que Selin en ouyt le recit, il fut si saisy de douleur, que pour tesmoigner combien ce fait luy estoit agreable, & faire voir à tout le monde que ceste mort luy desplaisoit, il feit tout sur l'heure trencher la teste au Chians, miserable porteur d'vn si triste ambassade.

Mahometh filz de Mustapha Sãgiaz de Bursie.

Acte genereux quoy que Cruel de Zelin filz de Solyman.

Voyez la tout l'exploit de la cruauté du Roy des Turcs, & d'vn fait digne de tel homme, sur quoy ie vous laisse à iuger lequel vous accuserez le plus d'inhumanité, ou le Comte de Foix poursuyuant ſon filz vnique, l'ayant trouué ſaiſy du poiſon, & en fin le tuant de ſa main propre, quoy que ſans y penſer, & n'ayant autre deſir que de le deliurer : ou le Roy des Turcs, qui ayant les moiens de s'enquerir de la verité fut ſi aueuglé de rage, & de paſſiō, que de pouuoir ſouffrir, que ſex yeux veiſſent eſtrangler celuy de ſes enfants qu'il eſtimoit le plus digne de cōmander ſur ſon empire : & tandis que vous ſeres ſur le vuidāge de ce doubte aſſés aiſé a eſplucher, quoy qu'il y ayt des raiſons de touts coſtez, nous pourſuiurons le reſte de nos hiſtoires, pour vous contenter, & nous aquiter de noſtre deuoir, auec des narrations d'autre effait, que les comptes vulgaires, & ſans prouffit qu'on recite en pluſieurs liures, ou & l'ornement du langage, & le ſubiet manquent, i'entends ou & l'vn & lautre, ne ſont dignes que vous y occupez voz eſprits, ou y employés le tēps, qui requiert matieres plus ſerieuſes.

Fin de l'hiſtoire ſixieme.

ARGVMENT.

CE, n'est sans grande raison si ceux, qui iadis ont basty les fondements des republiques, bien ordonnees, ont cõdemné sur tout l'oisiueté : veu les maux qu'vn vice si poltron engẽdre en vne cité, & le grand peruertissement de la ieunesse qui suit les adolescens, lesquels n'ont autre vacation que de rien faire : estant vne reigle infaillible, selon la sentence du sage Empereur Marc Aurelle, que nul homme vertueux peut viure sans quelque exercice, mais que celuy qui est oisif ne fault iamais de tomber en peché, & de remarquer sa vie de plusieurs taches & souillures de vilennie, & meschanceté. Et c'est pourquoy tandis que la cité de Rome se ressentit de ce siecle heureux, auquel la seule vertu faisoit remarquer & estimer les hommes, on ne voyoit aucun Senateur qui n'aprist mestier,

Marc aurelle. cha. 25.

Romains anciẽs iamais oiseux.

& quelque art louable pour s'y exercer, apres auoir vaqué aux affaires concernans le bien du public.

Les vns dressoyent des tableaux, & y tiroyent l'image de leurs predecesseurs : les autres s'exerçoient à grauer & buriner l'or, l'argent, & le cuyure : & les plus subtilz & sçauants, s'amusoient a lire & enseigner la ieunesse, d'autres estoient tirez de la charrue pour le gouuernement de la cité, & cõduite de grands armées, lesquelz leur charge parfournie, s'en retournoyent ioyeux à leur labourage. Et affin que aucun ne pense que ie faigne ces choses, qu'on voye Cincinat esleu dictateur à Rome, lequel on trouua aux champs menant la charrue, & piquant les bœufz atellez pour cultiuer ses terres : qu'on voye les Curies & Fabrices, seans apres vn long trauail en leurs fermes, dressans leurs sobres banquetz pour soustenir ce corps au labeur, plustost que le nourrir soigneusement, affin que deuenu trop gaillard, il ne se gorme, & prenant le frein aux dents il ne secoüe le ioug de telle obeissance que le sensuel doit à la raison. Et ie vous prie pour quelle raison est ce que Xenophon, instruisant son Prince introduit vn Cire s'arraisonnant auec vn des seigneurs de Lacedemone, le mena en son Verger, ou luy

Modestie au viure des Romains premiers.

Xenophõ en sa Ciropedie.

monstrant vne infinité d'arbres plantez à la ligne, & disposez en vn beau & subtil compartiment, selon les differences des especes de chacun, sinon que le spartain s'esmerueillant de cest ordre, & de la gentillesse d'esprit de l'artisan, & maistre, qui ainsi l'auoit dressé, le Roy Persan respondit, que tout cela estoit du labeur de ses mains, & industrie de son esprit. Et à la verité le sage Grec fait, & escrit cecy, pour arracher la memoire de toute oisiueté des impressions des ames gentilles, & illustres: entant que celuy qui employe inutilement son temps, il est impossible que la vertu puisse prendre origine en son cerueau: veu que la terre seule qui est sans estre trauaillee, & sans sentir la main industrieuse du laboureur est celle, qui produit des ronces, des Orties poignantes, & chardons sans prouffit, & les sillons des champs, que le coultre ne rompt, se voient chargez le plus souuent de chardons espineux, & occupez vainement de plusieurs herbes inutiles. Et comment pourroit reluire la vertu en celuy qui ne fait rien, luy manquant son exercice, veu que sa force principale consiste en l'action? Dequoy seruiroit de gazouiller tout le long d'vn iour, assis entre deux treteaux de la perfectiõ de l'ame, & des choses qui la guident à son accõplissement, si nous a-

Cecy est cõpté par Cicerõ au liure de vieillesse.

L'oiseux est sans vertu.

La vertu consiste en action.

musans à la seule contemplation & idées de la vertu, nous ne passions point plus outre, pour en gouster le fruit par l'effait & operation declairée, & comme offerte à l'œil de ceux qui en oyent parler? Car à viure ainsi on nous pourroit donner l'attainte que iadis les Lacedemoniens donnerent aux Atheniens, disans qu'il n'y auoit gens en toute la Grece, qui mieux sceussent discourir de la vertu que les citoyens d'Athenes, mais qu'a l'effait, il n'en y auoit au monde qui en eussent moins de cognoissance, & en l'ame desquels elle fust tant oiseuse, luy donnant ce nom, à cause que elle cessoit en eux, & n'y faysoit rien de son office.

Apophteg me d'vn spartain contre les Atheniẽs.

C'est aussi sans doubte que la purité de l'air n'est pas tant alterée & corrompuë par la puanteur de quelque Cloaque, immondice, & voerie, que sont les hommes par la hautise des oiseux & fai-neants, lesquels attirans par l'haleine de leur infection la ieunesse à pareille vilennie, causent bien souuent la ruine non seulement des particuliers, ains encor de tout vn estat & republique. Et ie vous prie, qui gasta à Rome vn Catiline, sinon l'oisiueté? lequel s'employant à banqueter, rufiener, & viure dissolument, auec ses complices, à lors que deniers luy manquent, & que leurs thresors sont espuisez, leurs biens ou

Belle similitude.

Catilin d'oisif deuint conspirateur. voy Saluste.

vendus,

venduz, ou hipotequez. ils ne trouuent plus beau chemin que conuertissant ceste oisiueté en rage, se ruer sur le public, & rauissant le bien d'autruy reparer les chemins de leur premiere corruption & desbauche. Si le mesme n'estoit aduenu en ces troubles ciuilz de France, ie donnerois gain de cause à qui voudroit dire du contraire: mais c'est chose seure que ceux qui ayans acoustumé vne vie dissolue, & sale, en laquelle ils auoyent employé leur patrimoine, n'ayans plus le moyen de suyure les banquets, les Bordeaux, & Berlans, & sentants leur oisiueté deuenir extremement oiseuse, chacun sçait à quel exercice ils se sont adonnez, & combien le diable a peu trauailler en ces tableaux d'atente, & y peindre les desirs des pillages, les desseins des saccagemens, & les maudites entreprises de conspiration, & mutinerie. Ne seroit il pas plus louable de veoir vn ieune ahaner au labeur, suer apres son trauail, peiner en son exercice, destourner l'ame de tout mauuais pensement par ceste gaillarde maniere de dompter le corps, que non se nourrir delicatement, se soigne de se parer comme vne courtisanne, pour le plaisir de son paillard, & n'a soucy que de la pance, & des paises qui sont cause de sa ruine? Ce n'est sans grande raison si les Chrestiens, qui ont de-

Quelles gens sont les sedicieux ordinairement.

Sultã Solymã R[illegible] des Turc[illegible] iamais o[illegible] sif.

meuré en Constantinople, loüent grandement Sultan Solyman, dernier decedé Roy des Turcz, pour se plaire au iardinage & s'y adonner, apres auoir vaqué aux affaires, & estudié quelque heure es liures de la nature des choses: veu qu'il n'y à aucune chose plus digne de la vie du Prince, que le trauail, ny chose qui tant luy dompte les passions qui s'esmeuuent en l'ame sensuelle, que les honnestes exercices, comme aussi l'oisiueté est le bourreau de la vertu, & le tyran qui ruine la modestie, le feu bruslant & consumant du tout la gloire passee d'vn homme excellẽt, lequel s'auilissant apres vne vie oisifue, reste tout tel, comme si iamais il n'eust esté: ou si l'on fait quelque memoire de l'vn, elle redonde à sa confusion & vitupere. Qu'auroit-on affaire de rendre illustre la souuenance de ce monstre d'effemination Assirienne Sardanapale, sinon pour blasmer la meschanseté de sa vie, & destourner la ieunesse d'vne telle imitation, pour l'exemple de la fin malheureuse, qui seruit de recompence à ce vilain souillõ de paillardise? De mesme vous veux ie reciter vne histoire aduenuë de nostre temps, & en France, qui monstre les vertus de ces mignons, qui se fians en leurs richesses, assoupis d'oisiueté, corrompus d'aise, ont

Le trauail bien seant à vn Prince.

Malheurs de la vie oisiue.

Sardanapale Roy vilain & oisif.

laissé vne belle memoire de leur vertu à la posterité, & vne grand' infamie aux maisons d'où ils sont issuz, ainsi qu'entendrez poursuiuans de lire ce qui s'ensuit.

* * *

ACTES CRVELS ET DETESTABLES DE QVELQVES Ieunes citoyens, sur vne Damoiselle: auec le discours, & succés de la poursuite faicte pour ce crime.

HISTOIRE SEPTIESME.

C'est aux grãs à suiure la vertu.

SI la vertu doit estre caressée d'homme qui viue, & si aucun faut que s'estudie à suiure ce qui est loüable, il me semble que les Magistrats, les gouuerneurs & maistres du peuple, en doiuẽt auoir le plus de cognoissance, & c'est à eux à la suiure sur tout autre: car puis q̃ nature nous incline à lauer & nettoyer la face, & tenir honestemẽt la teste, pour estre la partie du corps qui est tousiours descouuerte: le Prince, & Magistrat, l'Ecclesiastique, le noble, & principal des citoyens d'vne ville, estant cõme le chef du peuple, auquel tous prenent exemple, & sur lequel les petits façonnẽt leur vie, ne faut-il pas que soit sans tache ny

Similitude.

souïlleure, net, sans fard, courtois, sans tyrannie, & esloigné de tout vice qui luy puisse oster son ornement, & beauté, & offusquer le lustre de sa renommée? Veu que le commun prouerbe n'est que trop veritable, que le chef estant malade, tout le reste des membres s'en ressent: aussi les grans estans corrompus & mal-viuans, ne faut s'estonner si le peuple les suit par trace, comme dependans de ce principal tronc duquel ils se pensent les rameaux, & pour ce sont necessitez de produire fruicts de pareille nature. Lors que Marc Anthoine Prince Romain, s'abestissoit apres la Royne d'Egypte, & que coiffé de l'amour de Cleopatre, oublioit la gloire ancienne de ses conquestes, & victoires, il n'y auoit seigneur de sa suite, ny soldat suyuant ses enseignes, qui ne voulut imiter la corruptiõ du capitaine: n'estoit aussi Dame, ny Damoiselle à la court de la Princesse Egyptienne, fut elle Romaine, ou d'autre nation, qui ne taschast de suiure les pas de sa maistresse, & ne feist gloire d'auoir vn amy, & se pleust qu'on cogneust sa gaillardise, & subtilité, à sçauoir gaigner les hommes. Aussi lors que ces amans des-

Prouerbe commun.

Le peuple se façonne selõ la vie des grans.

Marc Anthoine abesti apres Cleopatre

Bithinie à present Natholie en la petite Asie, suiette au Turc.

reiglez estoient en Bithinie, Cleopatre, dressant vn sumptueux festin, dans vn bois, le souper durãt iusqu'à haute nuict, Dieu sçait comme l'on y ioua à cline mussette, par l'espesseur toffue & obscure du boys: tant y a, que la ieunesse s'y porta si adextrement, que de soixante filles de Senateurs, qui se trouuerent à ce banquet, les cinquante cinq s'esgarans par les buissons, à l'imitation d'Anthoine, & de Cleopatre, furent engrossées à la confusion, & de leurs parens, & de la cité de Rome. Aussi de nostre temps l'insolence des grãs à cause, que les petits se sont dispensez, & leur conniuence leur a donné cœur, & le peu de chastiment leur à fait entreprendre choses telles, que ie vous reciteray.

Grande confusion es filles Romaines.

Assiette du pays d'Agenois

Agen est vne cité en Guienne, voisine de Gascoigne, & assise sur la riuiere de Garonne, qui la separe de ladicte Gascoigne, & est le chef de Prouince, assise entre les pays de Perigort, & Quercy par la separation des fleuues de Loth & Dordonne: on ne sçauroit nier qu'elle ne soit fort ancienne, veu que dés le temps de Clouis, elle estoit bien renommée, entant que regnant Gontran à Orleans, lors que le supposé Gundouault se disoit filz de Cloraire, & qui entendant qu'on luy couroit sus, ce fut en ceste ville qu'il se retira, laquelle en fut saccagée par les Françoys, lesquels pillerent la Basilique sainct Vincent, qui est à present hors la ville, sur vne haute colline, du costé des marests, qui sont derriere l'Eglise, qui porte le nom de la vierge saincte Foy. Ceste cité estant en vn beau, & plaisant païsage, & assise au bort de la grand riuiere de Garonne, en vn pays fertil & abondant, en tout ce qui est necessaire pour la vie de l'homme: ne faut s'esbahir si elle est riche, populeuse & marchande, & telle qu'il y en a fort peu en Guiẽne, qui la puissent esgaller en grandeur, ny en richesses. Or comme i'ay dit que l'aise pere d'oisiueté, est celuy qui fait desbaucher l'homme, & luy metant la bride sur le col, l'aueugle en ses desseins & pensées: la ieunesse d'Agen, ayant abondance de biens, pleine de ses desirs, & n'ayant soucy que de rire, plus transportée des apetits sensuels, q̃ de desir d'embrasser la vertu, ou les affaires, ne s'adonnoyent qu'à dresser festins, & mas-

Agen saccagée par les Françoys.

Temple S. Vincẽt pillé.

Corruptiõ de la ieunesse d'Agen.

querades, & n'eut on ouy qu'aubades aux portes des damoiselles caressées & seruies par ceste ieunesse oisiue, & pleine de loisir. Ce peruertissement estoit causé par deux sortes de gens, desquels la cité est plus fertile, que d'autres, de Financiers c'est à sçauoir, & d'Ecclesiastiques, les vns employans les deniers du Roy à telles & si folles despences, & les autres consumans les biens des pauures à l'entretenemēt plus des violons, & hauboys, & en presens faicts à leurs fauorites, qu'à vestir les membres de Iesus-Christ, & nourrir ceux desquels ils engloutissent le patrimoine: ausquels estoit adiousté vn tiers gēre de corruptiō, à sçauoir ces ieunes escoliers nouueaux venus de Tholouse, lesquels se pourmenās de iour en la sale de la court du Seneschal, & allans au parquet ouyr deduire, & plaider quelque cause, estoyent toute la nuict sur le paué, couroient de rue en rue, & visitoyent comme caymans les portes des grans maisons, accompagnez de menestriers (genre d'hōmes nez pour la ruyne de la ieunesse) & suiuoyent la façon de faire des premiers à courtiser les Dames, mais non auec telle felicité, &

Finãciers & Ecclesiastiques d'Agē fort desbauchez.

Aduocats à Agē allans de nuict dresser les mōmeries.

n'ayans le fonds si ample, ny de si puissans fournisseurs à l'appointement, que sont & le Crucifix, & le Prince, pillez par les deux sus nommez : car de s'enrichir de la sottise du peuple, qui pour vn rien prodigue son bien, & l'abisme és mains de ceux qui souz tiltre de iustice les deuorent cruellement, ce n'estoit encores le moyen de ces poursuyuans, cōme n'ayans encor assez versé en la pillerie, ie pensois dire plàiderie, & par ainsi les deniers māquans, ils auoyent recours à la poësie (science qui a esté vn long tēps la vraye maquerelle de la pudicité des filles) laquelle les aidoit assez suffisamment, eu esgard au peu de compte qu'on fait à present de sa gentillesse. Qu'on ne s'offence point, si i'ay donné vn si sale tiltre à celle science qu'on honore du nom de la diuinité, car ie n'ay esgard en c'est endroit, à ce en quoy elle proffite, & comme auec la douceur de ses nombres, & gentillesse de ses mesures on y peut chanter & comprendre les louanges de Dieu, les preceptes & enseignemens de la ieunesse, & y discourir les proesses & cōquestes heureuses des Princes & hommes vaillans, sur lesquels suiets plusieurs

Poësie maquerelle de l'honneur des filles.

Poësie à diuers effets en bōté & malice.

des anciens ont employé leur stile, & vn grād nombre des nostres s'y sont si bien auancez, que le siecle aduenir leur en demourera redeuable: Mais il n'est rien si sainct, que la malice des hōmes ne corrompe, si bien que la poësie semble que ne soit inuentée pour autre effect, que pour exprimer les vilenies d'vn paillard, & les folles poursuites de quelque amant transporté, & les cautelles rusées d'vne femme lasciue: & comme la chose traitée est plus meschante, de tant les paroles y sont plus fardées, & doucement elabourées, les nombres plus gaillards, & les nerfs de persuasion si bien tēduz, que si rien se peut prendre par l'ouye, il n'y a moyen eschaper des filaits de ceste babillarde. C'est pourquoy iadis quelques Sages luy ostans le nom d'art & science, l'ont appellée eternellement & folie, si que Platon la bannist de sa cité, comme pernicieuse, & veut que les Poëtes en soyent chassez & poussez hors, comme vne infection, & venin corrompant les mœurs de la ieunesse: & des nostres, sainct Hierosme, & sainct Augustin, deux seueres iuges, & entiers en leur opinion, ne l'ont honnorée que du tiltre

Rien si sainct que l'hōme ne corrompe.

Opinion des anciēs sur la poësie.

Quelle estimēt S. Augustin & S. Hierosme la Poësie.

de vin d'erreur, versé par des docteurs d'apostasie, & corruption, & la viande dānable, & pasture preparée par la malice des diables. Reuenant à nostre propos, estant telle la corruption de la ieunesse, & tout peruersy, & pour la licence de mal faire, & la grande impunité de maulx, on eust dict que Agen estoit vn vray coupegorge, & estoit aussi asseuré d'aller de nuit par les destroits plus perilleux de quelque boys, ou montaigne, que par les ruës d'icelle ville, tant les bateurs de paué y estoient ordinaires, & les bateries frequentes, & blessures y aduenant presque tous les soirs. Ie ne vous dis rien dequoy ie ne puisse dire, ie l'ay veu estant en icelle cité, du temps que l'on poursuyuoit la cause sur laquelle i'ay basty ceste histoire, & lors qu'vn certain Financier voulut occir vn prescheur dans l'Eglise Cathedrale de sainct Estienne, pour n'auoir presché à sa fantasie: car à biē parler ie ne pense à ma vie auoir esté en lieu de la Frāce, ou les partialitez, ligues, querelles, & inimitiez fussent en tel regne qu'é celle cité, & ne veis iamais peuple tāt dissimulé, n'y counāt sa malice en son cœur, ou si defiāt de sō prochai, q

Grād desbord a la cité d'Agē.

Insolence d'vn Financier d'Agen.

Defiance entre les citoyens.

les habitans de celle ville, tellement que se frequentant ensemble, se visitans familierement, c'estoit pour prendre garde aux actions, gestes, & paroles les vns des autres, pour puis apres s'en preualoir, & estoit sortie ceste defiance, pour l'esgard des financiers, lesquels sans rien flater, ont esté cause de la ruine d'Agen, laquelle tant s'en faut que soit telle que iadis, qu'elle faict assez, si elle en a quelque ombrage: & de cecy, ie m'en raporte au tesmoignage mesme de ceux qui en sont natifs, desquels i'en ay cogneu de fort gens de bien, plourans le desastre de leur païs, & se plaignãs de la corruption de ce siecle, & abastardissement de la gloire de la cité, estimée la plus gẽtile de ses voisines. Or entre les Damoiselles d'Agen, en y auoit vne, assez belle & gracieuse, sortie de parens fort honorables, & hautement aparẽtée, & née en Gascoigne, en vne petite ville esloignée d'Agen de quelques deux lieuës, & bastie sur la Garonne, le nom de laquelle est Lairac. Ceste ieune femme fut mariée à vn cõmis du General Secondat, & tenuë en reputation de fort honneste, & par ainsi sollicitée par ceste lasciue, & desbordées ieunesse, & sur

Descheute de la ville d'Agẽ, à cause des partialitez.

Lairac ville assise sur la riuiere de Garonne.

tous d'vn qui deuoit plus de respect au mary, que tout autre, eu esgard aux seruices qu'il faisoit tant à personne, qu'à sa maison, & la fidelité de laquelle il vsoit à couurir les pilleries de son pere. Ce galant, qui estoit Chanoine de son mestier, & Lutherien, ou Huguenot de foy, & profession, ou plustost ne croyant rien du tout, de ce que tiennent, ou le Caluiniste, ou le Catholique, amoureux de cõplexion, & vilain de nature, veu les actes que depuis il cõmist, se mit à courtiser ceste Damoiselle, la caresser, suyure, & poursuiure fort viuement, tant par messages, que par ses propres requestes. Du commencement la ieune femme, qui le respectoit, voyant l'honneur que son mary luy portoit, comme le fils de son maistre, prenoit en patience la sottise de ses poursuites, & inciuilité de ses demandes, & ne se soucioit que bien peu de rien qu'il luy sçeust dire, s'estimant assez satisfaite en luy refusant en riant, ce qu'à bon escient il eust voulu obtenir. Mais voyant que ceste continuë luy pouuoit estre dommageable, veu les langues peruerses des enuieux, & que la hantise de telles gẽs est fort suspecte és maisons, on

Vertu de vn certain Chanoine d'Agen.

les marys sont absents, la plus part du temps, craignās d'estre soupçonnée, de ce que desia on tenoit pour asseuré, que ce monsieur le chanoine fust le lieutenant du commis, tādis qu'il alloit faire ses depesches pour se depetrer d'vn si pesant & fascheux fardeau; & luy coupe en broche tout à coup, vn iour qu'il la vint visiter selō sa coustume, elle luy vsa de semblable maniere de congé, & luy parla en ceste sorte. Monsieur ie ne suis pas si mal aprise que ie n'estime grandement honorée la maison de mon mary, lors que luy present vous daignez le venir visiter, cōme aussi luy mesmes en est ioyeux, & se plaist à faire chose qui vous soit aggreable: mais s'il est ainsi que vous l'aymez, comme vous en faites semblāt, & y estes tenu veu la fidelité, auec laquelle il s'employe à vous faire seruice, & à s'accommoder du tout aux volontez de mōsieur le general vostre pere: vous aimerez aussi s'il vous plaist, ce qui luy est plus cher, & respecterez la reputation de celuy qui expose ses biens & vie pour soulager les vostres. Vous sçauez la peruersité des hommes de maintenant; & comme le monde fait mal son profit de toutes choses, & a-

La damoiselle au chanoine.

nec quelle faucetè de iugemẽt on denigre l'hõneur des femmes, cõme en ceste ville on dresse des comptes de plusieurs filles, lesquelles ie pẽse estre fort chastes & pudiques, & qu'aussi desia on soupçõne voz allées & venuës ceans, au grãd preiudice de mon honneur, & scandale de ma maison, & reputatiõ de mõ espoux. Et pource, mõsieur, ie vous prie en l'honneur de Dieu, & sur tous les biens & faueurs que me sçauriez faire, de ne plus frequenter ceans, tandis que mon mary sera absent, tant pour ne donner occasion au medisans de mal parler de ceste grande familiarité, que pour ne causer quelque mauuais mesnage, entre le mary & la femme, sçachant qu'vne telle, & tant sinistre opinion, est le subiet le plus suffisant pour offenser vn mary, & fust-il le plus doux & traittable de tout le monde. Que si ie vous voy continuer en ces façons tãt indiscrettes, ie seray contrainte, ou de vous fermer la porte au nez : ou de m'absenter de la ville, pour ne seruir de fable & risées au peuple, & afin de me despestrer d'vne si fascheuse compagnie que la vostre, qui pense que prenez plaisir qu'on me diffame, & venez à esciẽt en ma maison pour

Vn mary irrité oyãt mal parler de sa femme.

donner occasion aux meschãs de m'estimer autre que vertueuse. Le Chanoine, qui ne pensoit pas ouïr vne telle chãson, ou qui l'oyant, estimoit que ce fust vne fainte, telle que souuent pratiquẽt celles qui, ne voulãs point refuser, veulent toutefois estre requises, & cõme contraintes, comme faisant parade de quelque telle quelle pudicité, en se souriãt luy respondit. Depuis quãd est ce, Damoiselle mamie, que vous estes deuenuë si farouche, que de reietter ainsi voz bons amis? En quoy vous ay-ie peu estre si desplaisant, que i'en doiue receuoir vn congé si peu gracieux, & q̃ sans le meriter, ie sois ainsi forclos de vostre bonne grace? Et qui est celuy qui soupçõne que ce qui est à penser de ma venuë en vostre maison, ny de celle honneste priuauté d'entre nous, que vous mesmes qui vous faictes à croire ce que personne ne voudroit seulemẽt imaginer? Vous sçauez en quelle opiniõ ie vous ay, combien ie vous estime, & de quelles ie mesprise l'alliance pour vous cherir, & seruir: & vous en recompẽse de ma loyauté, & pour la satisfactiõ de celle entiere amitié que ie vous porte, m'accusez de peruersité & trahison, cõme si i'eſtois plus ſoigneux de vous diffamer, que deſireux de vous complaire, & faire ſeruice. Non, non, ie vous ayme auec tel reſpect, & pourſuis auec telle reuerēce, que ie ne ſçache hōme qui en oſaſt parler autremēt que de raiſon: & ne faut que craignez ce langage, veu lez bōs moyēs que nous auons de boucher, & clorre la bouche à ceux, qui en voudroiēt tāt ſoit peu euenter rien qui ſortiſt de leur ſoupçon & parole. Quant à voſtre mary, vous le cognoiſſez pour vn fort bon homme, qui vous ayme, craint, & reuere, & de ſi douce nature, & maniable complexion, qu'il ne ſçauroit cōceuoir rien de mauuais ſur vous, & moins me ſoupçōner de quelque cas qui luy puiſſe deſplaire. Par ainſi oſtant ce voile à voz feintes & diſſimulatiōs, il me ſemble q̄ deſormais il eſt tēps de voir ſi mes pourſuites meritent quelq̄ recōpēſe, & ſi mon trauail doit eſtre allegé, par vn doux octroy de ſouhaitée allegeance. Si vous faictes ainſi longuemēt la retiſue & farouche, ſi vous forcez ſi obſtinémēt voſtre deſir, & voilez voſtre cōſentement auec vn faint deſdain, & refus ſans fondemēt, telle fois y voudrez vous reuenir que le tēps ne le permetra point,

& que l'occasion nous en sera ostée, ou que les affectiōs se refroidissans vous serez sans amy, & les vostres (peut estre) sans suport ny soustié d'homme qui viue. Et pour ce pensez à voz affaires tandis que vous auez qui se soucie de vous, & ayme l'auancement de vostre maison. La damoiselle s'aigrist quelque peu de ces paroles, & eust iniurié monsieur le Chapelain, sās la crainte d'esuēter chose, qu'elle n'eust voulu puenir à l'oreille ny de son mary ny de ses parents, craignāt quelque scādale. A ceste cause, le pria de rechef de luy faire tant de faueur que de se retirer, & la laisser en pacience, & pour telle qui n'auoit deliberé d'aucunement luy gratifier en chose tant preiudiciable à son hōneur, qu'elle n'auoit affaire de ses caresses ny auācemēts, & moins craignoit que aucun peut empescher que son mary ne proffitast en ses affaires, estant si rond, & entier, auquel elle ne pretēdoit faire tort quelconque, ny luy estre desloyale, quoy qu'il luy donnast toute liberté de viure à sa fantasie : que ce n'est à la femme de biē d'abuser de la douceur d'vn mary, & de le tromper pour l'esgard de sa paciēce ; ains doit la liberté luy seruir d'vn frain plus fort, & mors plus la retenant, que la suiection n'empesche la folie, & débauche de celles, qui oubliãs la reputation de leurs maisons, font banqueroute au mariage, & se coifent d'vne sotte fantasie de loyalles amours. Et en somme elle dit que si le Chanoine venoit plus la solliciter, quelle ne faudroit de s'absenter de la ville, aymant plus viure solitaire aux champs, & esloignée de toute cõpaignie, que de veoir vn importun tous les iours à ses oreilles luy parler de folie, & tascher de la corrompre, & vn infidelle amy, voulant souz pretexte de quelque bon & honeste deuoir, abuser la femme d'vn homme de bien, & fille de tel, qui estoit assez puissant pour se venger, & ayãt de si bons parens, qui aduertis de cecy seroient pour s'en ressentir; & faire perdre ces folz apetiz à ce monsieur le chapellain, & infame chanoine Luy l'oyãt parler auec telle alteration, esmeu de colere, cuida vser de mesme respõce, mais se r'auisant quelle auoit quelque raison, pour l'esgard d'vne chambriere, qui auoit ouy quelqu'vn de leur discours, meit de l'eau en son vin, & parlant assez doucemẽt luy dist, Si vous pẽsiez m'espouuẽter pour la memoire de voz parens, ou brauade de quelqu'vn des vostres qui fait estat d'armes vous seriez bien trompée: veu que le despit me feroit entreprendre de les brauer, & leur faire s'entir quelle differẽce il y a entre leur puissance & les moyẽs que i'ay de leur faire perdre leur caquet: mais ie voy que raison vous manquant pour vous defendre du tort de vostre dissimulation vous faignez ceste douce colere, & laquelle vous chatouïllez auec les menaces de vous en aller aux chãps, ce q̃ faisant ce sera le plus beau, & meilleur de mes souhaits & de vostre liberté, ayant le moyẽ la, & sans soupçõ d'effectuer ce que maintenãt vous dissimulez auec telle ruse & cautelle. Et ne faut que me pẽsez de si peu de sens q̃ ie ne sçache qu'elles sont voz humeurs, & cognoisse de quel pied ce chaussent les femmes de ceste cõtrée, & cõbien leur difficulté est ployable, & leur chasteté aisée à esbranler. Ie sçay qui vous estes, quelques sont voz vertuz, & de quelle viande vous estes friande, & en quoy vous rassasiez voz apetis, par ainsi ne me fault tãt repouser, & faindre deuãt moy la femme de bien, ie suis il y a long tẽps desniaisé, & cognoy voz cautelles.

En somme il fault que ie iouïsse de vous aussi biẽ que d'autres y passent leur tẽps, qui vous fais plus d'hõneur qui ne vous appartiẽt, vous caressant, & amourachãt, auec tel respect q̃ i'ay fait iusqu'icy, ayãt les moyens d'en cheuir en autre sorte & plus facilement: mais voulant faire l'hõneste, & vous apprẽdre vn chemin de reputation pour couurir voz faultes, vous me faites cognoistre que telles bestes que vous sont trop goulues, & ne veulẽt que les gros morceaux, sans se soucier de ce qui est mignard, & delicat: & ou la vertu peut donner quelque lustre, & couuerture vous me refusez, faignant ne sçay quelle crainte de deshõneur, & diffame, & vous targuant d'vn iuste desdain d'vn seuere mary: mais ie ne suis si badin, ny de si peu de sẽs, que i'ignore qui est celuy, qui ne se soucie des coleres de vostre espoux, & moins a esgard à ce q̃ le peuple dit de voz secrettes visitations: & cẽpẽdant toutefois voulez que ie vous estime femme de biẽ, & me retire de mõ entreprise: à laq̃lle ie mettray fin quoy que il en doiue aduenir, non de souci ou desir q̃ i'aye de l'amitié d'vne qui a le cœur trop gaillard, pour se cõtenter d'vn seul amy, mais pour mevéger de la plus fusée & desloyale femme qui soit en toute la Gascogne. La Damoiselle qui auoit le cœur hault, tãt pour le ranc que tiennent ses parens entre les gens de sorte; que le païs, & climat le portãt ainsi, voyãt vn lãgage si peu sortable à son calibre, & si mal en goust pour son apetit, & se voyãt ainsi à tort mesprisée par ce venerable pilleur de l'eglise, cõmença à le caresser à belles maudissons, & le peindre de ses couleurs, detestãt son impudicité, & paillardise, & taxant la vilénie des siés, & la meschanceté de laquelle il vsoit enuers celuy, la féme duquel il taschoit de subor ner, & corrõpre. Ah (disoit elle) & ne cesseront iamais les tyrannie des grãs sur la simplicité des bõs citoyés, & douceur de ceux qui n'obeïssent que trop à la volõté de ceux qui ont quelque puissance? Ne suffit il pas aux thresoriers Royaux de gourmander le peuple, & en prendre gorge chaude & curée, si encor ils ne s'attaquent à ceux qui sont leurs ministres, & sçauent le secret de leurs exactions, & pilleries? Les gibets chargez de ceste vermine, & les prisons pleines de telle larrõnaille ne donneront elles point d'effroy & espouuentement aux suruiuãs pour les destourner, non des larcins qui sont trop frians pour leur en oster le goust, mais bien des grandes extorsions, subornemens, & corruptions attêtées sur les filles & femmes des meilleures maisons & races plus illustres que lon sçache. Ne deuroient ils pas craindre le iugement de Dieu, pour la souuenance fraiche des troubles aduenus en Guienne, pour leur tyrannie & insolence? Est encor estainte la memoire de celuy, qui natif de ceste cité, corrompu sur la mesme corruption, homme souïllant le lict & mariage de chacun, exigeant sur le peuple, & pillant les deniers du prince, a dõné le passe-temps aux Parisiés de sa mort miserable, & seruy de spectacle à toute la France, estant branché à la veuë de tout le monde? Ah ah! les Roys engendrent de bons princes, la noblesse a des enfans qui imitent sa generosité, & les marchans leurs familles, se cõtentans d'vn gain hõneste: les laboureurs sont heureux en semence, & la lignée des artisans est pleine de benediction: mais ces vautours rongeans le peuple, & ces larrons des deniers du public, ayãs l'ame souïllée d'iniustice, le cœur plein de faux desirs, ne sçauēt esclorre que des monstres de vilennie, & prodiges de toute corruption, tels que ce venerable chanoine, qui sorty d'vn homme de vile condition, quoy que riche, par le moyen des pilleries faites sur le peuple de Guienne, ne peult estre autre que rauisseur, sinon de l'or & argent (à l'imitation de son pere:) à tout le moins de l'hōneur & reputation des femmes vertueuses. Ha faux apostat, & sacrilege chanoine, tu mens faucemēt, m'accusant de paillardise & adultere: & par mesme moyen me fais cognoistre, que trahissant tō propre pere, tu accostes ses mortels ennemis, par la meschanceté desquels, pensant iniurier & outrager mon mary, le fidele seruiteur des tiens, tu files la corde, laquelle punissant tes lasciues actions, sera cause de la ruine de ton pere, & accablemēt vituperable de toy & de tes freres. Va paillard effeminé, & suborneur inique, auec tes semblables, va attēdre par les cantons les filles qui s'esgarent de nuict, pour sur icelles rassasier ta vilennie: car icy as tu failly, & n'est point vne Damoiselle de Gascongne, qui doit seruir de passetemps à vn vilain, & fils d'vn hōme le premier de sa race. Asseure toy que si ie vis, ie te feray le plus pauure qui soit en ton sang, & espere reduire les tiens au ranc auquel il a quarante ans pouuoit estre celuy, duquel tu te tiens glorieux d'estre le fils, & lequel ie iuge malheureux d'auoir produit vne telle engeance pour sa ruine. Le chanoine, quoy que creuast de despit pour les propos si piquans de ceste femme transportée de courroux, & laquelle luy rendoit son change en pareille monnoye qu'il l'auoit assaillie, si est-ce que dissimulāt son courroux, ne luy vsa d'autre responce, sinon qu'il luy feroit sentir quoy qu'il tardast, à qui est-ce qu'elle se prenoit, & combien luy cousteroit ce refus, puis qu'il estoit asseuré de sa vertu & preud'hommie: Et sortant de la maison, dit à la chambriere: Dis à ta maistresse, que si ie vis, ie la feray bien tout aussi hõnestement traiter, comme sottement elle s'est gouuernée en mon endroit, & que ie luy donneray chausseure à son pied, & party en amour sortable à sa gentillesse, & grandeur de courage. La chambriere ayant fait ce rapport, la maistresse n'en tint autre compte, se tenant pour biē heureuse, ne voyant plus ceste ombre importune de vertu à sa suitte, & se pésant estre deschargée d'vn sot poursuiuant : Elle n'eust iamais pensé aux trahisons qu'il luy brassoit, ny à la desloyauté qu'il desseignoit pour sa vengeance. De sorte que son mary retourné, & voyant que ce messer solliciteur des beautez de sa femme, ne le caressoit plus, & ne luy tenoit propos quelconque, s'en plaignant à la Damoiselle, & s'enquerant si elle en sçauoit point l'occasion, n'en peut tirer autre chose, sinon que ces ieunes hommes, comme ils sont soudains à aymer quelqu'vn, aussi legerement leurs affections s'amortissent, qu'il ne se deuoit soucier que de faire son deuoir en la charge en laquelle on l'auoit employé, afin de ne tomber au danger qui auoit presque accablé vn certain nommé Capolette, & de n'estre contraint de faire courir pareille fortune à son maistre, que ledit Capolette auoit fait sentir à Goudail son maistre, qui accusé par luy, auoit esté deffait à Paris pour auoir rançonné le peuple, & se trouuer redeuable à la chãbre Royale, de plusieurs miliers de liures. Le bon hõme qui estoit François, & non trop rusé, quoy que de bon esprit en lart duquel il se mesloit, ne

Des ieunes hõmes legers à aimer & hair.

Cappolette accusa Goudail son maistre.

s'enquist plus auant de cest affaire, se rapportant en si peu de chose à la sagesse de sa femme : laquelle cuidant estre hors de tout soucy, ouyt des chansons faites d'elle, & de ie ne sçay quels hommes des plus grans de la ville, non sans vne infinité d'iniures & reproches qui la touchoient de pres, & blessoient trop lourdemét son honneur. Cest assault s'il fut facheux à la Damoiselle, ne donna pas moins d'elancement au mary, lequel commença à se douter du tout, & penser que le chanoine brassoit cecy, ayant esté esconduit en ses requestes, car il le cognoissoit pour vn des plus lubriques de la ville, & indeuz ieunes hommes de son calibre. Ce bon homme tasche par tous moyens de sçauoir d'ou procedoient ces chansons & libelles diffamatoires, afin d'en auoir la raison, & en faire punir l'auteur : mais pour celle fois il n'en sçeu rien que par soupçon, ayant entendu par sa femme les honnestes façons de faire, & amiables poursuittes du venerable pilleur de l'Eglise: lequel ayãt mal vescu iusques alors, & continuant en sa mauuaise vie, ne faisoit qu'accroistre la rigueur de la vengeãce diuine sur sa teste, veu que toute me-

Le delay de la peine agraue la punition.

chanceté a vne grande vengeance (quoy que tardiue) qui l'attend: & iaçoit que la peine ne soit point presente, si est-ce que le delayement du temps ne proffite en rien pour l'allegeãce du supplice: veu que ce delay se recompense par la grieueté & accroissement du chastiment donné à celuy qui commet quelque grand forfait: aussi quand les auteurs de ces libelles diffamatoires eussent esté punis de ceste entrée de querelle, il ne s'en fust point ensuiuy de plus grand scandale, la Damoiselle n'eust esté deshonorée comme elle fut (si deshõneur on doit nommer ce que vne femme endure y estant forcée) ny tãt d'enfans de bonne maison, y acquerãs vn tresgrand deshonneur, & mis en danger de leurs vies, & tant de familles honnestes, priuées de leurs maistres & successeurs. Voila pourquoy, auec bonne & iuste raison, i'ay dit & maintiens encore, que l'oisiueté est la peste la plus dangereuse qui puisse aduenir pour la ruine de la Republique, d'autant que l'homme oisif ne se soucie d'employer ses efforts en rien qui soit loüable, estant vicieux celuy qui le conduit: & diray que le Prince ou Magistrat qui pourroit desraciner l'oisi-

L'homme oisif ne fait rien qui soit loüable.

ueté de ses terres, ne se vanteroit point à tort d'auoir osté les semences & engeances de tous vices de ses seigneuries: Car l'homme qui n'est employé à rien, & qui fuit le trauail, chose propre à l'homme, & pour laquelle il est né en ce monde, comme la penitẽce, & fruict de la trãsgression du premier d'entre les humains, l'homme (dis-ie) qui s'exerce à rien faire, fault qu'il imagine meschamment les moyens par lesquels il se pourra donner du bon temps, d'autant que nulle vertu & honneste action peult viure souz l'oisiueté, ains fait suer & ahaner pour paruenir à si sainte iouissance. C'est pourquoy le Poëte Grec dit: Nous sçauons & cognoissons les choses qui sont bõnes & sainctes, mais ne le pouuons ou voulons mettre en effect: les vns s'en destournans esmeus de paresse & fai-neantise, les autres faisans plus de compte de volupté que de vertu, d'autant que nostre vie a diuers genres de voluptez, soit en longs & vains propos, ou en oisiueté, qui est vn plaisant & agreable malheur pour les hommes. Mais quoy?

Trauail est la punition du peché de l'homme.

Euripide en son Hipolite couronné.

La vaine oisiueté n'engendre rien de bon,
Et le Dieu tout-puissant ne veult nulle saison

Sophocle en l'Iphigenie.

Aßister à l'oiseux.

Or l'oisiueté n'est pas du tout proprement rien faire, car ceux qui ioüent pareillement, yurongnent & banquettent, c'est chose seure qu'ils font quelque cas, mais l'action estant inutile, & dommageable à l'homme, elle est acomptée à rien, & mise au ranc de ce qui n'est point, & qui est indigne qu'on y pense vn seul moment de temps. Voila pourquoy i'appelle la vie de ce chanoine oisiue, non qu'il fust tousiours assoupy de sommeil, ou qu'il demeurast les bras croisez, sans s'occuper à chose quelconque (ce qui luy eust esté plus profitable) ains pour s'accoustumer à des exercices, qui abetissent l'homme, & luy rauissent la bonté que nature propose à tous ses nourrissons. Si l'estude eust esté la vacation de cest hôme d'Eglise, & la priere son exercice, il ne se fust point aduisé d'vn complot le plus abhominable qu'homme sçauroit imaginer, & tel que ie ne sçache Barbare, tant soit il farouche, qui en oyant parler ne s'en esbahist, & n'en trouuast l'execution autant cruelle, comme elle est indigne d'estre sortie, ie ne diray pas d'vn François, estant de maison honorable; ains d'vn homme ayant le moindre vsage de raison qu'on puisse penser. Desia vn assez long téps estoit escoullé depuis les chansons diffamatoires, que le mary ne pensant plus à la faute passée, ne restoit de saluër le chanoine, lequel n'auoit peu auec le temps mettre hors, ne despoüiller le desir de ioüer vn meschant tour à son ennemie, laquelle aussi auoit en partie mis souz le pied le mauuais vouloir qui la rendoit irritée contre le galant, mais toût cela n'amortissoit la rage de l'amoureux mesprisé, ny appaisoit son courroux, comme si vne femme estoit tenuë d'obeir à la fantasie d'vn homme pour son beau nez, & pour ce seulement, ou qu'il est grand, ou le fils de quelque puissant homme. Et estoit si indiscret de ne se souuenir point qu'il estoit au Royaume de France, ou encor reluisoit quelque lumiere de la iustice & integrité des anciés, & ou lon punist les vices, mesmement ceux qui sont de marque de trop mauuais exemple, & esquels le public est interressé, auec l'outrage receu par vn particulier. Car pourquoy est-ce que la loy dispence quelquefois la simple paillardise, & punist grieuement vn rapt, quoy que

Cause de la punitiõ d'vn peché plustost que d'vn autre.

l'amour & instinct naturel y puissent seruir de quelque couuerture, si ce n'est pour le trouble donné au public, & pour vn attentat fait sur la liberté d'autruy, & pour euiter les seditions & meurtres qui s'en pourroient ensuyuir? Regardez ce qui cuida aduenir à Rome, pour le rapt pretendu souz vne fauce couuerture de seruitude, en la personne de Virginie pucelle, & fille d'vn Capitaine: & verrez que l'estat des republiques a souuent esté alteré & aneanty pour l'esgard des outrages & iniures faictes aux dames, soit en les violant ou rauissant, ou leur faisant quelque iniure remarquée. Qui est le vice qui redonde plus sur le preiudice du public, qu'est la souïlleure du lict & couche d'autruy, veu que la loy a esté si seuere, que de punir de mort l'adultere à cause du diuorce & confusiou, que le meslange des semences met en vne republique? Regardez comme encor de nostre tẽps ont pris fin les guerres de Picardie, le commencemẽt desquelles procedoit d'vn lict vsurpé, nostre Roy ayant pris pour femme la Duchesse de Bretagne, ia fiancée, & promise à l'Archiduc d'Autriche, Maximilian, qui a esté depuis Empereur: Si vne

Virginie pucelle romaine.

Adultere à mort cõdãné & pourquoy.

Cause des guerres de Picardie d'ou sorties.

Anne de Bretagne promise à l'Archiduc d'Autriche.

vne simple vsurpation de chose non encore possedée, a causé de si grandes guerres, pensez que doit faire lors que l'honneur est foulé, qu'on souïlle le lict nuptial de celuy qui en est en possession, & qui seul en doit iouyr, & par la loy, & par l'ordonnance de nature : & sur tout y voyāt la force, & vne prostitution la plus infame, & detestable sur toutes les vilennies de ce monde. Ie dis cecy, à cause que ce Chanoine ayant communiqué son cōseil à quelques siens compagnons en peruersité, & ses parens (lesquels ie pourroy vous nommer, les ayans cogneus, & de nom & de face, & les aucuns par hantise & frequentation) il les trouua tous prests à le suyure, pour brauer vne femme, & se venger du mary qui iamais ne les auoit offencez, s'ils n'estoient marris de voir ce pauure homme estranger, s'auancer en richesses, & que sa femme esgalast leurs parentes en braueté & gaillardise. Or comme si ce champion de Venus, & effeminé Capitaine eust deu dresser quelque escadron, & amener les soldats à la bataille, estāt ensemble auec ses complices, il leur vsa de ce langage. Vous sçauez mes cousins, depuis quel temps en ça l'amitié qui prist fondement en noz cœurs, en nostre plus tendre enfance, a continué son cours iusques au iourd'huy, si que iaçoit que tout le reste de ceste ville soit en ligues, partialitez & discordes, & que l'vne maison soit mal affectionnée à l'autre, que la defiance separe les affections des citoyés, & empesche leur anciéne hantise ensemble, si est-ce que tous ces troubles, ny malheurs publics, n'ont peu disioindre le nœuf d'inseparable alliance qui nous tiét vnis, ains à la multitude de noz parés diuisez, nous seruons de quelque cas merueilleux en la face de toute la cité. Or n'ignorez vous point combien les estrãgers ont aidé, ie ne dis pas à enflammer ce feu de dissension en nostre ville, mais à le nourrir & accroistre, afin que par la diminution de noz biens & fortunes, ils se puissent preualoir, & chasser les vrays possesseurs de leurs maisons & patrimoines. Ie ne dis rien qui ne vous soit assez notoire: & m'esbahis de noz parens, qui ne pensans au tort qu'ils font à leurs enfans, donnent si grand credit en leur maison, à ceux qui leur sont incogneus, & qui ne les aiment que pour leur propre profit & auancement. Vous estes assez aduertis de la brauade que le commis de monsieur mon pere s'est efforcé de nous ioüer, & comme il s'est vanté de nous faire amender le tort fait à sa reputation, pour les chansons publiées sur les vaillãces de sa venerable femme, comme si c'estoit quelque honneste Damoiselle, & non plustost l'vne des plus rusées & lasciues paillardes de la cité. Et n'estes sans entendre cõme il machine de trahir ceux qui manient les affaires, pour bastir quelque auancement aux parens de sa femme, & pour se faire voye à grandeur par la ruine des gens de bien, si nous ne luy abaissons son caquet, & faisons cognoistre sa femme pour toute telle qu'elle est, afin que quittans la ville ils apprennẽt à gouster combien on doit respecter ceux qui nous ressemblent, & desquels ils tirent, & vie & noutriture. Et sera il dit qu'vn auolé, & homme sans cognoissance, tiendra le pied sur la gorge, à la ieunesse plus riche, puissante & gaillarde de la ville d'Agen? Quoy? L'endurerons nous? souffrirons nous qu'vne Damoiselle (à la haste) de Gascongne se dise femme de bien à nostre barbe, se moque de noz poursuites, face de la pudique en ses propos, & ce.

pendant elle se prostitue à d'autres, & les caresse, pour nous en faire plus de despit, & comme si elle nous brauoit pour prendre de nous ses risées? Non non, ce n'est à nous à souffrir n'y endurer telle faciende, ains puis qu'elle est si lubrique, il la fault saouler de caresses, baisers, & embrassemens : & ayant l'appetit si diuers, c'est raison qu'elle sauoure aussi la diuersité des maistres, comme elle est variable, & en desirs, & en actions, pleine de folie, arrogante, & telle qu'appartient à vn mary tel que le sien. De l'accoster n'y a moyen, car elle a le cœur si grand, que iamais elle ne daigneroit en regarder vn de nostre troupe pour luy faire bon visage, & est si rusée & cauteleuse, qu'elle n'a garde de se fier en caresse que nous luy sçachions faire, car ayant l'ame maligne, c'est sans doute qu'elle est toute confite en trahisons & defiance, & mesurera noz desirs esgaux à sa meschanceté. Mais il la fault surprendre cauteleusement, & la deceuoir par moyen & subtilité: les moyens en sont fort beaux & aisez : son gẽtil perroquet de mary est absent, elle est seule en sa maison, laquelle est assez escartée, & elle non gueres aimée de ses voisins: si elle s'escrie, peu s'en remueront, si personne bouge, nous serons maistres de la rue, & s'il est besoing pour empescher qu'aucun ne s'esmeuue, nous nous donnerons à cognoistre, asseurez qu'il n'y aura homme en ce monde qui ose ouurir la bouche, ny pour nous resister, ny pour tesmoigner chose qui puisse tourner à nostre desauantage. Regardez mes cousins, que vous en semble, & si ce chemin vous plaist, car il fault luy donner vne trousse, afin de luy abattre son orgueil, & rabaisser ceste gloire qui la fait marcher ainsi la teste leuée, deuant les plus grandes & honorables Damoiselles de ceste ville, afin que cy apres elle serue d'exemple à autre ses semblables. Toute la troupe se condescendit à l'aduis du harangueur, & fut resolu le rapt & violement de ceste Damoiselle pour la nuit prochaine, auec autant de legereté, comme l'acte estoit detestable, & que la fin en a esté pitoyable & malheureuse. La Damoiselle se tenant sur ses gardes, & ne se fiant à personne, n'alloit iamais le soir souper hors sa maison, quoy qu'elle y fust souuent conuiée, ainsi que la coustume est assez ordinaire en ce païs là que de s'entrefre-

La femme en l'absence de son mary doit estre solitaire.

quenter, & manger souuent ensemble, & n'appelloit aucun, comme n'estant bien seant à la femme, le mary estant absent, de dresser banquets, & auoir compagnie autre que sa famille : si que ceste solitude & honnesteté de vie, esgalle à celle d'vne Lucresse à Rome, donnoit vn grand empeschement aux desseins de ceste folle & desloyalle ieunesse. Mais quelle difficulté y a il que l'homme ne facilite, l'entreprenant, & y pensant sans autre respect que pour la mettre en execution? Quelle subtilité oubliera il pour venir à bout de ses entreprises? Quel peril, tant soit il grand, le pourra destourner de faire ce qu'il preteud, & mesme ou le desir de végeance est celuy qui l'esperonne, & luy guide aueuglement ses appetits & fantasies? On lit és fables que la fille d'Acrise estoit enclose dedãs la tour d'Erain, mais l'or de Iupiter trompa la closture, & y entra en despit des gardes : les pommes des Hesperides estoient gardées par le Dragon veillant sans cesse, mais le dompteur des monstres y paruinst, & rusa & la garde, & celles qui en estoient les maistresses. Aussi ces ieunes hommes ne se voulãs fier à la facilité de corrompre, vne

L'homme ne craint rien ayãt quelque chose en desir.

Danae en la tour d'erain trõpée.

Dragon des Hesperides assoupy de sommeil.

chambriere qui leur ouurist de nuict la porte de leur ennemie, craignans que la rusée & subtile Damoiselle ne fermast elle mesmes son huis, & que (comme il est vray-semblable) elle n'emportast les clefs souz son cheuet, inuenterent vn autre moyen plus subtil & facile pour attirer l'ennemy hors de son fort. Le mary, ainsi qu'auez entendu, estoit absent, & ne deuoit estre de retour de long temps, veu l'importance des affaires qu'il manioit: & pource ces galans s'aduisent, que pour trõper leur rusée & cauteleuse ennemie, il falloit feindre des lettres de la part de son mary, & les luy faire tenir bien tard, & sur l'apres souppée. Si tost conclud & consulté, l'effect s'en ensuiuit, car prenans vn homme non cogneu de la Damoiselle, ils s'en viennent tous de compagnie au logis pretendu, & se retirãs tous, que d'vn costé, que d'vn autre, le seul messager supposé, sur les dix à vnze heures du soir vint heurter à la porte: on regarde par le treillis de la fenestre qui c'est (car en ce païs là, & par toute la Gascongne, il y a des treillis de bois fort subtils & menus, qui sont plus gentils que les ialousies que on met à Paris aux fenestres) le messager

Ruse pour trahir la Damoiselle.

dit que ce sont lettres de monsieur, qu'il a charge de donner à Madamoiselle sans autre, auec commission de luy dire quelque cas de bouche, & qu'il ne falloit que personne le sceust, estant d'importance. Vous auez attẽdu bien tard (dit elle) à venir faire vostre message, veu que ce n'est à minuit qu'on a de coustume de deliurer les pacquets. A quoy respond qu'il n'auoit pas vn quart d'heure qu'il estoit arriué, & n'auoit fait que boire vn coup, & soudain estoit venu pour se descharger de ceste cõmission. Elle le prie d'attendre iusques à l'endemain matin, à telle heure qu'il voudroit, n'estant deliberée d'ouurir sa porte à heure induë, ny de descendre en l'equipage qu'elle estoit, à sçauoir toute preste à s'aller coucher. Luy qui estoit bien embouché, luy dit, si vous n'auez à present loisir de descendre, aussi n'ay-ie de reuenir icy demain matin, car i'espere d'estre vne lieuë loing d'Agen auant que vous soyez esueillée : & si voulez à present voir les lettres, & sçauoir ma charge, encore fault il que i'aye la respõce tout sur l'heure, car le portier m'attend pour me mettre hors la ville, & ie me delibere marcher tout le long de la nuict,& au clair de la Lune. Elle qui aimoit & redoutoit son mary, ne voulant faillir à rien qui luy tournast à profit, ou redõdast pour la descharge de son estat, estimant qu'il enuoyast querir quelques papiers, qu'il n'auoit voulu coucher par lettre, craignant qu'elle ne fust ouuerte, ou demandast de l'argent, ou autre cas, auec enseignes secrettes, par la bouche du messager, prist son manteau de nuict, & descend en bas pour faire entrer celuy, qui souz bon pretexte la trahissoit, & liuroit entre les mains de ses ennemis mal heureusement. Apprenez, ieunes Dames, à n'estre tant faciles, ny à croire si legeremẽt: ce n'est la nuit que les secrets messages sont à faire, ce n'est la femme d'vn citoyẽ à qui lon apporte à minuit le pacquet du Roy, duquel on doiue faire tout sur l'heure ouuerture, & y dõner responce. Regardez ceste pauure Damoiselle trompée pour estre trop affectionnée à son mary, & vilainement deceuë, cuidant vser du deuoir d'vne honneste espouse, & s'estimant en asseurance en sa maison, se voit surprise. Souuienne vous que les ruses des paillards sont autant diuerses, comme la sagesse d'vne femme pudique

Simplicité vertueuse de la Damoiselle.

a de subterfuge à se deffendre de leurs aguets & entreprises. Elle n'eut pas si tost ouuert la porte, & n'auoit encor receu le pacquet sans escriture, qu'elle se voit saisie & emportée comme vn corps sainct par deux ou trois valets: & voulant s'escrier, elle se voit presenter la dague à la gorge par vn qui luy dist. S'il t'eschappe vne seule parole, tu te peux asseurer que ta vie s'enuolera tout aussi tost auec le son & vent qui sortira de ta bouche: & te suffise qu'on te fait plus honneste traictement que n'appartient à vne femme de ton calibre. La miserable femme ne sçait encor à qui est-ce que la garde de son corps est donnée, & se craint qu'on la vueille trainer hors la ville, en quelque lieu pour la massacrer, ne sçachant que pêser, ny en quoy se resoudre: le crier luy est dangereux, veu la menace desia faite, & la voix farouche de celuy qui luy presentoit le glaiue nud à la poitrine, & le taire plus dommageable: car les voisins la pourroient accuser de conniuence, ne s'estant plainte ny escriée, sentant & voyant vne telle violence. On l'oyt crier: mais quoy qu'on meit la teste aux fenestres, si est-ce que personne ne descendit, tât s'en fault pour la secourir, voire, ny pour sça uoir qui estoiēt les voleurs & assasineur de sa pudicité: & cela fut cause que iamai les tesmoins ne furēt de grād effect durā la poursuite du forfait, qui depuis en a esté faite. Durāt cecy elle recognoit la plus part de ses parties, & sur tout le venerable billot de chanoine, accoustré en ruffien, comme aussi il en faisoit l'office, qui l'enflamma de telle colere, que quelque peril qu'elle se veit present, si ne peut elle se garder qu'elle ne luy parlast encor en ceste sorte. Ha infame bouc, & paillard abhominable, est-ce ainsi que tu traites les femmes de bon lieu, que de les rauir à l'heure que tout le monde prend son repos, & sur l'heure que ceux de ta sorte s'employent à louër Dieu dans les tēples? Ie t'estimois meschāt, ie le confesse, mais non si execrable comme à present ie l'experimente: He Dieu que l'Eglise est bien seruie de toy, & que l'ordre & ranc des chanoines d'Agen est fort honoré de la presence d'vn homme de telle marque qu'vn voleur, ruffiē, bateur de paué, & rauisseur des femmes les plus honorables. He quel honneur reçoiuent les familles plus remarquées de ceste ville, par les en-

Marchãs anobliz non guere bons gen-d'armes.

fans des plus grandes maisons, qui laissans l'estat de marchandise, & voulans trencher du gentil-homme, commẽcent leur aprentissage de noblesse par rauissement, & violences? Ah noblesse illustre, qui auec les armes, & la vertu, as acquis le tiltre de gloire, souffriras-tu que ces vilains infames & sales pourceaux osent aprocher de ta lumiere, pour iouyr de la beauté, & priuilege d'icelle? He Dieu & faut il que ie sois la premiere conqueste de ces braues nobles-vilains, & la proye de ces poltrons, qui onc n'oserent attaquer vn homme qu'a leur auantage? Et seray ie le passetemps des plus meschans, & lascifz paillardz de la Guienne, & des plus cruels & capitaux ennemys que ie puisse auoir en ce monde? He Dieu, ô puissant Dieu, que n'as tu plustost accablé ma teste par la ruine de ma maison, que souffrir ceste mienne cheute, laquelle ie voy que sera la souillure & infamie de mon honneur, & vn regret perpetuel à mon mary & creuecœur insuportable de mes parens! Ah messieurs les voleurs de mon corps, vous le tenez selon voz desirs, mais l'ame n'est point en vostre puissance, faites le pis que vous pourrez, tuez moy, rassasiez vos cruautez & paillardises, toutesfois ce ne sera, qu'vn iour vous n'en soyez payez, selon la grauité de vostre crime, & que Dieu iuste punisseur des forfaits des abhominables, ne venge le tort que vous me faites, & l'iniure que ce bouc de chanoine attéte, contre celuy à qui il est redeuable. C'est trop iargonné, dit lors vn de la troupe, & sembleroit qu'on feut venu icy pour ouyr degoiser à ceste pie son mal plaisant ramage. Or sus qu'on sçache pour quoy nous sommes assemblez, & a quel ieu est ce qu'il fault que nous passions nostre temps, ayans si honeste compaignie. A ce mot n'y eut homme de la troupe, qui ne donnast quelque atteinte de bec à la Damoiselle, laquelle vaincuë, & outrée de douleur, ne leur respondit plus vn seul mot, non-plus qu'elle ne se plaignist, ou s'escria se voyant & sentāt violée & forcée par tous ces galans, les plus eshontez que ne sont mesme les chiens & bestes sans raison, abusans de ceste femme sans honte l'vn de l'autre, ny respect de la cōsanguinité qui les lioit ensemble, & à la veuë de chacun, & en presence de ceux de leur suitte. Quelle Barbarie plus grande

Acte sale, & infame du Chanoine & ses cōplices.

sçauriez-vous imaginer? Qui eust creu qu'en Guienne, & entre enfans de bonne maison se feust peu trouuer vne brutalité si grande, & vne vilennie tant exorbitante, que les Barbares n'en voudroient vser de pareille, apres la conqueste de quelque ville, par le droict de la guerre? S'il auoit cent, ou deux cens ans de cecy, on cuideroit que ce fust chose controuuée, on diroit que iamais vne telle infamie & meschãceté n'aduinst es terres subiettes aux Roys de France: mais quoy? Il n'y a que trois iours (s'il faut ainsi dire) les offensez sont encore en vie, la Damoiselle iouist du fruict de sa vertu, voyãt ses ennemis accablez, & les courts de Parlemẽt peuuent donner par leurs iugemẽs, asseurance de la verité de ceste histoire & tragique, & presque prodigieuse en felonnie. Ces ieunes malheureux, non cõtents d'auoir esteint leur ardeur apres la Damoiselle, ny de se venger meschamment de ses honestes refuz, ils passent outre, & font prodigue largesse de leur larcin detestable à leurs seruiteurs & valets, dignes subiets de tels & si execrables maistres, & prẽnent le passetẽps de veoir vne chose que la nature cõmande estre exer-

Ceste histoire congneuë par tous les parlemẽs de Frãce.

tée secrettement, tant ils estoient desnaturez, & desbordez en leur volupté plus qu'effrenée. N'est-ce pas vn grand trait de poltronnerie à l'homme, qui cōmande de s'esgaler à vn plaisir, que l'homme poursuit pour soy seul, vn valet (auquel il deust deffendre toute espece de familiarité) pour luy dōner la hardiesse vn iour d'atempter sur sa propre femme, & poursuiure salement la pudicité, & de ses seruantes, & parentes, & filles ? Car il n'y à exemple qui redonde plus au detriment de celuy qui en fait la demōstration, que celuy de paillardise & plaisir du corps. Et c'est pourquoy les Romains iadis ne vouloient qu'on caressast les femmes, ou baisast les espouses en presence des enfans, ny deuant ceux qui leur estoient assuiettis, ou esclaues. Les Lacedemoniens & les Scythes, en ont iadis senty l'effort, & le chastiment, pour en auoir trop donné de licēce & liberté, à ceux sur lesquels ils auoient puissance. Que si en matiere de telle vengeance, on vouloit mettre en ieu le faict de Cacan Roy des Hongres, contre Romilde, qu'il exposa à ses soldats, pour en abuser, & iouyr, apres

L'exēple de paillardise redonde souuant sur l'infamie de l'autheur.

Lacedemoniēs & Scythes deshonorez par leurs esclaues.

Cacā expose Romilde à ses soldats & pourquoy.

que luy-mesme si en fut seruy comme de son espouse : ce seroit abusé du droict, & tordroit on le nez à ceux de la iustice, sur la poursuitte d'vn pareil exemple, veu que ce que Cacan feit, estoit pour punir la trahison d'vne fille impudique, & detestable, laquelle estoit si ardemment esprise des desirs du masle, que pour iouyr de ce Roy Barbare, elle ne feit conscience de trahir, & son pays & son pere: La où ceste pauure Damoiselle estoit tombée en cest accessoire, pour sa seule vertu, & pour auior reietté les sales desirs de ces paillards, & refusé d'obeïr à leur vilaine fantasie, elle n'auoit rien commis de meschant, & n'estoit en rien iusticiable deuant ces galans, quoy que le cas fust, que d'autre luy eust esté plus qu'eux aggreable, veu que aucun n'a puissance sur la femme d'autruy, & ne permet la franchise que homme se dispense d'attenter sur vne qui le refuse, encor qu'elle face largesse du sié à vn autre qui luy plaist, & luy vient plus à cœur, que celuy qui est à la poursuitte, sans que pour cela ie vueille dire que ceste cy eust autre amy, que celuy que la loy & nature luy permettoient caresser, qui estoit

Aucun ne peut forcer la femme quoy qu'impudique.

son

son espoux legitime. Lequel ces maudits membres de Sathan, voulans priuer à iamais des embrassemens de sa femme, & faire qu'il ne la voulut plus acointer, ou plustost pour le ruiner tous deux ensemble, & les faire chasser de la compaignie des citoyens, s'aduiserent d'vne tyrannie du tout endiablée, & maudite, & telle que i'aye hôte d'escrire que cela soit aduenu en France, afin que ceste histoire, estant diuulguée par les pays estrãges, ne nous rende odieux & face le nom François, iadis honnoré pour sa courtoisie, mesprisé & contemptible, eu esgard à vne telle, & si exorbitante cruauté: mais puis que c'est vn vice particulier, abhominé de toute la nation, & poursuiuy par la iustice, ie ne feray aucũ tort aux nostres en le publiãt, tant pour le loz de la Damoiselle iniuriée, que des Iuges qui ont iugé sur l'accident d'vne occurrẽce, non iamais ouye, & de nouueau exemple en ce royaume. Apres doncques que la pauure Dame fut lassée des assauts tant des maistres, valets, qu'autres qu'on trouuoit couchez sur les estaulx des boutiques, comme gens n'ayans logis ou se retirer, ces ministres de vilennie la conduisent vers la porte du

Enormitez de ceux qui trahirent ceste Damoiselle.

Pin, ou logeoit ordinairement l'executeur de la haute iustice, genre d'hommes que chacun sçait estre odieux à tous, & engendrer horreur seulement au rencontre, à cause du sang humain qu'il espand, induit du gain & pour en viure & s'enrichir, aduisez si mal plaisant a le hanter, & de mauuais goust à manger à sa compaignie, & si vne femme honneste & gentille, aymant la reputation, prendroit plaisir d'estre d'vn tel homme accointée. Au bourreau donc fut conduite ceste pauure patiente, qui eust mieux aymé, & plustost choisy que ce cruel ministre, luy eust trenché la teste, ou l'eust estranglée, estant accoustumé à ces malsades exercices, que de se veoir en peril de seruir de passetemps au plus vil, & infame homme de la terre. Mais quoy? il fallut, & qu'elle souffrist ceste indignité, & que le vilain obeit à la volonté de ceux qui luy feirent commandement, d'accoler si gentile proye, toutesfois ie ne sçay si en cela ie croiray les depositions faictes contre les assasineurs, veu que ie ne puis me persuader, que le ministre executeur, fust si hardy que de se ioindre à celle qu'il sçauoit de bonne

Le Bourreau iouist de la Damoiselle.

maison, & l'iniure faicte, à laquelle n'estoit pour passer sans estre cruellement vengée, & bien que ces messieurs eussent des moyens pour se sauuer, estans riches & de grosse maison, si est-ce qu'il en payeroit la folle enchere : Moins encore adiousté ie foy à ceux qui diront qu'elle fut conduite à la maladerie, qui est dehors la ville, pour rassasier la paillardise des Ladres (qu'on dict estre extremement adonnez à ceste vilennie) & qu'ils en abuserent, car si cela auoit lieu, iamais son mary ne l'eût accointée, ny ses parés receuë en leur compaignie, tant ceste maladie est redoutée, & crainte par toute la Gascongne, que seulement on ne souffriroit qu'vn, attaint de ceste contagion, parlast auec les sains que de loing, & du costé ou le vent ne peut les abreuuer de son aleine, & i'ay veu en ceste ville de Paris, le mary & la femme, viuans ensemble, & vn sien oncle Capitaine de gens de piedz, & plusieurs seigneurs du pays les visiter & mäger en leur compaignie, qui m'oste tout le soupçon de ce rencontre, & accointance des Ladres auec la pauure Damoiselle.

Ladres euitez sur tous en Gascõgne

Non que ie vueille excuser les leurs de leur deliberation, qui ne tendoit, comme i'ay dict, que à la ruine de ceste pauure gentil-femme, mais l'empeschement y estoit grand, à sçauoir les portes de la ville closes, & la maladerie hors la ville, & les clefs que l'on portoit tous les soirs au premier Consul de la cité. Voyez la tous les effets d'oisiueté, & les fruits d'vne faineantise, que d'engendrer des forfaits si abhominables, que si la memoire n'en estoit si fresche, on refuseroit d'y adiouster foy, & mesmement si l'on proposoit que cela fust aduenu entre les Chrestiés: mais ie vous ay dict des le commencement que les premiers autheurs de cest acte si heroic, estoient si infectez de l'erreur de ceux, qui se soutrayãs de l'obeissance de l'Eglise, se dispẽsent par mesme moyen de toute vertu & loy, seruant à la societé qui lie ensemble les hommes. Ce seroit grand folie d'attẽdre quelque cas de bon, de celuy qui à l'ame peruerse, ny aucune sainteté de l'homme, qui faignãt de suyure quelque chose de plus pur, & parfait, despouille toute opinion de diuinité: veu qu'il est impossible, que de quelque persuasion qu'vn homme soit, s'il estime qu'il y ait vn Dieu, & iceluy non oisif, tel que le peignent les Epicuriens, mais punisseur des pechez des humains, & qui venge les iniures faictes aux innocens, il est (dis-ie) impossible qu'vn tel homme s'oublie iusque à perpetrer des forfaits si abhominables, que l'iniure faicte à ceste Damoiselle. Ce seroit chose superfluë de discourir les poursuittes faites, & par le mary, & les parens d'elle, les ruses, subterfuges, attentaz, & machinations des criminelz, les euocations de Parlement à autre, recusation de iuges, & sieges reciproquement par les parties, nous suffisant que Dieu estant iuste à puny de sa main ceux que la iustice, pour estre mal informée, n'a fait passer souz le tranchant du glaiue punisseur de telles mechancetez. Car de sept à huit, qui estoient ces folz enragez, abusans de ceste femme, il n'y en a pas vn qui soit mort en son lict, & duquel la maison ne soit allée en decadence, mesme le pere du chanoine, vn des plus remarquez hommes de son estat qui fust en France, s'est veu de ses propres yeux pendre en figure, en la court du Palais à Paris, payãt auec telle ignominie l'vsure de ce qu'vn vne

Epicuriẽs peignent Dieu oisif.

Iuste vãgeance de Diue sur ceux qui commirẽt ce forfait.

si iuste querelle il auoit voulu soustenir la cause de son filz, en lieu de le chastier, & le punissant, tascher d'adoucir & appaiser celuy, auquel il deuoit ceste iustice, & recognoissance, comme luy estant domestique, & par consequent de l'honneur duquel il deuoit estre aussi soigneux que de la reputation propre de sa maison, sans luy donner occasion de se piquer, & de descouurir ses forfaits, pour lesquelz il fust confisqué, & corps, & fortune ainsi que depuis on la veu, au grand deshonneur de sa maison & deplaisir de ceux à qui ses enfans touchoiét de sang & alliance. Aprenez peres à chastier si bien voz enfans, que leur peruertissement ne soit cause de vostre ruine, & n'espargnez la verge à celuy qui faict faute, afin que la malediction de son peché ne vous enuelope en vne misere cõmune. Hely grand Prestre & iuge des Hebrieux, fut puny de Dieu pour souffrir les abhominations de ses enfans, au seruice du tẽple: & ce General en Guienne se veit desapointé de ses estats, & fugitif de sa maison, fallust qu'il emprũtast la faueur d'autruy, pour garãtir sa vie cõdénée: & si l'histoire de Troye est pour

1. des Rois 2. & 4.

Priã ocis & les siens, & pourquoy.

veritable, le Roy Priam veit le massacre des siēs, sa cité embrasée, & luy immolé pres l'autel de ses Dieux, pour auoir cō-niué au rapt de la belle Gregeoise fait par l'vn de ses enfans : & le superbe Roy des Romains meschant en sa vie, & cruel sur ceux de son alliāce, estoit enduré par ses citoyens en la seigneurie, à cause de sa conduite & vaillance, iusques à ce qu'il se monstra deffenseur de son fils, & trouua bon l'adultere d'iceluy, & ne detesta le rauissement & force faicte à la chaste Lucresse : & vous ieunesse qui auez le feu aux oreilles, si l'honneur, ny la reuerence de Dieu, si la saincteté des loix ne vous esmeuuent à esteindre ces ardeurs de lubricité, & n'assoupissent les desirs de vous mesler à qui vous plaist, sans respect de persōne qui viue, à tout le moins que la fureur de Dieu, sa vēgeance, quoy que tardiue, & le glaiue effroyable du Magistrat, vous destournent de voz folles entreprises, vous souuenant combien de grands & illustres hommes, vous auez veu sur le theatre d'vn bourreau, y iouās vn piteux rollet aux despēs de leurs testes. Et vous marys, aduisez la corruption de ce siecle, & la malice du temps

Tarquin chassé pour le peché de son fils.

Les marys doiuēt brider leurs femmes.

present, gouuernez vostre famille, bridez la du mords d'vne saincte solitude, sans souffrir ces longs discours sur les portes, ces parlemẽts à cachettes, & deux à deux, car quoy que la vertu mesme y soit peincte, si est-ce que la folle ieunesse prend tout signe à son aduantage, & se faict à croire ce qui n'est point: tesmoing celuy qui perdit pour sa legereté & outrecuidance, le gage d'vn fol, en Escosse, & ce Chanoine qui pensant estre aymé pour veoir ceste Damoiselle gaillarde, & courtoise en son endroit, se voyant frustré de son attente, conuertist son amour en fureur, & sa courtoisie en rage & felonnie. Aprenez Damoiselles à mesurer voz propos, & façonnez voz gestes si sagement, qu'il n'y ait rien en vous, qui puisse donner occasion aux hommes de vous estimer autres que seueremẽt ialouses de vostre reputation, & soigneuses de la conseruation de cela seul qui vous peut donner, & iustice, & renom entre les hõmes, veu que le maniemẽt des armes, ny l'administration des affaires, ou gouuernement de la republique, ny le sçauoir és sciences peuuent vous glorifier, qui estes (ne sçay si à tort) dispẽsées par la nature,

Ne fault que la Dame donne occasion à l'homme pour ses gestes de la poursuiure.

(ou si voulez par la coustume) de telles charges: veu qu'il ne suffit pas seulement à la femme pour estre femme de bien, de n'estre point corrompuë & vicieuse, ains encore fault que soit sans soupçon, tant peu soit-il esuenté de folie, ou vice quelcõque. M'asseurãs que si ceste Damoiselle se fust cõtenuë en sa maison, & n'eust caressé familieremẽt (cõme elle est courtoise & honnestement affable) ceste ieunesse, à grand peine fust aduenu ce scandale, si ce n'est que le diable eust guidé ses gens de leur propre malice, & peruersité, à se chatouiller, & cercher les moyẽs de leur deshonneur & ruine: & afin de ne rien oublier, ie diray encor ce mot que la conniuence des Iuges & Magistrats, aydoit fort pour lors à l'insolence & corruption de la ieunesse: car estans les vns parens des autres aliez des criminels, & de ceux qui rauageoient ordinairemẽt courans le paué, il n'y auoit homme, qui sous ce pretexte, ne prist la hardiesse de se dispenser à telle desbauche. Aussi n'oyoit on (comme i'ay dit) parler que de batteries, ruptures, & brisemens de portes, trãsport de filles d'vn lieu en l'autre, & bien souuent, s'en ensuiuoit des meurtres. Ce

En quoy consiste la gloire de la femme.

La conniuence des Iuges cause la folie des hõmes.

n'est ainsi que les anciens s'en gouuernoiẽt, ce n'est de ceste façon que les loix l'ordonnent, lesquelles veulent, que sans exceptiõ de personne, le iuge iette sa sentence, & vse de seuerité, plustost à l'endroict des siens, comme feit vn Zeleuque, ou vn Brute & Torquat à Rome, que contre les estrangers & qui ne luy atouchent, ny de sang, ny d'alliance. Et pour conclurre, qu'on considere que si l'estat de Rome fut changé pour le rapt du fils du superbe, que cest acte vitupe-rable, commis sur ceste Damoiselle, apporta vn terrible changement en la cité d'Agen, tout y estant renuersé, les bõnes maisons, & grandes familles s'en allant s'en dessus dessous, à cause des partialitez, discors & proces, qu'engendra ceste folie trop tost excogitée, meschamment executée, tard venuë au repẽtir, & longue à sentir la peine & plus qu'equi table vengeance, afin qu'il nous serue d'exẽple, & ensemble d'effroy de n'attenter rien qui soit peruers, ou penser chose laquelle interessant le public, est par mesme moyẽ l'occasion de la ruine des particuliers, & bien souuent trainant à sa queuë vne calamité, enueloppant tout vn païs

Anciens qui ont pu ny les fautes de leurs enfans.

sous le filay d'vne extreme misere. Tesmoing de cecy la famille des Beniamites entre les Hebrieux, exterminez pour vne féme d'vn simple Leuite, passant par leur païs, laquelle luy fut enleuée, & rauie, & dans les histoires de Bandel ie vous ay deduit comme pour vne femme les seditions s'esleuerent en Italie, telles que le sang en a coulé plus d'vn siecle, apres le forfaict, & sur le commencement de la gloire des Romains, la dissention causée pour le respect d'vne féme, entre le peuple & noblesse de la cité d'Ardée, les vns s'addressants aux Volsques, les autres aux Romains, occasionnerẽt la ruine de leurs citoyens, & la deffaitte de ceux qui les secouroient, assuiettis par le Senat & peuple de Rome. Non que de cecy il en faille imputer la faulte aux femmes, qui n'ont esté que l'obiet de la folie des hommes, lesquels estans vicieux, taschent de se rendre propre le suiet, qui semble causer leur vice, quoy que l'origine soit puisée de la corruptiõ de l'hõme, se laissant ainsi vaincre & trãsporter à ces fols desirs, & soudaines aprehẽsiõs, cõme si la raison estãt voilee, on deust receuoir l'appetit pour equitable. Ie ne passeray

Iuges 12.

Ardée cõment prise par les Romains.

Les femmes ne sont propremẽt cause de telles ruines.

encore outre, quoy qu'ayons mis fin à ceste histoire, laquelle i'ay proposée, afin de tousiours imprimer en la memoire de nostre noblesse Françoise les vertuz heroïque de ceux qui laissans la foy de l'Eglise, & institution des anciens, mesprisans & contemnans les Roys, & taschát d'abatre & abolir l'ordre bien dressé des republiques, ne fault s'esbahir s'ils se lancent effrenémét dans le bourbier de toute vilennie & impurité. Qu'il soit ainsi, de quelle escole est sorty le parricide de nostre temps, si ce n'est de celle qui dispense les enfans de l'obeïssance de leurs parens pour faire le serment à l'Apostasie Caluiniste? Qui arme le fils contre la mere, & luy fait dresser des embusches, la fait massacrer felonnement, sinon ceste belle reformatiō difforme des faux Euāgelistes de nostre temps? Qui a enseigné aux freres de faire meurtrir leur sang propre, sous pretexte de la querelle d'autruy, si ce n'est la doctrine de celuy, qui met les armes au poing au suiets, pour se reuolter contre leurs Princes? Qui a causé vn tel desbordemét en la ieunesse de nostre siecle, & vne si grande corruption en la France, sinon ceux qui separent par leurs loix les femmes d'auec leurs marys, pour les accoupler auec des pourceaux lubriques, & boucs sales & diffamez, lesquels ayant longuement paillardé en l'Eglise de Dieu se retirẽt auec Caluin, pour, sous le pretexte d'vn mariage plein d'apostasie & cõcubinage changer de pasture, & despouiller quelque bon Catholique de ses biens, & le priuer de sa propre femme? Si lon ne voyoit de tels miracles tous les iours, si les paillards accouplez à la femme d'autruy, ne viuoient parmy les bõs citoyens de Paris, si les Prestres reniez ne iouyssoient d'vn priuilege non octroyé par l'Eglise, abusans des embrassemens que l'Eglise permet en mariage, lequel ils souillent auec leur abhomination, si les meurtres commis, les vols perpetrez, les assassinats si frequẽts, n'estoient des arres de ceste vermine, si les gibets n'estoient chargez de gens de tous ordres, estats & aages, & de toute espece de meschanceté, des hommes suiuant ceste maudite persuasion, ie ne voudrois dire si legerement que le Caluinisme, qui à son entree en France, auoit vn si gentil masque de saincteté, & vn fard si bien composé de simplicité & douceur, fust cause d'vn tel desbord : & que les saincts patriarches de ceste belle superstitieuse & idolatre persuasion qui se sont chassez d'eux mesmes de l'Eglise, ayant donné de si beaux enseignemēs à leurs disciples que d'estre rebelles, seditieux, sacrileges, voleurs, meurtriers, & violateurs de la couche nuptiale d'autruy: Mais ayant veu l'effait de tant de corruptions, s'estant cogneu en la Frãce la fille estre la corriuale de sa mere, & le Pere & le fils souiller vne mesme couche, & leur propre sang, ayãt veu les parricides, empoisõnemés, vols, saccagemens, reuoltes, & accidés pitoyables, non iusqu'icy perpetrez par les plus vicieux des Catholiques, ie suis contraint de dire la verité, & accuser la vie des Caluinistes, qui en mourant ont faict preuue euidente de leur vertu, saincteté & enormité de vie. Encore moins laisseray-ie sous silēce escouler vn trait de cruauté plus que brutale, d'vn de ceste peruerse persuasiō, que l'on dit auoir seruy de spectacle sur vn eschafault pour ses vertus & grandes prouësses, lequel a esté si desnaturé, que de meurtrir celle qu'il se disoit aymer, & occir celle, des embrassemens de laquelle il auoit iouy à viue force. Et quoy que celuy qui m'en a faict le recit m'ait teu le nom de si vaillant champion, & ne m'ait voulu dire le lieu, ou cest acte auoit esté cõmis, si est-ce que ie pense que le cas ne s'esloigne guere de ces terres, & que le galant a esté deffait à Paris pour ses rebellions, vols, & detestables massacres, ayãt suiuy l'ordre Caluiniste, & fait profession de la foy de Geneue. Or est-il que ce monsieur estant deuenu amoureux de vne pauure fille, mais belle par excellence, quoy qu'il fust marié, il ne taschoit que d'accointer ceste nouuelle proye: car ce genre d'hommes comme ils sont de grande aprehension, aussi ont ils les apetits diuers, & le goust merueilleusement variable, & desirent d'autant diuersifier les plaisirs du corps, comme leur ame est friande de toute nouuelleté, & se repaist de diuersité d'opiniõs, & doctrines. Il tente premierement de gaigner la fille, laquelle quoy q̃ la necessité pressast d'vn costé, & qu'elle veit que cest hõme estãt puissant & fort riche pourroit soulager sa misere, si ne voulut elle entẽdre à ceste capitulation, comme celle qui craignoit Dieu, & estimoit telles cõionctiõs illicites, ou la seule nature no' achemine, sans auoit esgard à la loy qui deffend l'accouplemẽt de l'homme auec la femme, si ce n'est en mariage: lequel ne pouuoit entreuenir entre ce poursuiuant & elle, cõme n'estant bille pareille: & qu'aussi il estoit pourueu, quoy que son nopçage fust & sacrilegue, & incestueux. Le paillard s'enflame d'auantage, & continuë sa poursuitte se voyant refusé, luy semblãt aduis qu'estant tel, il seroit impossible que la fille l'osast esconduire, si luy mesme estoit l'Embassadeur: & pource il s'adresse à elle, & luy descouure sa volonté la priant de ne le refuser point, & qu'elle pensast à sa pauureté, & aux moyẽs qu'il auoit de l'ayder & soulager le peu de puissance des siens, & de ceux de sa maison, qu'au reste il la mariroit si bien, & tant auantageusement, qu'elle auroit occasion de benir l'heure d'auoir fait vn si heureux rencontre. Tous ces petits chatouillemens estoient assez valables, & suffisans pour esbranler la pudicité d'vne fille, & mesmemẽt estãt pauurette, veu que d'assez riches se laissent aller à moindre pris, & vaincues de quelque present, tendent les mains, & se soumettent à la volonté de l'ennemy qui les poursuit: Mais ceste cy qui aymoit la vertu & hayoit detestablemẽt le vice, ne se soucia des biens ny des caresses du paillard, & moins peut elle estre esmeuë par ces promesses de la marier ainsi à son aduantage, sçachant bien que toutes ces couuertures, & masques de vertu, si elle luy obeïssoit, ne luy sçauroient oster le tiltre de paillarde, ny la purger deuant Dieu de son peché, auquel elle se recommandant, le pria de la vouloir preseruer contre ce maudit aduersaire, auquel elle donna aussi franchement son congé, qu'elle auoit repoussé le premier messager, qui de sa part luy auoit fait l'embassade pleine d'abhomination & paillardise: luy disant que ce n'estoit à vn tel hõme que luy de solliciter des pauures filles de leur honneur, & de corrõpre celles, à qui il ne sçauoit rẽdre vne chose si precieuse, que la pudicité, leur ayãt vne fois rauie: qu'elle se contentoit du peu que Dieu leur auoit donné, qu'estoit le moyẽ de gaigner leur vie, à la sueur de leur visage, & sans faire tort à personne, & souillure de son ame: que Dieu pouruoiroit à leur mariage, quand le tẽps seroit venu, sans qu'il fallust que au peril de son salut & danger d'estre dãnée, elle cherchast vn mary, auquel en lieu de virginité, elle portast vn corps de paillarde, & les desirs d'vne adultere abhominable. Ce monsieur se faschant de trouuer ceste fille de plus dure composition qu'il ne l'eust cuidée, veu la facilité des femmes de bas lieu de ce temps; lesquelles à peu de frais, & aueuglées du desir d'auoir, s'escoulent assez aisément, & glissent la part qu'on les chatouille: & pour ceste occasion il s'adressa à la mere de sa guerriere, esperant l'emporter dés le premier assault. Mais si l'vne s'estoit mõstrée hardie & constante à le repousser, l'autre ne fut vn brin de moindre courage: car la mere oyant vn propos si mal feát à l'estat & grãdeur de cest hõme, & si peu sortable pour l'honneur sien, & reputation de sa fille, luy respondit qu'il s'estoit fort mal adressé à elle, pour la rendre la maquerelle de sa propre fille, laquelle estoit assez grande, & sage pour l'accepter ou esconduire; toutesfois que si elle estoit si desloyale, que de se laisser vaincre par douces promesses, ny autres allichements, ce seroit elle, qui l'ayant portée en ses flancs, & nourrie fort tendrement, la traiteroit selon le merite de sa faute, & l'estrangleroit plustost de ses deux mains, que souffrir que celle la vesquist en sa compaignie, laquelle l'auroit diffamée, & se seroit acquis vn renom de vilennie perpetuelle. Le suppliant au reste de se deporter de poursuyure chose si peu sortable à sa qualité, & indigne d'vn homme de sa sorte: qu'elle estimoit que ce qu il en faisoit, n'estoit que pour essayer leur constance, de laquelle elle le vouloit rendre si asseuré, que plustost elle choisiroit cent mille morts, si tant on en pouuoit donner à nostre vie, qu'estre la ministre excerable de la corruption de sa fille, & que de souffrir que autre que son mary, quel que ce fust, en iouist elle le sçachant, ny consentant: qu'elle n'eut iamais pensé que luy, qui sçauoit tant de bonnes choses, & qui deuroit destourner sa fille de mal faire, s'il la voyoit esgarer, deust estre le solliciteur d'vne telle vilennie, & celuy qui pourchasseroit de faire paillarder vne pauure orpheline. Qu'il allast hardiment ailleurs, & se cōtentast de caresser sa femme, laquelle suffisoit pour le contenter, voire pour rassasier l'apetit d'vne douzaine des plus gētils cōpagnons, & plus hardis escarmoucheurs que luy, qui ne pouuãt en repaistre vne, vouloit neantmoins courir en plusieurs lieux, & souiller la renommée des plus pudiques. Adioustant que si elle estoit pauure & sans moyens, que pour cela le cœur ne luy mauquoit point, & n'auoit faute ny de desir, ny de force de resister aux vices de l'ame, aussi bien, ou, peut estre mieux, que la plus riche de la contrée. Nonobstant ce refuz, il ne resta de les aller veoir assez souuent en leur maison, leur parlant de fois à autre, de ce que plus il desiroit, si que ceste frequentation donnoit à mal penser à plusieurs, qui fut cause que la mere le pria ne plus venir les visiter ainsi: car on faisoit mauuais prouffit de ses allées & venuës, & cela suffisoit de faire perdre party à sa fille, qui estoit assez reculée pour sa pauureté, sans luy donner encore recharge auec vn obstacle si lasche & plein de si grande infamie. Plusieurs choses debatuës, & demeslées en son esprit, apres ce cõgé, il se resolut (cõme il estoit hõme bouillãt, cruel, & impatient) d'en iouyr à quelque prix que ce fust, & par mesme moyen de[illegible]cher le mõde, & de l'vne & l'autre apres la iouïssance. Deliberation pour vray plusque brutale que de n'estre esmeu à pitié, pour l'esgard de quelque bonté naturelle, ny adoucy par l'obiet de quelque excellente beauté, ie dis plusque brutale, à cause qu'on dit que pour appaiser vn Elephant irrité, le plus soudain & meilleur remede qu'on luy peut donner, c'est de luy presenter quelque belle fille toute nuë, car sur l'heure il appaise sa fureur, & adoucist sa course pour contempler la rarité de telle perfection: ioint qu'il me souuient auoir leu en l'histoire de Dannemarch, qu'en Suece vn Ours, ayant rauy vne fort belle fille, & l'emportãt à sa cauerne, dans le profond silẽce du bois espais, & de haute fustaye, l'ayant posée à l'entrée de sa grotte, & la contemplant ententiuement, tant s'en fault qu'il l'offensast en rié, que plustost il la nourrist de ses larçins, & rauissemẽs: si q̃ l'histoire dit qu'en fin deuenãt amoureux, eut affaire auec elle, & de leur accointãce elle eut vn fils, lequel quoy que velu, si est-ce que tous ces lineamens raportoient à la figure, proportion, & gestes de l'homme. Ce que doncques les bestes ont respecté, ce sanguinolãt home poursuiuit, auec vne inhumanité plus

Elephant irrité comme est appaisé.

Saxõ grã. liur. 10. de l'hist. des Dannoys.

Homme velu fils de vn Ours.

que barbaresque : car vn iour que la fantasie le poussa à l'execution de son lascif desir, il feit armer vn sien valet, & luy armé aussi, prend son chemin pour assaillir deux simples femmelettes, à la maison desquelles estant arriué, il feit tenir son homme à la porte, luy commandant de ne laisser entrer personne viuante, & tout de ce pas entrant en la salette, trouua la mere toute seule, faisant ses affaires, & petit mesnage, à laquelle demandant où estoit sa fille, entendit qu'elle estoit en haut en la chambre apres sa besongne : il ne tient point plus long propos, ains mettant la main à sa dague, il choisist si bien la poitrine de la pauure femme, qu'il l'enuoya roide morte, sans que iamais vn seul mot luy sortist de la bouche : & soudain tout transporté s'en alla à la chambre, où trouuant la fille, l'empoigna pour la violer, elle vouloit s'escrier pour appeller sa mere, il luy porte le fer à la gorge, si que saisie de frayeur, & ne pouuant se remuer d'estonnement, il deschargea sa vilennie sur elle, non que ie croye qu'il en iouist, veu que la fille resistant il estoit hors de sa puissance d'en venir au dessus, & croy que ce

Grande & enorme cruauté.

desdain luy feit acheuer la tragedie, ayãt vne corde expres pour ce faict, qu'il mit au col de ceste pauure fille, qu'il pendit à vn gros cloud, attaché aux soliues du plã cher de la chambre, & l'ayant pẽdue s'en descend, & sort tout effarouché du lieu tesmoin de sa barbarie. Mais estant esloigné du logis des sacrifices, saisi de quelque paour que la fille ne fust encore morte, ou plustost pour faire ce que bien tost apres il executa sur son seruiteur, il reprint son premier chemin, & cõmanda a son hõme d'aller veoir si on faisoit quelque bruit en la maison de la vieille. Le pauure garçon dés qu'il est entré en la salette, veit le paué tout couuert de sang, & la mere morte & couchée sur le sang ruisselant par la place, il monta en haut, où l'estonnemẽt le saisit de plus belle, voyãt ceste fille ainsi accrochée, laquelle remuãt encore, il eut la hardiesse de couper la corde, & la mettre sur le lict, affin de veoir si elle pourroit se remettre, luy arrousant le visaige de vinaigre: & quoy q̃ elle ouurist les yeux, si ne peut elle dire mot estant presque suffoquée, & ayant le col rompu. Le valet ayant veu ce piteux massacre, s'en reuiẽt soudain trouuer son maistre, auquel il racompta toute l'histoire, sans oublier le deuoir duquel il auoit vsé pour sauuer la pauure fille, dequoy le meschant meurtrier le loua, & luy promist recompense suffisante, pour sa grande courtoisie à l'endroit de celle que tant il auoit aymée, sans en pouuoir tirer aucune recognoissance. Le salaire ne fut guere longuement differé au valet miserable, veu que l'ayant mené en vne ruelle estroicte, & où personne ne passoit guere souuent, il le paya sans que le garçon y print garde, qui iamais ne se fust defié de son maistre, de mesme mõnoye qu'il en a satisfaits plusieurs autres, estãt assez accoustumé aux meurtres depuis qu'il s'estoit rendu Caluiniste. I'ay marié ceste histoire à la precedente, pour auoir quelque similitude és façons des hommes, executeurs de faits si louables: & bien que cestui-cy soit plus cruel, si le surmontent les autres en vilennie, tous ensemble esguillonnez d'vn mesme desir, & transportez d'vn mesme & pareil desuoyement de raison, se vengeans, sans auoir souffert aucun outrage, que celuy que le meschant malheureux se feint receuoir en la resistence faicte par la vertu, cõtre les efforts & assauts de quelque abhomination. Les succes aussi en sont semblables, pour le malheur qui tous les iours poursuit les mal-viuans, car & les vns & les autres en ont esté deshõnorez, par le iugement equitable du Magistrat, lequel iustement venge l'iniure faicte aux petits, & chastie l'insolence des grands, qui abusent & de leur dignité, & de l'abondance de leurs riches-ses.

FIN DE LA SEPTIEME. HISTOIRE.

ARGVMENT.

vert⁹ liées ensemble.

TOut ainsi que la liaison des vertuz rend l'ame parfaicte, lors que l'homme, Seigneur seulemēt de ce qui le peut rendre à iamais heureux, ne s'adonne qu'aux choses honestes, & esquelles est parfaictement cōsiderée & l'Idée, & l'action de Iustice: aussi l'vnion damnable des vices prēd tel accroissement, lors qu'auec la continuation il semble que l'accident soit conuerty en nature, que celuy qui embrasse vn peché, se pense estre paruenu au feste de sa felicité, s'il s'egare par toute voye de forfais, & se souille au peruertissement de toute meschanceté. Aussi depuis que l'homme despouille les affections vertueuses, & rēd encline sa volonté à ce qui est chatouilleux en la vicieuse aprehension de la sensualité, il ne se donne garde qu'il se voye transporté si auant par sa corruption, qu'en fin il donne pu-

L'vn vice attire & produit l'autre.

blique tesmoignage des conseils malheureux grauez en soname. Regardez entre les anciēs quel a esté vn Neron au commencement de son Empire, & le voyās licēcieux en ses faits, & se dispensant par sa grandeur, de la loy de iustice naturelle, ne se contenta d'estre trouué entre les gladiateurs, ny de dancer auec les bateleurs, & boufons, d'estre chartier, & cocher, & encore il se mesla auec les Comiques, & iouäns de tragedie, si qu'en la suitte de ceste diuersité de vices, il y print vne telle habitude & coustume, qu'en fin le forfait luy sēbloit vertu, la cruauté courtoisie, & vne façon de vie desnaturée, luy paroissoit la mesme perfection de nature. C'est ce qui le rendit le meurtrier de sa femme, le bourreau de son precepteur, & l'abominable mary de sa mere, laquelle depuis il massacra, & en somme, le faisant tout tragique, luy feit iouer le bruslemēt de Troie sur les maisons des Romains, & aux despens de la Cité, qui se vantoit sorties des reliques Troyennes. Ie dis cecy à cause que le peché est si doux à l'homme, que le vice luy chatouille tellement sa conuoitise, que le plaisir ayant quelque apparence de prouffit, & vn ombrage assez grossier de vertu, l'achemine à la fin à son deshonneur & ruine. Qu'il soit vray, y a il

Nerō mōstrueux en ses meschācetez.

Acte de Nerō, voy Suetone, & Dion Nicee.

chose qui tant alliche l'homme que le desir de sçauoir les plus grãs secrets de la nature, & de pouuoir plus faire auec son art, que l'ordre coustumier ne porte és corps simples, & simplement dispensez par ceste mesme nature? c'est ce qui a esguillonné plusieurs à follement employer leur bien, & prodiger leurs thresors & ioyaux, entre les mains des soufleurs ensoufrez d'alchimie, & de se rompre la teste apres les transmutations des metaux, ahanant nuit & iour apres ne sçay quelle quinte-essence, aussi vaine en effect, que les opiniõs en sont folles, & sans effect & miserables: veu que de ceste escole sont sorties milles especes de meschanceté, & autant de diuersitez de ruines, les vns ayans tout perdu, s'adonnans à larcins & voleries, les autres ne faisans conscience de falsifier la monnoye au grand mespris du prince, & preiudice de tout vn peuple, & l'vn & l'autre de ces vices causant des defiances si grãdes que le mesme sang est suspect à celuy qui fait mal, a fait aussi que l'amitié la plus ferme a esté violée, & la societé la plus recommandable, a senty vne fort estrange separation ainsi que i'espere vous faire entendre, s'il vous plaist vous auiser auec patiẽce à lire l'histoire qui s'ensuit.

L'Alquimie abuse les hõmes.

ACTE CRVEL DV SIEVR DE SAINT IEAN DE LIgoure Gentil-homme Limosin, faisant occir sa femme & toute sa famille, & bruslant son chasteau, transporté de desespoir & furie, & quelle fut sa fin.

HISTOIRE HVICTIEME.

IL fault que ie die auec le poëte, descriuant la trahison du Roy de Thrace sur l'enfant de Priam:

O faim abominable, *Virgil.3. Eneid.*
D'auoir de l'or, quel forfait laisse l'homme
Pour entasser d'argẽt quelque grãd somme?

Veu les effects de ce tyran dominant les cœurs auaricieux, lequel leur fait oublier, & l'amour de Dieu, la charité deuë à leur païs, & l'affection qui naturellemẽt nous conioint à ceux de nostre alliance: car celuy qui est saisi de telle corruption, ne respire que le malheur de son prochain, & ne desire que sa ruine, pour en icelle prendre son establissement, sans se soucier que

Effects de l'auarice.

cest aueuglement le priue de raison, & le guide tout ainsi que la fureur conduit vn pauure homme attaint de desuoyemẽt & d'extreme forcenerie. C'est pourquoy vn poëte Chrestien & excellent, & assez ancien parlant de l'auarice, luy dõne ces valets de chambre pour sa suite, disant.

Prudence en sa psychomachie.

La faim, & le soucy, les craintes angoisseuses
La palleur & frayeur, les furies hideuses,
Le pariure, le dol, l'infame trahison,
La chicheté vilaine, & la salle poison,
D'vne desloyauté, accompagnent ce vice,
Et suyuent l'escadron du monstre d'auarice.

Aussi fut souz ceste enseigne que s'emancipa de son ancienne vertu, & forligna de la gloire de ses ancestres, celuy pour lequel i'ay dressé & basty ce discours, & lequel de nostre memoire a laissé vn piteux regret à plusieurs qui ont esté marris de son forfait & ruine.

Loüange de la noblesse Limosine.

Le païs de Limosin se peult vanter d'estre autant fertil en noblesse, & vertueuse & gaillarde, qu'autre prouince qui soit souz la suiection & Empire du Roy des Gaules, & laquelle s'adonne à tous les honnestes exercices deuz & propres au gentil-homme, pleine de courtoisie, aisée à accointer, amiable, & autant liberale qu'on en sçache trouuer, quoy qu'aucun taxe ceste nation de chicheté, & trop grãde espargne, mais ceux là en parlent en clercs d'armes, & comme n'ayans point accosté que les ruraulx, ou quelque marchant qui ne commençoit que venir au monde, veu que le noble en ce païs là est vrayement noble, & qui ne s'esgare beaucoup du chemin de sa generosité, & moins se plaist en rien qui ressente la tyrannie. Or n'y a il rien si parfait souz le ciel qui ne puisse estre alteré par quelque contagion, ny sorte de noblesse, que la hantise de quelque homme meschant ne corrompe, & face forligner de sa perfection & galantise : ie dis cecy, à cause que entre ce grand nombre de gentilshommes qui illustrent le païs Lymosin, il en y a eu vn de nostre temps nõmé saint Iean de Ligoure bien apparenté, & autãt beau & bragard qu'autre qu'on eust sceu trouuer, lequel ayant donné vn gentil & vertueux commencement à sa vie, gasta ce fondement par sa continuation, & le ruina par la fin malheureuse qui ferma le pas à sa gloire, & à la reputation qu'il auoit acquise entre les gens de bien. Cestuy guidé par vne trop grande cu-

La hãtise d'vn meschant dãgereuse.

Saint Ieã de Ligoure.

riosité, & vaincu par les persuasions d'vn tas de gens qui voltigent par les païs estranges, auec vne parade de sçauoir en ce qui touche l'art metalique, laissant les armes, exercice propre aux gẽs de sa sorte, commença à s'adonner à souffler, à dresser des fourneaux, & cercher l'or ou il n'est point, & poursuyure de la fumée, en lieu de quelques grandes richesses. Ce mestier si doux & allichant l'ayant attiré, & luy enchãté par ces abuseurs & faux Philosophes, sans cognoissance de la nature, comme il estoit charitable, & vouloit communiquer son profit aux siens, donna aduis de cecy à son beau pere, hõme chargé d'ans, mais non pourtãt esloigné d'auarice, ny sans desir d'enrichir les siens en quelque sorte que ce fust. Or ne me suis-ie point enquis du profit qu'ils feirent en cest art, & si leur fonte leur tourna, & succeda selon l'opinion & dessein de l'Alquimiste, car cela n'est le principal poinr que ie poursuis, me contentãt de dire que cecy engendrant vne plus grande & pernicieuse conuoitise, instingua ledit gentil-homme à passer outre, & experimenter vn art qu'il n'auoit accoustumé, & lequel conduit ordinairement

les

les artisans d'iceluy, ou à pauureté, ou à ignominie perpetuelle. Soit que la chose fust veritable, ou à tort imposée, ce seigneur fut soupçonné de falsifier la monnoye, & de la battre & forger, chose (comme chacun sçait) defenduë en toute Republique bien ordonnée, à cause du malheur qui s'en peut ensuyuir, tant pour le mauuais exemple, que pour le preiudice & tort fait à tout vn peuple. Ce soupçon s'esclarcissant (afin que ie ne sois trop lõg au discours) on commença à poursuyure le fait, & enquerir diligemmẽt sur le crime, tellement que son beau pere fut apprehendé, & mené prisonnier au Chastelet d'Angoulesme. C'est icy que Ligoure commence à ronger ses ongles, & resuer à tous propos, bastissant des chasteaux en l'air, & songeant incessamment sur ce qu'il auoit affaire, tant pour se purger & iustifier de ceste calomnie (car ainsi l'appelloit-il) que pour tascher de deliurer le pere de sa femme. D'aller se presenter deuant la iustice, n'y faisoit pas seur, à cause que les gens du Roy le poursuyuoient, & alloient rudement en besongne, & n'oublioient rien à la poursuite d'vn si grand crime, & il voyoit que sans ceste compa-

Soupçon sur Ligoure de falsifier les coings du Roy.

rition il ne se pouuoit iustifier en sorte quelconque. Estant en ses angoisses, il s'adresse à monsieur le Mareschal de saint André, de la suite duquel il estoit, & se plaint de la rigueur qu'on luy tenoit, l'appellant à trois briefs iours, & vsans les gens du Roy de si grande & precipitée poursuite: le seigneur Mareschal luy promet toute aide, support, & faueur, là où il seroit innocent, mais que s'il estoit coupable d'vn tel crime, qu'il seroit le premier qui dependroit du sien pour en faire auancer la punition deuë à vn si grand forfait. Cestuy oyant vn arrest de volonté si peu sortable à sa fantasie, qui mesuroit les grans selon ses folles apprehensions, vaincu de rage, & ne sçachant comme se preualoir en cest affaire, communiqua ce peu d'espoir à vn prestre autāt detestable, comme sa vie feit depuis apparoir. Or ce ministre, ie ne dis pas indigne du ranc qu'il tenoit (veu qu'en Limosin on choisist volontiers les plus ignorans au saint seruice) ains encor tel qui ne merite point d'estre mis au nōbre des hommes raisonnables, veu l'enragée & brutale furie couuée & enclose, ayant origine des concepts endiablez de sa pēsée. Com-

Responce du Mareschal saint André à Ligoure.

me donc ce pauure seigneur se fut declaré à ce vaillant homme d'Eglise, participant en ses souffleries & transmutations, il luy demanda conseil sur ce qu'il auoit à faire, veu le peu d'attente qu'il voyoit au secours de monsieur le Mareschal, lequel il disoit auoir part au butin auec ceux à qui le Roy auoit donnée la confiscation des biens des Lutheriens, des vsuriers & fauxmonnoyeurs, car contre ce genre d'hommes s'estoit le Roy animé par ses edits & ordonnances. Le prestre oyāt les mal plaisantes nouuelles, & craignant la main de la iustice, meu du ver de sa conscience, non pour se chastier, plustost pour parfaire le comble d'vne extreme necessité; il parla au gentilhomme en ceste maniere. Monsieur, ie voy noz affaires en vn fort piteux estat, à quoy si nous ne pouruoyons auec diligence, i'ay peur que ne soyons plustost surpris, que le loisir ne nous sera donné de pouruoir à ce qui est necessaire pour la conseruation de nostre salut. Vous voyez comme chacun vous soupçonne, & quelle peine lon met de vous attraper, & y a long temps que vous fussiez prisonnier, n'estoit que vous n'estes point iusticiable deuant le

Seneschal d'Angoumois, & que les gens du Roy n'osent venir vous assaillir sur la iurisdiction & ressort de Limoges. Ie ne me soucie point que mõsieur vostre beau pere n'aye rien dit qui vous charge, n'ayant encore senty que vallent les efforts d'vne gehéne & torture extraordinaire: car ce qui plus me poinct & tourmente, est le refus que vous auez faict de comparoistre, estant sommé de ce faire pour vostre iustification, d'autãt que par ce moyen on vous estime (& semble qu'à bon droit) coulpable du crime de laize-maiesté que lon vous impose. Or posons le cas que vous absentant, la chose se refroidisse pour quelque temps: si est-ce que si lon vous sçait estre en France, ou esloigné tant que vos ennemis ahanans apres vos biens, & desirans de s'enrichir de vostre confiscation, c'est chose seure qu'on s'empoignera à Madamoiselle, laquelle pour se sauuer dira ce qu'elle sçait, & à veu, ensemble confessera que iamais vous n'auez voulu desister pour requeste ny priere qu'elle vous ait faicte pour laisser ceste continue. Elle ayãt parlé, ses Damoiselles ouyes, le laquais interrogué, ie vous laisse penser combien il fera seur en

France pour les chiens à la queuë, que vous, aurez qui auez plus de cens & rentes en vostre maison, & causerez auec vostre ruine celle de vostre beau pere, de moy, & de ceux qui vous ont fait seruice. Comment (respond le gẽtilhomme) voudriez vous bien que n'estant encor conuaincu de crime, ie fusse si fol que de m'absenter pour donner argument aux enuieux de m'estimer à bon droit tel que nul ne me pense, si ce n'est en deuinant, & sans y oser asseoir riẽ qui soit de certain? Et quoy diable (dit le Messire) estes vous si hors de raison, & despourueu de sens, que de vous fier à la depositiõ d'vne femme, & à la constance du veillard, qui au moindre coup de corde chãtera plus que les iuges ne luy sçauroient demander? Ignorez vous qui, & quels sont ceux qui vous poursuyuent? Et à quelles gens est-ce que vous auez affaire, y ayant tant de Cameleons qui béent apres vos richesses, desquelles ils ne voyent la iouïssance leur estre seure, si par mesme moyen ils ne vous font perdre la vie? Non nõ, la presence d'vn gentilhomme de vostre calibre, encor que la fortune luy tourne le dos, si donne elle estonnemẽt & frayeur à ceux qui taschent de l'attaquer pour luy nuire: regardez si les ennemis du sieur de la Renaudie, auec tous leurs arrests peuuent iouyr paisiblement des biens de celuy qui est en vie: s'il estoit mort, & son frere absent, tout seroit en proye, les biens rauagez, & sa maison exposée au pillage de ses mal-vueillans: si vous aussi vous sauuez, & ostez les empeschemens qui peuuent nuire à vostre iustification, on aura beau vous condamner par cõtumace; car n'y ayant suffisance de preuue, & les humeurs des iuges estans changées, facilement vous cheuirez du temps & de fortune, rentrant en vos biens en despit de tout le monde. Ie voy (dit le gentil-homme) que vos raisons sont bõnes pour mon asseurance, mais par mesme moyen ie cognoy que pour effectuer vostre aduis, il faudroit y aller de voye de fait, & massacrer ce que i'ay, ou dois auoir le plus cher au monde. Et quelle chose y a il sur terre (dit le Capellan) qui nous doiue estre plus chere que nous mesme, veu que pour sauuer nostre vie, n'y a bien, ny personne que l'homme sage n'expose? Et quitteroit pere & mere pour la conseruation de son estre, car n'estant plus, quel affaire a lon de ce que vous dites vous estre si cher & recommandable? Ne vaut il pas mieux eslargir vn peu sa conscience, & faire vn peché secret, que si en public on vous declairoit cõuaincu d'vn grand forfaict & estiez deffait deuant tous, pour vne faute segnalée, & ignominieuse? Ne vaut il pas mieux que vostre femme, enfans, & chambrieres meurent innocens, que si vous accusans, ils ont l'ame souillée de trahison, & causent la ruine de vous & des vostres? Vous en ferez ce que bon vous semblera, mais s'ils demeurent en vie, vous auez beau quitter la France, qu'encore seront voz biens confisquez, & (peut estre) vous mesme liuré à la Iustice en pays estrange, par tel qui feindra de vous ayder & suporter. De moy, i'espere de me sauuer, n'estant si grand ny cogneu, ne de richesses si desirables, qu'õ se soucie de me poursuiure, si ce n'est pour vostre esgard: & ayme mieux m'esloigner du pays, que si estant soupçonné pour m'auoir veu familierement aller en vostre maison, i'estois geiné, & tourmenté, & à la fin vaincu de la grieueté de la torture, ie confessoys, contraint, ce qui pourroit causer la ruine d'vn tel seigneur, que S. Iean de Ligoure. Ce gentilhomme conuaincu de sa conscience, & esmeu des raisons de cest Apostat, demeura vn fort long temps perplex, & douteux de ce qu'il auoit à resoudre: d'vn costé l'esperonnant la charité des siens, & celle amour coniugale, qui fait laisser pere & mere, pour s'aioindre à sa moitié: de l'autre, estãt poussé d'vne peur d'estre descouuert par les siens, & de perdre par tel moyen l'honneur & la vie, il ne sçauiot auquel remedier, ny à qui des deux donner cause gaignée, ayant esgalle force pour le gaigner, touchant les deux, cõme chose qui luy estoit peculiere. A la fin pensant que ses empeschemens proposez par le Prestre estans ostez, il seroit hors de tout danger, il dit à son maudit Conseiller: Ie confesse qu'il n'y a autre voye plus facile pour nostre conseruation, que celle que vous m'auez mise en auant, mais il faut aussi que ie die franchement, que iaçoit que ie desire de me voir depestré de ce, qui me peut nuire, si n'est il en ma puissance d'auoir le cœur, qu'en ma presence on feit la defaicte de ce qui m'a esté si cher, & la ruine, de ce que ie ne puis seulement imaginer, sans sentir vn estrange cressecœur en mon ame, & sans espandre vne infinité de larmes, ayant à perdre ma loyalle compaigne, & la propre substance de mon sang, & entrailles. Mais puis que c'est vn faire le faut, pour couurir mon vice & garder ma vie, & reputation sans tache qui soit cogneuë à chacun, ie vous prie que ie ne voye point ce que ie consens, & que ie ne sois le tesmoing de ce que i'empescheroy d'estre effectué, s'il falloit que ie fusse present, lors que l'acte seroit perpetré. Et quand bien tout cela sera fait, en quelle sorte couurirons nous le fait, puis qu'il faudra qu'a la fin chacun en aye la notice? On ira au chasteau, les morts seront trouuez, & moy soudain soupçonné du crime, & ainsi ie ne faudray d'estre poursuiuy pis que iamais, si ce n'est que la maison, & tout ce qui est dedãs, qui n'est de guere grand importance, soit consacré à la rigueur de laquelle i'vse vers les miens, forcé par la seuerité trop animée de la Iustice contre moy. Allez ie vous prie, & vsez ainsi que bõ vous semblera, & ie vous attendray icy sur ceste colline, doresnauant ie cõtempleray, ce que pensant, ie fremis tout en ame, souhaitãt que ce soit si sagement executé, que personne de nous n'en puisse iamais tomber en peine. Ce souhait veritablement du Gentil homme estoit hors de raison, veu que la mesme verité dit, qu'il n'y a rien si secret, que quelquesfois ne vienne à la cognoissance de chacun: car ou les hommes ne sçauent les grans forfaits, les bestes en donnēt l'euidence, tesmoing le chien, qui descouurit au Roy Pyrrhe le soldat qui auoit occis le seigneur de ceste beste: & si l'histoire du leurier, enleué en bosse, au chasteau de Montargis, est veritable, on voit s'il est possible qu'vn crime soit caché, veu qu'vn chien fut le vengeur de la mort de son maistre: aussi à ce Gentilhōme la fortune ne fut point plus heureuse qu'aux autres, car le feu causa son malheur, & la rigueur des flāmes cela celuy qui fut l'accusateur de son parricide, & donna les indices de son massacre commandé, & executé par ce venerable brigand de prestre, ainsi que pourrez entendre. Le meurtrier donc s'accompaignant d'vn autre galant, aussi homme de bien que luy, & seruiteur domestique du gentil-homme, s'en va au chasteau d'assez bonne heure, & non pas si tost que des-

Histoire d'vn chiē fidele.

ia vn des enfans du pere qui enuoïoit ce ministre d'iniquité, n'eust presagé la mort,& de sa mere & de ceux de sa compaignie: qui estoient en somme vne Damoiselle sa parente, & se enfans, & vn petit laquay, le reste s'estant retiré, à cause que ordinairement on voltigeoit au tour pour surprēdre le seigneur, ioint que vous sçauez qu'a la necessité, la plus part des amis s'escoulent, & ne cognoissent plus celuy qui est affligé. Or fut le presage tel : vn des enfans courant par la chambre, amassa quelques buchettes & festuz, & comme les enfans sont les singes, & imitateurs de ce qu'ils voyent faire, ayant veu qu'a ceux qui meurent, on leur presente la croix pour baston de defense à l'encontre de l'ennemy inuisible, il feit tout autant de croix de ces buchettes, qu'ils estoient la de personnes, & s'adressant à sa mere luy dist, Madamoyselle, voyez ce qui sera pour vous, quand vous serez preste à mourir, & ceste cy à ma tante ; & vous mon frere, prenez ceste cy,& ie garderay la quatriesme pour moy. La bonne damoyselle voyant ces façons de faire non accoustumées, luy dist:& bien mon mignō, que voulez

Cou[illegible]ume sain[illegible] de mettre des croix aux mourans.

Histoire pytoyable & digne d'estre notée.

vous que nous facions de cecy ? Gardés (dit la creature innocente) les pour les tenir en main, mais que la mort vous assaille, qui sera bien tost, aussi bien qu'a moy, & à toute la compagnie : & ou est celle de monsieur ? dit sa tante : il n'en à point affaire, & aussi ne mourra il point auec nous. Les Damoyselles quoy que estonnées de ces parolles, ne feirent pourtant aucun semblant de se soucier de cecy, disant la mere, que le plus grand bien qu'il luy pourroit aduenir, ce seroit de sortir de ce monde, pour ne point voir le malheur qui s'aprestoit pour l'accablemēt de leur maison, & qu'elle mouroit de langueur & tristesse, en la seule souuenance d'vn si grand desastre, que de voir ignominieusement mourir son mari, & ses enfans à l'abādon, despouillez de leurs biens, & fortunes. Mais la miserable comptoit sans son hoste, car à peine auoit elle mis fin à ses contemplations, qui s'acheuerent auec vn oraison fort affectionnée à Dieu, que viocy entrer au Chasteau, les Bourreaux qui venoyent pour sacrifier toute ceste innocente compagnie, lesquels s'enquerans du laquays ou estoit Madamoyselle, luy commandent de se tenir à la porte, afin que personne ne suruinst, car Monsieur estoit la pres qui venoit, & ne vouloit que aucun fust aduerty de son arriuée. Le laquays faisant le guet sur ce qu'il ignoroit, les galans s'en mōtent en haut, ou voyans la mere pres des enfans, qui encor tous tenoyēt les croix en la main, quoy que estonnez de la presence de celle qui leur estoit dame, & maistresse, & esmeuz de quelque regret, voyans tous ces petis enfans si beaux, & qui à leur semblant portoyent le prognostic de la mort peincte en leur visage, si est-ce que despouillans toute humanité, en lieu de saluer leur dame, ils luy dirent. Madamoyselle, d'autant que Monsieur a deliberé s'en aller, pour euiter le malheur auquel vostre pere l'a precipité, il n'a voulu partir sans laisser bons gages de son allée, lesquels nous vous portons: & ce disant (ayans close la porte de la chābre) chacun empoigna vn des enfans, & les massacra cruellement, en la presence de la mere, laquelle voyant vn si piteux, & non attendu spectacle, confuse & estonnée de voir ceste tragedie, & par les mains mesmes de ses seruiteurs, & (à ce qu'elle entendoit) qui estoyent enuoyez de la part de son mary, ne dit iamais autre chose sinon: Ah mon filz, c'estoit vrayement la signifiance de nostre mort que les croix que tu nous as données, ie prie Dieu qu'il luy plaise de nous pardonner nos fautes, & prendre nos espritz en sa gloire: elle n'eut presque le moyen de paracheuer ces troys ou quatre motz, que le detestable prestre luy donna de sa dague dans le sain aussi furieusement, que meschamment il auoit conseillé ce massacre au pauure mary. L'autre Damoyselle se voyant prise au piege, comme celle qui s'en estant voulue aller plusieurs fois en sa maison, auoit esté retenuë par sa parente pour luy tenir compagnie, voulut courir aux fenestres pour crier à l'aide, ou peut estre pour se ietter en bas, mais le meurtrier l'empoigna si doucement, qu'il luy eust plustost donné le coup de la mort, qu'elle n'eut moyen de recommander son ame à Dieu, en vne telle detresse: toutesfois ie croy que veu son innocence, le tout puissant, & Pere de toute misericorde & cõsolation aura eu compassion de ces pauures femmes, occises sans l'auoir merité, comme

Horribles massacres.

victimes plaisantes deuant sa saincte face, crians vengeance contre les meurtriers execrables, lesquels ne voulans rien laisser qui peust tesmoigner leur effaitz & meschancetez, mettent le feu au Chasteau, nommément en la chambre des sacrifices, & le voyans bien enflammé, s'en descendent en bas, pensans trouuer le petit laquay pour le traiter de mesme que sa maistresse, mais il s'estoit sauué dans vne caue, & caché souz vn muy, Dieu le reseruant pour seruir d'indice d'vn si grand forfait, & pour publier vn crime tant abhominable. Les meurtriers bien marrys, que cestuy leur fut eschapé, le cerchent par tout, mais ne le trouuant point, & asseurez qu'il n'estoit point sailly hors la maison, sortent, & ferment la porte, ayant cloz & huys, & fenestres, afin que le feu feit mieux son deuoir & bruslast le laquays vif auec le reste des corps. Ce pēdāt le pauure garson, qui se souuenoit des croix de son petit maistre, & auoit ouy crier les enfans, & depuis la damoiselle, oyāt craquer les flāmes deuorātes, q s'espādoiēt par tout le logis, prioit Dieu du meilleur sens qu'il eust attēdant de mourir aussi biē q le reste, n'osāt sortir pour crainte des meurtriers, lesquels il auoit ouy le cerchãs, & iurans aussi bien sa mort que des autres. Resolu de point ne bouger, il fut celuy qui depuis descouurit tout, & causa la mort des seruiteurs & du maistre, Dieu ne voulant qu'vn si grand peché demourast impuny, & que ceste mort fust estimée prouenir d'ailleurs que de la trahison de ce maudit ministre. Ce pendant le gentil-homme qui de dessus vn costau s'amusoit à contempler sa maison, representoit la constance cruelle d'vn Neron, voyãt la Cité de Rome enflambee par son propre commandement, non toutesfois si constant qu'il ne fust contraint de gemir, & plourer, se souuenant de la perte des siens: & detestoit l'inuẽtion du prestre, & plus la simplicité malicieuse qui l'auoit conduit à donner consentement à vn acte si detestable. A la fin resolu comme vn brigãd, & possedé du diable, comme il estoit, cõclud en sa fantasie, qu'il n'y auoit meilleur moyen pour se garẽtir que cest acte, à cause que chacun penseroit que ce feu seroit par quelque accident aduenu aux femmes, & non point chose faite à esciẽt. Or estoit il bien tard quãd ses gens arriuerent,

Laquay gardé et preserué du feu.

riuerẽt, auec lesquels il prist complot de s'en aller pour quelque temps, attendant l'issue de celuy qui estoit prisonnier en Angoulesme : & ainsi il chemina tout le long de la nuit, sans estre suiuy de ces galans assasineurs, que Dieu permist s'obstiner à demeurer en France, pour payer l'vsure de leur forfait & seruir d'exemple à tout vn peuple de leur abhomination. Le peuple voisin voyãt & les flammes, & la fumée sortir si abondammẽt du Chasteau de sainct Iehã, s'achemina de bon matin, ou trouuant les portes closes, n'y eut personne qui soupçonast les estrangers & assez ; seulement estimoit on que ce malheur fust aduenu par le peu de soing de ceux de dedans. On heurte, on crie de tous les costez, à quoy nul donna seule responce, qui fut cause que rompãs les portes ilz entrẽt & voyent tout espris en feu, lequel ilz estaignent, & paruenãs en la chãbre de la Damoiselle, ils veirent ce piteux spectacle des corps demy-bruslez, & ayans les aparences fort remarquées des coups qu'ils auoient receuz, ce qui estõna biẽ fort ce peuple, qui aimoit la Damoiselle à cause de sa grand bonté, & courtoisie : mais plus furent ils esbahis, & ensemble meus de grande compassion, aperceuans en vn mesme corps auoir esté commis deux meurtres, car le feu ayant bruslé la plus part du ventre de ceste Gentil-femme, auoit descouuert son ventre, ou l'on veit vne pauure creature morte & suffoquée par les flammes & fumées. Ie vous prie qui est le cœur si cruel, & sans amitié, qui ne prist quelque compassion lisant ceste histoire, & laquelle ie suis contraint de reciter, affin que la posterité voye ces choses monstrueuses auoir prognostiqué les prodigieuses cruautez aduenuës depuis en France, les enfans de laquelle ont rauy ses richesses, & l'ont despouillée de toute son excellence & beauté: n'estoit-ce pas vn hideux spectacle que de voir deux enfans massacrez, la mere mutilée, & bruslée, & son fruit ayant sepulture dans les entrailles de celle, qui estant preste à deliurer son engeance, se veit donner le coup de la mort, & causer la ruine de sa semence, par le commandement de celuy mesme qui en estoit le Pere? Comment appellerez vous cecy, puis que le nom de cruauté bestiale n'est suffisant pour comprendre vne telle abhomination & brutalité ? L'indignité me clost la bouche, & retarde ma main, sin que le cœur ne pouuant souffrir la douleur, n'y l'esprit dessaigner vn discours assez apte pour esmouuoir les autres à douleur, ie passe à poursuiure le reste de l'histoire. Laquelle est si veritable, qu'il y a encor dix mille personnes, qui peuuent tesmoigner de sa certitude, & les registres du Greffe de Limoges en donnent asseurance, ou les meurtriers furent depeschez, par la seule accusation du laquays, & la cõfession volontaire de leur bouche. Car le laquays oyãt le bruit du peuple, asseuré du depart des meurtriers, se mit à crier, si que la multitude oyant ceste voix, courut la part ou elle resonnoit, & rompans l'huis de la caue, tirerent cest enfant dehors, lequel feit le recit, tel qu'il sçauoit, de ceste pitoyable tragedie, qui fut cause qu'õ le mena à Limoges vers la iustice, ou il fut entretenu, attẽdãt que Dieu permist la prise de ceux qui auoient cõmis vn tel scandale. Ce qui aduint quelque temps apres, & si bien fut besoigné que le fait estant descouuert, on leur feit leur proces, ensẽble à celuy q̃ les auoit mis en besogne, quoy q̃ fut absẽt, &

Le prestre roué a Limoges.

furent ces galans mis sur la rouë, ce que ie puis dire comme vray tesmoin, qui estois dans Limoges lors qui fut faite ceste execution. Ce pendant le Gentil homme fugitif s'en alla hors du Royaume, & se retirant à Geneue (asile & lieu de franchise pour toute espece de meschans) y ayant seiourné quelque temps, entendit parler de son prestre, & comme l'on detestoit horriblement, & celuy qui auoit esté iusticié (comme certes il estoit abhominable, & scandalisoit grādement l'estat auquel indignement il auoit esté apellé) & celuy qui estoit cause du crime, si bien que se doubtant d'estre surpris, aduerty encor des poursuites, que la maiesté du Roy Henry faisoit contre luy, & comme il enuoyoit par tout pour le faire trousser, il se retira secrettement à Lausane. Et non à tort car ie me suis laissé dire à homme qui estoit pour lors dans Geneue: qui s'il eut arresté vn iour encore en la ville Caluiniste & siege du Pape des Heretiques, c'est sans doubte qu'il estoit troussé en malle, trahy par ceux mesme de sa cognoissance. Mais que dis ie trahy, puis que foy, ny amitié ne doit estre gardée à vn homme, qui rompt &

Geneue retraire de fugitifz.

Ligoure s'enfuit à Lausane.

viole la societé publique, & qui oubliant ce enquoy nous excellons le plus, qui est la courtoisie, & conseruation de l'estre des nostres, auoit fait massacrer ceux que l'ennemy le plus barbare n'eust voulu offencer en sorte quelconque. Trahison est enuers celuy, à qui de droit on doit loyauté, & non à l'endroit d'vn meschant, la deliurance ou descouuerte duquel est faire seruice au public, & la ruine est le soulagement & asseurance des gens de bien : car si ce Gentil-homme, des qu'il eust offencé le public, en ce qui touchoit la monnoye, n'eust trouué des amys pour le receuoir en leurs maisons, il eust esté contraint de sortir si tost du Royaume, que les moyens luy eussent esté ostez de conspirer la ruine de son sang, & la mort de sa femme. C'est loyauté que de sauuer l'innocent estant poursuiuy iniustement, mais c'est vice que couurir celuy qui nuit à tout le monde : la fable Esopique du serpent, nourry par le paisan conuient à ceux qui soustiennent ceux, qui à la fin leur donnent dequoy se repentir de telle gracieuseté, & courtoisie : veu que l'ame meschante ne desseignant que crimes, ne

A qui est ce qu'on fait tort en l'accusant.

Dangereux de suporter vn meschant.

se paissant que de forfais, & ne pensant qu'en desloyauté, faut que à la fin produise des fruits dignes de sa pensée. Or n'eust ce miserable Gentil-homme fait trop long seiour à Lausane, qu'on en fut aduerty, & que les seigneurs de Berne ayans eu lettres du Roy pour le luy deliurer, ne commandassent qu'il fut saisy & pris au nom de la seigneurie, & de cecy eut quelque charge, & commission, le sieur de la Renoudie, qui fugitif de France s'y estoit retiré, & iouissoit du droit de Bourgeoisie parmy les Suisses. Ligoure qui ne pensoit estre esclairé de si pres, se tenoit en vne hostelerie assez couuert, & caché, auec intention (si Dieu n'eut rompu ses desseins) de passer en Alemaigne, & plus loing, s'il estoit besoing, affin de fuyr, & euiter celle tempeste qui le suiuoit de trop pres, quãd voicy vn iour sur le tard, qu'on luy vinst dire que Mõsieur le Baron luy vouloit parler (car c'est ainsi qu'on apelloit la Renoudie à Lausane.) Luy estonné de ceste descouuerte n'en feit toutesfois aucun semblant, ains se fiant en celuy qui le faisoit apeller, comme à vn de ses parens & plus anciens amis, & qui estait de son pays, il se faisoit fort, ne luy iouëroit fauce compaignie, il descend embas pour aller saluër celuy, qui luy bastissoit vn gibet pour mettre fin, & à ses meschancetez & à sa vie: car il auoit mis force gens par les maisons voisines, afin que dés aussi tost qu'ils seroient en ruë, on ne faillist de l'empoigner. Voicy donc l'vn fugitif qui vint caresser & saluër l'autre, mais auec diuerse intention: l'vn vient pour tromper son compaignon, auec le voile sainct de Iustice, l'autre se fie en son voisin, souz le pretexte d'amitié & d'alliance: mais la vertu ne pouuant souffrir vn si grand obstacle de sa purité, faict que l'vn liura à la Iustice celuy, qui auoit faict Iniustice en son pays, pensant iouyr de repos en terre estrange. Comme donc ses deux seigneurs s'entreuoïent, ce ne sont que acollades & caresses, la Renoudie se plaignant, de cestuy-cy d'estre venu à Lausane, & y auoir seiourné sans luy auoir fait l'honneur de le visiter, & taster de son vin, l'autre s'excusant sur l'importance de quelques siens affaires, qui l'auoient detenu en son logis: voicy sortir les troupes qui estoient en embusche, lesquelles se ruent sur ce pauure Li-

Ruse de la Renaudie contre Ligoure.

Ligoure pris à Lausane.

moisin, le constituant prisonnier de la part des seigneurs de Berne. Ligoure se voyant saisy, tourna sa face vers la Renoudie, disant: Ha faux, & desloyal que tu es, ie ne m'esbahis plus si tes grandes desloyautez, & faucetez t'ont banny de France, veu que encor en païs estrange tu ne peux oublier les tours de ta trahison & infidelité. Ah Iudas plein de cautelle, estoit ce ce bon traitément que tu m'apprestois, que souz le pretexte d'alliance & amiable visitation m'ayes getté hors de mon logis, ou ie me fusse fait plustost tailler en pieces, que souffrir que ceste canaille m'eut mis la main dessus pour me faire le prisonnier des bouchers de Berne. Ie prie Dieu qu'il luy plaise estendre sa iustice & vengeance sur ta teste, & te punir par la main d'vn bourreau de toutes les meschancetez & pariures que tu as commis durant ta vie. La Renoudie, qui à esté de son temps vn des plus dissimulez, & accorts Gentils hommes de France, ne tenant grand compte des paroles de son voisin, luy dit: Ie seroys marry qu'ó vous eut tué, veu le seruice que vous pouuez encore faire à l'Eglise de Dieu, & pour empescher ce malheur, ie suis venu à vostre prise, afin que auec le temps vous iustifiant de ce qu'on vous impose, ayez le moyen d'aller par tout, hault la teste leuée. C'est bien parle (dit l'autre) la teste leuée, car c'est la ou tu pretendz, & penses faire ta paix auec le Roy en me trahissant, & recouurer ton bien par la ruine d'vn pauure Gentil-hõme: mais bien, quoy que ie meure (comme ie m'en asseure) si esperé-ie que iamais tu ne iouiras de l'heur de tõ païs, & n'auras les moyens de viure parmy les tiens qu'auec pareille defiance que la mienne. Ce qu'ayant dit, il fut mené prisonnier es prisons publiques, ou souuent il estoit visité par les ministres heretiques, qui nõ contens que c'est homme fut l'esclaue de Sathan en vne sorte, ils feirẽt encor qu'il luy fust plus asserny, en humant la poison de leur apostasie, & le venin de leur fauce doctrine, plus ie pense cõduit d'espoir qu'auec ceste peruersiõ, les seigneurs le sauueroiẽt de mort, que de soucy qu'il eust des opinions, ny de Caluin, ny de Zuingle. Il est interrogué par quelques deputez par la seigneurie, mais luy tenãt bon, on ne trouuoit dequoy pour le punir, & contenter le Roy, qui pour-

Ligoure p[erue]rty par les predicans.

ſuyuoit par ſon Ambaſſadeur, afin qu'on luy deliuraſt celuy qui eſtoit ſon iuſticiable. En fin les Suiſſes depeſchent vn bon citoyen Bernois, homme ſage, & de bonne conſcience (pour vn Zuinglien) lequel vint en France, & que i'ay veu en Lymoſin, pour s'enquerir de la verité du fait, & voir le proces fait tant contre de Ligoure, que ſes complices, afin que droit luy fuſt fait, & que s'il eſtoit innocent, on pratiquaſt ſon pardon auec le Roy, & au cas que iuſtement il ſeroit pourſuiuy, & qu'on le verroit attaint de ce parricide, qu'on luy parachevaſt ſon proces, & contentaſt le Roy aigry & courroucé pour vn tel forfait commis en ſon royaume. Le priſonnier aduerty qu'il eſt de telle diligence, quoy qu'il feit du bon compaignon, & ſe couuriſt touſiours de ſon innocẽce, laquelle il aſſeuroit ſur le iugement du ſeigneur, & teſmoignage de ſa conſcience, non ſans leuer les yeux en haut, & faindre le chatemite, ainſi qu'il auoit aprins de ſes preſcheurs qui l'exortoient, ſi eſt-ce que des lors, il ſe veit hors d'eſperance de iamais eſchaper, ſçachant bien que le Preſtre & ſon compaignon l'auoient accuſé, & que

Les Bernois enuoyent en Lymoſin pour s'enquerir de ce fait.

sa fuite le rendoit par trop soupçonné, eu esgard au tẽps de sa retraicte. Il eust volontiers pratiqué la corruption de ses gardes pour se sauuer, mais c'estoient Suisses, à qui on l'auoit donné en main, nation loyalle, & qui ne s'egare par trop du droit, qui luy faisoit autant de fois perdre cœur, qu'il pensoit à seulement ouurir la bouche, pour leur parler de sa deliurance, ioint que cela aduenãt, il n'a-uoit moyen de poursuiure son asseurance, estãt le païs dificille pour les fuyards, les passages cloz, & tous obeïssans au moindre commandemẽt faict par la seigneurie: si que tout aduisé, il conclud en son esprit d'attendre la fortune de son iugement, fust-il de vie ou de sa defaite. Les Bernois suffisamment aduertis du delit, & asseurez que le prisonnier qu'ils detenoient, estoit attaint, conuaincu & prouué auoir cõmis crime de leze maiesté, & estre cause de l'excez perpetré en la personne de ses femme, enfans, famille, & maison, se meirent à besongner sur son proces en toute diligence, pour luy faire brefue iustice. Et iaçoit que le Roy voulust le r'auoir pour le punir sur ses terres, tout ainsi que le forfaict y auoit

Suisses refusent Ligoure au Roy.

esté commis, si ne fut il possible d'y faire condescendre les Suisses, soit qu'ils fussent sollicitez des parens du criminel, ou qu'ils luy eussent ainsi promis à luymesme, afin de ne donner le passetemps de sa mort à ses ennemis, ou receuoir double punition en souffrant la mort, & peine meritée, & la honte plus insupportable, que le mesme supplice, au païs, où d'autresfois il auoit esté tant estimé, & de chacun honoré. Ainsi le tout debattu, il fut condamné par les seigneurs de Berne, d'auoir la teste tranchée publiquement, & par les mains de l'executeur de la haute Iustice, & que le proces de l'execution, & acte d'icelle seroit porté en France, pour aduertir la maiesté du deuoir de la Seigneurie à chastier ceux qui s'oubliēt iusqu'à là, que d'offencer Dieu, & alterer le repos de quelque Republique. La nouuelle de si dure digestiō portée au Gentil-homme prisonnier, quoy qu'il luy faschast de mourir, si est ce que iugeant en son esprit la grieueté du crime, & s'estimant heureux, que la penitēce de son pcché seroit parfaicte en pays estrange, & non en lieu où ses parens pourroiēt en estre affligez, pour en auoir

Ligoure cō-demné à la mort.

la veuë, se desplaisant de la vie passée, detestant son iniquité, se resolut de prendre patiemmēt la mort, & l'estimer comme vn soulagement de ses miseres, & la fin de ce ver continuel, qui ne cessoit de luy poindre, & bourreler sa conscience. A ceste cause il dit à celuy qui luy prononça son arrest & sentence. Ie louë de bon cœur le tout puissant, qui m'a donné la grace de finir mes iours en la presence de ceux, qui ne se plaisent pas tant en ma deffaite, comme à figurer ce qui leur semble raisonnable, pour n'estre point deuëment informez quel ie suis, & ayans instruction de ma vie, par ceux mesmes qui sont mes plus grans ennemis, & qui peut estre, me pensans fauoriser pour cōplaire au Roy, ayment mieux me faire mourir, auec peu de raison, que si du tout iniustement, & plus que tyranniquement ils me liuroient à ceux, qui rassasieroient leur fureur & tyrannie sur moy: & remercie le Dieu tout puissant, de ce qu'il luy plaist que innocent ie meure, acceptant ceste condition de bon gré, auec vne telle esperāce, qu'il ne souffrira, que ceux la demeurent impunis, qui m'ont liuré traistreusement & meschamment à la Iustice. A ceste fardée innocence, fut respondu par celuy qui luy prononça son arrest, qu'il n'estoit temps desormais de rien dissimuler, veu que les Seigneurs estoient allez si equitablement en ceste besongne, qu'ils s'asseuroient que leur iniustice ne seroit iamais cause en cest endroit, pourquoy ils deussent craindre le iugement equitable du tout puissant. Au reste, que Dieu ne pardonnoit iamais le peché de celuy, qui en lieu de s'accuser, preschoit ses iustices, & estant du tout vicieux, il ne recognoissoit en rien ses fautes, qu'il falloit confesser pour auoir remission, qu'il se deuoit repentir pour auoir grace, Dieu estant misericordieux, & Pere tant bening, que regardant l'humilité du pecheur, & se plaisant en sa repentance, ne refusoit iamais sa bonté & clemence, à celuy qui de bon cœur l'en requeroit, auec ferme asseurance de n'estre reietté, ny esconduit. Et le priant de prendre la mort en patience, le mist entre les mains de l'executeur, luy laissant pour cõpaignie quelques ministres, qui le preschans & admonnestans à leur mode, le faisoient aller si hardy, & courageux au supplice, qu'il sembloit qu'on l'eust appellé à quelque grand festin de nopces: chose que plusieurs louënt, comme digne d'vne grande constance: mais ie l'acompteray plustost à la trop effrenée asseurance d'vn temeraire, ou d'vn desesperé, veu que ie sçay que nostre Redempteur Iesus Christ, ses saincts Apostres, & fideles tesmoings, souffrans pour sa parole, ne furent sans sentir cest effroy naturel, que chacũ experimente, lors qu'il faut veoir la separatiõ de deux choses si bien vnies, comme sont l'ame & le corps ensemble. Non que ie ne louë grandement ceux, qui fondans leur espoir en Dieu, ostent, en toute humilité, ce qu'ils peuuent de ceste foiblesse de la chair, & auilissans les desirs sensuels, se resoluent à passer souz la loy commune, establie pour la punition du peché du premier homme, pillans patience de ce qu'il plaist à Dieu leur enuoyer, & se recommandans à l'infinité de ses misericordes, pour obtenir cœur & hardiesse, en vn si dur assaut, & perilleux passage. Ainsi S. Iean de Ligoure fut conduit au supplice, assistant vn nombre infiny de peuple, & fut mis les pieds ioints dans vne fosse basse de deux pieds en terre, &

le tout debout, attendant que le bourreau parfeit la tragedie, ayant escouté les harangues & exhortations des ministres qui l'auoient seduit & Caluinisé, haussant les yeux au ciel, non sans gemir & lamenter, commença à confesser franchement deuant tout le peuple ses meschancetez, detester ses forfaits, & deduire tout au long l'histoire miserable de sa vie, disant : Ne voyez vous pas icy, Messieurs, vn piteux spectacle deuant voz yeux, que vn Gentilhomme de bonne maison, & d'honnestes parens, hautement allié, & iadis recommandé pour ses vertus, serue maintenant de passetemps au peuple, & par mesme moyen d'exemple à ceux qui luy suruiuent, en mourant auec autant d'infamie, comme iadis il a eu de gloire & d'honneur? Helas si c'estoit pour quelque iuste querelle qu'il me fallust mourir, le supplice en seroit plus supportable. Mais quoy? vne tyrannie enragée m'a conduit icy, vne cruauté plus que brutale est cause de ceste mienne deffaite, & plusieurs parricides me rendent abhominable deuant les hommes. C'est moy, c'est moy, Messieurs, ce malheureux Gentilhomme, qui aueuglé d'auarice, idolatre

de mesde mes transports, & folles affections, ay premierement offencé Dieu, outrepassé les loix de mon Roy & souuerain Prince, & ay donné empeschement au repos public, en falsifiant la monnoye. Ha, aueuglement insensé! combien d'hommes as tu conduit à leur fin malheureuse? c'est moy, seigneurs de Berne, qui ay consenti à la mort de ma loyalle espouse, & des enfans qui iamais ne me feirent offence, & qui en donnay le mandement & charge aux miserables ministres, & desloyaux executeurs de ma volonté peruerse, & abhominable: ce suis-ie ce second Nerõ, qui auec mes yeux propres, esmeu d'vn grand plaisir & contentement, voyant brusler ma maison, asseuré de la ruine de ceux qui estoient les habitans d'icelle, & qui oubliant toute courtoisie & humanité, m'esiouyssois en la deffaicte de ce qui estoit mien, & que ie deuois plus cherir que ma propre vie. Ha malheureux que ie suis! les bestes à belles dẽts, griffes, & ongles, combattent iusques à la mort pour la deffense de leurs faons, & petits, & ie suis celuy qui ay (plus que brutal) fait occir & massacrer l'innocence de ma chere geniture. Les plus Barbares ne font conscience de se hazarder à tout peril, ny d'assaillir les plus puissans, pour ne se voir priuez de leurs espouses, & vn gentil-hóme nay entre, & parmy vn peuple courtois, & bien policé, s'est oublié iusques à là, que de poursuiure la mort d'vne Dame son espouse, autant belle, chaste, sage, & vertueuse, comme ie suis infait, meschãt desloyal & detestable. Ha messieurs, qui assistez icy, pour veoir ce piteux spectacle, prenez exemple sur moy, pauure malheureux & desloyal, & ne vous addonnez à rien qui puisse faire flechir la constance de vostre ame, reiectez les imposteurs, ne vous fiez à tout homme: que la hantise vostre soit auec ceux desquels la vertu n'est hipocrite, ny palliée. Ie suis icy le iouet de la fortune des hómes (s'il y a aucune chose qu'on puisse ainsi appeler) & le miserable patron pour seruir de miroir à la posterité, qui vous prie tres tous dresser au tout puissant seigneur, & pere de misericorde, voz oraisons pour moy, afin qu'il luy plaise me regarder en pitié, & me pardonner selon son infinie bonté, & clemence. Ha Seigneur Dieu, & pere eternel, ie confesse mon indignité, & n'ose leuer ma face vers toy, pour l'abho-

Oraison derniere du condené.

mination de ma vie : Ie n'ay que te presẽter sinõ vn ame la plus polluë, & souillée que iamais ne fut Cain, ny Iudas, ou autre detestable, sauf, ô Seigneur Dieu, que ie ne me desie point de ta bonté, & misericorde : Aye pitié, mon Dieu tout puissant, de l'auilissement de ceste tienne creature, n'entre point en iugement auec moy, afin que ie ne sois confus, & que la multitude de mes pechez ne m'accable, si en ta iustice n'est considerée celle pitié, laquelle nous donne hardiesse de t'appeller nostre pere. Nostre pere es tu voirement, puis que tu nous as faits coheritiers de Iesus Christ nostre Seigneur ton fils bien aymé, & l'vnique heritier naturel de ton royaume : le sang duquel ie te supplie mon Dieu que soit la propitiation pour mes pechez, & efface la souillure qui tient mon ame confuse, & accablée. Tu ne veux point la mort du pecheur, & ne souhaitte la ruine de celuy que tu as creé, & pour le rachapt duquel tu as liuré tõ fils à la mort. C'est entre tes mains (Seigneur) que ie recõmande mõ esprit, te supliãt l'accepter, & luy donner celle gloire, que tu as promis à ceux qui t'inuoqueront en verité,

& se retireront à toy auec repentãce de leurs fautes. Et finy qu'il eust cecy, il presenta son col au bourreau, ce pendãt laissant le peuple tout esplouré, le voyans si beau, & si prest à receuoir la mort, & plus oyans la grande douceur de sa parole, & la contrition qu'il monstroit à sa fin, qui fut soudaine, luy trenchant l'executeur la teste, & luy ostãt la voix auec la vie. Tels furent les succez de celuy, qui pẽsant couurir auec vn crime son premier forfaict, causa le present discours tragic de ceste histoire, autant pleine d'abhomination, comme elle est deplourable, eu esgard à tant d'innocents massacrez, & au peu de iustice de celuy, qui pouuoit garantir sa vie, & la sauuer sans souiller son ame, ny les mains d'autruy du sang de ceux, pour la conseruatiõ desquels, il ne deuoit faire conscience de prodiger franchement sa vie: mais quoy? ie vous ay dit dés le cõmencement que l'homme qui vne fois despouille les desirs de toute vertu, & s'est emancipé de mal faire, ne trouue riẽ qu'il luy soit defendu, & ne voit acte aucun, qui à son aduis, porte tiltre d'iniustice, iusques à ce que le iugement de Dieu l'accablant, & ne pouuãt plus fuir à l'ordonnance preiugée de sa meschanceté, il voit sa vie en hazard, & ces vices descouuers en face de tout le monde. Exemple remarquable à ceux qui se dispẽsent sans aduiser la fin de leurs cõceptions, & quelle issue peut auoir l'effait de leurs desseins, d'autant qu'on a beau faire secrettement vn crime, & se fonder sur le delay de la punition, car il faut tousiours venir là, que iaçoit que Dieu soit lent & tardif à courroux, & vengeance, si est-ce que à la fin il faict sentir la pesanteur de sa puissante main, & la rigueur de sa iustice, à ceux qui l'offencent, & outrepassent ses commandements.

FIN DE LA HVICTIEME HISTOIRE.

ARGVMENT.

NE fault que les Dames accusent celuy qui le premier osta aux femmes le maniemēt de la republique, & la puissance d'establir loix, comme ainsi soit, que c'est Dieu mesme, qui dés le commencement voulut que la femme fut suiette à l'homme, & que si elle auoit quelque puissance, qu'elle fut limitée. Et par la Loy, & par ce que l'homme a sur ceste foiblesse, qui accompaigne ordinairement, & naturellement les femmes. Car de tout tant que vous trouuez de grands personnages en la Loy de Dieu, d'hommes vicieux & de femmes tressainctes, si est-ce qu'vne seule d'Elbora iuge Israel, & commande dessus, & vne Iudith est mentionnée, non cheualeureuse, mais qui entre les courtines eut le cœur, & hardiesse d'accabler celuy qui vouloit la priuer de sa pudicité. Et celle mesme d'Elbora qui a le gouuernement, le manie, non comme souueraine, ains auec le conseil, & ne se mesle que d'auoir l'œil sur les actions de ceux qui estoient commis auec elle. Vous voyez vne Athalie, qui durant l'enfance des Roys de Iuda, entreprint le gouuernement de la principauté, mais ce fut contre la loy & coustume, comme aussi elle en fut chassée, & ceux qu'elle y auoit mis taillez en pieces, à cause de l'insolence qu'elle pratiqua durant son gouuernement, & de la cruauté qu'elle vsa y faisant mourir la semence Royale. Dieu donc mesnageant & le ciel & la terre, n'a point voulu que la coste de l'homme eut esgalle puissance à celle du chef, & que la partie plus foible du tout fut celle qui commandast, entant que si iamais femme donna loy au monde, on trouue par les escrits des anciens que telles ordonnances ont esté fondées sur peu de cas, & faites pour fantasies de nulle consequence. Ie laisse à part celle folle Royne des Cypriots, de laquelle les larcins impudiques ont pris nom, & que les poetes ministres de saleté, ont celebrée comme Déesse, & l'ont faite mere de l'amour: car ses loix sont si abominables, que non seulement le Chrestien les doit detester, ains tout homme aimant l'honnesteté les doit abhominer tellement, que iamais il n'en vueille ouyr la simple memoire. Laissant donc (comme dit est) ceste adultere, & paillarde

4. des rois 11.

Venus impudique en ses faits, & en ses loix.

déesse des Cypriots, que les Cesars ont iadis recogneu à Rome pour souche de leur famille, voyōs Demonasse Royne aussi de Chipre, laquelle feit cognoistre par ses edits quelles loix on peult attendre d'vne femme, & quel establissement de republique de celles qui ne sont appellées que par cas fortuit au maniement des affaires. Ceste Royne Demonasse haissant trop delicatement l'adultere, ou ne voulant punir par mort le peché licentieusement octroyé en son isle, ordonna que les femmes qui seroient conuaincues d'auoir forfait en leurs mariages auroient les cheueux rez & coupez, & seroient publiquement prostituées. A ceste premiere loy, des siennes contreuint sa propre fille, laquelle fut aussi punie, suyuant la douce rigueur de la loy, qui luy ostant la cheuelure, luy permettoit vn sale arrousement pour estaindre le feu infame de sa concupiscence. La seconde de ses loix portoit, que quiconque s'occiroit soymesme, seroit ietté aux champs, et à la voerie, sans qu'aucun luy donnast sepulture: Et la troisiesme vouloit, que si quelqu'vn tuoit vn bœuf labourant la terre, sa vie fut pour celle de la pauure beste. Voyez la sagesse des loix de ceste femme, qui par icelles perdit ses deux enfans ayans failly contre, & s'estant forfait l'vn, fut sans sepulture, l'autre perdit la teste

Diō Chrisostome oraison 65. tiltre. I. de fortune.

Loix de Demonasse.

pour auoir occis vn bœuf. I'ay dit cecy, non pour oster absoluëment à la femme cest instinct de raison, qui est infus à toute ame raisonnable, de laquelle elle participe aussi bien que l'homme, mais pour monstrer que l'imperfection qui accompagne ce sexe est plus causée du peu d'experience qu'on luy souffre d'auoir, que non pas du naturel, quelque cas qu'on attribue à son imbecillité. Car si nous reuenons aux exemples sus alleguez, on voit Delbora telle & si sage, que l'interpretatiõ du vouloir de Dieu manquant en la bouche des Prestres, ceste cy en auoit la cognoissance, & prophetisant ce qui estoit à venir, monstra à Barac ce qu'il deuoit faire pour la deliurance du peuple. Iudith en l'estonnement des hommes, & n'y ayant aucun qui sceut en quoy se resoudre voyans Holopherne en campagne, & rauageant les terres Israelites, ceste cy d'vn cœur masle, & enseignée d'enhault, s'opposa aux fureurs du tyran, duquel elle emporta la teste. Ainsi quand on souffriroit l'experience à ce sexe, qui est, comme disent les sages, la maistresse de toutes choses, c'est sans faillir que l'esprit des dames y estant adextré, seroit pour faire d'aussi grans faits, que celuy des plus excellẽs d'entre les hommes, si le trop de presomption, ou subtile legereté qui les emulent, ne leur faisoit faire quelque pas de

Le peu de experiẽce, non faute de bõ naturel, priue les femmes des gouuernemens.

clere, & ne leur remettoit en memoire leur foiblesse naturelle, s'il est ainsi que naturellement elles soient telles qu'on les dit, car ie n'ose, & ne veux maintenir que nature face rien imparfait : & que l'ame des femmes sortāt d'vn mesme monde, & ayant la raison & l'intellect pour guide aussi bien que l'homme, est pour auoir l'apprehension, & le cōseil aussi gaillard, si la crainte qu'on luy donne, la tyrannie de l'homme, & l'afoiblissemēt que par ce moyen on luy cause, ne luy ostoit aussi, & le sens, la fermeté, conduite & preuoyance que la nature sans ces obstacles luy donneroit. Car il n'y a si bon cheual, lequel endurcy à la charrue ne deuienne rosse, & sans adresse pour seruir vn vaillant homme en guerre : & vn oiseau gentil, non iamais porté sur le poing, ny fait par le fauconnier, n'a garde de venir au reclam, ny chasser la proye que pour le rassasiement de sa faim. Or si les femmes estoient adextrées, & aux armes & au gouuernement de l'estat, si elles s'emanciperoient en quelque extrauagance, ie ne sçaurois le iuger n'en ayant l'experience, mais si nous croyons les histoires, il faudra aussi confesser, que non sans cause Dieu leur a osté la force, sçachant & cognoissant auec quelle indiscretion elles pourroient & seroient pour en vser. Ie laisse l'incontinente Semyramis, pleine de sang en son regne, & ne poursuiuray Tomiris Royne Scythique, ny la troupe haissant les hommes des Amazones tant celebrées, afin de n'estre trop long en mon discours, & ne racompteray les faicts d'Alexandre Royne des Iuifs, ny la vaillance de Beronice fille du premier Mithridate : me suffisant que pour ceste fois i'ay en main vne histoire, laquelle, bien que soit ancienne, sera nouuelle à l'endroit de ceux qui n'ont grand loisir, ny moyen de fueilleter beaucoup de liures, & qui ce pendant se plaisent en la diuersité, & le recit de laquelle i'ay tiré des histoires de Boesme, afin que ie ne fraude ceux qui voudront sçauoir qui est celuy qui m'a fait part de ce discours, lequel ie vay commencer pour ne plus vous tenir en attente.

DE LA GRANDE HARDIESSE D'VNE DAMOISELLE

de Boesme nommée Valusque, qui tint la principauté du pais, comme iadis faisoient les Amazones par l'espace de sept ans.

HISTOIRE NEVFIEME.

QVE les François ne soient point marris si ie m'arreste à esplucher la source des autres nations, leurs commencemẽs, & les premiers princes qui ont commandé sur icelles, & que ce pendant ie sois paresseux à toucher les nostres, & laisse les Gaules comme si elles estoient indignes d'vne telle faueur : car i'espere en Dieu de leur donner dequoy se contenter, non auec quelque petit trait en passant, mais auec la fidelité de quelque viande ferme & nourrissante, & telle que ie la doy à ceux ausquels seuls ie desire seruir & complaire. Par ainsi attendans cest effect, venõs à celle Damoiselle de Boesme mise au tiltre, & à l'origine de ce peuple, depuis qu'il eut receu prince pour le gouuerner, car sur l'incertitude de l'histoire, & allant recercher les choses iusques aux siecles du deluge, ce seroit follemēt entrepris, n'y ayant autheur de quelque corps de liure qui ce soit, qui puisse recourir si loing pour autoriser les peuples qu'il descrit, si ce ne sont les Iuifs de la race desquels deuoit sortir en chair le sauueur de tout le monde. Les Boesmes donc se vantans (sans mentir) d'estre sortis d'vn des princes qui furent auec Noé en l'arche du deluge, fantastiquent aussi milles fables que i'obmets sur leur origine, pour vous dire que longs siecles apres que leur païs fut peuplé, & que les Gaulois eurent rauagé leur terre, il y eut vn nōmé Croclz qui fut leur Duc ou Capitaine, & qu'on estime secōd d'entre leurs princes, à cause qu'vn nommé Zechie a esté le premier qui iamais commanda sur ceste nation. Ce Croclz fut si modeste, courtois & affable, que par sa debonnaireté il contint ce peuple en deuoir, & le destourna de son accoustumée barbarie, mais non de l'idolatrie qui luy sembloit estre naturelle: aussi sa iustice & integrité (comme la vertu se rēd admirable

Croclz, Duc de Boesme.

à ceux mesme qui n'en sont point ornez) auoit esté la seule occasion pour laquelle on l'auoit esleu pour commander sur ceste prouince : & ce fut luy, qui bastit la cité de Cracouie. De cestuy nasquirent trois filles, qui regnerent apres luy : l'vne eut à nom Brele, grand simplicité, & bien versée en la medecine, la seconde s'appelloit Therbise, femme adõnée aux ensorcellemens & diuinations, ainsi que le siecle d'alors estoit du tout corrõpu, & soumis au seruice des diables : & la troisiesme se nomma Libusse, laquelle surmonta ses sœurs en sçauoir, & cognoissance de toutes choses, fut-ce pour la police, fut-ce pour l'esgard des predictions & sacrifices. Tellement que ceste cy estãt estimée cõme vne propheteresse, & quelqu'vne des Sibylles, elle fut esleuë parmy ses sœurs pour regir la prouince : quoy qu'elle cedast la place à ses aisnées, si modeste elle estoit, & tant elle desiroit la vie solitaire, propre à ceux qui n'aiment que l'estude & la contemplation. Elle forcée d'accepter la principauté, fortifia la place de Vissegrade (car la ville & cité de Prague n'estoit point encore bastie) & s'y contint si sagement, que, & le peuple &

Filles de Croclz.

Libusse Duchesse de Boesme.

la noblesse se contenterent de son gouuernemẽt, beaucoup plus que iamais n'auoiẽt fait de son pere. Mais quelque droiture qu'elle gardast en gouuernant, de quelle modestie qu'elle sceut vser enuers ses suiets, quoy qu'elle fut douce, courtoise, & debonnaire, si perdit elle à la fin la faueur du peuple : non que ce fut par sa maluersation, mais pource qu'il est impossible de complaire à ceux qui ne veulent estre chatouillez, & qui pensent que les princes doiuent mesurer les loix selon l'aulne de leur fantasie. Il y eut deux des citoyens qui eurent procez ensemble sur les limites de leurs terres & possessions, l'vn desquels estant riche & puissant, cuidoit que la princesse iugeast à son profit. Mais elle qui estoit (quoy que payenne & idolatre) iuste en ses iugemens, & equitable en toutes ses actions, considerant que le vray effect de iustice c'est de rendre à chacun ce qui luy appartient, & que celuy est iuste qui ne nuit à personne, & fait bien à tous, donna aussi la sentence pour le pauure, cognoissant que c'estoit à luy que la piece estoit deuë. L'autre offencé de l'integrité de Libusse, & fasché qu'vn grand fut surmonté en procez par vn moindre, inuẽta vne nouuelle forme de subterfuge, appellant du iugement de celle qui ne cognoissoit ressort ou elle deut voir aucun qui reformast ses sentences, puis qu'il auoit pleu aux suiets de l'eslire pour estre leur souueraine. Et estant deuant ses concitoyẽs, il leur remonstra combien il estoit indigne & mal-seant qu'vn si grand peuple, tant de grans seigneurs, & vne si belle troupe d'hommes, & sages, & excellens fussent si sots & aisez à conduire, que de se soumettre à la fantasie & iugemẽs d'vne seule femme. Qu'il n'y auoit aucun de leurs voisins qui n'eut iuste occasion de se moquer d'eux, eu esgard que les Alemans auoient des Roys choisis d'entre les plus nobles, & que les Pãnoniens n'auoient garde de souffrir qu'autre qu'vn homme vaillant leur commandast, ou les assuietist à leur ordonnance. Et en fin remonstra qu'il deuoit suffire à ceux qui honoroient la memoire de Croclz leur prince par eux esleu, que pour vn temps on eut souffert la folle fantasie d'vne femme en reuerence de l'integrité & sagesse du pere, & que desormais il estoit temps de ne plus se laisser coifer, veu que

seuls

seuls ils estoient ceux sur lesquels, entre tous les septentriõnaux, vne femme auoit puissance. Ceste remonstrance, comme fauorisant au sexe des hommes, chatouilla aussi le desir de tous, leur semblant aduis que la raison estoit du costé de celuy qui parloit, & qu'il valloit mieux, ou que ce fut vn Roy ou prince qui les gouuernast, ou vn Senat, & assemblée d'hommes les plus sages, que non pas qu'vne femme sans experience les guidast selon que luy dicteroit le premier caprice qui luy passeroit par deuant les yeux. Ce murmure & conspiration ne peut estre faite si secretement (s'il est possible que cela soit secret ou vne multitude est abreuuée du faict) q̃ le bruit n'ẽ courut iusques aux oreilles de Libusse: laquelle tant s'en fault que fut marrie de telle occurrence, que plustost ioyeusement elle recueillit celuy qui luy en porta la nouuelle, luy disant: Que ce n'estoit pas d'vn iour qu'elle sçauoit à qui est-ce qu'on a affaire, ayant vn peuple en gouuernement, lequel est si aueuglé à choisir ce qui luy est profitable, que bien souuent il prend ce qui luy est nuisible. Qu'elle estoit grandement redeuable à celuy qui persuadoit le peuple à la desapointer de sa charge : veu que ce n'auoit pas esté elle qui en auoit fait la poursuite, plustost c'estoient eux qui l'auoient contrainte de prendre le gouuernement de la prouince, lequel elle estoit à laisser plus gayement, qu'elle ne l'auoit entrepris, tant pour son propre allegemẽt, que pour faire chose qui fut agreable à ses bons amis & cõcitoyens. Qu'elle n'eut iamais intention de rien retenir outre le gré de ceux qui l'en auoient inuestie, aussi s'estoit elle gouuernée de telle sorte en sa principauté, qu'on ne luy pouuoit reprocher autre cas, sinon que Libusse manioit la police plus au profit & soulagement des pauures & affligez, que pour la grandeur & auancement de sa maison, qui estoit vne action du tout esloignée de tyrannie. A ceste cause elle feit conuoquer les estats du païs pour se descharger de la seigneurie, & faire que les Boesmes esleussent vn prince comme ils auoient au parauant, & qu'ils luy permissent de se retirer pour viure en son priué & solitaire, ou luy dõner mary pour regner apres elle, & afin qu'ils ne se monstrassent iniustes en la priuãt de ce qu'eux mesmes luy auoient accordé, comme venant de la succession de son pere. Or quoy qu'elle se monstrast facile à l'octroy de ceste demande, si luy touchoit elle au cœur pour l'esgard de ce que par ce moyen les femmes decherroiēt de leur autorité, laquelle elles auoient si grande, que presque toutes choses se passoient selon que leur plaisoit d'en ordonner, sans qu'il fut permis aux hommes d'aller au contraire. Et y auoit des troupes de filles, lesquelles, ainsi qu'on racompte des chasseresses accompagnans Diane, fuyoient la compaguie des hommes, s'adextrās & à la chasse, & aux armes, & vsans de tous exercices esquels on accoustume ceux qu'on nourrit pour la guerre. En somme Libusse, voyāt que c'estoit vn faire le fault, que de s'accommoder à la volonté du peuple, estant en l'assemblée, & chacun luy faisant silence, elle leur parla en ceste maniere. Iusques auiourd'huy (seigneurs Boesmes) ie vous ay cōmandé doucemēt, & auec toute telle courtoisie qu'on peut attendre d'vne fille esleuée parmy les delicatesses d'vn seigneur, & de celle qui sçait que vallēt les hommes, & quelle difference il y a du libre à celuy qui est en seruitude. Aussi vous ay-ie gouuernez, non comme esclaues, vous sçachant estre nais en liberté, ains comme mes enfans, & ne sçache de ma vie auoir rien vsurpé sur pas vn de mes suiets, ny m'estre monstrée violente à l'endroit d'homme qui viue, si vous ne voulez appeller violence la mesme iustice escrite en noz ames, de laquelle i'entens qu'aucuns se sont offencez: & ausquels volontiers ie pardonne, entant que soulagée de ceste charge, i'auray loisir de vaquer à mes estudes, & de seruir les dieux plus à loisir, & à mon aise. Il est vray que ie seroy marrie qu'ō me chassast & ostast par force de mon lieu, moy ne l'ayant merité, qui vous ay plustost gouuernez comme mere tresdouce, que comme dame & maistresse: mais puis que ie vous voy estre venus à mon mandemēt, & que ie cognoy que mon regne vous est à contre-cœur, & que selon l'inconstance humaine vous vsez enuers moy, & ne trouuez bonne la mesme douceur, l'aise mesme estāt nuisible à l'homme qui souhaite nouuelleté: & que les suiets souhaitēt bien vn bon, debonnaire, & iuste prince, mais l'ayans, ne le peuuēt souffrir paciemment qu'vn peu de temps, s'il est en eux d'en faire eschange. Ie suis aussi contente que franchement vous en choisissez vn d'entre vous, & au sort tel que ie vous diray, & cestuy soit mon mary, & le Duc & prince de ceste terre : lequel iuge de vous, de vos biens, & de vos vies à sa fantasie, puis qu'ainsi le trouuez bon, & que la seruitude vous est si agreable. Le peuple acceptant la condition, elle commãda enharnacher vn sien Palefroy, & voulut qu'on le mit en plaine campagne en sa liberté, & cecy luy ayant faict quelque sort dessus, car elle estoit fort grande magicienne, leur enioignans de le suyure quelque part qu'il sçauroit aller. Le cheual (dit elle) courra quelque temps, puis s'arrestera deuant vn homme mangeant sur vne table de fer: ie veux que cestui-cy soit mon mary, & qu'il vous commãde comme vostre prince, asseurez d'auoir tel hõme, qui vous conduisant bien, fera meilleure & plus libre la condition des hommes. I'ay discouru de cecy, non qu'il en fut trop grand besoing, mais pource que ce prince ainsi esleu nommé Primislas, nous sert grandement au cours de ceste histoire. Par ce Primislas fut bastie la cité de Prague, chef du Royaume de Boesme, comme aussi le chasteau Libuts fut edifié par la Royne Libusse; laquelle ayant longuement vescu en paix auec son espoux, alla de vie à trespas, & ainsi le gouuernement tomba en la main de Primislas seul, lequel abolit la puissance & autorité que les femmes y auoient obtenuë par l'autorité de sa princesse Libusse, ce qui causa depuis de grãs troubles au païs Boesmien, selon que pourrez entendre par ce qui s'ensuit, que ie discours pour la reuerence de l'antiquité, & pour monstrer combien la pudicité estoit honorée par les dames anciennes, veu la cruauté vsée par vne Damoiselle nõmée Valasque, fille seruãte de Libusse, l'histoire de laquelle, bien que semble assez difficile à croire, si est-ce que les Annales des Boesmes ne faisans conscience de la reciter, ie ne seray aussi tant scrupuleux que de faire difficulté de l'escrire comme veritable. Ceste fille estoit de hault cœur, gentil esprit, & fort seuere, ayant les apprehẽsions, surpassans le naturel des femmes, comme depuis elle le feit sentir par ses œuures. Car se faschant de voir ainsi aneantie la puissance des dames par les edits du nouueau prince, dissimula pour quelque temps le creue cœur qui luy toumẽtoit son ame, iusques à tãt qu'elle ouyt quelques siennes cõpagnes qui s'en plaignoient deuant elle. Qui fut cause qu'yãt vn iour faict vne assemblée secrette de quelques Damoiselles qu'elle cognoissoit les plus hardies & courageuses, & qui plus detestoient la seruitude en laquelle elles se voyoient reduites, eu esgard à celle liberté qu'elles auoient du viuãt de Libusse, les arraisonna en ceste sorte. Mes sœurs, & bonnes amies, vous voyez qu'auec la perte de nostre dame & maistresse, nous auons fait vne insigne diminution de nostre grandeur, entant qu'elle nous ayant tandis que viuoit, deffendues de la tyrannie & insolence des hommes, souz lesquels elle ne souffrit onc que nous fussions asseruies, feit aussi que nostre vie ne differoit en riẽ de la magnificence & maiesté des Roynes, & nous rendit les dames & maistresses de tout le païs. A present la chance est biẽn tournée, veu qu'il fault qu'en despit que nous en ayõs, nous soyons soumises au ioug & infortune, & du tout insuportable de la fantasie tyrannique des hõmes: & sommes en tel estat, que si le cœur nous manque à regaigner la liberté perdue, nous sommes pour vi-

Cõspiration des femmes cõtre les hõmes en Boesme.

ure ignominieuses & esclaues tout le reste de noz vies. Mais si vous auez vne pareille hardiesse que la mienne, & osez attenter ce dequoy ie vous monstreray l'exemple, asseurez vous que sans grād trauail nous obtiendrons l'autorité que iadis nous auions, & que les hommes nous ont rauie. Et au fort, il vault mieux mourir, qu'il nous soit reproché qu'apres auoir commandé, on nous mette ainsi le pied sur la gorge, sans que nous facions aucun semblant de nous en ressentir. Et si la seule autorité de Libusse a tenu en bride tous les hōmes de ce païs, sans que pas vn luy ait osé faire teste, estimez vous qu'ils soiēt pour se remuer, s'ils voyēt que nous reprenans cœur, recouurions aussi l'autorité qu'on nous a rauie. Et afin que vous ne vous estonniés pour la difficulté de l'entreprise, ie veux bien que vous sçachiez que ie sçay tous les secrets de nature, desquels iamais Libusse eut cognoissance, & n'ignore rien des sorts & charmes de Therhicé, comme aussi l'effort des simples ne m'est incogneu, duquel sçauoir Brele se faisoit dire bonne maistresse, car les trois sœurs m'ont estrenée seule de cecy, afin que seule aussi ie vous conduise, & que l'art & industrie puisse supléer au default de la nature, qui semble nous porter enuie en nous faisant moins fortes & puissantes que les hõmes, comme ainsi soit que de subtilité & gentillesse d'esprit ils n'ont point sur nous l'auantage. Si donc vous auez le cœur de me suyure & assister, si vous osez faire ce dequoy ie vous instruiray, ie me fais aussi forte de vous remettre en mains l'Empire, & commandement sur les hommes. Il ne fallut trop esguillõner ces dames, assez promptes par la naturelle hastiueté qui suit les apprehensions de ce sexe, pour les attirer á celle resolution prise par Valasque, tellement que coniurans, ainsi que iadis feirent les dames Scythiennes, lesquelles establissans leur republique en chasserent les hommes, desquels elles vsoient comme d'esclaues pour le labourage, & pour leur seruir d'estallons pour en auoir lignée. Et ainsi Valasque qui estoit bõne ouuriere de charmes, & grãde sorciere, ayant composé vn breuuage de grand effect, les feit toutes iurer au grand preiudice des hommes, & beuuãs de ceste boisson, conceurent vne haine si mortelle

Amazones chasserent les hõmes de leur païs.

contre les masles, qu'elles les poursuiuoiét auec nō moindre fureur, qu'on a de coustume de s'acharner sur les choses qui nous sont les plus nuisibles. Or ne fault il s'estonner de ce que ie dis qu'elle les chāgeast ainsi auec vn breuuage, veu que tout ces païs Alemans & septentrionaux estoient le temps passé si adonnez au sorceleries, que c'est merueille que de lire en l'histoire des Goths les effaits merueilleux des enchanteurs, & les operations excedans toute foy que les autheurs nous ont laissé & affermé, comme chose plus que certaine. Et s'il est ainsi qu'encore de nostre temps il y en a qui donnent des breuuages, ou autres drogues induisans à aimer, & lesquels sont deffendus souz le nom de Philtre & potion amatoire, és loix, pourquoy ne croirons nous vn effect contraire par vne magicienne, & au temps que le païs ou cecy fut fait, estoit encore enuclopé és liens de Sathan, & offusqué de l'erreur d'idolatrie & abusion. Le complot est donc pris par ces filles & femmes d'en vouloir aux hommes, & de les poursuyure: & pour ce elles font des assemblées, elles s'emancipent de l'obeissance, parlent plus hault que de cou-

Septētrionaux adōnez aux charmes. Voy Iean Magnus en l'histoire des Goths.

Potion amatoire.

ſtume, & en fin elles commencerent à vſer de menaces. Ceſte nouuelle façon de faire, bien que de prime face fut trouuée eſtrange par les Boeſmes, voyans vne ſi deſbordée licence de celles qu'ils eſtimoient leur deuoir tout reſpect & obeiſſance, ſi n'en tindrent ils guere grand compte, & le diſſimulerent, eſperans que comme le conſeil en auoit eſté ſoudain, elles auſſi en perdroient tout auſſi toſt la continue. Mais ils furent trompez, car le mal croiſſant en pis, & des paroles venant à l'effect, ils cogneurent quel animal eſt-ce qu'vne femme prenant le mors aux dents, & oubliant la douceur qui luy ſemble eſtre naturelle, & que ceſte face mignarde promet dés l'entrée, & ceſt œil attrayant demonſtre lors qu'il enſorcelle ceux qui ſe paiſſent en luy. Le Duc Primiſlas auſſi ne faiſoit ſemblant de ſ'en ſoucier, & n'en eut tenu compte, ſi vn ſonge eſpouuentable ne l'eut aduerty de ſon deuoir: car il luy ſembla aduis de voir en ſon dormant vne fille luy donnant à boire dedans vn vaſe tout plein de ſang humain. Ceſte viſion l'effrayant, & preuoyant les malheurs qui pourroyant aduenir ſi ceſte fureur de

Songe de Primiſlas.

femmes cõtinuoit plus oultre, il aduertit la noblesse, & admonesta les principaux du pays, de pouruoir a ceste folie, auant qu'elle passast plus auãt, & que d'vn petit feu, sortoit vn horrible & dãgereux embrasement: que ceste licence trop grande des femmes, & la coustume que elles prenoyẽt d'imiter les façons de faire des hommes, pourroyent vn iour leur causer telle, & si grãde fascherie, qu'estant au repentir, ils n'auroyent plus le loisir, ny les moiens d'y donner remede. Car les filles estoyent adextrées à mõter, & piquer les cheuaulx, les faire courir, tourner, balzer, & faire tout ce qu'vn Escuyer peut apprendre: sçauoient tirer de l'arc, portoiẽt la trousse sur le flanc, alloyent à la chasse, & ne laissoyent aucun exercice auquel la noblesse eut de coustume de passer son temps, tant pour s'y adextrer, que pour s'y renforcer les membres: ce qui sẽbloit fort perilleux & dõmageable à Primislas homme sage, & qui cognoissoit le naturel feminin, & combien vne femme est vehemente en ses passions, & cruelle en ses coleres. Les Princes & seigneurs se moquent de leur Duc, & de ses craintes, disants que iamais les femmes n'oseroiẽt rien entreprẽdre de plus, q̃ ce q̃ desia elles faisoient, & que ce n'estoit que gaillardise: & que tant s'en fault qu'il les fallut chastier ny rudoyer pour ces choses, que plustost il les failloit de tant plus louer, qu'elles seroyent plus fortes, gaillardes, & bien adextrées, estant cela vne grande gloire pour leur pays, & vn renõ qui feroit immortelle leur memoire. Valasque s'aidant de l'occasion, & prenant force par ceste cõniuence ne cessoit nuit & iour d'admonester celles qui estoyent participantes de sa cõspiration, leur donnant esperance de paruenir à ce qu'elles pretendoyẽt, & les rendãt plus audacieuses, ne cessoit d'alterer leurs esprits auec ses breuuages & enchantement, pour les destourner de l'amour de leur maris, & en gaignoit tous les iours plus grãd nõbre, si bien que du venin de ceste cõiuration elle remplit toute la Prouince, & n'y auoit maison d'on ne sortit quelque fille ou femme, des plus ieunes & gaillardes, pour suyure & obeir à ceste vaillãte Damoiselle. Oyez mes dames, qui auez la douceur familiere, & la debonnaireté pour cõpaignie, qui pallissez voyãt l'effusion du sang, & fremissez en oiant seulement faire le recit, oyez ie vous prie, le cruel, & detestable conseil dõné par Valasque a ses compaignes. Lors qu'elle se voit auoir vne assez belle compaignie, & troupe suffisante, tãt de filles que de femmes toutes ensorcelées par ses charmes & diaboliques cõiurations, elle les exhorte d'enïurer leurs maris, peres, freres, & cousins, & estãts ainsi enseuelis en leur yurognement, & assommés de sommeil, qu'elles ne feissent conscience d'en despecher le monde, entant que ce nombre estant occis, qui seroyẽt des plus gaillards de la Prouince, il n'y auroit hõme si hardy qui leur osast tenir teste: & que cecy fait, elles prinssent armes, & cheuaux, venants en vn chãp pres de la ville de Prague qu'elle leur monstra, ou elles verroyẽt ce qui seroit de faire, & prendroyent complot, & conseil sur les occurrences à venir pour maintenir leur puissance. Cas merueilleux, que les femmes pitoyables, & courtoises de leur naturel, puissẽt oublier celle affection portée à ceux de leur sang & osassent mettre la main violemment sur leurs peres, freres & marys, mais plus encor, que les meres fussent si felonnes que d'occir leurs enfants, ou les bestes plus

Horrible conseil de Valasque

farouches ne craignent de mourir pour deffendre leurs petitz : & toutesfois ces furies endiablées estants changées par ceste Megere, & nouuelle Medée, exploiterent son edit, & executerent sa furieuse sentence, chascune despechant le sien, & laissant sa maison pleine de sang, & de corps gisants sans sepulture La nouuelle de ce massacre entendue, remplit tout le pays de pleurs & d'estonnement, & cogneurent lors les seigneurs quelle faute ils auoyent faite ne croyãts point le conseil de leur Prince, qui vouloit qu'on essteignit ce feu auant qu'il s'allumast plus que de raison. Il y en eut qui poursuiuirent ces meurtrieres iusqu'au camp ou estoit la grande assemblée, mais ce fut a leur dam, car ils furent touts taillez en pieces par ceste troupe enfuriée de femmes armées, lesquelles ayãt obtenu ceste victoire, s'en allerent assieger le Duc Primislas a Vvissegrade. Mais voyans qu'il estoit impossible d'en venir a bout, leuants le siege, bastirent vn fort aupres, & l'assirent sur vn hault rocher, & vers lequel on ne pouuoit aller que d'vn costé, & encor par icelluy la voye y estoit

Cruel, & abhominable fait des dames Bœsmes.

Dieuize Chasteau basty par Valasque.

fort estroicte & difficile, & lapellerent Dieuize, qui est à dire le chasteau aux pucelles. Les seigneurs du pais voyãt les choses aller en empirant, & craignants que le reste de leurs femmes n'eussent intelligẽce auec celles qui tenoiẽt la campagne, & ne fussent cõtraints d'auoir l'ennemy en leurs maisons & a leur gorge à toutes heures, s'adresserent au Duc, le priants de courir sus à ces diablesses, & de deliurer le pays de telle persecution, luy promettãts tout secours, & assistẽce en guerre, ou ils aymoient mieux mourir, que se voir en la peine qu'ordinairement ils souffroient assaillis de toutes parts de ces harpies. Primislas qui s'entendoit aux charmes, & diuinations, leur respõdit que les Dieux ne vouloyent point que pour encore on resistast à l'effort des pucelles, & que s'il y auoit homme, qui s'enhardit de leur aller au contre, qu'il s'asseurast d'y demourer pour les gages : mais qu'il valoit mieux attẽdre pour quelque temps, & que puis apres, les Dieux estãts apaisez, on trouueroit bonne, & heureuse issue. Eux estimants que Primislas dit cecy poussé de frayeur, & que comme couard, il refusast de se trouuer en bataille, le laissent la, &

s'en

s'en vont de grand furie assaillir ces Amazones. Valasque, quoy que veit vn fort grand peril se presenter deuant ses yeux, & que elle craignit que ses compaignes ne s'estonnassent, voyants ceste fureur guerriere, qui est painte plus en la face de l'hôme, que la hardiesse n'est au cœur de la femme, si estre que faisant de necessité vertu, elle exhorta les guerrieres à bien faire, & croire q̃ si à ceste fois elles peuuent dôpter ces tyrants, que paisiblemẽt elles imposeront desormais loy à tout le pais de Boesme. les pria d'auoir courage, les asseurant de la victoire. Que ce n'estoyent elles seules qui faisoyẽt teste aux hommes, comme ainsi soit que les Amazones iadis sestoyent agrãdies tellement par armes, que de rẽdre l'Asie tributaire, qu'elles auoyẽt combatu à Troie contre les Grecs, & esprouué leurs forces corps à corps contre Hercule & Thesée, les deux plus vaillants cheualiers de la terre. En somme, pourueu que le cœur & le sens ne leur faillit, c'estoit sans doubte que la iournée seroit pour elles, & que leurs ennemis seroient taillez en pieces. Auec ceste remonstrance elle ayant donné cœur a ses compaignes, ne faillit aussi de leur

Amazones rẽdent l'Asie tributaire.

courir sus furieusement: & fut la fortune si malheureuse pour les hommes qu'on eut dit qu'ils auoyent humées les humeurs, & apris la frayeur & foiblesse propre aux femmes, & que ces guerrieres eussent receu en eschange la gaillardise & bruit naturel des hommes: car ils se meirẽt soudain & sans coup ferir en fuite, mais ils furent suiuis de si pres qu'il en eschapa bien peu sans sentir la main enragee de ces dames, qui les massacrerent fort cruellement: & en ceste charge les historiens Boesmes recommandent la vaillance & hardiesse incroyable de sept Damoiselles, nommees Malude, Nodée, Snatace, Varaste, Radye, Hastane & Tristane, qui feirent merueille en ce rencõtre. Apres lequel la royne Valasque fut reputée non moindre qu'vne Deesse honorée par les dames, & redoutée de ses ennemis, laquelle recueillant les riches despouilles des morts, honora les sept guerrieres susdites, leur donnant des bracelets, & chaisnes d'or, en signe & marque de leur vaillance. De la en auant elles se mettent à rauager le pais, piller & saccager, rauir, massacrer, & brusler, deuenans de iour à autre plus fortes & puis-

Les hommes desfaits en guerre par les femmes.

ſantes que iamais : & quelquefois pour tromper les miſerables hommes, & ſur tout les ſeigneurs, elles ſe faignoient d'eſtre eſtangement amoureuſes, ſçachans combien ce trait eſt puiſſant pour vaincre les deſirs, & quelle eſt la force d'vne extrème beauté preſentée à celuy qui en deſire la iouiſſance : & ainſi les fauces & cauteleuſes femelles eſcriuoyent des lettres amoureuſes aux gentils hõmes plus ieunes & gaillards, deteſtans en icelles l'orgueil & cruauté de Valaſque, les aduertiſſans que volontiers elles s'enfuiroyent de ſa compagnie, s'ils auoyent quelque moyen d'auoir main forte pour les attendre dedans les bois, & les emmener en leurs maiſons, & hors de ceſte meurtriere compagnie, ou elles ne pouuoyent viure qu'à regret, eſtans forcées de faire mourir ceux qu'elles voudroyẽt ſauuer au pris de leurs vies. Les ieunes gẽtils hõmes qui admiroiẽt plus q̃ hair, ny deteſter la gaillardiſe & hardieſſe de ces filles, eſtãs allichez par ces mignotiſes, & deſireux de iouir d'vn ſi precieux butin : car la plus part de ces damoiſelles eſtoiẽt excellemmẽt belles, & auoyent de la grace aſſez pour rẽdre paſſiõnez les plus

Ruſe des dames de Boeſme.

refroidis de Böesme, ne faillirent aussi d'obeir a leurs lettres & de se trouuer en la forest noire pour la rauir celles qui les attendoyent, non de la sorte qu'ils se faisoyent forts de les trouuer, mais bien en equipage tel, que les pouures ieunes seigneurs estants circonuenus, seruirent de passetemps a la furie de ces traitresses, qui ayant despouillé toute humanité ne pensoyent point ques ces Gentils-hommes conduits de bonne foy, & se fiants a leur parolle, estoient la venus pour les honorer de leur mariage: & ne consideroient ces folles qu'a la lõgue, ou il faudroit que leur race faillit & prit fin auec elles, ou qu'elle s'acointassent des hommes, ainsi qu'on dit que feirent iadis les Amazones. Par ce moien, la foy de ces dames estant suspecte à chascun, & se monstrants indifferemment cruelles aux hommes, quelque amitié qu'ilz voulussent leur monstrer, se rendirent tellement redoubtables, que les hommes se tenantz cachez, n'attendoient que ce temps heureux que Primislas leur promettoit, pour se voir deliurez de ceste insupportable tyrannie des femmes, qui leur faisoient bien sentir, quel seroit le reste du sexe, si toutes iouissoyent d'vne puissance semblable. Ce ne fut rien que cecy, & de peu d'effect que ceste tromperie, comme ainsi soit que l'Amour est vne passion ensorcelant de telle sorte le cœur des hommes que les plus forts sages, & preuoyants, ne sçauent obuier à telle charme: & en estants saisis, leur est impossible de s'en depestrer. Mais de se fier en vn ennemy, & au milieu de la guerre, croire qu'il soit pour, en nous fauorisant, faire trahison à celuy duquel il depend & par lequel il est auancé, & mis en honneur, c'est folie à celuy, qui se le persuade. C'est pourquoy i'estime les Boesmes grands fols & ecceruelez qui ayantz esté deceuz sous le masque d'Amour, continuants en leur folie, & desuoyement, ayant receu aduertissement par quelques filles, que s'ilz vouloyent venir à iour que elles nommerent, elles ne failliroyent de leur liurer Valasque prisonniere, furent si peu aduisez que de les croire & aller au fort de Dieuize, ou estants enfermez, furent aussi occis sans respect, ny misericorde quelconque. Apres ce fait, il n'y eut plus Gentilhomme qui se fiast en elles, & quoy que les aucunes fussent à bon escient serues d'amour & eussent volontiers escouté les requestes de ceux qui les eussent voulues requerir, si est ce que la grande & desloyale cruauté des vnes, faisoit grand tort a la bonté & courtoisie des autres, ce qui les irrita de telle sorte que sans aucune consideration elles se resolurent de ne laisser force ny ruse qu'elles n'éployassent pour du tout exterminer les hommes de la Prouince, à tout le moins ceux qui auoiét commandement sur les autres. Mais le mesme chemin par lequel elles se pensoient faciliter l'Empire absolu, fut celuy qui causa leur ruine: entant qu'ayans attaint le comble de leurs insolences, & ne ressentans plus que brutalité & furie, il fallust que la main de Dieu s'en entremist, & que ce que les hommes n'auoyent peu faire, ce fust luy qui l'executast. Entre ces dames il y en auoit vne damoiselle fort belle, mais malicieuse, & traistresse, & qui auec l'impurité de son esprit, souilloit ceste beauté exterieure & corporelle, comme celle qui estoit la plus prompte à mal faire que pas vne de toutes les autres: il y auoit aussi vn gentil-homme du païs, & de la plus grande maison, & des mieux alliez qui fussent en Boësme, nômé Stirade, lequel aymãt le deduit de la chasse, auoit de coustume de passer souuent par vn bois voisin du chasteau aux pucelles. Contre ce noble, & gẽtil adolescent cõspirent ces furies, & pour mieux l'attraper, elles lient à vn arbre, & pieds & mains, ceste Damoiselle malicieuse sus alleguée, & qui s'appelloit Sarque, & cela au milieu du boys, & luy mirent vn cor, & trompe de chasseur aupres, & vn hanap plein de leur charmée boisson, & non guere loing de là elles se mettent en embusche. Peu de temps apres ceste liaison voicy venir Stirade qui estoit l'hõme du monde qui le plus detestoit la tyrannie de ces filles, lequel voyant ceste Damoiselle ainsi accoustrée, & ne soupçonnant rien de la trahison, s'enquit qui l'auoit mise en si piteux estat. Auquel elle dit, Vous sçauez quelles sont les meschancetez que Valasque fait en ceste cõtrée, sous le tiltre de liberté, & ayant desir de se faire Royne, moy ayant suiuy son train par quelque espace de temps, en quoy ie cõfesse d'auoir failly lourdement, & en merite punition tresgriefue, & me repens de bon cœur de mes folies, i'eus desir depuis quelque iours de la laisser & m'enfuir, mais comme ie me descouuris à vne mienne compaigne, que ie pensois attirer à faire le semblable, ce fut elle qui me trahit : moy ainsi descouuerte, & prise, on m'a cõduite en ce bois pour m'y faire mourir cruellement, suyuant la sentence de Valasque. Mais tandis qu'on me lioit, attendant que la main furiense & bourrelle de mes enragées cõpaignes me rauit la vie, durant qu'elles me disoient le dernier à Dieu, elles ont ouy la meute de voz chiẽs, & le bruit des chasseurs, & hennissement des cheuaux, qui a esté cause que soudain elles ont gaigné au pied, & se sont sauuées. A ceste cause noble seigneur, ie vous prie par l'heureuse memoire de voz ancestres, & le lustre glorieux du sang duquel vous estes sorty, puis que c'estes vous celuy seul que ceste trouppe abominable redoubte, soyez aussi le cõseruateur d'vne qui ne veut plus viure parmy tãt de desloyautez. Ayez pitié de moy, & me deliurez de ceste peine, m'emmenant auec vous, & me tenant pour vostre treshumble ancelle : ou si ne voulez me faire tāt de faueur, à tout le moins que ce soit vostre main qui face l'office, & m'occie plustost qu'il faille que la trouppe furieuse de ces filles sans pitié deschire mō corps, & me face mourir au plus grād martyre du monde. Stirade meu tant des larmes faintes de ceste Damoiselle cauteleuse, que pris par les traits de son excellente beauté, met pied à terre, & de son espée coupe les liēs desquels elle estoit atachée à l'arbre, puis s'enquit que signifioyent & le vaisseau plein de boisson, & la trōpe veneuse. A quoy elle respondit, que les cruelles dames auoient deliberé luy mettre ceste trompe au col, mais qu'elle fut forte, pour seruir de tesmoignage qu'elle auoit esté chasseresse : & quand au bruuage, elles l'ont aporté, pour m'en dōner & m'encourager en mes tourmēs: mais il vault mieux que ie le boiue estāt saine qu'autrement, & en ayant beu, elle presenta le reste à Stirade, qui ne faillit aussi tost de l'aualler, mais à son malheur: car il estoit enchanté, & inuisible autāt pour luy, qu'il estoit salutaire à ceste femme : laquelle voyant son Stirade accouſtré de toutes façõs, luy dit, Mõsieur, puis que ie ſuis hors des mains de ces diableſſes, & qu'elles ayants frayeur de vous ſe ſont retirées, ſi leur feray-ie entendre le peu de crainte que i'ay d'elles, & que ie ſuis deliurée, & de mort, & de leur puiſſance: & ſoudain elle ſonna la trõpe, qui ſeruoit de mot à celles qui eſtoient en embuſche. A ce ſon la cruelle Valaſque accourt, & d'arriuée taille en pieces les ſeruiteurs du gẽtil-homme, lequel elles prindrent, & le conduirent deuant le chaſteau de Viſſegrade, ou eſtoit le duc, & le reſte de la nobleſſe, & là ſans aucune pitié, & ſans qu'on eut moyẽ d'y donner ordre ny ſecours, fut mis ſur vne roue, & maſſacré le gentil Stirade, au grand regret du Prince, & de toute la nobleſſe. La mort de ceſtuy leur donna telle aſſeurance, car elles n'oſoient marcher qu'à grãdes troupes, & bien armées tandis qu'il fut en vie, que dela en auant elles ne refuſoient plus de ſ'accoupler aux hõmes, cõme ſ'eſtimant eſtre paiſibles de toute la prouince, & voulans la repeupler par vn nouueau gẽre ſorty de leurs cruelles entrailles: mais auec telle, & ſi deteſtable Loy, qu'il fut ordõné que les femelles seroient gardées, & qu'aux masles on creueroit les yeux, & couperoit les poulces des mains, afin qu'estans deuenuz grands ils n'eussent moyen de manier l'arc, & enfoncer le trait allãs en guerre, ce qui fut obserué par l'espace de sept ans, que ceste peste tint, & affligea le païs de Boësme, & laquelle à la fin en fut chassée, & arrachée, ainsi qu'entendrez maintenant. La noblesse irritée au possible de la mort ignominieuse de l'excellẽt prince Stirade, cõmença à murmurer cõtre le Duc, l'accusans de couardise, de ce qu'ayant de si bons & vaillans hommes pour rõpre l'effort de ces enragées, ce pendãt il viuoit oisif, sans se soucier de la misere, & ruine de sa noblesse: Que s'il n'y vouloit mettre autre ordre: & deliurer ses suiets du siege, ils aymoiẽt mieulx obeyr à l'Empire des femmes, que mourir ainsi de faim, & se rendre d'auantage plus hays de Valasque, qui commençoit à s'adoucir depuis qu'elle auoit gousté les embrassements non accoustumez des hommes. Luy dirent qu'il choisist l'vne de ces conditions, ou qu'il defendit, & soulageast le peuple de ceste troupe guerriere, ou qu'il quitast la principauté, pour la donner à vn qui y feroit mieux le deuoir que luy, & à la fin ils vserent de menaces, que s'il ne faisoit ce dequoy ils le requeroiẽt, qu'ils vseroient de conseil, & se gouuerneroient à leur fantasie. Primislas homme, & vaillãt, & preuoyant, les pria d'attẽdre vn peu, & qu'il les asseureroit sur sa vie, qu'en peu de iours il leur feroit voir la fin, & de Valasque, & de ceste persecution si violẽte, car il le cognoissoit par ses charmes, & en auoit certaine instruction, comme il disoit, par les Demons: les exhortant neantmoins, que ce pendãt ils se tinssent en armes prests à marcher, & biẽ faire toutes les fois, qu'il en seroit requis. Durant ces pratiques, il escrit vne lettre fort amiable à Valasque, par laquelle il luy faisoit entendre en quelles angoisses il estoit, ayant tous les nobles mutinez contre luy, à cause qu'il ne luy vouloit faire la guerre, & que sans son cõsentemẽt ses suiets auoiẽt pris les armes, dequoy il estoit fort marry, qui ne demandoit que paix, & amitié auec elle. Qu'il estoit ioyeux qu'elle les eut chastiez, & que par ses forces leur gloire eut esté dõptée, à cause qu'il l'aymoit cõme

Auecquelle ruse le Duc Primislas trõpa Valasque.

sa fille propre, & la prioit de ne penser poiut qu'il portast enuie à son auãcemẽt & grãdeur, veu q̃ elle auoit esté l'ame, & le conseil de Libusse son espouse, & que imitãt les vertus d'icelle, c'estoit biẽ raison aussi que l'administration de la Prouince luy fut donnée, puis que si gaillardemẽt elle auoit par armes ceux qui luy auoient fait resistẽce. Adiouste, qu'il cognoissoit bien que luy estãt chargé d'ans & cassé de vieillesse, n'estoit desormais capable de tenir seigneurie, & ne luy falloit plus que se tenir quoy, & se donner du bon temps, iusqu'à tãt que la mort le vint assaillir, & l'enuoyast au tõbeau tenir compagnie à ses peres, & voyoit que la principauté ne pouuoit seuremẽt estre mise entre les mains de Nimislas son fils, pour estre encor trop ieune, & auquel malaisément voudroient obeïr les Boësmes. L'admonnestoit de venir à Vvissegrade, qu'il luy mettroit en main, & par mesme moyen la feroit dame de tout le païs de Boësme, pourueu qu'elle luy iurast de donner quelque seigneurie à son fils, qui fut suffisante pour l'entretenir, & luy permit à luy, de s'en aller en sa terre viure aux champs, & passer le reste de ses iours au Labourage, & plaisir de l'Agriculture, qu'il estimoit beaucoup plus heureuse que la vie des Roys, & plus asseurée que n'est l'estat des Princes, & de laquelle il auoit esté tiré oultre son gré. En somme, il dit, que tout ainsi que d'vne femme il auoit receu la seigneurie & principauté de Boësme, il ne pouuoit moins faire, ny plus iustement que la remettre és mains d'vne femme telle, & si excellente que Valasque, qui par ses vertuz & haults faits, auoit esgalé ses gestes & prouësses des plus excellens hommes de guerre, qui fussent en tout l'vniuers. Qu'il ne disoit rié, qu'aussi tost il n'effectuast, & n'auoit si grand desir au mõde que de sortir de ceste prison de Principauté, pour iouïr de cest aise que le peuple viuãt en paix, sous vne iuste & droituriere Princesse, les nobles luy obeïssant, fussent cause de l'assoupissement d'vne si cruelle guerre. Valasque qui iusqu'alors auoit rusé les plus fins, & surpris les plus sages & accorts, se laissa prendre à la pipée, & croyant aux parolles douces & miellées du fin Primislas, estimant que il fut las de regner, & que la memoire des chãps luy fut plus aggreable que la principauté ; luy promet, & iure les articles tout ainsi que le vieillard luy auoit proposez, se soumet à faire accort auec la noblesse, pourueu que la Principauté & administratiõ de l'estat, demeure entre les mains des femmes : & en fin elle enuoya la plus grande & belle troupe qu'elle eut de ses guerrieres à Vvissegrade pour en prendre possession. Primislas est tout embesoigné à les receuoir & caresser, les honore & festoye, & leur fait la meilleure chere du monde, si bien qu'elles enuoyerent vers Valasque l'aduertir que la forteresse estoit à elles, & que le Duc estoit le plus loyal homme de la terre. Mais ceste opinion ne leur dura guere, car le soir mesme, qu'elles estoient chargées de vin & de viande, ainsi qu'encor elles estoient à table chez le Prince, voicy entrer vne bande robuste de ieunes gentils hõmes, qui vous font vn piteux carnage de ces fẽmes, sans qu'ils respectassent nõ plus leur beauté, que d'autresfois elles auoient pris d'esgard sur la gẽtillesse & generosité de ceux qu'elles auoiẽt massacré. Tãdis q̃ Valasque se preparoit pour venir prẽdre possession de la

Femmes massacrées à Vvissegrade.

place Ducale,& se faire dame du païs, la noblesse soit en armes pour courir sus au reste des dames, & pour assieger le fort de Dïeuze, qui fut cause qu'elle cogneut que l'affineuse des rusez auoit esté prise es laz, que d'autrefois elle auoit tẽduz pour la surprinse des autres. Elle se deult, & tourmente, & mõstra lors quelle est l'impatience d'vne femme, estant priuée de l'effect de ce que plus elle conçoit en son ame, & qui viuement est empraint en ses desirs. Car elle detestoit son art, accusoit ses Demõs instructeurs, & blasmoit sa sottise, creuant de despit qu'vn vieillard, qui estoit sur le bord de sa fosse eut plus fait d'effort pour accabler la puissante & rusée Valasque, que n'auoient sceu faire tous les plus forts, sages, vaillants, accorts, & preuoyans hõmes de Boësme, que tous elle auoit accablez, & par sa vaillãce, & par ses ruses. A la fin trãsportée de fureur, & demy desesperée, pour veoir la prattique de sa grandeur du tout rompue, & desirant de se venger hautemẽt de ceste iniure, se iecta sur l'escadron qui la venoit assaillir, en disant : Ia n'aduienne que Valasque, qui a commandé sur le païs, & noblesse de

Boësme

Boësme par l'espace de sept ans, & qui onc ne fut surmontée par armes, soit à present surprise qu'en combatant, ny occise qu'au lict d'honneur, ou les plus illustres ont accoustumé de mourir. Ainsi la miserable Dame aueuglée de rage, & de fureur, n'ayant qu'vne petite trouppe auec elle, & sans attendre le renfort qui luy venoit, se mit furieusement au combat, ou soustenant l'assault pour quelque temps fut à la fin accablée, auec celles qui l'accompaignoient : les autres, oyans la nouuelle de sa mort, tāt s'en fault que le cœur leur faillit que comme Tigresses enragées s'acharnans sur ceux qui emportent leurs petits, vindrent impetueusement sur les gentils hōmes, qui les receuās hardimēt, leur feirent sentir, qu'ils n'estoiēt plus auilis & effeminez, & que il estoit temps qu'elles payassent l'iniure de leurs cruelles insolences. Le reste de ces malheureuses & tyranniques Dames, se retirant à Deuise fut, poursuiuy si viuement que les vainqueurs entrerent pesle mesle auec les vaincues, desquelles ils feirent encor vn piteux massacre, leur reprochāt les horribles meurtres qu'elles auoient faict de tant de noblesse, & sur

Valasque occise en cōbatant.

tout leur causa leur mort, la fin ignominieuse du vaillant Sirade. Et telle fut la fin de Valasque : laquelle ayant plus osé entreprendre que son sexe ne portoit, & ayant vsurpé vne dignité mal-seante à ceux qui n'y sont appellez legitimement, mourut aussi miserable, & son corps fut exposé en proye aux oiseaux, & aux bestes farouches : & laquelle pour vray meriteroit d'estre mise entre les dames plus illustres, n'estoit que sa cruauté trop barbare obscurcit le reste de ses louanges, & fait tort aux vertus, & que nature, & que l'industrie auoient mis en elle. Par ceste histoire voyez vous si la nature, & l'autheur d'icelle, ont sagement accõmodé la loy, lors que la puissance fut interdite souuerainement aux dames, & qu'elle leur osta la force esgale aux hommes, veu que la foiblesse de l'aprehension accõpaignée d'vne grande subtilité d'esprit les fait esgarer en ce qu'elles deuroiẽt estre les plus constantes, sages, & modestes. Ce n'est donc pas sans cause qu'il est dit q̃ chacun se gouuerne selon son Genie, car d'entreprẽdre outre sa capacité, c'est s'acheminer de son bon gré à sa ruine. Les Poëtes ont sagemẽt faint vn Phaeton voulant gouuernér les cheuaux, & chariot du Soleil, lequel fut precipité & bruslé, pour ne sçauoir la pratique, ny moyen de les côduire, & Valasque voulant conduire, & manier le gouuernail d'vn Estat public, & n'en sçachant l'ordre, cuidant establir vne nouuelle façon de gouuernement, veit & sa principauté, & ses forces, & sa vie ruinées ensemble, & en mesme iour.

✤

FIN DE LA NEVFIEME HISTOIRE.

ARGVMENT.

QVoy que ie sçache que celuy qui ommande, & a le maniement des affaires publiques, ne sçauroit complaire à tout le monde, eu esgard à la diuersité des humeurs des hommes, & que comme dict certain Poëte Grec.

Sophocle en sa Polixene.

Il n'y a chef aucun conduisant vne armée
Qui agrée à chacun d'vne esgalle pensée:
Veu que le grand Iupin qui est plus fort que moy
Soit qu'il pleuue sur nous, ou nous mõstre l'effroy,
D'vne grand secheresse, à peine peut cõplaire,
En esgal à chacun, s'il vouloit ainsi faire,
Que l'homme disputast par raison auec luy:

Toutesfois la raison qui est la guide du sens

humain, & laquelle doit estre celle qui regit les desseins, pensées, et actions de ceux qui tiennēt la main à la police, veut & commande, que le iuge, pour se penser rendre amie vne Ville, ou Prouince ne sorte en maniere quelconque du deuoir de sa charge: d'autant qu'il ne sçauroit si peu s'esgarer de la iustice, qu'il ne preiudicie à l'estat, & ne cause pour vn simple mescontētement quelque bien grande ruine pour la republique. Or le point principal en quoy gist la recommandation de Iustice est de faire biē, & droict à chacun, & n'outrager personne: entant que se monstrer iuste n'est autres cas, sinon de rendre à chacun ce que luy appartient. D'eu est venu ce precepte naturel, lequel Alexandre fils de Mamée Empereur fort loüable, l'ayant apris des Chrestiens, auoit tousiours en bouche, ne fais point à autruy, ce que tu ne veux qu'on te face, par ce que tel respect de nostre prochain, est cause de la durée, & longueur souhaitée de celle societé qui rend heureuse la vie des hommes. Or n'y a-il chose qui tant esmeuue vn cœur genereux que de se voir iniurié par celuy, duquel il attendoit droict, & iustice, dequoy se ressentirent iadis les Romains, lors que les Gaulois assaillirent, & pillerent leur Cité, ne faisant encor que naistre:

Sentence souuēt prononcée par l'Empereur Alexandre, fils de Mamée.

Gauloys guerroyãs la Tosca-ne, voy Tite li. 5. & Plutarq. en la vie de Camille.

car comme les Gaulois menassent la guerre aux Toscans, & se fussent arrestez au siege d'vne ville nommée Chiusi, le peuple & tous les habitans d'icelle enuoyerent à Rome pour auoir secours, les Romains depescherent Embassadeurs vers les assaillans auec priere de la part du Senat, qu'en faueur des Romains, il leur pleust s'abstenir de faire la guerre aux Toscans leurs alliez. Les Orateurs Romains en lieu de faire leur charge, vserent de secours pour les Toscans, dequoy aduertis les Gaulois, formerent leur complaincte au Senat, demandans Iustice du tort fait à la grandeur Gauloise, par la temerité des Fabies, car c'estoient eux qui auoient la charge de telle ambassade. Or tant s'en fault que le Senat punist ceste faute, que ceux mesme qui l'auoient commise furent faits Tribuns auec puissance consulaire, ce qu'oyant les Gaulois, & irritez au possible, de veoir ceux-là honnorez, qui meritoient punition, laissans la Toscane en paix, conuertirent toute leur haine & fureur contre les Romains, lesquels ils assaillirẽt auec tel effort, & gaillardise, qu'il n'a iamais esté depuis que le nom Gaulois n'ait seruy d'espouuentement, & frayeur à la fortune plus heureuse de la cité chef de l'Empire: laquelle fut par eux sacca-

Deniemẽt de Iustice causa le sac de Rome.

gée, pour auoir le Senat denié de leur faire iustice. Aussi (cõme i'ay dit) homme qui a le cœur bon s'offense grandemẽt, si estant offencé, en luy denie droit, & ne luy est satisfaict, selon sa fantasie, en la poursuite de la vengeance par luy poursuiuie. & plus s'aigrira il, si en demãdant iustice, en lieu de l'obtenir, il se sent encor outragé par ceux mesme qui la doiuent, comme Princes, ou comme Iuges & magistrats de vne Prouince: car lors, perdant toute pacience, il taschera de se venger (à quelque pris que ce soit) de l'iniustice & insolence de celuy qui luy fait tort. Qu'il soit ainsi; si les Beniamites eussent liuré les habitans de Gabaa au reste des Hebrieux, pour les punir selon l'enormité de leur vilennie, à l'endroit de la femme d'vn Leuite, il ne s'en fust pas ensuiuy le massacre, & ruine si grãde de toute celle famille, qui presque fut abolie pour auoir refusé de faire droit, à ceux qui les en auoiẽt requis. Ie vous ay cy deuant proposé vn certain Pausanie, lequel occist le Roy Philippe de Macedone, mais ie vous ay dit la raison qui le meut à ce faire. Ce Pausanie estoit gẽtil-homme de bõne part, & beau par excellẽce suiuãt la court du Roy Macedoniẽ, à la suite duquel y auoit vn seigneur, nõmé Attale, lequel estoit des plus fauoris du Roy,

Iuges 20. Bẽiamites refusent de reparer le tort faict au Leuite.

Pausanie.

Attale hõme lubrique.

& ayant plus de credit, & puissance. Or Attale entaché du vice cõmun iadis en la Grece, & duquel encor ceux qui la possedent sont infectez, courtisoit vilainement ce ieune gentil homme, & le poursuiuoit moins que honestement, le sollicitant d'autre façon que la vertu ne peut souffrir que seulement ie l'escriue: à quoy Pausanie ne voulut iamais consentir, ce qui irrita tellement Attale, qu'il se resolut de rassasier son apetit, ou par force, ou par tromperie. Ainsi dressans vn solennel festin, il y appella les plus fauoris, & grans de la court, entre lesquels estoit aussi Pausanie: or comme tous fussent chargez de vin, & de viandes, il feit enleuer par force celuy pour lequel la partie estoit dressée, & en abusa selon son desir, l'exposant à plusieurs pour luy faire plus grand deshonneur, & l'infamer plus ignominieusement en la maison Royale: Pausanie s'en plaint au Roy, lequel luy prõmit vengeance, mais la differant il donnoit à cognoistre au seigneur qui estoit offencé, le peu d'affection qu'il auoit de luy faire iustice, & mieux luy feit il veoir lors qu'en lieu de punir Attale, il luy donna le gouuernement de quelque Prouince de Grece. Ce mespris donna si grand elancement au cueur de Pausanie,

Philippe Macedonien denie iustice par effait: l'ayant promise.

que ne se souciant plus de poursuyure son aduersaire, il changea son maltalent, & le conuertit en rage contre le salut du Roy, lequel il occist entre son fils, & son gendre, le propre iour qu'il celebroit les nopces de sa fille, auec le Roy d'Epire. I'ay dit cecy, pour monstrer que l'homme qui doit iustice, & la refuse, ne fault que trouue mauuais si l'offencé cerche la vengeance iustement, puis que equitablement on ne luy a voulu faire. Surquoy ie voys vous deduire vne histoire aduenuë de nostre temps, & digne que l'on recite, veu le suiet qui en est assez plaisant, & que la diuersité en est autant agreable, comme chacun peut tirer de prouffit des occurrences passées, pour l'institution, & adresse de sa vie: d'autant que celuy, qui auec raison veut punir les forfais, n'vse point de tel chastiment pour l'esgard du crime ia commis, ne pouuant faire que ce qui est desia commis ne soit point fait & perpetré, ains regarde sagement à l'aduenir, afin que celuy qui verra chastier vn autre, ne tombe point en faulte pareille, pour laquelle il verra le delinquant souffrir la peine par la loy ordonnée. Entant que l'exéple est celuy qui sert de peinture à l'esprit des hommes, & que la posterité, si elle a rien de bon, s'estudie à se façonner selon les vertuz.

Pausanie occist le Roy Philippe.

Pourquoy on punist les forfais.

Force de l'exéple en la vie humaine.

& perfections des ancestres, qui ont laissé la memoire de leur integrité grauée es escrits des hommes, qui ayment ce qui est aymable en l'homme, ne se soucient de peindre & effigier aussi bien le mal, que le bien, & expriment esgallement les couleurs de l'iniuste comme ils dressent le crayon de la iustice, & equité. Qui est cause que moy, induit de ce desir de seruir au public, & de laisser à ceux qui viendront apres nous plusieurs tombeaux, propres pour y trouuer les patrons aptes à instituer leur vie, & vn Theatre diuersifié d'occurrences, pour destourner la ieunesse du vice & deuoyement, ay choisi diuerses histoires sur subiets variables, mais propres à nostre saison, comme sçachant bien que l'histoire n'est d'aucun prouffit, si le discours d'icelle n'est adapté à noz façons; soit qu'il faille loüer la vertu des presens, ou vituperer le vice de ceux qui viuent de nostre aage, tout ainsi que leurs actions se raporteront à la maniere de ceux desquels nous leurs proposons les exemples, & lesquels nous precedans en temps, nous ont laissé la painture de leur maniere de viure: ou pour l'imiter estant bonne, ou pour la fuyr n'estant conioincte auec la vertu, & saincteté. A ceste cau-

En quoy se recueille le prouffit de l'histoire.

se vous qui aymez le bon, suyuez le droict, & cherissez ce qui est desirable, lisez ce que de bon cœur ie vous offre, & qui peut seruir à vostre ornement, & enrichir voz memoires des gestes & & faits louables de noz maieurs.

COMME VN CACIQVE OV ROITELET EN L'ISLE *Espagnole se reuolta cõtre le Roy d'Espagne, pource que le gouuerneur luy auoit denié iustice, auec plusieurs autres succez faisans à ceste histoire.*

HISTOIRE DIXIEME.

IL sembleroit aduis que no' fussions enuieux de nostre siecle mesme, si laissans les accidens, & occurrences aduenãs en iceluy, nous auions tousiours recours aux anciens, tout ainsi comme si ce temps n'auoit rien de singulier, qu'on peust laisser pour signalée memoire à nostre posterité, & neantmoins nous sçauons bien que la rarité de ce qui a esté fait de nostre aage merite d'estre preferée, ou pour le moins esgallée aux gestes les plus excellens des anciens, & la vie des presens ne doit rien de retour à ceux qui nous ont deuancez par centaines ou milliers d'ãnées. Et qu'il soit ainsi, quels sont les historiens, Geographes, Corographes, ou Astrologiẽs de l'ancien aage, qui ayent donné attainte de la seule pensée, à ce que presque les mariniers de ce siecle ont embrassé & attaint auec la mesme experience? Les plus sçauans ont iadis estimé celle partie de la terre estre inhabitable, qui est souz la ligne bruslante de l'Equateur: auec combien de raison ceux là le sçauent mieux, qui ont veu du contraire, & ensemble experimenté que la terre n'a ny ardeur si grande souz le tropique d'Esté, ny si horrible froidure souz le Capricorne, ou en la cõcauité des poles, qui empeschent que les hommes ny habitent & ne pouruoient à ces inclemences iadis estimées impossible à estre endurées. Ont cogneu combien les plus grans & excellens, qui s'aheurtans à l'opinion Platonique estimoient le rond de la terre tout ainsi plat qu'vne forme orbiculaire, se sont grandement trompez en niant la verité, tant bien cogneuë des nostres, touchant les Antipodes, & autres telles considerations qui seroient trop lõgues à deduire, & lesquelles aussi ne sont du suiet de ceste nostre histoire, laquelle est tirée de ceux qui ont descouuert

Opinion Platonique sur le rõdeur de la terre.

ce que noz maieurs n'aprehenderent onc presque par imagination, nous fait cognoistre en ces hommes, de nous le tẽps passé incogneus, vn ne sçay quel rayon etincelant de celle purité que nature apporte des premieres semences, de la raison, qu'elle a graué en l'esprit de tout hõme. Veu qu'il n'y a peuple tant soit il bestial, qu'en la cõmunication on ne voye assez traitable, si la defiance ne l'esloigne de nous, & si nostre iniustice ne le degouste de nous accointer & cherir: car il me souuient auoir leu dans le liure des nauigations d'vn certain Portugais, que les noirs se tenans en l'Ethiopie, & passé le Royaume de Senega, ne vouloient accoster les Chrestiens, non qu'ils soient si brutaux & sauuages qu'on les estime, mais pour la defense qu'ils auoient, sçachans que de tous ceux de leur nation que les Chrestiés auoient enleuez, ils n'en voyoient pas vn seul, & auoient en opinion que les nostres fussent quelques hõmes cruels & insupportables, & que comme les Caribes ils prissent curée de la chair humaine, & fussent Antropophages, c'est à dire mangeurs d'hommes. Or nature nous ayant créez libres, & l'esprit

Les Barbares ont la raison en eux naturelle.

Senega royaume Ethiopique nommé d'vn fleuue.

Caribes peuples en l'Amerique Antropophages.

de l'homme ayant sa propre inclination à viure sans aucun asseruissement, ne fault estimer autrement, que tant plus l'homme est esloigné de la memoire de suiettion, de tant il la trouue plus fascheuse y estant vne fois asseruy : & c'est pourquoy vous lisez és histoires Romaines de plus frequentes reuoltes des Alemans & Gaulois en Europe, & des Parthes en l'Asie, que des Grecs, Italiés, ou Affricains, à cause ques les vns auoient plus accoustumé le ioug d'vn Roy estrāger que les autres, qui s'en sentans pressez, ne cerchoiēt que les moyens de rompre le licol de telle seruitude. Aussi les peuples qui ont esté estimez les plus excellens & heroïques, sont recommandez de celle generosité, d'auoir fort impatiemment porté qu'vn autre les maistrisast, & leur mit le frein à sa fantasie. Et c'est pourquoy les Scythes ont tousiours tenus leurs limites si bien bornez, que peu de Monarques y ont dōné attainte, sans se ressentir de leur attentat & vaine entreprise, que s'ils y ont gaigué quelque cas, Dieu sçait auec quelle patience ils ont enduré rien d'estranger estre introduit en leurs païs: veu mesmement que ce grand Philosophe Anachar-

Nature produit l'homme libre.

Pourquoy les Gaulois, Alemās, Parthes, Scythes estoient rebelles.

Anacharsis tué des siens, & pourquoy.

sis Scythe, fut occis des siens pour vouloir introduire la religion, & Dieux des Grecs, & les ceremonies des Atheniens en la Scythie. Or pensez si ces hommes (ie ne les veux nommer Barbares pour bon respect) suyuant simplement la nature, sont pour souffrir qu'on les renuerse & accable, auec l'iniquité d'vne grande tyrannie, puis qu'ils detestẽt toute seigneurie estrãgere, ou s'ils la reçoiuent, ce n'est que pour la voir, ayant quelque image & effigie de vertu: & voila pourquoy ne les veux appeller Barbares, puis que leur ame excede la rudesse de ceux qui s'esgarent de l'honnesteté, non plus que l'Empereur Iulian l'Apostat estimoit les Gaulois grossiers & Barbares, ausquels il se souhaittoit plustost semblables qu'aux Grecs, entant que la vertu masle de ceux cy, luy plaisoit plus que la courtoisie effeminée des Grecs, auec toutes leurs disputes, sans effect de la vertu, là où ces rudes estimez, effectuoient beaucoup mieux qu'ils ne discouroiẽt de la iustice. Ie n'ay fait ce discours sans grande raison: veu qu'en ceste histoire ie pretens deduire les causes de la rebellion d'vn Roi elet (se reuoltant contre les officiers de l'Empereur

Vn peuple pour estre grossier ne doit porter le nom de Barbare.

Quelle opinion auoit Iuliã l'Apostat des Gaulois.

reur Charles le Quint) en ce nouueau païs descouuert de nostre temps, qu'on appelle les Indes Occidentales, & ce non sans cause, qui aura esgard au tour & circuit de l'Ocean, ainsi que fait foy la nauigation de Magellan, & autres visitans les Moluques isles és Indes, lesquelles s'estédét en la liaison orbiculaire que fait l'Ocean du Leuant, auec le Ponant. Dont apres que Christophle Colomb Geneuois eut, par le commandement du Roy Ferdinand de Castille, descouuert & les isles & le continent de ce païs, qu'on appelle & le Mexique & Castille d'or, & le Peru, il s'arresta premierement en vne isle, qu'il nomma Espagnolle, là où il laissa quelque nombre d'Espagnols bien armez & equipez de toute chose necessaire pour leur viure & defense, en la terre d'vn Cacique, ou Roy dudit païs, veu que ceste isle estoit gouuernée par six ou sept Roitelets alliez ensemble, & qui pour cela ne laissoient d'auoir guerre ordinairement. Ces Chrestiens ne se souuenans combien il fait mauuais mal traiter ceux, lesquels on veut gaigner pour se les rendre amis, & combien c'est chose dangereuse à vn homme d'vser de tyrannie en païs estrá-

Indes Occidentales à bõ droit ainsi nõmées.

Moluques isles.

Christophle Colomb Geneuois.

Isle Espagnole.

ge, oubliant le commandement du sage capitaine qui les auoit là laissez, & moins se soucians de l'honneur de Dieu, & salut de leurs ames, se mirent à tourmenter les Barbares, & forcer leurs villages & maisons, voire rauir leurs filles & femmes. Ioint qu'ayans querelle ensemble sur la principauté & gouuernement, & ne tenant compte des forces des Indiens, se veirent enuelopez de telle sorte, que la plus part furent cruellement, mais iustement taillez en pieces. Mais apres le retour de Colomb, & qu'il se fut vengé du massacre, il cõmença à dresser forts, & bastir villes, & s'impatronir de tout le païs au nom des Roys d'Espagne, attirant à son amitié les Roitelets de l'isle, la plus part desquels il rendit tributaires. Or cõme par succession de temps les Roys eussent presque prins fin à ceste Isle, à cause que les Espagnols les guerroyans en auoient depesché le monde, il en resta vn homme de bon esprit, appellé Dom Héry, lequel s'estant fait Chrestien, sçauoit bien lire & escrire, comme celuy qui dés son ieune aage auoit esté endoctriné par les religieux qui estoient en l'Isle. Cestuy cy venu en aage de commander, se retira

Chrestiẽs occis par les insulaires, & pourquoy.

Hẽry Cacique se fait chrestien.

auec les siens, lesquels il laissoit viure en liberté de leur imperfection, adorans le diable, tout ainsi que font ceux de Calicut, se contentant d'en tirer seruice, & les employer à faire les besongnes du Roy Catholique, pour lequel il estoit Lieutenant & gouuerneur sur ce peuple, tant on l'auoit trouué honneste, vertueux, & de gentil esprit, & idoine pour s'aquitter de ceste charge, ioint qu'on voyoit bien que ils ne pourroient se preualoir des habitãs de ceste isle, si vn de leur nation ne les gouuernoit, estans fascheux & rebelles naturellement, ou plustost y estans contraints pour la tyrannie des Chrestiens qui leur commandoient. Car ceste insolence mesme fut cause que ce Henry Cacique se reuoltant, donna de grans affaires aux Espagnols en ceste isle, & le tout par les moyens d'vn gẽtil-homme, nommé Pierre de Vadille, Lieutenãt du gouuerneur en la ville de sainct Iean de la Magnane, homme arrogant, superbe, & insupportable en son estat & charge de la iustice. Aussi vous ay-ie proposé dés le commencement, que de telles indiscretions procedẽt les reuoltes, & qu'vn peuple ayant receu la loy de quelque prince,

Insulaires adorẽt diables.

Vadille iuge à saint Iean de la Magnane.

qui ne luy est point naturel, fault que soit traicté doucement, & non rudoyé, ny accablé si lon en veult iouyr longuement & si on n'en pretend sentir la rage & felonne mutinerie, & de cecy me facét foy, les vespres Siciliennes sur les nostres, & les massacres faits en France en diuers lieux sur les Anglois, ne pouuans, ny les vns ny les autres supporter les oppressiõs de ceux qui commandoient, non comme seigneurs, mais conduits d'vn esprit furieux, & naturel plus que bestial & tyrannique. Ioint que lon sçait que le Comte d'Armaignac Connestable de France, fut massacré à Paris violentement, à cause de ses violẽces, & le sieur de Moneins à Bordeaux, sous Henry second, pour ne tenir compte, & mespriser assez legerement les doleances du peuple. Aussi ce Cacique insulaire se mutina, non de sa legereté, ou sans iuste occasion, ains plustost irrité en la chose qui le plus esguillonne l'esprit de l'homme, & y engraue les desirs de vengeance. Car comme vn certain Espagnol se iouast plus que familierement, & contre le deuoir auec l'espouse de ce Roitelet Henry, & que le Cacique respectant plus l'honneur & la grandeur du Lieute-

Le peuple fault que soit doucement traitté.

François occis en Sicile.

Anglois pourquoy chassez des villes frãçoises.

Comte d'Armaignac occis à Paris.

Sieur de Moneins tué par le peuple de bordeaux.

nant, pour l'esgard du nom Royal, que son honneur propre, se fust allé plustost plaindre au chef de la iustice, que se venger de sa main de celuy qui luy faisoit porter les cornes, le iuge fut si impudent & indiscret, que non seulemēt il luy desnia iustice, ains se gabant & se mocquant de luy en sa presence, & l'iniuriant, il cōtraignit ce pauure seigneur à luy respondre, selon l'amertume de son ame, & le transport du courroux qui le pressoit, si qu'il luy dist. Ie ne sçay si ton Roy, sçachāt tes vertus, voudra souffrir que moy, qui suis tel que chacun sçait, & qui luy ay fait, & fait de plus grans seruices que toy, qui gourmādes & son peuple & les princes, qui en sont les seigneurs legitimes, que ie souffre & endure vn tel traictemēt fait en ma personne, & que sans vengeance ie sois mocqué d'vn vilain qui a souïllé la couche d'vn Roy & prince d'illustre famille. Ie ne sçay en quel rang tu me tiens, mais ie te iure, que si lon ne me fait raison & iustice, que i'espere me resentir du tort & de l'outrage: & ne m'estonne plus si les premiers de ton païs qui mirēt le pied en ceste isle, furent massacrez par les habitans du païs, veu vos insolences.

Henry se plaint du tort fait à son honneur.

naturelles, & lesquelles, si messieurs de l'audience ne chastient, nous serons contrains de reformer à vostre grand preiudice. Quoy? est-ce l'office d'vn magistrat d'estre accepteur de personnes? est-ce le deuoir d'vn iuge de dénier iustice à celuy qui est outragé, & mesme qui ayant les moyens de se venger, se sommet neantmoins à vostre sentence? est-ce à toy de m'iniurier, & te moquer de moy, lors que ie me plains du tort receu en ma partie, & de l'iniure faite à vn homme de mon calibre? est-ce l'hipocrisie de vous, messieurs les Chrestiens, qui pour nous attirer, voyās la simplicité naturelle qui guide noz actions, nous faites belle parade de religion, pour souz ce pretexte nous accabler, & auec la douceur d'vn miel si sauoureux, abuser de nous & noz enfās, femmes, & fortunes? non non: c'est assez abusé de nous, & plus que trop entretenu vostre tyrannie auec le sainct nom de iustice, laquelle ie voy estre vne euidente tyrannie. Ia à Dieu ne plaise que i'endure desormais qu'vn tel homme me commāde, & moins que celuy soit iuge sur moy, lequel se moque du droit, & supporte les insolences des adulteres. Ce sera le fer qui vengera mon deshōneur, là où la iustice me defaudra, & les armes qui vuideront le different que les iuges laissent sans punition, comme si c'estoit quelque acte illustre, & comme si le peché deffendu par la loy meritoit quelque loüäge. Le gouuerneur se sentant piqué par le Cacique, oubliant son deuoir, le feit saisir, & emprisonner, non sans le menasser de le punir selon le merite de son outrecuidance: mais l'ayant tenu quelque iour en prison sa colere se refroidit, & pensa que cecy pourroit tourner à consequence: veu le hault cœur du Cacique, & l'amitié que tous les insulaires luy pourtoient, ioinct qu'il craignoit que l'audience Royale, & parlemēt qui estoit posé souuerain en la ville de saint Dominique, au nom de la maiesté de l'Empire ne trouuast mauuaise ceste façon de faire, il deliura Henry, apres l'auoir iniurié fort aigrement, le menaçant de cruelle punitiō. Dequoy le Cacique fort irrité, en lieu de s'humilier luy respōd, q̃ plustost il souffriroit mille morts q̃ l'outrage qu'ō luy auoit fait, & l'iniure qu'il venoit de souffrir ne fussent vengez selō le cas merité du forfait, & eu esgard à la grādeur de la personne outra-

Le Cacique fait prisonnier

Saint Dominique ville capitale de l'Isle.

Haut cœur du Cacique Henry.

gée, qu'il chercheroit toutes voyes raisonnables pour estre satisfait, mais luy manquant homme qui luy aye fait iustice, il prendroit conseil sur ce qu'il auroit à faire, & esperãt que sa maiesté ne trouueroit point estrange qu'il se vengeast par voye du fait, la ou le chemin du droit luy auroit esté cloz, & integrité de bon iugement deniée à sa iuste complaincte, & ainsi il prend son chemin vers la Cité ou residoit le Conseil Royal, là ou arriué il feit entendre ses doleances, car il estoit assez eloquent, & qui parloit bien la langue Castillanne, & s'aidoit assez pertinenment du Latin, accusa Vadille d'iniustice & violence, exposant le tort que on luy auoit fait, & la cause de son emprisonnement qu'il trouuoit fort estrange, eu esgard au rang qu'il tenoit, & à l'equité de sa cõplaincte: suppliant Messieurs du Conseil de luy faire raison, & n'estre point cause de la ruine qui s'ensuiuroit, si on luy denioit iustice. Les Seigneurs de l'audience, ordonnerent que iustice & raison luy seroit faite, & que pour estre la chambre du Conseil pour lors employée en de grandz affaires, le iuge Vvadille auroit la cõmissiõ de faire

Cacique eloquent deduit son fait au Conseil.

droit au Cacique, & punir celuy qui l'auoit offensé selon l'equité de la Loy, & ordonnances Royales. Le Cacique quoy que ne s'asseurast que bien à point au iugement de celuy, qui desia luy auoit fait tort & outrage, si est ce qu'il se monstra encor de taut obeissant au Parlemét, que ne point recuser ce iuge tãt inique en son endroit, dequoy il se repentist tout à loisir: car tant s'en fault que Vadille luy feit droit, que de rechef il le meit en prison, si que Henry fallust que souffrist, & ces iniures, & les cornes qu'il portoit en patience, ou faignist de les porter patiemment, mais ceste dissimulation counoit vne vengeance telle qui meit tout l'estat de l'isle, & causa la mort de plusieurs Chrestiens, qui n'en pouuoient mais de l'insolence & orgueil insurportable du gouuerneur. Henry deliuré que fut de prison, fut quelque téps sans se bouger, ny faire semblant de remuer aucun mesnage, qui faisoit penser à chascun que sa parolle estant hautaine auoit plus de parade que d'effait, & que c'estoit plustost vn transport de colere qui l'auoit induit à parler des grosses dents auec Vadille, que rien qui ressentist la grandeur de

Vadille traite iniustement le Cacique.

courage d'vn homme qui souffre ennuis qu'on le chatouille es choses qui sont de l'hõneur. Mais luy qui n'estoit pas si sauuage qu'õ eust cuidé, ny de si peu de sens que de se reuolter, sans prendre garde de pres à son affaire, auant que commencer ses brauades, gaigna la plus part des insulaires, & les retira de l'obeissance des Espaignolz, & en ayant amené vne bõne trouppe és mõtaignes qu'on apelle del Heoruce, il leur parla en son langage en telle substance.

Ceste rebelliõ aduint l'an. 1519.

Henry Cacique aux Indiens.

IL semble aduis à ses Chrestiens, que nous, les ayãs receuz en nostre païs courtoisement, soyons des bestes propres à porter toutes les charges qu'il leur plaira nous ietter sur les espaules: & que noz biens, femmes & enfans ne seruẽt à autre chose que à rassasier leur aueuglée auarice, & les desirs effrenez de leur meschante paillardise. Il leur semble (dis-ie mes amys) que ce pauure peuple, auquel ilz commandent par vsurpation, n'aye rien de l'hõme, & soit sans aucun sentiment non plus que vne pierre, & rocher insensible, ny l'esprit pour se ressentir de leur brutalité superbe, & insolence : mais i'espere, si vous me voulez croire, & suyure mõ conseil, leur faire changer d'auis, & cognoistre, que à tout le moins auons nous des aprehensions qui guident l'apetit des bestes, & qu'auons peinte en noz espritz la vengeance contre ceux qui nous font outrage, & poursuyurons la deliurance de tant de noz parens & amys, qui sont souz la captiuité de ces Loups. Seigneurs vsurpateurs de nostre païs, & de nos richesses. Il vous peut souuenir auec qu'elle inhumanité ilz ont traité au cõmencemẽt qu'ilz entrerent en ce païs, le Cacique Goa Camagari, qui fut le premier qui les receut en sa terre, & comme ilz feirent mourir malheureusement les Roys qui gouuernoyent ceste Isle, s'aidans de noz forces, & nous armans les vns contre les autres, pour, auec nostre diminution, dõner accroissement à leur foible puissance. Vous sçauez que au parauant que ces hommes fugitifz de leur terre, entrassent en la nostre, nos n'auions iamais senty maladie contagieuse ny mortalité, mais le Ciel poursuiuant leur meschanceté, feit tomber son ire sur nous, aussi bien

Goa Camagari vn des Roys de l'Isle Espaignole.

Grande mortalité des indiens.

que sur eux, & les nostres, n'yãs cognoissance de medecine, comme non suiets à indisposition de leur santé, en ont porté la penitence, si que presque vous voyez ce païs tout desert, & en vne pauure & miserable solitude, & non cõtés de nous auoir infectez de ceste maladie, rauy noz biens, abatu noz Cemis, faits chrestienner noz enfans, despouillé les Caciques de leurs Royaumes & seigneuries, fait mourir ceux qui vouloyent conseruer leur liberté, vous sentez, en leur obeissant, qu'elle est leur cortoisie enuers ceux qui se sont humiliez, & qui les ont receuz pour seigneurs, & experimentez en vous que iamais il ne vous ont espargnez que pour vous tormenter d'auantage: vous employans en des choses plus facheuses, difficiles, & plus redoutables que la mesme mort. Voyez les Mores qui sont leurs esclaues prestz à se reuolter, ne pouuans plus souffrir le commandement ny tyrannie de ces cruels seigneurs: Estes vous en rien moindres que les noirs? estes vous de vostre condition les Esclaues des Espaignols? Aurez vous moins de cœur que ces Affricains sans cœur, & sommiers de bastonades: souffri-

La Mores Esclaues se reuolterent cõtre les Espagnols.

rez vous que les Esclaues ayent plus de hardiesse que vous, qui auez tenu teste iadis aux Caribes, & auez fait trembler les forces mesmes de ceux qui à present vous conduisent en seruitude? sera il dit que vous endurez desormais qu'on vous rauisse & le cœur & la volonté, sans oser faire paroistre tãt peu soit de vostre gaillardise? voulez vous qu'on demeure en ceste opinion que nous sommes sans iugement, & ne cognoissons que c'est que la grandeur, ou nous prenons garde cõbien est plus heureuse la mort, que viure longuement auec telle & si grande ignominie? Vous sçauez le tort qui m'a esté fait, & combien indignemẽt on m'a traité en lieu de me faire iustice. S'il est iuste qu'vn fils de Roy, tel que ie suis, soit à tort emprisonné, s'il est permis qu'on luy rauisse sa femme, & qu'il soit chassé des villes auec infamie, & sans respect de son sang, & noblesse, ie suis content que vous me deniez tout secours, & me laissez ruïner par ceux, qui (moy mort) vous accableront, & ne lairront hõme des nostres en ceste Prouince, cõme desia ils en donnent les signes, conduisans noz enfans en païs estranges, & peut estre les vendant

Caribes sont en la region du Bresil.

par les païs lointains de leurs voisins les Chrestiens : Mais si vous auez quelque amitié à vn de vos Princes, si la memoire de mes predecesseurs est encore freschemẽt grauée en vostre esprit, si vous auez pitié de ma misere, & estes dolẽs de mon accablement, qui vous empeschera de prẽdre les armes, d'assaillir ces Chrestiẽs qui nous tyrannisent, & les chasser à la lõgue de ce païs, tout ainsi qu'ils en ont despouillez nos ancestres? Si vous voulez vous emanciper, & oster le ioug de seruitude de dessus le col de vous, & de voz enfans, si vous desirez de vous enrichir, & de viure à vostre aise, allons (mes amis) allons contre ces tyrãs, & leur monstrons ce que nous sçauons faire, leur faisans sentir que si nous les auõs soufferts prendre pied en noz terres, ce n'a esté par faute de moyen de leur faire resistence, ains pour autant que nous esperiõs quelque ellegement les ayans pour voisins, & alliez. Que s'il faut estre accablé, encor vault-il mieux, & est plus desirable de mourir en combatant comme vaillans, & genereux, que de viure esclaues, & porter en tiltre de couardise, & auilissement de cœur, qui nous infame, & denigré le nom qu'auons porté iusques icy d'hommes adextres, & ne pouuãs suporter quelque iniure. Voyez comme la fortune nous fauorise, & les tient aueuglez en leur aise, & comme ne se doubtãs aucunement de nous, ne se tiennẽt sur leurs gardes : allons les assaillir à l'improuiste sans rien espargner, afin qu'a l'auenir ils aprennent à ne faire tort à personne, & leurs Iuges se rendans plus equitables, ne condemnent l'outragé en lieu de punir seuerement celuy qui luy aura fait l'offence. Les Insulaires oyants ainsi parler le Cacique, qu'ils cognoissoient pour homme qui ne se remuoit point sans grande occasion, & que vne petite offence ne l'eust peu esbranler à se mutiner cõtre les officiers du Roy Catholique, esguillonnez d'vn desir de se veoir en liberté, & plus de iouyr de celle ancienne façon de vie propre à leur condition, qui estoit de piller & rauager chacun sur son voisin, cõdescendent franchemẽt a la volõté du Cacique, iurent la guerre cõtre les Espaignolz, s'armẽt, & se retirent en lieu ou les Chrestiẽs n'eussẽt peu aborder sans preiudice de leurs soldats & armées. Ilz couroiẽt par les terres ennemyes, & ne laissoient acte aucun d'hostilité qu'ils

Insulaires nourris au pillage

Cruauté des Insulaires cõtre les Espagnolz.

n'experimentassent sur les Espaignolz, faisans mourir tout autant de Chrestiēs qui tomboiēt en leurs mains, & des Mores ils en faisoient reserue pour s'en seruir, & pour, auec ceste courtoysie, retirer le reste des esclaues de sa suiettiō de leurs seigneurs. Ruse fort gaillarde, & inuētée de bon esprit, sçachans que ces noirs estoiēt les plus grādes richesses des Chrestiens: & sans la diligence, & trauail desquels ils ne pouuoient se maintenir, les employans & à cueillir, & tirer l'or des fleuues & minieres, & à cultiuer les chāps, & iardinages, & à tout autre exercice, auquel vn homme nourry delicatement ne sçauroit mettre la main. Le chef estant fort vaillant, & rusé au fait de la guerre, comme celuy qui l'auoit aprise auec les seigneurs d'Espaigne, ne faut s'esbahir si les insulaires faisoyēt de grans outrages aux Chrestiens, qui n'osoient aller par l'Isle pour trafiquer, se sentans à toutes heures surpris par les rebelles, qui ayans tué, pillé, & bruslé ce qu'il rencōtroyent, s'en alloient chargez du butin, en leurs montaignes. Auant que passer outre, ie diray vn petit mot sur l'occurēce des desastres humains, & du malheur que l'aise

Ruse des Insulaires.

aporte à l'homme, & de combien les delices luy sont preiudiciables : car des le commencemēt que les Espaignolz veindrent en l'isle de Haity, qui à present se nomme Espaignolle, quoy qu'ils ne fussent en tout passez trois cens hommes de fait, & que le païs fust fort peuplé, & les habitās gaillardz, adextres, & bons guerriers, si est ce que iamais ils ne venoient aux mains que ce petit nombre de Chrestiens ne raportast la victoire des Barbares: mais lors que le païs a esté despeuplé des naturels que les Espaignolz y ont donné accroissement, auec la multiplicatiō de plusieurs milliers de personnes, on a veu vn roytelet, auec vne poignée d'hommes, tenir teste à vne bonne armée & courir toute l'Isle à leur barbe, saccageant, bruslant, & rauageant le païs, & massacrant vne infinité de peuple. De ceste calamité, on pourra dire que l'occasion procedoit de l'oisiueté, & faineantise de ceux qui, viuans à leur aise, mollement couchez, tenans bonne table, & s'adonnans à toute effemination, & mollesse, auoient perdu celle gaillardise & vaillance qui les rēdoit, & redoutables, & inuincibles, lors qu'estās en petit nōbre,

Haity, Isle a present Espagnolle.

D'ou prouencit la victoire des Indiēs sur les Chrestiēs.

ils se cõtẽtoient de coucher sur des feuillardz & materaz en la campaigne, le corselet endossé, & l'Harquebuse leur seruãt de cheuet, & l'espée ne bougeant de leur costé, qu'ils ne s'adonnoient à diuersifier les sauces pour le plaisir de leur palais, ains n'ayans sauce que d'apetit, viande que grossiere,& boisson bien souuent que la belle eau pure, cõme iadis les premiers hommes se cõtentoyent de ceste vie, aussi n'y auoit moyen de les surprendre, ny force qui peust les vaincre, & moins les dompter & destruire. Aussi ce fut l'aise qui iadis ruina le camp & armée du grãd Capitaine Hannibal, lequel oubliant l'ancienne discipline militaire, obseruée par luy, & par ses ancestres, se laissa aller apres les delices de Capoue, & du païs de la Chãpaigne Italique, qu'on appelle terre de labeur,& effeminant ses soldatz, facilita la voye aux Romains, de le chasser d'Italie,& de malheurer pour l'aduenir ses entreprises. Or quoy que cecy feit beaucoup pour la victoire de Henry Cacique, qui iamais ne s'estoit accoustumé que bien à point à telles mignotises, encore le iugement d'enhault couroit sur les chrestiens, qui n'ayans esgard à la saincteté de

Hannibal s'effemine en Champaigne.

Chrestiens s'accouplẽt aux femmes estrãgeres.

leur religion, ny rigueur du commandement de Dieu, se souilloient auec les gentils, & ne faisoient conscience de s'accoupler auec les femmes estrangeres, desquelles au vieux Testament l'acointance en estoit si estroitement defenduë, & pour laquelle iniquité le tout puissant en punist plusieurs fois tout le peuple Hebraique. Et croy que ceste abhomination à causé que plusieurs des nostres ont finy malheureusement leurs iours, en ces terres nouuellement descouuertes, & d'autres ont porté en l'Europe les arres de leur lubricité, & le payement de leurs semblables, apres s'estre meslez parmy la brutalité, ainsi qu'vn certain Caluiniste reproche aux François, qui feirent le voyage de l'Amerique. Ceste reuolte de Henry, ne suffisoit pour estonner les Espaignols, si encores les Mores ne les eussent assaillis en se mutinant, & se retirans auec le Cacique, ce qu'entēdu en Espaigne, l'Empereur Charles fut marry que les siens se feissent cognoistre pour tyrās, & mesmemēt en vne Prouince nouuellement conquise: & pour ceste cause enuoya cōmission à l'audience royale, d'oster Vadille

Equité de l'Empereur Charles le Quint.

de son gouuernement, & le renuoyer en Espaigne, pour se venir iustifier de son malportement & iniustice, ne laissant pour cela d'enuoyer vne bonne armée, afin de chastier l'arrogance du Cacique: lequel il voulut qu'on taschast de reduire auec toute douçeur à son obeissance, luy promettant, & à tous ses complices, non seulement pardon, & impunité de toutes leurs fautes, ains encor immunité, priuileges, & auancements aux estats, & gouuernement de l'Isle & pays voisins. Ce n'estoit sans occasion, & icelle bien grande, qu'on taschoit d'apaiser ce Roitelet, veu qu'outre sa puissance qui estoit assez grande, il estoit fortifié des Mores, gens cauteleux, subtils & de grandes menées, si que quand sa maiesté n'y eust tasché de pouruoir en telle sorte, on voyoit les affaires tellemét acheminees, qu'il estoit impossible d'empescher ces Barbares de chasser les Chrestiens de l'Isle, ou d'en faire vn si cruel massacre, qu'à iamais la memoire en seroit publiée par tous les pays voisins de l'Ocean. Aussi n'est il pas mal fait à vn Roy, & grand Prince, d'accorder quelquefois la paix aux rebelles, selon les occurrences du temps. Charles

Le Prince doit quelque fois s'accorder aux rebelles.

estoit vn des plus grans & heureux Princes de son temps, il se rendoit redoutable à ses voisins, & renommé parmy les estrangers, & toutesfois vous voyez que vne poignee d'hommes le cõtraint presque de faire ce, qu'il n'eust cõsenty estre accordé au plus puissant Monarque de la terre. Et pourquoy? Il estoit content de gaigner le Cacique, qui sembloit porter les armes cõtre sa Maiesté, à bon & iuste titre, comme estãt offensé, tant pour l'vsurpation faite de ses seigneuries, que luy ayant esté faict outrage particulier, duquel on ne luy voulut onc faire raison ny iustice: veu que Henry gaigné, il auoit le moyen de chastier l'insolẽce, & trahison des esclaues, ausquels il ne vouloit accorder rien, que ce qui est deu aux serfs, & fugitifs esclaues. Le bon & sage Prince n'est iamais si chatouilleux, que pouuant auoir le dessus de fortune, sans hazarder ses forces, il se lance indiscrettement en vn laberinth de malheur, pour s'acharner obstinément és desirs de vengeance, d'autant que celuy qui ne veut entendre à la paix, voyant son ennemy humilié, il le met en desespoir, & ceste deffiance se conuertissant en rage, est cause bien souuent que l'orgueil paye ſon maiſtre, auec vn abbaiſſement qui le conduit au repentir, quoy que tard il s'apperçoiue de ſa faute. Ie pourrois amener ſur ce propos, pluſieurs hiſtoires anciénes, mais la ſeule victoire des Anglois, ſur le Roy Iean deuant Poictiers, nous faict voir ſi on doit pourſuiure à toute outrãce l'ennemy ſans eſpoir, lequel oubliant tout, ſe facilite ſa deliurance. Quand ie parle de l'accord qu'on doit faire à celuy qui ſe ſouſtrait de l'obeiſſance de ſon Prince, i'entens de ſes ſuiets, leſquels ſont nouuellemẽt conquis, ou qui s'obligent à quelque ligue & alliance, ainſi que iadis eſtoient les Colonies des Citez Grecqs, & celles qui iouiſſoient des libertez, & priuileges eſgaux à ceux de la cité de Rome: car de mettre cela en auant, pour la deffenſe de la cauſe des rebelles, qui s'emancipẽt de la loy, & ſuiection de leur naturel Prince, il n'y a raiſon qui puiſſe coulorer vne humilité, ny courtoiſie ſi aneantie d'vn Prince, que d'accorder paix à celuy, qui ne peut iuſtemẽt luy faire la guerre. Et s'il eſt ainſi que les Corinthiens iadis propoſerẽt au cõſeil d'Athenes, qu'il leur eſtoit loiſible de chaſtier à leur volonté, & ſelon la iu-

Roy Iean vaincu & pris deuant Poictiers.

A quels ſuiets le Prince doit accorder la paix.

ſtice de la loy, les Corfuots, pour s'eſtre armez cõtre Corinthe, d'autãt que Corfu auoit eſté peuplee iadis par les Corinthiẽs, n'aura pas vn Roy legitime, & naturel plus de raiſon, droit, & equité en pourſuiuant ſon ſuiet rebelle, auquel & nature, & les loix, donnent puiſſance de s'en preualoir par quelque voye que ce ſoit? Le Roy qui veut cõſeruer ſon eſtat, faut que par meſme moyen ſe gouuerne, ſuiuant l'exẽple des anciens, & ne ſouffre que la reuolte prẽne racine par ſa conniuence, & en ſe monſtrãt trop doux & debonnaire à celuy, qui ſecouãt le ioug d'obeiſſance, eſgalle, auec la maieſté de celuy qui eſt conſtitué chef de la Monarchie: car autrement l'exemple ſeroit trop preiudiciable, & chacun pẽſeroit n'outrepaſſer rien de l'equité, en ſuiuãt la vie du rebelle, ayant le Roy ſouffert ſa brauade, & pardõné à celuy qui l'auroit offenſé, ès choſes qui cõcernẽt & l'eſtat, & l'autorité Royale. Auſſi voyez q̃ l'Emp. Charles octroyãt la paix au Cacique, vſe de iuſtice, d'autãt q̃ ceſtui-cy n'eſtoit poĩt ſon ſuiet obligé, & ne luy deuoit naturellemẽt aucũ hõmage, aïs l'obeiſſãce qu'il luy faiſoit venoit de ſon bon gré, & le ſeruice eſtãt

Faut ſuyure l'exẽple des anciens.

volõtaire, auoit prins face de subiection, & redeuãce à la loy; à laquelle il s'estoit asseruy, requerãt iustice de l'iniure qu'on luy auoit faite: là où au contraire sa Maiesté ne vouloit entendre, en sorte quelconque, au pardon des Mores reuoltez; à cause que la loy de seruitude les faisoit ses suiets, & l'achapt les obligeoit à faire seruice à ceux desquels ils estoient les esclaues. La rebellion desquels touchãt au public, estoit fort preiudiciable à sa maiesté, & de mauuaisexemple aux peuples nouuellement conquis: & celle du Cacique ne touchant qu'vn effaict de vengeãce, auquel on pouuoit remedier à peu de fraiz, & sans offencer la grandeur, ny la dignité du Prince. Mais si au serf, ou suiet naturel, telle grace estoit accordee, ce seroit esgaller l'inferieur à son superieur, & rendre vn Roy suiet à la volonté de ceux, qui doiuent estre les humbles executeurs de la sienne. Ainsi en quelle sorte que ce soit, le rebelle ne peut iustement eschapper la rigueur de la loy, ny le Roy l'adoucir sans preiudicier à son droict, & sans faire tort à l'ordre suiuant de sa posterité, & au proffit de tout le corps de la Republique. En cecy prenez exemple sur

Le rebelle tousiours suiet à la rigueur de la loy.

les Romains, lesquels ne cesserent onc de poursuiure vn Sertoire, tant qu'ils l'eurẽt du tout accablé, & se contentoient bien, ayans guerre à quelque Roy, qui leur estoit tributaire, de se l'assuiettir, & luy accorder des articles assez passables, & auan tageux, pourueu qu'il ne se desuoyast de son obeissance. Pourquoy cela? D'autant que Sertoire ne pouuoit estre pardonné, ayant causé la desvnion du corps public, duquel il estoit vn des membres, & suiet naturellement au chef, qui estoit le peuple & Senat Romain: Là où les Roys estans estrangers, & comme accessoire de ce corps, ne portoient preiudice qu'à eux mesmes, & n'offensoiẽt le repos du corps susdit, sinõ ainsi que le cerueau sent quelque alteration par l'odorat, & flairemẽt de quelque mauuaise odeur, qui luy est exterieurement representée. Ainsi la iustice de l'Empereur Charles se monstra en cecy fort equitable, aymãt mieux presenter la paix à ce Cacique nouueau suiet, & les terres duquel il occupoit par vn droict de bienseance, que le poursuiuant par guerre, luy faire double iniustice, & le punir ayant esté offensé, & l'accabler, luy ayant rauy ses fortunes. Et affin que

Sertoire Romain suiet à sa cité.

le poinct principal touché pour le suiet de nostre histoire, ne s'escoule sans estre vuidé, & lequel consiste en celle iniquité, d'vn iuge vsant d'iniustice, lors qu'on le semond de faire droit à celuy qui est outragé, faut noter que Dom Pierre Vadille, ce gouuerneur qui auoit esté cause de la reuolte de ce Cacique, comme par la sentence du conseil royal, il fut ordonné qu'il quitteroit son gouuernement, & faisant comme vne amende à Henry, il s'en iroit en Espaigne, pour receuoir salaire de ses gestes, ainsi qu'il plairoit disposer à la maiesté du Prince. Comme donc ce seigneur s'en allast, & ne se deffiast du iugement royal, ayant assez de bons amys en court, voicy le grand & souuerain iuge, qui se mist de la partie, & suppleât par sa iustice redoutable, & seuere iugement à l'inconstance & mal fondee courtoisie des hommes, vengea le tort fait au Prince Indien, lequel l'auoit refroidy de suiure celle Religion en laquelle on l'auoit nourry, pour voir les chefs d'icelle ainsi corrompus & peruertis, que de violer la sainteté des iugemens. Car Vadille estât sur mer, il se leua vne si horrible & effroyable tépeste qui le poursuiuit par plu-

Vadille perist en mer.

ſieurs iours, & l'accompaigna auec telle vehemence, que cõme il fut ſur l'embouscheure de la riuiere de Seuille en Eſpaigne, ſon nauire allant par pieces, il fut noyé & ſubmergé auec tout ſon train, & richeſſes mal acquiſes, & leſquelles ſentoient le ſang des pauures qu'il auoit oppreſſez: Dieu accablāt & puniſſant celuy, que les iuges de ce monde auoient ſupporté en ſes meſchancetez, & duquel ils auoient diſſimulé les crimes. C'eſt ainſi que iuſtement Dieu puniſt les faicts des iniuſtes, & ſur tout des chefz du peuple, car ſ'il eſt ainſi, que, comme dit Heſiode, *Seuille cité d'Eſpaig.*

C'eſt pourquoy les Roys ſont eſtimez les plus ſages,
Secourans iuſtement ceux à qui les outrages
Des plus puiſſans font tort, & que iugeās font droit,
Et du meſchant l'erreur leur iuſtice deçoit
Le puniſſant ſoudain.

Heſiode en ſa Theogonie.

Auſſi faut il dire que ceux qui offencent l'equité auec la rigueur de quelque tyrannie, & peruertiſſement du droict, il ne ſera iamais que le Ciel laiſſe tels maux impunis, & que le tout puiſſant ne ſ'irrite ſur la pollution de ſa force, laquelle il a octroiee aux chefz & paſteurs de ſon peuple. Car celuy qui eſt commis pour auoir autorité sur les autres, il fault aussi que tout ainsi que la grãdeur le fait chef du peuple, que la vertu, iustice & prudẽce surpasse le reste des hommes, auec autãt de preferẽce, que la maiesté du souuerain surmonte l'humilité & debaïssemẽt de ceux qui luy obeïssent. Reuenãs donc à ceux qui auoiẽt la charge d'accorder auec le Cacique reuolté, oyans de quelle cruauté il vsoit enuers les Chrestiens, le grand nombre du peuple qui le suiuoit, comme il s'estoit armé à la mode des Espaignols, & de leurs armes propres, & la grand' difficulté des passages qu'il failloit passer pour l'aller assaillir, ny pouuant conduire l'artillerie, si par cas Henry ne vouloit entendre à la paix, laquelle le Roy poursuiuoit, pour rendre la iustice de son costé, si les Indiẽs se voyoiẽt puis apres assailliz à toute outrance, Hẽry qui ne sçauoit rien de la volonté de l'Empereur, si tost q̃ fut aduerty de l'arriuée du seigneur qui menoit l'armée imperiale, il occupa toutes les Canoës, ou petits vaisseaux tant des Insulaires que des Chrestiens, qu'il peut trouuer sur mer, à fin que l'ennemy ne s'en aidast à son preiudice, sçachant que les grands

Canoës sont petits bateaux faits tout d'vne piece.

vaiſſeaux ne pourroiẽt aborder aux lieux de ſa retraicte, & moins y ſçauroit venir le Viceroy par terre, eſtant le païs mareſcageux, & plain de grands lacs & ruiſſeaux, & torrens, qui deſcendoient impetueuſement des montaignes. Le Vice-Roy quoy que deſireux de la paix, ſi euſt il voulu accabler Henry, craignant qu'à la longue il ne gataſt toute l'Iſle, mais cognoiſſant que la force n'eſtoit requiſe en choſe tant importante, alla tant & ſi longuemẽt radant toute la coſte de l'iſle, qu'en fin il eut certaines nouuelles du Cacique, auquel, par le moyen d'vne femme du païs, enuoyée dans vne Canoë, il feit entendre ſa venue, & la cauſe pour laquelle l'Empereur l'auoit là enuoyé, le faiſant prier qu'ils peuſſent parler enſemble, l'aſſeurant de la bonne volonté de l'Empereur enuers luy, contre lequel il ne vouloit monſtrer ſes forces, ains pluſtoſt le traitter cõme bon amy, ainſi qu'il pourroit cognoiſtre par les lettres, qu'à telle fin ſa maieſté luy eſcriuoit, & qu'il auoit charge de luy dõner. Henry ne fut ſi ſimple, que de ſe fier tout auſſi toſt aux paroles de l'Indiēne, car tout Barbare eſt naturellement plein de defiance, & plus encore ceux, ausquels la conscience dõne le tesmoignage de leurs forfaits. Cestuy qui estoit fin & accort, cõme nourry, & fait de la main des Espaignols (la ruse & subtilité de laquelle nation n'est incogneue à personne qui viue) se craignoit qu'on le voulust attirer en pleine campaigne pour le combattre & defaire: de prime face, refusoit d'entendre à compositiõ quelque que ce fust, mais à la fin sollicité par vn sien parent proche, & le principal des chefs Indiẽs apres le Cacique, lequel s'appelloit Martin d'Alfaro, baptisé, & aussi bien instruit és langues Latine, & Castillane, cõme son seigneur: le Cacique luy dist. Puis que tu as desir de veoir quelle est la courtoisie de l'Empereur, & de quelle fidelité vse ce Viceroy, & puis que tu veux experimenter s'il est plus hõme de bien que les Admiraux, qui le temps passé sous tiltre de bõne foy ont ruiné noz parens, & aliez, chefs iadis de ceste Isle, ie suis content que tu ailles vers luy, & sçaches quel homme c'est, & la cause asseurée de sa venue: mais si mal t'en aduiẽt, s'il te trousse, & descharge sa colere sur toy, ie proteste des à present que la coulpe n'en sera mienne, qui te

Martin d'Alfaro cousin du Cacique.

dõne bien ennis ce congé, & qui, ce malheur aduenant, (ce que Dieu ne vueille permettre) te iure en prendre telle & si horrible vengeance, que les meurtres faits par nous iusques auiourd'huy, ne seront à estre ésgallez aux cruautez desquelles i'vseray sur tous ceux qui sont des suiets de l'Empereur: que si tu vois qu'il y ayt quelque apparẽce de verité en ce qu'on nous a fait entendre, prie le Viceroy de me venir voir, luy disant que ie suis malade, & qu'il ne m'est possible d'aller vers luy, pour luy faire la reuerẽce, & ouyr de luy ce qu'il a en charge de me dire de la part de sa maiesté, à qui ie desire faire tres-humble seruice, pourueu que ie sois respecté pour tel que ie suis, & qu'on n'abuse plus de ma patience, & moins de celle grande humilité, que i'ay tousiours mõstrée à l'ẽdroit des officiers deputez en ceste Isle, pour la biẽ gouuerner. Aduise mõ cousin, cõme tu es sage & prés toy garde aux gestes, parolles & cõtenances du viceroy, contẽple les actiõs, & tous les signes de ceux qui sont en sa compagnie, voy s'ils te monstreront par parolle, ou mine exterieure rien de sinistre imprimé en leur cœur, pour nous

Ruse de l'Indien.

deceuoir & surprendre, afin que sorty de leurs mains, & toy les ayans abreuué de pareille boisson de cautelle & dissimulation, nous les allions esueiller d'vne autre sorte, que iamais noz peres ne feirẽt leuer du sommeil les premiers Chrestiens, qui oncques entrerẽt en ceste Isle: car ie serois marry d'auoir tant vescu auec eux, si aprenant leurs cautelles ie n'auoye l'esprit, ny la cõduite, pour leur faire experimẽter, que nous ne sommes pas si grossiers, que ne sçachions ruser les plus fins de l'Europe. Ce Capitain Indien ioyeux aux possible d'auoir obtenu ce qu'il demandoit de son seigneur, monta sur mer, & vint pour parler au Viceroy, qui estoit descẽdu à terre, ce qu'il feit aussi auec ses gens bien armez, & embastõnez à l'auantage, pour monstrer au seigneur Espaignol, qu'il ne luy cedoit en rien en generosité, & cõfiance de sa gaillardise, & du cœur de ceux qui estoient à sa suite, ce qui pleut fort au Viceroy, voyant l'honnesteté de ceux qu'on tient Barbares. Mais oyant la harangue d'Alfaro, & la requeste assez inciuile, faite au nom du Cacique, demoura fort estonné, craignant plusieurs inconueniens, & dis-

couurant

courät sur les occurrëces de chose de telle importance. Il voit d'vn costé cõbien s'oublie vn chef de se fier entre les mains de son ennemy, ou mesme n'y a encore aucune esperäce de paix qui ne soit ombragée de surprise : d'autre il consideroit que luy refusant ce party, & n'allant vers ce Cacique, il declareroit ce qui n'estoit point, & mettroit vne mauuaise opinion en la teste de l'Indië, que ces capitulatiõs ne tendissent qu'à le tromper, & à la surprise des siens, afin depuis apres les faire cruellement mourir. Tout cecy cõsideré, & ayät plus d'esgard au repos public, qu'à sa grandeur, ny au ranc qu'il tenoit, voire ny au däger auquel il se pouuoit mettre, fiant sa vie à vne trouppe de Barbares, & lesquels ils sçauoit estre malaffectionnez à ceux de sa nation, il se resolut d'aller vers le Cacique, iaçoit que son conseil, & les gentils-hõmes de sa suitte taschassent l'en detourner, sçachäs les mauuais & perilleux destroits ou il leur failloit passer, & craignäs qu'on eut dressé des embusches, pour les y surprendre, & massacrer: & pour ceste cause il dist au gentil-homme, parët du Cacique. Mon gentilhõme, afin que Don Hëry cognoisse quelle est

Angoisse du Vice-Roy.

Le Vice-Roy à Martin d'Alfaro Indien.

la volonté de nostre Roy & seigneur, & voye auec quelle rondeur & integrité ie marche en ceste besoigne, i'ay deliberé de cõplaire à son aduis, & d'aller vers luy pour l'acertener de ma charge, iaçoit que la dignité de mon office, & la maiesté de celuy que ie represente me deffendent de m'abaisser iusqu'à la, que d'aller visiter celuy, qui deuoit venir me faire honneur & reuerence, eu esgard à celuy à qui ie suis, & auquel par vous il presente tres-hũble seruice, auql il sera receu auec autant bõne volonté, comme l'on cognoistra que son affectiõ sera droite, en effectuant ce qu'il met en auãt par sa promesse. Ie n'vseray pour le present de ces ceremonies de grandeur que les Vicerois de Portugal pratiquent à l'endroit des Roys estrangers, qu'ils ne daignẽt visiter en leurs palais, ains fault qu'õ les aille veoir, en leurs nauires, car estant Henry nourry entre nous, il sçait aussi auec quelle courtoisie nous caressons ainsi les nostres, de laqlle & luy, & vous, & tous les siens pourront iouyr, s'il luy plaist nous ouyr sans alteration: car ie luy feray telle raison qu'il sera hors de toute voye de iustice s'il n'est content de l'Empereur, qui a

Ceremonies superbes des Generaux Portugais.

plus de soing de vostre bien que vous mesme, & qui craint plus vostre ruine, que vous ne la pourchassez en vous armant ainsi: quoy que certes ie n'accuse point du tout ce que iusque icy vous en auez fait, estant neantmoins d'aduis que auant que les folies soyent plus grandes, & l'humeur plus corrompu, qu'on tasche de corriger cecy, & qu'en paix chacun iouisse du sien, & que tous viuent sans guerre, souz la liberté concedée à chacun par le Prince. Par ainsi allez quand bon vous semblera: car ie ne veux donner occasion à homme qui viue de m'estimer autre que fort homme de bien, & tel que marchant souz la purité de ma conscience, ie ne crains de m'exposer à tout hazard, ne me defiant point de vous, comme aussi ie vous prie, de vous fier à mes parolles. L'Indien loua grandement en son cœur le Viceroy, l'asseurant de sa part de tout tant qu'il y auoit d'hommes souz la charge du Cacique, lequel ne se deffioit point de luy, mais auoit laissé de venir, se trouuãt fort mal à sõ aise: & ainsi prenãs la route de la mõtagne, ils allerent si auãt qu'en fin ils veirent apres vn grand trauail, le lieu ou se tenoit Henry, fort difficile à acoster, & perilleux pour qui le voudroit assaillir, là le Viceroy ce reposant sous vn grand Arbre, feit donner aduertissement à Héry de sa lassitude, & de sa venuë, qu'il se tint pour asseuré de sa bonne volonté, & qu'il n'aportoit rien que la paix sans dissimulation, là où il voudroit y entẽdre: ou la guerre sans remission, s'il cõtinuoit à guerroyer le peuple suiet à la maiesté du Roy d'Espaigne, ce qu'il pourroit assez cognoistre par les lettres qu'il luy portoit, de la part, tant de l'Empereur, que du Conseil Royal qui estoit en l'Isle. Henry voyant que c'estoit à bon escient que l'ouuerture de la paix se faisoit, loua Dieu en son esprit, pour se voir hors des soupçõs, & des elancemẽs de cœur, esquels il auoit vescu par le tẽps & espace de treze ans, qu'il auoit desia maintenu ceste guerre, non sans auoir causé de grands malheurs, & ruine à tous les habitãs, & pourquoy il se doutoit du courroux de sa maiesté, qui le mettant en voye de si grand desespoir, auoit iusqu'à lors d'autant plus augmenté son desir, de tourmenter les Chrestiens, comme personne ne luy parloit que de punitions & courroux, conceus pour la deffaicte de

Le Cacique fait la guerre treze ans aux Espagnols.

luy & des siens. Et veritablement c'est vn terrible bourreau de l'esprit genereux que la defiance, & la menace mesmemēt, s'il iuge qu'à tort on luy face vn tel traitement: plusieurs ayans commis quelque faute se fussent destournez de leur folie, si des boute-feux ne leur eussent imprimé, & graué au cerueau la memoire des vengeances, & vne nature farouche en l'esprit des Rois, lesquels n'ont que douceur en leurs desseins, si d'autres n'interpretoient sinistrement leur volonté: car c'est en ceste sorte qu'estoit conduit ce Cacique, lequel n'oyant parler que d'armées, de batailles, & vengeances dressées contre luy, ne se fiant plus de trouuer paix, ny pardon enuers celuy qu'il offençoit, il il iouoit à quitte ou double, se faisant fort de n'estre iamais offencé sans vengeance, ny de mourir sans laisser la victoire, tressanglante & hideuse, pour celuy qui viendroit l'attaquer, & poursuiuroit sa deffaite. Voyant donc Henry la gracieuseté du Viceroy, & auec quelle asseurance il estoit venu à petite troupe, & sans autres armes que l'espée & la dague, & quelque Arsegaye, ou dard Biscain pour lācer aux bestes, il fut & estō-

La defiāce cause dē grāds malheurs.

ané de sa generosité, & plus que certain de sa vertu, & bonne conscience : par ainsi, faisant ouurir les chemins, s'en vint vers le Viceroy, auquel il vouloit baiser les pieds, ce que l'autre refusant s'embrasserent fort amiablement, & le seigneur Espagnol bienuiena auec pareille douceur, les chefs principaux venuz auec le Cacique, auquel s'estans assis sur quelque tapis de Coton, il parla en ceste maniere.

Harangue de François du Neuf-bourg Viceroy, au Cacique Henry.

VOus auez grande occasion, Dom Henry, de louer nostre bon & puissant Dieu, de la grace qu'il vous faict, quand sans vostre merite, & vous l'ayant grieuement offencé, il vous attire à soy, par la douceur & debonnaireté de l'Empereur nostre Prince souuerain, lequel suyuant la clemence, & misericorde que Dieu faict, & eslargist à ceux qui s'humilient, vous appelle & semond à faire accord, tasche de vous retirer à sa suite, & loyal seruice, & pretend vous pardonner tous les griefs & desplaisirs faits à luy, en la personne de ses ſuiets, pourueu que ne refuſiez la faueur que de ſa part ie vous preſente. Si vous auiez eſté nourry ailleurs qu'auec les noſtres, ſi vous eſtiez autre que noſtre, & eſloigné de la foy des Chreſtiens, ſi vous n'auiez receu le ſainct bapteſme, & gouſté la purité de noſtre doctrine, ie ne me fuſſe fié ainſi à voſtre parole, & n'euſſe oublié de tant mon ranc, de viſiter vn hõme indigne d'eſtre careſſé par celuy qui repreſente le plus grand Monarque de la terre. Mais puis que ſa maieſté aime mieux vous auoir pour amy & vaſſal, qu'il ne deſire ſe venger des outrages que vous auez faits à ſes ſuiets, & que vous ſçauez quel eſt le deuoir de l'homme genereux & illuſtre, auſſi n'ay-ie fait conſcience de vous venir veoir, tant pour effacer en vous toute crainte & defiance de nous, que pour vous faire entendre la volonté de ſa maieſté enuers vous, laquelle vous cognoiſtrez par la preſente, qu'il vous eſcrit, en vous honorant auec telle & ſi grande courtoiſie. Ce diſant, il tira les patentes de l'Empereur, & les preſenta à Henry, qui les receut auec grande humilité & reuerence : & les remettant és mains du Viceroy, le pria de les lire luymesme, à cause qu'il ne pouuoit, ayant grand douleur à la veuë, qu'il l'estimoit tant homme de bien, qu'il ne luy diroit rien que ce qui estoit contenu és lettres Royales. Ce que le viceroy fait, & tout hault, à cause que plusieurs des Indiens entendoient la langue Espagnolle, lesquels il vouloit asseurer aussi bien que le prince. Et ayant fait ceste lecture, il tira encor les patentes du grand conseil assis en l'isle, séellées & signées du seau de sa maiesté, donnant pardon & remission à Henry, & ses complices, de tout ce qui s'estoit passé iusques alors, & ayãt le tout leu, il continua encore de parler au Cacique poursuyuant ainsi. Ie ne veux vous dissimuler, seigneur Cacique, que ie ne sois venu par le mãdement de sa maiesté en ceste isle, auec forces & commission encore, de me preualoir de tout tant qu'il y a de soldats en ceste prouince & païs voisins, pour vous faire la guerre, & ruiner & vous & les vostres: toutesfois l'Empereur m'a donné charge expresse que ie vous requiere de paix de sa part, afin de voir si vous l'aimez, & luy portez quelque respect & reuerence, aimant mieux vous attirer auec douceur, que contraindre vos forces à s'humilier, ainsi qu'auez peu voir & entendre par la lecture & teneur des lettres de sa maiesté. A ceste cause ie vous exhorte de par luy, & prie autant affectueusement que ie puis le faire, que vous suyuez le vouloir d'vn si grand prince, afin qu'il aye lieu & occasion d'vser de courtoisie & liberalité enuers vous & les vostres, qu'il desire faire siens, auec tout deuoir honneste. Souuienne vous que vous estes Chrestien, qui deuez craindre Dieu, le reuerer, & ne cesser iamais de recognoistre les biés & graces qu'il vous a faictes, vous donnant le moyen de sauuer vostre ame, & de cõseruer vostre vie, pour luy faire encore quelque agreable seruice. Ce que vous deuez cotẽpler par les moyens qu'il vous a donnez de vous soustenir & defendre si lõg tẽps, non que vos forces fussent suffisantes pour tenir teste aux nostres, ains que Dieu a tenu la main à vostre iustice, & a voulu que vous esloignassiez du peuple, non pour laisser sa saincte loy, mais pour plustost vous faire sentir sa bonté, en vous faisant receuoir pour vray fidele seruiteur de nostre Roy, lequel vous aime & estime, & est bien marry qu'vn de ses suiets vous aye donné cause de mescontétement, & plus de vous inciter à prendre les armes. Ie vous prie (seigneur Cacique) que vous recognoissiez vostre faute, & que le cœur & l'effect marchans, & estans accompagnez ensemble, obeissant & faisant seruice à l'Empereur, qui de si bõne affection vous reçoit à mercy, & vous admoneste à iouïr du benefice de sa courtoisie & magnificence. Ayez pitié de ce peuple qui vous suit, & des enfans sortis de vos entrailles, lesquels vous opiniastrant en ceste rebellion, sont en dãger de cognoistre vn Roy cruel & vindicatif, en lieu de l'experimẽter doux & debonnaire. Laissez ces desirs pleins de sang, & guidez d'arrogance: car vous sçauez bien que l'orgueil est celuy qui conduit l'hõme à ruine & perdition, & luy auance la mort presque auant sa saison, & terme limité par nature. Si vous auiez affaire à quelque Cacique, qui fust esgal à vos forces, ie ne trouuerois estrãges vos deliberations, si quelque petit Roitelet voisin estoit celuy qui vous deust tenir teste, ie vous conseillerois de ne luy ceder en sorte quelconque. Mais (ô pauure Roy & miserable prince) vous auez affaire à ce grand Empereur Chre-

L'orgueil conduit l'homme à ruine.

ſtien, la puiſſance duquel ſ'eſtend grande & effroyable, & ſur mer & ſur l'eſtendue de la terre. Et penſez que iaçoit que la victoire encline quelquefois de voſtre coſté, ainſi qu'elle a fait iuſques icy, que cela procedoit de ce qu'on ne vous a point preſenté iuſtice, mais ores que le Roy vous ouure le chemin à l'equité, qu'il oublie vos fautes, qu'il a fait chaſſer de l'iſle pour voſtre ſatisfaction celuy qui vous a offencé: aſſeurez vous que ſi opiniaſtrement vous vous aheurtez à ceſte folie de guerre, vous ſentirez la rigueur de l'amẽde plus intollerable, & la peine ordõnée, ayant plus d'effort, rigueur & inclemence: Vous auez entendu, & la teneur des lettres Imperiales, & ce que ie vous propoſe de la part de ſa maieſté, ie vous ſupplie (ſeigneur Cacique) d'y penſer, & me dire voſtre vouloir, & le complot de voſtre eſprit, & comme eſt-ce que voulez vous gouuerner en ceſt affaire, afin que ſuyuant voſtre reſolution, ie me prepare auſſi à faire mon deuoir, ſelon le ſeruice que ie doy à mon maiſtre. Le Cacique qui n'eſtoit pas vn brin beſte, ayant ouy les raiſons du Viceroy, & panſé meurement à la valeur d'icelles, & à quelle consequence luy tournoit ceste poursuitte de guerre : tout aussi tost que l'Espagnol eut finy de parler, il luy respondit en ceste sorte. Dieu est tesmoin, Mõsieur, de mon cœur, & sçait si malicieusement ie chemine en ce que i'ay fait iusques à present, en defendant & ma vie, & le salut de ceux qui m'atouchent. C'est luy qui cognoist l'integrité de mon ame, & si iamais i'ay souhaité sinon la paix & repos du peuple, & veux que sçachiez que ie baise les pieds & mains de la maiesté de l'Empereur, puis qu'il luy plaist me faire tant de bien & d'honneur que de me donner la paix, & de m'offrir asseurance au milieu de mes terres. Et ia n'aduienne, que mesprisant ceste clemence & bonté sienne, & reiettant le repos & tranquilité du pauure peuple, concedée sans fiction par la debonnaireté de nostre souuerain prince, ie sois si élourdé & abesty que d'en abuser, & ne me point soucier des miens pour rassasier quelque fole fantasie, qui pourroit m'acheminer à ma ruine & degast de toute la prouince. Ie sçay quelles sont les forces de sa maiesté, & quelle est sa puissance & grandeur, tant par mer que par terre, ie n'ignore point quels sont les

Le Cacique au Vice-roy.

Roys & grans Monarques, à qui il tient teste, & leur donne des affaires, & suis asseuré que tout ce païs ne suffit à luy resister, s'il luy plaist de nous accabler: aussi n'ay-ie prins les armes pour me deffendre contre luy, ains seulement pour me preualoir & garder des tyrãs, qui se gouuernoient contre les loix de sa maiesté. Si ie ne me suis fié à vostre parole, c'est pour auoir esté trompé & deceu par d'autres, qui peu soigneux de l'honneur de nostre Roy, pensoient que la vertu & grandeur du prince consistast en tromperie, & eust appuy en fauçant la foy promise: car s'ils eussent marché du pied que vous allez, il y a long temps que la guerre seroit finie. Apres cecy il discourut au long ce qui s'estoit passé, les alarmes que on luy auoit données, & les moyens qu'il auoit tenus à se defendre; sans oublier comme il auoit chastié les Chrestiés qui luy auoient fait teste, plus pour intimider le Vice-roy, s'il s'attaquoit à luy, que du desir qu'il eust de se louer en chose si peu importãte pour l'honneur d'vn homme, que la guerre ciuile s'offrist au reste à faire rendre les Mores fugitifs, comme gens desquels il ne pretendoit s'aider, & lesquels luy pouuoient plus nuire, qu'ils ne faisoient besoing aux Espagnols, à cause qu'ils gastoiẽt par leur corruption la simplicité des Insulaires, supplient en somme le Vice-roy, que le trafic fust permis à ses gens auec les Chrestiẽs, tant pour le soustien de ceux cy, que seruice de la maiesté, ioint que cela pourroit estre cause de la conuersion de ce peuple, à la foy & religion Chrestienne : laquelle, quoy que par l'espace de treze ans il n'eust fait aucun exercice de religion, n'estoit encore du tout esteinte en son ame & imagination, veu qu'il pria le Vice-Roy de luy donner quelque liure de deuotion, & des images & figures representans la memoire de nostre Sauueur & redempteur Iesus Christ, & de ses fideles seruiteurs les Apostres & Martyrs tesmoings asseurez de la purité de la saincte Euangile. Voyez quel malheur auoit causé l'iniustice d'vn iuge, à l'endroit d'vn peuple encore mal fondé, & quel dommage apporte la corruption de celuy qui iuge selon la chair, & selon le sang, sans aduiser que l'equité fault que tienne clos les yeux du Magistrat, & luy bouche l'oreille, & rende ses mains sans force ny sentiment, d'aucune prinse, ainsi que les anciens ont descrit le Senat de Thebes. La paix conclue, que fut encore le Cacique homme fin, subtil & rusé, ne se vouloit fier aux Espagnols, & ne communiquoit nulle affaire auec eux, qu'auec grãde compagnie: & fut fait vn grãd coup que de le gaigner par douceur, estant quasi impossible de l'aller assaillir iusques en son fort: veu que ceux mesmes qui nous d'escriuent l'aspreté des lieux, & l'infertilité des terres, lacz & marests auoisinans les grans boscages, qui seruoient de murailles aux palais, royalement pauure de ce Cacique, disent que les Alpes, ny les monts qui separent la France d'auec l'Espagne, soit vers le païs de Foix, ou du costé du val de Campan, de Ronceuaux, ou vers les destroits voisins de la mer, de la part de saint Ieã Lus, ne sont si difficiles, que celles roches inaccessibles de Barboueco, esquelles se tenoit Henry, se contentant de sa liberté, auec le peu de fruicts & racines qu'il auoit pour son viure, plus que si en quelque seruitude il eut esté nourry delicatement és maisons & palais des grans d'Espagne, aimãt mieux estre le premier en son païs auec pauureté, que riche, obeir aux au-

Plutarcq. en l'opuscule d'Isis.

tres en autre maison. Or ne fault il s'esbahir si plusieurs de mon temps prennent plaisir és troubles, & souhaittent la continuation de la guerre, afin de pescher (comme lon dit) en eau trouble, veu que c'est és esmotions confuses d'entre les citoyens; qu'il fait bon se preualoir de toutes sortes de deniers: mais les sages Conseillers, & les fins officiers d'vn bon prince imitent ce Vice-Roy, lequel obuiant à la conuoitise engloutissante tout, de ses sansues de l'argent & thresors publiques, accorda auec luy, lequel à la lõgue il eust peu surmonter, content que les iniustes & gouuerneurs, & ennemis du bien du Roy, & du repos du peuple, eussent allumé le feu auec leur violence, lequel il estaignist auec sa debonnaireté & courtoisie. Que si le Cacique est à recommander pour auoir forcé (s'il fault ainsi parler) vn si grand Empereur que Charles le Quint à luy demander la paix & accord, & plus loüable ayant tenu teste l'espace de treze ans, aux forces d'vn si puissant Roy que celuy des Espagnes, plus est à estimer celuy qui sans coup ferir luy dõpta son vouloir plein de gloire, & de pẽsemens esloignez toute cõcorde, comme

la

la douceur est plus digne, & seante à l'homme ciuil, & lequel sçait que toute effusion de sang és guerres, sans consideration du bien public, est dãgereuse & execrable: toutesfois ne veux-ie oster à cest estranger, & pauure Roitelet sa louange, lequel, sans le vice de rebellion, i'oseray mettre au rang des plus excellens & hardis Capitaines qu'on lise en l'histoire profane ny moderne, eu esgard à celuy contre qui il se dressa, & à la longueur du temps qu'il luy feit la guerre à peu de cõpagnie, au beau milieu du païs suiect à ce grand Monarque, & lequel on ne sceut iamais desarmer de ses forces, lesquelles il promist d'employer pour le seruice de la maiesté Imperiale. Vous qui lisez cecy, regardez que peult vn cœur offencé, & quel est le preiudice qu'apporte vn esprit gentil estant outragé, car ou le desir des richesses n'eguillõnera l'homme de hault cœur à entreprendre quelque cas indigne de son rang, vn despit pour se voir iniurié, luy fera oublier, & son deuoir, son honneur, & ses anciennes deliberations, à viure sans troubler rien qui soit de la police. Mais laissons ces insulaires esloignez de noz terres, & n'ayãs rien de com-

mun auec la courtoisie, qui nous est plus
qu'à eux ordinaire & naturelle, & voyōs
si nous pourrons rien trouuer par deça, qui serue au contentement diuersifié de noz esprits desireux de choses
nouuelles.

FIN DE LA DIXIEME
HISTOIRE.

ARGVMENT.

N'Y ayant entre tous les crimes, qui souillent & infamēt la vie des hommes, plus detestable que la desloyauté & trahison, ne faut s'esbahir si i'en fais si souuent memoire, veu que le siecle present en est si peruerty, qu'il n'y a si bon, sage ny iuste prince, qui ne s'en voye assailly, & n'est Roy tant accort & preuoyant soit-il, qui puisse se contregarder des ruses infideles de quelque traistre. Aussi auec quelle eloquence sçauroit on assez vomir de maledictiōs sur vne chose tant detestable, ny vituperer ceux qui s'oublient iusques à violer traistreusement la foy qu'ils doiuent à leurs Rois & souuerains princes? Veu qu'en ce que les doctes & bons esprits tandis qu'ils s'exercent à blasmer la trahison, & detestent la desloyauté, c'est par ce moyen qu'ils admonestent les sages à se contregarder, & aduertissent les grans de se pourueoir, pour resister au

Trahison la plus infame de tous les crimes.

malheur le plus nuisible à l'estat & grandeur des royaumes & republiques. Entant que c'est ce seul venin qui peut oster & desraciner l'amour & concorde de tous les cœurs d'vn peuple, & y semer vne telle desfiance, que le pere aura la foy de son fils pour suspecte, & la mere n'osera fier sa vie entre les mains de sa propre fille, ny le prince voudra que son suiet l'accoste, sans le faire visiter & recercher. Et n'est homme qui ignore que ce seul venin fait que plusieurs grans princes, nourris courtoisement, de debonnaire naturel, non desians de leur inclination, sont toutesfois cõtrains d'armer leur maison, se tenir sur leurs gardes, & parmy la troupe de leurs citoyens, aller comme entre ses ennemis: contrains par celle sagesse qui veult que le Roy se gouuerne cautement pour l'asseurance des siens, & s'arme pour cõserver ceux que Dieu luy a donnez en charge & desquels il faudra qu'il responde vn iour, comme de son cœur mesme, tout ainsi que les suiets seront iugez, s'ils se desbordent tant peu soit de l'obeissance deuë à celuy qui a puissance de vie & de mort sur eux, et auquel ils doiuent foy, loyauté, & honneur & seruice, comme estant le ministre portant le glaiue, & la vraye image de Dieu en ce monde, pour l'exaucement des bõs, & rabaissement de l'orgueil & insolence des

Trahison oste la paix d'entre les peuples.

meschans & desloyaux. Or les grans n'ont guere iamais senty diminution de leur grandeur que par les menées des grans mesmes: & n'est onc aduenu que le peuple se soit esleué contre son Roy, sans chef & auteur de la conspiration plus grand, & esleué en autorité, ainsi qu'en est asseuré & fidelle tesmoing Dauid, qui s'est veu assaillir de diuerses esmotions du peuple mutiné, mais les petits estoient sollicitez ores par vn Absalon, aspirant à la couronne, tantost par vn Semey sorty de la race du Roy Saul, & le tout par le conseil d'vn rusé paillard nommé Achitophel, lequel instiguoit diaboliquement le fils ingrat contre son pere: & depuis s'esleua vn Seba qui mit encor le Roy en grand trouble. Lisez les histoires anciennes, & verrez vn Rhadamiste fils de Pharasmen Roy d'Hiberie, lequel faignant d'estre en discord auec son pere, se retira à Mithridate Roy d'Armenie, lequel il trahit en recompense du bon recueil que son oncle luy auoit fait, & en lieu de iurer alliance auec luy, il le print prisonnier auec sa femme & enfans, lesquels pour auoir iuré de ne faire point mourir par fer ny venin, il estouffa entre deux couettes. Les autres Latins vous pourroient faire recit d'infinis exemples de coniuration du peuple cõtre le Senat Romain, & cõtre les Empereurs,

Les grans assaillis par les grans.

2. Des Rois. 15. 16. 17. & 20.

Hiberie s'appelle à present Georgiane au mõt Caucase.

Trahison de Rhada Roy des Hibiriés.

toutesfois on n'en veit iamais vne ou quelque grand ne meit la main,non pas seulement pour la ruine des plus abominables princes,tels que furent Neron,Domitian,Commode,& (monstrueux en vilennie)le paillard Heliogabale. Mais ce que plus offence les gens de bien lisant l'histoire, est, quand ils voyent que celuy s'arme contre son prince, lequel luy est redeuable de son auancement & grandeur, & qui sans la liberalité courtoise du souuerain,seroit comme mesuré à l'aune des plus petits d'entre le peuple. De cecy me fera foy Richimere Patrice Romain, lequel estant auancé par l'Empereur Anthemie,& tellement agrandy, que le bon prince non content de luy auoir donné le gouuernement de la Gaule Cesalpine, encore l'honora il des nopces de sa fille propre, mais l'ingrat & traistre Richimere faisant reuolter le peuple,feit la guerre contre son Roy, & ayant iuré la paix moyennée par Eusebe Euesque de Pauie,le desloyal tyran s'en vint à Rome,ou il occist Anthemie, apres l'auoir martirisé & tourmenté en cent mille sortes. Et du temps que les François tenoient l'Empire de Constantinople par la succesśion de Baudouin Comte de Flandres, qui trahist Pierre Comte d'Auxerre, & Empereur des Grecs, sinon vn grand, & iceluy Grec de nation, & suiet

Les Rois ne sōt onc trahis que par les grans.

Grande desloyauté de Richimere contre Anthemie Empereur.

Eusebe Euesque de Pauie.

Pierre Cōte d'Auxerre, Empereur de Constantinople.

à l'Empire appellé Theodore Comine, lequel s'estant reuolté, & voulant tenir en souueraineté celle partie de Macedone, qu'on appelle maintenant Albanie, comme l'Empereur vint contre luy, quelques vns moyennerent la paix, laquelle accordée, on trouua bon que les princes se veissent & parlassent ensemble, si que le Grec cauteleux vint le premier au camp de l'Empereur ou il disna, pour faire cognoistre à chacun la certitude de l'accord: mais cõme l'endemain Pierre se fiast à la foy du Grec, & allast le visiter, il se veit faire vn piteux festin: car il fust prisonnier, & mourut en prison par la cruauté de Comine. Exemple notable pour les grans qui reçoiuent à paix & amitié les rebelles, & qui se fient en ceux qui ont l'ame pleine de trahison: Car si l'Auxerrois se fust tenu sur ses gardes, & ne se fust point fié à son ennemy, il n'eust laissé l'estat de son Empire troublé, ny mise vne armée en confusion: veu que le traistre a cela de subtil de ne s'humilier, que pour bastir plus fermement ses desseins, & pour atteindre à l'effect de ses conceptions, monopoles & entreprises. Et s'il se fait bon fier en vn traistre, noz histoires nous le monstrent en ce Roy, que Hebert Comte de Vermandois feit mourir prisonnier à Peronne: s'il se fault mettre entre les mains de son enne-

Trahison de Theodore Grec prince de Albanie.

Humilité cauteleuse des traistres.

Charles le simple fait prisonnier par Hebert.

Voy Philipe de Comines en l'histoire du Roy Loys vnziesme.

my, qu'on voye en quel hazard se veit Loys vnziesme Roy de France, se fiant sans armée en la compagnie du Duc de Bourgongne, qui en cela luy mesme confessa auoir fait vn acte d'homme priué de bon iugement. Toutes ces histoires sont amenées pour bon effect, comme seruans à bon escient à nostre temps, afin que les grans aduisent iusques ou se doit estendre la debonnaireté d'vn Roy, & combien il se doit fier à son suiet rebelle : & pour plus suffisamment le cognoistre, i'ay pris en main vne histoire estrangere, mais notable, & du passé: afin que les siecles anciens seruent de lustre à la vie presente, & facent sages ceux qui viuent maintenant, par le peril de ceux qui, iadis estans trop debonnaire, ont seruy de iouët à fortune, & de passe-temps à ceux qui les auoient en haine, & poursuiuoient leur ruine, cõme pourrez recueillir par le discours suyuãt.

GRANDE TRAHISON EXERCEE CONTRE LE

salut du sainct Roy Kanut, occis en l'Eglise par la conspiration de ceux mesmes de son sang.

HISTOIRE VNZIEME.

SVenon fils de Kanut surnommé le Dur, & d'Estrithe Roy de Dannemarch, quoy qu'il fust homme vaillant & genereux, si obscurcissoit-il la gloire de ses hauts faits par vn vice, qui n'est à present que trop familier aux princes, à sçauoir par la paillardise: tellement que de diuerses concubines, il eut aussi plusieurs enfans dissemblables en mœurs, & differens en vertu & façons de faire: les principaux qui seruent à ce mien propos, sont Harald, Olaue & Kanut; comme le suiet destiné pour ceste histoire. Or vous ay-ie dit que ces enfans Royaux estoient d'esprit entr'eux dissemblable, veu que Harald, l'aisné de tous, estoit grossier &

Suenõ roy Danois fertil en bastards.

Harald prince lourd & faineant.

sans grand entendement, homme de peu d'effect, & fort mal propre pour le gouuernement, & moins adextre pour le fait & gaillardises de la guerre : au contraire Kanut estoit accort, de gentil esprit, sage, vaillant, liberal & debonnaire, & sur toutes choses aimant Dieu, & soigneux de l'honneur des Ecclesiastiques, pour la liberté desquels il s'opposoit à tout le mõde : Olaue estoit chatouilleux, homme remuant, d'vn esprit plein de troubles & contradiction, & qui ne se soucioit guere de droict ou iustice, pourueu qu'il peust executer ses desseins, ainsi qu'est le naturel de tout tyran, & homme iniustement aspirant à quelque seigneurie. Le Roy, quoy qu'il aimast tous ses enfans, si est-ce que la gaillardise de Kanut luy plaisoit plus que de pas vn des autres, iaçoit qu'il y eust vn Henry qui secondoit fort Kanut en d'exterité & prudence, & ainsi il octroyoit à ce fils fauory tout ce qu'il vouloit, & luy souffroit disposer de l'armée tout à son plaisir, cognoissant en luy vne naturelle debonnaireté, & vne telle reuerẽce à l'endroit de son pere, que quelque autorité qu'il eust, tant s'en fault qu'il s'enorgueillist, que c'estoit lors qu'il

Vertus de Kanut fils de Suenon.

Olaue bastard, fin & cauteleux.

Hery frere de Kanut, le secõdant en generosité.

faiſoit le plus de reuerence à ſon pere, & de careſſes à ſes freres, la pluſpart deſquels dependoient de luy, & apprenoient les armes ſouz ſa conduite. Car dés le cõmencement de ſon adoleſcence il donna telle preuue de ſa vertu, qu'ayant dreſſé vne armée marine, il dompta & chaſſa les Pirates qui couroient la coſte de Noruege. Et ſ'eſtant eſgayé par les haures des prouinces voiſines, & ayant viſité les Sembiques & Eſtions, ou il planta les trophées de ſes victoires, auec l'accroiſt de ſa gaillardiſe, & ſignification de ſa force, non ſeulement ſurmonta il ſon pere en vaillance & conqueſtes, ains encor preſagea le futur euenement de ſa grandeur, & iouïſſance du Royaume & Empire des Danois : ſi que ſ'adextrant continuellement aux armes, n'eſtãt iamais en repos, fuyant toute mignotiſe & delicate effeminatiõ, & deſployant ſes forces aux combats, il ſembloit auoir reſuſcité en ſa vertu, non ſeulemẽt le nom, ains encor l'eſprit & gloire du Roy Kanut, qui pour ſes faits illuſtres & grandes victoires, auoit merité le nom & tiltre de grand: tellement qu'il n'y auoit homme, qui voyant le ſuccez de ſes entrepriſes, ne ſe tint pour aſſeuré que ce prince ſeroit le

Kanut chaſſe les Pirates de Noruege.

Kanut le grãd Roy Danois.

successeur des terres & seigneuries de son pere : à cause qu'il gaignoit la noblesse auec vne telle & si grande liberalité, que le pere mesme (quoy qu'il trouuast fort bonne ceste generosité si grande) le tançoit courtoisement de donner ainsi ces thresors à la ieunesse: se sachant que Harald son filz aisné fust assoupy si profondement en paresse, & eust l'esprit si grossier, qu'il demeuroit oisif, la ou ses freres estoient combatans à l'enuy, & qui gaigneroit la noblesse pour la succession de de leur pere, lequel mourut accablé de vieillesse, & attaint d'vne fieure cõtinue, & fut enterré à Rostild au commun, & ancien sepulchre de ses predecesseurs. Le Roy Suenon estant trespassé, & enseuely, les Estats s'assemblẽt pour eslire le successeur de leur Prince, les opinions estant diuersement affectionnées selon les humeurs de ceux qui opinoyẽt. Car la plus part des deputez se souuenãt (cõme couardz & poltrõs qu'ils estoiẽt) en cõbiẽ de perils les auoit iettez Kanut en poursuyuant ses victoires, craignãs qu'estant Roy il ne recommençast la guerre, & n'acoustumast la ieunesse au maniement des armes, interpretans en mauuaise part la

Trespas de Suenon.

Rostild ville Danoise sepulchre anciẽ des Rois.

vertu & magnanimité du Prince, & en lieu de donner accroissement à sa gloire, & plus grand lustre à leur païs, ils condemnerent ses gestes, & reieterent son excellēce & generosité, de sorte que Harald, homme sans rien qui le feit loüable, ny digne d'vne si grāde charge qu'vn Royaume, fut preferé à Kanut: aymant mieux ceste sotte & ignorante multitude vn couard pour Roy, que celuy qui auec sa hardiesse & magnanimité, faisoit trēbler toutes les regions septentrionales. Et c'est, ou ie voy que la loy de successiō est plus receuable, que la liberté de l'election, quelque iustice qui semble reluire en celle maniere de suffrages: veu que la où la diuersité des humeurs faut que soit mesurée par l'equité du iugement d'vne multitude, bien souuent ce qui est de pis emporte la victoire, à cause que le plus de voix & non ce qui surmonte en vertu est celle qui donne la puissance, la ou la succession oste le peuple de ce different, faisans celuy Prince, auquel nature octroye ce droit, sans que l'aduis d'autruy luy puisse tollir sa seigneurie: mais en ces elections plusieursfois les parties mal contentes ne font conscience de venir

Harald esleu Roy apres Suenon.

Droit de succeßion plus prouffitable q̃ celuy de l'election.

aux mains, comme voulans vuider vn tort pretendu auec vne plus grande iniustice, & violenter celle coustume, laquelle est desia receuë comme loy tresiuste, ainsi qu'en aduint entre les Danois, apres que Harald fut esleu successeur au Royaume. Car ceux de Scanie, inclinans à ce qui estoit le plus à choisir, ayans en honneur & reuerence la vertu & preud'hommie de Kanut, detestoient le gouuernement de Harald, comme d'vn homme inhabile de regner: & pour ceste cause ils s'assemblerent sur le sein & destroit d'Isore, qui est sur l'emboucheure de l'Ocean, diuisant le Noruege d'auec le Dannemarch. Les deux camps, disputans sur le choiz des Roys, estoiét l'vn regardant l'orient, & l'autre la partie occidentale, la ou Harald, craignant que par la memoire des vaillances de son frere, il ne fust reiecté, reprint cœur, & se souuenát d'estre filz de Roy, & frere de celuy duquel on celebroit tant de louanges, s'auança, & apellant ses ennemys, les pria d'ouir ses raisons auát que se fier, & commettre à l'inconstance & instabilité de fortune: ce que luy estant accordé, il leur parla en ceste maniere.

Assiete du destroit d'Isore.

Harangue de Harald à la noblesse Danoise.

SI le droit d'aisnesse de toute antiquité gardé & obserué par toutes les nations, qui ont quelque sentiment de vertu, ne me faisoit Roy & chef de ce Royaume, ie ne me soucierois, (Messieurs) de veoir que mō frere me fust preferé : mais puis que la loy fait pour moy, & que le sort m'a fait naistre le premier, ce me seroit vn grand deshonneur de souffrir que le moindre eut le dessus, & que celuy qui doit obeir eust commandement sur le Prince legitime. Et posons le cas que Kanut aye iusques icy donné quelque signifiance de sa grande vertu & vaillance, au fait de la guerre, aydé par la faueur du feu Roy Monsieur nostre pere, qui le cherissoit sur tous ses enfans, qui m'empeschera, ayant les moyens de suyure les armes, & de l'esgaller en hardiesse, & de le surmonter en faits loüables, & glorieuses conquestes? Mais qu'auōs nous affaire de guerre, puis que personne ne nous assault, & que nos voisins n'attentent rien contre nostre puissance, dignité, salut, ny Empire ? N'est il pas autant honnorable de garder sans danger ce que l'on à acquis, que de rompre la guerre, & courir iniustement, quoy que brauement, les biens d'autruy, sans que nous y ayans droict quelcõque: Quant à moy, i'estime le Roy tyran & iniuste, lequel, poussé de sa seule ambition, conuoite ce qui ne luy apartient, faict iniure à ses voisins, & pille pour son rassasiement les fortunes propres de ses suiets, le sang desquels il espand ailleurs, & pour autre occasion que pour la deffense de son pays, & conseruation de ses estats & vie. Ie n'ay affaire de la gloire aquise par les Romains en leurs cõquestes, ayãt opinion que celle grandeur acquise par vn simple droit de bien-seance, ne peut estre qu'vne manifeste tyrannie, & telle qu'a la fin porte preiudice à ceux mesmes qui la poursuyuent. Qu'ont gaigné nos predecesseurs en tãt de voyages fairs en Angleterre pour s'en faire seigneurs, sinon la ruine d'vne infinité de peuple, & l'espuisement de leurs thresors, auec la pauureté miserable du royaume affoibly par telles guerres, & mis a bas pour vn temps, sans moyen de se renforcer? Et quelle iniustice & eccruellemẽt est le vostre, qui voulez que celuy soit vostre

Faire la guerre à son voisin est iniustice.

Les Romains tyrans en leurs conquestes.

Les Danoys ont souuẽt assailly les Anglois.

Roy

Roy, léquel ne fait conscience d'exposer ses suiets à la mort, & son pays à mille hazards d'estre pillé & saccagé, pour le seul rassasiement de sa côuoitise? N'y a-il autre moyen à vn Roy pour faire paroistre la generosité de son cœur, que l'effusion du sang humain? Si cela est le vray but de la vertu & perfection royale, i'aymeray auant estre Lyon, Tigre, & Once, que Prince, si le desir & l'effect de nuire deuoit estre l'appuy de ma puissance. Sera-il donc dit que la clemence, douçeur, & debonnaireté soit indigne d'vn Roy, laquelle doit accompaigner son sceptre, & estre l'appuy & fondement de sa couronne? Est-ce recognoissance que de regretter celuy qui ne veut veoir que l'auãcement des siens, la grandeur de la noblesse, & le peuple iouissant de ses priuileges? Est ce aymer son pays, & soy mesme, de souhaiter celuy pour souuerain, qui ne pouuant piller l'estrange, ne fera conscience de deuorer cruellement les biens & fortunes de ses subiets, pour en repaistre les soldats ennemys du repos, & les chefs estrangers, qui n'ayment les Roys que pour s'enrichir, ny leurs voisins que pour en tirer dequoy soustenir,

La propre vertu du Roy doit estre la clemence.

& apuyer leur puissance? Quant à moy, Messieurs, ie ne suis si sot que ie ne sçache guerroyer quād le temps & la commodité le requerra, & ne soit en moy de chastier mon competiteur, & puisné auec les armes au poing: mais c'est la pitié & compassion que i'ay de vous, qui estes les suiets de feu mon pere, & ceux auec lesquels, & moy & mes freres auōs prins nourriture, me garde de passer outre, & d'vser de tout effort militaire, attendant plustost auec patience que vous, mesurant mes propos auec iustice, laissés ceste entreprise faicte trop legerement, que comme vn loup & tyran sans conscience ny equité, me ruer sur ceux que i'espere faire mes amis, auec la courtoisie digne d'vn grand Monarque. Et affin que vous cognoissiez, sur quel pied ie veux establir ma puissance, & en combien de sortes ie vous veux fauoriser des à present: ie vous iure, & promets que vous, laissant les armes, & vous accommodant au droit, qui m'est deu comme l'aisné, que tout aussi tost que par vous ie seray appellé à la couronne, ie pretēds abolir toutes les loix anciennes de mes predecesseurs, lesquelles esclauoient vos testes, & vous rendoient plus que cerfs des Roys de ceste Prouince, faisant de telles & si douces ordonnãces que voudrez choisir pour vostre soulagement, & le plaisir de ceux qui vous succederont. Aduisez lequel vous aymez mieux choisir, ou celuy qui gouuerne auec la iustice moderée par la loy de vous accordée & receuë, ou celuy qui pose tout souz la rigueur des armes, & qui vous ostant le repos, & l'asseurée iouissance de vos biens, n'a soing que de vous affoiblir en faisant ailleurs la guerre, afin qu'apres cest affoiblissemẽt il vous rançonne, pille, & tourmente tout à son aise. I'attendray quelque tẽps vostre responce, & surseray vn peu de vous assaillir, esperant que sagement cõduits, vous verrez que c'est à Harald iuste & debonnaire, & non à Kanut trop remuãt, de cõmãder sur les Danois. Cestuy ayãt ainsi harãgué, quoy que Kanut taschast de cõtenir ses gens en office, & leur remonstrast que ceste harãgue de Harald ressentoit trop son auilissemẽt de cœur, & q̃ celuy estoit indigne de regner qui s'abaissoit à choses iniustes, & trop indiscrettement abolissoit ce que les anciens auoiẽt ordõné auec iuste occasion:

Remonstrances de Kanut à ses gens.

qu'il ne se falloit fier en ses courtoisies forcées, ny douçeurs contraintes, veu qu'ordinairement tout couard est defiãt, & par consequent cruel & sans amitié, taschant d'auoir par cauteleuse tyrannie, ce que brauement il n'ose entreprendre. Or quoy que ce braue, & vaillant Prince se mit en tout deuoir, si est-ce que Harald ayant pipé le peuple, auec l'apast de ses promesses, ioint que souz main la plus part de son armée estoit pratiquée par les presens, & apoinctemens offerts par son aisné, le pauure Kanut se veit delaissé de tous ses soldats, ne luy restant que trois vaisseaux armez, auec lesquels il s'enfuit en Suece, laissant le royaume qu'il auoit aduancé en richesses & deffendu des ennemys, à celuy qui l'obtenoit par flaterie, & l'auoit acquis ignominieusement. Et quoy que Harald l'appelast de venir en court, luy promettant vne partie du royaume, si est ce que ne se fiant en celuy, qui tant l'auoit menacé, il se tint en Suece, & feit la guerre, non à son frere, ne voulant estre rebelle, à celuy qui luy auoit esté esleu pour son seigneur, iugeant que puis que l'electiõ des estats l'auoit choisy, que traitreusement

Harald est declaré Roy.

Kanut s'enfuit en Suece.

il s'armeroit en l'assaillant, & que Dieu le puniroit comme pariure & rebelle, s'il troubloit le repos de ceux qu'il deuoit aymer, iaçoit qu'ingrattement ils se fussent gouuernez en son endroit. Ce pendant Harald, quoy que bon Prince, aymant Dieu, & qui estoit plus apte aux maniemẽts de ce qui est sacré, qu'au gouuernement public, tout ainsi qu'il auoit obtenu le royaume par prieres, il gouuernoit sans ressentir rien qui soit de la maiesté digne d'vn Roy, comme celuy qui souffroit auec vne conniuence vicieuse, les forfaits plus remarquez, & ne se soucioit de la iustice que le moins qu'il luy estoit possible, luy estant aduis qu'il suffisoit d'aller souuent à l'Eglise, d'assister au seruice diuin, & souz ce voile de religion ne tenir compte du droict, & ne prendre esgard au peruertissemẽt de toute iustice, comme si Dieu se plaisoit plus en la grande abondance des offrandes, & encencemens qu'en la misericorde & equité, & en l'obeïssance qui luy est deuë, & laquelle il requiert sur toute offrãde & sacrifice. Le peuple s'adonnant à toute desbauche, & ne se souciant que de viure à ses aises, souz l'aneantissement de

Osée. 6. 1. des Roys. 15.

ſon Roy, voicy qu'au bout de deux ans Harald treſpaſſa, lequel auant mourir declara Kanut pour ſon ſucceſſeur, comme l'eſtimant digne d'vne telle charge, & l'ayant faict venir, luy recommanda l'eſtat du royaume, le ſupport du peuple, & l'auancement de la nobleſſe, enſemble de corriger les abus qu'il auoit endurez en la iuſtice, recognoiſſant ſa faute, & le tort qu'il auoit fait à ſes ſucceſſeurs, en aſſuietiſſant preſque les Roys à la fantaſie du peuple, par la licence octroïée en ſes loix. Decedé que fut Harald, & Kanut aſſis ſur le throſne de ſes anceſtres, le premier de ſes geſtes fut d'aſſuiettir les Goths Oriẽtaux, & taſcher d'abattre la gloire, & rebellion des Cures, Eſtons, & Sembons, le royaume deſquels il mit à neant, & arracha la memoire de leur puiſsãce. Or feit il tout cecy, non auec intention d'agrandir ſon Empire ou eſtendre les limites de ſa iuriſdiction, ains pluſtoſt pour l'auancement de la gloire de Dieu, & accroiſt de la religion Chreſtienne, eſtans au parauant ces peuples idolatres & infideles. Ie pourſuis la vie de ceſt excellent Roy, pour donner dequoy prendre l'argument de ſaincteté aux grans, qui ne

Goths aſſuietis par Kanut.

prennent plaisir qu'és exemples de la vie de leurs semblables: car lisant ce qu'il a esté, ie trouue plus de subiets d'imitation en luy qu'en plusieurs Roys & Princes qu'on met au rãc,& catalogue des Saints, plustost pour flatter les successeurs, qu'ayans esgard à la vie de ceux,qu'on renge auec les heureux. Or ce bon Roy cognoissant que la chair est chatouilleuse & glissante, & que parmy les plaisirs du corps, faut que l'ame sente des assaux,ausquels il est difficille de resister,& sur tout en ce qui cõsiste les appetits, qui sont iugez comme les plus naturels,& poignans les desirs de l'homme, il delibera de se marier. Aussi n'est il pas plus seant, & equitable qu'vn Roy, sans offencer Dieu, iouïsse des chastes embrassements de son espouse, que si auec le preiudice de son ame,& scãdale des petits,il s'en va souiller apres les caresses mignardes, & damnables de quelque courtisanne effrontée, & femme qui altere la vertu naturelle de vn Prince? Salomon a esté le plus parfaict Prince, ie ne diray pas qui iamais ait donné loy au peuple Iudaïque, mais qui onc ait commandé sur prouince du mõde:& toutesfois la fille de Pharaon sa

Paillardise fort indigne d'vn Roy.

femme, & espouse legitime, ne luy a fait faire faulte, ains c'ont esté les Roynes de Sydon, & les Ammonites, qui le feirent follement agenouiller deuant Astaroth & Melchon, le forçant d'idolatrer, & paillarder, tant au corps, qu'en l'esprit.

3. des Rois 11.

Pour euiter donc ceste brutalité, ce Roy haut de cœur, & religieux en l'obseruation de la loy de Dieu, ne voulant familiariser, auec ceux de sa nation, ny se rendre communicable à ses voisins, il espousa Edle fille de Robert Cõte de Flandres, de laquelle il eut vn fils nommé Charles, lequel ne luy succeda au Royaume. Or ce bon Roy voyant comme la superfluité & bobãs des nobles causoient vne grãde corruption, & en sa court, & parmy le peuple, il s'adõna du tout à reformer toute sorte d'abus, & remettre en vigueur l'ancienne seuerité des loix, auec des ordonnances nouuelles, qui ressentoient autant de grandeur que de courage en ce Roy, comme son predecesseur auoit mõstré d'auilissement. Il estoit si entier, & equitable en ses iugemens, qu'il n'y auoit sang, parẽté, alliãce, amitié, ny familiarité quelconque, qui le peust faire flechir à dissimuler les faultes de personne, ou qui

Edle fille de Robert de Flãdre femme de Kanut.

Equité du Roy Kanut.

luy feit laiſſer vn peché impuny, tãt il deteſtoit ces imperfections, qui deſuoyent l'hõme du droict ſentier de verité & conſtance. Ainſi pour ſe monſtrer ſeuere obſeruateur des loix anciẽnes, & rigoureux puniſſeur de ceux qui les outrepaſſant, encouroient la condemnation d'icelles, il fut hay merueilleuſement des grands du royaume, qui ne cherchoient que les moyens de luy nuire, & ſe preualoir par leur malice contre ſa grãde bonté & iuſtice. C'eſt ainſi auſſi que de tout tẽps les bõs ſont perſecutez, & le plus ſouuẽt vn tyran ſera plus honoré, & ceux qui, ſe veautrans au ſang des innocẽs, font tort, & iniure à tout le monde, que non pas le iuſte gouuerneur, & le Prince qui ne peut aymer rien qui porte tant ſeulement vn ſimple ombrage de vice. Or en ce temps là les Danoys eſtoient encore aſſez groſſiers en la religion, & non trop aduancez en la pureté d'icelle, comme Barbares qu'ils eſtoient, ce qu'encore leur eſt fort peculier, n'ayant peu viure en la ſincerité ancienne, & ſoubs la foy de ſaincte Egliſe Romaine ſeulement cinq ou ſix cens ans, ou enuiron, ayãt de noſtre tẽps autant legerement embraſſé le Lutheriſ-

Vn bon Prince plus ſtoſt hay que le tyran.

Danois groſsiers és choſes ſacrées.

Danois deuenuz de noſtre temps Lutheriens.

me, comme beaucoup rustiquemēt pour lors, ils ne tenoient que bien peu de compte de leurs Prestres, Pasteurs & Euesques, comme encore de vice mesme ont esté touchez tous les peuples du Septentrion, soit qu'ils obeïssent à l'Eglise vniuerselle, ou qu'ils suyuent quelque Schismatique, ou se gouuernent, selon la diuision des Grecs, d'auec l'Eglise Catholique & Romaine. Kanut voyant que le mespris des Euesques procedoit, non de la desbauche, & ignorance d'iceux, ainsi qu'à present on peut l'obiecter à nos prelats, mais pour le debaïssement des hommes de telle dignité, à cause qu'ils estoiēt mis au rãc du peuple: à ceste cause il voulut que le Prelat fut esgalé en grandeur aux Princes, & plus grands de sa maison, ordonna qu'on leur feist reuerence, & qu'és lieux publics, & assemblées des estats, ils fussent assis entre les premiers & plus grands du royaume, donnant auec telle auctorité, grand accroissement d'honneur à l'office du pasteur prenant esgard qu'vn office & ministere si sainct, ne fust moins honnoré que du deuoir, & que le trop d'humilité des chefs ne causast le mespris de tout l'ordre: e-

Euesques mesprisez en Dannemarch.

Kanut hau ce les Euesques en hõneur.

ſtant le peuple vne beſte ſi peu voyante, & groſſiere en ſon iugement, qu'elle ne tient compte que de ceux qui luy tiennent le pied ſur la gorge, & ne cheriſſant point ceux qui vſent plus de courtoiſie que de rigueur, tellement qu'elle eſt du naturel d'vn Perroquet, qui n'aprét rien ſi la verge ne luy eſt continuelle ſur la reſte, pour luy ramenteuoir ſon apprentiſſage. Ce bon Roy, ſ'eſtudiant touſiours à haucer le merite des Eccleſiaſtiques, qui viuoient ſimplement, & ſuiuant la ſaincte ordonnance de l'Euangile, & enrichiſſant les Egliſes de beaux & riches reuenuz & patrimoines, batiſſant de beaux temples, leſquels il douoit de rentes, fondations, & excellens priuileges, encore n'oublia point le ſoulagement de ſon peuple: car outre ce qu'il diminua les tailles, & ne chargea les ſuiets de nouuelles impoſitions, il le deliura auſſi de la charge qu'il l'accabloit, par les penſions ordinaires, qu'on exigeoit pour le train des frais de ſa maieſté, dequoy le peuple oppreſſé, faiſant ordinairement ſes plaintes, obtint du Roy ceſſation de telles leuées de deniers: & par ainſi il oſta à ſes freres

Peuple lourd cheriſt celuy qui l'accable.

Kanut ſoulagea le peuple de ſubſide.

le gouuernement des Prouinces, ou ils se tenoient, à cause qu'ils s'y portoient auec plus d'insolence qu'il n'estoit requis à Prince de leur calibre, & les retira en court, afin, que le suyuant, ils se contentassent d'vne honneste pension pour se maintenir, & gouuerner suiuant ce qu'ils pourroient auoir de droit de succession, & pour leur appennage: il est bien vray qu'il laissa Olaue au duché de Slesuic, comme le cognoissant homme duquel il se pourroit seruir en ses entreprises, & digne d'vne plus grand' charge, si la trahison n'eust souillé les desirs ambitieux de celuy qui abusa de l'honneste courtoisie, & grande liberalité du Roy son frere. Car comme Kanut se faschast de demeurer oisif, & veoir les Danoys occupez en vne grande & lourde oysiueté, il delibera de les esueiller d'vn si pesant sommeil, & auec les soucis de la guerre leur remettre le cœur au vẽtre, & leur renouueler la memoire de leur gaillardise passée, & leur faire reprendre le train de ses predecesseurs, aymant mieux suiure les pas, & actions de son aïcul, que imiter ny son pere, ny Harald son predecesseur. Or se souuenoit il que la plus

Olaue duc de Slesuic.

Kanut entreprẽd la guerre cõtre l'Anglois.

grãd gloire que iamais ses ancestres eussent acquis, c'estoit qui les auoit agrandis en entreprenant la cõqueste de l'Isle Angloise, à laquelle il pretendoit auoir quelque droit, il se delibera de plustost perdre tout tiltre de Royauté, que se cõtenter d'vn si petit païs, & estendue de terre que ce Chernesse Cymbrique, qu'on nomme Dannemarch, & porter le nom & maiesté Royale pour posseder vn eschantillon de Prouince : esperant de recouurer, par son industrie & vaillance, ce que son pere auoit laissé perdre, par sa faineantise, & que son frere n'auoit osé poursuyure, n'ayant le cœur propre pour la guerre, ny l'ame prompte que pour demeurer en repos. Il communique cecy à son frere Olaue, qui estoit vn fort mauuais garson, ainsi que depuis il luy feit cognoistre, lequel le trouuant fort bon, luy conseilla d'en faire ouuerture à la noblesse, toutesfois il couuoit vne grãde trahison sous ceste feinte humilité, & machinoit la ruine de son frere & seigneur, auec la iustice de ceste entreprise. Le Roy enhardy, pour auoir vn frere si prompt à son seruice, declaira ses desseins à la noblesse, la pria de se-

Olaue Prĩce cauteleux.

cours, & luy promist recognoissance: à quoy tous s'offrirēt autant franchement comme le bon Prince se monstroit affectionné à la besoigne. Mais Olaue que le Roy pensoit auoir pour compaignon en ce voyage, & auquel il se fioit autant que la charité fraternelle luy commandoit de le respecter, enuieux de la grandeur de de son souuerain, commença à tramer vne trahison detestable contre le Roy: lequel bien que ce doubtast du galant, si ne vouloit il le donner à cognoistre, afin qu'il ne semblast se craindre temerairement de son frere, & qu'au soupçon de quelque tromperie il voulut faire esgal iugement de son sang mesme, comme d'vn aduersaire & mortel ennemy. L'autre qui estoit cauteleux sur la mesme finesse, s'aduisa des desseins royaux: à ceste cause cachant subtilement ses desirs d'enuahir le Royaume par quel moyen que ce peut estre, afin de mieux tromper le Roy, le confortoit à poursuiure ce voyage, le poussant à leuer armée, & se fournir des deniers: & faisoit cecy, non qu'il esperast que kanut paruinst iamais à la conqueste d'vn si puissant Royaume, & où les Roys auoient si bien foudé, &

Trahison du bastard Olaue.

estably leur throsne, mais se faisant fort que les Danoys se mutineroient, voyans la difficulté de l'entreprise, & prendroiét le Roy en haine & contrecœur insupportable: & ainsi le paillard sans respecter celle grande amitié que son frere luy portoit, il le recompensoit auec vn complot plein de tromperie & couuert de sang, & cauteleuse ruine. Et cognoissant bien que les grãds ne l'aymoiét guere à cause de la seuerité des loix anciennes qu'il auoit remises sus, & de l'integrité de iustice qui le faisoit admirable à tous ses voisins, il tascha de gaigner des hommes pour se preualoir cõtre son seigneur en ce qu'il auoit deliberé de faire, car seul il voyoit que iamais il ne paruiẽdroit à bout de sa pretente. Ainsi il commença à faire des assemblées, & monopoles clandestins pour bastir la coniuration, soubs le pretexte d'assembler forces pour le secours du Roy, & afin de faire le voyage entrepris par sa maiesté: à cecy ne luy manqua moyen, veu que la noblesse qui estoit malcontente du Roy, pour auoir esté chastiée par la loy, & la violence desquels le Roy auoit reprimée, ne se feit guere

Les grans conspirent contre Kanut.

tirer l'oreille à condescendre aux complots du Prince conspirateur, se declairãs compaignõs de sa trahison, & les meurtriers desseignez & iurez de la vie Royalle. A ceste cause tous s'arment, on ne veit iamais telle allegresse, en equipant quelque voyage, que celle des Danois, s'apprestans pour ruser leur Prince, lequel (comme il estoit bon sans dissimulation ou malice) pensoit que ceste gaillardise procedoit plus de desir d'acquerir honneur & gloire, que de meschanceté, & conspiration: ayant commandé de marcher, son armée s'en veint sur le destroit le plus proche, pour passer en l'estendue de l'Occean, prenant la route du Ponãt, pour s'en aller en Angleterre. C'est là que Kanut attẽdoit les forces de son frere bastard, mais il auoit beau l'attendre veu le peu de desir que Olaue auoit de le suyure, si bien que les soldats se faschans de tant muser, se refroidissoient fort de leur premiere fureur, & la noblesse ne prenãt pour argent contant vne despence tant vaine, & sans prouffit, preparoit son chemin au retour, ayant Kanut grand peine à les contenter, & leur proposer la venue retardée de son frere, lequel escriuant

uant au Roy les causes de son retardemēt, ne tēdoit qu'à trōper son Prince, ou bien gaigner vn de ces deux poincts, ou que Kanut s'en allant (sans luy) faire son voyage, il eût le moyen en son absence de se faire Roy, & le priuer de la couronne, ou que le voyage ainsi retardé, la noblesse ne se mutinast, & les soldats ne se retirassēt, laissans le Roy sans force quelconque, & qu'ainsi mesprisé il ne tombast en peril d'estre chassé de son throsne. D'vn costé il auint tout ainsi qu'il l'auoit dessiné, car l'armée se rompant, la plus part de sa gendarmerie se retira en sa maison, le Roy s'en retenāt vne trouppe, comme celuy qui ayant veu les delais peu raisonnables du bastard, se doubta, & cogneut pour certain qu'elles estoiēt les menées du galant, & à quoy tendoient ses complots & machinations. Ainsi cōmandant à l'armée d'attendre, il choisit quelque bandes des plus gaillardes, auec lesquelles il se rua au païs de son frere, qui n'eust rien moins pensé que ceste tant soudaine armée & surprinse de Kanut, lequel estimoit estre encore au port, se curant la dent, & resuant sur le delay de ses forces. Olaue fut plustost

Le Roy delaisse de la plus part des siens.

Ruse de Kanut pour se vēger d'Olaue.

Olaue pris saisi, & fait prisõnier qu'il n'eust le moyẽ de ce mettre en defense, & veit plustost son frere dans son Palais, qu'il n'eust le temps de mander ses cõplices, & se fortifier des aydes de ceux, qui auoient conspiré auec luy. Grande sagesse de Prince, qui sans esclercir les secrets de son ame, de paour qu'on n'aduertist le coniurateur, conduit vne armée en lieu que le moins elle eut esperé, & s'ayda pour l'exploir de sa iustice, de ceux mesme q (peut estre) si Olaue eut eu forces, n'eussent fait aucun deuoir pour le seruice de leur Prince. Pleust à Dieu q̃ les nostres, qui ne cedẽt en riẽ en sagesse, ny iustice à kanut, eusseut esté aussi rusez ou egaux en seuerité à ce Roy à l'endroit des cõspirateurs, lors qui bastissoient le fondement de l'edifice sanglant de ces troubles: ie suis asseuré que la memoire en seroit des-ia assoupie, & nous hors des defiances que les difficultez des affaires engendrent en l'esprit de ceux, qui ayment le salut & du Roy, & de leur patrie, & sans, pour l'aduenir, craindre le peril de rencheute, estãt la cause du mal ostée des entrailles de la republique Françoise. Mais quoy! Dieu ne voulant que noz aises causent plus grande corruption de mœurs en nous, a permis que ces fleaux de nostre desbauche ayent eschappé le glaiue de la iustice, afin qu'ils soient les ministres de la végeance de Dieu sur noz iniquitez & insolences : ainsi que iadis il suscita Hasaël Syrien pour punir les pechez, & abhominations des Roys, & peuple Israëlite. Vn cas admiré-ie en ceste histoire Danoise, qui est la grande reuerence que les Danois portoient à la race Royale : car apres que Olaue fut pris, accusé & conuaincu de periure, trahison, & felonnie, n'ayant le moyen de mettre rien en auant pour sa iustification, ce qui eust esté au Roy tres-agreable, comme estant marry du malheur de son frere: comme le Roy commandast aux soldats de le tirer, & luy mettre les fers aux iambes, il ne s'en trouua pas vn, qui voulust de tãt s'oublier, que de mettre la main auec telle indignité sur la race royale, disans qu'ils aimeroiét mieux le tuer, que luy faire vn si grãd deshonneur, q̃ de lier vn Prince fils de leur Roy, & frere de leur seigneur souuerain, estimans plus

4. des Rois 1.

Respect du sang Royal par les Danois.

ſupportable la mort, cõme eſtant vn malheur commun à tous les hommes, que non pas la miſere d'vne priſon, digne de ceux qui ſont eſclaues de leur cõdition. Mais ce que les ſoldatz iuſtement conſcientieux refuſeient de faire, Henry frere du Roy, ne refuſa d'executer, ayant plus d'eſgard à l'equité du commandement royal, que au ſang de ſon frere, ſ'eſtant oublié ſi lourdement: auquel il diſoit, ne failloit point pardonner, puis que en l'eſpandant on oſtoit la tache de vice d'vne race, ſouillée par l'opinion de telle ſouillure que la felonnie. Ah! ou eſt la cõſcience de ceux du temps preſent, qui cõſpirent cõtre la vie, & ſalut de leurs Roys & Princes? Oſeroient-ils ſ'eſgaler à ces Barbares, qui n'oſoient mettre la main ſur celuy meſme qui eſtoit indigne de ſa ueur, quoy que du ſang Royal, & aymerent mieux veoir vn Prince chaſtié, & lié par la main de ſon ſemblable, à qui le droict appartenoit, que non pas ſattribuer vn cas, qui tournant à exemple, les euſt faict à l'aduenir plus hardis à ſattaquer à ceux, deſquels la vie doit eſtre de tous, & reſpectée & cõſeruée: Cecy deuſt

Henry lie ſon frere Olaue.

faire creuer de honte les sedicieux, lesquels ne sçauroient se lauer qu'ils ne poursuyuēt la vie du Roy, puis qu'ils l'attaquēt auec telle cruauté, & qu'ils s'acharnent ainsi cruellement sur ses subiets & ministres. kanut condemna Olaue à bannissement perpetuel, & le faisant mettre lié & garotté dans vn nauire, il le cōfina en Flandres, ou il pria le Comte de le tenir soubz bonne & estroicte garde, comme celuy qui meritant la mort, n'estoit digne de familiarité, ny grace quelconque. Mais ce bon Roy ayant osté le chef de la conspiration, ne peut desraciner le tronc de la mutinerie grauée au cœur des plus grās, lesquels nō asseurez de la prinse d'Olaue, feirent si bien que la multitude s'en alla du camp sans congé, sans qu'on sçeust tirer qui estoit l'auteur de ceste si vilaine & traistresse retraite: veu qu'il falloit que quiconque en eust esté trouué auteur, fust banny à iamais, & ses biens confisquez, ou bien qu'il perdist la teste, selon la loy ancienne du pays: ainsi les mutins trouuerent les moyens de retirer l'armée au grand desplaisir du Roy & cōtentement des Anglois, sans qu'on sçeust l'auteur, afin qu'vn vice public con

Olaue bāny en Flādres.

Loy de Dannemarch cōtre les auteurs de defection.

uniſt la faute priuée, de ceux qui ne cerchoient que l'occaſion de ſe venger du Roy, & de la ſeuerité de ſes ordõnances: mais eſtans aduertis du deſaſtre de leur chef Olaue, & cõme le Roy l'auoit chaſſé du royaume, eſtonnez au poſsible, ſe retirerent, diſsimulans leur maltalant, & ſouz le fard d'vn beau viſage, couuroient vne trahiſon que depuis ils executerent: & entendez l'occaſion, & pourquoy, & d'ou proceda la cauſe. Kanut ſe ſentant offencé tout outre de la retraicte non attenduë de ſon armée, aſſembla les eſtats, en deliberation de ſe preualoir, pour l'aduenir, contre l'inſolence & rebellion, tant du peuple que de la nobleſſe, & ce auec leurs meſmes forces, & ſecouru finement de leurs richeſſes: & ainſi eſtans les eſtats aſſemblez pour ouyr la volonté de leur Prince & Seigneur, il leur diſcourut en peu de paroles ſon aduis, vſant de ceſte harangue.

Eſtats aſſemblez par le Roy Kanut.

Harangue du Roy Kanut aux eſtats de Dannemarch.

IL ne fut iamais (Seigneurs) que le deſordre & confuſion ne cauſaſt de gra malheurs en toute la Republique, ou les membres veulent s'esgaler à la dignité, & preéminence de la teste, & ou les petits osent bien attenter ce qui est du deuoir & charge des grands, & gouuerneurs de l'estat & salut de la Republique. Et c'est pourquoy nos predecesseurs ont fort attribué de force à la discipline militaire, laquelle on a maintenuë, tandis que les petits ont obey aux plus grands chefs, & que les soldats n'ont osé s'emanciper de l'obeissance de leurs Capitaines. Ie n'ignore point que l'authorité royale est, ayant apuy & fondement sur les suffrages, & volonté d'vn peuple apellant, & choisissant vn Roy pour luy commander, & ne doubte que le renom & gloire des Princes, illustrez par leurs conquestes, n'aye prins pied plus par la loyauté des soldats qu'en autre maniere, quelle que ce soit, & sçay & que les vns & les autres n'ont effort, appuy, ny stabilité quelconque, si ce n'est par le secours du peuple. Mais puis qu'il est ainsi que vous, qui choisissez les Roys, qui creez les Princes, & vous eslisez des gouuerneurs, vsez de ceste discretion, & ordre naturel de poser vn chef & membre.

principal en vn chacun corps : c'est raison aussi qu'obeissant au chef, vous soyez subiets à la loy, laquelle conserne le salut, soustien, vie, & establissement, & du chef & des membres tout ensemble. Car dequoy sert le Roy en vn païs s'il n'est obey de ses subiets, & si chacun se dispése de la loy tout à son aise, & suyuant les folles diuersitez de sa fantasie? A quel profit tourne vn colonnel en vne armée, si le soldat mesprise son ordonnance, & ne veut marcher en son ranc, & suyure l'enseigne de son capitaine? Qu'a lon affaire de iuges ny Magistrats, si chacun saisissant le bien de son prochain, viole la loy, & ne se soucie de l'vnion qui lie en vne saincte societé les citoyens d'vn païs & d'vne ville? Ie voy que la maiesté des Roys est auilie, pour auoir esté trop douce en la punition des delinquans, & que l'audace s'est inuestie de la confusion aux ordres de l'estat, à cause de la conniuence des Princes : tellement que l'oisiueté gaignant le dessus, le peuple s'est de telle sorte annonchaly, que le bien-faire luy est du tout à contre-cœur, & la faineantise est ce que plus il empoigne, & embrasse. Ie ne pretens, appuyé du droit, lequel vous mesme auez basty, & estant Roy, sacré & appellé à la succession par voz suffrages, & souuerain choisy pour la conseruation de la loy, & maintenement de l'equité & iustice, ie ne pretens, dis-ie, m'ancantir iusqu'à là, que de violer la seuerité des ordonnances anciennes, ny souffrir que les transgresseurs s'en aillent sans sentir honnestement, non la rigueur extreme de la loy, mais bien la punition deuë entant que le souuerain estably sus le peuple, le peut modifier par sa sentence, & debonnaire courtoisie. Vous sçauez quel crime vous auez commis dernierement, & quelle grande & seuere punition vous meritez, ayans laissé vostre Roy, assailly de mille perils, ayant les traistres en sa maison, & luy rauissant sa gloire, & à vous mesme le droict pretendu en Angleterre, duquel ie ne querelle pas tant la couronne, que vous les terres, desquelles eussiez esté possesseurs, si la folie d'aucuns n'eust empesché la vertu des autres. Les Romains, qui iadis ont esté les vrais & seuls patrons de vertu, & equité en leur police, tant ciuile que militaire, s'il aduenoit quelque desordre en vn camp, si la discipline de la guerre estoit par quelques legions enfrainte, ils y pouruoyoient en dismant les bandes, & faisant mourir le dixiesme de chacun escadron: ia Dieu ne plaise que Kanut marche auec telle seuerité (quoy qu'elle soit equitable) qui veux condoner quelque chose au peuple, lequel ie sçay auoir esté suborné par des hommes plus grands, & malins que ne peut, & sçait estre la multitude. Ie suis content de m'abstenir du sang commun, ne sçachant qui est le particulier perturbateur de la gloire du Roy de Dannemarch, & de l'auancement de son peuple. Car si tel estoit paruenu à ma cognoissance, Dieu est tesmoing de mon cœur, si ie ne luy faisois porter la penitence du peché de toute la multitude, les Chefs de laquelle ie condemne à deux cens mil francs, pour le rachapt de leur teste, & sauuer leur vie de la condemnation rigoureuse de la loy: & chacun des nauires payera mil cinq cens liures païables tout soudain, & contribuables, pour le payement & soulde de la gendarmerie, que ie pretens leuer pour la tenir ordinaire, afin que les Roys apres nous s'en puissent seruir à tous propos, & sans plus s'assuiettir à la fantasie, & volage volonté du peuple, plus leger & instable que les flots de la mer n'ont de mobilité & inconstance. Aussi vous voyez qu'ayant vne armée tousiours preste, le soldat sera aguerry, le Noble prest à se defendre, & le Roy deliuré du soucy de vous contraindre à prendre les armes, sinon en quelque grande necessité, & le pris hors du danger des ennemis, qui penseront trois fois à nous assaillir, sçachans les moyens que nous auons à les attendre, & les forces prestes pour les repousser & deffaire. Que si ceste somme vous semble par trop grande, & qu'vne rente perpetuelle vous soit plus supportable, ie suis bien content de la vous quitter, pourueu qu'en lieu de cela, vous payez aux Ecclesiastiques les decimes qui leur sont deuës de toute antiquité, & lesquelles la loy de Dieu veut & commande qu'on leur donne. Regardez de quelle affection ie marche, & quel zele me conduit, aduisez si ie suis tyran, ny exacteur, si i'ayme vostre ruine, & si ie me plais à vous fouler ny oppresser, vous auez merité la mort, aucun ne le sçauroit nier, voz biens me sont confisquez par l'ordonnance de la loy : & toutesfois ie quitte mon droit, i'adoucis la seuerité des edits & ordonnances, & vous inuestis de vos patrimoines : seulement vous proposant l'amende que Dieu requiert de vous tous, & vous y a trestous assuiettis, laquelle vous luy rendrez, en la payant à ses ministres, satisfaisans par ce moyen, & à mon vouloir, & à vostre deuoir, & achetant vos testes de la fureur d'vn Roy iustement courroucé contre vous, & qui, de vous mesmes, à vous demande vengeance de l'iniure qu'il a receuë de vous. Pensez lequel vous voulez choisir des deux, afin que selon vostre responce ie me gouuerne, & prenne conseil sur ce que i'auray à faire enuers vous, soit pour vostre allegeance, ou pour la punition de ceux qui seront retifs à amẽder la faute commise, en laissant si desloyaument ma compagnie. Le Roy sage voyoit bien que ce peuple estoit peu deuotieux, & que le clergé n'estant renté & fondé, à peine se pourroit preualoir parmy ceste nation descourtoise, taschoit d'appuyer les moyens de luy asseurer la vie à iamais : car si les Danois eussent accordé les dismes, il leur eust fait faire ser-

Bõne affection du Roy Kanut.

ment de ne mãquer onc à la satisfaction: estant asseuré que pour mourir, les successeurs n'eussent violé la foy iurée par leur ancestres. Auec ce il se faisoit fort de tirer plustost secours, & deniers du clergé, que du reste de ses suiets, tãt pour auoir obligé les Ecclesiastiques à sa liberalité, que pour la naturelle liaison qu'il y a entre la dignité sacerdotale, auec la grandeur & autorité royale. Le peuple d'autrepart, quoy qu'au commencement n'oyãt parler que de l'amende, vne fois payable, cõsentit de s'y accorder, demeura tout estõné, oyant mettre en ieu les dismes, à ceste cause demandans licence au Roy de prẽdre aduis sur ce qu'ils auoient à respondre à sa maiesté: se retirerent à part pour deliberer s'il falloit point obeir aux conditions par le Roy proposées, veu les difficultez, tant de l'vn que de l'autre: entant qu'en payant la somme mise en l'amende, plusieurs en seroient reduis à vne misere & pauureté fort extreme, & en payãt ceste annuelle pension des dismes, ce seroit asseruir à iamais leurs enfans, & successeurs à vne perpetuelle seruitude. Se voyans en ces angoisses, & comme enuelopez dans vn laberinthe duquel il ne se peussent en sorte aucune despestrer, ils choisirēt de plustost satisfaire à vne somme certaine & presente, que s'astraindre à vne obligation qui fust de si long trait, que de s'estendre sur la posterité, & lequel chois fut l'occasion de la ruine du pauure Roy kanut. Car aimans mieux se rendre miserables, qu'assuiettir leurs enfans à vne punition non par eux meritée, & qui fut tesmoing de leur peruersité, desirās de racheter leur salut, & effacer leur crime, & oster la condemnation de leur grand deshonneur de dessus leurs testes, ils s'efforcent de payer plustost iusques à vne fois vne grand somme, que de se rēdre tellement suiects, & perdre à iamais tous leur grāde liberté: ayās du tout opinion que le payement de tous leurs fruits & gerbes, fait tous les ans au Prestre, seroit plustost le signe de leur perte & infamie, que la satisfaction de noz ames pour le respect & saincteté de tous chefs de la religion. Le Roy voyant donc sa sottise, & ensemble l'erreur & la malice du peuple, & combien peruersement il l'auoit esleu ce qui estoit le pire & insupportable, faignant de vouloir faire leuer & amasser les deniers offerts à payer par

Les Danois refusent de payer dismes au clergé.

les estats, il se retira és parties Septentrionales de Iutie, auec intention de moyenner la loy des disines, ayant tousiours ceste saincte pensée de donner à l'Eglise son droit, & faire que le clergé auroit dequoy se substérer, sans faire aucune marchandise de ce qui est sainct & gratuit pour l'vsage des Chrestiens. Faignant donc de faire leuer les deniers accordez, il commist deux thresoriers pour la leuée de telle pension, auec charge de s'enquerir des biens de ceux qui estoient cōdemnez à l'amende, imposans à chacun selon la iuste estimation de ses richesses, ausquelles il defendit qu'ils ne touchassent en maniere quelconque. Or les thresoriers se gouuernans plus cruellement que ne portoit leur commission, & plus auant que la volonté du Roy ne s'estendoit, tourmentioent le miserable peuple auec l'insolence & violence cruelle de leurs exactions. Chose assez vulgaire & assez vsitée par telle maniere de gens, qui pensans faire quelque seruice remarquable à vn prince, luy dressent bien souuent des pieges, desquels ils ne se desenueloppent pas toutes les fois qu'il leur vient à souhait. Et de cecy me face foy

Thresoriers souuent cause des rebellions.

ceste esmotion du païs de Guienne, pour le droit de la gabelle, car le peuple ne se mutina onc tant pour le respect de l'imposition, qu'ayant esgard aux insolences de ces tyrans, qui pillans les petits, osoiēt encore se couurir de la iustice des imposts, que iustement les suiets doiuent au souuerain. Lisez Iosephe, & verrez que les exactions des thresoriers Romains esmeurēnt autant les Iuifs à sedition, que les Aigles posées sur les portes du temple, par la grande arrogāce & orgueil du gouuerneur, veu que Feste les mal traittant, causa vne grande mutinerie & fascherie: ainsi souz le commandement de Kanut, ces deux thresoriers faisans mille extorsions, donnerent occasion aux ennemis du Roy de calomnier le prince, & l'accuser de tyrannie deuant ses suiets. Ne vous estonnez de cecy, vous qui lisez ceste histoire, car de nostre temps nous auons veu de pareils boute-feuz en France, taschans d'esmouuoir le peuple, souz ce voile du soing du bien public, & accusoient ceux qui auoient tout le maniemēt des affaires, pour souz ceste couuerture & faintise, faire voye à gaigner tout le peuple, & s'en aider cōtre le Roy,

Tumultes en Guiēne par l'insolence des Thresoriers.

&

& tout son conseil. Mais les François ont esté plus sages que ne furent lors les Danois, & mesurans la meschanceté & calomnie des mutins, auec la iustice & integrité des seigneurs du grand Conseil, ils cogneurent que le Roy s'aidoit de tout ces moyens pour se preualoir contre celuy qui le vouloit dessaisir de sa couronne, & tiroit force argent de tout le peuple, pour empescher que par iceluy le peuple ne seruist de proye aux voleurs, & brigans du Caluinisme. kanut dõc esloigné de tous les lieux ou se faisoit ceste leuée, les ennemis Royaux commettoient peché mortel en ce qui n'auoit que l'ombre d'vne bien legiere faute, & accusans la sagesse du Roy, qui vouloit souldoyer des hommes, irriterent tellement le peuple, qu'il se ietta furieusemẽt sur les thresoriers, & massacra ceux qui auoient la charge de leuer ce que le païs auoit gratuitement accordé à son prince : & non contens ces Barbares de ce meurtre, ils s'enhardirent encore de poursuyure hardiment & brutalement celuy à qui ils deuoient tout deuoir, secours, honneur & reuerence. Le Roy qui voyoit combien est furieuse & sans raison, la furie d'vn

Le peuple occist les Thresoriers de Kanut.

peuple, se delibera de fuir les premiers mouuemens de ceste rage, esperant que le feu s'estāt vn peu refroidy, il viendroit à bout de ses suiets, & appaiseroit biē aisement ce tumulte. Par ainsi il se retira à Slesuic auec sa femme & tous ses enfans, à laquelle il commanda que si le malheur vouloit que ceste sedition print plus lōg cours, & que le feu s'estendist iusques à là, que le peuple le poursuiuist pour luy faire outrage, qu'elle montast sur mer, & se sauuast en Flandres vers ses parens & amis: car quant à luy, il auoit deliberé de plustost mourir que de sortir dehors de son païs, pour donner argument à ses ennemis de ne l'estimer autre que prince de hault cœur, & qui ne pouuoit estre vaincu de la fortune. Or ne voyoit il pas rien d'asseuré s'il laissoit l'heritier du Royaume entre les mains sanglantes du mutin & traistre sanguinaire: & moins le vouloit-il fier souz la charge d'aucun de ses domestiques. Or les plus ardens d'entre tous ceux qui le poursuiuoient, & les plus aigres à pourchasser sa mort, estoient les Vvandales, lesquels ne voyoient autre espoir de leur salut & liberté que les armes, & ne pensoiēt iamais pouuoir eschapper

Hault cœur du Roy Kanut.

de mort & ruine, si le Roy kanut demeuroit en vie, auec plusieurs opprobres, de la suite duquel ils se mocquoient, & luy disoient aussi mille iniures, comme si desia ils eussent estimé tout tenir souz leur puissance. Voila que c'est que de l'insolēce d'vn peuple, & combien vn grād prince & seigneur s'y doit fier, s'il voit que la fortune luy tourne le visage: car kanut qui estoit homme au parauant estimé & honoré de ses suiets, & reueré de tous les grās de la noblesse, se voit à present poursuiuy pour le faire mourir, & en si grandes angoisses, que voyant son secours luy faillir, & qu'il estoit impossible, veu la difficulté & peu d'espace de temps de faire nouuelle leuée de gendarmerie, il fut cōtraint de s'en fuir en vne isle nommée Fionie, pour y estre plus en asseurance, attendant que les siens se meissent en quelque deuoir de le secourir, mais ce fut là que le pauure Roy fina malheureusemēt ses iours, & donna signifiance de sa sainctetė par la constance de sa vertu & religion, en gettant hors les derniers souspirs de sa vie. Car les Iutiens & Vuandales, prindrent de ceste fuite, vne audace plus enragée, & le desir de voler & sac-

Inconstāce & desloyauté d'vn peuple.

Fionie isle pres de Dannemarch.

Le desespoir guide le peuple à occir son Roy.

tager le tout auec plus de liberté, causa vn orage horrible & espouuentable qui accable le bon & sainct prince : d'autant que le peuple ne voulant se desister de son entreprise, esmeu de desespoir, & sçachant le cœur du Roy si hault & genereux, qu'il ne laisseroit passer vn si grand & enorme forfait impuny, veu ce qu'il auoit fait contre Olaue, coniurant contre son salut & couronne, craignant la punition auant que sçauoir la volonté du prince, il se delibera de continuer en son vice, & de mettre fin à celuy pour lequel il viuoit en tel élancement, & crainte de sa ruine. Et auoient bien ceste consideration que Kanut, ayant desia esté offencé par deux fois en la reuolte de ce peuple, ne se fieroit plus en eux, & les brideroit d'vne estrange façon, pour se faire obeir au temps aduenir: ainsi ils aimoiét mieux (esguillonnez de rage & desespoir) d'occir leur Roy comme ennemy, que de le sentir & experimenter comme iuste punisseur, & equitable vengeur de leur trahison & felonnie. Ceux qui encore estoient abreuuez, & des furies & conspirations du tyran Olaue, non contens d'auoir chassé le Roy de son Royaume, &

contrainte la Royne de fuir auec ses enfans, à garant en Flandres, delibererent encores d'expulser de Froine, & isle voisine, le sainct prince kanut. Lequel aduerty de la deliberation maligne de ses suiets, & sçachant que c'estoient les grans du Royaume qui luy dressoient ceste escarmouche, ne voulut les attendre, ains se preparoit de passer en Sialandie autre isle de la mer Gothique, accompagné d'vn seigneur sien priué & domestique, & auquel il se fioit sur tout autre: mais le meschant qui hayoit comme vn Iudas, celuy qui luy portoit toute bonne affection, faignant d'estre soigneux du salut de son Roy, luy conseilla de ne s'en fuir point, plustost se deuoit fortifier dans vne ville voisine, qu'à l'imitation d'vne femme sans cœur, cercher les cachettes pour se retirer, & se monstrer tout autre que sa vie passée ne l'auoit point declaré, qui auoit porté le nõ d'vn des plus constãs & plus courageux princes de son aage. Ah! Blaccon (dit le Roy) car ainsi s'appelloit le traistre, ce n'est pas vn auilissement de cœur qui me fait ainsi couiller, & la coüardise qui me contraint de fuir de la presence de mes suiets: veu

Sialandie isle de la mer Gothique.

Trahison de Blaccõ contre son Roy.

que iamais la mort ne me donna encor aucun effroy ny espouuentement quelconque : mais le desdain que i'ay de voir vn peuple mutiné, par la subornation de ceux qui deussent appaiser ceste furie, me fait euiter de les regarder, & me sentant tel que si ie leur parle, ie ne pourray me contenir d'vser de la grande grauité deuë à vn homme de mon calibre, & des paroles dignes d'vn Roy à l'endroit de ceux qui en lieu d'obeissance luy rendent le seruice execrable d'vne grande trahison. Si ie leur parle ainsi, c'est sans doute que ie seray cause qu'ils vseront de quelque indignité enuers moy, & leur donneray vn argument de se soüiller, & en leurs meschans desseins, & en l'effect de leur entreprise. C'est pourquoy ie voudroy m'absenter pour vn temps, iusques à tant que ceste ardeur eust senty quelque refroidissement, & que le peuple s'estant retiré, ie peusse en iouyr auec ma douceur accoustumée, prenant Dieu à tesmoing que iamais mon intention ne fut de rien attenter sur mes suiects, que pour le seruice de Dieu & auancement de son Eglise. Non non, Sire, (respond le traistre) ne vous esmouuez tant soit peu pour ceste crainte, i'iray parler à l'assemblée, & sonderay si bien le gué, que auant que ie sorte d'auec eux, ie sçauray ce qu'ils ont sur le cœur, & tascheray par tout moyen d'appaiser le courroux de toute la multitude, vers laquelle ie pense auoir quelque credit, & m'asseure d'y estre le bien venu, & que ie seray ouy autant bien ou mieux que gentil-homme de ceste Prouince : que si ie ne puis rien obtenir pour l'accord, & pour l'asseurance de vostre maiesté, ie vous aduertiray assez à temps, pour auoir le loisir de vous retirer, soit en Sialandie, ou ailleurs, pour y attendre nouueaux moyens de faire la guerre contre ces rebelles. Kanut qui iamais n'eust eu defiance de cest homme, condescendit à son conseil, quoy que le cœur luy presageast quelque cas de malheureux, ainsi que nature à engraué ne sçay quoy de diuination non seulement en l'homme ains encor és animaux, lesquels ont des sentimens de la mort auant qu'ils se la voyent presente. Le detestable Blaccõ, estãt auec le peuple, cogneut lors qu'il ny faisoit guere bon pour le Roy, à cause que les grans allumoient le feu de plus en mieux, & qu'il ne gaigneroit rien

Harangue desloyale de Blaccon.

de faindre la deffence de celuy, duquel meschamment il cerchoit la ruine: à ceste cause il aiousta encor de l'amorce, & mit plus de matiere à l'embrasement, vsant de telles, ou semblables paroles. C'est en grandes choses (Messieurs) que les tyrans se font cognoistre pour cruelz depopulateurs des Prouinces, & rauisseurs iniques des fortunes du peuple: mais vn seul iour peut suffire pour accabler ceste arrogance, & aneantir, & la vie, & l'estat de celuy, qui se pensoit comme vn petit Dieu en terre, d'autant qu'il ny à felicité qui soit tousiours semblable en la vie de l'hôme: veu que tout ainsi que d'vne seule racine d'arbre sortent plusieurs branches & rameaux, & en iceux sont produits les fruitz diuers en bonté, & perfection l'vn de l'autre: ainsi les biens naissent en l'homme accompaignez de la malice, & le malheur guide ordinairement la fortune du meschant, & la suyt pas à pas, iusqu'a tant qu'il l'aye du tout accablée. Ie dis cecy pour ce saint & debõnaire Prince Ganut, lequel se fiant par trop en ses succez, n'a fait conscience de vouloir ruiner l'estat de nostre ancienne liberté, & à plus fait de compte de ie ne sçay quelle maniere de gens, accoustumée à viure sans rien faire, que de nous, qu'il deuoit respecter, & cherir, & apuyer sa felicité sur le bonheur & richesses de ceux, qu'a tort il à voulu despouïller, & d'vn peu de faulte desquels il se vouloit venger auec vne amende trop preiudiciable. Or la fortune nous à si bien fauorisez, & mon heur à tellemẽt guidé mon dessein, que le tyran s'est du tout fié en moy, & à laissé les desirs de fuyr plus outre, qui l'ay asseuré de vous apaiser, & promis de vous rendre ses plus grands amis, & affectionnez à luy faire seruice: car par autre moyẽ ne l'eusse-ie sçeu gaigner, veu ses ruses & defiances, & que ie pense que la conscience de sa tyrannie le bourrelant, il n'a repos quelcõque en son ame, ainsi qu'est l'ordinaire de tout hõme ayant puissance, & qui abuse de sa grandeur. Ce n'est maintenãt qu'il faut estre paresseux & retifz à executer les desseins de vostre deliurance: voicy l'auteur de voz desastres, qui vous est mis en main, voicy le fugitif, qui ne sçauroit vous eschaper si vous voulez le poursuyure & attraper tãdis qu'il s'amuse sur l'attente de ma responce, laquelle ie luy feray toute propre à voz deliberations. Ce n'est maintenant qu'il faut estre si consciencieux, & tant respecter le nõ de seigneur, & de souuerain: veu que ce n'est vn Roy iuste, contre lequel vous marchez, ny vn Prince equitable, à qui vous liurez à present la guerre, ains c'est vn tyran, & oppresseur de vous, de voz enfans, & familles, & celuy qui vous faict les serfs de son arrogance. Aussi n'est il raison de baptiser du nom de faulte, & meschanceté, ce qu'vn iuste deuoir de maintenir l'honneur, nous faict executer: & estans les tuteurs de la patrie & conseruateurs des loix, priuileges, & immunitez du peuple, les deffenseurs de sa liberté, ne faut estimer qu'vn massacre fait sur vn tyran, puisse estre reputé parricide: veu que le Roy qui tyrannise les siens, n'est plus le pere ny pasteur du peuple, ains plustost le bourreau & voleur de ses biens & fortunes, & ne faut dire que cest acte soit vn crime & forfaict particulier, puis qu'il y va de la liberté publique, & par celuy on venge les torts & outrages faits à tout vn pays, par celuy que le peuple auoit haucé en honneur pour en tirer appuy & deffense.

Haucé certainement vous l'auiez en la plus grande dignité que les hommes peuuent souhaiter, mais quoy ? Ceste vie estant semblable à vn theatre, ne faut s'estonner si les plus meschans & detestables tiennent le premier rang & cõmandent à tout le monde. Ie n'ay affaire de vous ramenteuoir rien qui soit de l'antiquité sur pareille occurrence, vous suffisant ce me semble l'experience qu'en auez, par la fardée bonté, & courtoisie de ce tyran, lequel tant plus vous laisserez iouïr du benefice de vie, de tant il conceuera plus d'espoir de vous regaigner, & couuera les desirs de hautement se venger à son temps, & en auoir la raison, lors que refroidis & retirez en vos maisons, il vous accablera, sur le poinct que vous penserez estre en seureté, auec voz parens, & sans danger quelcõque. Au reste, vous deuez bien penser que vos essays luy serõt à mesme compte, que si l'effect & execution s'en estoit ensuyuie, & que les entreprinses n'ayans que commencement sont autant malheureuses, comme celles sont replies d'heur & felicité, ausquelles est lié l'effaict & succez, aussi soudain q̃ la chose à esté deliberée. Car si Olaue n'eust tant delayé l'execution de ses cõplots, il ne seroit à present prisonnier en pays estrange, ny vous eussiez senty les brauades de Kanut, lequel si vous eschappe à ceste fois, asseurez vous que tard en viendrez au repentir, & qu'vn iour vous maudirez l'heure d'auoir ainsi laissé escouler l'occasion de bien faire à vostre pays, à vous mesme, & à nostre posterité. Vous voyez la noblesse icy toute preste à vous fauoriser, c'est elle qui vous guide, ce sont les grãs qui vous ont mis le cœur au ventre, & qui se ressentent encore, & se ressentiront de l'outrage que Kanut vous à faict, à tous ensemble, ordonnant vn tribut pour le rachapt de voz testes, tout semblable à celuy qu'impose celuy, qui se faict seigneur par force, de quelque nation & prouince estrangere. Courage, gẽtils Danoys, courage, & ne souffrez que les enfans de Suenon soient si hardis, que de vous brauer, que tout apoinct: n'endurez que ceux la vous talonnẽt les flancs, lesquels ne regnent sur vous que par prieres, & vous leur en dõnans le moyen: & sur tout donnez vous garde que ce Lyon ne vous eschappe, afin qu'estant sorty de vouz filetz, il ne deſchire, auec ſes ongles, la beauté de vos troupeaux, & ſe ſaoule du ſang de tout le peuple. Ceſte ſeditieuſe, & deſloyale harangue, enflamma tellement le cœur de ce maudit, & furieux peuple, que cõme maniacles, tous alloient, transportez de rage, à ſe ruer ſur le Roy, qui meritoit vn plus honneſte traictement, comme eſtant le plus ſainct & vertueux Prince de toutes les parties Septentrionales. Ainſi le meſchant Blaccon, qui eſtoit venu au nom de ſon Roy, pour ſeruir de mediateur, & eſtoit deputé pour capituler la paix, il ce monſtra le trahiſtre & meurtrier de ce bõ Prince, duquel il auoit traiſtreuſemẽt interpreté la volonté. A l'arriuée, le Roy accolle & carreſſe, benit, & charge de dons& riches preſens, celuy, qui luy portoit la nouuelle de ſa mort, ſouz le voile d'vne feinte paix fourrée, & pretexte d'vn accord non traité, ny penſé pour luy meſmes, qui auoit faict l'ambaſſade, aſſeurant Kanut, que le peuple eſtoit bien content d'entendre à tout accord, & de ſe retirer & mettre les armes iuz, pourueu que ſa maieſté & grandeur luy iuraſt impunité, & promiſt d'oublier ceſte faulte, & que iamais il ne pourſuy-

Ruſe de Blaccon pour trõper ſon prince.

uroit aucun, pour l'occasion de ceste reuolte, ioint qu'il quitteroit l'amende, à laquelle il auoit condemnez les chefs & Capitaines de l'armée, destinée pour passer en Angleterre. A quoy le Roy s'accorda & promist de tenir & garder, sans rien enfreindre de ce qu'il iureroit à l'assemblée: pour laquelle chose faire entendre au peuple, il depescha de rechef le mesme messager qui auoit iuré sa defaicte & ruine, lequel n'oublia d'allumer encore plus que iamais les cœurs violens, & assez enragez des barbares, si que la mort du Roy fut iurée, sans qu'il fust loisible à personne de la reuoquer en sorte quelconque. Aprenez, Roys, à vous gaigner des hommes, ayans l'ame si saincte, & la foy & droicture tant en recommandation, que pour chose du monde ils ne s'esgarét en leur fidelité, & ne facent banque route à la loyauté qu'ils vous doiuent: Kanut estoit fort homme de bien, bon iusticier, sage, & preuoyant, sans dol, non en rien tyran, ny exacteur, soigneux du bien public, & amy de la Noblesse, & toutesfois se trouua en sa maison, & vn de ses plus familiers, qui gaigna plus sur le peuple en l'incitant, que tous les autres, & veit

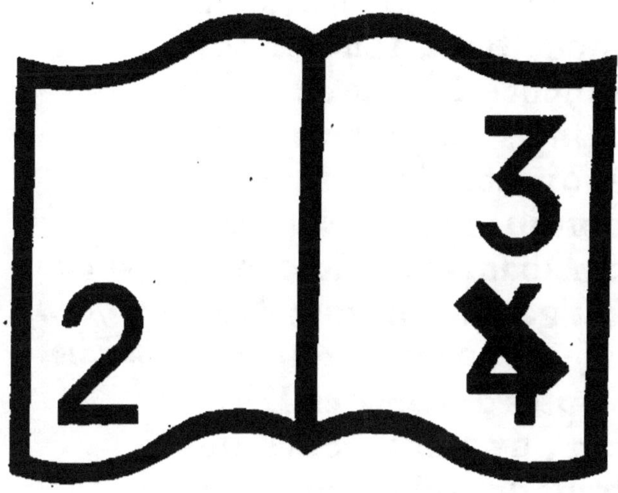

Pagination incorrecte — date incorrecte

NF Z 43-120-12

Saut de pagination
Texte complet

vn sien domestique, luy filet la corde de sa ruine, la ou (peut estre) le Roy eust vaincu auec sa modestie & douçeur accoustumée, l'insolence & furie de ceste multitude. Or tandis que le faux Ambassadeur pratiquoit auec les mutins, le bon Roy estoit ordinairement en priere en l'Eglise sainct Alban, suppliāt le tout puissant le vouloir garantir de tout danger & infortune, donnant exemple à tous grās, d'auoir plus de fiance en Dieu, qu'en aucun effort, ny puissance des humains, & monstrant que celuy qui vaque aux exercices de sainteté, bien qu'il y fine sa vie, ne peut estre que Dieu le delaisse sans salaire, & qu'il souffre que son sang espandu ne soit vangé par le iuste iugement de sa rigueur diuine. Kanut estant en prieres & oraisons, voicy le bruit de l'armée, & la fureur bourdonnante d'vn peuple mutiné, qui donnoit le signe du peu de paix, qu'emportoit vne descente si furieuse en l'Isle, ou le peuple n'eut pas si tost mis le pied sus terre, que sçachant le Roy estre dans l'Eglise, ne le vint assieger, pour mettre fin à sa vie. Les troupes estans à la suitte du

S. Alban Eglise en Sialādie.

Deuotions du Roy Kanut.

Kanut assiegé en l'Eglise.

Roy, plus fideles que celuy en qui le bon Kanut auoit mis sa fiance, voyans ainsi ce peuple se ruer si furieusement sur le logis Royal, se mettent brauement en defense, & ne voulans meilleur marché de ces denrées que le Roy, lequel ils cogneurent estre vendu, taschoient de le sauuer auec le peril & danger de leurs vies: car quoy qu'ils se peussent retirer & garantir, si choisirent ils plustost la mort aupres de leur Prince, qu'vne fuitte hõteuse, auec reproche d'auoir laissé celuy à qui ils estoient redenables, & qui s'estoit fié en leur foy & hardiesse. Les freres du Roy, Henry & Benoist, imitans la vertu de leurs ancestres, se defendans brauement & gaillardemẽt, Henry malgré & en despit des ennemis, se feit faire voye, tenãt l'espée au poing, & se sauua promptement auec quelque troupe, pensant que le Roy deust faire le semblable: mais il s'estoit retiré dedans le temple, ou son autre frere l'accompaigna, pour luy estre esgal en fortune & malheur, ayant eu l'honneur d'estre nourry en sa court, & chery de luy, comme son fils propre. Le peuple voyant le Roy sauué dans l'Eglise, estoit encore si conscientieux, que de n'oser

Fidelité des soldats envers leur Prince.

Henry frere du Roy Kanut.

Le peuple faict conscience d'assaillir l'Eglise.

n'oser violer la sainteté du lieu, consacré à la maiesté de Dieu tout puissant : mais Blaccon non cōtent d'estre le traistre, & desloyal marchant de la vie de son maistre, se mist le premier en deuoir de prophaner le lieu ou les seuls innocens & bons fideles, doiuent auoir seure l'entrée. Ce que voyans quelques soldats royaux, & s'asseurāt de la trahison du detestable Courtisan, luy courent sus, & sans auoir esgard au peril auquel il se lançoient, ilz massacrerent cruellement le chef du parricide, & du sacrilegue commis par ce peuple sans raison : ainsi le traistre fut recompensé de sa desloyauté, & payé de l'irreuerēce qu'il portoit aux saincts lieux, lesquels il souilloit, auec l'effusion du sang innocent & iuste, tant du Roy, que de ses ministres. Benoist Prince genereux, voyant accabler les siens, & craignant la ruyne du Roy son seigneur & frere, estimant que Henry fust desia occis, se rua sur ce peuple, de repoussant de l'entrée du sanctuaire, ou desia le sang ruisseloit entremeslé tant des sacrileges que des loyaux subiets, qui mouroyent gayement, en vaillamment defendant leur Prince, la ou le gentil enfant Royal,

Blaccon occis en forçant le temple.

& tres illustre & vertueux Prince Benoist, fust occis miserablement; non sans le regret de ce qui restoit de la garde du corps & personne du Roy, lesquels soldats ioüās à quitte ou double, & cognoissans qu'il n'y auoit plus de moyen de se defendre si longuement que le Roy peut estre garanty, se iettent parmy la place, faisans tant d'armes que ilz firent reculer toute la multitude, & s'ils eussent esté secondez tant soit peu, on eust cloz les portes, & sauué le Roy en despit de ses aduersaires, mais la vie leur defailloit plustost que le cœur, ilz furent sacrifiez à la grande fureur du peuple, & seruirent de victimes à la rigueur des seditieux, pour l'expiation des pechez des troupes mutines, le chef desquelles, Blaccon, gisoit tout roide, & desfiguré sur le sueil de de la grand porte de l'Eglise, que le premier il auoit forcée. Tandis qu'on combatoit, & dehors, & à l'entrée & pourpris du temple, le bon & sainct Roy Kanut estoit deuant le cœur & deuant le grand autel, les bras estenduz, & les genoulx à terre, priant Dieu auec vne profonde humilité, s'estant des le matin armé du Sacrement de penitence, & fortifié du

Benoist frere du Roy Kanut occis.

Kanut Prince fort religieux.

sainct banquet de celle viande spirituelle, qui nous vnist auec nostre seigneur Iesus Christ, par la communication reelle de son sainct corps & sang precieux, & attendoit le bon Prince l'heure, que le dernier acte de la tragedie fust ioüé sur sa personne. Et quoy qu'il oüist saper & abbattre le mur pour entrer dans le secret & fort du temple, si est-ce qu'il s'asseuroit tant en son Dieu, & en l'innocence de son esprit, en l'occasion pour laquelle il se voyoit poursuiuy, qu'il sébloit souhaitter plustost la mort, que desirer sa deliurance, esperant que ceste sienne souffrance estoit l'asseuré tesmoignage de la gloire, de laquelle iouïroit son ame en l'autre siecle, auec celuy qui luy donnoit la victoire sur ces desirs, & le fortifioit de constance en vn peril si euident. Côme donc ce bon Roy prioit attendant comme vne victime de bonne odeur, le couteau du cruel Tyran, qui le deuoit immoler, voicy vn meschât, qui par vne fenestre, luy darda vn trait de telle roideur, que luy transperçant l'estomach, il feit voler l'esprit hors du corps de ce religieux Prince, auec sa voix derniere q̃ feut telle: Entre tes mains, Sei-

Kanut occis d'vn dard en priant.

gneur, ie pose mõ salut, & y recommande mon ame. Telle fut la fin du sainct Roy Kanut, telle l'issue de sa bonne deliberation, mais heureuse la mort qui luy aporta si grande & souhaittable recompense: car iaçoit que les Danoys, autant enuieux de la gloire de ce Prince apres sa mort, comme ilz auoient hay sa vertu, lors qu'il iouissoit de la clarté de ce monde, s'efforçassent d'obscurcir la memoire de ses faictz, & actes louables, si est ce que Dieu, deuant lequel la mort de tous ses saincts est precieuse, & honorable, le fait d'autãt plus cognoistre qu'õ vouloit le faire oublier, ouurant infinis miracles au tombeau de ce bon Roy, qui doit seruir d'exemple à tous les autres, de n'estre pas si simplement bons, que de laisser viure les seditieux, & se defier de ceux desquels la foy leur est vne fois trop infidele: veu que Kanut estant trop debonnaire, & delayant la punition des mutins, se veit à la fin accablé par leur trahison, & ses enfans priuez de l'heritage qui iustement leur deuoit eschoir, iaçoit que de ses filles, soyent sortis les Roys de Suece, qui depuis ont donné de grans affaires à la race, de ceux mesmes qui despouille-

Miracles faitz au tombeau du Roy Kanut.

Les Roys de Suece sortis des filles du Roy Kanut.

rent le pays de Dannemarch, d'vn si bon & genereux Prince. Olaue luy succeda, lequel payant l'vsure de sa rebellion, & de l'occasion de la mort de son frere, mourut saisy d'vne grande famine, qui assiegeoit tout le pays luy obeissant, auquel fut successeur ce Henry, lequel nous auons dict s'en estre fuy, lors que Kanut fut assiegé en Fionie, lequel repara les forces perduës du royaume, & renouuella, par sa vertu & vaillance, la memoire heureuse de Kanut, duquel il s'efforçoit d'imitter la vie.

FIN DE LA VNZIEME HISTOIRE.

ARGVMENT.

Out ainsi que l'homme est fait et cõposé, en ce qui est du corps, de la matiere grossiere de la terre, aussi ne faut s'estonner si son instinct & imperfection le conduit a iuiter les productions de celle qui est sa mere commune : entant que comme dit quelque poete:

Ouide. La terre nous produit les herbes salutaires.
Elle mesme nourrit celles qui sont contraires:
Et l'ortie poignante on voit croistre & germer,
Pres la fleur doux flairãte, & beauté d'vn rosier.

La prudence de l'hõme en quoy cogneüe.

Car comme la prudence de l'Esprit est cogneue en ce que l'homme sçait choisir ce qui luy est prouffitable, & euiter les choses nuisibles, aussi l'imperfection du sens, & l'accablement de l'Esprit par ceste terrestre façon d'estire est contemplée en ceux, qui n'ont le moien de discerner ce qui peut proufiter, ou porter nuisance. Or dautant plus est sterille vne terre, & moins sent elle ce mestange de ce qui est mauuais, auec les plantes salutaires, aussi voyons nous, que celuy qui n'a que pour le seul soustien de sa vie, qui n'est ny grand ny riche, qui n'a que faire destats ny d'offices, aussi ne voit il ce fascheux meslange d'hommes a sa suite, qui beants apres luy, ne l'ayment que pour eux mesmes, ne le reuerent que pour en tirer, & les aucuns ne l'honorent que pour le despriser. Dautant que ou la richesse manque, l'enuie n'a aucun lieu, les soupçons s'en esloignēt et les calomnies ne le poursuiuēt: ou les grandeurs n'ont place, aussi n'y à il que plaindre, personne ne crie contre celuy qui n'en a point, & en somme le semeur de discorde ne bastist des desseins pour abattre ceste plante au parauant glorieuse.

L'homme pouure vit en asseurance.

Or d'is-ie cecy, à cause, que sil y a homme suiet à produire, comme fait la terre, le venin de soymesme, & se cause sa ruine par sa propre production, ce sont les grandz Princes, qui estāts forcez d'auoir suyte, sont aussi contraints de clorre leurs costez, & d'accōpagner leur vie de ceux mesmes qui n'en desirent que la fin : C'est pourquoy le tiran Denis Sicilien compara la misere d'vn Prince a celuy qui estant en vn banquet delicieux, auoit neantmoins l'Espée nue sur la teste, la pointe de laquelle le menaçoit de si pres qu'il ne falloit que tant soit peu remuer, pour se voir accablé & priué de telles delices, & de la vie tout ensemble. Mais estant cecy vne malediction, & contrepoix pour tenir en bride la grandeur de ceux qui n'ont autre souuerain que Dieu, ny iuge que leur conscience, ie contemple qu'il y a eu des Princes & Roys, qui ont eu la fortune si cõtraire, ou plustost l'election de leur iugemẽt si peruertie, que se faisans des amys ausquelz ils peussent fier & leurs secrets, & leur vie, ç'a esté par ceux la mesme que premierement ils ont esté trahis, & ont senty vne contraire recognoissance à leur desir, de ceux qu'ilz auoyent auancez en estat & grandeur. Ie laisse celuy qui auoit la charge du filz de Ionathas grand amy de Dauid, lequel pour auoir l'heritage de son seigneur, fut si meschant que de l'accuser vers le Roy de trahison & monopole, au temps d'vne sedition dressée contre le bon Roy Iuif. Seulement contemplons quel à esté le grand Roy des Macedoniens, mais bien le Monarque presque de tout le mõ-

Malheur en quoy suit les Princes.

2. des Roys.

de lequel enuironné des forces les plus effroyables de l'vniuers, n'ayant homme qui ne le reuerast, & ne s'estant accompaigné que de ceux ausquels il se fioit plus : si est-ce qu'entre ces amys si loyaux estimez, il se trouua des traistres & conspirateurs, & ne fut iour de sa vie sans assauts & effrois, tellément qu'a la fin son soupçon sortit son plein effect, & fut empoisonné lors que plus il pensoit iouyr de sa gloire. D'ou vint ce malheur à ce grand Roy? de celle mesme comparaison par nous faite auparauant, qui est que les cours des Roys germēt & bons bledz, & fleurs souef flairantes, mais que parmy il y croist des herbes venimeuses, & en ce que celuy qui en fait le choix, lequel laissant ce qui est bon, fait choix de ce qui est le plus nuisible. Or procede ceste peruersité de choix, & alterée election, non du simple naturel, ains encor d'vn desir de bien faire, & vn espoir d'attirer a soy plus d'amys, toutesfois la faulte y estant grande veu que l'amy se cognoit en ce qu'il est veritable, & sans fiction, & qu'il vous accompaigne plustost en l'aduersité, que lors que le vent de fortune vous est en poupe. Si Alexandre le grand entre tant d'amys qu'il auoit, eut respecté les plus loyaux, ne se fut point laissé transporter de colere, n'eut oublié le deuoir d'vn Roy, qui

Voy Quinte Curse & Plutarque en la vie d'Alexandre.

iamais ne doit rien faire que par conseil, & iustice, & n'eut occis ceux qui meritoyent vne meilleure recõpéce, il n'y eust eu si cauteleux, ny hardi amy dissimulé, qui craignant vn traitement semblable, se fut osé hazarder a le faire mourir, ainsi que depuis on feit en Babylone. Regardez moy ce grand Pompée vn des excellẽts & illustres Princes qui iamais mania les affaires de l'estat & Empire de Rome, est il occis par Cesar son annemy, ou autre de sa suite? Non, ains celuy mesme le fait mourir, auquel il auoit sauué la vie, & lequel il auoit surhaucé en dignité, le faisant Roy paisible d'Egypte. Cesar mesme fut massacré cruellement & traistreusement, non par les Enfants de Pompée, qui iustement le pouuoyẽt faire pour vẽger la mort de leur pere, ains par celuy, qu'il auoit nommé son heritier, qu'il aimoyt comme soymesme, & lequel, ainsi qu'on dit, estre son fils, & lequel il auoit auancé durant les guerres des Gaules. Ie laisse vne infinité d'autres exemples sur ce mesme propos, pour vous dire, que bien souuent les grandz se causent ces desastres, par leur faute mesme, entant que imitants ne sçay quoy d'imparfait qui est en nous, ils se plaisent (comme vn estomac desgousté en fait, à l'endroit des viandes) & en changemẽt, & en nouuelletez

Plutarque en la vie de Põpée.

Suetone en la vie de Cesar.

de ſorte que changeants leurs anciens amys, & ſeruiteurs, & ſe ſeruantz de ceux qui leur ſont infidelles, ne fault auſſi s'eſtonner ſi le fruit de telles plãtes les nourrit de ſon venin, & ſi a la fin il les conduit à leur ruine. De cecy ayāt vn exemple remarquable en main, & d'vne grande & illuſtre Princeſſe, auſſi laiſſant tout autre diſcours ie vous en diſcourray l'Hiſtoire au lõg, laquelle eſtãt belle, & notable, merite auſſi d'eſtre leuë, & que chaſcun aprenne le cours tel qu'il aduint, & lequel fut en ceſte maniere.

DISCOVRS DE LA VIE DE L'ILLVSTRE ROYNE IEANNE, I. *du nom, Princesse & Dame du Royaume de Naples, & de la mort miserable d'icelle.*

HISTOIRE DOVZIEME.

LE Royaume de Sicile, qui au cōmencemēt eut le tiltre de Naples, à cause que les Rois se tenoiēt en celle cité, a pris commencement, cōme chacun sçait des Normans: qui se retirans en Italie, & prenās la defence d'icelle, & cōtre les Grecs, & cōtre les Africains, apres les en auoir chassez, prindrēt, auec le païs, nom royal, & feirent leur dignité souueraine: donnās à ce Royaume origine toute semblable aux autres principautez, n'y ayant si grand' monarchie au monde, les fondateurs de laquelle n'ayēt esté de basse estoffe. D'autāt que les premiers Normans qui se feirent seigneurs de Pouille, & Calabre, & les successeurs desquels se inuestirent des Royaumes de Naples, &

Sicile, bien que fussent gentils-hommes, si est-ce que leurs forces & richesses n'estoiét si grãdes qu'il en fallut faire cõpte, leur chef n'estãt que seigneur d'Anteuille, & lesquels poussez de pauuretez, & de la coustume du païs de Caux, allerét ailleurs querir leur fortune. Ie vay cercher cecy de loing, afin q̃ ceux qui feuillettét les liures, aduisent de bien pres, & considerét quelles tragedies ont esté iouées en ce, pour l'esgard du Royaume de Naples, & inuestiture d'iceluy, soit elle iuste, soit elle par vsurpation. Mais auãt que discourir sur l'arriuée des Normans en Italie, il nous faut voir de quel droit est ce que les Papes ont pretendu celle puissance qu'ils ont de dõner les Royaumes de Naples, & de Sicile, car ce poinct est de grande cõsideration en cest endroit, & sur tout pour l'esgard de l'histoire de celle Royne, de laquelle nous auõs dressé ce theatre sanglant, & plein de meurtres. Pource il faut noter, que l'Empire Romain perdant sa force en Italie, & l'ombre d'iceluy apparoissant seulement en Grece, les Gots premieremét se feirent seigneurs de Naples, laquelle ville fut assiegée par les sieges de Belisaire, & puis Totile: & apres que Iu-

La coustume de Caux dõne tout à l'aisné.

D'ou viét que les Papes ont le droit d'inuestiture aux Royaumes de Naples & de Sicile.

ſtinian fut mort, & les nations eſtranges ſe deſbordans, les Lombards ſe feirẽt auſ ſi ſeigneurs des terres qu'à preſent on dit le royaume de Naples, mais ſous Heracle Empereur, Naples reuint encor en l'obeïſ ſance des Grecs, à cauſe q̃ Eleuthere Exarque occit Iean Campſin Cõſtantinopolitain, qui ſ'eſtoit fait tyran d'vne partie de ces prouïnces. L'empereur Grec iouïſſant de ces pieces, aduint q̃ les Mores Aphricains eniurez du vin peſtiferé de Mahomet, ſortans d'Afrique en l'an de noſtre ſeigneur 829. ſe ruerent ſur l'Italie, & ſe feirent les maiſtres de tout le païs, qui eſt depuis Gaiete iuſqu'à Rege de Calabre, lequel ils tindrent 30 ans, en deſpit qu'en euſſent les Grecs, & ſans qu'il fut en la puiſſance d'hõme du mõde de les en deſpoſſeder, tant les forces Chreſtiennes eſtoient lors affoiblies, & les hõmes abeſtis, n'ayant moyen, ny deſir de ſe depeſtrer d'vne ſi miſerable & tyrãnique ſeruitude. Mais eſtant apellé au ſouuerain Põtificat de Rome Iean 10. qui eſtoit hõme de hault cœur, de ſaincte vie, & auec cela hardy à la guerre (laquelle ne fut onc defendue à l'Eccleſiaſtique en matiere de religion:) ceſtuy ſe faſchant que les infidelles exerçaſſent l'impieté de l'Alcoran,

Cecy aduint l'an de grace, 612.

Voy Collemirre liure 2.

Italie tourmẽtée par les Sarraſins.

Iean. 10. oſta la Pouille aux Sarraſins, & en inueſtit l'Egliſe.

& en l'Italie, qui est le sepulchre de tāt de saincts, & presqu'aux portes de Rome, Cité chef iadis du monde, en ce qui est de l'Empire terrestre, & à present mere de toutes nations, à cause de l'Euangile, tous estans suiets à vn pasteur, & à vne bergerie, ne pouuant suporter ceste indignité, apella Alberic, Marquis de Toscane à son secours, & chassa premierement ces infidelles de la Romaigne, & terres du patrimoine de l'Eglise, ou par droit de bienseance ils se iettoiēt pour s'en saisir & faire seigneurs. Et poursuiuāt iusqu'au fleuue que les anciens nōmerent Liris, & qui à present s'apelle Garigliem, il leur dōna là vne bataille si roide & cruelle, que les deffaisant, il les contraignit aussi de quitter tout ce qu'ils tenoiēt des terres au païs de Labour, & de s'en fuir à garāt au mōt Gargan, ou ils se fortifierent, iusqu'à ce q̄ depuis les Normands les en chasserēt. Le Pape ayāt chassé les vaincueurs des Grecs, se preualut aussi du droit de la cōqueste, & se dit iustement le souuerain des terres par luy cōquises, & q̄ le Grec n'auoit peu deffendre cōtre le More & Alcoraniste, & ç'a esté depuis ença que l'Eglise de Rome s'est à bō droit declarée ayāt puissance de dōner le royaume Napolitain, y cessant les hoirs qu'ils y ont establis, ainsi que verrez au discours de ceste histoire: & aussi pour ceste occasion, les Neapolitains ont tousiours recogneu, & recognoissent le Pape pour seigneur, & les Roys de Naples releuēt leurs terres du S. Pere, & sont tenuz de luy en faire hōmage: & voila quand au droit de l'inuestiture de Naples, venans aux Normans, qui s'en feirent Roys, & sçachons quels ils estoient, & de quelle race, à cause que de peu de gens est ceste histoire touchée cōme il faut, ny auec la diligēce y requise. Les auteurs variēt grādemēt sur cecy, les vns disants d'vn, les autres suiuant vne opinion contraire: mais quoy qu'il en soit, il n'y a que deux courses Normandes, qui nous facent foy de ceste grandeur de ce peuple en Italie, l'vne en l'an de nostre Seigneur 1000. par vn nommé Guillaume surnommé Ferrabach, (ie ne sçay si la maison des Fernachs en a pris origine) lequel (comme dit Blond,) s'arresta en ce cartier d'Italie, qu'on appelle la Romaigne, apres q̃ les Berengaires, les Hongres, & les Sarrasins furent chassez d'Italie. L'autre course est celle de ce seigneur de Antouille, auec ses douze enfans, l'aisné desquels

Les Roys de Naples sont vassaux de l'Eglise.

Origine des Roys Normans à Naples.

Sigibert en sa Chronique.

desquels on dit qui se nõmoit Guillaume de Ferrabach,& le pere Tancrede: mais si cela est ainsi,il n'y auroit qu'vne course, si ce n'est que Ferrabach eut fait premieremét l'entreprise,& qu'apres cela, ses freres n'ayãs assez dequoy entretenir leur estat en Normandie,passerent les mõts,& vindrét peupler l'Italie de leur race , comme desia les Gots,& les Lombards en auoiẽt vsé. Or en quelque sorte que ce soit, c'est sans doute que Robert premier du nom, auec ses freres estãt en Italie,& prenãt en main la cause des Italiens,ores contre les Grecs, tãtost contre ceux qui leur estoiẽt ennemis au païs mesme, se feit Capitaine & gouuerneur sous le Pape, lequel en fin inuestit du Duché de la Pouille, Robert surnõmé Guiscard,leql se dit estre vassal de l'Eglise,ainsi q̃ les autres qui apres luy ont tenu ceste terre, & possedé les deux royaumes de Naples,& de Sicile : de ceux cy ne feray autre plus lõg discours, puis q̃ ie vous en ay dit l'origine , pour oster de doute ceux qui pẽsent que ces seigneurs Normãs domicilez en Italie,fussent sortis des Ducs de nostre Gauloise Normãdie, cõme ainsi soit qu'ils ne fussent q̃ simples gẽtilshommes, & encore tels,qu'à peine

Robert Guiscard fait hõmage au Pape.

sçait on ou auoir recours pour trouuer leurs ancestres, deslors mesmes qu'ils passerent en Italie pour y conquerir terre, si on ne pense, qu'ils fussent descenduz de ce Haddingue, duquel nous auons parlé ailleurs, & lequel courut la Lombardie, & ruina la ville de Luny, & le païs Laregian, mais on n'en sçauroit mõstrer ny memoire, ny document quelconque. Ceste race Normande prenant fin l'an 1166. en Guillaume second du nom, quoy que son successeur fut aussi Normand, & nõmé Tancrede, qui cõtre l'ordonnance du Pape fut declairé Roy par les Siciliens, & Napolitains, quoy que ce Prince fut bastard : dequoy le Pape Celestin 3. irrité, il declaira Roy Henry fils de Federic Barberousse, dequoy nous auons parlé en nostre premiere histoire de ce volume, & cecy dispensant Constance Nonnain, laquelle estoit ia Sexagenaire, & laquelle neantmoins porta fruict autant preiudiciable au sainct siege, comme illicitement le Pape auoit permis ce mariage, ou plustost inceste. La race de ceux cy, à sçauoir des Princes de Suéue, fut ruinée par Charles de France, frere du bon Roy Sainct Louys, comme aussi nous

Ce Tãcrede estoit bastard.

Constance sexagenaire desuoilée par le Pape.

auons deduit en l'histoire de Manfroy, & Conradin en ce mesme volume: & pource voyons les descendãs de ce Charles, à cause que cela sert à nostre matiere: A ce Charles succeda son fils Charles deuxiesme, lequel eut guerre contre l'Aragonnois, entant que iamais ce royaume de Naples n'a seruy que d'vn allume feu pour la combustion de toute la Chrestienté, & ruine de la miserable Italie. Des enfãs de ce Charles, l'vn nõmé Charles Martel fut Roy d'Hongrie, Louys se feit de l'ordre de Sainct François, & depuis fut Euesque de Thoulouse, mais l'aisné nommé Robert fut successeur au Royaume de Naples, homme sage, sçauant, & bien versé en Astronomie, & en la maison duquel comme en vne escole se retiroyent les hommes les plus doctes de son siecle, lesquels il reueroit, aymoit & caressoit, & par le moyen desquels aussi il vit & viura, & sera sa memoire glorieuse autant que le monde aura de durée. De ce Prince sortit Charles Duc de Calabre, & celuy qui vn long temps pour cause des troubles, & factions d'entre les

Royaume de Naples cause des malheurs de la Chrestienté.

Louanges du Roy Robert.

Charles Duc de Calabre, Prince de Florence, pere de Ieãne.

Guelphes & Gibelins, fut gouuerneur & Prince de Florence, & lequel mourut lõg temps auant son pere, laissant deux filles, Ieanne, c'est à sçauoir, & Marie. Or c'est ceste Ieanne q̃ nous auõs à discourir l'histoire calamiteuse, & en laquelle on verra la diuersité des succez humains, & la grande inconstãce de la fortune, & combien les grands se doiuẽt arrester és chatouilleuses flateries des aises qu'elle leur presente, veu que ce ne sont q̃ des amorces pour puis apres les tirer à ruine: n'y ayant rien si asseuré q̃ le peu d'asseurãce de ceux qui ont tout à souhait, entãt q̃ sur le milieu de leur aises, ils s'en voyent desapointez, & du tout accablez. Pour donc mieux establir, & cõtinuer l'amitié & affinité entre les deux maisons de Naples, & d'Hongrie, & afin que l'vn ou l'autre royaume ne tõbast point en main estrangere, à cause que Robert n'auoit point d'autres enfans que les filles du Prince de Calabre son fils deffunct, on traita le mariage d'entre André fils de Charles Martel Roy d'Hongrie, & de Ieanne Princesse de Naples. Ce Mariage causa de grãds troubles, soit que l'insolence de ceste femme fut si grande qu'elle ne peut souffrir

André d'Hõgrie espouse Ieanne de Naples.

superieur, ny compaignõ, ou que son mary fut si insupportable, qu'elle ne peut durer auec luy: mais ce ne fut point du viuãt du bon Roy Robert, que l'vn & l'autre respectoient, & craignoient comme hõme, deuant lequel ne faisoit guere bon broncher: lequel aussi ne voulut onc que son nepueu portast tiltre Royal, iusqu'apres sa mort, afin que le nom ne le conduit à faire chose qui denigrast & obscurcit la gloire deuë à vne telle dignité que la Royale. Mais aduenant sa mort, cõme il estoit le plus sage Prince de son temps, & qui estant grãd Physiognome, cognoissoit le mieux les humeurs des hõmes en les regardant, que d'autres en les frequentant, se voyant sur la fin, appella sa fille, & le mary d'icelle, ausquels il parla en ceste maniere.

Remõstrãce de Robert Roy de Naples à ses heritiers.

Vous voyez mes enfans que nature me default, & que ce corps estant affoibly de ans, de trauaux & de maladie, n'a plus pouuoir de retenir l'esprit, qui fasché de vne si longue prison, est prest à s'en desenueloper, & aller (Dieu l'appellãt) iouyr d'vne vie plus heureuse que celle q̃ nous aymons tant, cõme ne sçachãts que vault la rareté & excellence de celle qui nous attend. Si ie ne suis trõpé en mes desseins, ie voy de grãds malheurs preparez pour nostre race, & n'en ose, & ne veux dire tout ce que i'en pẽse, me suffisant de vous exhorter, qu'apres ma mort vous pensiez à faire si bien, qu'on ne cognoisse point que le Roy Robert soit sorty de ce monde, ains que ses desirs, & sa bonne vie reluysant en ses successeurs, & qu'auec le Royaume vous auez aussi herité de sa courtoisie. Estimez que les Roys ne sont point apellez à telle auctorité pour tyranniser, ny à faire tout ce qui leur viẽt à la fantasie, car la Loy assuiettissant les petits, commande aussi aux grands de se soumettre à la maiesté d'icelle: veu que le Roy est tout tel que la teste au corps, laquelle bien qu'ayt commandemẽt sur le reste des mẽbres, si est-ce qu'elle se ressent de leurs trauaux, & y participe, & si aucun est malade, il est impossible qu'elle n'en sente l'alteration. Aussi le Prince se mõstrant diuers de ceste vnion, & se pensant estre quelque quinte essence, & abstraction de ce corps ciuil, & qui estime estre luy seul vn tout, & par ainsi auoir tout droict & licence de tout faire, celuy ne merite plus le nom de Roy,

Quels doiuent estre les Roys.

entant que ce mot signifie regir ; & non pas tourmenter, & emporte societé en cõmandant, & non alienation, & presumptueuse tyrannie. Souuienne vous que l'insolence du sang Suenien est celle qui nous donna l'entrée en ceste terre, & que si Mainfroy & les siens se fussent bien portez, & enuers le Pape, & enuers leurs subiets, il n'eut ia fallu que la souche de nostre sang Charles de France, passast en Italie pour y bastir vne si gẽtile memoire de sa gloire, & vn tel fondement de sa vertu, que ceux qui viendrõt apres nous auront dequoy prendre exemple, & en sa vie & en ses entreprises. Ie dis cecy, mon nepueu, afin qu'il vous souuienne que vous estes extrait du sang Frãçois, lequel en courtoisie surpasse tous les autres, & la noblesse duquel à peine, pour son lustre, sçait receuoir comparaison: & vous ayant esté nourry la plus part de vostre enfance aupres de moy, deuez aussi auoir oublié la rudesse & grossiere façon de vie des Hongres & Transsyluaniens : car à vous dire la verité, l'Italien hait les Barbares, & ne se plaist aucunemẽt d'estre rudoyé, comme ainsi soit qu'encor les bons offices ne le peuuent contenter & satisfaire, tant il est hault à la main, & tant il s'estime meriter qu'on le tienne en compte, & qu'on le prise. Par ainsi vous venant à la couronne apres moy, faictes que ce peuple ne s'offence de vos façons de faire, & n'ait occasion de se reuolter, comme il y est assez enclin, & ayant des voisins qui l'y esguillonnera plus beaucoup qu'il ne vous est necessaire. Gardez la foy au Pape, honorez le sainct siege, aimez vostre femme, & ne reiettez ceux de vostre sang, faites compte de mon nepueu Loys prince de Tarente, auquel ie n'ay vsé de telle recognoissance que ie deuoy, mais i'espere que ce serez vous qui supplerez à mon deffault, & deschargerez mon ame de ce fardeau & obligation. Quand à toy (ma fille) ie suis marry de te dire ce que la raison me force de mettre en auant, c'est que si Dieu n'y met la main, il eut mieux valu que iamais tu n'eusse esté engẽdrée, que d'auoir tant vescu pour causer les maux que par ton indiscretion & trop hault cœur souffriront plusieurs: ah! ie n'ose dire tout ce que ie pense! & te publiroy, s'il estoit possible de changer ce dequoy les astres nous menacent: mais quoy? le malheur tombe tel sur nostre ra-

Faut prẽdre esgard que ce roy attribuoit plus aux astres que la raison.

ce, que i'ay grand peur que ie ne sois le dernier des Roys paisibles de ce Royaume. Ah ma fille, ie te prie affectueusemẽt, & te le commande sur tout tant que tu me dois d'obeissance, que l'orgueil ne te domine point, car de ceste source est pour sortir ce desastre de nostre maison. Tu vois combien hautement ie t'ay appariée te donnant vn tien cousin pour mary, & iceluy fils d'vn puissant Roy des Hongres: c'est à luy à te bien traitter, & à toy à le respecter, & luy obeir, sans que tu t'en orgueillisse pour estre l'heritiere de mes estats, car la loy ne me lie point à ceste succession, & n'y a coustume en Naples qui ne priue du droit de donner la couronne à qui bon me semblera, pourueu que ce soit auec le consentemẽt du Pape, duquel nous la tenons en hommage. Aussi ie vous constitue tous deux mes heritiers, priant Dieu que si iustement vous administrez ceste charge, le Royaume vous soit aussi durable: mais si la tyrannie, conuoitise, orgueil, & insolence sont les guides de vostre puissance, ie souhaite plustost l'auancement d'vn estranger, hõme de bien, que de ceux de mon sang degenerãs de la vertu de noz ancestres. Aye memoire, ma fille, quel estoit ton pere, & de la glorieuse memoire de ta mere n'en perds iamais l'image, mets deuant tes yeux que les dames n'ont rien dequoy se glorifier que la conseruation de leur honnesteté, puis que les armes & les ingemés ne les peuuent rendre renommées à la posterité. Il fault que franchement ie te die que ton visage & façons de faire menaçãs ce Royaume, font qu'auec plus de tourment ie sors de ce monde, toutesfois il est en toy de corriger ces vices de nature, lesquels n'ont encore produit leur venin en euidence: ce que faisant, tu seras cause d'vn grand bien pour le public, & d'vne asseurance fort grande pour ton salut mesme. Le bon Roy eut encor continué de parler, si la douleur tant du mal qu'il souffroit, que de l'apprehension de l'aduenir, ne luy eut fait tarir la parole en la bouche, voyant que Ieanne seroit vne vraye peste pour l'Italie, & la cause de la ruine du sang Frãçois au païs & royaume de Naples. Et ainsi la curiosité de trop sçauoir, & le desir de gouster les coniectures de l'aduenir, luy porterent en cecy plus de dommage, que iamais il n'y auoit receu de contentemẽt. Si André & Icanme furent estonnez de ceste remonstrance, ie le laisse à penser à ceux qui se sentēt chatouïller & gratter ou le plus il leur demange: car André qui estoit assez malicieux, conceut deslors vne estrāge soupçon de sa femme, & elle qui n'auoit pareille en orgueil & deffiance, cognoissant les humeurs de son mary, se feit forte de ne se laisser manier qu'auec raison, & elle retenāt ce qu'elle auoit d'autorité. Neātmoins resoluë en ses cautelles, comme ce sexe est soudain en conseil, apres qu'ils sont hors de la presence du Roy malade, elle accosta son mary, le caressant, comme elle le sçauoit bien faire, & le prescha si bien, qu'il se persuada que le Roy Robert resuoit, & que c'estoit folie (comme veritablement il est) que de s'arrester en telles predictions Mahometiques, & que auec l'aide de Dieu ils feroiēt si bien, que la presence du vieillard ne seroit nō plus requise des suiets, que par eux souhaitée. Ainsi mourut le bon Roy Robert, l'an de nostre salut 1347. fort regretté de ses suiets, & pleuré presque de tout le monde, à cause de sa grande sagesse, & qu'il s'estoit efforcé en son viuāt de n'offencer aucun, & de faire plaisir à tous ceux qui luy en faisoient requeste, & les louanges duquel sont chantées bien au long par Petrarque au liure qu'il a fait des hommes illustres. Apres la mort & obseques de ce grand Roy, il ne fut loisible à André de se porter pour Roy de Naples, ny d'en auoir le nom, ou en receuoir ou vsurper la couronne sans le consentement du Pape, qui pour lors se tenoit en Auignon. Or sembloit il en ce temps là qu'il n'y eut espece de meschanceté, laquelle ne deut estre accomptée à quelque grande vertu, veu que les ministres de l'Eglise estoient si malades d'auarice, que la ville d'Auignon sembloit vn vray magasin de marchans, ou le comptoir d'vn changeur, ou vsurier le plus large en conscience qu'on sçauroit trouuer en banque qui soit en l'Europe. Et qu'il soit vray, lisez ce qu'en dit l'Annaliste d'Hongrie, en ce qu'il discourt sur les difficultez qu'on feit de donner la couronne au prince André, & les delais qu'on y donna, iusques à tant que les Ambassadeurs cognoissans la fieure & alteration des paciens, & voyans que la seule infusion d'or pouuoit remedier à ceste ardeur excessiue, feirent present de ne sçay combien de mille marcs

Petrarque liure des hõmes illustres.

Bonfime Decad. 2. liu. 10. de l'hist. de Hongrie.

d'argent à sa saincteté, pour l'induire à inuestir André du Royaume, & luy donner la couronne de Naples. Ie ne sçay si Bonsime dit vray, amenant ce trafic si vsuraire, mais si son dire est veritable, c'estoit trop exigé sur les heritiers, que de vendre le bien qui leur estoit deu par succession legitime, & pour auquel entrer ils ne luy deuoient que le simple hommage pour y entrer, auec les conuētions accoustumées du tribut annuel, & du serment que font tous Roys de Naples, de ne iamais accepter la couronne de l'Empire.

Ceste somme fut fournie par Loys Roy de Hongrie, & frere du Roy Napolitan, ne voulant que pour default d'argent, il fut dit que son frere perdit le droit du Royaume, & le Pape prit occasion d'en inuestir vn autre, comme il eut fait si on luy eut fait le moins de resistance. Ainsi fut André couronné l'an de nostre seigneur 1348. pour n'y demeurer guere lōguement, ayant affaire auec vne des plus estranges femmes de la terre, la plus inconstante & volage en ses desirs qu'on eut sceu trouuer, & si genereuse, que la trōperie seule la pouuoit deceuoir, mais non chose ou le seul esprit noble peut

Façōs & mœurs de la Royne Ieanne.

donner attainte sans vser de circonuention: auec ces imperfections, elle auoit vne fort grande sagesse à supporter les façons estranges & Barbares de son mary, à dissimuler le mauuais bruit qu'on semoit d'elle, & duquel plusieurs ont souïllé leurs escrits, comme si les fautes secretes, & desquelles on ne peut donner asseurance, deuoient estre tout ainsi mises en auant, comme si c'estoient des crimes publics, & perpetrez en face de tout le monde. On sçait combien les petits, qui n'ont sentiment que de leur apprehension, sont fols iuges en leur causes, & auec quelle precipitation ils se ruent sur les grands, que naturellement ils ont en haine, autant que la liberté peult haïr celle qui l'accable, & que la subiection deteste celuy qui est cause de ceste sienne si peu sortable condition. Comme que ce soit donc Ieanne Royne de Naples, voyant que son mary, apres le couronnement, parloit plus hault que de coustume, & la desdaignant, desapointoit aussi ceux que le feu Roy Robert auoit mis en honeur, & qu'elle mesme auoit auancez, & y en mettoit de ses amis, & faits à sa poste: ne pouuant comporter cecy, le dissimule fort

André insolēt en sa domination.

sagement, couuant en son cœur les moyẽs de faire sentir à son mary, que ce n'estoit à luy de la rendre sans puissance és terres qui estoient de son propre heritage. Et ce pendant elle gaigna le cœur de ceux du païs, & nommément les maisons de Durace & de Tarente, lesquelles depuis porterent la penitence de ce forfait, puis attira à soy la plus part de la noblesse, si bien qu'il n'y auoit aucun qui aimast ce pauure Roy Hongre, tant pour le voir sans grande autorité, comme celuy à qui sa femme faisoit sa reste, que pour le cognoistre fascheux & barbare, si de bonne heure on ne luy eut apris vn autre langage. Tandis la Royne, qui ne dormoit pas, & qui (peult estre) se faschoit des caresses de son mary, cõme trop froides, qui a esté cause qu'on l'a soupçõnée d'auoir forfait son lit, & de s'estre esgarée en ses hõnestetez, desirant de mettre fin à telles importunitez, & coupper broche tout à vn coup à ceste pratique, feit appeller Loys prince de Tarente, son propre cousin, & fils de Philippe frere du Roy Robert, auquel estant deuant elle, & se plaignant du peu de compte qu'on faisoit de luy, qui estoit Prince de la couronne, & si proche de sang, que d'estre le plus proche, si Charles de Calabre n'eut point eu hoirs de son corps, elle parla en ceste maniere.

Propos de Ieanne à son cousin de Tarēte.

Mon cousin, si le Roy Robert eut aussi bien cogneu mon cœur, comme il se vantoit de sçauoir la signifiance de ma phisiognomie, il ne se fut aussi iamais auancé de me marier à sa poste, & aller querir en Hongrie ce que facilement on pouuoit trouuer par deça, sans en rien faire tort ny iniure à l'excellence & maiesté de nostre race. Ie confesse qu'André est mon cousin, & du sang de Charles de France, & de celuy Charles Martel qui a esté appellé à la couronne d'Hongrie: mais il y en auoit d'autres, & aussi proches du sang, & plus agreables que luy, qui estoiēt pour espouser la fille du Duc de Calabre, & heritiere de ce Royaume, sans aller querir cest estranger: car tel l'ose-ie appeller, quoy que mon parent, pour auoir gousté la nourriture & grosserie des Alemans. Si ie parloy deuant quelque estranger, mon cousin, ie n'auroy garde de tenir ce langage, aimant mieux aualler seule ce morceau, que d'en faire part à homme incapable, & qui ne meriteroit sçauoir les secrets des choses qui se passent

entre

entre nous. Mais tenant propos à vous, qui n'ignorez rien de noz affaires, qui m'estes si proche de sang, & tant bon amy, ne fault que i'en rougisse, ne que vous trouuez estrange la liberté de ma parole, entant que c'estoit à vous à estre le mary de Ieanne Royne de Naples, plustost qu'à ce sot & lourdault Hõgre, qui n'a moyen de gouuerner soymesme, ny de caresser vne femme accorte, & moins de sçauoir qu'est-ce qu'il fault pour attirer les cœurs de ses suiets. Et ce pendant vous voyez qu'il veult, induit par ne sçay quel conseil, mastiner ceux de son sang, tyranniser la noblesse, espuiser le peuple, & brider la puissance de celle qui est la legitime heritiere du Royaume. Posons le cas que le Roy Robert l'ait appellé à ceste succession, si est-ce qu'il ne pouuoit rien faire au preiudice des enfans du feu Duc de Calabre, si luymesme encor ne vouloit estre declaré Roy illegitime. Et quand au Pape, ie suis asseuré que iamais il ne prit plaisir que la couronne fut donnée à cestui-cy, & l'ayant octroyé, ç'a esté plus par importunité, que de desir qu'il eut que iamais il en eut la teste enuironnée. D'autant que sa saincteté sçait bien quelles gens sont que ces Alemans, lesquels ne furent onc bien affectionnez au sainct siege, si ce n'est és choses qui leur tournent à profit, & que ceste nation ayant le pied en Italie, il ne fut onc que les Ecclesiastiques n'en fussent tourmentez, & que le païs ne sentit vne estrange alteration de ses richesses & frãchises. Et de cecy me soit tesmoing ce desastre de ligues blanche & noire, de Guelphes & Gibelins, que les Sueues ont porté d'Alemagne en Italie. Mais tout cecy ne sert de rien à mon affaire, lequel consiste en cecy, mon cousin, qu'il fault que vous deliuriez vne vostre amie & parente de la captiuité en laquelle elle se voit estre, que vous l'ostiez des mains d'vn mary sot, fascheux & ialoux, lequel ne sçachant rien faire que couuer les cendres, ne peut aussi pẽser que malice en ceste oisiueté, & se faindre des choses q̃ ne sont, & imaginer celles qui ont quelque apparence pour s'en seruir à l'exploit de ses cruautez desseignées. Ie suis bien asseurée que si de bonne heure vous ne luy empeschez ses complots, qu'il vous fera quelque mauuais tour, comme celuy qui vous redoupte pour estre si grand & bien aimé en ce païs,& duquel il a soupçon moins qu'hõneste, estimant que vous & moy ne soyõs qu'vn, & que cõme mary & femme nous conspirions contre sa vie. Vous sçauez quelle ie vous suis, & qu'il ne tiendra qu'à vous que le soupçon de ce lourdault ne soit executé : car ses embrassemens m'estans odieux, sa compagnie m'est encor plus fascheuse: & me desplaist que si longuement il commande és terres qui sont de mon heritage, & desquelles, si vous auez bon cœur, i'espere de vous faire maistre & seigneur. Aduisez, mon cousin, si le present est à reiecter, & si vn Royaume ne merite bien quelque cas de plus hazardeux que l'aquest de quelque petite seigneurie, voyez double salaire proposé à vostre diligence, l'vn qui desia est vostre, & l'autre qui ne fait qu'attendre que vous y mettez la main. Voicy vne Roine vostre, la possession de laquelle est en vostre main, la iouïssance de qui ne vous fut onc esconduite, mais laquelle n'a moyen de se resiouyr, si elle ne vous dõne le plaisir entier, vous faisant maistre d'elle mesme, & le souuerain de tout ce qu'elle possede. Et bien, mõsieur le prince, mon cousin & grãd amy, estes vous pour ne tenir compte d'vn si beau present? Ne sçauez vous pas que le royaume est mieux à moy que n'est ce corps, duquel ie vous ay fait present? Et si l'vn vous escheoit, l'autre ne vous peult manquer en sorte quelconque, si vous voulez cercher les moyens de chasser celuy qui vous rauit vos aises, & empesche la place que vous deussiez tenir, que ie reserue pour vous, & que iamais ie ne luy donnay que par force & contrainte. Le prince de Tarente, qui dés le commencement n'auoit guere esté côtét de ce que Robert auoit plustost choisi le fils de l'Hõgre, que luy qui luy estoit nepueu, & propre fils de son frere, & qui cognoisseit qu'André ne se contentoit point de le voir parler & frequenter auec la Roine, ayant humé les humeurs Italiennes en y demeurant, & estant deuenu ialoux & soupçonneux contre la coustume des François & Alemans, de la race desquels il estoit descendu, ne se feit trop tirer l'oreille à entendre à l'execution des desseins de la Roine, à laquelle il respondit en ceste sorte.

Madame, quand bien ie n'auroy autre esguillon pour me pousser à vous obeir en tout ce qu'il vous plaira me commander, cestuy seul deuroit suffire, que moy vous estant tel, & si proche que ie suis, & vous me fiant le secret de vostre ame, suis aussi obligé à vous aider & conforter de toute ma puissance, & est à moy (si ie ne veux faucer la foy que ie vous doy) de vous oster du soucy auquel vous viuez continuellemẽt, ayant vne compagnie si mal plaisante, que celuy qu'à nostre grãd preiudice on a mis au siege de noz predecesseurs. Mais puis qu'outre celle obligation que ie vous dois, ie voy l'occasion s'offrir de faire deux coups d'vne pierre mesme, & que ie puis gaigner vn Royaume duquel ie suis prince aussi biẽ qu'André, & me venger de celuy, lequel ie sçay que ne machine rien de bon contre moy, à cause du soupçon cõceu sur vous, pour la familiarité honneste qui est entre nous deux, ie ne suis aussi si mal apris que de refuser ny vostre deffence, ny vostre mariage, ny par consequent le Royaume que i'accepte dés à present, vous iurant que ie mourray en la peine, ou ie feray qu'André ne se vantera iamais de faire mourir Loys de Tarente, ny d'abuser de la Roine Ieanne, de l'accointance de laquelle il n'est digne en sorte quelconque. Pourtant, ie vous prie Madame, ne vous tourmenter plus, & me laisser faire, car i'en cheairay si bien, que sans vostre scandale, ie vous osteray de deuant les yeux cest obstacle si fascheux, & le seul empeschement de ma grandeur, de mon repos, & de mes aises. La Roine le mercia affectueusement, & s'enquit des moyés pour ce faire, mais il luy dit, que le temps & l'occasion estoient les seuls qui pouuoiét respondre de cecy, comme de chose qui gisoit en la main de fortune : toutesfois que pour l'accompagner en ce fait, il se faisoit fort d'auoir pour secours & adioints les princes de Durace, & son neueu Philippe de Tarente, tous princes du sang, & lesquels n'aimoiét André en sorte quelconque. Ceste miserable dame ne contempla point que, encore que Loys y allast sans faintise, comme ayant la meilleure part au gasteau, les autres à la fin se ressentans auteurs de son auancement seroient aussi bien pour le poursuiure, que cestui-cy auroit accablé le commun cousin d'entre eux trestous, & qu'ils s'attaqueroient à elle sans nul respect, & pour leur asseurance, afin qu'auec ses ruses elle ne les ruinast comme les autres.

Princes cõspirans la mort du Roy André.

Par ainsi chacun estant embesongné à ce qu'il deuoit faire, Loys pratiqua si bien ses cousins, que la resolution fut prise de faire mourir le Roy en quelque sorte que ce fut, & de cecy il en donna les aduis à la Roine, à laquelle il feit entendre le temps de cest exploit, & ensemble la prioit de caresser le Roy plus que iamais, afin qu'il ne se doutast point de la trahison, comme il l'asseuroit que de leur costé ils luy feroient si bon visage, que quand il seroit vn des plus rusez hommes du monde, si ne sçauroit il descouurir ceste fourbe. Biẽ que la Roine souhaitast cecy sur toute chose, & ne desirast que de iouyr librement des caresses de son mary, ia accordé par le sang & ruine de celuy qui estoit en vie, la vie duquel deuoit estre son douaire, tout ainsi que Dauid donna les cent prepuces des Philistins à Saul pour auoir la fille d'iceluy en mariage: si est-ce qu'elle estoit en doute comme cela se pourroit faire sans grand tumulte: veu que plusieurs des plus grãs seigneurs du royaume tenoient le party de son espoux. Mais contemplant d'autre part que Loys n'entreprenoit pas cecy qu'il ne fut asseuré de son baston, & ne sceut bien à qui il auoit

Dauid achete sa femme cẽt prepuces de Philistins. 1. des rois

affaire, & de qui il se deuoit preualoir, ne s'en tourmenta aussi d'auantage: ains se tenant asseurée comme vn meurtrier, faisoit son compte que les conspirateur faillans à leur dessein, n'auoient point barres sur elle, comme ne leur ayant iamais tenu propos, ny enuoyé seulement lettres de creãce pour cest affaire: ains c'estoit Loys qui les sollicitoit, & luy seul, celuy auquel ils faisoient ce bourrelleur seruice. Donc en l'an 1347. & le troisiesme du regne du Roy André, les conspirateurs voulans mettre fin à leur desseing & complot, voyans que le Roy estoit à Auerse cité du Royaume (& laquelle fut iadis nommée Atelie, & estant ruinée par les Romains, fut rebastie par les Normans estans seigneurs de Naples) ou dressans de beaux bãquets, festins, mommeries, & masquerades, tandis que chacun s'amusoit, & au bal, & à folastrer, le Roy s'estant retiré en sa chambre, fut suiuy de ses valets de chambre trop malgracieux, lesquels luy mettans vn lacet de soye au col, l'estranglerent aussi cruellemét, comme la mort du pendu est vituperable: & le laisserent ainsi pendu en sa chambre, chacun se retirant ou mieux il luy sembla. Or ne pen-

Atelle cité à present se nõme Auerse.

Meurtre detestable en la personne du Roy André de Naples.

sez pas que les princes chefs de la coniuration fussent ceux qui mirent la main à l'execution, car tandis que le mistere se iouoit, ils s'amusoient en sale à dancer, & à donner ce pendant libre issue aux pendeurs pour se sauuer apres le massacre, & estoient les bourreaux vn nommé Conrad Cathancie, & Cheuse soldat detestable, puis qu'il fut si hardy de mettre la main sur son Roy, la presence duquel il deuoit reuerer comme vn Ange de Dieu, & de celuy qui est le ministre de sa iustice en terre. Ce meurtre ne fut si tost publié par la ville, que le Comte de Nouelle, grãd amy du Roy deffunct, n'eu poursuiuit la vengeance, & feit si bien qu'il empoigna les executeurs, desquels il feit vne cruelle iustice, sans toutesfois oser rien dire cõtre les autheurs pour les voir les plus forts, & qu'il ne sçauoit penser si la Roine auroit esté de la partie, veu que la confession de ceux qu'il auoit fait tenailler & escarteler, ne portoit rien de cecy, & neantmoins les indices y estoient trop euidens, en ce que ceux cy ne bougeoient de la cour, qu'ils gouuernoient tout, & que c'estoit à eux à qui elle monstroit le plus de caresses, & qui presque

Meurtres executez.

ſeuls auoient l'oreille d'icelle. Or quelque fardée triſteſſe qu'elle monſtraſt, quelques l'armes faintes qu'elle tiraſt à force de ioye de ſon cerueau, lors que le Roy eſtranglé fut mis au lict Royal pour eſtre mis en terre, ſi eſt-ce que les amis du deffunct ne laiſſoient de la ſoupçonner du crime, & l'euſſent volontiers pourſuiuie ſ'ils en euſſent eu le moyen. Elle qui ſe penſoit hors de tout ſoupçon, n'attendit ia le bout de l'an de ſon mary, le dueil duquel elle auoit porté tandis qu'il eſtoi en vie, à ſe marier, car tout ſoudain, comme ayant licence de tout faire, elle eſpouſa Loys ſon mignon, & Prince de Tarente, & lequel pour monter en liberté ſur la couche qu'on preſumoit qu'il auoit ſouïllée du viuant de ſon couſin, commença les tragedies ſanglantes, qui depuis furent continuées en ceſte maiſon, iuſques à tant qu'il ne demeura aucun des reliques de ceſte tant noble & illuſtre famille. Ce mariage tant precipité confirma l'opinion qu'on auoit du conſentement de la Roine, ſi bien que publiquement on en murmuroit, & n'y auoit lieu ny compagnie ou ne fut ſemée ceſte trahiſon ſi deteſtable d'vne femme

Ieāne eſpouſe Loys de Tarēte.

enuers son mary : si bien que la renommée, qui a les aisles plus vistes & legeres que le vent, en porta aussi tost la nouuelle en Hongrie, au Roy Loys frere du pauure André deffunct. Lequel touché d'vn desplaisir incroyable, & saisi d'extreme douleur, se resolut tout soudain de venger ceste mort, ou de mourir luymesme à la poursuitte. Ieanne, abreuuée de ses folies, & pensant legerement d'vn forfait si abominable, enuoya vers son cousin d'Hongrie, & luy escriuant, se lauoit assez dextrement du crime duquel toute l'eau qui laue les terres voisines de Naples, ne l'eut sceu nettoyer, iurant & protestant qu'elle en estoit innocente, & que si elle en eut eu le moindre sentimēt du monde, plustost eut souffert sa propre ruine, que celle de son cher espoux, contre lequel n'y auoit homme qui sceut dire que iamais elle eut diuorce ny querelle quelconque. Apres cecy elle s'estendoit à discourir sur le fait, & amplifier la matiere par l'indignité d'vn tel attentat, que de s'attaquer à la personne du prince, la mort duquel luy auoit causé vne si extreme douleur, qu'on n'en sçauroit imaginer de plus grande. Mais Loys qui auoit

Ieanne se pense purger enuers le Roy d'Hōgrie.

esté informé au vray de tout, & auquel on rapportoit les insolences de ceste femme, depuis que seule elle gouuernoit, car Loys de Tarente ne luy seruoit que d'ombre (ou s'il fault parler ainsi d'estallon) au maniment, & combien elle estoit griefue & insuportable au peuple vsant de grandes & excessiues exactions, qu'elle departoit à ceux, qu'õ presumoit estre les meurtriers de son frere, n'adiousta foy à pas vn seul mot de ce qu'elle luy auoit mãdé, ny ne voulut receuoir en paiemẽt pas vne des excuses de ceux qu'elle luy auoit enuoyez ausquels il ferma la bouche auec ce petit mot: Allez vers vostre maistresse, & luy portez ces lettres dignes de telle Dame qu'elle est: & pensez que si ie vous sçauoy estre aussi bien coupables du fait duquel elle se laue, comme ie suis asseuré qu'elle en est la cause, ie vous iure Dieu, que iamais vous ne luy porteriez ma responce. Allez, & que desormais aucun ne soit si hardy de venir me porter lettre ny message en son nom, s'il ne veut y perdre tout soudain la vie: & luy dictes que ie luy porteray mesme le reste de ma responce lors que ie passeray en Italie pour celebrer les obseques de feu mon frere, duquel, & vif & mort, elle a tenu si peu de compte. Ceux cy bien contentz d'auoir leur despeche, porterẽt les lettres du Roy Hongre à leur maistresse, lesquelles contenoyent ces motz.

Lettre du Roy Louys d'Hongrie, à Ieanne de Naples.

LA foy que par cy deuant tu as violée (femme la plus meschante qui soit sous le Ciel) & apres ton forfait, celle cõtinuation tienne à tenir le Royaume qu'ambitieusement & sans aucun droit, tu vsurpes & pilles, y rançonnant les subiets du feu roy mon frere, & duquel ie suis & non pas toy l'heritier & successeur, le peu de compte que tu as tenu de poursuiure les meurtriers, & vẽger l'iniure faite à nostre sang, au nom royal, & à toy en particulier, & l'excuse que tu as enuoyé faire assez froidement sur ce crime, monstrent assez combien tu en es innocente: & par tes propres excuses tu te manifestes coupable de la trahison commise au meurtre fait de ton seigneur & mary, & de mon trescher frere, la vengeance duquel ie voue à Dieu de poursuiure, asseuré que le iugement de sa iustice diuine est tel, que ceux qui ont consenty à vn forfait si detestable, n'eschaperont iamais, qu'ils n'emportent la penitẽce, ainsi que tu le sentiras, auant que iouyr à ton aise des terres qu'auec ton mary tu n'as voulu iustement gouuerner. Ceste lettre estonna Ieãne, quoy que elle fut de hault cœur, & fort constante, non qu'elle craignit son cousin d'Hongrie, sçachãt bien que les forces qu'il meneroit ne seroyent de grande consequence: mais ce qui plus luy donnoit delancement au cœur, estoit le soupçõ & de ses propres subietz, qu'elle s'asseuroit se reuolteroyent cõtre elle, & qu'aussi le Roy de Sicile luy courroit sus, la voyant ainsi assaillie. D'auantage ce qui plus l'effroya, fut que les Italiens trestouts (qui de puis l'on louée pour vne des plus illustres, sages & magnanimes princesses du monde) conspiroyent contre elle, à cause qu'ils trouuoyent de fort mauuaise digestion la mort du Roy André, venant mesmemẽt de la part de celle qui luy deut auoir sauué la vie. Et n'y auoit pas homme qui ne s'esbahit merueilleusemẽt qu'vne niepce, & petite fille, fut sortie si malheureuse & cruellemẽt

Toute l'Italie irritée contre la Royne Ieanne.

pernicieuse, d'vn si excellēt Roy que Robert, lequel auoit esté vn miroir & lustre de son aage, & la sagesse duquel estoit l'ornement de toute l'Italie. Ce n'estoit pas tout, car il ny auoit Prince, Potentat, Republique, ny seigneur, qui ne dit qu'a quelque pris que ce fut, il falloit venger la mort de ce bon & innocent Roy si malheureusement occis: tous crioyent qu'il failloit liurer la guerre à ceste dame si tyrannique, & effrontée, & que cestoit à toute l'Italie à purger vn crime si detestable, lequel ayant esté commis en leur païs, pourroit donner mauuais bruit aux autres, & infamer les Italiens enuers les nations estranges. Les Princes sollicitoyent le Roy Hongre de venir auec son armée, le conseilloyent de se saisir du Royaume de Naples qui iustement luy apartenoit: le prioyent de ne point souffrir que les assassineurs & parricides, possedassent indignemēt l'heritage des gēts de bien, & le siege royal, sur lequel tant de bons & iustes Roys auoyent fait iustice: & ne souffrit qu'on dit qu'vn Prince sorty du premier Charles, qui tāt auoit esté seuere à punir les forfaits, fut lent

Princes Italiēs escriuent à Louys d'Hōgrie. Charles I. du nō, Roy de Naples surnommé seuere iusticier.

à chastier le plus horrible fait, qui eut esté commis en l'Italie, dés le temps que Rosemonde feit occir Alboin le grand, Roy des Lõbards. Louys quoy que se veit sollicité par tãt de lettres, si estoit il plus esguillõné encor pour son propre fait & honneur, s'il laissoit passer ainsi ceste mort, & massacre de son frere, sans à tout le moins faire essay d'en prendre vengeance. Et afin qu'il ne laissast aucũ trait ou lon peut requerir quelque cas de sa prudence, il delibera de sonder le gué, & sçauoir quel il faisoit au Royaume, & comme les Napolitains, Pouillois & Calabrois estoyent affectiõnez a la Royne: car de s'arrester sur le secours des Italiẽs, il n'y voioit pas grand moien si ce n'est pour le seul passage que les Milanois, Veronois, & autres luy promirẽt. Et tandis que ces menées se faisoyent, & que son homme negotion si bien & accortemẽt en Italie, il ne dormoit point, ains assemblãt forces & secours de toutes parts, n'attẽdoit que l'heure de partir, asseuré desia combien il seroit le bien venu par tout. Iusque icy la Royne Ieãne auoit eu vent en poupe, & gouuerné la fortune comme a sa fantasie, & endormie en ses aises,

ou neou ne sçachãt en quoy se resouldre pour se voir haïe de ses voisins, & n'osant se fier en ses propes subiets, se resolut de se retirer auec son mary en Prouẽce, attendant que les choses eussent pris autre cours, & ce pendãt laisser forces, & bonnes garnisons es villes du royaume, sur lesquells furent commis gouuerneur & comme Viceroys les Princes de Durace, & le Conte de Granine, auec Philippe de Tarẽte neueu de Loys espoux de la royne. A ceste resolotion fut donné effect, car des qu'elle entendit que l'Hongre auoit passé les monts, & que les Vicontes de Milan, Luchin, Mastin de l'Escale, Philippe Gonzague, Albertin Carrare, Opizo d'Este, Guy de Rauenne, lesquels estoyent lieutenantz du pape, & qui depuis se feirent seigneurs des villes qu'ils tenoyent, donnoient passage à l'Hongre, & le fauorisoyent en son entreprise, perdant cœur, se retira droit en Prouence sur trois galeres, auec le plus precieux de ses meubles, asseurée que de long temps elle ne iouiroit de son royaume. La fuite de la Royne causa que plusieurs villes se renditẽt au Roy d'Hongrie de leur bon gré, les autres tenues en bride par les gar-

Quels les Princes Italiens fauorisãts a l'Hõgre

Fuite de la Royne Ieanne en Prouence.

nisons, ne voulurent de prime face prester obeïssance à ce nouueau Prince, cōme non dispensés du serment promis à la Royne qui en estoit inuestie, & par succession, & par le droit de l'hommage fait au Pape. Louys cognoissant que le principal coup de la guerre seroit rué s'il se iettoit sur la cité capitale du Royaume, s'en alla vers Naples, ce qu'entendant le duc de Durace, fils du Cōte de Grauine, qu'on estimoit estre frere du Roy Robert, il s'achemina auec ce qu'il auoit de Fanterie, & auec sa caualerie, vers la cité metrapolitaine de tout le pais, lequel y entrant, dōna empeschemēt au Roy, d'y auoir acces si facile qu'il pēsoit, & cōme quelques vns luy auoyent promis, n'estimāts point que le Duc deut si tost assembler forces pour la deffendre. Or nonobstant ceste resistance, le Roy s'opiniastra, & iura de ne partir, qu'il n'eut, & la ville, & ceux qui la luy detenoyēt à sa discretiō: car aux citoyēs n'en vouloit il point, à cause qu'il sçauoit bien leur vouloir, & que c'estoit, non eux, ains la garnison, qui luy refusoyent l'entrée. Dequoy seruiroit icy de descrire l'assaut, ny les faits d'armes tant d'vn costé que d'aultre, veu qu'il nous suffit, que Naples estant prise d'assault, toutz ceux qui furent trouuez les armes au poing, passerent souz le fer trauchant & furieux des Hongres, sauf les chefs, que le Roy feit reseruer, & pardonna de bon cœur aux citoyens. Contemplés icy l'inconstance d'vn peuple, & principalement de celuy de Naples coustumier de changer souuent de Prince: entant que apresent ilz reçoiuent en ioye celuy, que n'agueres ils detestoient, & accusent de trahison le pouure Prince qu'ils honnoroient, pour estre venu à leur defence: pour monstrer que la faueur du populaire n'a non plus d'arrest qu'vn vent tourbillon, ou que l'arrest de la mer en son repos, qui pour peu d'orage met tout en confusion. Car le Duc de Durace nommé Charles, fils de Pierre Comte de Grauine estant prisonnier, & les Hongres ayants en leurs mains le reste des princes du royaume, qui touts estoyent du sang royal: on commença informer à bonne escient sur le fait, & massacre du deffunt Roy André, plusieurs

Prise de Naples par le Roy d'Hógrie.

Le Duc de Durace defait au lieumesme ou fut occis André.

estants accusez, nommément on mit en ieu & comme principaux le sus-dit seigneur Duc de Durace, & Louys, & Robert ses freres, cousins germains du Roy d'Hōgrie, Louys Prince de Tarāte, & espoux de la royne fugitiue, auec laquelle aussi il auoit gaigné le haut, & Philippe son frere, cousins germains aussi de celuy qui les vouloit faire mourir, si l'accusatiō estoit telle qu'on y peut asseoir cause de mort. Quand au Duc Charles de Durace, il fut par sentence du Roy condemné d'auoir la teste trenchée, comme trahistre, & principal auteur du crime & meurtre cōmis en la personne du Roy son souuerain: Iugemēt pour vray tres-equitable, veu qu'il n'est loisible à hōme pour quelque occasion que ce soit de mettre la main pour offencer celuy auquel la loy, & le cōmandement de Dieu, nous assubiectissent, & duquel dependent nos biēs, & nos vies. Les autres Princes ne furent si rigoureusement traitez, a cause (comme aucuns dient) qu'ils auoyent en leur charge le petit Prince Charles, qu'aucuns ont estimé auoir esté fils d'André Roy occis, quoy qu'il n'y ayt grande verisimilitude, s'il neut esté bastard: ains seule-

N'est permis a subiet aucū de toucher sur son prince

ment furent detenuz prisonniers iusqu'a ce que le Roy y eut autrement ordonné. Et quoy qu'on ne peut prouuer cõtre eux le consentement du forfait, & meurtre detestable, si est-ce que le Roy les blasmoit fort de ce qu'ils ne s'estoyent opposez à la coniuration, en ayant quelque sentiment, comme il est vray semblable qu'ils eussent: & les encoulpoit de ce que l'homicide estant commis, tant s'en fault qu'ils eussent poursuiuis ceux qui estoiẽt coulpables de crime de maieste, & que comme le droit le requeroit, ils en eussent fait information, & la verité estant sceu que iustice en eust esté faicte, que plustost ils les auoyent fauorisez & aydez: ce qu'ils ne pouuoyent nier, puis que la Royne meurtriere s'en estant fuye, ils s'estoyent arrestez au Royaume pour soustenir sa querelle, & si opposer comme ils auoyent faict, à celuy qui poursuyuoit la vengeance d'vn si grand & enorme malefice.

Or iaçoit que ceux cy ne pensassent point auoir meilleur traictement qu'auoit eu le pauure Duc de Durace, pour se voir compris en vne cause mesme, si est-ce que le Roy Louys vsant de mise-

Courtoisie du Roy Louys d'Hõgrie.

ricorde, les enuoya prisonniers en Hongrie, à Vvisgrade, ou ils furent traitez honnestement, & tout ainsi qu'il apartenoit à princes du sang royal, luy suffisant que le sang d'vn d'entre eux espandu eut laué la coulpe des autres: mais il ne pensoit pas que le sang espandu criant vengeance feit esmouuoir celuy qui est encor espandu par les veines, & ne cesse de l'inciter, iusqu'atant que l'effait s'ensuit & que son cry est exaucé par l'effusiõ du sang mesme de celuy qui aura causé la siennemesme. Ce pendant que ces choses se passoyent en Italie, Ieanne qui se tenoit en Prouence, fut visiter le sainct pere seant en Auignon, pour le suplier pour ses affaires, & le solliciter de la reuestir du royaume & succession paternelle, que les Barbares luy auoient iniustement raui, & qu'ils luy detenoient par force, & ne souffrit que les Hõgres prinssent l'autorité sur les terres qui estoyent de la foy, vasselage du saint siege apostolique.

Le Pape bien que ne trouuast que fort estrange ce meurtre commis en la personne du Roy André qu'il auoit couronné, & inuesty du royaume, si ne voulut il pourtant laisser ceste Royne, laquelle se purgeoit assez gaillardement de cest homicide, & remonstroit que si les Princes accusez l'auoient fait faire, c'estoit pour quelque querelle particuliere qu'ils auoient ensemble, qu'elle se disoit ignorer. Et plus fut encor trouuée la cause bõne, lors que les nouuelles vindrent de la deffaicte du Duc de Durace, & de la seule prison des autres, qui en estoyent aussi consentans que luy, & sur lesquels neantmoins on n'auoit trouué que dire, sinon qu'ils ne firent faire iustice des meurtriers. Car le Pape voyant cecy, se persuada que l'Hongre y procedoit de malice, & que pour oster les naturels du païs, il auoit fait mourir le Duc, & emmenoit les autres pour mieux à son aise gouuerner le païs, & y mettre des Hongres, & Allemans, pour tenir les Italiens en bride. Et pource il accorda à Ieanne sa demande, l'inuestissant de rechef du royaume, & voulant que Louys de Tarente en portast aussi le tiltre. Et pour mieux appaiser ces troubles il enuoya vers le Roy Hongre, vn Cardinal nommé Guy, natif de Limosin, & son

Guy Cardinal Portuense paret du Pape Clemẽt sixiesme vers Loys d'Hongrie.

proche parent pour induire ledit Roy à faire paix auec la susdite Dame, & luy remettre le païs en main, sans auoir esgard ny à la faute des meschants qui auoient commis le meurtre, ny aux façons de faire de ceste Dame, estant besoing de dissimuler les faultes de ce sexe, & de considerer quelle estoit en cecy la volonté du Pape, & de tout le sacré college des Cardinaux, & qu'est-ce que requeroit la liberté d'Italie, laquelle n'estoit pour souffrir longuement les estrangers à Naples, ny de veoir vne Royne legitime heritiere chassée de ses terres. Proposa encor le susdit Cardinal deuant le Roy. Qu'il suffisoit de la vengeance qu'il auoit prise pour le Roy deffunct, que le peuple Italien ne deuoit porter la penitence des meurtriers, ny l'Italie la peine d'vne seule teste: que le tẽps estoit desormais d'apaiser les troubles, qui tenoient le royaume de Naples, flotant & vague comme vne nau au milieu de la mer, durant quelque grande tempeste: qu'il failloit acoiser ceste orage, & s'obliger d'vn nœud perpetuel de plaisir, non tant le royaume Napolitain, que le Pape, & tout le siege Apostolique. Qu'il pensast l'obligation qu'il deuoit aux ombres du Roy Robert, par le benefice duquel, le droit du royaume luy pouuoit eschoir: & eut esgard à la dignité & puissance du sainct Pere, duquel les aisnez de la maison de Naples tiennent à hommage ceste Prouince: & que Ieanne estant fille de Charles de Calabre fils aisné de Robert, & heritier de Naples, la raison vouloit, que sur elle, & nō sur autre escheut le sort de l'heritage: l'alienation duquel ne depend de la volonté du Roy de Hongrie, ains de la seule autorité du Pape. Que le Roy deuoit pēser combien le Pape estoit à respecter en cecy, comme celuy qui a tout le droit de l'inuestiture, & donatiō du royaume: qu'il luy deuoit suffire des terres qu'ailleurs il tenoit, sans vouloir encore embrasser la seigneurie Napolitaine, estant impossible de gouuerner deux peuples separez par si long espace de terre, si differents en mœurs, Loix, & coustumes, subiets à reuoltes & tumultes, & qui sont de grande consequence. Et quand il auroit opinion de ce faire, & de regir Naples par ses gouuerneurs, & lieutenants, il luy en proposa les difficultez, veu q̄ sans sa presence ils ne seroient iamais sans assaults, ny sans sevoir à tous propos les partiaux de la Roine, leur querellans & le gouuernement,& la couronne. Qu'elle est assez puissante, & a des subiets en France si vaillans,& de si bons amis, que facilement elle leuera vne armée pour derechef se remettre en possession de la piece querellée, & sur laquelle il valoit mieux faire quelque honneste composition,que tenir ainsi l'Estat embrouillé,& causer plus de troubles en Italie,laquelle estoit descheuë de sa gloire ancienne,pour la suruenuë de tant d'estrangers,& pour les diuisions & partialitez qu'on y auoit nourrie. Le prioit de se souuenir de l'estat auquel il voyoit estre l'Eglise, & comme le vicaire de Iesus Christ estoit banny és Gaules,par les mauuais deportemens, tant des Italiens mesmes,que des Alemans,ayans semé les factions en Italie: comme il estoit contraint se tenir en la Gaule Narbonoise, cõme n'ayãt lieu aucun de seure retraitte: & qu'ayant esté chassé du siege Romain, qui estoit sa propre Eglise, il auoit plus trouué d'asseurãce,de foy,loyauté, & recognoissance entre ceux que les Italiens appellent faucemẽt barbares,que non pas ny en Italie,ny en la mesme Cité de Rome. Proposa encor le Cardinal, que Louys seroit mieux à son aise commandant sur les Panoniés, Transsyluaniés, & Vvallaches, que s'il venoit s'arrester en la Pouille, & que la s'aneātissant il laissast de prouffiter à la republique Chrestiēne, ou q̃ s'allant amuser apres les factiōs & discordes, esquelles estoiēt embrouillez tous les seigneurs d'Italie, il passast le reste de ses ans, sans faire chose digne de memoire, ou qui honorablement le recōmandast à la posterité: d'autant que la vaillance mōstrée és ligues & querelles particulieres, n'est pour honorer vn Prince, & mois pour rendre immortelle la memoire de son nō. Que ce n'estoit à vn Roy vrayement Chrestien, de se saisir iniustement des terres de son voisin, prochain & parēt, telle que luy estoit la Royne Ieanne, laquelle ayāt failly estoit suiete à sa sainctete, à laquelle on deuoit plustost auoir recours, que s'adresser à la force: & que le Pape y ayant procedé par la voye qui luy est loisible & ordinaire, ç'eust esté lors à Louys à y aller de la sorte qu'il auoit faict, auec la licence de celuy, qui en est le souuerain. A la fin, le Cardinal prioit le Roy Hongre, que pour mettre en repos l'Italie, & n'estre cause de plus grandes diuisions que celles qui desia de long temps y estoient enracinées, il feit ce plaisir au Pape, que de s'abstenir de l'vsurpation de ce royaume Napolitain, & qu'il en cedast la iouyssance à Ieanne, à qui de droit il appartenoit: & s'il y auoit quelque droict, que pour l'amour de sa saincteté il le quittast à sa cousine, & pardonnast à Louys de Tarente la faulte commise, si par cas il auoit conspiré contre André, ainsi qu'il entendoit, que quelques vns l'en auoient soupçõné. Requist en outre qu'il luy pleust, au nom, & en faueur du Pape, de mettre en liberté les seigneurs d'Italie, qu'il auoit enuoyez prisõniers en Hõgrie, & qu'il face paix auec les siens, cõposant amiablement auec ses cousin & cousine, & par ce moyẽ se les obligeant d'vne perpetuelle redeuãce: mettant fin à la guerre, & remenant ses forces en Hongrie, pour s'en seruir contre les infidelles, qui desia aprenoient à passer la mer, & courir iusques en la Migie: & en somme l'admonesta de tãt obeir au Pape, que par son admonitiõ & aduertissement ioinct à la priere, & commandement, il remist és mains de ceux de son ſang, le royaume qui eſt de l'obeiſſance du ſainct ſiege, & duquel le Pape auoit inueſtie Ieanne comme la vraye heritiere du Roy Robert. Le Roy Hongre s'accomoda à la volonté du Pape, non tant de deſir qu'il eut de luy gratifier, d'autant qu'il luy faſchoit de laiſſer vn morceau ſi friant, mais pource qu'il voyoit que les Italiens ſe faſchans de la domination des Barbares, & ayant à contrecœur l'inſolēce des Hongres, commēçoient à remuer meſnage, & que les Princes meſmes qui l'auoient ſecouru, ſe dreſſoient de l'autre coſté, & en ſomme il craignoit, & que les Frāçois paſſaſſent les monts en faueur de Ieanne, & que le Pape l'excommuniant il ſe mutinaſt preſque toute la Chreſtienté contre ſon royaume. Oultre ce, eſtant aſſailly d'vne peſte extreme ſon camp, & mourans ſes ſoldats ſans nombre, & ſans qu'on y peut remedier, il fut auſſi contraint de quitter l'Italie, & accorder la requeſte faite par ſa ſaincteté: & en fut l'accord de telle ſorte. Que l'Hōgre quitoit, cedoit, & tranſportoit à Ieanne ſa couſine, tout le droit qu'il pouuoit pretēdre au royaume de Naples, & Sicile, & qu'elle ſeule porteroit le tiltre de Royne, ſans

Pourquoy l'Hongre quitta le royaume de Naples.

Articles de l'accord entre l'Hōgre & la Roine Ieāne.

que Louys son mary (ou plustost adul-tere) eut autre nom de dignité que celuy qu'il auoit auparauant, à sçauoir de Prince de Tarente. Et voila quād à la premiere partie de cest acte tragic, ou vous voyez la subtilité de ceste femme, à se depescher de son legitime mary, pour faire regner celuy duquel elle aymoit mieux les embrassemens & caresses: & sa meschanceté à causer la ruine de son propre sang, pour la querelle de ses folies. Ce n'est pas tout, si encor elle n'eust achepté le sang espādu de son mary, & reconquis son royaume perdu par l'alienation d'vne des plus belles pieces qu'elle eut en sa puissance: car elle vendit au Pape la Cité d'Auignon, & Conté de Venice, à peu de pris, pour attirer sa saincteté à l'inuestir du Royaume qu'elle auoit perdu par son parricide, & forfaiture: & deslors ceste cité & païs voisin, à esté soumis au sainct siege, au grand preiudice des legitimes successeurs de la maison de Prouuence. Et en y a eu qui ont faict doubte si l'aquisition en estoit iuste, comme ainsi soit, que si la Royne Ieanne estoit iusticiable, & fut descheuë du droit des seigneuries

Auignō vendue au Pape par la Royne Ieanne.

que elle tenoit, le ſeul Royaume de Naples deuoit tomber és mains du Pape, & non la Cité d'Auignon, qui eſtoit des appartenances de Prouence, & ainſi deuoit reuenir au Roy de Frãce, ou à l'Empire, à cauſe du Royaume d'Arles. Mais ceux qui defendent la cauſe du ſainct ſiege, ſe tarquent, & de l'achapt fait par le Pape contractans auec celle que deſia il auoit inueſtie du Royaume Napolitain, & à laquelle il quitta vne bonne partie du tribut annuel que faiſoient les Roys de Naples au Pape: quoy qu'il en ſoit, la cité d'Auignon ainſi alienée, fut celle, qui cauſa que le Pape print en main la querelle de Ieanne. Mais laiſſans à part tout cecy, fault reuenir au cours de la vie de ceſte infortunée Princeſſe, laquelle ayant veſcu pluſieurs années en paix auec ſon mary Louys de Tarente, bridant pluſieurs des plus grands de ſes terres qui taſchoient de l'inquieter, & vſant d'vne ſinguliere prudence à gouuerner ſes terres, & les maintenir en repos: voicy, que ſon malheur la conduiſant à ſa fin, ſuſcita les moyens d'icelle par le malheur & cõfuſiõ de toute la Chreſtiẽté: &

entendez comment. Tout ainsi que le royaume de Naples estoit de l'hommage & obeyssance du sainct siege, aussi les Roys dudit païs, se monstroient fort studieux & affectionnez à la grandeur des Papes, & à la conseruation du sainct siege, comme Ieanne feit tant qu'elle fut en vie, & sur tout, comme recognoissante les biens & faueurs receuës, à cause que c'estoit par les Cardinaux de Frãce qu'elle auoit obtenu la reintegration & inuestiture du royaume, soubs Clemẽt sixiesme, elle ayma aussi, & fauorisa de tout son pouuoir les Prelats de ceste nation, comme aussi depuis elle s'affectionna enuers les Princes du sang de Frãce, duquel aussi elle auoit pris origine. Or aduint qu'en l'an de nostre seigneur 1378, estant mort Gregoire vnziesme de ce nom, lequel laissant Auignon s'estoit retiré à Rome. Les Cardinaux assemblez en conclaue pour eslire vn Pape, furent forcez par le peuple d'en eslire vn qui fut Italien, tellement qu'ils nommerent vn Archeuesque de Barri, & Napolitain de nation, nommé au parauant Barthelemy, & Vicechãcelier du sainct siege, lequel en son sacre fut appellé Vrbain sixiesme. Ceste

Mort de Gregoire II. à Rome.

contrainte

contrainte cousta bien cher depuis à la Chrestienté, & causa de grands scandales, mettant, & nourrissant vne estrange, & dommageable diuision par toute l'Eglise, & de grandes querelles entre les Princes, entant que les Cardinaux estans sortis du Conclaue, & se voyans en liberté, sortirent de Rome, comme d'vn lieu de contraincte, & s'en allerent à Anagne, où ils esleurent Robert Cardinal de Geneue pour Pape, lequel ils nommerent Clement septiesme, & auec luy se retirerent en Auignon, diuisans ainsi la robbe sans cousture de nostre seigneur, & semans vne discorde la plus sanglante, que sans heresie on ayt iamais veu en l'Eglise. Ceste Royne Ieanne, quoy que desia vieille, ayant perdu Louys son espoux, espousa en troisiesme nopces Othon, Duc de Brunsuich, Prince fort catholique, & lequel ne porta onc le nom de Roy de Naples, ains seulement le tiltre de Prince de Tarente. Sur le commencement elle fauorisoit fort Vrbain, comme estāt vn de ses subiets, lequel venoit à si grande dignité que de commander és choses spirituelles, sur tous les Princes Chre-

Commencement de vn grand schisme en l'Eglise, pour l'election de Vrbain 6.

Ieanne espouse Othon de Brūsuich

ſtiens, de ſorte qu'oyant parler de l'election de l'Archeueſque de Barry, elle feit faire de grands feux de ioye par toute la cité de Naples, faiſant de grãds preſens à ce Pape nouueau, & luy enuoyant 40000 ducats en don, luy offrant tout ſeruice, deuoir, & bons offices d'amitié, comme eſtimãt que ce Pape, luy ſeroit touſiours bon amy, & fort fauorable. Mais l'orgueil d'Vrbain fut cauſe que ceſte amitié ne durant guere, acheminaſt la Royne à ce que le Ciel luy auoit preparé pour punition des faultes par elle commiſes. Car comme le Prince de Brunſuich mary de ceſte dame fut à Rome, & ſeruit vn iour ſa ſainctetè, luy donnant à boire à vne collation, Vrbain s'oubliant en ſa grandeur, & ne luy ſouuenant plus que ceſtuy eſtoit celuy qui naguères eſtoit ſon Prince, ſouffrit qu'il fut vn fort long temps de genoux deuant luy, ſans faire ſemblant de prendre le hanap pour boire: dequoy ſe depitant le Prince Allemant, qui par là meſura quelle eſperance on pouuoit auoir de la modeſtie de ce Pape, ſe retira de court, ſans faire autre compte de ſa ſainctetè. La Royne, qui

Ieãne ſuit l'Antipape Clement.

estoit aussi arrogante que c'est Vrbain estoit insolent, & orgueilleux, se despite de cest acte, quoy que son mary, comme sage & bon Prince qu'il estoit, n'en tint compte, & sollicitée par l'Antipape Clement, se resolut de suyure son party, & le tenir pour l'Euesque souuerain, & pour pasteur legitime de tout le troupeau des Chrestiens, comme aussi le Roy de France embrassa ceste querelle. Mais l'infortunée Princesse ne cõsideroit pas quel malheur & consequence cecy luy pouuoit redonder, veu que tous ses subiets estoient Vrbanistes, & que si elle les vouloit contraindre de suyure le party de Clement, il n'y auroit danger que de reuolte, & que le Pape ne luy suscitast des ennemis, veu qu'il ne laissa nation Chrestienne, ou il n'enuoyast Bulles, preschãs remission de tous pechez à ceux qui s'armeroient contre les Clementins, allumant vne guerre, tout ainsi que si ç'eut esté pour la querelle de la foy contre les heretiques & infideles, & que l'ambition de ces deux hommes deut porter le tiltre de pieté, & que les Princes deussent seruir de gladiateurs

Insolence des deux contendãs à la Papauté.

pour le plaisir d'iceux, & pour establir la puissauce de l'vn ou de l'autre. Vrbain donc, qui (contre son office, & le deuoir de tout Chrestien) a esté le plus cruel & vindicatif homme de son temps: voyant q̃ la Royne se declairoit ainsi cõtre luy, & qu'elle faisoit tout ce qu'elle pouuoit pour l'Antipape, se resolut aussi de troubler le repos d'icelle, & luy dresser vne telle fusée, qu'à peine la sçauroit elle desmesler de sa vie. Vous auez veu par cy deuant, que lors que Louys Roy de Hongrie feit trencher la teste à Charles Duc de Durace, & qu'il emprisonna les autres Princes de Pouille & Calabre, qu'ils auoient auec eux vn petit Prince nommé Charles, que les aucuns estiment fils d'André occis, (comme il a esté dit) d'autres le disent estre descendu, & sorty de ce Duc de Durace decapité à Auerse, ce qui est le plus vray semblable. Cestuy cy estant grandelet, & fort pour les armes, ayant l'esprit bon & gaillard, & qui tousiours auoit quelque cas à remuer, ne plaisoit guere à Louys Roy de Hongrie, craignant que s'il mouroit, comme il se voyoit voisin de la mort, à cause de sa grãde vieillesse, ce remueur de mesnage ne s'emparast du royaume, & en deboutast les heritiers, ne faisoit aussi que penser les moyens de se defaire de luy, & l'employer en guerre hors du païs de Hongrie. A ceste cause ayant guerre contre les Venitiens, pour l'esgard d'aucunes terres voisines de la marche Trenigiẽne, il y enuoya ce Charles de Durace, lequel nous mettons icy en auant, à cause que c'est luy qui iouera vn des principaux personnages sur le Theatre sanglant, qui donnera fin à la vie de la Royne Ieanne de Naples, tout ainsi que pour elle, & par ses conspirations, le pere de cestuy-cy auoit iadis perdu la teste, comme souuent auons dit. Tandis que cestuy-cy est gouuerneur en Esclauonnie és terres tenues par l'Hongre, le Pape Vrbain enuoya vn Nonce à Louys en Hongrie le solliciter de son deuoir, & qu'il se souuint que le sang de son frere crioit à Dieu vengeance contre luy, de ce qu'il n'auoit puny celle qui auoit causé la ruine d'vn si bon Prince. Qu'il s'estonnoit que si facilement il s'estoit laissé

Louys de Hongrie enuoye Charles de Durace cõtre les Venitiẽs.

Menées d'Vrbain contre la royne Ieãne.

gaigner, qu'apres auoir cõquis vn royaume, & le tenir paisible, il l'eut quicté à celle mesme, qu'il deuoit poursuyure cõme vne trahistresse & meurtriere. Et que s'il auoit failly par cy deuant en son deuoir, il y auoit encor assez de tẽps, pourueu qu'il y voulut entendre, non seulemẽt de recouurer le sien, ains encor de chastier celle qui auoit fait mourir le Roy André son mary. Luy feit remonstrer que c'estoit à luy de chasser Ieãne comme son ennemie, & celle qui estant nuisible aux siens, estoit encor aduersaire, & capitale ennemie de l'Eglise de Dieu, s'opposant au sainct siege, & tenant le party d'vn seditieux & schismatique. Rien plus souhaitable n'eut sceu aduenir au Roy Hõgre pour luy dõner repos en son cœur, & n'auoir plus deuant les yeux ceste crainte que Charles de Duras rauit la succession aux enfans qu'il auoit, car il pensoit, que luy donnãt le Royaume de Naples, il brideroit sa conuoitise, & le garderoit d'aspirer ailleurs, se l'obligeant auec vne telle & si liberale largesse d'vne si grãde seigneurie. Parainsi acceptant la condition offerte par le Pape, & promettãt au Nonce de faire tout deuoir d'obeïr à sa saincteté pour l'extirpation du schisme & poursuitte des Clementins, tant en Italie qu'ailleurs, manda soudain vers les Duc Charles, le priant de venir en diligence pour chose qui luy importoit, & à son grand aduãtage, à quoy l'autre obeit plus que volontiers, comme Prince qui ne desiroit que paruenir en luy obeissant. Tandis que Vrbain pratiquoit l'Hongre, & sollicitoit tout le monde contre Clemẽt, la Royne Ieãne ne dormoit pas, ains ayãt ouy le vent de telles menées, & se doubtant qu'à la fin ceste tempeste pourroit l'accabler, & qu'elle seruiroit à clorre le ieu, escriuit au Pape seant en Auignon, le priant de faire qu'vn des Princes de France prit sa querelle, auquel elle donneroit le droit qu'elle auoit à Naples & Prouence, & l'adopteroit pour son fils, le faisant heritier vniuersel de toutes ses terres & Seigneuries. Et de la vint que Louys de France Duc d'Aniou, qui pour lors estoit gouuerneur pour le Roy en Languedoc, commença à se preparer pour ce voyage, & estant mort Charles le quint son frere, & venãt

Ieanne adopte pour fils Louys de Anjou, frere de Charles le quint, roy de France.

à la couronne Charles sixiesme, & ce Louys fait Regent en France, espuisa tous les thresors, pour acquerir ce Royaume de Naples, lequel a esté malheureux à toutes les familles qui en ont esté inuesties, ainsi que verrez lisant ce discours. Charles de Durace donc passé en Hongrie, ayant baisé les mains du Roy Louys, se voit caresser plus courtoisement que iamais, & oit le Roy qui luy tint ce langage. Mon Cousin, ie sçay bien quel tort on nous fait & à vous & à moy, au Royaume de Naples, & suis marry que ceste folle femme iouïsse si longuement des terres desquelles le Pape auoit inuesty mon frere, qui vous est si proche que chacun sçait. Iusques auiourd'huy i'ay dissimulé, non que le desir de venger mon frere soit effacé en mon esprit, mais d'autant que la reuerence que ie porte au sainct siege m'en a retardé, ayant transigé auec elle par l'autorité du Pape Clement sixiesme. A present qu'elle s'est soubstraite de l'obeïssance du legitime pasteur de l'Eglise vniuerselle, pour fauoriser vn schismatique, ie me sens aussi absouls de mõ sermét, & ne

Propos de Louys Hõgre, à Charles de Durace.

suis plus deliberé de respecter ceste excõmuniée, & lasciue meurtriere, estant obligé cõme Roy Chrestien que ie suis, à secourir le Pape, & à deffendre l'heritage, lequel m'eschoit par succession: Or mon Cousin, me voyant vieux & cassé, tant de l'aage, que par les maladies, ie n'ay aussi le moyen de faire ce voyage, que ie feroy de bien bon cœur, & n'ayant hõme qui me soit plus cher, & en qui ie me tant qu'en vous; ie vous ay aussi mandé non seulement pour vous donner charge de ceste entreprinse, ou vous recommander la querelle du Royaume de Naples, comme chose qui me touche, ains pour vous en inuestir, & faire present de tout le droit que i'y pretends, & que pense m'y estre deu tresiustement: A condition toutesfois, que vous me iurerez de ne iamais quereller la couronne d'Hongrie, ou autres terres de celles que ie tiens par deça, ains en souffrirez la iouïssance libre à mes enfants, lesquels vous secourerez cõtre tous ceux qui se voudront efforcer de leur porter nuisance. Vous me iurant cecy, & me promettant de faire vostre deuoir de vẽger la mort du roy André mon

A quelle condition Louys cede le royaume de Naples Charl

frere, me voicy prest à vous adopter en cest endroit, & vous declairer Roy des deux Siciles, desquelles le Pape Vrbain m'a inuesty, contre celle qui soustient le Schismatique. Charles oyant nouuelle si chatouilleuse, & se voyant, contre son attente, appeller à vn si grand estat, fut large en promesses, & prodigue à iurer chose que depuis il ne garda aucunement: & ainsi le Roy luy feit ses depesches tant d'argẽt, hõmes, que de la cession du droit pretendu à Naples, par lettres autentiquées, comme aussi Charles iura sollennellement suyuant la condition proposée par le bon Roy d'Hongrie, qui donna permission au Duraciens d'accorder auec les Venitiens, afin qu'ils ne luy troublassent le cours de ses victoires. Vous qui estes conscientieux, & qui auez Dieu deuant les yeux, ainsi que l'homme de bien doit auoir, contemplez icy quelle est l'integrité des hommes qui son poussez d'ambition & de vengeance: Vous voyez icy vn pasteur ecclesiastique semer les semences de la guerre, & aiguiser les cousteaux pour espandre le sang, & allumer le feu pour mettre toute la Chrestienté en feu & combustion, & le tout souz vn gentil masque de saincteté, & pour oster le schisme de l'Eglise, lequel deuoit estre desraciné par vn Concile, & non auec l'assemblée sanglãte des soldats esloignez de toute iustice. Contemplez vn Roy si affolé, que pensant establir le regne pour les siens, agrandit celuy mesmes qui n'auoit raison aucune de l'aimer, veu que c'estoit par luy que son pere auoit ignominieusement perdu la vie, car les plus asseurez tiennent que Charles estoit fils du Duc de Durace decapité, & voyez que l'ambition rend ce Charles si parricide, & des plus sanglans & cruels princes de son aage. De sorte que par le cours de ceste histoire, vous ne verrez plus que massacres & ruines causez par la folie d'vne femme, par l'ambition d'vn Euesque, & par le glout desir de deux princes aspirans à ceste couronne de Naples, sans que l'vn ny l'autre en ait iouy que superficiellemẽt, & sans que pas vn d'eux en ait laissée la succession à ses enfans, laquelle est escheuë aux vsurpateurs, & demeurée à ceux qui n'y auoient autre droit que de bien-seance. Charles estant de retour en Esclauonie, ayant amusé vn temps les Venitiens souz pretexte de faire la paix, passa auec son armée en toute diligence en Toscane, ou desia il auoit enuoyé deuant le prince de Salerne, & attira à sa societé quelques troupes Alemãdes, & auec 8000. cheuaux Hongres, il vint & passa en Italie, assaillant l'estat de Florẽce, si bien que les Florentins furent contraints d'acheter la paix 40000. escus : & delà s'en alla faire la reuerence au Pape Vrbain à Rome, qui le receut & caressa, comme celuy qui venoit le venger de Ieanne son ennemie. Charles venoit venger la mort de celuy que son propre pere auoit fait occir, & sur celle qui l'auoit nourry, & pour laquelle le pere dudit Charles auoit perdu la vie: & pourchassoit la ruine de celle qui luy auoit gardé ses enfans & son espouse, tãt qu'il auoit esté en Hongrie : laquelle espouse de Charles entendant les menées de son mary, s'estoit retirée de nuict auec ses enfans, craignant que la Roine ne l'arrestast, entendant la trahison du Duracien, & sa pernicieuse conspiration & ingratitude. Or iaçoit que le Pape fut cause de la venuë de Charles auec son armée, & qu'il eut sollicité Loys d'Hõgrie d'armer contre Ieanne, si est-ce que iamais il ne voulut couronner Charles, que cestuy ne luy eut accordé tout ce qu'il demandoit, & principalement qu'il feit Duc de Capuë, & de Melphe, son nepueu nommé François Pregnan, homme vrayemét indigne de telle dignité, estât le plus corrompu & effeminé hôme qui fut en Italie. Et ainsi Vrbain monstra quel desir le conduisoit contre Ieanne, & qu'il souhaitoit de la despouïller, pour en reuestissant des despouïlles d'icelle vn prince affamé, & sans moyen, il en peut tirer dequoy enrichir ses pauures parens, & ennoblir sa race vile, sans nom ny tiltre d'honneur, & de laquelle la memoire estoit si grande, qu'en Vrbain commença & faillit à vn coup le lustre d'icelle. Charles n'auoit point tort aussi d'auancer le fils, ou nepueu du Pape, veu les deuoirs ausquels Vrbain se mit pour luy, & pour son auancement, entant que Charles n'ayant point d'argent pour fournir à la soulde de ses gens, & vous sçauez que l'argent est le vray soutien & nerf de la guerre, & que cestui-cy manquant, il n'y a cœur qui ne s'affoiblisse, ny loyauté qui ne se conuertisse en trahison, ou qui à

Le Pape fait son nepueu prince de Capuë, & de Melphe.

tout le moins ne sente ne sçay quoy de refroidissement & alteration. Le Pape auança de tant son affaire, que (si l'Euesque Theodoric de Niem ne ment) il vendit le domaine de plusieurs Eglises & monasteres de la cité de Rome pour subuenir audit Charles, sans y espargner les sacrez vaisseaux & saincts ornemens des Eglises, desquels il feit faire de la monnoye, & que peult estre il eut fait cõscience de faire fondre pour la nourriture des pauures. Charles donc ayant la main garnie des deniers d'Vrbain, s'en alla droit à Naples, ou estoit la Roine, tandis qu'Othon son mary, & Balthazar son frere, auec le Marquis de Mõtferrat faisoient amas de gens, pẽsans que Loys Duc d'Anjou passast soudain en Italie auec l'armée de France pour leur donner secours : s'en vint à Naples, ayãt rompu plusieurs fois le camp de Ieanne, & ainsi ne fault s'estonner si la ville luy fut rendue, comme ainsi soit que les intelligences qu'il auoit dedans y seruans de beaucoup, & le naturel des habitans y donnant vn fort grand coup, l'estonnement de tant de deffaites, en fut encor la cause principale. La ville estant prise, la Roine se retira au chasteau

Theodoric de Niem liur. 1. des schismes. chap. 22.

Naples rendue à Charles.

neuf,ou Charles la fut assieger, s'asseurant de voir la fin de ses fascheries,& de la vie de ceste miserable princesse. Ie laisse icy à part ce qu'on recite d'vn certain sorcier, qui estoit auec Charles de Durace,lequel faisoit merueilles à ruser le camp du Duc de Brunsuich, me suffisant de deduire la fin de ceste folle femme, qui ayant regné long temps, ne peut en somme fuir son desastre, & oyez comment. Otthon de Brunsuich ayant ouy parler des forces de Charles, qu'il pésoit plus grãdes,enuoya vers son frere Balthazar pour auoir secours,comme aussi il feit vers le Marquis de Montferrat son grand amy: car le reste des forces du Royaume auoit esté rõpu(comme dit est)par Charles. Ceste assemblée faite par le prince Alemant, le Duc de Durace en est aduerty, & se fasche de ceste nouuelle, comme chose qui luy touchoit au cœur, voyant bien que si ceux cy le pouuoient tenir le bec en l'eau vn mois ou enuiron, que sans faillir le camp François passeroit, & romproit & ses desseins, & les imaginations du Pape. Mais comme il est à curer la dent, & desseigner ce qu'il auoit à faire, & pour prẽdre le chasteau qu'il tenoit assiegé, &

pour tromper ceux qui le venoient assieger en la ville, & ne sçachant desia plus en quoy se resouldre, voicy vn traistre qui leur ouurit, & facilita les chemins pour mettre fin à leur entreprise. Ce fut vn meschant Napolitain, gentil-homme le plus detestable de la terre, & tel le peut on dire, puis qu'estant aimé, honoré & chery de la Roine sa dame, & naturelle princesse, & lequel le prince Otthon fauorisoit sur tout autre. Ce galant, craignāt peult estre d'estre surpris au chasteau, & de seruir de passe-temps à la cruauté des Hongres, ou plustost conduit de sa propre malice & meschanceté, s'adressa à Charles, auquel il declara comme le chasteau n'estoit pour tenir guere lōg temps à cause du grand deffaut de viures, & que la Roine ne sçauoit plus sur quoy se fonder, que sur l'armée qui estoit hors la ville, & laquelle les tenoit assiegez: Toutesfois qu'il y auoit de bons moyēs de tromper, & la Roine & son mary, si Charles le vouloit escouter, & le recompenser selon son merite. Le prince de Durace oyant cecy, promet merueilles à ce forgeur de trahison, comme les grands sont prodigues en promesses, & l'amadoua si bien,

Trahison du Napolitain cōtre la roine Ieāne.

que

que ce meschant vieillard & infame coquin fut si pernicieux, que de dire, q̃ quād il vouloit il manioit le seau de la Roine, & qu'il escriroit au seigneur de Brunsuich de la part de sa femme, & selon le contenu de la lettre on verroit comme ils se deuroient gouuerner. Ceste lettre est dictée & escrite, & le paillard Napolitan allant comme de coustume chez la Roine, vsa de si diligente garde, qu'il la séella du sein de la miserable princesse, & soudain on l'enuoya au camp des assiegeans. Entre le chasteau & le camp du Duc de Brunsuich, ce traistre feit faire vn fossé, disant que c'estoit vn lieu propre pour la surprise de l'Alemāt, lequel auoit assez long temps iouy des baisers de sa dame, & là il mit 50. hommes gaillards, & bien armez en garde, afin de surprendre le Duc qu'il s'asseuroit n'auoir garde de faillir au mandement de la Roine, lequel estoit en sa lettre tel que s'ensuit.

Monsieur, si vous aimez ma vie & vostre asseurance, ie vous prie qu'à ce soir vous veniez iusques en ce chasteau auec six ou sept, sans plus, de ceux en qui vous auez le plus de fiance, afin que nous puissions traitter de noz affaires, car ie ne suis pas si estroitement assiegée, que l'ennemy aye le moyen de vous empescher, ny la hardiesse de sortir pour vous donner dessus, ioint aussi qu'il ne sçait rien de nostre affaire, qui est manié par celuy que vous cognoissez pour le plus loyal de noz seruiteurs, à qui i'ay fait escrire la presente, qui est signée de nostre sein, en tesmoignage de la foy que vous y deuez adiouster.

Vostre bonne amie & fidelle espouse.

Ieanne.

On sçait bien que tout ainsi qu'vn couard est difficille à estre surpris & rusé, à cause que tousiours il se tiét sur ses gardes, aussi vn hōme de hault cœur & genereux, est trompé toutes les fois qu'il est question de le trahir : car il a le cœur si bon & si rond, qu'il ne se defie de personne, & est si genereux & hardy, qu'encor au milieu des perils il y sent asseurance, & de tels exemples auons nous assez veu de nostre temps, & senty, à nostre regret, que ceste trop grande generosité est bien souuent preiudiciable. Otthon ayāt receu ceste lettre par le mesme traistre qui l'auoit escrite, & qui le conduisoit à la boucherie, s'enquist de l'estat de la Rone, que l'autre luy declara bien au long, comme celuy qui n'ignoroit rien, y ayant l'accez si facile : puis se craignant que le Duc ne se refroidist, & refusast d'obeir à la lettre, luy dit que madame, bien qu'eut faute de viures, s'asseuroit tant de sa sagesse & bonne conduite, que facilement il chastieroit ce pigeon à poil foller du Duc de Durace, mais qu'elle le supplioit de ne faillir à la venir visiter, & qu'ayans parlé ensemble, ils verroient s'il deuoit assaillir la ville, ou bien venir par le chasteau, ou y mettre viures & forces, & la tirer de là pour la conduire en Prouence. Il estoit aisé à cestui-cy de tromper, & le mary & la femme, puis que tous deux se fioient en luy, aussi le Duc luy dit, que dans telle heure qu'il luy assigna il viendroit, & luy donnant le mot, le renuoya à la Roine. Ce Iudas ayant exploité selon son desir, s'en reuint à Charles ; auquel il compta l'exploit de son ambassade, & l'asseura que s'il ne tenoit à ses gens, il se faisoit fort qu'à ce soir il auroit les deux Brunsuich, & le Marquis de Montferrat en sa puissance, car le mary est si desireux de voir (dit il) ceste vieille marmotte, que iamais ieune fol amoureux ne conuoita rant l'heure de l'assignation donnée par sa belle & ieune maistresse. Charles, bien que prit plaisir oyant ce discours, si detestoit il en son cœur la meschanceté de cest homme, qui non content de brasser ceste menée, encor ne faisoit conscience de se moquer de ceux qui l'auoient chery de telle sorte. Ne reste pourtant de s'en aider, comme les drogueurs se seruent des serpens, & des herbes venimeuses, selon la qualité des maladies : & luy commãda d'estre luy-mesme le guide des soldats, pour tuer ou reseruer ceux qui viendroiét vers la Roine. Sur la premiere assiette de la garde de la nuict, voicy le Duc de Brunsuich qui prie le Marquis de Montferrat, vn fort vaillant & illustre prince, Balthazar de Brunsuich, & trois Capitaines des plus segnalez de l'armée pour luy faire escorte, & ausquels il monstra les lettres de la Roine, qu'ils eussent trestous soupçonnées si la foy qu'on auoit au messager ne les eut autorisées, & ainsi ils se mirent en chemin pour s'aller presenter à leur ruine. Aussi ne furent ils pas si tost pres du fossé, & lieu de l'embusche, que soudain ils ne se veissent circonuenus de tous costez, & pensans se

Ce Marquis de Montferrat s'appelloit Guillaume, & estoit de la race des Paleologues de Grece.

sauuer, pour ne se voir assez forts à resister à si grand nombre, & qu'encor ils estimoient plus grands, ils cheurent audit fossé, dedans lequel fut tué le Marquis de Montferrat, & les trois Capitaines, mais les deux freres seigneurs de Brunsuich furent conduits à Naples à Charles, qui fut grandement ioyeux de telle prise. Otthon se voyant ainsi vendu, ne sçauoit que dire, ny à qui s'en prendre, car quelquesfois il estimoit que ce fut sa féme qui luy eut ioué ce tour, & pour ce faire à croire cecy, il reduisoit en memoire la mort d'André qu'elle mesme auoit fait occir, mais d'autrepart il consideroit que celuy qui les poursuiuoit ne le faisoit pas pour sauuer Ieane, à cause qu'elle viuant il y auroit tousiours qui luy querelleroit le Royaume, puis qu'elle en estoit l'heritiere, & elle estant morte, a sémet il viendroit à bout de tout, ayant le cœur de ceux du païs sollicitez par le prince de Salerne, & autres qui n'auoiét onc aimée la Roine Ieanne. A ceste cause il accusoit la detestable trahison de celuy qui l'auoit si subtilement vendu, & se blasmoit soymesme de simplicité, de croire à pas vn de ces gens, qui n'aimoiét leur prince que candis q̃ la fortune leur estoit propice, & plaignoit le desastre de sa femme, laq̃lle il s'asseuroit que Charles feroit mourir si iamais il l'a pouuoit tenir en sa puissãce. Ce prince fut aucunemẽt respecté, qui le feit mettre en prison, ou il estoit asses biẽ traicté : mais ainsi ne feit au frere de ce Duc, car dez aussi tost qu'on leur conduit en sa prence, il cõmãda qu'on luy creuast les yeux en la place publique de Naples, & au lieu mesme, ou iadis Conradin fils de Hẽry de Sueue, & heritier du Royaume fut decolé par l'ordonãcẽ de Charles 1. & frere du Roy sainct Louys, ainsi qu'a-uõs veu en la premiere Histoire. Charles feit de grãdz reproches au Duc de Brunsuich l'accusant d'vsurpatiõ du bien d'autruy, a quoy le vaillant Prince respõdit, qu'il ne pensoit rien tenir d'homme du mõde, & que iamais il n'auoit fait tort ny à luy, ny à autre de sa race, & que s'il auoit guerroyé cõtre luy, c'estoit en defendant les droitz de la Royne son espouse, sur laquelle il venoit iniustement, & poussé de la seule ambition du Pape, quoy que, & luy & le Pape, fussent tresobligez aux largesses & courtoisies d'icelle. Mais qu'il voyoit bien que la pouure Princesse auoit bienfait à ceux qui luy en rẽdoyẽt

Cruaulté de Charles de Durace sur Balthazar de Brũsuich.

vn estrãge guerdõ, & s'estoit fiée de ceux qui ne machinoyent rien moins que sa ruine, toutesfois qu'il esperoit que Dieu estant iuste, comme il est, ne lairroit ces maux impunis, & qu'il vengeroit le tort fait aux innocents, Sur quoy Charles repliquant que pour vray Dieu puniroit les meschans, entant que le temps estoit venu que Ieanne payast l'vsure de tant de meschãcetez par elle commises, & qu'elle rendit compte de l'administration du Royaume vsurpé, & au despants duquel elle auoit nourry ses mignons, & haulcé ceux qui l'auoyẽt seruie en ses folies, dequoy il esperoit faire bonne & seuere iustice: ce qu'ayãt dit il feit mettre Otthon en prison, ou il fut l'espace de troys ans. Nous comẽçõs à venir aux grãdz coups, & voir quel respect ce prince eust a ceux de sa sorte, estant si aueuglé en sa poursuite, qu'il ne consideroit point qui estoyent ceux à qui il s'attaquoit, & s'ils ne se ressentiroyent pas de ceste sienne cruauté, puis qu'il voioit que le Pape poursuiuoit ainsi Ieanne à cause qu'elle fauorisoit Clement, & que Louys Roy d'Hongrie l'auoit la enuoyé pour vẽger son frere mort il y auoit ia plus de 25. ans:

& ne pensoit pas que les querelles de ceux qui le ressembloyent sont imortelles, & que des cedres des offencez, (ainsi qu'on dit du Phenix) renaist la memoire d'icelles, iusqu'a tant qu'on en à pris la vengeance: il est vray qu'il ne donna pas loisir à ses ennemis d'en pourchasser la vẽgeance, à cause que ses violences ne souffrirent que sa vie fut guere lõgue. Apres la prise d'Othon l'armée de la Royne Ieanne ne peut guere plus se preualoir cõtre Charles, à cause qu'il n'y auoit plus de chef, & est chose asseurée que si Louys d'Anjou fut alors suruenu, il eut empesché le cours des victoires de Charles, à cause que les Italiẽs estoyent assez bien affectiõnez à la Royne Ieãne, & auoyent chere la memoire des Princes Angeuins, & que les soldats estoyent asses forts, & vnis souz l'obeissance des Capitaines ennemis du Prince de Durace. Mais les chefs estãts pour la pluspart pris, les villes rendues, le plat païs mis souz l'obeissance de Charles, il n'y auoit aucun qui osast dire mot, ny qui seulemẽt feist signe de trouuer mauuais les deportemenz de ce ieune Prince. Lequel ayant ainsi gaigné le dessus des ses ennemis, se prepara pour forcer le chasteau où la Royne s'estoit retirée, & en despecher le monde. La pauure Dame aussi oyant la nouuelle de la captiuité de son mary, se fiant en ce cõmun prouerbe qui dit, que le bon sang ne peut mentir, & que Charles ne voudroit souiller ses mains du sang de celle qui luy auoit tant faict de biens, se resolut de se rẽdre, sans auoir esgard que où il est question du regne, le sang s'escoule, & la parenté est mise en oubly, & que le fils n'a soucy du respect & reuerẽce deuë au pere, ny le frere de la charité qu'il doit à son Germain : & ne se souuenoit plus ce que Louys de Tarente son second mary auoit conspiré contre André, duquel elle mesme auoit machiné la mort, & le sang duquel Dieu redemandoit de ses mains. Mais quoy ? C'estoit Dieu qui la vouloit punir de l'estre ainsi forfaite, & d'auoir par son mauuais exemple causé la ruine de plusieurs autres, & allumé tãt de guerres en Italie. Comme donc ceste folle Dame l'auoit pourpensé, elle l'executa, & manda à son Cousin, que s'il l'asseuroit de sa vie, elle luy rendroit le chasteau, & se soumettroit à sa volonté. Luy, qui rompoit aussi aisément ses sermens com-

Ce desir de regner fait oublier tout respect et devoir.

La Royne Ieanne se rend à Charles de Durace.

me il les faisoit, luy accorda, toutesfois ne voulut qu'elle luy fut presentée, craignant que la memoire des biens par elle receuz ne luy ostast le desir qu'il auoit de la faire mourir, ou plustost se doubtát des iniures qu'elle luy eut peu dire, & que vaincu d'impacience, il n'eut fait chose que puis apres en luy eut reprochée. Quoy qu'il en soit il ne luy refusa point la veue, ny l'audience pour bon respect, ains, ainsi que l'effect le declara, pour n'auoir occasion d'estre fleschy par aucune priere a auoir compassion de la vraye nourrice, & de luy & des siens. Ah! que miserable est la condition des hommes, lesquels n'ont pire ennemy qu'eux mesmes, ny plus estrange aduersaire que ceux qui sont de leur sang propre. Charles le grand eut des bastards qui conspirerent contre sa vie, Louïs debonnaire fut persecuté par ses enfans propres, & en la race de Clouis ce seul appetit d'estre seul en la seigneurie fut cause de la mort d'vne infinité de Princes, ainsi ne faut s'estonner, si ce ieune Prince estant pauure & appointé d'vn royaume cõquis par violence, & au pris du sang d'autruy, ne vouloit se laisser deuant les yeux vn grand obstacle, & vn empeschement tel, que celle, qui estãt en vie, eut touiours esueillé le desir à ses suiets de la rauoir pour dame. Ainsi en ont vsé touts tyrants, lesquels n'ont rien laissé de la memoire des races, de ceux sur lesquels ils empietoiẽt les seigneuries. Ieanne donc s'estant rendue, se veit soudain enleuer comme vn corps saint, & tirer hors de la ville de Naples, afin que le peuple ne s'esmeut & redemandast sa Princesse, ainsi que depuis il feit: lors que du temps de Charles huictiesme, les François la tenans, la veue du Roy Ferdinand fut cause que le peuple en commença de souhaitter la presence: se veit donc conduire au païs d'Abruze, en vn chasteau, moins honnestement accompagnée que n'appartenoit à vne Dame tant illustre, grande, renommée, & excellẽte. Ceste solitude luy donna des signes euidẽs de son desastre, voyant qu'il n'y auoit pas vn seul gentilhomme, ny damoiselle qui fut là consoler en son angoisse, ce qui l'espoignit de telle sorte, q̃lle qui a esté des plus sages, cõstãtes, & asseurées dames de son siecle, fut pour perdre patiẽce, comme si on eut deu la respecter tout ainsi en son mal

& desastre, qu'on auoit fait elle estãt en sa grandeur & magnificence. Mais considerant la conditiõ & misere des hommes, & se souuenant en combien de sortes elle auoit offencé Dieu, & de quelle iniustice elle auoit vsé faisant massacrer son premier espoux, lors la raison luy faisoit penser que ce qu'elle souffroit, ny pouuoit attendre de tourment, n'estoit rien, au pris de son demerite, & pource s'asseurant de voir ce que bien tost apres elle veit, elle commença se plaindre en telle sorte. Et que ne fut le iour de ma naissance celuy, qui soudain estouffe la vie qu'elle est mise sur terre! Mais pourquoy seruy ie iamais de ioye à ma mere, puis que mes iours se sont passez en misere, & que iamais ie n'euz vne seule heure de contentement! Ah Roy Robert, ah Roy trop sage, puis que tu auois le sçauoir de predire mes desastres, pourquoy ne me monstrois tu aussi la voye pour y remedier? Ah Roy trop mal preuoyant, tes constellations te faisoient cognoistre mon malheur, mais tu ne sçauois iuger par qui ces trauerses seroient causées! Ah folles deuinations, & detestables sorts, magies! Tu as sceu dire le maluais, mais les moyens de l'oster, ont esté hors de ta cognoissãce. Pourquoy me feis tu espouser André, puis que tu voiois combien seroit calamiteux ce mariage. Vouldrois tu dire qu'il y eut quelque fatale necessité qui nous liast de telle sorte que le cõseil humain n'y peut obuier en sorte quelconque? Ah, ie ne le croy pas, car telle necessité ne peut estre accordée par les Chrestiés, & n'est point veritable: mais à ce que ie voy tu estois trop affectiõné à cest André, pour l'amour de luy, les autres tes neueux ne te sembloiẽt suffisans pour conduire ton peuple. Ah sages humains, combiẽ vous estes plus fols que les plus simples d'entre le peuple! O sçauant, que voz desirs sont plus imparfaicts que ne sont les imperfections des plus ignorans qui soyent soubz le Ciel! Mais, folle que ie suis, qui est ce que i'accuse? à qui m'en prens ie? Aux ombres des morts? & voicy elles sont en vne terre de laquelle n'y a point de retour, & ou on ne peut enuoyer. Ce n'est pas là qu'il me fault aduiser, ce n'est sur les morts qu'il fault reiecter la coulpe, ny contre les influences celestes, qu'il est raison que ie m'aigrisse, c'est à moy, que dois regarder;c'est contre mes fols desirs que doibt s'irriter ma parolle,& c'est mon insolence qu'il fault que i'accuse comme trop esgarée. Ah Ieanne de Naples sortie du plus illustre&noble sang de la terre!failloit il que ce nom de Royne te feit oublier ta condition,& que la souueraineté te feit saillir des limites de raison,iustice, attrempance & modestie?Ne sçais tu pas que les yeux de tous sont fichez sur ces fanals, & grandeurs des Princes & Princesses, & que si tost que la clarté en est hors,que chacun se plaint de telle faulte? Ie confesse que i'ay failly, mais le temps d'enst auoir estaint le feu & desir de vengeance. Ah Roy Louys de Hongrie, ce n'est ton frere qui te fait esmouuoir cõtre ta cousine, ce n'est vn bon zelle qui pousse Charles de Durace à me persecuter, & me priuer de mõ patrimoine: c'est l'ambition, c'est la gloire de ce monde, &l'auarice qui te contraignent à me desheriter:c'est vn soupçon tyrãnique q̃ tu as sur celuy q̃ tu as fait le bourreau& executeur de tes iniustices: Aussi longuement puissét tes enfans iouyr de tes seigneuries comme tu fais lõgues mes ioyes, lors que ie pensois viure en repos. Ah Euesque Vrbain, ah geuffre insatiable d'auarice! Mais que dis ie, ose-ie vomir si sanglantes iniures contre vn ministre de nostre Dieu? Ce n'est pas contre son office que ie parle, mais bien contre le plus cruel homme qui onc vsurpa le siege des Apostres à Rome: car ceux qui y sont entrez par le droit chemin, & par l'huis, ne furent onc tirans, ny rauisseurs, & n'vserent onc de violence, ny causerent l'effusion du sang, & du peuple, & des Princes. Ah Vrbain, c'est toy qui es cause que le bon Guillaume de Montferrat est mort, que Balthasar de Brunsuic a esté mutilé miserablement, mon loyal espoux est en captiuité: & que dois ie attendre de mieux, ayant contre moy vn solliciteur si violent, & vn mien ennemy mortel & pour iuge, & pour partie? Ie voy bien que ceste prison est le dernier logis que ie feray de ma vie, & que ma liberté ne sera autre que la separation que fera l'Esprit d'auec le corps, pour aller iouyr d'vne vie meilleure en l'autre monde. Plusieurs aultres plaintes gnent tousiours de receuoir quelque attainte: consolez toutesfois en cela que les meschans souffrent pour leurs forfaits, & les bons pour la preuue de leur pacience. Pour venger la mort de ceste bonne dame, passa les monts Loys Duc d'Anjou, oncle de Charles sixiesme, qui auoit esté regent en France, mais Charles de Durace se tenant coy, & laissant refroidir ceste chaleur naturelle des François, & qui pis est empoisonnant les eaux, il aduint aussi que l'excellent prince d'Anjou y mourut, son camp s'en retourna sans rien faire, & sans emporter autre cas que la faim painte en la face, & la pauureté paroissante és corps & habits des plus riches qui fussent en toutes les troupes, s'en allant en fumée tout ce magnifique appareil dressé par la sollicitation de l'Antipape, & fait aux despens du pauure peuple rançonné, & des thresors pillez du Roy mineur, chacun peschant en eau trouble. Ainsi ne peut estre vengée celle, qui reboutant les siens, haissant ceux de son sang, & detestant ses anciens amis, fut en fin la proye de ses ennemis, & laissa la succession de ses malheurs à la maison d'Anjou, laquelle ne peut encor acquerir qu'angoiss-

Loys 1. duc d'Anjou meurt au voyage de Naples.

ſes à la pourſuite du Royaume de Naples. Apres la mort de Ieanne c'eſtoit pitié de voir les horribles maſſacres faits de ceux qui auoient tenu ſon party, & ſur tout la cruauté d'vn Cardinal Legat pour Vrbain, lequel faiſoit empriſonner, gehéner & tourmenter les pauures Eueſques partiaux de la ſuſdite princeſſe, & eſtans ainſi affligez, le Pape les depoſoit, degradoit, & chaſſoit de leurs Egliſes, tāt eſtoit enracinée la vēgeance au cœur de ce ſaint Pontife, qu'encore la memoire des morts luy eſtoit odieuſe. Mais pour clorre ceſte hiſtoire par la fin de celuy qui l'auoit dōnée à la Royne Ieanne, fault entēdre que Charles de Durace, qui iamais ne tint promeſſe que tant que le profit s'y repreſentoit, ayant ouy la nouuelle de la mort du Roy Loys d'Hongrie, affriandé de tenir Royaume, & de commander ſur pluſieurs, ſollicité par les Hōgres qui eſtoiēt à ſa troupe, ſe reſolut de paſſer en Hongrie pour ſe ſaiſir du Royaume, & le piller aux enfans du deffunct, quoy que cōme nous auons dit, il eut iuré de iamais n'y pretendre choſe quelconque. Il paſſe en Hongrie, ou il treuue tout en trouble, à cauſe que les plusgrans ſe faſchoient de

Cruauté d'vn Cardinal nōmé de Sāgre.

Deſloyauté de Charles de Durace.

se voir gouuernez par vne femme, & que ce fut Elizabeth l'ayeule de la Roine Marie, & mere de Loys deffunct qui tint le Royaume, & ainsi aisément il paruint à ce qu'il aspiroit. Mais comme soudain fut son auancement, aussi en vn rien il fut accablé, ce qu'assez fut declaré par les prodiges aduenus le iour qu'il fut couroné, l'enseigne sainct Estienne estant tombée dedans l'Eglise, & se rompant en infinies pieces, la foudre gastant tout, & les corbeaux entourans le palais auec le son enroué de leur chant, sonans vne piteuse melodie pour les allegresses de ce couronement. Aussi quant tout est consideré, les seigneurs plus gens de bien, voyans le tort fait à Marie heritiere d'Hongrie, & promise à Sigismond fils de l'Empereur Charles quatriesme, se resolurent de ne le point souffrir, pource ayans consulté la matiere ensemble, arresterent & cóclurét la mort du miserable Charles de Durace, qui pensoit auoir estably vn ferme fondement de sa puissance. La forbe pour le surprédre fut inuentée par vne femme, à sçauoir par la Roine Elizabeth qui le pria à vn báquet le iour d'vne feste qu'ils nomment des Roses, & celebrée au mois

Charles de Durace couronné Roy d'Hógrie.

de Feurier,& couslourans leur fait sur des lettres enuoyées par Sigismōd qu'elle disoit luy vouloir cōmuniquer. Charles y va, là est il receu humainemēt, mais cōme ils estoiēt sur le plus fort de leur propos, & que comme le Palatin Nicolas, lequel tenoit le party de Sigismond, luy demandast congé de se retirer en sa maison, celuy qui auoit charge de faire le coup, assena si bien sur la teste du Roy, qu'il la luy fendit iusques aux yeux, & ainsi blecé mortellement, le miserable prince fut porté en prison, afin qu'aussi hōnestemēt qu'il auoit faict mourir sa cousine Ieanne il finast aussi ses iours, & laissast memoire de son malheur par la fin de sa vie la garde des Italiens qu'il auoit à sa suite, ne le peut garentir des ruses de celle qu'il auoit offencée, ny le deliurer de la conspiration des seigneurs, qui, luy viuant, ne tenoient leur vie pour asseurée. Ainsi mourut Charles Roy de Naples & de Hongrie, & le tout par vsurpation, homme hault à la main, vaillant & sage, mais plus desloyal & cauteleux que ne requeroit la dignité Royale: & laissa deux enfans de Marguerite sa femme, Ladislas, & Ieāne. Ladislas fut couronné Roy de Naples,

Mort pitoyable de Charles de Durace.

Ladislas, & Ieanne 2. enfans de Charles.

mais il ne vesquit guere, & ainsi le Royaume vint à Ieanne seconde mariée au Duc de Gueldres, si iamais l'autre Ieanne fut legere en ses apprehensions, ceste-cy la surpassa en toute sorte, entãt qu'elle estãt veufue, ne laissa maison de prince ou elle ne donnast esperance de son mariage, & se plaisant à donner cassades à chacun, mais à la fin elle se veit si chaudemẽt assaillie, que de rechef les François y furent appellez pour iouyr du malheur lié à la querelle de Naples, & ceste folle femme, & plus inconstante en ses amours & mariages que la premiere, fut cause qu'Alphõse Roy d'Arragon empieta le royaume de Naples sur elle, qui l'y ayant appellé, taschoit soudain de l'en debouter. Et en elle prit fin la race du premier Charles, qui en auoit chassée la famille de Sueue. Voyez là les succez de l'inconstance de fortune, en la suite de l'heur des grãs, & vn exemple notable pour ceux qui prẽnent plaisir en ce renouuellement d'amitié, car si Ieanne eut caressé ses premiers & fidelles seruiteurs & bons amis, Loys ny Charles de Durace n'eussent eu occasion de la poursuyure.

Malheur de la maison de Naples.

Fin de l'histoire douzieme.

EXTRAICT DV PRIVILEGE.

PAR grace & priuilege du Roy, est permis à Ieã Hulpeau Libraire, d'imprimer ou faire imprimer, mettre en vente, ou distribuer vne ou plusieurs fois, le cinquieme Tome des histoires Tragiques, de l'inuention de François de Belleforest Comingeois, le succez & euenement desquelles est pour la plus part recueilly des choses aduenuës de nostre temps, & des histoires anciennes. Et faict defense ledit seigneur à tous Libraires, Imprimeurs, ou autres, de non imprimer, vendre ny distribuer en ses païs, terres & seigneuries, autres que ceux qu'aura imprimé ou fait imprimer ledit Hulpeau, sur les peines contenuës esdictes lettres, & ce iusques au terme de six ans, a compter du iour & datte qu'ils seront paracheuez d'imprimer, comme plus à plain est contenu par lettres patentes, sur ce dõnées à Paris, le sixieme iour de May, mil cinq cens soixante & dix. Par le Roy en son conseil estably pres Monseigneur le Duc.

Signé *Thielmont.*